VERBANNT SEIST DU

Linea Harris

ISBN: 9781520545714

Email: linea.harris@web.de

Für Linus – weil du alles für mich bist

Prolog

Die beiden Kinder betraten die zerfallene Holzhütte, in deren Mitte die Flammen hell in einer eingelassenen Feuerstelle flackerten. Das Holz knisterte, die Wärme schmiegte sich an ihre geröteten Wangen, und doch war der kalte Wind, der durch schmale und breite Spalten einen Weg ins Innere fand, deutlich zu spüren. Dichter Qualm hing in der Luft und sammelte sich unter dem niedrigen Dach, bevor er durch den Abzug in die eisige Nacht entwich. Der rauchige Geruch verband sich mit dem würzigen Duft von Kräutern, die an der Decke aufgehängt waren. Auf einem Lammfell, nahe am Feuer, saß eine Frau in gebeugter Haltung, den Rücken durch die Last der vielen Jahre gekrümmt. Sie wärmte sich leise summend die knochigen Hände an den Flammen. Ihre Worte waren ein Singsang in fremder Sprache, der die Kinder innehalten ließ. Die alte Hilda gab nicht zu erkennen, ob sie die beiden bemerkt hatte.

Das Alter und der Hunger hatten Spuren in Form von tiefen Furchen und eingefallenen Wangen bei ihr hinterlassen, das Haar hatte längst seine Farbe verloren und glänzte weiß wie der Schnee, der leise vor der geöffneten Tür herab rieselte.

Die Alte war fast blind, ihre Augen waren mit einem undurchdringlichen, silbernen Schleier verhangen, und doch sah sie die beiden Kinder deutlich vor sich. Marik, ihr Enkel, er musste noch immer seine Sommersprossen und die dunklen, lebhaften Augen haben. Auch das Mädchen war ihr wohlbekannt, diese Aura würde sie unter tausenden wiedererkennen. Sie strahlte so hell wie das blonde Haar der Kleinen.

Hilda seufzte tief. Der dunkle Schatten am Rande der Aura war seit ihrem letzten Besuch größer geworden. Doch das Mädchen war noch viel zu unschuldig, viel zu fröhlich und unbeschwert, um die Wahrheit zu erfahren.

Niemand sollte diese Last tragen müssen.

Die Alte hoffte, dass sie noch die Gelegenheit dazu bekam, die Kleine darauf vorzubereiten, denn der Tod hatte längst seine Klauen in ihre eigenen alten Glieder geschlagen und mit jedem Tag fiel es ihr schwerer, ihm zu trotzen. Aber noch war es nicht so weit. Es durfte noch nicht an der Zeit sein. Das Mädchen war noch so jung.

„Guten Abend, Hilda", grüßte die aufgeweckte Kleine, während Marik zurückhaltender war.

„Großmutter", hauchte er. Ihr Aussehen machte ihm Angst, das wusste sie, auch wenn er es nie zugegeben hätte. Ehrfürchtig traten die Kinder näher und ließen sich ebenfalls am Feuer nieder, um die Schneeflocken in ihren Haaren zu trocknen.

„Ist es also soweit?", seufzte die Alte und lächelte wehmütig. Mit zitternden Händen und schwerfälligen Bewegungen schlang sie die Decke enger um die Schultern und ignorierte den knurrenden Magen. Der Winter drohte hart zu werden, und sie selbst würde das Frühjahr nicht mehr erleben. Die Zeichen waren zu deutlich, ihr Körper konnte den Strapazen nicht ein weiteres Mal standhalten.

„Du hast es versprochen", sagte Marik kleinlaut und riss sie aus ihren Gedanken.

„Ja, wir wollen die Geschichten endlich hören", stimmte das Mädchen aufgeregt zu und ihre Stimme bebte vor Aufregung. Die alte Hilda schloss müde die

Augen und die Schmerzen in ihrer Brust wurden stärker.

„Schon gut, ich erzähle es euch ja. Irgendwann werdet ihr es sowieso erfahren.“

Sie hatte sich dazu bereiterklärt, die Kinder einzuweihen, wie sie es bei vielen anderen schon getan hatte. Die Neugierde war groß, was die Welt hinter der hohen Mauer anging, die Elaos umschloss. Ein Wall aus Steinen, der sie vor den Bestien schützte, die den Wald außerhalb beherrschten und in der Wildnis lebten. Gespannt warteten die Kinder ab, während das Feuer niederbrannte und immer längere und düstere Schatten warf. Nur das Knistern der Flammen durchbrach die unheimliche Stille. Die Stimme der Alten war kaum mehr als ein heiseres Flüstern, unterbrochen von rasselndem Atem.

„Ihr wollt wissen, was es mit der Mauer und dem Schrecken dahinter zu tun hat. Es gab einst eine Zeit, in der die Menschen friedlich und ohne Angst lebten. Sie bauten Dörfer, bestellten Felder und züchteten Vieh. Die Kinder tobten ausgelassen auf den Wiesen, die Alten beobachteten sie zufrieden, die Menschen kümmerten sich umeinander. Sie lebten in Einklang mit der Natur und den alten Göttern, sie respektierten und ehrten sie. Es ist so viele Jahre her, dass man es sich kaum noch vorstellen kann.“

Die Kinder machten große Augen, als sie von der Welt hörten, die sie nie kennengelernt hatten und nie kennenlernen würden.

„Doch eines Tages veränderten sich die Menschen. Statt sich mit dem zufriedenzugeben, was sie hatten, häuften sie sich mehr und mehr Besitz an. Es begann ganz harmlos. Wer hatte die größte Ernte eingebracht? Wer hatte das meiste Vieh? Dann gesellten sich unnütze Besitztümer hinzu. Schmuck wurde aus Gold und Silber gefertigt, die Kleidung wurde feiner, edle Pelze und feinste Seide galten als Symbol für Reichtum, der eine immer größere Rolle spielte. Irgendwann begannen die Menschen zu prahlen, wer das meiste von hatte. Neid und Missgunst verdunkelte ihre Herzen, sie fingen damit an, sich gegenseitig zu bestehlen, zu bekämpfen und vergaßen dabei den inneren Frieden, der ihnen so viele Jahre gegönnt war. Dorfoberhäupter wurden gewählt, die Städte riefen Herrscher aus, Ränke wurden geschmiedet und Fehden ausgetragen. Ganze Dörfer wurden niedergebrannt, Menschen getötet und Lebensräume zerstört. Das alles zog sich über viele Jahre hinweg. Statt sich gegenseitig zu unterstützen und eine Gemeinschaft zu bilden, kristallisierten sich Wohlstand und Armut heraus. Doch am meisten litt die Natur. Sie wurde aus dem Gleichgewicht gebracht. Armeen, bestehend aus hunderten Pferden und Kriegern, zogen Schneisen aus Tod und Gewalt hinter sich her, im Kampfe um die Vorherrschaft. Sie hatten vergessen, wie man sich anpasst. Sie hatten vergessen, wie man in Frieden und miteinander lebt. Die Menschen hielten sich für erhaben, sie bezeichneten sich als Könige und sie nahmen sich das Recht heraus, über Leben und Tod zu entscheiden."

Die Alte machte eine kurze Pause, um zu Atem zu kommen, während die Kinder ungeduldig warteten. In ihren Augen war es schwer zu glauben, dass es einst mehr gab, als die eine, die letzte verbliebene Stadt, in der sie lebten.

„Eines Tages änderte sich etwas. Eine Kreatur erschien, größer als alle Tiere, die je gesehen wurden.

Die Menschen versuchten auch sie zu bekämpfen, doch kein Pfeil durchbohrte die dicke Haut, kein Speer drang hindurch und kein Schwert vermochte die Bestie zu fällen. Man gab ihr den Namen Taniwha."
Die Kinder wagten nicht, sich zu bewegen, aus Angst, die Alte könne die Geschichte unterbrechen. So viel hatten sie schon von den Gefahren in der Wildnis gehört, doch zum ersten Mal erfuhren sie die ganze Geschichte. Die Alte genoss die Aufmerksamkeit und legte eine kleine Pause ein, um die Spannung zu steigern.
„Niemand weiß, wann genau die Taniwha aufgetaucht sind, so lange ist es schon her", fuhr sie endlich fort. „Manche behaupten, es gab sie schon vor uns und sie hätten in den Bergen gelebt, andere sind sich sicher, dass die Bestien die Antwort der alten Götter auf die blinde Zerstörung der Menschen sei. Denn der einen Bestie folgten weitere und die Waffen der Menschen waren machtlos gegen sie. Aus den Zeiten der Kriege ist nicht viel überliefert. Doch sicher ist, dass sie dem Treiben der Menschen Einhalt geboten und ihre rücksichtslose Herrschaft zerstört haben. Die Taniwha eroberten sich die Natur zurück und vertrieben die Zerstörer über viele Jahre hinweg. Sie zerstörten alles, was die Menschen sich aufgebaut hatten. Felder und Wiesen wurden zertrampelt, Häuser zerstört, das Vieh ebenso wie die Menschen gerissen. Wo ein Taniwha auftauchte, gab es kein Entrinnen mehr."
Ihre Stimme brach und sie nahm dankbar den Becher mit Wasser entgegen, den ihr Marik reichte.

„Was ist dann passiert?“, wollte das Mädchen mit den goldenen Haaren begierig wissen. Die alte Hilda hustete rasselnd, fand aber ihre Stimme wieder.
„Nun, ganz so leicht sind wir Menschen nicht unterzukriegen. Ein paar Dorfbewohnern hier aus der Nähe gelang es, den Fängen der Taniwha zu entkommen. Auch sie waren nicht vom Krieg verschont geblieben, doch einige erinnerten sich an die Götter der Natur, mit denen sie einst Seite an Seite gelebt hatten. Sie flehten sie um Hilfe an und diese wurde ihnen zuteil.
Einige von ihnen verspürten kurz darauf geringe magische Fähigkeiten, man nennt sie noch heute die Magoi. Doch drei Menschen stachen mit ihrer Gabe hervor – später nannte man sie die Priester. Sie übernahmen die Führung der Magoi, nahmen die verbliebenen Menschen in Schutz und errichteten mithilfe von Magie eine Mauer zwischen sich und den Bestien. Und innerhalb dieser Mauern, die bis in den Himmel reichen, entstand Elaos. Die Menschen der Stadt waren auf die Priester und Magoi angewiesen, die über Jahre hinweg Rohstoffe und Steine für den Bau der Mauer beschafften. Natürlich war die Stadt damals nicht halb so groß wie heute, doch mit der Zeit wuchs und wuchs sie. Und was dann passierte, könnt ihr euch vorstellen. Statt dankbar zu sein für die Gabe, die ihnen verliehen wurde, verfluchten die Menschen die alten Götter der Natur. In ihren Augen hatten sie nichts als Tod und Verderben gebracht. Stattdessen beten wir heute die Männer an, die die Menschen retteten. Heute gibt es keine Streifzüge der Magoi und Priester mehr, es werden keine Rohstoffe mehr beschafft, die Mauer und damit auch die Stadt wachsen nicht weiter. Wir müssen mit dem

auskommen, was wir haben. Trotzdem gelten die Priester als unsere Erlöser, wir danken ihnen bis ans Ende unserer Tage für das Leben, das sie uns geschenkt haben."
Die Alte atmete tief durch, denn die letzten Worte hatten einen bitteren Beigeschmack. Zudem hatte das Reden sie angestrengt. Die Kinder ließen das Gesagte sacken. Für sie war es schwer, sich die alten Tage vorzustellen. Nie hatten sie etwas anderes kennengelernt, als die Stadt, die innerhalb der hohen Mauern entstanden war.
„Aber die Götter der Natur haben doch geholfen. Wieso wurden sie verflucht?", fragte das Mädchen laut und Hilda ermahnte sie, die Stimme zu senken.
„Es sind nur Geschichten, mein liebes Kind. Geschichten, die nur wir aus dem gemeinen Volk uns erzählen und die nie die Ohren eines Magoi oder eines Priesters erreichen dürfen. Und du solltest niemals die Priester infrage stellen, versprich mir das. Wir sind auf ihre Gunst angewiesen, und Fragen zu stellen, bedeutet, sich in Gefahr zu begeben. Deshalb seid ihr heute hier. Ich werde euch alles erzählen, was ich weiß, aber danach solltet ihr nie wieder ein Wort darüber verlieren."
„Was genau liegt hinter den Mauern der Stadt?", wagte es das Mädchen zugleich zu fragen und goss der Alten erneut Wasser in den Becher ein, den die alte Hilda dankbar entgegennahm. Ihre Neugier war unstillbar.
„Das wirst du hoffentlich nie erfahren."
Doch Hilda spürte, dass die Kleine sich nicht damit zufriedengeben würde.

„Die Natur hat sich ihren Lebensraum zurückerobert“, antwortete sie deshalb. „Außerhalb der Mauer ist nichts als Wildnis.“
Das Mädchen brummte, doch auch Marik fragte zurückhaltend:
„Wie sehen die Bestien aus? Die Taniwha?“
Die alte Hilda zögerte, denn diese Geschichten waren nicht für Kinderohren bestimmt.
„Es spielt keine Rolle, wie sie aussehen. Denn solltest du einmal einen sehen, bist du dem Tod geweiht.“
Die Götter mögen verhindern, dass dies je geschehen sollte.
Sie machte eine bedeutungsschwere Pause, während die Kinder in staunendem Schweigen verharrten.
„Ich habe sie gehört“, sagte Marik plötzlich wichtigtuerisch zu seiner Freundin. „Hinter den Mauern. Wenn man ganz leise ist!“
Doch das Mädchen starrte Hilda nur prüfend aus ihren leuchtenden Augen an. Augen von der Farbe schillernder Smaragde. Augen, die mehr sahen, als sie es sollten, und aus denen Weisheit sprach, die kaum ein Kind in diesem Alter besaß.
„Was befindet sich noch in dem Wald? In der Wildnis, die Elaos umschließt?“
Die Alte blinzelte verdutzt.
„Wie kommst du darauf, dass es noch etwas gibt, mein Kind?“
„Weil ich es gespürt habe“, antwortete die Kleine bestimmt.
Es ist also schon so weit, dachte die Alte. *Es ging viel zu schnell.* Sie ließ sich Zeit mit der Antwort, um zu Atem zu kommen.
„Niemand hat bisher belegen können, was die Legenden weiter besagen.“

„Ich würde sie trotzdem gerne hören“, drängte sie die Kleine und Hilda verzog das Gesicht.

„Nein, es ist genug jetzt“, sagte die Alte bestimmt. Sie hatte schon zu viel gesagt. Das Mädchen musste noch genug erfahren, noch genug verarbeiten, da musste sie sich nicht noch mit albernen Legenden auseinandersetzen. *Morgen werde ich es ihr sagen.*

„Woher haben die Magoi ihre Magie bekommen? Oh, bitte Hilda, nur diese eine Frage noch.“

Hilda lächelte und entblößte ihre schiefen Zähne.

„Magie gibt es überall, man muss nur genau hinsehen. Sie steckt in dem Laub der Bäume, den Blüten der Blumen, den Tieren, den Flüssen ...“ *Und sie ist näher bei dir, als du vermutest.* „Es ist der Zauber der Natur.“

Die Kinder brummten mürrisch. Diese Antwort schien ihnen nicht zu gefallen.

„Im Wald hinter den Mauern gibt es auch Magie“, sprudelte es nach kurzem Überlegen aus dem Mädchen heraus und die Alte erstarrte.

„Nein“, flüsterte sie. „Im Wald gibt es nur den Tod.“

Leah

Sie folgte der Menge widerwillig durch die engen und verwinkelten Gassen von Elaos und schüttelte irritiert den Kopf, um die verstörenden Gedanken zu verscheuchen. Wieso mussten ihr die Geschichten der alten Hilda gerade jetzt in den Sinn kommen? Mariks Großmutter war schon vor acht Wintern verstorben, noch in derselben Nacht, in der sie ihnen von den Taniwha erzählt hatte. Und doch war Leah jedes Wort in Erinnerung geblieben.
Sand und Staub knirschten unter ihren abgenutzten Wildlederstiefeln und sie versuchte, so viel wie möglich vom Schatten der Häuser zu ergattern, um der brennenden Mittagssonne zu entgehen. Doch die Menschenmenge war unbarmherzig, sie wurde gedrängt und geschubst. Selbst wenn sie hätte umkehren wollen, es wäre ihr nicht gelungen. Hundert schwitzende Körper drängten in dieselbe Richtung. Zwei kleine Jungen in zerschlissenen Leinenhosen bahnten sich einen Weg zwischen den Beinen der Erwachsenen hindurch. Leah blieb nichts weiter übrig, als sich von den Menschenmassen unaufhörlich weiterschieben zu lassen.
Alte, rostfarbene Häuser aus Sandstein säumten die Gasse, eingehüllt in Staub und der brütenden Hitze trotzend. Ein säuerlicher Geruch drang an ihre Nase, als eine alte Bettlerin nach ihrer Hand griff, doch Leah wurde weitergedrängt. Sie kannte das Elend in diesem Teil der Stadt zur Genüge. Ein vertrautes Gefühl der Hilflosigkeit beschlich sie, als sie an die knochigen, kalten Finger dachte, die sie noch immer

auf ihrer Haut zu spüren vermeinte. Ihre Familie besaß ebenfalls kaum genug, um über die Runden zu kommen, so gerne sie auch geholfen hätte.
Sie schob den Gedanken schnell beiseite und zog die Kapuze des Umhangs tiefer ins Gesicht, um ihr auffallend weißblondes Haar zu verbergen. Die meisten Bewohner von Elaos hatten gebräunte Haut und schwarze Haare. Leah hasste es, aufzufallen wie ein heller Stern am Himmel.
Die Straßen wurden breiter, je näher sie dem Markt des Armenviertels kamen. Die Menge verteilte sich, das Gedränge löste sich auf und der Marsch ging über in einen stetigen Trott, als man sich auf die Suche nach einem geeigneten Platz machte. Aufgeregtes Geplapper ließ Leah die Schultern straffen.
Sie konnte nicht verstehen, wie man das bevorstehende Ereignis unterhaltsam finden konnte, und ihr lief trotz der Wärme ein Schauder über den Rücken, als sie die sorglosen Mütter und Väter mit ihren Kindern betrachtete. *Wären sie genauso ausgelassen, wenn es ein Mitglied ihrer Familie wäre, das gleich bestraft wird?*
Sie suchte die Menge nach bekannten Gesichtern ab. Alle Stadtbewohner hatten, wie auch Leah selbst, das Wappen von Elaos auf die Stirn tätowiert, eine geschwungene Sonne in feinen, tiefblauen Linien. Die Kennzeichnung wurde jedem Kind direkt nach der Geburt verabreicht. Sie diente dazu, das gemeine Volk von den Magoi abzugrenzen und es immer wieder daran zu erinnern, wem sie zu dienen hatten. Es war strafbar, die Kinder Zuhause und nicht in der Magoifestung zu gebären, Leah hatte noch nie jemanden gesehen, der keine Sonne hatte, auch wenn sie bei vielen durch das Wachstum grotesk verzerrt

war. Sie alle hatten dasselbe Schicksal, das von den Herrschern der Stadt für sie ausgesucht worden war, das Zeichen auf der Stirn machte sie zu einer Gemeinschaft. *Warum fühlt es sich dann nicht so an? Statt zusammenzuhalten und uns gegenseitig zu helfen, denkt jeder nur an sein eigenes Wohl.*

Sie kamen auf dem kleinen Marktplatz der Stadt zum Stehen. Die Menschen versuchten, sich so weit wie möglich nach vorne zu schieben, um die beste Sicht zu haben. Flüche und Schimpfwörter erfüllten die heiße Luft und wurden nur von den Rufen einiger Händler übertönt, die sich das Ereignis zu Nutzen machten und Krüge mit verdünntem Bier, allerlei Speisen und einfache Gewürze feilboten.

Leah hielt sich unbehaglich am Rand des Platzes auf und fand im Eingang eines Steinhauses eine schattige Treppe, von der aus sie die Köpfe der Menschen überschauen konnte. Der Duft frisch gebackenen Brotes ließ ihr das Wasser im Mund zusammen laufen, doch ihr fehlten die Mittel, um sich einen der dampfenden Laibe zu kaufen. Brummig ignorierte sie ihren knurrenden Magen.

Von hier aus hatte sie einen guten Blick über die Stadt. Rings um den Marktplatz standen schlichte Sandsteinhäuser, doch je weiter es zum Zentrum der Stadt ging, umso größer wurden die Gebäude. Den Blickfang machte die große Magoifestung, die in der Mitte von Elaos mit ihren Zinnen und Türmen aufragte, umschlossen von einer eigenen Mauer und einem tiefen Graben. Das Gelände innerhalb der Festungsmauern bildete fast schon eine eigene Stadt, die die Magoi vom gemeinen Volk trennte.

Leah riss den Blick davon los und widmete sich wieder dem Geschehen auf dem Platz.

In der Mitte des Marktplatzes stand wie schon so oft die eigens errichtete Holzbühne, auf der sich in diesem Moment zwei Menschen einfanden. Der eine von ihnen war groß und bullig, seine silberne Rüstung spiegelte die Sonne wider. Er war das Oberhaupt der Stadtwache, die zwar dem gemeinen Volk angehörte, den Magoi jedoch aus der Hand fraß. Der andere Mann in dunkler Robe war bedeutend kleiner und schmächtiger, doch Leah wusste, dass er auch um einiges gefährlicher war. Er war ein Magier, und dazu noch ein sehr wichtiger. Sir Malin war der Verwalter des Magoibundes und ein Mann, der über Leben und Tod entschied. Gleich würde es beginnen. Sie konnte die jubelnden, aufgeregten Schreie einiger Jugendliche neben ihr hören und wandte verächtlich den Kopf zur Seite.

„Ich dachte, du hasst die Vollstreckung", sagte eine vertraute Stimme plötzlich neben ihr. Sie lächelte und betrachtete das wohlbekannte Gesicht ihres besten Freundes, der die Stufen zu ihr hinauf stieg. Seine braunen Augen musterten sie gutmütig, die Tätowierung auf seiner Stirn hob sich nur schwach von der braungebrannten Haut ab. Seine Kleidung war einfach und schlicht, eine dünne Leinenhose und ein brauner Kittel, den er mit einem Seil gegürtet hatte. Die Ärmel waren hochgekrempelt und entblößten zwei kräftige, sehnige Unterarme.

„Ich hasse die Magoi", belehrte sie ihn und Marik zuckte zusammen. „Wegen ihnen gibt es diese Verbannung doch erst. Außerdem wird von uns erwartet, dass wir dabei sind, ich habe also keine Wahl."

Sie streifte den Umhang von den Schultern und genoss den leichten Wind, der ihr durch das offene

Haar fuhr. Die Menschen waren viel zu gebannt von dem Geschehen auf dem Marktplatz, um sich für etwas anderes zu interessieren. Marik ließ lächelnd eine weißblonde Strähne zwischen seinen Fingern entlang gleiten und richtete dann den Blick zur Bühne.

„Das gemeine Volk hat Spaß daran, solange es keiner von ihnen ist, der dort oben stehen muss."

Seine Stimme klang resigniert und er wischte sich den Schweiß von der Stirn. Leah schüttelte traurig den Kopf und schlang die Arme um den Bauch, als auf der gegenüberliegenden Seite des Platzes Tumult ausbrach.

„Es geht los."

Ein großer, von Ochsen gezogener Karren bahnte sich ächzend den Weg durch die Menschen und hielt an der Bühne an. Zwei Eisenmänner stiegen hinab und hielten eine dürre Frau in der Mitte, die leise vor sich hin wimmerte. Von allen Seiten ertönten Rufe und Pfiffe, die Menschen beschimpften sie und brannten darauf, den Tod der Frau zu sehen. Sie musste für ihre Sünden bestraft werden, indem ihr Opfer die Bestien besänftigte. Sie war nichts als eine verdorbene Seele für die Menschen von Elaos. Ihre Kleidung war schmutzig und zerrissen, ihre Haare fielen ihr wirr ins Gesicht. Die Frau wurde die Bühne herauf geführt und der schmächtige Verwalter des Magoibundes trat vor, um die Anklage zu verlesen. Sofort trat Ruhe ein und misstrauische Blicke bedachten den dunkelhaarigen Mann. So sehr das Volk auch die Vollstreckung und die Ablenkung vom Alltag genoss, so hatte die Anwesenheit eines Magiers doch einen bitteren Beigeschmack. Die Fähigkeit,

Magie zu wirken, machte dem Volk nicht nur Angst, es machte sie hilflos.

Sie hassen sie und doch beugen wir uns ihren Befehlen.

Leah verspürte leichte Genugtuung bei dem Gedanken, dass der untersetzte Mann in seiner langen, dunkelblauen Amtsrobe fast umkommen musste vor Hitze, bevor sie ihre Aufmerksamkeit auf seine Worte richtete.

„... wird somit angeklagt, Unzucht betrieben zu haben, um ehrenwerte Männer zu betören und an deren hart erarbeitete Taler zu gelangen ..."

Leah schnaubte ungläubig.

„Es ist nicht zu fassen. Sie haben sich doch freiwillig bei ihr eingefunden."

Sie kannte die ältere Frau auf der Bühne flüchtig und wusste, dass sie einem der Hurenhäuser der Stadt angehörte. Auch wenn sie diese Arbeit selbst nie verrichten würde, so musste sie eingestehen, dass vielen Frauen kaum eine andere Wahl blieb, als ihren Körper zu verkaufen.

Die ölige Stimme des Verwalters hallte zu ihr herüber.

„Aufgrund des Vergehens werden wir nun die übliche Strafe verhängen. Sallya, *verbannt seist du, auf dass das Opfer zugleich die Bestien des Waldes besänftige.*"

Zustimmendes Gemurmel machte sich in der Menge bemerkbar. „Warum machen sie sich eigentlich die Mühe und nennen es Verbannung, anstatt gleich zu sagen, dass sie uns loswerden wollen und in den sicheren Tod schicken? Es ist grausam!", sagte Leah bitter.

„Du solltest vorsichtiger mit deinen Worten sein, man könnte dich hören", murmelte Marik, doch er hatte einen ebenso angewiderten Gesichtsausdruck wie einige wenige Gesichter in der Menge, deren Besitzer

Leahs und Mariks Meinung teilten. Dennoch hatte er recht. Es war gefährlich, seine Gedanken offen darzulegen. Die Stadtwache, die Eisenmänner, hatten ihre Ohren überall und hatten sich voll und ganz dem Dienste der Magoi verschrieben.

Die Männer auf der Bühne setzten sich in Bewegung und führten die Frau zurück zum Karren, um die Spitze des langen Marsches zum westlichen Stadttor zu bilden. Leah konnte das Betteln Sallyas hören und versuchte, es nicht an sich heranzulassen. Etwa alle zwei Monate fand eine Vollstreckung statt und sie lief immer nach demselben Schema ab.

Diebe, Mörder, Huren und andere Verbrecher wurden in die Verbannung, in die Wildnis, geschickt und mussten die schützenden Mauern der Stadt verlassen, was einem sicheren Tod gleichkam. Man konnte meinen, dass sich viele gegen diese Vorgehensweise wehren würden, doch die Angst der Menschen vor den Wachen in ihren glänzenden Kettenhemden war zu groß. Sie fügten sich. Und wer aus der Reihe tanzte, wurde bestraft.

Das regelmäßige Opfern von Menschen diente außerdem dazu, die Kreaturen des Waldes zu besänftigen und von einem Angriff auf die zweihundert Fuß hohe Stadtmauer abzuhalten, die keineswegs so standhaft war, wie sie hätte sein sollen. Leah vertrat jedoch die Meinung, dass es die Taniwha eher anlockte, wenn man sie regelmäßig fütterte. Nicht, dass sie es laut aussprechen würde.

Leah und Marik folgten der Menge hinter dem Karren, weil es ihre Pflicht war, der Vollstreckung beizuwohnen. In weiter Ferne und über den Dächern der Häuser ragte die gewaltige Mauer auf. Sie schloss die Stadt in einen steinernen Käfig ein. Langsam

kamen sie dem Tor immer näher und Leah hätte am liebsten wieder kehrtgemacht. Marik bemerkte ihr Zögern und tastete nach ihrer Hand.
„Es ist gleich vorbei."
Dankbar lehnte sie sich an seine Schulter und ließ sich von der schwatzenden Menge treiben. Er war eine der wenigen Personen, die ihr festen Halt gaben. Sie kannten sich schon seit der Kindheit und im Laufe der Jahre war aus der vorsichtigen Bekanntschaft eine unzerstörbare Freundschaft geworden.
Der Weg zum Stadttor führte sie näher an die Festung heran und durch den besseren, inneren Teil der Stadt, in dem die wenigen, reichen Familien ihre Häuser hatten und aus deren Fenster nun neugierige Blicke geworfen wurden. Keiner der Reichen würde sich dazu herablassen, zwischen dem *Gesindel* auf dem Markt zu stehen, was auch der Grund war, wieso die Prozedur den weiteren Weg vom Marktplatz bis zum Stadttor nahm.
Damit die Reichen gaffen können. Aber wenigstens sind die Straßen hier sauber.
Die Umgebung veränderte sich schnell wieder, je näher sie dem Rand der Stadt kamen, die großen Herrenhäuser wichen alten Steingebäuden und daraufhin den Holzhütten der Allerärmsten. Der Stadtrat und die Magoi sorgten dafür, dass diese Ordnung bestehen blieb. So wusste jeder, wo er hingehörte, die besseren Teile der Stadt mussten sich nicht über zerlumpte Gestalten in ihren Straßen ärgern und im Falle, dass eine der Bestien die Mauer tatsächlich überwand, war es der *Abschaum* der Stadt, den sie sich zuerst schnappte.
Als die Hütten der Armen lichter wurden, kamen schmale Felder und Weiden zum Vorschein, auf

denen das Vieh versuchte, sich von den dürren Grashalmen zu ernähren. Der Verwalter des Magoibundes hatte sich mittlerweile auf den hinteren Teil des Ochsenkarrens gestellt, um seine edle Robe nicht mit dem Dreck der Straße zu beschmutzen und dem Risiko zu entgehen, in einen Kuhfladen zu treten.

Schweigend überquerten sie das traurige Grün. Der Sommer war ungewöhnlich heiß in diesem Jahr. Schon allzu bald erhob sich die gewaltige Mauer vor ihnen und tauchte sie in einen düsteren Schatten. Zentnerschwere Steine waren aufeinandergestapelt und mit Magie fixiert worden, ein Meisterwerk der Baukunst. Die Mauer ragte bis weit in den Himmel hinein.

Leah legte den Kopf in den Nacken und sah hinauf. Hier am Fuße der Mauer fühlte sie sich klein, bedeutungslos und eingeengt. Sie erreichten das Stadttor aus massivem Holz, das Elaos von der Außenwelt trennte. Leah konnte die Baumkronen der jahrhundertealten Bäume des Waldes erkennen, der direkt hinter der Mauer begann und in dem die Bestien auf ihre Mahlzeit lauerten. Eine unheimliche Stille senkte sich über die Versammelten, jeder verharrte in gespanntem Schweigen und starrte das gewaltige Tor an. Kein Lüftchen wehte, selbst zu atmen wagte kaum einer. Leah konnte selbst das Knirschen von staubtrockenem Kies unter ihren Schuhen hören. Nur Sallyas ängstliche Schreie hallten zwischen den Mauern der Stadt wider.

„Wieso verstehen die Leute das einfach nicht? Mit dem Geschrei locken sie die Kreaturen doch erst an“, flüsterte Leah.

„Meinst du, du könntest dich zurückhalten, wenn du in ihrer Situation wärst?“

„Ich weiß es nicht“, gab sie zu.

Das Oberhaupt der Stadtwache packte Sallya an den Schultern und schob sie unermüdlich auf das Tor zu, während die Zuschauer von einem Fuß auf den anderen traten. Leahs Hungergefühl war wie weggeblasen und Übelkeit verknotete ihr den Magen. Sie konnte Sallyas Angst förmlich am eigenen Leib spüren und begann zu zittern.

Das darf nicht sein.

Leah krallte die Finger in Mariks Hand und schloss die Augen.

Macht doch etwas! Irgendwer sollte sie aufhalten!

Keiner rührte sich. Leah überkam ein seltsamer Impuls. Sie wollte sich nach vorne stürzen, „Halt“ rufen und die hilflose Frau vor dem bewahren, was ihr gleich bevorstand. Sie wollte den Stadtbewohnern die Augen öffnen, dass niemand dieses Schicksal verdient hatte. Sie trat einen Schritt vor, doch Mariks Hand hielt sie fest umklammert und ließ sie stocken.

Nein. Sie würde nichts damit erreichen, außer ihr eigenes Schicksal dem Sallyas anzugleichen. Es war aussichtslos, denn niemand würde auch nur den kleinen Finger biegen, um ihr beizustehen. Niemand, außer Marik vielleicht. Das brachte Leah endgültig zur Besinnung. Sie könnte es nicht ertragen, Marik zu verlieren. Also biss sie sich auf die Zunge und drängte die Tränen zurück.

Vor den Toren der Stadt ertönte ein bedrohliches Grollen, das die Mauern erzittern ließ. Die Zuschauer begannen nervös auf der Stelle zu tänzeln. Einige der toten, verdorrten Blätter segelten lautlos von den Bäumen herab.

„Oh, verdammt ...“, fluchte Leah und schloss die Augen. Sie hatte Sallya mehr Glück gewünscht. Es gab zwei Möglichkeiten bei einer Verbannung. Entweder wurde der Verurteilte sofort vor den Toren von einer Bestie erwartet und getötet oder er hatte Glück und konnte sich im Wald verstecken. Was ihm aller Wahrscheinlichkeit nach nur kurze Zeit, höchstens wenige Tage, verschaffte. Außerhalb der Stadt gab es außer der Wildnis nichts, wohin man flüchten konnte. Elaos war der einzige Ort, an dem man ein halbwegs normales und sicheres Leben führen konnte.

Die Geschichten der alten Hilda kamen ihr wieder in den Sinn. *Es sind Bestien. Sie bewegen sich lautlos wie die Nacht und sind Freunde der Schatten. Sie sind fressen alles, was ihnen vor die Füße tritt. Ihr Jagdtrieb ist grenzenlos, ihre Taktik undurchschaubar, die Dunkelheit ihr Freund. Nur wenige Menschen haben sie je zu Gesicht bekommen, bei den seltenen Angriffen, die bisher auf Elaos stattgefunden haben. Manche beschrieben sie als Echsen, so groß wie die Festung, andere als Schlangen mit Körpern so dick wie die einhundertjährigen Bäume, unter denen sie leben. Es wird von Schuppen berichtet, Hörnern, Zähnen von der Länge eines Menschen und scharf wie Dolche, Klauen, die eine Kuh mit Leichtigkeit umschließen. Doch egal, welchen Geschichten man Glauben schenkt, eines ist sicher: Einzig und allein Elaos trotzt ihnen seit vielen Jahren und besänftigt sie mit seinen Opfern.*

Plötzlich wurde ihr alles zu viel.

„Lass uns bitte gehen!“, drängelte Leah und versuchte, sich einen Weg durch die versammelten Menschen zu bahnen, während ihr kalter Schweiß über den Rücken strömte.

„Wir dürfen nicht gehen. Die Teilnahme an der Vollstreckung ist Pflicht."
„Das ist mir egal!"
Sie wollte nicht hören, was gleich kam. Sie musste hier weg, und zwar schnell.
Marik sah ihren Gesichtsausdruck und ging voran. Die Leute machten dem großen Jungen bedeutend schneller Platz, als es bei ihr der Fall gewesen wäre. Als sie wieder mehr Freiraum hatten, verfielen sie in einen Laufschritt und überquerten die Wiesen. Ein paar Wachen riefen ihnen wütend hinterher, doch sie ignorierten es. Leahs Atmung ging schneller und schneller, ihre Schritte glichen sich ihrem Herzschlag an und sie versuchte, sich auf das Pochen zu konzentrieren. *Denk nicht an Sallya. Denk an etwas anderes.*
Sie erreichten die ersten Hütten und bogen in eine enge, schmutzige Gasse ein. Leah kannte den armen Teil der Stadt wie ihre Westentasche und nahm so viele Abkürzungen wie möglich, um dem schrecklichen Szenario zu entkommen.
Trotz allem konnte sie das Jubeln und die Pfiffe der Menge hören, und vor ihren Augen spielte sich eine Szene ab, in der sich das knarrende Tor öffnete und Sallya von den Wachen hinaus gestoßen wurde. Das Tor schloss sich mit einem dumpfen Schlag von Holz auf Stein. Sie hatten Sallya in die Wildnis geschickt. Es brachte nichts, Leah würde es nicht rechtzeitig schaffen, um dem Albtraum zu entgehen. Sie blieb atemlos stehen, lehnte sich an eine alte Steinmauer und schloss die Augen.
Bitte, bitte, lass sie überleben. Nach einer kurzen Zeit der Stille hörte sie jedoch das Geräusch, das jeden Stadtbewohner die Angst in Mark und Bein spüren

ließ. Das bedrohliche Brüllen einer Kreatur, die ihre Beute gewittert hatte und mit der Jagd begann. Sallyas Schreie endeten abrupt und Leah lief ein Schauder über den Rücken. Sie zog scharf die Luft ein und drängte die Tränen zurück. Es dauerte, bis sie sich gesammelt hatte. Ihre Stimme klang schwach und rau.

„Wenigstens ging es schnell."

Marik brummte zustimmend, bevor sie schweigend ihren Weg fortsetzten und ihren trübseligen Gedanken nachhingen.

„Lass uns an den See gehen", sagte er, „solange die Wachen abgelenkt sind. So eine Chance bekommen wir so schnell nicht wieder."

Sie wusste, dass er sich Sorgen um sie machte.

„Ja, ein bisschen Ablenkung wäre ganz gut", stimmte sie zu, kam aber nicht umhin sich vorzustellen, wie es wäre, wenn sie eines Tages die Worte des Verwalters würde hören müssen. *Verbannt seist du ...* Marik würde sie für verrückt erklären, wenn sie ihm von diesen Ängsten erzählen würde. Wenn er doch nur wüsste, wie nahe sie am Abgrund wandelte.

Neo

„Hast du gesehen, wie sie vor Angst gebettelt hat?", fragte der dicke Ojen und kicherte.

„Jetzt hast du gut lachen, eben hast du dir doch fast selbst in die Hose gemacht", erwiderte Rol und boxte ihn in die Seite. Neo beobachtete seine Freunde kopfschüttelnd und lief weiter Richtung Stadtmitte.

Manchmal frage ich mich, wieso ich mich mit ihnen abgebe.

Ojen bemerkte sein Unbehagen und schloss zu ihm auf.

„Komm schon, Neo, das ist doch nur Abschaum, den sie da hinaus schicken. Ohne sie sind wir besser dran und so haben wir wenigstens etwas Ruhe vor dem nächsten Angriff. Wenn du ein Jäger werden willst, solltest du dich schleunigst an so etwas gewöhnen."

Neo runzelte die Stirn und sein Blick fiel auf eine Bettlerin, deren eingefallene Wangen und hoffnungslosen Augen von einem Leben zeugten, dass er sich gar nicht vorzustellen vermochte.

„Es sind auch nur Menschen."

„Ja, aber welche, die selbst schuld an ihrer Situation sind. Wer sich nicht an das Gesetz hält, hat die Verbannung verdient", bemerkte Rol.

„Wie auch immer, lasst uns schneller machen, mir knurrt der Magen und diese Hosen machen mich wahnsinnig."

Wie auf Kommando begann der raue Stoff auf seiner Haut erneut zu jucken und Neo verkniff es sich, wie verrückt zu kratzen. Amüsiert beobachtete er, wie auch Ojen und Rol an ihren groben Baumwollkitteln

und Hosen zupften. Sehnsüchtig dachte er an seine Tracht, die auf der Burg auf ihn wartete.
Denn Neo und seine Freunde gehörten ganz und gar nicht zum gemeinen Volk. Als Magier stand Neo das Privileg zu, auf der Magoifestung zu wohnen und dort seine Ausbildung zu absolvieren.
Magoi zog es so gut wie nie in die Stadt, sie waren hier nicht gerne gesehen. Die Schüler der Magoifestung brauchten eine gesonderte Erlaubnis, um an einer Vollstreckung teilnehmen zu dürfen. Da diese Erlaubnis nur zu Lehrzwecken und damit so gut wie gar nicht ausgesprochen wurde, verkleideten sich ab und an ein paar ungehorsame Bengel als Bedienstete und stahlen sich unter das gemeine Volk, um das Schauspiel zu genießen. Das Schwierige an dem Unterfangen war lediglich, wieder ungesehen auf die Festung zu gelangen, denn die Lehrer bestraften es hart, wenn Schüler sich nicht an die Regeln hielten.
Wenn ich gewusst hätte, was mich erwartet, wäre ich dort geblieben. Rol schien das Grauen der Verbannung schon wieder vergessen zu haben.
„Hat sich unser Neo also tatsächlich für eine Disziplin entschieden? Jäger?“, fragte Rol, der bis dahin noch nichts von Neos Vorhaben wusste. Er zog wie immer den Kopf ein, doch selbst jetzt noch überragte er fast alle um ihn herum.
„Nein, noch nicht so richtig, aber irgendetwas muss ich ja wählen und zum Bauen, Lehren oder Forschen fehlt mir einfach die nötige Konzentration.“
Es gab viele Ausbildungszweige, die den Magoischülern zur Auswahl standen. Die Astronomie, die Alchemie, die Baukunst und die Lehre waren nur wenige davon.

Ojen lachte. „Ich weiß, was du meinst, mir ist es auch lieber, wenn ich etwas tatkräftiger sein kann.“
Der Sechzehnjährige war ein Jahr älter als Rol und Neo und hatte die vierjährige Grundausbildung in Magie bereits abgeschlossen. Daraufhin hatte er sich für die Disziplin des Schutzes entschieden und wurde ausgebildet, als Wache und Verteidiger der Magoifestung zu fungieren und die schützenden Mauern der Burg sowie die Stadtmauer instand zu halten. In ein paar Monaten würde sich auch Neo entscheiden müssen, in welche Richtung seine Studien für die restlichen drei Jahre gehen sollten. Ihn faszinierte die Arbeit der Taniwhajäger, die versuchten, den Bestien das Leben schwer zu machen, wenn diese sich zu nahe an der Stadt versammelten. Es war gefährlich, aber bei weitem interessanter als Unterricht geben oder ein Handwerk auszuüben.
Sie schlenderten weiter durch das Armenviertel von Elaos und Neo sah sich unbehaglich um. Die Gassen waren schmutzig und stanken nach Urin und dem säuerlichen Gestank schuftender Menschen, überall saßen ausgemergelte Bettler und Kinder in zerrissener Kleidung auf dem staubigen Boden zwischen dem Kot von Straßenhunden und dem Unrat, den man achtlos weggeworfen hatte. Sie bettelten nach Essen oder Talern, wenn man nicht schnell genug an ihnen vorbei ging. Eine Frau mit eingefallenem Gesicht, in das zerzauste Haare fielen, starrte ihn mit bittenden Augen an und er wandte schuldbewusst den Kopf ab.
So viel Elend am Rande unserer Stadt, direkt vor unserer Nase.
Neo atmete fast erleichtert aus, als sie in besseres Gebiet vordrangen und die Häuser allmählich größer

und stabiler wirkten. Als einziger Sohn eines Magiers kam er nur selten in diesen Teil von Elaos und hatte seine Kindheit wie alle Magoi größtenteils im Reichenviertel und später in der Magoifestung verbracht. Sein Vater hatte sich der Wissenschaft verschrieben, während seine Mutter als Hausherrin über Bedienstete gebot und den Haushalt organisierte. Das Verhältnis zu seinen Eltern war eher kühl.
Nur wenige Magoi lebten innerhalb der Stadt, viele bevorzugten das Leben unter Ihresgleichen in der riesigen Festung, die nun vor ihnen aufragte. Die Magoifestung glich einer eigenen kleinen Stadt inmitten von Elaos. Umgeben von einem Fluss und hohen Mauern gab es nur ein einziges Tor mit Zugbrücke, über die man hineingelangen konnte. Lediglich Bedienstete hatten außer den Magoi Zutritt. Auf der Zugbrücke blieben sie vor dem Wachmann stehen.
„Vielen Dank, Airon, du hast etwas gut bei uns“, sagte der füllige Ojen, klopfte dem grimmigen Mann auf die Schulter und steckte ihm zwei Goldmünzen zu. Sofort straffte sich die Brust des Wächters und sein Wams, das mit einer verschlissenen Bronzeschnalle zusammengehalten wurde, spannte sich bedrohlich über dem Bauch. Er senkte den Speer und winkte sie durch.
„Ja, ja“, brummte Airon, „nun macht, dass ihr hier wegkommt, bevor man euch sieht und ich meine Arbeit verliere.“
Er führte sie in das kleine Wachhaus in der Festungsmauer, direkt neben dem Falltor, und holte die drei Schülertrachten aus dem Versteck unter dem groben Holzschrank. Neo sah sich um. In dem kleinen Raum gab es kaum mehr als einen Holztisch

mit zwei Stühlen, dem Schrank und einer kleinen Feuerstelle. Dennoch konnte sich Airon, der aus armen Verhältnissen stammte, kaum eine bessere Arbeit wünschen. Der Lohn des Magoibundes war hoch und es war schwierig, sich für die offenen Stellen zu qualifizieren, wenn man kein Magier war und auch nicht gerade einen Verwandten hatte, der ein gutes Wort beim Verwalter einlegen konnte. Neo nahm dankbar den langen, braunen Umhang entgegen und entledigte sich der unbequemen Sachen.

Ein vertraut luftiges Gefühl an seinen Beinen ließ ihn seufzen, als er in seine eigenen Hosen stieg, den Umhang überzog und die grüne Schärpe gürtete, die alle Schüler in der Grundausbildung kennzeichnete. Die Gewänder der Schüler reichten bis auf den Boden, hatten weite Ärmel und waren aus einem einfachen und dünnen Stoff geschneidert, der jedoch bedeutend angenehmer und leichter auf der Haut lag als die Sachen eines Bediensteten. Mit einem Tuch wischte er sich die Tinte von der Stirn und reichte es Ojen weiter, damit er es ihm gleichtun konnte. Sie hatten kein Risiko eingehen wollen und die Tätowierung des gemeinen Volkes in Form der Sonne gehörte nun einmal zur Verkleidung dazu. Airon streckte den Kopf aus der Tür um zu sehen, ob die Luft rein war, bevor er sie heranwinkte.

„Grüß Tyra und deine Kinder von mir“, sagte Neo, als er an dem Hauptmann der Wache vorbei schlüpfte und auf den großen Innenhof der Festung trat. Vor ihm ragte die riesige Burg auf, in der sich die Versammlungshalle, Unterrichtsräume und Quartiere befanden. Noch immer faszinierte Neo die Größe und Bauweise der Festung, die mit all ihren Türmen, Zinnen und Gängen im Inneren leicht in die Irre

führen konnte. Links und rechts des Burghofes befanden sich kleinere Gebäude, die Küche, Ställe und verschiedene Handwerksräume enthielten.
Erleichtert, wieder auf vertrautem Boden zu sein, sah Neo sich um. Er hatte die Festung schon immer als sein Zuhause angesehen und bisweilen auch nicht vor, nach seiner Ausbildung in das Haus seiner Eltern innerhalb der Stadt zurückzukehren.
Den Blickfang des Geländes bildete der breite, runde Turm, der auf einem Hügel hinter dem Hauptgebäude aufragte. Der Zutritt war jedoch den drei Priestern, den Stadtoberhäuptern, vorbehalten.
Hinter dem Hauptgebäude und dem Turm befand sich der schönste Teil des Festungsgeländes. Während in der Stadt die Häuser dicht an dicht in verwinkelten und engen Gassen standen, lag dort eine praktische und idyllische Grünanlage.
Kleine Viehweiden, Obstgärten und Gemüsebeete reihten sich aneinander und wurden von zahlreichen Hecken und Blumenrabatten abgetrennt. Selbst ein kleiner Wald umschloss das Gelände innerhalb der Mauern. Die Magoifestung glich einer eigenen, kleinen Stadt. Alles in allem konnte er sich nicht über sein Zuhause beschweren, es grenzte an ein kleines, friedliches Paradies. Umso mehr hatten ihn die Zustände in der Stadt schockiert. Rol riss ihn aus seinen Träumereien, als er an Neo vorbei drängte.
„Komm schon, sonst haben sie die Tische abgeräumt, bevor wir was zwischen die Zähne bekommen."
Gemeinsam überquerten sie den Hof und erreichten die zwei hohen Türflügel des Schlosses, welche wie von Geisterhand aufschwangen. Neo sah stirnrunzelnd zu seinem schlaksigen Freund.

„Du solltest deine Kraft nicht für so banale Dinge wie Türöffnen verschwenden, Rol“, tadelte er.
„Außerdem wirst du somit auf Dauer fett und steif“, stimmte Ojen zu und blies unnötigerweise die Backen auf.
Neo lachte, doch er wusste, dass Ojen damit nicht unrecht hatte. Magoi hatten nur eine begrenzte Menge an Macht zur Verfügung, die aus einer inneren Energiequelle geschöpft wurde. Erstens konnte es Tage dauern, bis diese sich nach einer vollkommenen Erschöpfung wieder auffüllte, und zweitens neigten besonders ältere Magoi zur Fettleibigkeit, wenn sie ihre Magie für Alltägliches nutzten.
Die drei Freunde betraten die riesige Halle der Festung, in der gerade drei lange, große Tische abgeräumt wurden. Durch die hohen Fenster drang aufgrund der Wärme des Tages ausnahmsweise ein laues Lüftchen und man hatte die Kraftfelder entfernt, die die Halle sonst vor der Kälte schützten.
Die kahlen Steinwände waren mit farbenfrohen Teppichen verziert, die die Familienwappen verschiedener Häuser mit reiner Blutlinie zeigten, und die steinernen Verzierungen der hohen Decke waren in der ganzen Stadt berühmt. Der Bildhauer hatte eine lebhafte Fantasie gehabt.
Neo legte seufzend den Kopf in den Nacken, blickte nach oben und betrachtete die weiten Landschaften mit Bergen, Flüssen und Seen. Die Menschen darauf widmeten sich im Einklang ihren Arbeiten, pflückten Obst und ernteten Felder, gingen fischen, trieben Vieh vor sich her und standen gemeinsam um ein gewaltiges Feuer, auf dem ein Braten röstete. Kein Taniwha bedrohte sie, die riesigen Echsen waren nicht einmal abgebildet. Keine gewaltige Stadtmauer

sperrte die Menschen ein wie Vieh. Es erstaunte Neo immer wieder, wie lebendig die Gesichter in den Stein gemeißelt waren und wie friedlich das Volk zusammenlebte. Er fragte sich, ob es Zufall war, dass einige davon Magoitrachten trugen, andere wieder die Kleidung des gemeinen Volkes. Gab es einst eine Zeit ohne Standesunterschiede? Neo bezweifelte es, auch wenn ihm die Vorstellung gefiel.

Er wandte seufzend den Blick wieder ab. Mägde trugen mit gesenktem Kopf das benutzte Geschirr an ihnen vorbei, fegten den steinernen Boden und legten neues Holz für den Abend neben den gewaltigen Kamin am Ende der Halle.

„Bei den Priestern, wir sind zu spät!“, murrte Ojen. Die langen Tische waren weitestgehend abgeräumt. Neo machte auf dem Absatz kehrt.

„Kommt mit, ich weiß, wo wir noch etwas bekommen.“

Zurück auf dem Innenhof wandte er sich nach links und stapfte durch den Staub auf ein kleines Steingebäude zu, aus dem Geräusche hektischen Treibens zu hören waren und ein dünner Rauchfaden aus dem Schornstein drang. Als sie die Küche der Magoifestung betraten, schaute Neo sich um, bis er die rundliche Frau mit strengem Haarknoten und Schürze zwischen den zahlreichen Feuerstellen entdeckte.

„Merani!“

Sie drehte sich um und auf ihrem Gesicht spiegelte sich Überraschung wider, die sich schnell zu einem freundlichen Lächeln wandelte.

„Meine Güte, Neo, ich dachte schon, du kommst mich überhaupt nicht mehr besuchen!“

Er grinste und ließ sich an dem breiten Holztisch in der Mitte des Raumes nieder, auf dem das schmutzige Geschirr des Mittagessens zwischengelagert und gerade von einigen Dienerinnen abgeräumt wurde. Es war heiß und stickig in der Küche, doch die Luft war erfüllt von exotischen Gerüchen, die ihnen das Wasser im Mund zusammenlaufen ließ.

„Du weißt doch, wie das während des Studiums ist, sie lassen uns kaum Freizeit. Das sind übrigens Ojen und Rol."

Seine Freunde begrüßten Merani schüchtern und setzten sich zu Neo. Die kräftige Köchin sah sie freundlich an und um ihre Augen bildeten sich kleine Fältchen beim Lächeln. Ihr entging kaum die Unsicherheit der beiden sonst so vorlauten Jungen, schließlich war es Magoi nicht erlaubt, mit den Bediensteten zu sprechen, es sei denn, es wurden Befehle erteilt.

„Also, was kann ich für euch tun?"

Er riss in gespielter Entrüstung die Augen auf.

„Wie kommst du darauf, dass wir aus einem anderen Grund hier sind als den, die wunderbarste Köchin der ganzen Stadt zu besuchen?"

Sie lachte herzlich und stellte drei Teller vor die Jungen.

„Weil ich deinen Magen schon aus fünfhundert Fuß Entfernung habe knurren hören, du kleiner Schmeichler. Ihr habt scheinbar das Essen verpasst."

Als sie mit dem Finger schnippte, kam eine junge Dienerin mit einem schweren Topf heran. Sie schöpfte ihnen eine große Portion Eintopf auf die Teller. Ojen und Rol stürzten sich wortlos auf die Holzlöffel und stöhnten genüsslich, als sie die Suppe probierten. Ojen hatte nicht umsonst solche

Pausbacken, doch auch der große und schlaksige Rol konnte Unmengen verdrücken und wurde launisch, wenn er nicht regelmäßig etwas zwischen die Zähne bekam.

„Wir waren in der Stadt“, flüsterte er leise, als die Dienerin wieder verschwunden war. Er sah sich nach heimlichen Lauschern um. Meranis Lächeln verschwand und sie blickte traurig drein.

„Die arme Sallya, das hatte sie wirklich nicht verdient.“

„Du hast sie gekannt?“

„Sie ist in meiner Nachbarschaft aufgewachsen. Stets freundlich und hilfsbereit, schon als Kind gewesen. Leider sind ihre Eltern früh verstorben und sie hat die Schulden ihres Vaters geerbt. Das hat sie in den Ruin getrieben und ihr blieb weiß Gott nichts anderes übrig, als sich als Hure zu verdingen, damit sie ihre kleine Schwester versorgen konnte. Keiner wollte die Tochter eines Betrügers einstellen, obwohl ich es getan hätte, wenn ich zu derzeit schon hier gewesen wäre.“

Neo schluckte und sein Appetit war wie weggeblasen, als ihm Sallyas Schreie wieder in den Sinn kamen. Es war eine Sache, die Bestrafung einer Hure und somit einer Verbrecherin mit anzusehen. Es hatte ihn nachdenklich gestimmt. Doch zu hören, dass sie kaum eine andere Wahl gehabt hatte, als diesen Weg einzuschlagen, ließ ihn plötzlich stark an der Gerechtigkeit der Stadt zweifeln. Eine Weile stocherte er schweigend in seinem Essen herum. Auch Rol und Ojen waren seltsam still geworden und schauten schuldbewusst drein. *Jetzt tut es euch wohl leid, dass ihr euch über sie lustig gemacht habt.* Er hob bekümmert den Kopf und Merani blickte ihn wissend an.

„Ich dachte, dass es vor einer Vollstreckung eine Anhörung gibt, bei der die Schuld nachgewiesen werden muss. Durch die gegebenen Umstände hätte man doch Nachsicht walten lassen können!“
Merani schnaubte und öffnete den Mund, um etwas zu sagen. Ihr Blick wanderte jedoch zu Rol und Ojen, und sie blieb still.
„Eine Anhörung? Die steht dem gemeinen Volk nicht zu.“, sagte sie und sah Neo mit durchdringendem Blick an, „Du tätest gut daran, es auf sich beruhen zu lassen. Diese Stadt wird von jahrhundertealten Mächten beherrscht, denen weder du noch ich etwas entgegenzusetzen haben, ja, die wir nicht einmal verstehen. Und manche Geheimnisse sollten einfach nicht gelüftet werden.“

Leah

Sie schob sich langsam auf dem breiten Ast nach vorne, bis sie an dem dichten Blattwerk vorbei spähen konnte. Die Rüstung des Eisenmannes klapperte, als er den kleinen Wald innerhalb der Mauern nach ihr und Marik absuchte. Er hatte sie verfolgt und da es ein Vergehen war, eine Vollstreckung ohne weiteres zu verlassen, verspürte Leah nicht das Bedürfnis, ihm zu begegnen.

Kleine Schweißperlen sammelten sich auf ihrer Stirn, während sie tief durchatmete und versuchte, ihren aufgeregten Geist zu beruhigen. Sie fluchte, als sie mit dem Stiefel einen Ast berührte, der ein lautes Knacken von sich gab. Doch der Eisenmann der Stadtwache war viel zu abgelenkt von seinem eigenen, ärgerlichen Gemurmel über die Hitze. Er musste unter der Rüstung schrecklich schwitzen.

Als er sich entfernte, atmete sie auf. Sie hoffte, dass auch Marik sich früh genug versteckt hatte. Während sie noch einen Moment wartete, um sicher zu gehen, dass die Luft rein war, holten sie die Gedanken an die Verbannung von Sallya ein. Die Frau hatte den Tod nicht verdient, ebenso wenig wie so viele vor ihr. Aber es war die Willkür der Magoi, der das gemeine Volk ausgeliefert war, und so blieb den Menschen in der Stadt nichts weiter übrig, als widerstandslos zu folgen und nicht aufzufallen.

Und genau das war Leahs Problem. Sie war nicht wie die anderen Menschen, auch wenn sie alles daran setzte, das zu verbergen. Was sie genau war, konnte

sie nicht sagen, doch eines stand fest: Leah war besonders.
Sie spürte Dinge, die sie nicht spüren sollte. Gefühle, die nicht ihre eigenen waren, was besonders ausgeprägt bei Tieren war. Leah hatte schon in ihrer Kindheit eine gute Beziehung zu Tieren gehabt, doch später stellte sich heraus, dass weitaus mehr dahinter steckte. Sie konnte deren Gefühle spüren, als wären es ihre eigenen. Sie schien stumm mit ihnen zu kommunizieren, die Tiere hörten ihr zu, lauschten ihren Gedanken ...
Leah hatte keine Ahnung, wieso sie den Tieren mental so nahe kommen konnte, nicht einmal Magoi, die mit ihren Gedanken materielle Dinge bewegen konnten, hatten Zugang zur Seele von Lebewesen. Sie war keine Magierin, so viel ließ sich mit Sicherheit sagen, beide Elternteile waren von herkömmlicher Abstammung. Sie war einfach nur sensibler als andere.
Leah hatte schon früh die Straßenhunde von Elaos scheinbar magisch angezogen, sie gezähmt und ihre Wunden behandelt. Die Hunde waren Leah hörig gewesen, ohne dass sie sie hatte zähmen müssen. Später wurden es immer mehr Tiere, um die sie sich kümmerte, bis ihre Mutter Wind davon bekam. Leah hatte Saya nie so aufgewühlt erlebt und sie hatten lange darüber gesprochen, welche Gefahren es mit sich brachte, besonders zu sein.
In letzter Zeit schienen jedoch immer mehr Eindrücke auf Leah einzuströmen, auch die der Menschen. Besonders heute bei der Verbannung hatte es sie fast erdrückt. Noch immer spürte sie die Gefühle des Volkes mehr, als sie zu ertragen vermochte. Die Aufregung der Umstehenden hatte sie

erfüllt, die Abscheu von Marik hatte sich mit ihrer eigenen verbunden, die Angst und Verzweiflung von Sallya, der Verbannten, hatten ihr die Tränen in die Augen getrieben und den Atem geraubt. Nur langsam verebbte das Meer an Empfindungen und hinterließ ein dumpfes Pochen in ihren Schläfen. Sie war empfänglicher für den geistigen Zustand anderer, als sie es sein sollte, und bei den Tieren ging es sogar so weit, dass sie gedanklich miteinander kommunizieren konnten, nicht mit Worten, aber mit Gefühlen.

Leah projizierte ihre eigene Ruhe und Gelassenheit auf die verletzten Tiere, die sie behandelte, um sie ruhigzustellen. Sie nahm deren Angst in sich auf und gab ihnen im Ausgleich Zuversicht und Vertrauen. Je kleiner ihre Patienten waren, umso leichter schien Leah die Barriere der Seele überwinden zu können. Es war wie ein inneres Band, das sie an die Tierwelt knüpfte.

Diese Gefühle heute waren intensiver gewesen als zuvor. War ihre Gabe mittlerweile so weit fortgeschritten? Wie lange würde sie diese Bürde noch ertragen können? Leah konnte die Bedeutung dessen kaum erfassen.

Um sie herum war es wieder still und ihr Herzschlag beruhigte sich langsam. Die Vögel des Waldes zwitscherten in den umliegenden Baumkronen, für Leah ein sicheres Zeichen, dass keine Stadtwache in der Gegend war. Sie seufzte und begann mit dem Abstieg.

Die letzten Meter ließ sie sich vom Baum fallen und landete mit einem dumpfen Aufprall auf dem trockenen Waldboden. Es hatte schon viel zu lange nicht mehr geregnet und der wolkenlose Himmel sagte ihr, dass die Aussichten darauf auch nicht allzu

gut standen. Sie bahnte sich den Weg durch das Gestrüpp und machte sich auf die Suche nach Marik.
Im Gebüsch raschelte es und ein Kaninchen huschte davon. Viel zu schnell, um es zu erlegen. Das Jagen in dem kleinen Wald, der innerhalb der Stadtmauer lag, war nur an wenigen Tagen im Jahr erlaubt und wurde streng kontrolliert, damit sich der Bestand der Tiere erholen konnte. Leah und Marik schlichen sich trotzdem manchmal davon in dem Versuch, Beute zu machen. Sie hatten gelernt, das Risiko in Kauf zu nehmen und das zusätzliche Fleisch zu schätzen, denn Hunger war schlimmer als der schnelle Tod durch eine Bestie, sollten sie erwischt und bestraft werden. Doch heute war kein guter Tag für eine Jagd.
Die Schatten der Bäume wurden allmählich länger. Die Sonne würde bald untergehen und bis dahin musste sie Marik gefunden haben. Er wollte sich östlich halten und sie begann, sich einen Weg durch das dichte Unterholz zu bahnen. Es kostete höchste Konzentration, den dürren und knackenden Zweigen auszuweichen und geräuschlos durch den Wald zu schleichen. Ab und an pfiff sie zaghaft.
Nach ein paar Atemzügen hörte sie das vertraute Pfeifen von Marik und änderte ihre Richtung etwas nach Norden. Das Gestrüpp lichtete sich und sie kam an den kleinen, glasklaren See, an dem sie schon oft gesessen und geredet hatten.
Marik saß am Rande des Sees und hatte die Füße in das kühle Wasser gesteckt. Er drehte sich um und lächelte sie an.
„Die Stadtwache streift hier umher. Du solltest vorsichtiger sein“, warnte sie ihn.
„Ich hab sie schon bemerkt“, seufzte er.

„Heute scheint einfach kein guter Tag zum Jagen zu sein. Alles ist staubtrocken und knackt unter den Füßen“, sagte Leah mit einer Grimasse und setzte sich zu ihm.
Sie zog die Wildlederstiefel aus und seufzte, als das kühle Wasser ihre Zehen umspielte. Marik hatte sich aus einem Ast und der dünnen, festen Schnur, die er immer bei sich trug, eine Angel gebaut.
„Und, beißen die Fische?“
Er deutete auf den Baum über ihnen, an dessen Ast zwei Forellen auf einem Seil aufgeknüpft waren, und lächelte sie stolz an, bevor er die Stirn runzelte und auf ihre Beine sah.
„Wenn Saya dich so sieht, zieht sie dir die Ohren lang.“
Leah sah an sich herab und lächelte bei dem Gedanken, wie entsetzt ihre Mutter wäre, wenn sie ihre Tochter mit den hochgekrempelten Hosenbeinen sehen könnte.
„Es ist viel zu warm heute und sie sieht mich hier ja nicht. Außerdem machen mich Röcke wahnsinnig.“
Frauen, egal welches Standes, war es verboten, in Hosen in die Öffentlichkeit zu gehen, und schon gar nicht in kurzen. Es galt als anstößig. Leah ließ dennoch keine Gelegenheit ungenutzt, die Kleidung zu wechseln. Bevor sie nach Hause ging, würde ein langes Gewand die Hosen verdecken.
„Du wirst mich doch wohl nicht verraten, oder?“
„Und mir den Anblick entgehen lassen? Nie im Leben!“, lachte Marik.
Leah lehnte sich zurück und betrachtete ihn. Marik war groß und kräftig, hatte ein markantes, aber dennoch hübsches Gesicht. Die dunklen Haare hielt er kurz geschnitten, doch es waren seine rehbraunen,

warmen Augen, die den harten Gesichtszügen ihre Schärfe nahmen. Er war attraktiv, keine Frage, doch sie empfanden nicht mehr als Geschwisterliebe füreinander. Es hatte eine Zeit gegeben, da hatte die Neugier sie dazu gebracht, sich anzunähern, doch die Leidenschaft ihrer Küsse war schnell verflogen.
Sie senkte die Lider, als die Sonne durch die Blätter der Baumkronen schien. Der kleine See war einer ihrer Lieblingsorte und sie bedauerte es, nicht öfter her kommen zu können.
Normalerweise ging sie von früh bis spät ihrer Mutter in der Färberei zur Hand, passte auf ihren Bruder Joki auf oder half Jolinda, der alten Kräuterfrau in der Nachbarschaft, dabei, Heilmittel aus Pflanzen herzustellen und Tiere zu pflegen. Am Tag einer Vollstreckung war es allerdings Pflicht, alle Arbeit niederzulegen und über die Sünden des Menschen nachzudenken.
Wieder so eine sinnlose Regel der Magoi, dachte sie nicht zum ersten Mal. Das einzig Gute war, dass sie an diesen Tagen Zeit mit Marik verbringen konnte, auch wenn der Wald bald erfüllt sein würde von den Menschen, die von der Verbannung zurück kamen und die restliche Zeit in dem kleinen Stück Natur würden totschlagen wollen. Wieder durchzuckte sie ein Gefühl des schlechten Gewissens, dass sie ihm ihr größtes Geheimnis noch nicht anvertraut hatte. Marik war ungewöhnlich ruhig und sah nachdenklich aufs Wasser. Sie setzte sich auf und stupste ihn mit der Schulter an.
„Es tut mir leid, Marik."
Er hob die Schultern und ließ sie wieder sinken, doch der Schmerz zeigte sich in einer winzigen Geste und den zusammengepressten Lippen.

„Schon gut, es ist lange her."
„Was meinst du, ob es einer von den Verbannten geschafft hat?", fragte sie betrübt.
Marik sah sie ratlos an.
„Ich meine", erklärte sie, „dass vielleicht irgendjemand geschafft hat, den Taniwha zu entkommen."
Ein Stich des Mitleids durchzuckte sie, denn sie wusste, woran er dachte, als er den Kopf abwandte. Mariks Vater war vor einigen Jahren verbannt worden, als er Essen für seine Familie gestohlen hatte und erwischt wurde. Es hatte ihn und seine Mutter tief getroffen und Marik hatte Glück, dass ein gnädiger Mann ihm Arbeit in der Küche der Stadtwache besorgte, damit er seine Mutter finanziell unterstützen konnte.
„Nein."
„Wieso nicht?"
„Weil es kein Entkommen gibt!"
Sie hatten schon als Kinder gelernt, dass es außerhalb von Elaos kein anderes Volk gab. Einige Magoi hatten es gewagt, Elaos zu verlassen, um die Welt zu erkunden. Niemand aus dieser Gruppe hatte es zurückgeschafft. Nein, das ist nicht ganz richtig, sagte sie sich. Trim hat es geschafft. Der alte Magier war eines Tages wieder vor den Toren der Stadt aufgetaucht, mit zerrissener Tracht, verfilztem und langem Haar und durch die Erlebnisse der Außenwelt um den Verstand gebracht. So erzählte man es sich.
„Sie sind alle tot", war den wirren Worten zu entnehmen, bevor er zusammenbrach und nie wieder ein Wort redete. Trim starb vor einigen Jahren auf der Magoifestung und keiner zweifelte daran, dass er Schreckliches durchgemacht hatte. Trotz allem waren

Trims Worte die Grundlage für zahlreiche Legenden, die ihnen später die alte Hilda erzählt hatte.
Marik und Leah hatten gelernt, dass sich Elaos inmitten eines meilenlangen Waldgebietes befand, das sich südlich nach und nach zu einer trockenen Wüstenlandschaft änderte, die in diesem riesigen See endete, dessen Ende noch niemand aus ihrer Zeit gesehen hatte.
Leah, die sich einen See dieser Größe kaum vorstellen konnte, schenkte den Behauptungen keinen Glauben. Nördlich allerdings waren in weiter Ferne die beschriebenen Berge zu sehen, wenn man von der Magoifestung aus über die Spitzen des Waldes sah. Nicht, dass ich diesen Anblick jemals werde sehen können, seufzte sie innerlich. War es denkbar, dass sich außerhalb ihrer Welt andere Städte befanden, ähnlich wie Elaos? Leah wollte Marik keine falschen Hoffnungen machen, aber sie wollte auch nicht einfach ihre Theorie verwerfen, über die sie seit einiger Zeit nachdachte. Doch Marik war fest überzeugt.
„Da draußen ist nichts als Wildnis, es ist nur eine Frage der Zeit, bis man von den Bestien aufgespürt wird."
„Aber was ist, wenn es noch Menschen dort draußen gibt?"
„Die gibt es nicht, Leah!"
„Laut der Legende schon."
„Du spinnst doch!", sagte Marik entgeistert. „Das sind nur Geschichten, außerdem erzählen sie von Geistern. Du weißt doch, was Großmutter gesagt hat!"
Sie sprechen von Schatten, die sich im Nichts auflösen können und nur in Gestalt von schwarzen, gesichtslosen Wesen mit

erscheinen. Manche nennen sie Geister des Waldes, und manche behaupteten auch, dass es Menschen seien, denen die Götter die Gabe verliehen hatten, sich vor den Taniwha zu verbergen. Andere wiederum sind sich sicher, dass die Götter selbst diese Erscheinung annehmen.

Natürlich würde es nie jemand aussprechen, es war verboten, die alten Götter anzubeten. Manche aus dem gemeinen Volk beteten dennoch still zu den Gottheiten des Waldes, der Flüsse und Seen, den Bäumen ...

Es galt als Verrat, an die Gottheiten der Natur zu glauben, denn seit einigen Jahren waren die Priester die Einzigen, die sie anzubeten hatten. Doch egal, welchen Geschichten man lauschte, eines war sicher: Der Wald war voller Magie und Geheimnisse, voller Schrecken und Gefahren.

„Ich bin mir sicher, dass Elaos nicht alles sein kann! Es muss doch Hoffnung geben.“

Marik schnaubte nur belustigt. Wieder einmal wurde Leah klar, wie unterschiedlich sie beide waren. Während sie immer an das Beste im Menschen glaubte und Hoffnung auf eine bessere Zeit hegte, in der die Menschen gleichgestellt waren und ohne Angst vor den Bestien lebten, war Marik viel zu sehr mit der Realität verankert. Er hatte schon seit langem keine Träume mehr.

Sie setzte sich auf und zog ihre Stiefel über, während Marik sie verwirrt beobachtete.

„Dann glaub doch, was du willst!“, fauchte sie und sprang auf, um trotzig nach Hause zu stiefeln. Er wusste nicht, wie es ihr ging. Sie brauchte diese Hoffnung wie die Luft zum Atmen. Er konnte es einfach nicht nachvollziehen, wie es war, Tag für Tag in eine Stadt mit Tausenden von Menschen eingesperrt zu sein, deren Gefühle ihr schier den Verstand zu rauben schienen. Leah spürte nicht selten Trauer, die nicht ihre eigene war, wurde regelmäßig von Verzweiflung überschwemmt, die den Menschen in ihrer Umgebung angehörte. Sie sehnte sich nach einer Pause, in der sie aufatmen konnte. Sie sehnte sich nach der Stille des Waldes, nein, nicht nach dieser erbärmlichen Ansammlung von Bäumen innerhalb der Stadtmauer, sondern nach der Freiheit, die verheißungsvoll jenseits der Mauer rief und die doch so unerreichbar für sie war.

Abrupt änderte sie die Richtung und lief der Mauer entgegen, die an das kleine Wäldchen angrenzte. Sie musste hier raus, musste die Freiheit am eigenen Leib spüren und nur für einen Moment dem Gefängnis der Gefühle entkommen. Schwer atmend erreichte sie die gewaltigen Steine, die vor ihr aufragten und eine undurchdringliche Wand bildeten, die bis in den Himmel reichte. Verzweifelt suchte sie den Boden und das Gebüsch ab. Es musste einen Ausgang geben, sie hatte einst in einer der Legenden davon gehört. Ein Tunnel, der gebaut wurde, um die Stadt ungesehen verlassen und dem Machtregime der Magoi entfliehen zu können. Kjell der Kühne hatte es einst gewagt, eine Geschichte, der Leah nicht allzu viel Glauben schenkte, doch was, wenn es wenigstens diesen Tunnel gab? Wenn doch ein Fünkchen Wahrheit in den Legenden steckte?

Kalter Schweiß lief ihr den Nacken hinab, als sie immer panischer den staubigen Waldboden absuchte. Sie wollte endlich raus, wollte dem entfliehen, das sie zu erdrücken drohte. Schluchzend legte sie die Hände an die raue, kalte Mauer, tastete sie ab auf der Suche nach Schwachstellen. Sie fand keine.

Ein ohrenbetäubendes Gebrüll holte sie zurück in die Wirklichkeit. Die Äste der Bäume erzitterten, der Boden bebte und Leah hielt den Atem an, während ihr Herz wild gegen ihre Brust schlug. Schwere Schritte ließen den Waldboden erbeben und schenkten ihren Gedanken endlich wieder Klarheit. *Was tue ich hier?* Diese Mauern schützten sie vor den Bestien, die dort draußen lauerten und von denen gerade eine auf der anderen Seite der Mauer entlang kroch. Leah konnte den schweren Atem selbst durch die mehrere Fuß dicke Mauer hören. Wie gebannt wich sie zurück, schluckte gegen ihre trockene Kehle an und trat Schritt für Schritt zurück in den Wald. Die Gefühle, die sie tagtäglich überschwemmten, hatten ihr schier den Verstand geraubt und sie fast dazu gebracht, einen Ausweg aus den schützenden Mauern der Stadt zu suchen, ohne über die Konsequenzen nachzudenken. Wie hatte sie sich nur so vergessen können? Dort draußen wartete nicht die Freiheit auf sie, dort draußen lauerte der Tod. Und gleichzeitig war sie mit dem Tod in der Stadt eingesperrt. Und obwohl sie versucht war, diese düstere Vorahnung zu verdrängen, schien der Tod seine Kreise immer enger um Leah zu ziehen und schwebte wie ein bedrohlicher Schatten über ihr.

Neo

„Neo, würdet Ihr Euch bitte auf den Unterricht konzentrieren und aufhören, Araja zu bezirzen?"
Sir Caaron klopfte ungeduldig mit den Fingern auf den Lehrertisch und Neo drehte sich schuldbewusst wieder zur Tafel, nicht jedoch, ohne dem schüchternen Mädchen noch einmal zuzuzwinkern.
„Entschuldigt, Sir."
Er unterdrückte ein Gähnen und beugte sich wieder über seine Aufzeichnungen. Das Thema, die Erschaffung eines Kraftfeldes, konnte ihn heute bei weitem nicht so fesseln, wie es sonst der Fall im Magieunterricht war. Eine Woche war nun seit der Verbannung der Hure Sallya vergangen und noch immer ließ ihn das Thema der Armut in den äußeren Stadtteilen nicht los. Er hatte die letzte Nacht lange mit Ojen und Rol in seinem Gemach zusammen gesessen und über die Zustände diskutiert. Während seine beiden Freunde der Meinung waren, man könne an der Situation in den Armenvierteln eben nichts ändern, war sich Neo sicher, dass nur jemand den Anfang machen musste. Die halbe Nacht hatte er wach gelegen und über Möglichkeiten gegrübelt, den Menschen zu helfen.
Das Ergebnis war nicht sehr produktiv gewesen und die Folge war lediglich, dass er an diesem Tag unkonzentriert, müde und rastlos war. Rol knuffte ihn in die Seite und nickte mit dem Kopf in Richtung Araja, einem hübschen, dunkelhaarigen Mädchen mit haselnussbraunen Augen.
„Sie mag dich."

Neo machte eine wegwerfende Handbewegung.
„Und wenn schon.“
„Du hast ihr doch gerade zugezwinkert und sie sieht wirklich gut aus“, flüsterte Rol verständnislos.
Neo zuckte lediglich mit den Schultern. Er hatte weder die Zeit noch das nötige Interesse, sich zu binden, obwohl er immer für ein paar nette Gesten aufgelegt war. Trotzdem achtete er darauf, den Mädchen niemals falsche Hoffnungen zu machen.
„Kaum zu glauben, bei dem stehen sie Schlange und er will sie nicht einmal“, brummte Rol vor sich hin und begann, wieder dem Unterricht zu folgen.
Neo lächelte in sich hinein und schrieb schnell die Anweisungen Sir Caarons nieder, bevor er einen weiteren Tadel einfangen konnte. Der Unterricht zog sich an diesem Tag elendig in die Länge und immer wieder schaute er aus dem Fenster, vor dem sich dunkle Wolken türmten und den lang ersehnten Regen versprachen.
„Neo, würdet Ihr uns bitte demonstrieren, wie man ein Kraftfeld erschafft?“
Er zuckte beim Klang seines Namens zusammen und sah zu Sir Caaron, der aufgrund seiner wiederholten Unaufmerksamkeit missbilligend die Stirn runzelte und auf einige Blütenblätter deutete, die auf dem Lehrerpult lagen. Neo biss die Zähne zusammen, konzentrierte sich und sandte seine Energie in diese Richtung. Die Energiequelle leuchtete vor seinem inneren Auge auf und ein warmes Gefühl durchströmte seine Brust. Mithilfe seiner Gedanken formte er die Energie zu einer flimmernden, durchsichtigen Kugel um die Blütenblätter und ließ sie in die Höhe schweben. Sir Caaron nahm etwas Kreidestaub und blies ihn auf die Erscheinung, damit

die Kugel für alle sichtbar wurde. Er gab einen bestätigenden Laut von sich und Neo kappte den Energiefluss.

Glück gehabt.

Als ein lautes Glockenläuten durch die kalten Mauern der Burg hallte, konnte er einen erleichterten Seufzer nicht unterdrücken. Er schnappte seine Tasche und sprang auf, ohne auf Rol zu warten. Doch Sir Caaron legte die Hand auf seine Schulter, als er an ihm vorbei eilte.

„Könnte ich dich einen Moment sprechen, Neo?"

Er unterdrückte einen weiteren Seufzer und nickte.

„Natürlich, Sir."

Sir Caaron wartete, bis sich das Klassenzimmer geleert hatte, und lehnte sich an sein Pult. Das schwarze Haar des Mannes war schon von einigen grauen Strähnen durchzogen, doch die Augen des Lehrers blickten wissend und intelligent aus dem wettergegerbten Gesicht.

„Ich mache mir Sorgen um dich."

„Das braucht Ihr nicht, Sir."

Sir Caaron lächelte gutmütig und die kleinen Fältchen vertieften sich.

„Wie oft ich das schon gehört habe. Dennoch, irgendetwas scheint dich zu beschäftigen."

Neo trat von einem Fuß auf den anderen. Konnte er sich jemandem anvertrauen? Caaron galt als sehr vertrauenswürdig und war sowohl unter Schülern als auch unter Lehrern sehr beliebt.

„Ich ... es ist nur ... Mich beschäftigt eine Sache, eine große Sache, für die ich einfach keine Lösung finden will."

„Und lass mich raten, du möchtest mir ungern von dieser Sache erzählen, habe ich recht?"

„Ja, Sir", antwortete Neo frei heraus.
Sir Caaron lachte leise.
„Schon gut, ich werde nicht weiter nachhaken. Aber vielleicht hilft dir ein kleiner Rat. Manchmal haben wir es mit Problemen zu tun, die so groß erscheinen, dass man sie unmöglich bewältigen kann. Du musst dieses Problem analysieren. Meist gibt es mehrere Ursachen dafür, die es auslösen. Wenn du an einem Punkt bist, an dem du nicht weiter weißt, und diese Sache nicht gänzlich lösen kannst, dann schau dir die einzelnen Ursachen an und versuche, sie nacheinander außer Kraft zu setzen. Schritt für Schritt wirst du der Lösung deines Problems näher kommen."
Stirnrunzelnd blickte Neo ihm in die Augen und dachte nach. Die Armut der Stadt war das Problem, doch was waren die Ursachen dafür? Wieso mussten die Menschen hungern, wo doch so viele andere, allen voran die Magoi, in Überfluss schwelgten?
„Konnte ich dir etwas helfen?", fragte Sir Caaron.
„Ich weiß noch nicht, Sir, ich werde darüber nachdenken. Vielen Dank."
Er wollte sich abwenden.
„Einen Moment noch. Der Grund, warum ich dich sprechen wollte, war eigentlich, dass ich dich nach deinen Zukunftsplänen fragen wollte."
Verdutzt schaute Neo auf.
„Ich habe mich noch nicht entschieden, Sir."
„Das ist mir zu Ohren gekommen. Deshalb möchte ich dir nahe legen, dass ich dich für die Disziplin des Lehramtes sehr geeignet halte. Du bist intelligent, wenn auch leicht abzulenken. Dennoch denke ich, du hast das Zeug dafür. Wenn du diese Richtung einschlagen willst, werde ich gerne meine

Empfehlung an Sir Malin, den Verwalter des Magoibundes, weitergeben."

Verblüfft über diese Möglichkeit verschwanden Neos Sorgen für einen Moment.

„Vielen Dank, Sir. Ich werde gründlich darüber nachdenken. Aber ehrlich gesagt glaube ich nicht, dass mir das liegt."

Sir Caaron entließ ihn und Neo schlurfte gedankenverloren durch die Gänge. Was seine Ausbildung anging, so hatte er noch genügend Zeit zu entscheiden.

Doch eine andere Idee kam ihm in den Sinn und so bahnte er sich einen Weg vorbei an den zahlreichen Unterrichtsräumen durch die grauen, düsteren Korridore des Schlosses. Die Burg war ein riesiges, steinernes Ungetüm, mit verzweigten Fluren und zahlreichen Treppen, ein Labyrinth aus Stein und Fels, dem man nur allzu leicht zum Opfer fallen konnte. Nach den vielen Jahren, die er auf der Festung verbracht hatte, hätte Neo den Weg zu dem Flügel mit den Schülerquartieren im Schlaf finden können. Kein Gang glich dem anderen und wenn man auf die Feinheiten achtete, fand man sich schnell zurecht. Einige Korridore waren mit leuchtenden Wandteppichen behangen, in anderen waren sie ausgefranst und verblasst, einige wurden mit Fackeln beleuchtet und versetzten ihn in eine unheimliche, bedrückende Stimmung, andere, besonders die zur Südseite, waren durch die großen Fenster lichtdurchflutet. Es gab große und breite, schmale und beengende Flure, abgenutzte und brüchige Steintreppen, manche hatte man erneuern lassen, und alle verbanden sie Hunderte von Räumen, über große

Hallen und Unterrichtsräume bis hin zu kleinen Abstellkammern.
Wenn man sich erst daran gewöhnt hatte, erkannte man schnell ein System, in das man die Festung unterteilt hatte. Es gab einen Flügel, in dem die Schüler in kleinen Zimmern untergebracht waren, ein weiterer Teil des Schlosses war mit Gemächern ausgestattet, die von ganzen Magoi-Familien bewohnt wurden. Wieder andere Räume galten einem praktischen Zweck, wie das Audienzzimmer des Verwalters im zweiten Stock oder der Krankenflügel, die Musikzimmer und der Kerker. Um zu seinem eigenen Gemach im Schülerteil der Burg zu gelangen, musste er den größten Raum der Festung durchqueren.
Seine Schritte gingen in dem Geplapper der Mitschüler unter, die in der großen Halle auf das Abendessen warteten. Dampfende Teller und Schalen verströmten den süßlichen Duft von Gemüse, deftigem Braten, geräuchertem Fisch, Brot und allerlei Obstsorten. Er durchquerte die Halle zügig und atmete erleichtert auf, als er den ruhigen Korridor zum Schülertrakt erreichte. Neo stieß die Tür zu seiner Kammer auf und stürmte hinein. Ein Dienstmädchen war gerade dabei, sein Bett herzurichten, und sprang vor Schreck auf.
„Entschuldigung, Sir.“
Sie hielt den Blick schüchtern auf den Boden gesenkt. Die Zimmer der Schüler waren relativ einfach, aber doch hochwertig eingerichtet. Neben den beiden großen Fenstern – ein Vorteil, den nicht jeder Schüler sein eigen nennen konnte –, standen ein Bett mit Baldachin, ein Schreibtisch mit Polstersessel und ein großer Schrank aus dunklem Edelholz. Neo musterte

das schmale Mädchen, dessen stumpfe Haare strähnig ins Gesicht fielen.
„Wie heißt du?"
Das Dienstmädchen wirkte sichtlich verwirrt bei der Frage.
„Kalia, Sir."
„Also gut, Kalia, mach ruhig weiter und lass dich von mir nicht stören. Ich bin gleich wieder weg. Könntest du mir den Wasserkrug noch auffüllen? Ich habe es heute etwas eilig und muss das Abendessen ausfallen lassen."
„Natürlich, Sir."
„Ich danke dir."
Für einen kurzen Moment riss sie die goldenen, mandelförmigen Augen auf und sah ihn erstaunt an, bevor sie es bemerkte und sich schnell wieder an die Arbeit machte. Sie reagierte, als hätte ihr nie zuvor ein Magier gedankt.
*Was wahrscheinlich auch der Fall ist.*Kopfschüttelnd warf er seine Notizen auf den Stuhl und schnappte sich seinen Kapuzenumhang. Er bahnte sich seinen Weg zurück in die große Halle und schlüpfte aus der großen Doppeltür. Über ihm grollten dunkle Wolken und es hatte begonnen, in Strömen auf den ausgetrockneten Boden hinab zu regnen. Der lange dunkle Umhang war eines der wenigen Mitbringsel aus seinem alten Heim in der Stadt und hatte einst seinem Vater gehört. Er hielt nicht nur trocken, sondern sorgte auch dafür, dass Neo nicht gleich von jedem erkannt wurde. Sein Weg führte ihn direkt in das große Küchenhaus, in dem wie immer zu dieser Zeit reger Betrieb herrschte und die Bediensteten damit beschäftigt waren, den Nachtisch für das Abendessen vorzubereiten. Das Gemurmel im Raum

verstummte und einige Mägde hielten in ihrer Arbeit inne, um respektvoll den Kopf in seine Richtung zu neigen. Nur Merani kam wie immer freudestrahlend und mit offenen Armen auf ihn zu. Sie war eine der wenigen Dienerinnen, die ihn als Magier nicht mit Sir anredeten, wie es üblich war. Da er schon als Kind in ihre Küche geschlichen war, um sich Süßigkeiten abzuholen, war sie für ihn eher ein Großmutterersatz.
„Geht wieder an eure Arbeit“, sagte sie mit wedelnden Händen zu den Mägden und in der Küche wurde es lauter, während sich ein Lächeln zwischen ihren rosigen Wangen ausbreitete.
„Neo, mein Junge, zwei Besuche in einer Woche? Ich muss dir in letzter Zeit ja wahrhaft ans Herz gewachsen sein!“
Neo grinste und ließ sich in eine ruhige Ecke führen, in der ein kleiner Holztisch mit zwei Stühlen stand. Kaum hatte er sich versehen, stand ein riesiger Teller mit Lamm, Erdäpfeln und Gemüse vor ihm, dazu eine Schale mit Sommerfrüchten.
„Ich hoffe, du denkst nicht, dass ich nur zum Essen hierher komme“, sagte er lachend zwischen zwei Bissen. Merani schmunzelte.
„Und selbst wenn ... Ich freue mich immer über den Besuch eines hübschen, jungen Mannes.“ Sie machte eine wegwerfende Handbewegung. „Also, was führt dich wirklich hierher?“
Er unterdrückte einen Seufzer und senkte die Stimme.
„Also gut. Es geht um die Armenviertel. Ich ... Ich bin über die Zustände dort schockiert.“
Sie sah ihn eine Weile wissend an und schwieg.
„Du bist anders als die anderen.“
„Wie meinst du das?“

„Magoi interessiert es nicht, ob es den Leuten in der Stadt gut geht."
Er warf ratlos die Hände in die Luft.
„Ich bin mir sicher, dass sie sich einfach nicht darüber im Klaren sind."
„Oh, ich bitte dich, Neo! Man braucht doch nur einen Schritt aus der Festung heraus machen und schon springt einem das ganze Elend entgegen, wenn man sich nicht gerade in den reichen Vierteln aufhält. Der Magoibund will nicht wissen, was da draußen geschieht, und sie sind zufrieden, solange es ihnen gut geht und sie selbst mehr als genug haben."
„Genau das ist es ja, wir haben hier alles im Überfluss! Was passiert mit den Bergen von Essen, die bei uns übrig bleiben?"
Merani schnaubte.
„Sie werden an das Vieh verfüttert."
Für einen Moment war er sprachlos.
„An das Vieh?! Wieso verteilen wir es nicht einfach an die Armen? Das Vieh braucht nie im Leben Sahnetörtchen!"
„Weil sie es nicht wollen! Denk doch mal nach, die Stadtbewohner müssen Abgaben an die Magoi machen, wieso sollten die Herrschaften das Essen wieder zurückgeben?"
Er blickte die Köchin verständnislos an, bevor seine Gedanken zu dem Verwalter Malin und den drei Priestern wanderten, die über die Stadt geboten. Während ersterer alles regelte, verließen Letztere fast nie ihren Turm. Neo fand sie schlichtweg unheimlich.
Aber wieso sollten sie die Augen vor den Hilfebedürftigen verschließen? Wieso nicht helfen, wenn man doch Taler zur Genüge hat? Tüchtige Männer und Frauen, sogar Kinder sterben im Überfluss durch Hunger und Krankheit. Der

Magoibund hat genügend Mittel zur Verfügung, und doch steckt er alles in verschwenderischen Luxus, anstatt die Stadt weiter auf- und auszubauen. Wenn mehr Menschen überleben, könnte auch unsere Stadt weiter wachsen. Dem einfachen Volk würde es besser gehen, Elaos gedeihen und die Menschen können neue Wirtschaftszweige erschaffen, Handel untereinander betreiben, auf eigenen Füßen stehen ...
Ist es das, was sie verhindern wollen? Dass das Volk selbstständig wird? Oder hat es etwas mit den Taniwha zu tun? In Gedanken versunken runzelte er die Stirn. Merani seufzte erneut und holte ihn zurück in die Gegenwart. Ihr scharfer Blick war auf ihn gerichtet und sie nickte bestätigend.
„So ist es nun mal, mein Junge“, sagte sie leise. „Sie wollen ihre Unabhängigkeit nicht verlieren. Das einfache Volk ist darauf angewiesen, den Magoi zu dienen und an die begehrten Arbeitsplätze auf der Festung zu kommen. Selbst der Handel auf dem Marktplatz wird strengstens vom Magoibund überwacht und muss genehmigt werden. Sie wollen nicht, dass sich etwas ändert.“
Bedrückt erkannte er, dass hinter der Armut des einfachen Volkes weit mehr steckte, als er zunächst geglaubt hatte.
„Ich möchte aber helfen.“
„Du bringst dich in Teufels Küche, Neo. Aber ich weiß, wie du dich fühlst, mein Junge, ich möchte auch helfen. Doch einer allein kann nichts ausrichten.“
Sie presste die Lippen verbittert zu einem schmalen Strich zusammen und begann, den Tisch abzuwischen.
„Nun“, sagte Neo zwinkernd, „wir sind immerhin schon zu zweit.“

Leah

Seufzend streckte sie den Rücken durch, als sie die Kräuter auf dem alten Holztisch fertig sortiert hatte. Trotz der Dürre der letzten Wochen war sie im Wald fündig geworden und die Pflanzen waren eine willkommene Einnahmequelle für ihre Familie.

An dem Regal in der Ecke des heruntergekommenen Hauses lagerten bereits einige Blüten, die ihre Mutter später mit zur Färberei nehmen würde. Seufzend blickte sie an sich herab und musterte stirnrunzelnd das einfache Baumwollkleid, in das sie gehüllt war. Stoffe in leuchtenden Farben waren teuer und wurden für gewöhnlich nur gegen viel zu geringe Bezahlung in die Magoifestung geliefert. In ihrem eigenen Viertel würde man nie etwas anderes als tristes Grau oder schmutziges Braun entdecken, gefertigt aus Leinen, Hanf und Nessel.

Doch die Reichen der Stadt trugen liebend gerne die feinen Tuche in schillerndsten Farben, geschmückt mit Gürtel und Schnallen aus Buntmetall, vorwiegend Bronze. Die Farbstoffe für die Kleidung wurden aus den Pflanzen gewonnen und Leah hatte ihre Bezeichnung schon mit der Muttermilch eingesogen. Birke, Rainfarn und Gilbkraut wurden für gelbe Farben verwendet, während Krapp und Gänsefuß, aber auch Ahornwurzeln, Schlehdorn und bestimmte Flechten die verschiedensten Rottöne ergaben. Die restlichen Kräuter und Pflanzen packte sie in ein Leinensäckchen und verließ das Haus.

Draußen hatte der Himmel begonnen zu weinen, doch Leah begrüßte nach den heißen Wochen das

Gefühl des kühlen Sommerregens auf ihrer Haut. Schon bald klebten ihr die nassen Haarsträhnen auf der Stirn und ihre Stiefel versanken in dem grauen Matsch der Straßen. Sie hielt das Haupt gesenkt und stemmte sich gegen den Wind, doch trotzdem ließ sie es sich nicht nehmen, einen kleinen Umweg zu machen und in eine Gasse einzubiegen, die von Unrat und Schmutz besiedelt war. Unter einem dürftigen Holzunterstand kam sie zum Stehen und beugte sich zu dem kleinen Mädchen mit schmutzigem, mausgrauem Haar hinab, das sich zitternd an eine kalte Steinwand lehnte und versuchte, so viel Schutz wie möglich vor dem zunehmenden Sturm zu finden.
„Maya, ist deine Mutter ...“ Sie stockte und brachte es nicht übers Herz, das schwankende und knarzende Holzgestell als Zuhause zu bezeichnen, doch die Kleine antwortete bereits.
„Sie sucht etwas zu essen und wird noch eine Weile weg sein.“
Leah nickte und fragte nicht weiter nach. Manchmal war es besser, nicht zu viel zu wissen. Mayas Mutter würde vermutlich stehlen oder betteln, doch der Erfolg würde gering sein. Sie drückte dem Mädchen eine Salbe in die Hand.
„Sag ihr, dass ich da war, und schmier dir das auf die Brust, das sollte deinen Husten etwas stillen.“
Wie auf ein Zeichen bekam das Mädchen einen Hustenanfall, der den kleinen Körper schüttelte. Leah wandte sich mit blutendem Herzen ab und ignorierte das Gefühl der Hilflosigkeit. Ihr war nicht entgangen, dass Mayas Wangen eingefallen waren und sich bereits ein stumpfer Schleier über ihre Augen gelegt hatte. Augen, die einst neugierig geleuchtet hatten. *Wie alt mochte sie sein? Fünf?*

Leah biss die Zähne zusammen und stapfte weiter durch die Straßen, in denen sich der Regen in tiefen Pfützen sammelte. Sie kam an einem von einem Esel gezogenen Karren vorbei, der im Schlamm feststeckte, doch drei kräftige Männer versuchten bereits, ihn zu befreien. In der nächsten Straße hatte sie ihr Ziel erreicht.

„Jolinda? Bist du zu Hause?"

Leah betrat vorsichtig die stickige Hütte der alten Frau und atmete den Duft der zahlreichen Kräuter ein, die in Bündeln von der Decke hingen. Schalen und Töpfchen mit Salbe füllten die alten Holzregale an den Wänden und der Fußboden war mit duftendem Stroh ausgelegt. Im Kamin loderte trotz der Sommerhitze ein knisterndes Feuer, das mehr Rauch als Wärme abgab, und Leah schlug die Kapuze zurück. Die mit Tüchern behangenen Fenster ließen nur wenig Tageslicht in den Raum und schafften eine wohlige Atmosphäre. Aus dem Hinterzimmer hörte Leah gedämpfte Stimmen, also setzte sie sich geduldig auf den hölzernen Schemel am Eingang. Es dauerte nicht lange, da öffnete sich der Vorhang zu besagtem Raum und eine runzelige Frau trat in gebückter Haltung heraus. Das weiße Haar hing ihr in dünnen Strähnen vom Kopf herab und die tätowierte Sonne auf der Stirn war durch Falten und viele Lebensjahre kaum noch zu erkennen.

„Leah, dachte ich mir doch, dass ich deine Stimme gehört habe. Wie geht es dir, Kind?"

Jolinda legte ihr gutmütig die von Pflanzen grün gefärbten, knochigen Hände an die Wange.

„Gut, ich danke dir. Mutter schickt mich. Joki hat beim Spielen wieder einige Baldrianpflanzen entdeckt."

Sie hielt der alten Kräuterfrau einen Strauß mit zart rosafarbenen Blüten entgegen.
„Sehr gut, mein Vorrat geht langsam zur Neige. Dein kleiner Bruder hat ein Talent dafür, was Heilpflanzen und Kräuter angeht. Richte deiner Mutter doch bitte aus, dass er mir gerne zur Hand gehen darf, wenn sie es erlaubt. Er hat doch mittlerweile das achte Lebensjahr überschritten und ich denke, sie wird sich freuen, wenn er etwas zum Unterhalt beitragen kann."
Leah war sich sicher, dass Joki dieses Angebot gerne annehmen würde. Er kannte die Pflanzen der Natur mittlerweile besser als sie selbst. Jolinda reichte ihr einen Laib Brot zur Bezahlung. Verdutzt schaute Leah auf, als sie noch einen kleinen Topf mit Honig dazu gestellt bekam.
„Jolinda, nicht. So viel ist der Baldrian nicht wert."
Die alte Frau lächelte und Leah erstaunte es einmal mehr, dass sie noch mindestens die Hälfte aller Zähne hatte. Wenn man den Gerüchten Glauben schenken durfte, hatte Jolinda schon sechs Jahrzehnte überschritten.
„Das weiß ich, Liebes", lächelte sie und deutete auf das Hinterzimmer, aus dem eigenartige Geräusche drangen, „aber ich brauche deine Hilfe. Ich habe einen speziellen Kunden."
Sie bedachte das Mädchen mit einem bedeutungsschweren Blick und Leah seufzte innerlich. „Jolinda, du solltest aufhören, diese Art von Geschäft zu betreiben. Die Behandlung und Heilung von Tieren ist den Magoi vorbehalten. Wenn sie herausfinden, dass du ihnen ihr Geschäft streitig machst, kann das schlimm für dich ausgehen."
Jolinda bewegte sich schon immer an der Grenze des Erlaubten. Es war nicht direkt verboten, Kräuter zu

Salben und Tinkturen zu verarbeiten, und bisher hatten die Magoi nichts dagegen unternommen, dass Jolinda Menschen und Tiere damit behandelte. Vielleicht interessierten sie sich auch einfach nicht für die alte Kräuterfrau aus dem Armenviertel. Dennoch gab es strenge Gesetze, die es untersagten. Magoi waren die einzigen Ärzte der Stadt und verlangten Unsummen für die Behandlung.

„Ich bitte dich, wer kann es sich schon leisten, seine Tiere in die Magoifestung zu schaffen? Sie verlangen Preise, die kaum einer von uns aufbringen kann. Und ebenso kann es uns in den Ruin treiben, ein wichtiges Tier zu verlieren."

„Ich weiß", gab ihr Leah betrübt recht, „ich sage ja nur, dass es gefährlich ist."

Jolinda lächelte und streckte ihre müden Knochen.

„Leah, ich bin alt. Was habe ich noch vom Leben, außer dass ich den Menschen mit meinem Wissen noch etwas Gutes tun kann? Wenn sie mich dabei erwischen, dann soll es so sein, aber dann sterbe ich wenigstens mit reinem Gewissen. Du brauchst dir keine Sorgen machen, niemand wird davon erfahren, dass du mir geholfen hast."

Leah zweifelte nicht an den Worten der alten Frau. Jolinda wusste zwar nicht direkt von ihrer Fähigkeit, hatte aber schon vor Jahren herausgefunden, dass Leah eine besondere Verbindung zu den Tieren herstellen konnte. Sie verlor vor anderen nicht ein Wort darüber und bat Leah auch nur dann um Hilfe, wenn ihre Salben nichts ausrichten konnten oder die Ursache der Krankheit unklar war. Mit einer Geste deutete sie auf das Hinterzimmer und Leah nickte.

„Warte hier", sagte Jolinda und verschwand hinter dem Vorhang. Leah hörte, wie sie gedämpft mit

jemandem redete und eine männliche Stimme antwortete. Sie hörte das Knarren der Hintertür und Jolinda rufen. Als sie den Raum betrat, sah sie im hinteren Teil des kahlen Raumes einen angebundenen Esel und der Geruch nach Stall schlug ihr entgegen.
„Ich habe dem Besitzer gesagt, dass er später wieder vorbeischauen soll. Er hat seit einiger Zeit Probleme mit diesem Tier. Er ist unruhig, hat schon mehrmals nach ihm gebissen und tobt in seinem Stall, hat die Stalltür schon zweimal zertrümmert. Ich habe ihn untersucht, kann aber nichts feststellen. Als er den Esel hierher geführt hat, war dieser vollkommen ausgeglichen."
Leah lachte.
„Er wird rossig sein."
„Das habe ich auch vermutet", stimmte Jolinda zu. „Allerdings hat mir der Besitzer versichert, dass keine Stute in der Nähe sei. Vielleicht hat er auch einfach nur Schmerzen, die ich nicht deuten kann."
Stirnrunzelnd besah sich Leah das braune Tier mit dem stumpfen Fell. Sie trat näher, streichelte ihm über Rücken und Kopf, kraulte ihn hinter den Ohren und konnte keinerlei Aggressivität feststellen.
„Was hast du, mein Guter?", flüsterte sie.
Leah stellte sich vor das Tier, nahm den großen Kopf in beide Hände und sah ihm in die Augen. Der Esel wollte den Kopf abwenden.
„Nein, schon gut, ich will dir helfen."
Der graue Riese trat nervös zurück, doch Leah redete weiter beruhigend auf ihn ein. Nach einer Zeit schien der Esel wie gebannt von den grünen Augen zu sein, die ihn bis in die Tiefen seiner Seele musterten.
Leah konzentrierte sich, kniff die Augen zusammen und hielt dem Blick stand. Sie spürte die Nervosität

des Tieres, sie konnte ein leichtes Hungergefühl wahrnehmen, was jedoch nicht allzu ausgeprägt war. Sie begann die Welt aus seiner Sicht zu sehen, nahm ihren eigenen Geruch wahr, spürte die kräftigen Schultern, die durch die Arbeit auf den Feldern so strapaziert waren, die Fliegen, die um sein Ohr kreisten. Sie spürte sogar den kleinen Stein, der im hinteren Huf steckte. Sie forschte weiter, drang mit ihren Gedanken in das Unterbewusstsein des Tieres, auf der Suche nach seinem Problem.

Eine Spur von Verlangen ließ Leah aufmerksam werden und sie konzentrierte sich verstärkt darauf. Sie nahm einen süßen, betörenden Duft war, der sie schier um den Verstand zu bringen schien. Lächelnd unterbrach sie die Verbindung und strich dem Tier noch einmal beruhigend über das Fell.

„Wie ich schon sagte, er ist rossig."

Jolinda hob erstaunt die Augenbrauen nach oben. Leah klopfte sich die Hände ab und folgte der alten Frau zurück in den Vorraum.

„Sag dem Besitzer, er soll in der Nachbarschaft nachfragen, wer eine Stute in seinem Stall stehen hat und ob sie eventuell heiß ist. Vielleicht gibt es eine Möglichkeit, die beiden während dieser Zeit noch etwas weiter voneinander zu trennen. Möglicherweise kann er sich mit dem Besitzer der Stute auch auf einen Zuchtversuch einigen. Falls ihm nicht möglich ist, die beiden zusammenzuführen oder räumlich zu trennen, bleibt ihm immer noch die Möglichkeit, den Esel seiner Männlichkeit zu berauben."

Amüsiert musterte Jolinda das blonde Mädchen.

„Nicht nur dein Bruder hat ein wertvolles Talent, Leah. Ich könnte euch beide sehr gut hier gebrauchen."

Leah schüttelte energisch mit dem Kopf, wie immer, wenn Jolinda ihr dieses Angebot machte.
„Ich helfe dir gerne, wenn es in meiner Macht steht. Aber das Risiko ist einfach zu hoch, es tagtäglich auszuüben. Außerdem habe ich es Mutter versprochen."
„Ich werde Saya nichts davon erzählen", versprach Jolinda wehmütig. „Und nun geh, sie wird sicher schon auf dich warten und ich muss meine müden Knochen etwas ausruhen. In letzter Zeit scheint das Alter immer mehr auf mir zu lasten."
Leah schnappte sich den Laib Brot und den Honig, bevor sie sich auf den Heimweg machte.
Mittlerweile hatte es aufgehört zu regnen und die Sonne hatte sich ihre Vorherrschaft zurückerobert. Einen Teil des Brotes riss sie ab und drückte es Maya zwinkernd in die Hand, als sie wieder an dem armen Mädchen vorbei kam. Maya bedankte sich überschwänglich und Leah fühlte sich ein bisschen besser. Durch den Jagdausflug vor einer Woche und die Extraportion Fleisch und Fisch konnte sie das bisschen Brot erübrigen, auch wenn ihre Mutter nicht begeistert davon sein würde. Gedankenverloren durchstreifte sie die Gassen, beobachtete ein paar Kinder dabei, wie sie entlaufene Hühner einfingen, und begrüßte hier und dort ein paar Waschweiber, die zerrissene Laken zum Trocknen in der Sonne aufhingen. Die zerschlissenen Hütten am Straßenrand wurden mit der Zeit stabiler und Leah bog in die Straße mit den heruntergekommenen, aber festen Steinhäusern ein. Laute Stimmen schlugen ihr aus dem Inneren ihres Heims entgegen und der kleine Joki kauerte im Matsch vor der Tür, wo er mit einem Stock in die Pfütze patschte.

„Du solltest dich nicht so in den Matsch setzen, sonst wirst du krank, Joki. Was ist dort drinnen los?“
Der sommersprossige Junge schaute sie augenrollend unter den wirren, dunklen Haaren an.
„Onkel Gormond ist da. Er streitet sich mal wieder mit Mutter, es geht um dich.“
Leah hob skeptisch die Augenbrauen, wuschelte ihrem Bruder durchs Haar und betrat das Haus. Während sie den Brotlaib und den Honig auf dem alten Tisch platzierte, lauschte sie den gedämpften Worten der Erwachsenen, die sich im Schlafzimmer ihrer Mutter stritten.
„Ich kann euch nicht ewig unterstützen, Saya! Die Ernte war diesen Sommer schlecht und ich brauche die Mieteinnahmen dieses Hauses. So, wie eure Lage im Moment ist, könnt ihr sie nicht bezahlen. Leah ist 14 und damit alt genug, ebenfalls zum Lohn beizutragen. Ich habe Wochen gebraucht, um ihr diese Stelle zu erbetteln.“
Ihr Onkel klang eher verzweifelt als wütend, doch Leah wusste, wie aufbrausend ihre Mutter sein konnte. Onkel Gormond war ein rundlicher Mann, etwas älter als ihre Mutter und mit einem Gesicht, das Leah durch den braunen Vollbart und die lockigen Haare an einen gutmütigen Bären erinnerte. Sie hätte eigentlich nicht lauschen dürfen, doch der Umstand, dass sich dieses Gespräch um ihre Zukunft zu drehen schien, ließ sie länger im Vorraum verharren, als sie es sollte. Die Stimme ihrer Mutter klang bedrohlich.
„Leah hilft mir, wo sie nur kann. Sie geht mir in der Färberei zur Hand und bekommt Lohn dafür. Außerdem erledigt sie Botengänge und hilft mir im Haushalt. Ich brauche sie hier, Gormond!“
Ihr Onkel ließ sich nicht beirren.

„Ich bitte dich, selbst wenn sie von früh bis spät und die halbe Nacht durcharbeiten würde, könntet ihr zusammen nicht den Lohn aufbringen, den sie auf der Magoifestung erhalten würde. Sei vernünftig, Saya. Für Leah ist das eine große Chance!"
Leah hielt die Luft an. Sie sollte auf der Magoifestung arbeiten? Nun war auch klar, warum Saya so reagierte. Sie hasste die Magoi, ebenso wie viele andere aus der Stadt.
„Ich werde Leah nicht in die Fänge dieser gottlosen und machtgierigen Gestalten geben! Sie sind verantwortlich dafür, dass wir überhaupt erst in dieser Lage sind. Sie haben John umgebracht!"
Beim Klang des Namens ihres Vaters zuckte Leah zusammen und ein vertrautes Gefühl von Hass und Hilflosigkeit überschwemmte sie. Ihre Mutter hatte nie einen Hehl daraus gemacht, dass sie die Magoi hasste, weil sie Leahs Vater an einem Fieber hatten sterben lassen, als Saya vor den Mauern der Festung um Hilfe flehte. Dieser Hass hatte auch bei Leah Wurzeln geschlagen.
„Dann müsst ihr dieses Haus verlassen!", brauste Onkel Gormond auf.
„Dann soll es so sein! Ich werde mir mit den Kindern eine Hütte suchen." Ihre Mutter gab sich unnachgiebig.
„Saya, sei vernünftig. Überlege, was du ihnen damit antust. Ihr werdet frieren, werdet Tür an Tür mit dem Vieh leben und euch mit Krankheiten anstecken oder einfach an dem Gestank ersticken. Die Ratten werden euch Gesellschaft leisten ..."
Leah hatte genug gehört und betrat lautlos das Schlafzimmer. Ihr Onkel verstummte augenblicklich und schlug betreten die Lider nieder. Leahs Mutter

stand mit verschränkten Armen am Fenster und atmete tief durch, um ihren Geist zu beruhigen. Sie hatte die hellen Haare, die Leah geerbt hatte, zu einem Knoten verschlungen, doch einzelne Strähnen hatten sich aus dem Zopf gelöst, während die Zornesröte noch in ihren Wangen steckte. Die dunklen Augen musterten ihre Tochter.

„Leah, Schatz, warte bitte draußen", sagte sie mit beherrschter Stimme. Trotzig stemmte Leah die Hände in die Hüften.

„Ich denke, ich habe auch ein Wort mitzureden."

„Nein, das hast du nicht!", fuhr ihre Mutter sie an. „Ich werde dich nicht auf diese Festung lassen."

Leah trat näher und legte ihrer Mutter die Hand auf den Unterarm, was diese etwas besänftigte. Sie war nervös bei dem, was sie jetzt gleich sagen würde, doch die Worte ihres Onkels hatten ihr zu denken gegeben. Was sollte aus ihnen werden, wenn Onkel Gormond die Miete nicht mehr für sie übernehmen konnte?

Leah konnte nicht ewig als Aushilfe in der Färberei dienen oder ein paar Mal im Jahr im Wald jagen. Ein tiefes Loch tat sich unter ihren Füßen auf und Angst schnürte ihr die Luft ab, wenn sie daran dachte, nicht länger bei ihrer Familie leben zu können. Doch es war Zeit, Verantwortung zu übernehmen und ihrer Mutter etwas davon zurückzugeben, dass diese ihr halbes Leben für sie und Joki aufgeopfert hatte, Tag und Nacht arbeiten ging und selbst auf Essen verzichtete, damit es ihren Kindern an nichts fehlte. Sie waren vielleicht nicht reich, doch sie waren glücklich, und dafür hatte allein ihre Mutter gesorgt.

„Lass mich gehen, ich bitte dich. Ich verspreche dir, ich werde auf mich aufpassen. Ich weiß, wie man es schafft, nicht aufzufallen, und werde euch so oft wie

möglich besuchen kommen. Wir brauchen die Taler! Du könntest Joki damit eine Ausbildung bei der Stadtwache ermöglichen."
Saya sah ihre Tochter fassungslos an, doch Leah konnte erkennen, wie sie hinter den intelligenten, braunen Augen mit sich rang. Gormond warteten schweigend ab und legte die Hände auf den dicken Bauch.
„Wann bist du nur so erwachsen geworden?", flüsterte ihre Mutter tonlos und Leah ahnte, dass sie gewonnen hatte. Das Gefühl des Triumphes ließ jedoch schnell nach, als Sayas Blick sich verhärtete.
„Solange ich die Verantwortung für dich trage, wirst du keinen Schritt auf diese Festung setzen."
Sprachlos starrte Leah ihr hinterher, als sie den Raum verließ. Wieso war ihre Mutter so stur? Sie hatte kaum eine andere Wahl, wenn sie nicht in eine noch ärmlichere Hütte ziehen wollten. Trotz wallte in ihr auf und ließ sie die Fäuste ballen. Nicht nur, dass Saya sie behandelte wie ein kleines Kind, nun sollte sie auch mit dem schlechten Gewissen leben, dass sie ihretwegen ihr Zuhause verloren. Onkel Gormond bot ihr eine Chance, endlich der Armut und dem Hunger zu entfliehen. Egal, wie ängstlich und wütend ihre Mutter war, Leah hatte einen Entschluss gefasst. Sie würde auf die Magoifestung gehen, würde den gefährlichsten Männern der Stadt dienen, in deren Augen sie nichts weiter als Abschaum war. Männer, die sie seit vielen Jahren abgrundtief hasste. Und sie würde vollkommen auf sich allein gestellt sein.

Kalia

„Verfluchte Vögel“, murmelte Kalia und ließ die Bürste über das Fenstersims kreisen, um die weißen Flecken zu entfernen. Sie tauchte die Hände in den Eimer mit dem warmen Wasser und ribbelte den Dreck ab, bevor sie die Finger an der langen, weißen Schürze über dem grauen Rock trocknete.
„Es ist doch jedes Jahr dasselbe mit den Spatzen“, stimmte Tania zu, die gerade die Regale abstaubte. „Ich frage mich, wieso sie nicht einfach ein Kraftfeld um die Festung erschaffen, um die Viecher fernzuhalten.“
Kalia schnaubte.
„Weil sie es nicht sauber machen müssen.“
Die zwei Mägde waren schon den ganzen Vormittag damit beschäftigt, den zweiten Stock der Magoifestung zu säubern. Sie würden noch mindestens eine Woche dafür brauchen. Kalia war eine der wenigen Bediensteten, die auf der Festung geboren und somit ihr ganzes Leben dort verbracht hatten. Nachdem ihre Mutter die Geburt nicht überlebte, war sie liebevoll von den Haushaltshilfen aufgezogen worden. Sobald sie alt genug dazu gewesen war, packte sie selbst mit an und verdiente sich somit ihr Brot. Die Quartiere der Bediensteten waren zu ihrem Zuhause geworden, die Knechte und Stallburschen ihre Brüder, die Mägde und Köchinnen ihre Schwestern. Die harte Arbeit hatte dafür gesorgt, dass Kalia mit ihren 13 Jahren und trotz ihrer geringen Größe kräftige Oberarme und breite Schultern hatte, die Hände waren abgenutzt und von

Hornhaut überzogen und sie konnte ohne weiteres mehrere Eimer Wasser vom Erdgeschoss bis in den höchsten Turm der Magoifestung tragen. Die Arbeit fiel ihr leicht, Gehorsam wurde ihr mit in die Wiege gelegt, und dennoch ...

„Manchmal frage ich mich, woher sie das Recht nehmen, sich für etwas Besseres zu halten und uns die ganze Arbeit machen zu lassen."

Tania zog scharf die Luft ein und richtete sich auf.

„Da hat aber jemand einen schlechten Tag", sagte die ältere Magd und rieb sich den schmerzenden Rücken. „Willst du nicht gleich direkt vor den Stadtrat treten und um die Verbannung betteln?"

Kalia schwieg und widmete sich seufzend wieder ihrer Arbeit. Das Zimmer war gemütlich eingerichtet. Die Wände kleideten farbenfrohe Wandteppiche, vereinzelte Regale beherbergten dicke und dünne, neue und alte Bücher sowie Gefäße aus Ton, Gold und Silber, und das Zentrum bildete ein massiver Schreibtisch aus dunklem Edelholz, der trotz der zahlreichen Pergamente aufgeräumt aussah. Von hier oben aus hatte sie einen guten Blick auf den Burghof. Verträumt beobachtete sie den Hufschmied Frey, der mit lauten, klirrenden Schlägen die Eisen für die Pferde formte. Sie sah Merani, die Köchin, die zwei halbwüchsige Jungen mit schweren Säcken aus der Vorratskammer in die Küche schickte. Das rege Treiben besänftigte sie etwas und gönnte ihr Ablenkung. Es war ein klarer Tag und der Himmel strahlte in einem herrlichen Blau, während ein kühles Lüftchen die drückende Hitze der letzten Wochen und den Sturm der vergangenen Tage vertrieb. Ein alter, gebeugter Magier brachte die Schafe in der Ferne auf die sommergrüne Weide, während eine

schwarzhaarige Magierin auf dem Brunnenrand in der Mitte des Burghofes saß und ihren beiden Kindern beizubringen versuchte, wie sie allein mit ihren Gedanken die kleinen Kieselsteine vor sich schweben lassen konnten. Als die Kinder an der Reihe waren, gab es kurzzeitig ein heilloses Durcheinander. Einer der Steine schoss in die Höhe und sank direkt über einem Stallknecht mit seinem Pferd hinab. Der Stein traf die Flanke des Rappen, der Stallknecht geriet ins Stolpern, ließ die Zügel los und das schwarze Pferd ging wiehernd durch.
Kalia konnte sich ein Kichern nicht verkneifen und Tania trat neben sie, um sich das Schauspiel ebenfalls anzusehen. Der Rappe galoppierte ein Stück und wurde von einem Magoi in brauner Tracht mit grüner Schärpe aufgehalten, der gerade mit zwei weiteren Schülern aus dem großen Tor zur Halle trat. Kalia verstummte und runzelte die Stirn.
„Kennst du diese drei?“, fragte sie Tania vorsichtig.
Die ältere Frau beugte sich aus dem Fenster und kniff die Augen zusammen, da ihre Sehkraft zu wünschen übrig ließ. Zum ersten Mal fiel Kalia auf, dass Tanias immer zu einem festen Knoten gebundenes Haar ein wenig von der rabenschwarzen Farbe eingebüßt hatte und silberne Härchen im Sonnenlicht schimmerten.
„Der mit dem Pferd an den Zügel ist Neo. Daneben, der Schlaksige, ist sein Freund Rol, der Dicke heißt Ojen, soweit ich weiß.“
Kalia beobachtete, wie die drei lachend zu den Pferdeställen schlenderten, um das entflohene Tier zurückzubringen. Tania allerdings schürzte die Lippen.
„Oh, bitte sag mir, dass du jetzt nicht auch noch anfängst, diesem Neo hinterher zu träumen. Was hat

dieser Junge nur an sich, dass er euch jungen Dingern den Kopf so verdreht?"
Kalia schüttelte mit dem Kopf.
„Ich träume nicht von ihm. Er ist mir nur einmal begegnet und war ... Na ja, wie soll ich sagen, er war höflich und hat sich sogar bedankt dafür, dass ich meine Arbeit mache."
Tania wandte sich ab und zuckte mit den Achseln.
„So ungewöhnlich ist das gar nicht. Es gibt auch Magoi, die etwas Dankbarkeit zeigen."
Ja, dachte Kalia, *aber nicht die Art von Dankbarkeit, von der du redest.*
Wenn man den Gerüchten Glauben schenken durfte, so war die hübsche Tania mit ihrem wohlgeformten Körper besonders dem Wissenschaftslehrer Sir Doran zu Diensten, der ein reges Interesse an der üppigen Magd zu haben schien. Unter den Bediensteten schwieg man darüber, da es für Tania den Tod bedeuten konnte, sollten die Magoi davon erfahren, dass sie sich mit einem Magier einließ. Kalia fragte sich, ob sie wusste, in welcher Gefahr sie schwebte.
Ihre Augen wanderten wieder zu den drei Jungen.
Ihre Freundin hatte sich geirrt. Es war nicht der hübsche Neo, der ihre Blicke auf sich zog, sondern sein Freund Rol. Kalia war ihm des Öfteren im Gang begegnet, auch wenn die Mägde für gewöhnlich von den Magoi kaum wahrgenommen wurden. Der große, schlanke Junge mit der breiten Nase und den vielen Sommersprossen im Gesicht hatte dafür gesorgt, dass sich ein warmes Gefühl in Kalias Bauchgegend ausbreitete, als sich ihre Blicke begegnet waren. Sie dachte an seine leuchtenden Augen, wenn sie sich nachts schlafen legte. Ihre Gedanken kreisten tagtäglich um die etwas zu großen Vorderzähne, die

er beim Lächeln entblößte. Wenn sie Schülern in den Gängen begegnete, hielt sie nach ihm Ausschau, nur um einen kurzen Blick auf das Gesicht zu werfen, das sie so begehrte. Er hatte sie angesehen! Und nun kannte sie endlich seinen Namen.

Würde sie eines Tages auch sein Bett wärmen dürfen, so wie Tania es bei Sir Doran tat? Allein der Gedanke ließ sie erröten und ihre Haut kribbelte, als sie sich vorstellte, wie sie sich mit Rol zu einem mitternächtlichen Stelldichein in den Obstgärten treffen würde. Nur entfernt nahm sie wahr, wie Tania sich verabschiedete, um in dem anliegenden Raum zu putzen. Sie stieß ein verträumtes Seufzen aus. Er war ein Magier, unerreichbar für sie. Doch eines Tages, sagte sie sich. Eines Tages würde Rol sie in seine Gemächer rufen. Sie würden diesen sinnlosen Gesetzen der Magoi trotzen, wenn er doch nur erst einmal auf sie aufmerksam werden würde.

Ihr Blick wanderte zu dem schmalen Holzregal neben dem Fenster, das mit glänzenden Kelchen und Silbertellern bestückt war, von denen ihr nun ihr eigenes Gesicht entgegenblickte. Der Anblick holte sie schnell zurück in die Wirklichkeit. Sie war nicht hässlich, aber auch keine solche Schönheit, als dass Rol sie unmöglich übersehen könnte. Die breite Nase passte gut zu ihrem rundlichen Gesicht, auch wenn sie etwas zu groß war. Sie hatte das Glück, dass die Tätowierung auf ihrer Stirn gleichmäßig mitgewachsen war und die schöne Form beibehalten hatte. Ihre Augen standen etwas zu nah beieinander, allerdings machte die goldene Farbe diesen Makel wieder wett. Die vollen Lippen verzogen sich jedoch, als sie ihr stumpfes, braunes Haar betrachtete, das ihr zerzaust und in Strähnen ins Gesicht fiel. Sowohl

Arme als auch Wangen waren mit Schmutz überzogen, die Kleidung zwar weitestgehend sauber, aber zerschlissen.
Seufzend fuhr sie sich mit den Fingern durch die Haare und versuchte, sie etwas zu glätten. Sie schnappte sich einen Rockzipfel und wischte sich den Schmutz von den Wangen, ohne ihr Spiegelbild auf dem Silberteller aus den Augen zu lassen. Das Ergebnis war besser, allerdings würde sie trotz allem nicht für mehr als ein gewöhnliches Mädchen durchgehen.
Ein Räuspern ließ sie herumfahren und ihr Atem stockte, als sie den Verwalter der Magoifestung in der Tür stehen sah. Sie hatte vollkommen vergessen, dass sie sich in seinem Audienzzimmer befand, welches eigentlich von ihr in Ordnung gebracht werden sollte. Der untersetzte Mann starrte sie für einen Moment aus scharfen, intelligenten Augen an, die fast schwarz wirkten und sich hinter einer langen, spitzen Nase verbargen. Insgesamt hatte Sir Malin mit dem zurückgezogenen Kinn und den kurzen, aschbraunen Haaren Ähnlichkeit mit einem Frettchen. Kalia schlug das Herz bis zum Hals, sie ließ verlegen ihren Rockzipfel los und neigte unterwürfig den Kopf.
„Entschuldigung, Sir“, stammelte sie und eilte zu ihrem Eimer zurück, um mit hochrotem Kopf den Kaminsims zu säubern. Sie konnte die Blicke des Verwalters im Nacken spüren, obwohl er sich nicht dazu herabließ, sich zu seinen Gedanken zu äußern. Kalia verfluchte sich selbst.
Von allen Menschen dieser verdammten Festung, die mich dabei hätten erwischen können, wie ich eitel auf mein Spiegelbild starre, musste es ausgerechnet derjenige sein, der die

Macht hat, über die Bediensteten zu entscheiden und Verbannungen auszusprechen.

Sir Malin hatte, wenn man mal von den drei Priestern absah, denen er unterstand, das Sagen auf der Burg und war von allen gefürchtet. Er kümmerte sich um alle Entscheidungsfragen auf der Festung, von der Einteilung der Bediensteten bis hin zu ihrer Bestrafung, er sorgte für Ordnung unter den Magoi, teilte ihnen Arbeiten zu und kontrollierte, ob sie erledigt wurden, er kümmerte sich um die Einteilung der Nahrungsmittel, bestimmte, welche Felder wann bestellt wurden, er verwaltete die Einnahmen der Burg und kontrollierte die Stadtwache. Außerdem war er Vorstand des Stadtrates und somit einer der mächtigsten Männer der Stadt.

Trotz seiner zahlreichen Berater, die die Arbeiten für ihn ausführten, musste der Mann grenzenlos überfordert sein. Und das hatte ihn, wie überall bekannt war, zu einem entschlossenen Entscheidungsträger werden lassen. Er zögerte nicht lange, wenn es darum ging, eine Verbannung auszusprechen, Mitleid und Verständnis gehörten nicht gerade zu seinen Stärken. Bisher hatte es Kalia geschafft, dem mächtigen Verwalter nie direkt zu begegnen. Umso unglücklicher war es, dass er genau in diesem Moment auf sie aufmerksam wurde. Sie wagte es nicht, sich umzudrehen, und begann, die kalte Asche aus dem Kamin zu entfernen und neues Holz für den Abend aufzustapeln. Einige Bücherregale mussten ebenfalls vom Staub befreit werden und sie widerstand dem Drang, sich die farbenfrohen Wandteppiche dazwischen anzusehen, die heldenhafte Magoi mit wallenden Roben dabei zeigten, wie sie gewaltige Taniwha bekämpften. Ihre

Finger zitterten und Kalia atmete tief durch, um sich zu beruhigen. Sie durfte sich keinen Fehler erlauben. Schweigsam und gewissenhaft fegte sie den kalten Steinboden, ohne noch einmal aufzuschauen. Jeden Moment rechnete sie damit, dass der Verwalter des Magoibundes sie ansprach, sagen würde, was er von Mädchen hielt, die ihre Arbeit nicht machten und sich von ihrem Spiegelbild ablenken ließen.

Die Stille lastete auf ihr und sie konnte die Anwesenheit von Sir Malin spüren. Seit er den Raum betreten hatte, war dieser erfüllt vom Geruch seines Schweißes und dem Duft alten Pergamentes. Als sie es kaum noch aushielt, wagte sie einen Blick in seine Richtung. Erstaunlicherweise zeigte der Verwalter keinerlei Interesse an ihr oder ihrer Arbeit und Kalia atmete erleichtert aus, bevor sie die Stirn runzelte. Sir Malin wirkte nervös. Er stand am Fenster und trat von einem Fuß auf den anderen, klopfte ungeduldig mit den Fingern auf das Fenstersims und blickte besorgt in die Ferne.

Was mochte einen solchen Mann beunruhigen, der ohne mit der Wimper zu zucken Urteile aussprach und somit Leben beendete?

Wieder einmal ertappte sich Kalia dabei, dass sie zu neugierig war. Auch wenn ihr Wissensdurst noch so groß schien, hatte eine Magd nie das Recht, Interesse an Dingen zu zeigen, die nichts mit ihr oder ihrer Arbeit zu tun hatten. Sie fegte das letzte Stückchen kalten Steines und stellte den Besen beiseite, um den Staubhaufen vor ihren Füßen zu entfernen. Der Klang von Holz auf Stein ließ Sir Malin zusammenzucken und herumwirbeln.

Bei den Priestern, da ist aber jemand schreckhaft.

Sie ließ sich nicht anmerken, dass ihr die Reaktion des Verwalters aufgefallen war, machte einen Knicks und wollte gerade aus dem Raum eilen, als er sie ansprach.
„Bring Wein aus dem Keller. Den süßen vom blauen Berg für mich und für seine Eminenz den goldenen."
„Wie Ihr wünscht, Sir."
Sie eilte davon, doch im Korridor verlangsamten sich ihre Schritte. Wein für seine Eminenz? Sollte das etwa heißen ...
Kalia blickte zögerlich zum Audienzzimmer des Verwalters zurück. Wenn Sir Malin von seiner Eminenz sprach, dann konnte das nur bedeuten, dass einer der drei Priester tatsächlich seinen Turm verlassen würde. Kaum vorstellbar. Fast niemand hatte die unheimlichen Männer in den schwarzen Kapuzenumhängen je zu Gesicht bekommen. Sie waren mehr so etwas wie Legenden. Kein Wunder dass Sir Malin nicht wusste, wo ihm der Kopf stand. Was hatten die beiden so Wichtiges zu bereden, dass sie sich treffen mussten, während der Rest der Magoifestung entweder beim Mittagessen saß oder die Pause im Freien genoss? Kalia setzte aufgeregt ihren Weg fort. Das einer der Priester den Turm verließ, war ein seltenes Ereignis. Und sie durfte dabei sein. Hatte sie nun endlich die Chance, einen der drei Herrscher von Elaos zu Gesicht zu bekommen? Ob sie wirklich so schrecklich waren, wie andere behaupteten? Kalias Neugier war geweckt.
Die wildesten Gerüchte hatte sie schon über die Gestalten gehört. Man erzählte, sie könnten mit ihrer Magie die ganze Stadt zerstören, ohne dabei nur einen Finger krumm zu machen. Manche behaupteten, der Älteste von ihnen lebe schon seit fast 300 Jahren in dieser Stadt. Sie hatte sogar gehört, dass die drei

Priester schon längst ihr Leben ausgehaucht hatten und nur die Magie verhinderte, dass ihre Körper zerfielen. Einst schnappte Kalia sogar in einer Schenke am Stadtrand auf, die Männer hätten weder Gefühle noch Seelen.
Der Magd machten diese Gerüchte keine Angst, doch als sie zwei Krüge an den Fässern im Weinkeller füllte, zitterten ihre Hände vor Nervosität. Wie aufregend das war. Sie machte einen kleinen Umweg über den Burghof in die Küche und ignorierte den misstrauischen Blick eines Küchenjungen, als sie die beiden besten Silberkelche mitnahm. Hastig eilte sie zurück in den zweiten Stock, immer darauf bedacht, keinen Tropfen des edlen Weines zu verschütten.
Wein wurde in Elaos nur zu den besten Anlässen ausgeschenkt. Es gab nur drei kleine Weinberge, da der Platz innerhalb der Stadtmauern für den Anbau von Nahrung benötigt wurde. Die Magd hatte nie zuvor dieses Getränk probiert und kurz geriet sie in Versuchung, an dem herrlich duftenden Weinkrug zu nippen, beherrschte sich jedoch und strich die Schürze über ihrem Rock glatt, bevor sie mit angehaltenem Atem das Audienzzimmer von Sir Malin betrat.
Sie blinzelte einen Moment, denn nun waren die schweren Holzläden vor den Fenstern geschlossen und das grelle Tageslicht ausgesperrt. Die düstere Atmosphäre und das fehlende Sonnenlicht jagten einen Schauder über Kalias Rücken und eine Gänsehaut kroch über ihre Arme. Ihre Beschwingtheit verflog wie Nebel im Sonnenschein. Der Raum war plötzlich viel kühler und so still. Einige Staubkörnchen tanzten in den kläglichen Sonnenstrahlen, die durch die Ritzen des Holzes

fielen. Nur das Rascheln von Sir Malins Robe war zu hören, als er nervös auf seinem Stuhl hinter dem Schreibtisch hin und her rutschte. Sie erkannte seine Silhouette schemenhaft vor dem Fenster. Kalia schluckte, als sie die Kapuzengestalt eines großen Mannes mit dem Rücken zu ihr und gegenüber dem Verwalter sah, konnte jedoch sein Gesicht nicht erkennen.

Einer der Priester. Sie war tatsächlich mit einem von ihnen zusammen im Raum. Das waren die Männer, zu denen sie beten sollten, die verehrt wurden für ihre Fähigkeiten und den Schutz, den sie dieser Stadt geschenkt hatten. Sie kam sich augenblicklich klein und bedeutungslos vor.

Sofort bereute sie es, nicht einfach die nächstbeste Magd geschickt und sich aus dem Staub gemacht zu haben. Die Stimmung war unheimlich, während sie das Gefühl hatte, die Magie förmlich auf ihrer Zunge schmecken zu können. Selbst die Luft schien elektrisch geladen zu sein. *Es fühlt sich bedrohlich an.* Ihr Körper versteifte sich und sie musste ihre Beine zwingen, sich zu bewegen, als der Verwalter sie heranwinkte. Es war, als weigerten sich ihre Füße, sich dem Tisch freiwillig zu nähern. Sie spürte die Gefahr und die Kälte, die von dem Mann ausging, obwohl sie nur dessen Silhouette unter dem schwarzen Mantel sah, die sich noch kein Stück bewegt hatte. Das abgedunkelte Zimmer sorgte dafür, dass der Priester mit den Schatten verschmolz. Mit gesenktem Blick kam sie näher und stellte zitternd die beiden Kelche vor den Männern ab, um zuerst den des Priesters zu füllen. Aus den Augenwinkeln beobachtete sie die schwarze Gestalt, doch sein Gesicht war gesenkt und verdeckt vom Schatten der

Kapuze. Ein eigenartiger Geruch nach Eisen ging von dem Mann aus. Sie beugte sich etwas vor, doch der Priester wandte den Kopf leicht zur Seite.
Was hatte der Mann zu verbergen?
Sie kämpfte innerlich mit sich selbst. Da war einerseits die Neugier, die sie nervös von einem Fuß auf den anderen treten ließ. Nie wieder würde sie so eine Chance bekommen, nie wieder einem der Priester ins Gesicht sehen können. Was wohl die anderen sagen würden, wenn sie ihnen berichtete, einen der Priester gesehen zu haben? Sie würden sie beneiden darum, dessen war sich Kalia sicher. Und doch war da dieser Drang, so schnell wie möglich von hier zu verschwinden. Jede Faser ihres Körpers sträubte sich dagegen, noch länger hier zu verweilen.
Wenn sie doch nur einen kurzen Blick auf sein Gesicht erhaschen könnte.
Was ihr dann in den Sinn kam, war nicht nur verwegen, sondern auch gefährlich. Sir Malin konnte an diesem Tag schon nicht gut auf sie zu sprechen sein und Kalia wusste, dass es sie mehr als nur ihre gut bezahlte Arbeit kosten konnte, wenn sie sich nun auch noch ungeschickt anstellte. Doch die Versuchung war zu groß. Sie musste einfach das Antlitz des Priesters sehen, sie konnte diese Chance nicht verstreichen lassen.
Der letzte Tropfen von Sir Malins schwerem Rotwein fiel in den Becher und die Magd reagierte blitzschnell. Mit der linken Hand stieß sie den leeren Weinkrug um, sodass dieser in Tausend Tonscherben auf dem Boden zerschellte. Der Verwalter verfluchte sie laut und Kalia errötete ordnungsgemäß, als sie sich auf die Knie niederlassen wollte. Wenn sie es nur ein Stück weiter nach unten schaffen würde, dann konnte sie

unter die Kapuze blicken. Sie kroch etwas voran und füllte den heil gebliebenen, leeren Krug mit den Scherben des zerschellten. Nur ein Stückchen noch. Sie kauerte halb unter dem Tisch, als sie die perfekte Position neben dem Knie des Priesters erreicht hatte. Von hier aus müsste sie ihm direkt ins Gesicht blicken können. Er war ihr so nah, dass sie das leise Rasseln seines Atems hören konnte. Sie hob den Blick ...

Eine Hand schoss blitzschnell unter dem Umhang des Priesters hervor, bevor Kalia auch nur den Kopf fertig hatte drehen können. Sie erstarrte, als sie den eisernen Griff auf ihrem Handgelenk spürte und musste einen Schrei unterdrücken. Die Haut des Priesters war nicht nur eiskalt, sie fühlte sich *unecht* an. Die knochigen Finger waren mit gräulicher Haut so dünn wie Papier überzogen, die durch Altersflecken und hervortretende Venen entstellt war. Lange, schmutzige Fingernägel bohrten sich in ihr Handgelenk. Kalia entriss dem Mann ihren Arm und wich erschrocken zurück. Das fahle Gesicht des Verwalters hatte einen purpurroten Ton angenommen.

„Entschuldigt, Eure Eminenz, ich war so ungeschickt“, stammelte sie und ignorierte das wütende Schnauben Sir Malins. Die fahle Hand des Priesters bewegte sich leicht und plötzlich erhoben sich die Scherben auf dem Boden. Innerhalb weniger Augenblicke war der Krug wieder zusammengesetzt und kaum einer hätte auf die Idee kommen können, dass er jemals zerschellt war. Kalia erstarrte und blickte wie gebannt auf das schwebende Tongefäß, das von einem bläulichen Schimmer überzogen war.

Die Zeit schien still zu stehen, selbst die Staubkörner hingen bewegungslos in der Luft.
Sie versuchte sich zu bewegen, doch ein Stich der Angst durchfuhr ihren Körper, als sie es nicht schaffte. Ihre Beine schienen aus Stein zu sein, ebenso ihre Arme. Gelähmt wie sie war, stieg Panik in ihr auf und vernebelte ihren Verstand. Sie kämpfte dagegen an, doch ihr Körper schien nicht länger ihr selbst zu gehören. Tränen des Entsetzens liefen ihr an den Wangen herab, als sie bewegungslos da stand und auch ihre Lunge sich zu versteinern schien. Sie keuchte, japste und rang verzweifelt nach Sauerstoff, doch ihr Brustkorb weigerte sich, die erlösende Luft einströmen zu lassen. Dumpf hallten die Worte des Verwalters in ihrem Kopf wider, ohne dass Kalia sie verstehen konnte. Alles schien wie durch ein unsichtbares Kissen von ihr ferngehalten zu werden. Ein Kribbeln durchlief ihren Körper, der verzweifelt nach Atem bettelte. Ihr Sichtfeld verschwamm und blitzende Punkte tanzten vor ihren Augen, als plötzlich das Gefühl der Enge in ihrer Brust nachließ und Kalia verzweifelt den Sauerstoff einsog. Nie hatte es ein schöneres Gefühl gegeben als die Erleichterung, als ihre Lungen sich wieder mit Luft füllten und der Magd die nötige Energie zurückgaben, sich auf den Beinen zu halten.
Ohne zu zögern schnappte sie sich das leere Gefäß und eilte aus dem Raum. Sir Malin rief ihr nach, doch sie ignorierte es. Sie musste weg hier, und das so schnell wie möglich. Im Korridor begann sie zu rennen. *Wie konnte ich nur so dumm sein?,* schalt sie sich. Nicht nur, dass sie dem Verwalter einen Grund für eine Verurteilung gegeben und diesen bis zur Weißglut getrieben hatte, sie war auch noch so töricht

gewesen zu glauben, der Priester würde ihr kindisches Vorhaben nicht durchschauen. *Es war eine Warnung!*
Er musste ihre Neugier gespürt haben. Dass er sich überhaupt bewegt hatte, um sie davon abzuhalten, ihren Plan in die Tat umzusetzen, nahm Kalia vor Entsetzen nochmals die Luft zum Atmen.
Ich wollte doch nur sein Gesicht sehen. Er hätte mich fast getötet. Wie hat er das gemacht?
Schlagartig wurde sie sich der Macht des Mannes bewusst. Sie stürmte die Treppe hinunter, durch das Erdgeschoss, an der Küche vorbei in das kleine Haus mit den Quartieren der Bediensteten. Sie erreichte den Schlafraum, den sie sich mit acht weiteren Mägden teilte. Der Fußboden war mit weichem Stroh ausgelegt. Die Kerze, die das fensterlose Zimmer für gewöhnlich nach Einbruch der Dunkelheit erhellte, war längst kalt und verloschen. Kalia kauerte sich in das Stroh der hintersten Ecke, wo sie sich für gewöhnlich zum Schlafen einrollte und in der sich ihr Beutel mit den wenigen Habseligkeiten befand. Zitternd schlang sie die Arme um die Beine und vergrub den Kopf zwischen den Knien. Wie hatte sie nur so töricht sein können? Eine Magd hatte still und gehorsam zu sein. Neugier und Tollpatschigkeit hatten nichts weiter als Bestrafungen zur Folge. Wie konnte sie das nur vergessen?
Mit angehaltenem Atem lauschte sie den Schritten vor der Tür zum Schlafgemach. Der Verwalter hatte sicher schon nach ihr schicken lassen. Jeden Moment würden sie kommen. Sie würden kommen und sie holen. Sie würden kommen und sie bestrafen. Sie würden sie töten. Kalia schluchzte laut und ließ den Tränen der Angst freien Lauf.

Leah

Leah schlug mit vorsichtigem Rascheln die Decke zurück und versuchte beim Aufstehen von der Strohmatratze nicht allzu viel Lärm zu machen. Als sie in dem dunklen Zimmer stand, hielt sie inne, um dem gleichmäßigen Atem ihres kleinen Bruders zu lauschen.

Joki hatte glücklicherweise einen festen Schlaf und sie konnten froh sein, seit ihrem Umzug aus der Holzhütte in ein heruntergekommenes Steinhaus im Armenviertel ein eigenes Zimmer zu haben und nicht mehr bei ihrer Mutter schlafen zu müssen. Saya hätte gewiss bemerkt, wenn sie sich des Nachts aus dem Haus schlich. Sie warf sich ihren Umhang über, schlüpfte aus der Tür hinein in die kleine Stube und durchquerte den Raum mit leisen Schritten.

Der traurige Umstand, dass ihr Vater vor fünf Jahren durch das Fieber und die unterlassene Hilfe der Magoi verstorben war, hatte ihnen dieses Heim beschafft. Der Besitzer war ihr Onkel Gormond. Er hatte die Familie nach seinem Tod hier untergebracht, um sich um sie zu kümmern, bis sie auf eigenen Beinen standen. Sie nahmen die zugige Tür und die Risse im Sandstein gerne in Kauf. In der Feuerstelle lag noch etwas Glut, die einen rötlichen Schimmer abgab und Leah den Weg durch den Raum erleichterte. Der Gedanke an ihren Vater ließ einen Kloß in ihrer Kehle heranwachsen. Er war ein guter Mann gewesen.

Auf leisen Sohlen tapste sie über den kalten Fußboden. Die Tür zur Straße quietschte leise und

sofort schlug ihr ein angenehm kühler Windhauch entgegen, der jedoch den Geruch nach Urin, Rauch und Staub aus der Gasse mit sich brachte. Sie lauschte kurz, doch in dem Zimmer ihrer Mutter blieb es still. Mit übergezogener Kapuze machte sie sich auf den Weg durch die verwinkelten Straßen der Stadt. Der Dolch ihres Vaters steckte beruhigend in dem Schaft des Stiefels und sie hielt sich so gut wie eben möglich im Schatten der Häuser, um dem Mondlicht zu entgehen. Es war gefährlich, allein durch die Straßen zu ziehen und besonders des Nachts wimmelte es hier von zwielichtigen Gestalten. Sie kam an einigen Schänken vorbei, aus denen der Lärm betrunkener Gäste hallte. Von den Gruppen umherziehender Jugendlicher wurde sie glücklicherweise nicht bemerkt und die breiten, belebteren Straßen bargen nicht ganz so viele Gefahren, doch sie sah in den ruhigeren Gassen dunkle Gestalten durch die Schatten huschen und hielt einige Male an, um im Schutze einiger Ställe und Mauerwände unsichtbar zu werden. Die Nacht war die Zeit der Kriminellen, denen sie keinesfalls in die Quere kommen wollte.
Vor der *Einsamen Gasse* hielt sie an und spähte in die Dunkelheit. Hohe, verlassene Lagerhäuser säumten das zerschlissene Pflaster und schlossen das Mondlicht aus. Leah kauerte sich an eine Mauer an der Kreuzung und wartete. Dies war der gefährlichste Teil ihrer Reise. Wenn sie nicht durch die halbe Stadt wandern wollte, musste sie die einsame Gasse passieren. Selbst bei Tageslicht wurde die Straße von den Stadtbewohnern gemieden.
Hier lebten die Gesetzlosen. Obdachlose und Verbrecher fanden ihren Unterschlupf in den kalten Steinmauern der Lagerhäuser und scheuten sich nicht

davor, vorbeiziehende Menschen zu belästigen. Wenn man Glück hatte, wurde man nur ausgeraubt. Die Seiten der schmalen Gasse waren mit Bauschutt, zertrümmerten und verfaulten Lieferkisten sowie Müll überladen. Aus den Schatten konnte man jederzeit beobachtet oder angegriffen werden. Ein verlassener Karren mit gebrochenem Rad stand mitten im Weg, ohne dass sich jemand darum scherte. Selbst Stadtwachen waren in diesem Eck schon spurlos verschwunden, wenn sie allein auf Streife waren. Seitdem gab es bei der Wache die Zwei-Mann-Pflicht. Die Lagerhäuser wurden schon mehrmals gestürmt, allerdings ohne Erfolg. Entweder hatte der Pöbel einen guten Informanten oder einen unbekannten Fluchtweg.

Unter den Gesetzlosen gab es sogar einige, die keine Tätowierung trugen, was darauf hindeutete, dass sie bereits auf der Straße geboren waren und nie auch nur die Chance gehabt hatten, ein rechtschaffenes Leben zu führen.

Leah hatte keine Angst. Sie wusste die Versteckmöglichkeiten ebenso gut zu nutzen und war zu flink und zu klug, sich erwischen zu lassen. Es dauert einen Moment, bis der Mond hinter den Wolken verschwand und endlich die Stadtwache auf ihrem Streifzug in der Nebenstraße auftauchte. Die zwei bärtigen Männer in Kettenhemden warfen nur einen gelangweilten Blick in die *Einsame Gasse* und machten gar nicht erst den Versuch, sie zu durchqueren.

Genau darauf hat Leah gewartet. Leise wie eine Katze schlich sie aus dem Mauerschatten heraus und schlüpfte in den gefährlichen Straßenabschnitt. Sie hatte nur wenige Augenblicke Zeit, bis die Schatten wieder aus ihrem düsteren Versteck kommen würden, in das sie sich beim stündlichen Auftauchen der Streife verzogen. Mit hastigen Schritten und so leise wie möglich bahnte sie sich einen Weg durch das Gerümpel, immer darauf bedacht, ihr helles Haar nicht dem Mondlicht auszusetzen.

Als sie die Hälfte des Weges geschafft hatte, ging sie erneut in Deckung und atmete tief durch. Sie konnte sie nicht sehen, doch sie wusste, dass die Schatten schon längst wieder aus ihrem Versteck gekrochen waren und die Umgebung mit Argusaugen beobachteten. Leah ging in die Hocke und kroch vorsichtig zwischen vermodertem Holz und brüchigen Paletten hindurch. An ihren schweißnassen Händen hafteten schon bald Sand, Spinnenweben und der Kot von Mäusen und Katzen. Sie ertastete vorsichtig den Weg und schob sich geräuschlos weiter. Der Mond tauchte wieder auf und erschwerte ihr das Versteckspiel zusätzlich.

Leise Schritte auf der gegenüberliegenden Straßenseite hallten dumpf zwischen den Mauern wider, kaum wahrnehmbar vermischten sie sich mit dem leisen Sausen des Windes. Leah kroch unaufhörlich weiter und näherte sich allmählich dem Ende der gefährlichen Straße.

Plötzlich hatte sie das Gefühl, dass sich Unruhe und Aufregung um sie herum bemerkbar machten. Sie legte sich flach auf den Bauch und spähte unter einer großen Palette hindurch auf die Straße. Im Schein des Mondes konnte sie eine gebückte Frauengestalt ausmachen, die zögerlich mitten auf der düsteren Straße lief und den Blick ängstlich nach links und rechts wandern ließ.

Leah fluchte leise. Während die Schatten an den Wänden größer wurden, fragte sie sich, ob tatsächlich jemand so wenig Verstand haben konnte, nachts allein durch diese Straße zu wandern. Gespannt beobachtete sie die Frau, die jetzt erst zu bemerken schien, wo sie sich befand. Ängstlich klammerte sie sich an den grauen Beutel, den sie sich um den Hals gehängt hatte. Nur mühsam konnte Leah den Drang unterdrücken, sich an die Stirn zu fassen und den Kopf zu schütteln. Ein jeder in dieser Gasse hatte nun bemerkt, dass die Frau etwas Wertvolles mit sich trug, auch wenn es vielleicht nur Essen war.

Es kam, wie es kommen musste. Ein großer Schatten verstellte der korpulenten Frau den Weg, kurz darauf erschien ein schmalerer Umriss eines Mannes hinter ihr. Sie blieb ängstlich stehen und sah sich nach einem Ausweg um, erkannte jedoch schnell, dass ihre Fluchtwege abgeschnitten waren. Sie drückte den Beutel fester an sich und kauerte sich auf den Boden.

Für Leah wäre es der perfekte Moment gewesen, sich ungesehen davonzustehlen und die *Einsame Gasse* hinter sich zu lassen, ohne entdeckt zu werden. Hin- und hergerissen konnte sie die Augen nicht von der Szene abwenden. Sie versuchte sich aus dem Kopf zu schlagen, was der Frau alles zustoßen konnte. Im besten Falle würde man sie nur ausrauben oder vergewaltigten. Leah verdrängte die Bilder, die vor ihrem inneren Auge erschienen. Sie kroch grummelnd zum Ausgang der Straße, drehte jedoch nach einigen Momenten wieder um, als sie ein Wimmern hörte und schimpfte im Geiste über die Dummheit der Frau.

Was geht es mich an, ob sie dieser alten Vettel etwas zuleide tun? Ich bin ein 14-jähriges Mädchen. Was habe ich ihnen entgegenzusetzen?

Doch sie konnte nicht einfach weitergehen. Fieberhaft suchte sie nach einer Möglichkeit, der Frau zu helfen, die nur noch wenige Schritte von den bedrohlich wirkenden Gestalten in dunklen Umhängen entfernt war und leise um ihr Leben flehte, während die Männer scharrend lachten. Leah ging hinter einem Haufen Schutt und Geröll in Deckung, griff nach dem größten Backstein, den sie fand, und schleuderte ihn mit aller Kraft, die sie aufbringen konnte, auf den Mann, der ihr am nächsten stand. Sie sah nicht, wie der Stein sein Ziel traf, hörte jedoch den dumpfen Schlag, einen schrillen, abrupt endenden Aufschrei und ein Geräusch, das sich wie berstende Knochen anhörte.

Mit rasendem Herzen kauerte sie sich zurück in ihr Versteck. Schweiß lief ihr über die Stirn, sie lauschte gespannt und blickte hinter den Steinen hervor. Der Mann war zu einem reglosen Haufen zusammengesackt und die alte Frau war wenigstens klug genug, diese Ablenkung zu nutzen und auf das Ende der Straße zu hasten. Der schmalere Schatten setzte fluchend nach und sah sich dabei angestrengt nach dem Steinwerfer um. Sie liefen in ihre Richtung und Leah konnte schon mit einem Blick erkennen, dass der Mann die Alte jeden Moment einholen würde. Geistesgegenwärtig zog sie ihren Dolch aus dem Stiefel und verließ sich auf ihre Instinkte, als sie ihn dem Verfolger hinterher schleuderte. Das Messer traf sein Ziel und blieb zwischen den Schulterblättern der dunklen Gestalt stecken. Die alte Frau erreichte schluchzend das Ende der Gasse und verschwand in der Nebenstraße, ohne auch nur ein einziges Mal zurückzublicken. Sie war außer Gefahr.

Nun jedoch war es Leah, die sich in einer äußerst brenzligen Situation wiederfand. So schnell sie konnte, nahm sie die Beine in die Hand, bevor weitere Schatten auf die Straße treten konnten. Sie war sich sicher, dass die Szene nicht unbeobachtet geblieben war. Ohne auf die Lautstärke zu achten, hastete sie auf die Leiche des schmalen Mannes zu, zog noch im Laufen den Dolch aus seinem Rücken und rannte. Sie rannte, bis sie das Gefühl hatte, ihre Beine würden sie keinen Schritt weiter tragen. Zwei Wachen begegneten ihr und riefen etwas durch die Nacht, doch Leah ignorierte sie, machte einen abrupten Richtungswechsel, bog in eine Seitenstraße ein und rannte weiter um ihr Leben.

Keuchend und mit stechenden Seiten musste sie an einer mit Fackeln beleuchteten Straßenecke anhalten und sah sich ängstlich um. Keine Schritte folgten ihr, die Nacht war ruhig und doch schlug ihr Herz so laut bis zum Hals, dass sie dachte, man müsse die Trommelschläge selbst in der Magoifestung hören. Sie setzte sich schwer atmend in den düsteren Torbogen eines Hauses und brach unter Tränen zusammen. Ihr Körper schüttelte sich und sie presste die Hand auf den Mund, um die Schluchzer zu unterdrücken.

Was habe ich getan?

Seit sie denken konnte, hatte Leah auf sich selbst aufgepasst. Trotz ihrer kleinen und schmalen Gestalt hatte sie sich nie vor einer Prügelei gescheut. Flink wie sie war, konnte sie sich selbst gegen die Jungen in ihrem Alter durchsetzen, ohne dass Marik ihr zu Hilfe kommen musste. Und doch hatte sie nie zuvor jemanden getötet.

Seit heute habe ich zwei Männer auf dem Gewissen.

Schlagartig wurde ihr klar, dass sie das wohl schlimmste Verbrechen begangen hatte, dass sie hätte tun können. „Sie waren nur Abschaum“, flüsterte sie wieder und wieder vor sich hin und versuchte, sich selbst zu beruhigen, und doch wollte die Panik in ihrer Brust nicht weichen. Selbst wenn es Verbrecher waren, sie hatte gemordet und für das Töten von Menschen gab es nur eine Strafe - die Verbannung. Zitternd schlang sie die Arme um die Brust und ließ ihren Tränen freien Lauf. Was, wenn es jemand gesehen hatte? Was, wenn die Stadtwache morgen früh vor ihrer Tür stand, um sie abzuholen? Die Panik schnürte ihr den Hals zu, nahm ihr die Luft zum Atmen und für einen Moment hatte sie das Gefühl, die Welt drehe sich um sie. Sie würde ersticken. Verzweifelt krallte sie die Hände um ihren Hals und rang nach Luft.

Reiß dich zusammen, Leah. Sie zwang sich dazu, tief und gleichmäßig ein- und auszuatmen. Mit äußerster Willenskraft zwang sie ihren Körper zur Ruhe. Es gab kaum Momente, in denen Leah je Angst gehabt hatte, und das neuartige Gefühl war schlimmer als alles, was sie bisher erlebt hatte. *Ich habe getötet.* Sie zwang ihre Gedanken dazu, sich zu klären. Die alte Frau war mit dem Leben davongekommen und das hatte sie allein Leahs Reaktion zu verdanken. Die zwei Männer konnten nichts Gutes im Sinn gehabt haben, da machte sie sich nichts vor. Ebenso wenig redete sie sich ein, dass der Mann, der den gewaltigen Stein an den Kopf bekommen hatte, überleben würde. *Es war notwendig*, sagte sie sich immer wieder, betete die Worte vor sich hin und nahm erleichtert wahr, wie sich ihr Herzschlag wieder beruhigte. Und doch war sie sicher, dass es sie ihr Leben lang verfolgen würde.

Leah wusste nicht, wie lange sie im Schatten des Torbogens gesessen und leise geschluchzt hatte, bevor sie sich so weit zusammenreißen konnte, ihren Weg fortzusetzen. Immer wieder wischte sie die Hände am Umhang ab, als klebe noch das Blut des Gesetzlosen daran. Sie hatte gemordet und nun fühlte sie sich beschmutzt. Ein tiefer Ekel vor sich selbst überkam sie.

Zu spät bemerkte sie die Schatten, die sie umkreist hatten und durch die Dunkelheit huschten. Ihre Nackenhaare stellten sich urplötzlich auf und Gänsehaut überzog ihren Körper trotz des wärmenden Umhangs. Ihre Muskeln spannten sich an, jede Faser ihres Körpers war in Alarmbereitschaft. Sie wurde beobachtet. Vorsichtig trat sie aus dem Torbogen und ließ die Augen suchend über die Straße gleiten. Die Fackeln spendeten mehr Schatten als spärliches Licht und Leah knurrte einen leisen Fluch. Nur mit Mühe konnte sie sich dazu zwingen, die Augen zu schließen und die Angst zu bekämpfen, um ihre Sinne auszustrecken. Sie spürte die Gefühle der Männer, die in sicherem Abstand darauf warteten, was sie tun würde. Voller Abscheu erkannte sie deren Absichten. Sie hatten auf reiche Beute und körperliches Vergnügen gehofft, als die Frau in der *Einsamen Gasse* aufgetaucht war. Nachdem ihr Leah zur Flucht verholfen hatte, wollten sie diese Gier nun an ihr befriedigen.

Sie hatten sie gefunden.

Wieso hatte sie auch unbedingt jetzt einen Gefühlsausbruch haben müssen? Sie hätte längst über alle Berge sein können. Leah versuchte, sich nicht anmerken zu lassen, dass sie die Männer bemerkt hatte, und beschritt leise und behutsam die Straße, immer darauf achtend, im Schein der Fackel zu bleiben. *Wo sind die verdammten Stadtwachen, wenn man sie braucht?* Die Schatten folgten ihr unauffällig, während sie sich nur mit Mühe davon abhalten konnte, sich nach ihnen umzudrehen. *Wenn ihnen bewusst wird, dass ich sie bemerkt habe, bin ich verloren.* Zu ihrem Ärger endete die beleuchtete Straße und teilte sich zu zwei dunklen Gassen. Leah beschleunigte ihre Schritte und bog in die erste ein, nur um direkt in der nächsten Seitenstraße zu verschwinden. Vielleicht konnte sie die Männer abhängen. Es war selten, dass die Gesetzlosen die Einsame Gasse verließen. Sie waren nicht nur bei der Stadtwache, sondern auch bei dem gemeinen Volk unbeliebt und gefürchtet.

Die Gassen wurden enger und verwinkelter, die Häuser standen dicht an dicht und schwarze Fenster sahen schweigend von oben auf sie herab. Vor lauter Aufregung hatte sie längst die Orientierung verloren. Sollte sie sich verstecken und warten, dass die Luft rein war? Aber Marik würde sicher nicht so lange auf sie warten. Noch bevor sie den Gedanken zu Ende gedacht hatte, tauchte am Ende der Straße eine dunkle Gestalt auf. Sie blieb abrupt stehen und stieß zischend die Luft zwischen den Zähnen aus. Es war eine Falle und sie war direkt hinein gelaufen. Ohne sich umzudrehen, wusste sie, dass hinter ihr ebenfalls einer der Männer wartete. Sie wurde in die Enge getrieben.

Nach kurzem Zögern wandte sie sich nach rechts, der einzige Weg, der ihr offenblieb. Die Männer beschleunigten ihre Schritte, Leah konnte sie deutlich hinter sich hören und begann zu rennen. Alle Vorsicht war vergessen und ihre Schritte hallten laut zwischen den heruntergekommenen Häusern wider.

Keuchend kam sie an die nächste Kreuzung. Bevor sie sich abermals nach rechts wenden konnte, trat ein weiterer Schatten aus der Dunkelheit und verstellte ihr den Weg. Leah taumelte zurück und duckte sich unter dem ausgestreckten Arm durch. Ihr blieb nur noch ein Ausweg und der war ... eine Sackgasse. Vor ihr ragte die Mauer eines Hauses auf und versperrte ihr den Weg. Ihre Augen huschten zu einer Holztür, an der sie vorbeigelaufen war, doch die drei Männer hatten die Gasse ebenfalls betreten und hätten ihr mit Leichtigkeit den Weg abschneiden können. Vor Wut bebte sie am ganzen Leib, als sie sich mit dem Rücken zur Mauer stellte und den Dolch zückte, der an diesem Abend bereits ein Leben genommen hatte. Sie würde sich nicht so einfach vergewaltigen lassen.

„Verschwindet“, knurrte sie und schwang den Dolch, der im Mondlicht aufblitzte. Die Männer lachten rau, doch sie bemerkte ihr Zögern. Sie waren auf der Hut, nachdem sie bereits gesehen hatten, dass sie bereit war, ihr Messer zu benutzen, kleines Mädchen hin oder her.

„Du hast uns etwas genommen“, säuselte einer von ihnen mit kalter Stimme. Er trat in den Schein des Mondlichtes und Leah konnte die Narbe sehen, die sein Gesicht entstellte. Sie zog sich vom Mundwinkel bis zum Ohr und verlieh ihm somit ein feistes, schiefes Grinsen.

„Und was soll das gewesen sein?“, fragte sie mit fester Stimme und versuchte, das Zittern darin zu verbergen.

„Unser Vergnügen“, raunte er, doch Leah konnte jedes seiner Worte deutlich verstehen, während er sich näher an sie heranschob. „Und Vergnügen ist bei uns Mangelware, wie du sicher weißt. Deshalb wirst du verstehen, dass wir nicht gerne darauf verzichten, nicht wahr? Außerdem hast du zwei meiner Männer getötet und das bleibt nicht ungestraft."

Mit ausgestecktem Messer bedeutete sie ihm, stehen zu bleiben. Seine schwarzen, kalten Augen funkelten sie belustigt an, als er plötzlich nach vorne sprang und sie zu packen versuchte. Leah hatte seine Absicht längst durch seine Gefühle gespürt und hechtete zur Seite, so dass sein Griff ins Leere ging. Noch im Sprung ließ sie ihr Messer hervorschnellen und rammte es dem zweiten Mann in das ausgestreckte Handgelenk. Sein Jaulen zerriss die Luft und der Anführer fauchte ihn an, still zu sein.

Leah zog sich weiter zurück an die Mauer und überlegte für einen Moment, ob sie laut nach Hilfe schreien sollte. Doch für gewöhnlich reagierte nur selten jemand auf solche Rufe um diese Zeit. Wer sich nachts auf die Straße traute, musste alleine klarkommen.

Die Männer verloren die Geduld und stürzten sich zu dritt auf sie, ohne dass sie eine Möglichkeit gehabt hätte, auszuweichen. Ein Faustschlag traf ihren Kiefer und sie schmeckte das Blut im Mund, als sie sich auf die Zunge biss. Ein weiterer landete in ihrem Magen und sie krümmte sich vor Schmerzen. Kräftige Hände zerrten sie an dem Umhang nach oben und Leah schrie auf. Sie hatte keine Chance. Angst und Wut brachten sie dazu, um sich zu schlagen und sich zu wehren, doch ein eiserner Griff schloss sich um ihr Handgelenk. Der Anführer presste sie an die Wand und sein stinkender Atem ließ sie würgen, als er sich herab beugte und ihr mit der pelzigen Zunge über die Wange leckte. Panisch versuchte sie mit der freien

Hand, seinen Kopf von sich zu schieben, und presste ihre Handfläche auf sein Gesicht.

Plötzlich schrie er heiser auf und taumelte zurück, während er sich krümmte und laut fluchend zusammensackte. Leah verschwendete keine Zeit und nutzte die Ablenkung, um zur Holztür zu hasten, bevor sich die anderen beiden von ihrem Schrecken erholen konnten. *Bitte, lass sie nicht verschlossen sein.*

Bevor sie die Tür aufstieß und durchschlüpfte, warf sie einen letzten Blick zurück. Der Anführer der Gesetzlosen sah ihr hasserfüllt nach, während sich auf seinem Gesicht ihr Handabdruck abzeichnete, als hätten ihre Hände in Flammen gestanden.

„Hexe!“, zischte er und fasste sich an die Brandwunde. Sie hatte kaum Zeit, sich darüber zu wundern, als Lärm über ihr zusammenschlug und sie den ausgelassenen Gefühlen zahlreicher Menschen ausgesetzt war. Sie fand sich hinter dem Tresen in einer überfüllten Schenke wider und huschte an dem Wirt vorbei, der überrascht und mit lautem Protest zur Seite sprang. Sie murmelte ein paar entschuldigende Worte und verschwand zwischen den laut grölenden Menschen, die sich vor dem Tresen versammelt hatten. Kein Wunder, dass niemand sie gehört hatte.

Ohne auf die Rufe des Wirtes zu achten, hastete sie zur Vordertür hinaus und atmete erleichtert aus, als sie auf die verlassene Straße trat. Jetzt wusste sie auch wieder, wo sie sich befand, und schlug den schnellsten Weg zu ihrem Ziel ein. Sie glaubte nicht, dass ihr die Gesetzlosen ein weiteres Mal folgen würden, doch sicher konnte man nie sein. Sie würde in nächster Zeit sehr unauffällig bleiben müssen, ihr helles Haar war leicht zu erkennen gewesen.

Der Mond war schon ein gutes Stück weiter gezogen und sie rannte das letzte Stück, um ihren Geist zu beruhigen und das Geschehene von ihr abzuschütteln. Je mehr sie sich dem Stadtinneren näherte, desto besser wurden die Häuser, die Gassen verbreiterten sich und enthielten weitaus weniger Gerümpel und Dreck, dafür jedoch mehr Wachen. Für Leah, die in den gefährlichen Vierteln aufwuchs, waren die offenen Straßen weitaus unangenehmer und sie fühlte sich trotz der Dunkelheit stets beobachtet. Heute waren sie ihr willkommen.
Als sie dem vereinbarten Treffpunkt näher kam, erkannte sie schon von weitem die Gestalt Mariks und zwang sich zu einem Lächeln. Sie war sich nicht sicher gewesen, ob die Nachricht, die sie heute Morgen dem jungen Boten übergeben hatte, auch wirklich angekommen war. Früher einmal hatte Marik in einer Holzhütte nebenan gewohnt und sie konnten sich durch Klopfzeichen verständigen, wenn sie sich auf nächtliche Ausflüge begaben. Da Marik jedoch ein Zimmer der Stadtwache nahe der Stadtmitte bezogen hatte, war es etwas schwieriger.
„Ich dachte schon, du kommst gar nicht mehr“, brummte er, verstummte jedoch, als er in Leahs Gesicht blickte und sie leicht mit dem Kopf schüttelte, um ihm zu bedeuten, dass sie nicht darüber reden wollte.
Sie war dankbar, dass Marik kein weiteres Wort darüber verlor. Er wusste, dass sie von selbst auf ihn zukommen würde, wenn sie das Bedürfnis hatte, es ihm mitzuteilen. Schweigend gesellte sie sich zu ihm und sie bogen ohne zu zögern in die nächste enge Gasse ein, um über die schmale Leiter auf das flache Dach der Färberei zu klettern. Seit Marik in der

Küche der Stadtwache arbeitete und sie sich das erste Mal nachts getroffen hatten, war dieser Ort ihr Lieblingsplatz.

Von der Straße aus konnten sie nicht gesehen werden und dennoch hatten sie einen atemberaubenden Ausblick auf die Stadt. Leah ließ den Blick über Elaos gleiten. Das dreistöckige Gebäude der Stadtwache war mit Zinnen, Türmen und einem Wehrgang ausgestattet. Die schmalen, vergitterten Fenster machten das Gebäude zu einem der sichersten in der Stadt. Dahinter lag der große Marktplatz, der im Gegensatz zum kleinen Marktplatz in dem ärmeren Viertel kein Podest hatte, auf dem Verurteilungen stattfanden.

Leah betrachtete die schmucken Herrenhäuser, die sich in der Stadtmitte erhoben und mit marmornen Säulen, Balkonen und kunstvollen Steinskulpturen gegenseitig übertrafen. Dahinter erhob sich düster die Magoifestung, deren Zugbrücke hochgezogen war und deren Mauern bedrohlich und uneinnehmbar in den Himmel ragten. In der Ferne konnte sie die gewaltige Mauer erkennen, die die Stadt von der Wildnis und den Bestien trennte. Davor lagen trist und zerfallen die alten Hütten und Steinhäuser des Armenviertels. Der Anblick beruhigte sie und endlich konnte sie verdrängen, was sie gerade erlebt hatte.

Sie beobachteten ein paar Wachen, die murmelnd durch die Straße zogen. Ab und an entdeckten sie ein paar zerlumpte Gestalten durch die Dunkelheit huschen. Ein vermummter Schatten erregte ihre Aufmerksamkeit.

„Was bei dem Feuer der Bestien tut der da?“, brach Marik das Schweigen.

Stirnrunzelnd sah Leah zu, wie die Gestalt einen Holzkarren hinter sich her zog, der mit kleinen Säcken beladen war. Der Mann, in Kapuze und Mantel eingehüllt, positionierte etwas an jeder Hausecke, während der Karren sich langsam leerte. Sobald er auf eine Streife traf, war er in einer düsteren Seitengasse verschwunden und tauchte erst Augenblicke später wieder auf.

„Der legt seinen Müll hier ab. Als hätten wir in unserem Viertel noch nicht genug Unrat“, schnaubte Leah kopfschüttelnd. Marik betrachtete sie von der Seite.

„Also, verrätst du mir endlich, warum deine Wange aussieht, als hätte dich jemand geschlagen?“

Achselzuckend erzählte sie ihm die Geschichte und versuchte, so gelassen wie möglich zu klingen, obwohl erneutes Grauen von ihr Besitz ergriff, als sie alles noch einmal durchleben musste. Marik schüttelte grimmig mit dem Kopf und murmelte leise und derbe Flüche gegen die Gesetzlosen.

„Aber das ist nicht der Grund, warum du mich mitten in der Nacht aus dem Bett holst“, stellte er fest, als er bemerkte, wie unangenehm ihr das Gespräch war. Sie hatte es vorsorglich verschwiegen, dass sie zwei der Männer getötet hatte. Erst einmal musste sie selbst mit diesem Gedanken fertig werden. Es war, als wäre sie für einen Moment nicht bei Sinnen gewesen, sie hatte nur aus einem Impuls heraus getötet, und das machte ihr Angst. Angst vor sich selbst.

Nervös rieb Leah die Fingerspitzen aneinander.

„Vielleicht wollte ich dich einfach sehen.“

Marik grunzte.

„Lass dir mal besser einen triftigeren Grund einfallen. Zu Sonnenaufgang muss ich das Frühstück für 400 ausgehungerte Soldaten bereitstellen, und glaub mir, das wird ein langer Tag."

Leah seufzte. Es hatte keinen Sinn, es weiter vor sich her zu schieben. Sie holte tief Luft.

„Ich werde auf die Festung gehen, um dort als Magd zu arbeiten."

Dumpfe Angst machte sich bei ihren eigenen Worten bemerkbar und wieder hatte sie das Gefühl, ein tiefes Loch täte sich unter ihren Füßen auf. Seit ihrem letzten Waldausflug hatte sie nicht mehr mit Marik gesprochen und sich vor einem Gespräch mit ihm gedrückt, aus Angst, er würde ihre Ängste noch verschlimmern, ihr einzureden versuchen, dass es eine schlechte Idee sei, ja sogar alles daran setzen würde, sie davon abzuhalten. Sie hatte sich erst selbst überzeugen müssen, dass es die richtige Entscheidung war. Nun jedoch konnte sie es nicht weiter hinauszögern.

„Wann?", fragte Marik steif.

„Bei Morgengrauen ...", flüsterte sie.

Eine Weile sagte er gar nichts und Leah wartete nervös auf den Ausbruch.

„Aber, das ist doch gut, oder?", erwiderte er vorsichtig.

Erstaunt sah sie ihn an.

„Ist das dein Ernst?"

Das war nicht die Reaktion, die sie erwartet hatte. Marik zuckte mit den Schultern.

„Das ist die beste Arbeit, die du hättest bekommen können."

Leah fiel die Kinnlade herunter.

„Ja, aber ... Wir werden uns nicht mehr treffen können, wenn überhaupt darf ich die Festung nur selten verlassen. Man muss Jahre dort arbeiten, um das genehmigt zu bekommen. Ich werde die gefährlichsten Männer der Stadt bedienen müssen, ganz auf mich allein gestellt. Ich kenne niemanden dort ..."

Abrupt endete sie und nahm erstaunt wahr, dass ihre Stimme beim Reden immer höher geworden war.

Und ich habe eine Gabe, die nicht entdeckt werden darf.

„Du wirst dich schon da durchschlagen", beschwichtigte er sie.

Leah wurde wütend, ohne genau sagen zu können, warum. Hatte sie nicht genau auf diese Reaktion gehofft? Sie kniff die Augen zusammen und wandte sich ab. Hier zeigte sich wieder, wie sehr sich ihre Ansichten unterschieden, seit Marik gut bezahlte Arbeit bei der Stadtwache hatte.

„Du hast Angst!", stellte Marik erstaunt fest. Leah hatte so gut wie nie Angst.

„Habe ich nicht", erwiderte sie, nicht gerade überzeugend.

Doch es stimmte. Für sie begann ab dem morgigen Tag ein neues Leben. Sie würde sich anpassen müssen, und was Leah so gar nicht lag, war unterwürfig und demütig zu sein. Sie würde ihre Familie zurücklassen, ohne sich noch einmal zu verabschieden. Saya hätte sie sonst nie gehen lassen. Das Gefühl in ihrer Brust war nicht mehr nur bloß Aufregung.

Marik holte Luft, um etwas zu erwidern, verstummte jedoch, als in einer Seitenstraße Tumult ausbrach. Sie krochen bis an den Rand des Färbereidaches und spähten in die Dunkelheit hinab. Vier Wachen bogen um die Ecke und hielten die zerlumpte Gestalt zwischen sich, die sie durch die Straßen hatten schleichen sehen. Der Mann in dem Umhang wehrte

sich heftig, doch er wurde unerbittlich in das Gebäude der Stadtwache gezerrt.
Als es wieder stiller wurde, bemerkte Leah, dass Marik sie beobachtete. Mürrisch kaute sie auf ihre Unterlippe.
„So, und nun wieder zu dir. *Du* hast *Angst*? Du bist gerade einer Horde Gesetzloser entkommen, weil du dich mal wieder mitten in der Nacht aus dem Bett geschlichen hast. Manch gestandener Mann hat nicht so viel Mumm, das zu tun, und du bist immerhin nur ein Mädchen. Mal im Ernst, Leah, das ist eine große Chance für dich. Willst du ewig die Scheiße von den Tieren wegmachen, die Jolinda heimlich behandelt? Es wird Zeit, dass du etwas aus deinem Leben machst. Du wirst zur Magd ausgebildet und bekommst einen guten Lohn, und auf der Burg ist es sicherer als in den Straßen der Stadt. Vielleicht kannst du sogar ein Handwerk erlernen. Stell dir vor, du kannst dich dort zur Schneiderin ausbilden lassen. Oder zur Köchin. Dann kannst du bei uns in der Stadtwache anfangen und mich umherkommandieren."
Unwillkürlich musste Leah lächeln und Marik boxte sie in die Seite.
„Nutze die Chance, die dir gegeben wird. Auf der Festung werden sie dir eine Menge Wissen vermitteln."
Leah stockte bei seinen Worten und strich sich die langen Haare aus dem Gesicht, während sie ihre Hände betrachtete.
Was war heute Nacht geschehen? Wieso hatte sie das Gefühl gehabt, die Haut des Mannes unter ihren Händen zu verbrennen? War es die Panik gewesen, die ihr dieses Trugbild vermittelt hatte? Aber wieso

hatte er dann von ihr abgelassen? Wissen. War es nicht das, wonach sie schon seit Jahren strebte? Würde sie endlich die Antwort auf all ihre Frage finden? Marik hatte recht. Auf der Magoifestung konnte sie etwas lernen, was ihr sonst verwehrt blieb. Doch es war nicht das Wissen über das Handwerk einer Schneiderin oder einer Köchin, auf das Leah aus war. Das Wissen, das sie anstrebte, war weitaus gefährlicher. Sie musste herausfinden, wer sie war und zu was sie fähig war.

Neo

Neo hatte die Wachen nicht kommen sehen. Es war die alte Frau gewesen, die schluchzend durch die Straßen gerannt war und ihn abgelenkt hatte. Und wie es der Zufall so wollte, standen die beiden Männer der Stadtwache direkt in der Seitenstraße, in die er eingebogen war. Das alles wäre kein Problem gewesen, wenn sie ihm nicht schon seit Ewigkeiten auf den Fersen gewesen wären und genau wussten, wen sie dort vor sich hatten.

Neo hätte sich gewehrt, doch der Lärm hatte zwei weitere Männer angelockt und so musste er sich geschlagen geben und in Kauf nehmen, dass sie ihn wie einen Bettler vor sich her schubsten und an seinem Mantel zerrten. Sie geleiteten ihn durch die düsteren Straßen von Elaos, ohne viel zu reden. Neo folgte ihnen widerstandslos. Er hätte Magie anwenden und sie überwältigen können, doch bisher wusste er nicht, ob sie erkannt hatten, dass er zu den Magoi gehörte. Seine Kapuze verdeckte die untätowierte Haut, doch seine Lage war auch ohne Verletzte schon brenzlig genug. Es würde Ärger geben.

Die Männer brachten ihn in das Gebäude der Stadtwache. Hinter einem Holztresen blickte ein junges Mädchen nur gelangweilt auf, als sie eintraten. Der Empfangsraum war mit mehreren Tischen und Stühlen ausgestattet, an denen vereinzelte Wachen lungerten und sich leise unterhielten, die Zeit mit einem Spiel mit Holzfiguren totschlugen oder mit dem Kopf auf dem Tisch schliefen. Rechts von Neo wurden gerade drei junge Männer verhört. Neo

konnte die Blutergüsse und Striemen in dem Gesicht des Ältesten der drei deutlich erkennen und war sich sicher, dass auch das zur Methode der Stadtwache gehörte. *Sollen sie es ruhig mal bei mir versuchen.*
Doch obwohl er sich selbst Mut zusprach, dass die Eisenmänner den Magoi unterstanden, war er sich dennoch gewiss, dass er nur ein Schüler war und zudem gegen die Regeln verstoßen hatte. Auch der eine oder andere Magier hatte schon in dem Kerker der Festung gesessen. *Und einer sitzt immer noch da.*
Mit plötzlich unsicheren Schritten folgte er den Männern in eine kahle, fensterlose Kammer, die lediglich mit einem unbequemen Holzschemel und einem klapprigen, runden Tisch ausgestattet war. Hier ließen sie ihn sitzen und warten.
Neo hatte gehört, wie der Schlüssel sich in der Tür drehte, und fragte sich, ob er es mit Magie schaffen würde, aus dem Raum auszubrechen. Allerdings hatte er dann immer noch das Problem, dass sich einige der Eisenmänner in den Weg stellen würden. So blieb er gehorsam sitzen und wartete auf das, was da kommen mochte, während er immer nervöser wurde. *Es gehört zu ihrer Taktik*, redete er sich ein, und doch zerrte jeder Moment, den er länger warten musste, an seinen Nerven. Die Wände standen für seinen Geschmack viel zu nahe beieinander und er kam ins Schwitzen. Geschlossene Räume waren bisher nie ein Problem gewesen, doch die Aufregung und die Ungewissheit bildeten eine nervenaufreibende Gemeinschaft, die ihn unruhig auf dem Schemel herumrutschen ließ. Was, wenn sie ihn die ganze Nacht hier einsperrten? Plötzlich fiel ihm das Atmen schwer und sein Herzschlag beschleunigte sich. Keinesfalls würde er noch länger in diesem beengenden Raum aushalten.

Als er Anstalten machte, gegen die Tür zu hämmern, schwang diese zu seiner Erleichterung auf und drei Wachen traten ein, gefolgt von einem Riesen von einem Mann, dessen Umfang ebenso gewaltig war wie seine Größe. Das Kettenhemd spannte über dem runden Bauch und die Muskeln der Oberarme zuckten bedrohlich, als der Kommandant der Stadtwache die Arme verschränkte. Er strahlte eine unverkennbare Autorität aus. Hinter dem zotteligen, grauen Bart verbarg sich ein strenges Gesicht mit eisblauen Augen, wie es sie in Elaos nur selten gab. Das graue Haupthaar war längst einer schimmernden Glatze gewichen, auf der die Sonne von Elaos in dicken, blauen Linien prangte.
Neo ließ sich von dem imposanten Auftreten des Kommandanten noch längst nicht einschüchtern und versuchte wieder Herr über seine Gefühle zu werden. Trotzig sank er zurück auf seinen Schemel und verschränkte ebenfalls die Arme.
„Wer bist du?“, knurrte der Kommandant.
Neo schnaubte.
„Ich kann mich nicht daran erinnern, dass Ihr Euch schon vorgestellt habt.“
Eine der Wachen, ein Mann mit schiefen Zähnen und dümmlichen Gesichtsausdruck, machte Anstalten, auf Neo loszugehen.
„Wartet“, bellte der Graubärtige und hob die Hand.
Neo grinste ihm frech ins Gesicht.
„Leg den Umhang ab!“, befahl der Kommandant mit eisiger Stimme.
Er weiß es, dachte Neo und hielt dem Blick stand.
„Nicht so stürmisch“, spottete er, „ich kenne ja noch nicht einmal Euren Namen, und schon wollt Ihr, dass ich mich ausziehe?“

Der Riese von Kommandant grinste höhnisch, als hätte er auf eben diese Antwort gewartet, und schnippte lediglich mit dem Finger, woraufhin der Wachmann mit dem dümmlichen Grinsen seine Rückhand auf Neos Wange krachen ließ. Schmerz durchzog das Gesicht des Magiers und für einen Moment war ihm die Sicht durch funkelnde Sterne genommen.

„Au, das tat weh“, stöhnte er.

„Glaubst du, ich weiß nicht, dass du ein verfluchter Schüler aus der Magoifestung bist? Glaubst du, dadurch hättest du irgendwelche Sonderrechte? Ich bin Kommandant Crassau, Befehlshaber der Stadtwache, und du steckst gewaltig in Schwierigkeiten, Bürschchen.“

Die drei Wachen waren bei den Worten ihres Oberhauptes ängstlich zurückgewichen und der Schiefzahn starrte entsetzt die Rückhand seiner Hand an, als stünde sie in Flammen.

Ganz richtig, du hast gerade einen Magier geschlagen.

„Ein mutiges Volk befehligt Ihr da, Kommandant Crassau“, presste Neo hervor, als sich seine Sicht klärte und der Schmerz nachließ. Er streifte die Kapuze ab und entblößte das braune Haar und die makellose, untätowierte Stirn.

„Schafft ihn mir aus den Augen“, knurrte Crassau.

Die Wachen traten von einem Fuß auf den anderen.

„Ähm, wohin, Sir?“, fragte einer der Eisenmänner und zog den Kopf ein. Neo war sich nicht sicher, wessen Anwesenheit die Männer mehr einschüchterte. Die des Kommandanten oder die eines Magiers.

„In die Magoifestung natürlich, ihr Rindviecher, da wo er hingehört. Das hier ist nicht unser Problem", dröhnte der Graubart.
„Wenn Ihr uns bitte folgen würdet, Sir", stammelte der Jüngste der drei, fuhr sich nervös durch die lockigen Haare und sah Neo unsicher an.
Der Magier konnte nur mit Mühe ein Lachen unterdrücken. Die Gesichtsfarbe des Kommandanten jedoch hatte ein beunruhigendes Dunkelrot angenommen und so senkte er lediglich demütig den Kopf. Mit diesem Mann war nicht zu spaßen.
„Nehmt euch zehn Männer, die euch begleiten, wenn ihr die Hosen voll habt", zischte der Kommandant durch die zusammengebissenen Zähne und Neo war sich sicher, dass ihn das ängstliche Verhalten seiner Männer zur Weißglut brachte. Am Ende eskortierten ihn 18 weitere Eisenmänner zurück zur Festung.
Neo trottete schweigend neben ihnen her. Es hatte keinen Sinn, sich zu widersetzen oder zu fliehen. Der Kommandant hatte sich sein Gesicht genau eingeprägt. Sie erreichten die Zugbrücke und der Wächter mit den schiefen Zähnen rief laut, dass man sie herunterlassen solle. Erst, nachdem er düstere Drohungen rief, senkte sich die Zugbrücke ächzend und schwerfällig herab. Sir Airon trat ihnen in den Weg und Neo atmete erleichtert aus, obwohl sich sein Freund in keiner Weise vom Gesicht ablesen ließ, dass er den ungehorsamen Schüler kannte.
„Was geht hier vor sich?", brummte er.
„Wir haben ihn dabei erwischt, wie er sich aus der Festung geschlichen und Bündel mit Nahrungsmitteln in den Armenvierteln verteilt hat", lispelte Schiefzahn kurz und bündig und machte Anstalten, sich an Sir Airon vorbeizuschieben. Dieser jedoch stellte sich

ihm in den Weg und die Falten auf seiner Stirn vertieften sich, als er die Augenbrauen zusammenzog und den Eisenmann böse anblickte.
„Sir, wir haben Anweisungen, den Schüler in die Festung zu bringen.“
Sir Airon bewegte sich nicht von der Stelle.
„Das habt Ihr gerade getan.“
Unschlüssig sahen sich die Eisenmänner an. Hoffnung keimte in Neo auf, dass er noch einmal mit einem blauen Auge davonkommen würde. Airon würde ihn nicht verraten, da war er sich sicher, wenn er sich nur ungesehen in sein Bett schleichen könnte.
Die Stimme des Verwalters machte seine Hoffnungen zunichte und seine Knie wurden weich. Sir Malin trat mit wehender, mitternachtsblauer Robe aus dem Schatten des Burghofes und betrachtete finster die Szene. Schiefzahn wiederholte stammelnd die Geschichte und die Erleichterung war ihm ins Gesicht geschrieben, als Sir Malin sie mit einem Nicken entließ.
„Folge mir“, befahl er mit ruhiger, kalter Stimme und Neo trottete hinter ihm her, wobei er sich einen mitleidigen Blick des Torwächters einfing. Airon hätte ihm ohne zu zögern aus der Patsche geholfen, doch jetzt, wo der Verwalter da war, gab es keine Chance mehr.
Der Himmel färbte sich mittlerweile violett und schon bald würde sich die Sonne zeigen, doch nur in der Burgküche herrschte schon reges Treiben. Der Rest der Festung lag in einem friedlichen Schlaf und würde erst erwachen, wenn der Duft des Frühstücks durch die kalten Steinmauern wehte.
Der Verwalter führte Neo in den zweiten Stock. Im Audienzzimmer angekommen, wies er ihm einen

Platz zu und ließ sich in seinen eigenen Stuhl gegenüber fallen. Statt einer Strafpredigt schwieg der untersetzte Mann und starrte den Schüler aus seinen intelligenten, dunkel glänzenden Augen an. Neo versuchte, den unschuldigsten Blick aufzusetzen, zu dem er fähig war, doch schon nach einiger Zeit wurde ihm das Schweigen unangenehm.

„Es tut mir leid, Sir", sagte er förmlich.

„Was tut dir leid?", fragte der Verwalter und verschränkte die Arme.

Ja, dachte er, *was eigentlich? Dass ich seit einigen Tagen die Reste aus unserer Küche stehle? Dass ich heimlich des Nachts die Festung verlasse? Oder dass ich unser überflüssiges Essen an die Menschen verteile, die es am dringendsten nötig haben?* Nichts davon tat ihm wirklich leid.

„Es tut mir leid, dass ich durch meine Unternehmungen einige Regeln gebrochen habe", redete er sich heraus.

„Die da wären?", bellte Sir Malin mit strenger Stimme.

„Die, dass Schüler die Festung nur mit Sondergenehmigung und schon gar nicht des Nachts verlassen dürfen."

„Was ist mit der Regel, dass der Kontakt zum gemeinen Volk für Magoi untersagt ist?"

„Streng genommen hatte ich keinen Kontakt zu ihnen, Sir", entfuhr es Neo, bevor er sich auf die Zunge beißen konnte. Der Verwalter kniff wütend die düsteren Augen zusammen und sah aus, als würde er jeden Moment aus der Haut fahren.

„Was war das Ziel deiner Unternehmung?"

Neo fuhr sich mit der Hand durch die weichen Haare und überlegte fieberhaft, wie er sich am besten ausdrücken sollte. Er entschied sich dafür, ehrlich zu sein.

„Ich wollte die hungernden Menschen unserer Stadt mit dem beschenken, was wir im Überfluss haben. Bei uns wird das Essen an das Vieh weitergereicht, zu den Mahlzeiten gibt es Berge von Delikatessen, die dreimal so viele von uns satt machen könnten. Die Hälfte der Magier auf dieser Festung leidet an Fettleibigkeit und die andere Hälfte ist auf einem guten Weg dorthin, während vor unseren Mauern die Menschen an Hunger sterben. Das erschien mir nicht richtig, Sir."

„Das erschien dir nicht richtig", wiederholte der Verwalter schnurrend und erhob sich langsam. Das gehässige Grinsen, das er aufgesetzt hatte, als er zum Fenster schlenderte, machte Neo nervöser als der Zorn, der in seinen dunklen Augen aufblitzte.

„Dann sag mir doch, oh intelligentester aller Schüler, was du tun würdest, wenn sich die Menschen der Stadt vor unseren Toren versammeln und um mehr Essen betteln."

Neo runzelte die Stirn.

„Ihnen mehr von unserem Essen geben."

Worauf will er hinaus?

„Was, wenn das Essen aber nicht reicht? Was, wenn sie auch Kleidung, Stahl oder Gold haben wollen?"

Neo schwieg und das Gesicht des Verwalters verzog sich zu einer wissenden Grimasse.

„Wir ... Wir könnten ihnen immerhin so viel abgeben, wie wir im Überfluss haben. Wenn die Ressourcen erschöpft sind, müssen sie sich damit abfinden. Sie werden erkennen, dass wir ihnen gegeben haben, was wir konnten und den Rest für uns selbst nutzen müssen."

Der Verwalter klopfte mit den Fingern auf das Fenstersims und lehnte sich mit dem Rücken dagegen.

„Du würdest also das gemeine Volk mit uns auf eine Stufe stellen. Kannst du dir vorstellen, was das für Konsequenzen nach sich ziehen kann? Diese Stadt hat nicht genug!“, bellte er und atmete durch, um die Beherrschung wieder zu erlangen. Er biss die Zähne zusammen, woraus Neo schloss, dass er mehr preisgegeben hatte, als er wollte.

„Es wird nie genug von allem geben, einfach weil die Gier der Menschen keine Grenzen kennt. Vorerst werden sie sich mit Essen zufriedengeben. Aber bald darauf werden sie mehr wollen und was denkst du, was passiert, wenn sie es nicht bekommen? Was würde passieren, wenn das gemeine Volk beschließt, keine Abgaben mehr zu leisten? Wenn sie die Vorräte nicht mehr zur Magoifestung schaffen, sondern selbst einzubehalten? Glaubst du wirklich, mit den paar Feldern und Obstgärten, die wir auf dem Burggelände haben, könnten wir eine ganze Festung ernähren? Hinter diesen Regeln steckt mehr als du denkst, Junge! Wir verhindern damit, dass Aufstände entstehen, ja vielleicht sogar Krieg zwischen Magoi und dem Pöbel! Wir halten die allgemeine Ordnung aufrecht!“

„Und wir verhindern, dass das gemeine Volk erkennt, wie abhängig wir von ihnen sind“, schlussfolgerte Neo durch zusammengebissene Zähne. *Ohne ihre Abgaben wären wir ebenso arm.*

„Schweig!“, donnerte Sir Malin. „Du wirst diese Worte niemals wieder aussprechen, hast du mich verstanden?“

„Ja, Sir.“

„Wer hat dir geholfen?“
Neo schluckte und versuchte, seine Nervosität nicht nach außen dringen zu lassen. Das Audienzzimmer schien plötzlich unerträglich heiß geworden zu sein. Er dachte an Merani, die ihm Zugang zur Küche gewährt und dafür gesorgt hatte, dass sich zu diesem Zeitpunkt niemand in den angrenzenden Lebensmittellagern befand. Er machte sich nichts vor. Als Magier würden sie ihn kaum aus der Stadt verbannen. Bei einer einfachen Bediensteten sah die Situation jedoch anders aus.
„Niemand, Sir.“
Glücklicherweise schien Sir Malin gar nicht an die rundliche, mütterliche Frau gedacht zu haben.
„Wie bist du dann aus der Festung gekommen? Ich kann mich nicht daran erinnern, dass die Zugbrücke gesenkt war.“
Neo stöhnte innerlich. Darauf lief es also hinaus. Sir Malin bohrte weiter.
„War es dieser Airon, der heute Nacht Wache hatte?“
Neo schüttelte den Kopf.
„*Sir* Airon hatte nichts damit zu tun.“
„Dieser Nichtsnutz trägt das Sir in seinem Namen vollkommen unverdient. Wer sonst hätte dir helfen können? Bei Sonnenaufgang werde ich ihn in den Kerker werfen lassen, wo er bis zu seiner Verbannung schmoren kann“.
Der Magierschüler richtete sich auf.
„Sir, ich schwöre einen Eid, bei den Priestern und allem, was mir heilig ist, dass keiner der Wachen etwas damit zu tun hatte.“
Das war nicht einmal gelogen. Die Wachen hatten tatsächlich nicht geholfen. Auch Merani hatte hierbei kaum ihre Finger im Spiel gehabt. Es war eine ihrer

Mägde gewesen, der Merani Neos Vorhaben anvertraut hatte und die ihm von dem Geheimgang erzählt hatte. Neo war mit seinem beladenen Karren durch die feuchten Kerker gewandert und hatte lange nach der Tür im Mauerwerk gesucht, verfolgt von Ratten und Ungeziefer, nur um dann feststellen zu müssen, dass der Ausgang direkt am Graben der Festung lag. Es hatte ihn viel Magie und Anstrengung gekostet, den Fluss mitsamt dem Karren zu überqueren.

Blinzelnd riss er sich aus seiner Erinnerung und bemerkte, dass der Verwalter ihn durch zusammengekniffene Augen prüfend anstarrte. Neos Hände ballten sich in den weiten Robenärmeln zu Fäusten. Würde ihm Sir Malin glauben oder hatte er gerade Airons Schicksal besiegelt? Doch hatte er nicht auch einen Eid vor dem untersetzten Mann geleistet? Gegen das Gesetz der Wahrheit durch einen Eid zu verstoßen, galt als Hochverrat. Sir Malin musste doch wissen, dass er ihn nicht leichtfertig von sich geben würde. Dieser nickte nur knapp und Neo atmete erleichtert aus. Wenigstens der Wachmann war mit einem blauen Auge davongekommen. Neo allerdings ... Er wusste, welche Frage ihn als Nächstes erwartete, doch wollte er unter allen Umständen vermeiden, eine Antwort darauf zu geben.

„Wie hast du es dann geschafft, aus der Festung zu kommen?“

Neo presste die Lippen aufeinander und schwieg, doch er machte sich keine Hoffnungen, dass der Verwalter sich damit zufriedengeben würde. Der Mann schien einem Ausbruch nahe zu sein, als er sich mit wütender Grimasse vor Neo aufbaute.

„Neo aus dem Hause Thassilo, ich werde dafür sorgen, dass deine Ausbildung ab dem heutigen Tag endet und du als verstoßener Magier zusammen mit dem gemeinen Volk betteln kannst, wenn du mir nicht sofort Antwort gibst!“
Der Schüler schnappte nach Luft. Diese Bestrafung käme einem Todesurteil gleich. Ohne die Unterstützung der Magoi würde er keinen Tag auf der Straße überleben. Die Menschen aus dem gemeinen Volk hatten keinen Grund, ihm zu helfen. Sie verabscheuten die Magoi.
Die Tür schwang krachend auf und Sir Caaron betrat elegant den Raum. Er erfasste die Szene mit einem Blick und ignorierte das verdutzte Gesicht des Verwalters. Neo erkannte verwundert, dass sein Lehrer unter der perfekt sitzenden Tracht schnell atmete und verräterische Röte seinen Hals hinaufkroch. Er musste sich sehr beeilt haben, wenn er nicht gar gerannt war.
„Was wollt Ihr hier?“, fragte Malin misstrauisch.
Sir Caaron räusperte sich.
„Neo gehört zu meiner Klasse und als sein Lehrer obliegt mir die Pflicht, ihn für seine Vergehen zu bestrafen.“
„Ich war gerade dabei ...“
„Natürlich, Sir“, unterbrach ihn der Lehrer, „jedoch wäre es doch wirklich zu viel verlangt, wenn sich künftig der Verwalter auch noch um die Vergehen der Schüler kümmern müsste. Mit Verlaub, Ihr habt wahrlich wichtigere Entscheidungen zu treffen. Ich werde gerne hier übernehmen und dafür sorgen, dass der Junge eine gerechte Strafe erhält.“
Zum ersten Mal zeichnete sich Erschöpfung auf dem Gesicht des Verwalters ab und er ließ sich zurück in

seinen Polsterstuhl sinken. An irgendetwas schienen ihn Sir Caarons Worte erinnert zu haben. Müde legte er die Fingerspitzen an den Nasenrücken.

„Wie Ihr wollt. Sorgt dafür, dass der Junge nicht einmal mehr annähernd auf die Idee kommt, irgendeine Regel zu missachten. Und findet heraus, wer ihm geholfen hat."

„Selbstverständlich, Sir."

„Verschwindet hier."

Der Lehrer packte Neo an der Schulter und schob ihn unsanft aus dem Audienzzimmer. Sie liefen ein Stück Seite an Seite den Korridor hinunter, bis Sir Caaron ihn in ein leeres Klassenzimmer schob.

„Was bei den Bestien hast du dir dabei gedacht, Neo!"

Auch bei Neo machten sich die Spuren der schlaflosen Nacht bemerkbar und erschöpft setzte er sich auf einen der Holztische.

„Es tut mir leid, Sir", wiederholte er dumpf.

„Schon gut", winkte Caaron ab. „Du kannst froh sein, dass Airon mich schnell genug gefunden hat."

Verblüfft hob Neo den Blick und sah in die gutmütigen Augen von der Farbe frisch umgegrabener Erde.

„Ihr werdet mich nicht bestrafen, Sir?"

Sir Caaron seufzte.

„Im Grunde genommen trage ich einen Teil der Schuld. Diese Frage, die du mir vor einiger Zeit gestellt hast und die sich auf dein schier unlösbares Problem bezog, hatte etwas mit der Armut in unserer Stadt zu tun, richtig? Wenn ich so darüber nachdenke, dann war meine Antwort wohl nicht gerade hilfreich gewesen."

Verträumt ließ der Lehrer den Blick aus dem Fenster und über die geradlinig angeordneten Gärten schweifen.
„Ich verstehe deinen Beweggrund, Neo. Aber heimlich Essen in der Stadt zu verteilen, ist nicht der richtige Ansatz, um dieses Problem zu lösen. Die Ursachen liegen tiefer verwurzelt. Denke nicht, dass du mit deinen Überlegungen alleine stehst."
Neugierig betrachtete Neo den grau werdenden Mann mit anderen Augen. Er musste etwa vierzig Winter zählen und doch strotzte er innerlich vor Energie und Jugend.
„Und habt Ihr eine Idee, was man dagegen tun kann, Sir?"
Sir Caaron lächelte.
„Zunächst einmal müssen wir in der Position dazu sein, etwas ändern zu können."
Er überließ es Neo, die Antwort selbst herauszufinden, und beobachtete amüsiert, wie der Junge grübelte. Sein Kopf schien durch den Schlafmangel viel langsamer zu arbeiten als üblich.
„Der Rat ...", murmelte er nach einer Weile und Sir Caaron nickte zufrieden. Alle großen Entscheidungen, die das gemeine Volk von Elaos oder auch die Magoifestung betrafen, wurden vom Stadtrat diskutiert. Auch wenn die endgültige Entscheidung bei den drei Priestern lag und Sir Malin den Vorsitz hatte, so wurde der Beschluss der Mehrheit für gewöhnlich durchgesetzt. Die Priester ließen sich sowieso kaum dazu herab, an den Ratssitzungen teilzunehmen. Sie verließen nicht einmal ihren Turm. Somit blieb diese Aufgabe einer ausgewählten Ansammlung von Magoi vorbehalten.

„Ich bin ein Schüler. Ich habe keine Chance, in den Rat zu gelangen“, grübelte Neo vor sich hin.
„Du bist *noch* ein Schüler“, stimmte Sir Caaron zu. „Weißt du, wer alles zum Rat gehört?“
„Die drei Priester, der Verwalter, Sir Dustill, Sir Doran und Lady Morella von den Lehrern, Sir Crassau von der Stadtwache, ein paar Magoi aus der Stadt, Sir Barbo von den Jägern ...“
Neo wusste, dass es noch mehr waren, doch sie wollten ihm nicht einfallen. Sir Caaron gab sich zufrieden.
„Solange keiner von ihnen in den Ruhestand geht, haben wir keine Möglichkeit, ebenfalls in den Rat zukommen.“
Neo dachte fieberhaft nach. Lady Morella war blutjung, Sir Crassau stand in den besten Jahren und war zudem der einzige Nichtmagoi, die Magoi aus der Stadt konnten ihre Blutlinie jahrhundertelang zurückverfolgen. Es war üblich, dass sie ihren Sitz im Rat an die Söhne oder Töchter weitergaben.
„Sir Dustill ist alt. Und Sir Doran ist auch nicht mehr der Jüngste“, sagte Neo plötzlich und richtete sich auf. „Wenn ich die Laufbahn eines Lehrers einschlage ...“
Caaron kicherte schelmisch.
„Dann würdest du meine Arbeit der letzten Jahre zunichtemachen. Sir Dustills Platz gehört mir“, beendete er den Satz seines Schülers und Neo zog eine Grimasse. Er hatte ganz vergessen, dass es scheinbar auch Sir Caarons Ziel war, in den Rat zu gelangen.
„Aber wer bleibt dann noch?“
„Als dein Lehrer sollte ich dich nicht so beeinflussen und dir diese Informationen geben, also betrachte es

einfach als Rat unter Freunden. Wie mir zu Ohren gekommen ist, will Sir Barbo sich bald um einen Nachfolger kümmern. Er ist zwar noch nicht alt, allerdings hat ihn die Arbeit als Jägeroberhaupt sehr ausgelaugt und er bevorzugt es, seine ihm bleibenden Jahre noch mit den Gliedmaßen zu verbringen, die ihm die Taniwha gelassen haben. Die Entscheidung liegt letztendlich bei dir, Neo, und ich will dich auf keinen Fall dazu drängen, diese gefährliche Arbeit anzustreben, nur damit du in ferner Zukunft vielleicht einen Sitz im Rat bekommst. Ebenso kann ich dir die Garantie dafür nicht geben, denn die Konkurrenz schläft nicht und wer weiß schon, ob Sir Barbo nicht schon jemanden ins Auge gefasst hat, der seine Nachfolge antritt. Wie ich schon sagte, du würdest auch einen sehr guten Lehrer abgeben, obwohl ich mittlerweile denke, dass dir diese Arbeit etwas zu langweilig sein könnte."

Kleine Fältchen umrahmten Sir Caarons Augen, als er verschmitzt auf ihn herabblickte. Neos Gedanken kreisten in seinem Kopf und er hatte das Gefühl, keinen einzigen davon richtig zu fassen zu bekommen. Er rieb sich die Schläfen und dachte über diese neue Zukunftsperspektive nach, während der Lehrer geduldig wartete.

Könnte ich es schaffen, in den Rat zu gelangen? Und könnte ich tatsächlich etwas ändern?

„Es klingt so einfach, wie Ihr das sagt. Aber seien wir ehrlich, solange solche Menschen wie Sir Malin oder der Kommandant der Stadtwache dem Rat angehören, wird sich in dieser Stadt nie etwas ändern."

Sir Caaron seufzte.

„Neo, du solltest nicht zu schlecht von Malin denken. Er ist keinesfalls abgeneigt, Elaos zu fördern und dafür zu sorgen, dass auch der Pöbel die Möglichkeit hat, zu Wohlstand zu gelangen. Seine Worte heute darfst du nicht falsch verstehen. Sir Malin steht unter strenger Beobachtung der drei Priester und darf sich momentan keinen Fehler erlauben. Dazu gehört auch, das Volk zu bändigen und die Ordnung in der Stadt aufrechtzuerhalten. Wie ich schon sagte, um das Problem der Armut zu lösen, reicht es nicht aus, ein paar Nahrungsmittel zu verteilen. Es ist eine langwierige Angelegenheit, die man nur mit genügend Rückendeckung in Angriff nehmen kann. Gleichberechtigung ist ein großes Wort, Neo. Du musst dir immer vor Augen halten, dass es eine drastische Veränderung für unsere Stadt und besonders für die Magoifestung bedeutet. Ich kann dir versichern, dass unser Vorhaben nicht bei jedem Magier auf taube Ohren gestoßen ist, auch wenn die meisten sich bisher dagegen ausgesprochen haben. Wir werden sehen, wie sich die Situation entwickelt, und unser Bestes geben. Aber vorerst bitte ich dich, dieses Gespräch für dich zu behalten und kein Wort darüber zu verlieren. Auch nicht an Rol oder Ojen."
„Ja, Sir", versprach Neo.
„Und nun ab mit dir ins Bett. Grübeln kannst du immer noch, wenn du ausgeschlafen bist. Du bist für heute vom Unterricht entschuldigt. Ach, und bevor ich es vergesse, du wirst mir die nächste Zeit nach dem Unterricht zur Hand gehen, Projekte vorbereiten und die Klassenzimmer säubern. Glaube nicht, dass ich deine Strafarbeit vergessen habe."
Neo konnte sich ein Grinsen nicht verkneifen und verließ eilig das Klassenzimmer, um in den

Schülertrakt zu gelangen. Als er sich endlich auf das lang ersehnte Bett fallen ließ, gingen ihm so viele Gedanke durch den Kopf. Hatte er nicht schon vorher beabsichtigt, den Jägern beizutreten? Er war enfach nicht geschaffen für geistige Arbeit. Die Fortschritte der Astronomen unter den Magoi interessierten ihn ebensowenig wie die der Alchemisten. Er wollte sich nicht um Tiere oder kranke Menschen kümmern, auch wenn er diejenigen, die diese Arbeit verrichteten, sehr schätzte. Aber Neo wollte ein Held sein. In seinen Augen waren die Taniwhajäger diejenigen, die die gesamte Stadt beschützten. Nicht die Priester, die vor so vielen Jahren die Mauer errichtet hatten und sich nun im Turm einschlossen, sondern die ausgewählte Ansammlung von Magoi, die sich tatsächlich aus dem Schutz der Mauern wagten. Die um die Mauer Patroullie liefen und den Bestien von Angesicht zu Angesicht gegenüber standen, um sie zu vertreiben.
Ja, er würde sich den Jägern anschließen. Er würde eine Ausbildung absolvieren, die ihm alles abverlangen würde. Und er würde eines Tages gegen die Taniwha kämpfen.

Kalia

Zufrieden betrachtete sie ihr Werk. Das Kleid war einfach, doch in seiner Schlichtheit wunderschön. Kalia hatte seit Ewigkeiten ihren Lohn zusammengespart, um sich das blaue Tuch von Merani mitbringen zu lassen, als diese den Markt der Stadt besuchte.

„Was willst du mit so einem Kleid?“, hatte Raya gespottet. „Du wirst es beim Putzen nur dreckig machen. Wenn du es erst einmal gewaschen hast, wird der Stoff bei weitem nicht mehr so schön leuchten. Eine Magd sollte nicht so eitel sein.“

Das sagt genau die Richtige. Kalia hatte die Worte der hübschen Magd ignoriert und nächtelang den groben Stoff vernäht. Es hatte sie viel Willenskraft gekostet, nach der harten Arbeit des Tages noch die Augen aufhalten zu können, um ihr Werk fertigzustellen. Nun hatte sie es endlich geschafft. Vor Aufregung fiel ihr die Nadel aus der Hand, direkt in das Stroh, auf dem sie sonst schlief. Kalia kümmerte sich nicht darum und sprang auf. Die Kerze war fast bis auf den Stumpf heruntergebrannt und neben ihr regten sich die schlafenden Gestalten der anderen Mägde, mit denen sie sich den großen Raum teilte.

Sie eilte in die Waschkammer nebenan, bevor sich die Frauen um die Wasserschalen und die Latrine zanken konnten. Dort wusch sie sich das Gesicht, die Arme und tauchte sogar ihr langes Haar in das Wasser, um den Staub heraus zu spülen. Nach und nach füllte sich der Waschraum mit müden Gesichtern. Kalia kämmte sich das spröde Haar und trocknete es, so gut es ging.

Als sie fertig war, eilte sie zu Raya, die schräg gegenüber ihrem eigenen Schlafplatz noch tief im Land der Träume versunken war und leise schnarchte.

„Raya. Raya, wach auf!"

Die hübsche Magd murmelte etwas Unverständliches und versuchte, sich unter der Decke zu verstecken. Kalia nahm das löchrige Stück Stoff und zog es weg.

„Komm schon, es ist Zeit zum Aufstehen."

„Was kümmert es dich?", brummte Raya.

Kalia biss sich auf die Lippe. Für gewöhnlich hätte es sie nicht interessiert, ob Raya pünktlich mit ihrer Arbeit begann oder sich Ärger in der Küche einhandelte, weil sie wie so oft nicht rechtzeitig aufgestanden war. Doch heute ging es um etwas anderes.

„Ich wollte dich fragen, ob du mir die Haare zu einem Knoten binden könntest, so wie du ihn trägst."

Raya hatte wunderschönes, schwarzglänzendes Haar, das sie regelmäßig zu schimmernden Zöpfen flocht oder elegant mit kleinen Haarnadeln am Hinterkopf befestigte. Das machte sogar den Makel ihrer Tätowierung wett, denn die Sonne auf ihrer Stirn erinnerte eher an einen strahlenden Halbmond. Raya schnaubte nur und Kalia stieg die Röte in die Wangen.

„Warum sollte ich das tun? Dieses Unkraut auf deinem Kopf ist ein hoffnungsloser Fall."

Damit erhob sie sich elegant und warf Kalia noch einen letzten verächtlichen Blick zu, bevor sie sich den anderen Frauen anschloss.

„So ein Biest", murmelte Kalia betrübt und sah ihr ganzes Vorhaben schon den Bach runtergehen. Sie wusste, dass sie sich auf sehr dünnem Eis bewegte. Die Tage, nachdem sie dem Priester im

Audienzzimmer des Verwalters begegnet war, waren für Kalia die schlimmsten ihres Lebens gewesen. Merani hatte sie schluchzend und völlig aufgelöst im Schlafraum gefunden und hatte lange auf sie einreden müssen, bis sie sich wieder aus dem Gemach traute. Glücklicherweise hatte die Köchin sich darum gekümmert, dass Kalia für eine Weile in der Küche untertauchen konnte und so nicht Gefahr lief, mit Sir Malin zusammenzutreffen. Dennoch hatte Kalia nun einen gesunden Respekt vor den Magoi entwickelt, den sie auch heute noch bei jedem Schritt durch die Festung bemerkte. Doch sie hatte auch lange genug auf diesen Moment gewartet. Heute wollte sie sich nicht verstecken, im Gegenteil, sie war eher darauf aus, den Magoi aufzufallen. Oder einem bestimmten Magier, um genau zu sein. Doch nun wusste sie nicht einmal, was sie mit ihren Haaren anstellen sollte. Frustriert warf sie den Holzkamm in die Ecke, obwohl er eigentlich zu ihren liebsten Habseligkeiten gehörte. Er war einst ein Geschenk eines jungen Pferdeknechtes gewesen, der ihn ihr mit hochrotem Kopf überreicht hatte. Sie waren danach sehr gute Freunde geworden, bis der Junge an einem Fieber verstarb, als Kalia gerade acht Winter zählte.

„Ich kann es versuchen, Mylady. Ich meine eure Haare“, sagte eine piepsige Stimme und Kalia fuhr herum. In der Tür stand ein zierliches Mädchen, kaum älter als Kalia in der Erinnerung, in der sie soeben geschwelgt hatte. Das kindliche Gesicht war voller Ruß und von lockigen, ebenholzschwarzen Haaren umrahmt. Die Kleidung verriet, dass die Kleine aus dem Armenviertel kam. Hübsche, braune Rehaugen blickten Kalia schüchtern entgegen und zauberten ein Lächeln auf das Gesicht der Magd.

„Du brauchst mich nicht Mylady nennen. Wie heißt du? Du bist neu hier, oder?“
Die Kleine nickte schüchtern.
„Ich bin Sarina und seit gestern Abend auf der Festung.“
Das erklärte das eingeschüchterte Verhalten des Mädchens.
„Sarina, ein schöner Name. Ich wäre sehr dankbar, wenn du mir dabei behilflich sein könntest, diese Zotteln auf meinem Kopf zu bändigen. Hat man dir schon eine Arbeit zugewiesen?“
„Ich soll in der großen Halle dabei helfen, das Essen pünktlich zu bringen und wegzuräumen.“
Kalia nickte etwas wehmütig. Sie hatte bei den Worten des Mädchens kurzzeitig gehofft, dass sie die neue Magd sei, die Kalia zugewiesen werden sollte. Allerdings fiel die große Halle nicht in ihren Bereich. Sarina näherte sich vorsichtig und begann, ihr drahtiges Haar durch die Hände gleiten zu lassen, wobei sie es geschickt eindrehte.
„Du hast das schon öfter gemacht“, stellte Kalia fest und reichte dem Mädchen ein blaues Stoffband, das von ihrer Schneiderei übrig geblieben war.
„Meine Mutter hat ebenso widerspenstige Haare und ich musste jeden Morgen dafür sorgen, dass sich keine Strähne aus dem Zopf lösen konnte.“
Sarina arbeitete schnell und geschickt. Pünktlich, als das erste Läuten des Glockenturms über den Hof schallte und das Morgengrauen ankündigte, blickte Kalia fassungslos in die Wasserschale, um ihr Spiegelbild zu betrachten. Wo sich sonst feine Härchen widerspenstig in jede Richtung ausgebreitet hatten, lagen die Strähnen fest am Kopf an und

endeten in einem geschwungenen Knoten, der von einer azurblauen Schleife gehalten wurde.
„Es sieht wunderschön aus“, flüsterte sie und schloss Sarina in die Arme. Das junge Mädchen erwiderte die Umarmung, sichtlich erleichtert, dass sie soeben eine Verbündete gefunden hatte. Kalia schlüpfte hurtig in ihr Kleid und badete in den bewunderten Blicken ihrer neuen Freundin, bevor sie sich einen schlichten Kapuzenumhang überwarf. Als sie jedoch den Burghof überquerten und kräftiger Wind an ihren Kleidern riss, wurde Kalia nervös und unsicher. Jetzt, wo es so weit war, fühlte sie sich bei weitem nicht mehr so mutig wie zuvor.
Der Himmel färbte sich von Schwarz zu Grau, doch die Mädchen erkannten auf einen Blick, dass die Wolken den Kampf gegen die Sonne heute gewinnen würden. Sie türmten sich bedrohlich am Himmel und versprachen Regen, wenn nicht sogar Gewitterstürme. Wie auf Kommando fielen die ersten Regentropfen auf Kalias Gesicht und sie packte die Hand der kleinen Sarina, um den Rest des Weges zu rennen. Nach einem Abstecher bei Merani in der Küche bissen sie herzhaft in saftigen Apfelkuchen, doch beim Tor zur großen Halle mussten sich die beiden verabschieden. Kalia versprach Sarina, ihr am Abend zu erzählen, was der Anlass für ihre schicke Aufmachung war. Nervös verließ sie die Halle durch einen steinernen Torbogen und betrat den Korridor zu den Schülerquartieren, um sie zu reinigen. Es dauerte den ganzen Vormittag, bis Kalia sich zu dieser einen Kammer vorgearbeitet hatte.
Pünktlich, als die Turmglocke zu Mittag schlug, betrat sie den Raum des Magierschülers Rol. Sie hatte die letzten drei Zimmer nur oberflächlich durchgefegt,

um es pünktlich in den kleinen und sparsam eingerichteten Rückzugsort ihres Liebsten zu schaffen.
Rol saß vermutlich gerade vor einem dampfenden Teller Rindereintopf. Für gewöhnlich nutzten die Magoi die freie Zeit nach dem Mittagessen, um in ihre Gemächer zurückzukehren und sich auf den Nachmittagsunterricht vorzubereiten. Kalia hoffte es jedenfalls. Und dann ...
Ja, was dann? Ihr Herz begann wie wild zu schlagen und für einen Moment wurde ihr schummrig. Sie stützte sich an dem einfachen Arbeitstisch ab und atmete tief durch. Dutzende Bilder erschienen vor ihrem Auge. Rol, wie er sie schallend auslachte und verspottete. Das Bild verschwamm und wich einer Szene, in der Rol sich voller Begierde auf sie stürzte, sie an sich zog und seine Lippen auf ihre presste.
Kalias Hände waren schweißnass, als sie sich zur Ordnung rief und den Blick durch den Raum wandern ließ. Das Zimmer war ausgestattet wie die der anderen Schüler auch. Ein einfaches Baldachinbett nahm den Großteil des Platzes ein und Kalia zog die Vorhänge beiseite, um die Kissen etwas aufzuschütteln. Sie ließ die Hände über eine blaue Decke aus fließendem Stoff gleiten und strich die Seide glatt. Auf Rols Arbeitstisch an der gegenüberliegenden Wand herrschte eine penible Ordnung, wie sie erfreut feststellte. Außer einem kleinen Stapel Pergament, Feder und Tinte befand sich lediglich ein halb abgebrannter Kerzenstumpf auf der abgenutzten Holzplatte.
Sie ging weiter und warf einen vorsichtigen Blick in den großen Holzschrank, wobei sie auf die Geräusche des Korridors achtete, um nicht dabei erwischt zu

werden, wie sie in den Sachen des Magiers schnüffelte. Außer einer Garnitur der braunen Trachten war jedoch nichts Außergewöhnliches in dem Schrank versteckt und so schloss Kalia schnell die Tür. Etwas enttäuscht setzte sie sich auf den Bettrand. Sie hatte gehofft, auf ein paar persönliche Habseligkeiten zu stoßen, die etwas mehr über den Charakter ihres Liebsten verraten würden.

Doch wer so schöne Augen hat, die in so warmen Brauntönen leuchten, der muss im Herzen einfach gut sein.

Sie klammerte sich an diesen Gedanken, an den Blick, den Rol ihr vor so vielen Wochen geschenkt hatte. Eindringlich, ja fast begierig hatte er ihr in die Augen gesehen. Die Zeit verging quälend langsam und Kalias Nervosität und Zweifel wurden zunehmend schlimmer. Was tat sie eigentlich?

Gerade, als sie ihre Idee als absurd abtat und aus dem Zimmer eilen wollte, hörte sie Stimmen und Schritte auf dem Korridor. Das Mittagessen war beendet, die Schüler strömten in Scharen zurück in ihre Zimmer. Ein letztes Mal riss sie sich zusammen, legte ihren Umhang ab und strich den blauen Stoff ihres Kleides glatt. All die Arbeit konnte nicht einfach umsonst gewesen sein. Sie musste es wenigstens versuchen. Hilflos sah sie sich um.

Wo sollte sie ihn begrüßen? Was sollte sie sagen? Kalia ärgerte sich, dass sie sich nicht besser vorbereitet hatte. Sie entschied sich dafür, sich wieder auf den Bettrand zu setzen, und dachte fieberhaft nach. Wie schaffte es Raya nur immer, so elegant zu wirken?

Sie schlug die Beine übereinander, streckte den Rücken durch und stützte sich mit einer Hand auf dem Bett ab, wobei sie eine ihrer Schultern liebreizend nach vorne gleiten ließ. Gespannt behielt Kalia die Tür im Auge, doch schon nach wenigen Augenblicken kam sie sich albern vor und sprang ungeduldig auf. Dabei bemerkte sie nicht, dass ihr Fuß auf dem hinteren Rocksaum stand. Sie taumelte zurück. Bevor sie sich festhalten konnte, lag sie rücklings auf dem Bett des Magierschülers. Die Tür ging auf und Rol trat ein, gefolgt von seinen beiden Freunden Ojen und Neo.

Verdutzt blieb der schlaksige Junge stehen und starrte sie an, während sie sich unbeholfen und mit hochrotem Kopf von seinem Bett aufrappelte. Zu allem Überfluss war nun auch ihr Kleid so weit hochgeglitten, dass es die Hälfte ihrer Beine entblößte. Ojen und Neo drehten sich peinlich berührt zu Seite, doch Rol beobachtete sie weiterhin wie gebannt.

„Wenn das ein schlechter Scherz sein soll, dann kannst du Eril gleich sagen, dass ich nicht darauf reingefallen bin. Deine Arbeit in allen Ehren, aber ich brauche keine Hure. Selbst wenn es nicht gegen die Regeln verstoßen würde."

Kalia riss die Augen auf.

Bevor sie es schaffte, den Mund zuzuklappen, entfuhr ihr ein Schluchzer und sie stürmte an den drei Jungen vorbei.

Eine Hure? Wie kann er mich für eine Hure halten? Wir sind uns im Korridor begegnet, er hat mir direkt ins Gesicht gesehen. Er muss wissen, dass ich eine Magd bin. Er muss sich doch an mich erinnert haben.

Hilflos sah sie sich in dem Korridor um, in dem sich hier und da noch ein paar schwatzende Schüler aufhielten. Sie senkte den Kopf, um ihr panisches und

tränenüberströmtes Gesicht zu verbergen, als die Tür hinter ihr zuschlug.
Trotz dem Drang, auf der Stelle im Boden zu versinken oder schreiend davonzulaufen, behielt sie wenigstens insofern einen klaren Kopf, dass sie wusste, dass die Geschichte nicht an die Öffentlichkeit geraten durfte. Sollte Raya davon erfahren, war sie sich des lebenslangen Spottes gewiss.
Kalia atmete tief durch, bückte sich und tat, als hätte sie auf dem steinernen Boden etwas Kleines verloren und müsse danach suchen. Keiner der Schüler beachtete sie, doch aus dem Zimmer hinter ihr drangen dumpf die Stimmen der Jungen. Widerwillig lauschte Kalia und machte sich darauf gefasst, den beschämendsten Moment ihres Lebens Revue passieren zu lassen.
„Was sollte das, Rol?“, hörte sie Neo sagen.
„Was das sollte? Das kannst du Eril fragen. Diesmal ist er zu weit gegangen. Seit wir die Ausbildung begonnen haben, versucht er mir mit seinen Streichen das Leben zur Hölle zu machen. Aber eine Hure? Stell dir vor, jemand anders hätte sie hier gefunden. Wer hätte mir geglaubt? Mein Ruf ...“
„Du, Esel, sie ist keine Hure. Sie ist eine Magd.“
Für eine Weile blieb es still und Kalia schloss die Augen. Ihr Gesicht brannte wie Feuer.
„Bist du dir sicher?“, stotterte Rol, „Ich meine ...“
„Ja, ich bin mir sicher. Ich bin ihr letztens bei Merani begegnet und sie hat mir bei etwas geholfen.“
„Aber was bei den Bestien hatte sie dann auf meinem Bett zu suchen?“
„Ich vermute, sie hatte nicht erwartet, dass wir zu dritt auftauchen würden“, kicherte Ojen.

Kalia stöhnte und vergrub das Gesicht in den Händen. Sie lehnte sich mit dem Rücken an die kalte Steinmauer und war dankbar dafür, dass sich der Korridor nun geleert hatte.
Ich sollte hier verschwinden und zusehen, dass ich diesen Dreien nie wieder über den Weg laufe.
Doch nun wollte sie auch wissen, was die Jungen über sie zu sagen hatten. Rol allerdings schien die Anspielung seines Freundes nicht zu verstehen.
„Ich glaube, sie steht auf dich“, half Neo etwas nach.
Kalia hielt die Luft an und legte ein Ohr an die Tür, um Rols Antwort nicht zu verpassen.
„Sie ist nur eine Magd“, antwortete er und die Verachtung in seiner Stimme war nicht zu überhören.
Kalia erstarrte und es schien, als täte sich ein Loch unter ihren Füßen auf.
„Im Ernst, Leute, selbst wenn ich nicht schon versprochen wäre und mein Vater mir überlassen würde, wen ich heirate, dann hätte ich ganz sicher keine Magd gewählt.“
Heiße Tränen liefen über Kalias Wange und sie hielt es keinen Moment länger aus. Schluchzend und mit verschwommenem Blick rannte sie los, weg von diesem grauenvollen Gespräch und weg von ihrem zerplatzten Traum, in dem Rol ihr plötzlich viel weniger vorkam wie der Held, für den sie ihn gehalten hatte.
„Du Hornochse! Nur weil sie keine Magie anwenden kann, ist sie trotzdem ein Mensch mit Gefühlen“, dröhnte Neos Stimme hinter ihr her.
„Magoi wie du sind der Grund, warum diese Stadt irgendwann zu Grunde gehen wird“, hörte sie ihn schimpfen, bevor sie um die Ecke bog und der Lärm der großen Halle über ihr zusammenschlug. Sie eilte

hindurch und stieß die Tore zum Burghof auf. Regen prasselte von oben herab und durchweichte den staubigen Boden. Kalia stapfte durch die schlammigen Pfützen, während sich die Wassertropfen mit ihren Tränen vermischten und der Wind an ihrer Kleidung riss und zerrte. Strähnen lösten sich aus dem so sorgfältig gebundenen Zopf und sie entfernte mit einem Ruck das Haarband, welches vom Wind fortgetragen wurde. Die Wolken über ihr grollten bedrohlich und Blitze durchzuckten den graubehangenen Himmel. Schon nach wenigen Schritten war der Saum ihres Kleides aufgeweicht und schmutzig, doch Kalia kümmerte es nicht, dass sie vollkommen durchnässt war.

Was hatte sie sich nur dabei gedacht? Wie hatte sie nur glauben können, dass eine Beziehung zwischen einem Magoi und einem Mädchen aus dem gemeinen Volk möglich wäre? Sie schalt sich selbst für ihre Dummheit, doch nach wenigen Schritten wich ihre Verzweiflung dem Gefühl von Ärger und Wut. Wut auf Rol, weil er sie so bloßgestellt und für eine Hure gehalten hatte. Sie war wütend auf die Magoi, die das gemeine Volk behandelten, als wäre es kaum mehr wert als der Dreck an ihren Füßen. Sie war wütend auf die ganze Stadt und diese verfluchten Regeln, die so viele Standesunterschiede hervorbrachten. Als sie die Quartiere der Bediensteten erreichte, hatte sie sich etwas beruhigt und entledigte sich der nassen Kleidung. Verbittert schlüpfte sie in das zerschlissene, kratzige Gewand, das sie als Bedienstete kennzeichnete, und warf das nasse Kleid achtlos in die Ecke.

Ihre Haare fielen ihr seitlich ins Gesicht und Kalia strich sie nach hinten.

Dann bin ich eben eine Bedienstete. Ich kann weder Magie wirken noch stamme ich aus einer Magoifamilie ab. Aber ich werde mich verdammt noch mal nicht wie Abschaum behandeln lassen. Und ich werde mich nicht verkriechen.
Sie eilte zurück in die Festung und zurück zu den Korridoren, die sie vor kurzer Zeit noch völlig aufgelöst verlassen hatte.
Zwischen den steinernen Mauern setzte ihr Herz für einen Moment aus, als sie sah, dass Rol und seine beiden Freunde ihr entgegenkamen. Für einen Moment stockte sie, als sie erkannte, dass Rol ihren Umhang in der Hand hatte.
Den habe ich völlig vergessen.
Die drei Jungen sahen sie und blieben stehen. Kalia macht ein ausdrucksloses Gesicht, hob das Kinn an und schritt erhobenen Hauptes auf den schlaksigen Jungen zu, der sie nervös von oben bis unten betrachtete, ihr schmutziges Kleid bemerkte und unangenehm berührt den Umhang in seinen Händen knetete. Sie trat auf ihn zu, riss ihm den Stoff aus der Hand und stolzierte wortlos davon.
Rol sah aus, als hätte er gerade vorgehabt, ihr etwas zu sagen, doch Kalia wollte es nicht hören. Sie hatte genug gehört. Neo dagegen warf ihr ein verschmitztes Lächeln zu und sie musste sich beherrschen, den versteinerten Gesichtsausdruck beizubehalten und ihm nicht dankbar zuzuzwinkern. Sie hätte ihre gesamte Kleidung darauf verwettet, dass die Jungen gerade auf dem Weg zu ihr waren und Neo Rol dazu gebracht hatte, sich bei ihr zu entschuldigen.
Soll ihm die Entschuldigung doch im Halse stecken bleiben. Wenigstens dieses letzte bisschen Stolz habe ich mir bewahrt.
Sie verschwand im angrenzenden Zimmer und begann damit, ihre Arbeit fortzusetzen. Bis zum

Abend lagen noch einige Kammern vor ihr. Versunken in ihrer Arbeit verdrängte sie die Gedanken an den peinlichen Vorfall und verschloss ihre Seele so gut wie möglich. Sie wusste, dass ihr Herz noch einige Zeit bluten und ihrem Magier hinterher trauern würde, doch seine Reaktion hatte eine ernüchternde Wirkung auf ihre Gefühle gehabt.

Irgendwann, dachte sie. *Irgendwann wird die Zeit kommen, in der die Magoi um Hilfe bitten werden. Irgendwann wird die Zeit kommen, und es wird ihnen auffallen, wie machtlos sie ohne das einfache Volk sind. Und dann werde ich mich daran erinnern, wie sie uns behandelt haben.*

Leah

Sie straffte die Schultern und schluckte die Tränen hinunter. Der Himmel über ihr war wolkenverhangen und trüb, genau wie Leahs Stimmung. Onkel Gormond klopfte ihr etwas unbeholfen auf den Rücken.

„Es ist eine gute Entscheidung."

Leah nickte tapfer und sah zu dem gewaltigen Tor auf, hinter dem sich die Zugbrücke zur Magoifestung befand. Die Burg erhob sich aus dem steinernen, schwarzen Fels, umschlossen vom Fluss Krill, als wäre sie mit dem Berg verschmolzen. Es ließ sich unmöglich sagen, wo die scharfen Kanten der Felsen endeten und in die grauen Mauern der Festung übergingen, deren Zinnen und Türme bis weit in den Himmel ragten. Die kalten Steinmauern wirkten in dem tristen Licht, das die Wolken zuließen, bedrohlich und düster. Wie sollte sie sich je hier zurechtfinden? Alles wirkte so erdrückend, dass sie sich fühlte wie eine in die Enge getriebene Maus. Sie wandte sich ihrem kleinen Bruder zu, der ihr den gesamten Weg durch die Stadt nicht von der Seite gewichen war und sich noch immer an ihrem Rock festkrallte.

„Pass gut auf Mutter auf und unterstütze sie, so gut es geht", flüsterte sie ihm zu und umarmte ihn innig. Joki versprach es ihr.

„Wann wirst du uns besuchen kommen?"

Onkel Gormond legte ihm eine Hand auf die Schulter.

„Leah wird es für eine Weile nicht möglich sein, uns zu besuchen.“

Wieder nagte das schlechte Gewissen an ihr, weil sie ihrer Mutter nichts von ihrer Entscheidung gesagt hatte. Umso erstaunter war sie gewesen, als Joki und ihr Onkel schon im Morgengrauen vor dem Tor der Magoifestung gestanden und auf sie gewartet hatten. Wie hatte sie auch glauben können, ihre Familie überlisten zu können? Es machte sie traurig, dass ihre Mutter nicht aufgetaucht war. Wenn Joki hier war, wusste auch Saya Bescheid. Konnte sie ihr tatsächlich nicht verzeihen? Ließ sie ihre Tochter im Stich?

Doch bevor sie den Gedanken zu Ende denken konnte und ihre Augen brannten, sah sie die schmale Gestalt ihrer Mutter in weiter Ferne auf sie zueilen, das blonde Haar sittsam bedeckt. Erleichtert stieß sie den Atem aus, nur um ihn direkt danach wieder anzuhalten. War Saya gekommen, um sie im letzten Moment aufzuhalten? Leah hätte auf der Stelle in die Burg laufen können, ohne dass Saya etwas dagegen hätte tun können. Doch irgendetwas sagte ihr, dass sie beruhigt auf ihre Mutter warten konnte, um sich zu verabschieden.

Wortlos standen sie sich gegenüber, auch in Sayas Augen glitzerten Tränen. Leah hatte ihre Mutter bisher nur nach dem Tod ihres Vaters weinen sehen und war gerührt, dass Saya der Abschied so nahe ging. Sie musterte ihr Gesicht ein letztes Mal. Die Gefühle der hübschen Frau strömten auf Leah ein und überwältigten sie beinahe, allen voran die Angst um ihre Tochter. Bevor sie sich versah, wurde sie in eine für ihre Mutter ungewöhnliche, feste Umarmung gezogen.

„Wirst du dich daran halten, was ich dir beigebracht habe?“, flüsterte Saya. Leah trat einen Schritt zurück und neigte demütig den Kopf.
„Ja, Mylady, ich werde stets gehorsam sein und meine Arbeit erledigen, nur sprechen, wenn ich dazu aufgefordert werde, und vor allem werde ich versuchen, nicht aufzufallen.“
Ihre Mutter nickte zufrieden. Sie hatten schon vor Jahren die Benimmregeln einer Bediensteten geübt, so wie es sich für Frauen gehörte. Leah wusste schon immer, wie sie einen anständigen Knicks machte, wie sie die Herrschaften anzureden hatte und dass sie Befehle gehorsam und ohne Widerrede ausführen musste. Am schwersten war es ihr jedoch immer gefallen, ihre Zunge im Zaum zu halten, als ihre Mutter sie in jungen Jahren tagtäglich prüfte und sie mit den widersinnigsten Aufgaben bedachte. Wenn Leah es sich recht überlegte, hatten der Unterricht geendet, als Leah anfing, die Straßenhunde zu behandeln. War Saya damals schon aufgefallen, was Leah fühlte, wenn sie mit den Tieren zusammen war? Was wusste ihre Mutter darüber?
„Was ist das Wichtigste?“, fragte Saya, packte sie bei den Schultern und sah ihr tief in die Augen.
Leah schluckte.
„Vertraue niemandem.“
„Es ist wichtig, dass du das verstehst. Du hast bisher nie unter Magoi gelebt und wirst schnell erkennen, dass das Leben dort nicht einfach sein wird. Ich glaube an dich, Leah, und ich wünsche dir nur das Beste.“
In Leahs Hals steckte ein Kloß. Ihre Mutter machte keinen Aufstand, zerrte sie nicht an Händen und Füßen zurück in das Armenviertel, doch die Panik in

ihren Augen war unübersehbar. Sie musste sich beeilen, bevor Saya es sich anders überlegte, deshalb wandte sie sich Marik zu. Lächelnd zog auch er sie in eine feste Umarmung, ohne viele Worte zu verlieren. Für Leah war es Zeit aufzubrechen, doch ihre Familie war längst nicht fertig. Jeder schien von ihrem Vorhaben gewusst zu haben, auch wenn sie es geheim gehalten hatte, und jeder wollte ihr ein Erinnerungsstück mit auf den Weg geben. Marik hatte ihr noch vor dem Morgengrauen einen neuen Dolch geschenkt, den er in der Stadtwache einem der Eisenmänner heimlich abgenommen hatte, als dieser betrunken am großen Küchentisch eingeschlafen war. Von Joki bekam sie einen Stein, der mit ein bisschen Fantasie die Form eines Hasen haben sollte. Onkel Gormond hatte ihr neue Stiefel aus Tierleder besorgt, da durch die, die sie momentan noch an den Füßen trug, schon das Wasser drang.

Das schönste Erinnerungsstück jedoch trug sie nun um den Hals. Saya hatte ihr eine feine Goldkette mit einem kleinen Medaillon geschenkt, in das der Kopf eines Taniwha eingeritzt war. Es war die Kette, die Saya von Leahs Vater zu ihrer Hochzeit bekommen hatte. Leah wollte dieses wertvolle Geschenk zuerst nicht annehmen, doch Saya hatte darauf bestanden. Sie würde es hüten wie ihren Augapfel.

Mit einem letzten Winken betrat Leah die knarzenden Holzbohlen der Brücke, während die Festungsmauer bedrohlich auf sie herab starrte und unter ihr der Fluss gegen die spitzen Felsen schlug. Sie wurde langsamer und widerstand dem Drang, sich umzudrehen und zurückzublicken. Wenn sie es tat, würde sie keinen Schritt weiter gehen können.

Ein mürrisch dreinblickender Wächter musterte sie stirnrunzelnd, bevor er sie durch das Tor winkte. Die bedrückende Stille wich mit einem Schlag dem Lärm geschäftigen Treibens und verwehte die trübseligen Gedanken. Zu viele Eindrücke auf einmal strömten auf sie ein. Leah blieb stehen und nahm den Anblick und das rege Treiben des Burghofes in sich auf. Links von ihr ertönte der Schall von Eisen auf Stahl und hinterließ einen Glockenklang, der Leah ungewöhnlich vertraut vorkam. Schon bald erkannte sie einen muskulösen Schmied, dessen Haut auf dem freien Oberkörper trotz des kühlen Tages schweißnass schimmerte. Im Stall daneben wieherten einige Pferde und von der anderen Seite des staubigen Hofes drangen Gerüche an ihre Nase, die sie noch nie zuvor gerochen hatte und die ihr schmerzlich bewusst machten, wie leer ihr Magen sich anfühlte. Mittig befand sich ein großer Brunnen, um den sich Kinder tummelten und mit Wasser bespritzten, schimpfende Eltern in langen, farbenfrohen Magoitrachten und Mägde und Knechte, die von einer Seite auf die andere eilten und Eimer, Feuerholz oder Körbe schleppten. Vor ihr ragte die gewaltige Festung mit Zinnen und Türmen so hoch auf, dass Leah schwindelig wurde. Nie hätte sie sich erträumen lassen, dass sie je ein so großes Gebäude zu Gesicht bekommen würde.
Doch dem Gefühl des Erstaunens folgten Zweifel. Leah kam sich verloren und klein vor. Wie sollte sie sich jemals unter diesen vielen Menschen zurechtfinden, ohne sich in der gewaltigen Festung hoffnungslos zu verlaufen? Unschlüssig und stand sie da und kämpfte mit dem Drang, sofort umzukehren und zurück zu ihrer Familie zu laufen.

„Du musst Leah sein“, ertönte eine sanfte Stimme neben ihr. Eine Magd, kaum älter als sie selbst, lächelte ihr freundlich zu. Bevor Leah sich versehen konnte, hatte sie das freundliche Mädchen bei der Hand genommen und zog sie hinter sich her.

„Woher weißt du das?“

Die Magd lachte.

„Dieser Blick, wenn Stadtbewohner zum ersten Mal die Festung betrachten, ist unverwechselbar. Ich bin Kalia und werde dich in deine Arbeiten einweisen, bis du dich selbstständig hier zurechtfindest.“

Leah schwieg und ließ sich zu einem heruntergekommenen und fensterlosen Steingebäude führen. In einem schmalen Korridor befanden sich mehrere Holztüren zu beiden Seiten.

„Hier sind unsere Kammern. Knechte auf der linken Seite, Mägde auf der rechten. Komm am besten gar nicht erst auf die Idee, dich heimlich nachts mit jemandem zu verabreden. Die Mauern sind hellhörig und für gewöhnlich ist Klatsch und Tratsch hier sehr beliebt. Komm mit, ich zeige dir, wo du schläfst.“

Leah ließ sich in einen großen Raum führen, dessen Boden auf beiden Seiten mit dickem Stroh ausgelegt war. Dünne Stoffdecken markierten die Schlafplätze und Kalia führte sie fast bis ans Ende des Raumes, wo eine ordentlich gefaltete, aber zerschlissene Decke auf sie wartete.

„Du kannst deine Sachen hier ablegen, viel hast du ja nicht dabei. Ich schlafe direkt hier schräg gegenüber. Neben dir schläft Raya, vor ihr solltest du dich in Acht nehmen. Sie schnarcht nicht nur furchtbar laut, sondern ist auch eine eingebildete Ziege. Für gewöhnlich hält sie sich jedoch für etwas Besseres und lässt sich nicht dazu herab, mit uns anderen zu reden. Ich glaube, sie hofft immer noch darauf, dass ihre Mutter sie bald wieder hier raus holt. Ich habe nie viel über ihre Geschichte erfahren, aber Rayas Familie ist weder arm noch auf die Einkünfte ihrer Tochter angewiesen. Man munkelt, dass sie wegen ihres Ungehorsams hierher geschickt wurde."

Die Magd plauderte, als kannte sie Leah schon ihr ganzes Leben lang und Leah kam sich dumm und töricht vor, wie sie schweigend und von den Eindrücken überwältigt einfach nur da stand und Kalia anstarrte. Das Mädchen hatte zerzaustes, braunes Haar, und zwar kein hübsches, aber ein freundliches Gesicht. Unter einer breiten Nase lächelten sie volle Lippen freundlich an und entblößten gerade und helle Zähne. Leah schaffte es nur schwer, sich von den goldenen Augen loszureißen, die sie nun ebenfalls prüfend musterten.

Sollte ich nicht irgendetwas sagen?

Kalia schien ihr Unbehagen zu bemerken.

„Mach dir keine Sorgen, am Anfang ist alles etwas überwältigend, aber du wirst dich daran gewöhnen. Deine Haare gefallen mir, die sind ja weißgold. Ich kannte nur einen Menschen in der Stadt mit so hellem Haar, und der ist schon lange gestorben. Allerdings solltest du es bedeckt halten, es ist nicht gut, wenn man hier zu sehr auffällt. Wo kommst du her? Hast du Familie?"

Leah schwieg und die Worte ihrer Mutter hallten in ihrem Kopf wider. Nun sah Kalia sie wirklich an, als zweifele sie an Leahs Verstand.

„Hat es dir die Sprache verschlagen?"

Leah seufzte schüchtern.

„Es tut mir leid, es ist nur alles so ... viel, und überhaupt, ich kenne dich kaum und die letzten

Worte, die meine Mutter sagte, waren: vertraue niemandem", sprudelte es plötzlich aus Leah heraus und sie ließ sich völlig überfordert auf das Stroh sinken. Kalia lächelte sie verständnisvoll an.

„Ein guter Rat. Deine Mutter ist eine kluge Frau und du solltest auf sie hören. Ich will dir nichts Böses, aber das werden dir auch andere Menschen erzählen, ohne dass sie es so meinen. Wenn du allerdings vorhast, dich hier schweigend und alleine durchzukämpfen, dann wirst du vor die Hunde gehen. Du siehst mir nicht aus wie jemand, der sich gerne zurückzieht. Vertraue einfach auf deine Instinkte und sei vorsichtig, aber lasse auch zu, dass die Menschen dir helfen."

Leah konnte nicht anders, als das Lächeln der Magd zu erwidern. Sie kam ihr weder bösartig noch durchtrieben vor, auch die Gefühle, die von ihr ausströmten, schienen von Grund auf ehrlich zu sein, und was konnte es schon schaden, jemanden an seiner Seite zu wissen, der ihr durch die schwere Anfangszeit half. Kalia sah die neue Entschlossenheit in Leahs Augen und half ihr auf.

„Komm mit, wir haben noch bis zum Mittagessen Zeit, bis unser Dienst beginnt und ich habe die Erlaubnis, dich herumzuführen."

Bereitwillig folgte Leah dem Mädchen zurück auf den Burghof. Kalia zeigte ihr die Küche, sie besuchten die Schmiede und besonders bei den prächtigen Rössern im Stall musste sich Leah förmlich losreißen. Sie schlenderten über die Wiesen und Viehweiden auf dem Gelände hinter der Burg, besuchten die Weinberge und naschten heimlich ein paar der süßen Trauben, während Leah von ihrem Zuhause und ihrer Familie erzählte und sich die Geschichten anhörte, die

Kalia über sich selbst und sämtliche Mägde und Knechte zum Besten zu geben hatte. Entzückt betrachtete Leah die Blumen und Pflanzen, die die Obstgärten voneinander trennten und in den schillerndsten Farben und Formen leuchteten. Joki wäre begeistert gewesen und sie nahm sich vor, ihm einen Strauß der Blumen mitzubringen, wenn sie die Festung einmal verlassen durfte. Die Obstgärten zogen sich über einen Hügel und Leah genoss den Anblick trotz des kalten Windes, der durch ihren dünnen Umhang blies. Sie ließen sich auf einer Holzbank unter den Apfelbäumen nieder, von der aus sie einen guten Blick über die Burg und die Stadt in weiter Ferne hinter den Festungsmauern hatten.

„Es ist wunderschön hier", flüsterte Leah und stellte sich vor, in welch wundervollen Farben die Landschaft bei Sonnenschein leuchten musste. Innerhalb der Mauern war nichts mehr von der dunklen Bedrohlichkeit zu spüren, die die Burg nach außen hin ausstrahlte. Kalias Gesicht verdüsterte sich und sie seufzte.

„Wunderschön ist es, ja. Aber du solltest dich nicht davon blenden lassen. Das Leben hier ist nicht so, wie es auf den ersten Blick scheint. Für die Magoi sind wir auch nicht mehr wert als der Schmutz, den wir für sie beseitigen."

Sie wirkte verbittert und sah sich prüfend nach lauschenden Ohren um.

„Es bringt nichts, wenn ich das Leben hier schönrede. Du wirst so hart arbeiten, dass die Blasen an deinen Händen und Füßen nicht dazu kommen, zu verheilen. Jeder einzelne Knochen in deinem Körper wird brennen, wenn du dich schlafen legst. Es erfordert viel Durchhaltevermögen und Kraft und mehr als einmal wirst du dir wünschen, wieder in den Schoß deiner Familie flüchten zu können, besonders, wenn du noch vor dem Morgengrauen wach sein musst und dich fühlst, als hättest du kein Auge zugemacht. Du wirst den ganzen Tag putzen, den Magoi das Essen vor die Nase stellen und es wieder abräumen, ihre Nachttöpfe leeren, ihnen den Rücken im Waschzuber schrubben, und ihren Befehlen gehorchen. Du wirst deine Zunge im Zaum halten, wenn sie mit schlammigen Schuhen über die Treppe laufen, die du doch gerade erst geputzt hast, und wirst dir unterwürfig die Klagen des folgenden Magiers anhören, der sich über deine schlampige Arbeit beschwert. Du wirst folgen, wenn man dir aufträgt, ein Fass mit Met bis in den dritten Stock zu tragen. Es interessiert sie nicht, ob wir tagelang dazu gebraucht haben, ihren Dreck wegzuräumen oder dass es körperlich kaum möglich ist, das Gewicht eines Fasses zu stemmen. Sie befehlen und wir dienen. Dafür schützen sie uns, und ich meine nicht nur vor den Taniwha. Hier gibt es weder Diebe noch Mörder oder Betrüger. Du wirst regelmäßig gute Mahlzeiten bekommen, deinen Lohn erhalten und unter einem festen Dach schlafen. Aber du wirst auch deine Freiheit verlieren. Überlege dir gut, ob du diese Arbeit in Kauf nehmen willst. Wer einmal dient, kann nie wieder zurück."

Leah hatte schon von dieser Bedingung gehört, doch niemand hatte ihr erklärt, wieso Bedienstete ein Leben lang auf der Festung bleiben mussten. Die einzige Möglichkeit, dem zu entgehen, war in die Verbannung geschickt zu werden.

„Ich werde es schaffen."

Kalia sah sie erstaunt von der Seite an.

„Wieso bist du dir so sicher?"
Leah lächelte.
„Na ja, zum einen werde ich immer im Hinterkopf behalten, dass ich meiner Familie somit ein besseres Leben ermöglichen kann. Aber das ist es nicht, was mich so sicher macht. Denn in einem Punkt muss ich dir Unrecht geben. Sie können mir den Mund verbieten und mir Befehle erteilen, aber es gibt eine Freiheit, die sie mir nicht nehmen können. Und das ist die Freiheit meiner Gedanken."
Ich hasse sie sowie schon, egal wie sie mich behandeln werden.
Verblüfft sah Kalia sie an und Leah konnte an dem verwirrten Stirnrunzeln erkennen, wie sie darüber nachdachte. Der Wind frischte auf und ließ das spröde Haar des Mädchens tanzen wie dunkle Flammen.
„Ich glaube, du könntest es schaffen. Es erfordert viel Selbstbewusstsein und Stärke, sich von seiner Familie loszureißen und den eigenen Weg zu gehen. Ich habe schon zu viele Menschen daran zerbrechen sehen, deshalb verzeih mir meine negative Einstellung. Wir sollten langsam zurückgehen."
Seufzend erhob sich Leah und ließ noch einmal den atemberaubenden Ausblick auf sich wirken.
„Was befindet sich in dem Turm dort drüben?", fragte sie Kalia und musterte das gewaltige Steingebäude, das bedrohlich wie eine graue Säule den Himmel zu tragen schien, jenseits der Festung und fast verloren auf der weiten Wiese. Moos und Ranken an der unteren Seite ließen ihn wirken, als wäre er geradewegs aus dem Boden heraus gesprossen, nur um den Witterungsbedingungen standzuhalten, denen er ausgesetzt war und die das Mauerwerk bröckelig

und verschlissen hatte werden lassen. Verwundert nahm sie wahr, dass Kalia erbleichte.
„Wie viel weißt du über die Priester?"
Leah zuckte mit den Achseln.
„Nicht viel, nur eben das, was in der Stadt so erzählt wird."
Kalia senkte die Stimme und blickte verstohlen um sich.
„Das dort drüben ist der Priesterturm, in dem die drei Priester leben", flüsterte sie. „Man sagt, etwa alle 100 Jahre wird ein Kind geboren, dessen Augen schwarz wie der Nachthimmel sind und in der Dunkelheit glühen wie silberne Sterne. Man behauptet, ihr Blick könne einen Menschen auf der Stelle von innen heraus verbrennen lassen. Ihre Geburt ist stets mit dem Tod verbunden, keine der Frauen, die ein solches Kind zur Welt gebracht hat, hat überlebt. Sie sind von der Dunkelheit geküsst und die Nacht hat sich wie ein Schatten über die Seele der Kinder gelegt. Sie spielen nicht wie andere Kinder. Sie lachen nicht oder tollen herum. Sie starren dich einfach nur an."
Sie machte eine bedeutungsschwere Pause und senkte die Stimme noch weiter, so dass Leah sich vorbeugen musste, um die geflüsterten Worte zu verstehen. „Sobald ein Kind der Nacht das Licht der Welt erblickt, wird es in den Turm der Priester gebracht und vor der Öffentlichkeit verborgen gehalten, bis es erwachsen ist und seine Kräfte unter Kontrolle hat. Derzeit sind es drei Priester, so viele wie nie zuvor. Man nennt sie Kastau, Arolax und Selas. Niemand weiß, wie viel Macht sie wirklich besitzen oder wie sie aussehen. Manche behaupten, die Priester müssten weder essen noch schlafen, allerdings halte ich das für ein Gerücht, denn eine Magd bringt ihnen regelmäßig

Essen. Sicher ist jedoch, dass sie etwas Unheimliches und Gefährliches an sich haben und es niemand wagt, sich ihnen oder ihren Befehlen in den Weg zu stellen."

Kalias Stimme war bei den letzten Worten kaum zu hören gewesen und Leah ertappte sich dabei, dass ihr der Mund offen stand. Als die Magd ihr Unbehagen bemerkte, verwandelte sich der versteinerte Gesichtsausdruck zurück zu einem Lächeln.

„Mach dir keine Sorgen, kaum einer ist ihnen je begegnet und die Chance, dass sie dir über den Weg laufen, ist verschwindend gering. Und nun lass uns zusehen, dass wir etwas zwischen die Zähne bekommen. Hast du schon einmal Orangentorte und karamellisierte Früchte gegessen? Du wirst es lieben!"

Neo

Der Bulle rammte seine stumpfen Hörner in Neos Seite, der Magier wirbelte durch die Luft und blieb stöhnend auf dem Sandboden liegen. Er hörte das Toben des Tieres und die Stimmen der anderen Schüler, die es mittlerweile geschafft hatten, ihn mit Seilen einzufangen. Hilflos stand der kräftige Stier nun im Kreis der Magier, die an den Seilen zerrten und ihn so daran hinderten, in irgendeine Richtung zu entlaufen. Er stampfte dröhnend mit den Hufen auf den Boden und wirbelte Staub auf, während er mit Leibeskräften versuchte, gegen seine Gegner anzukämpfen. Neo rieb sich stöhnend die Rippen und setzte sich auf. Es würde einen weiteren Bluterguss auf seinem mittlerweile violett und blau gefärbten, zerschundenen Körper geben.
„Herzlichen Glückwunsch, Neo. Du bist gerade von einem Taniwha zerrissen worden. Keine Alleingänge!", hallte Sir Barbos kräftige Stimme durch die Jägerhalle. „Wie oft habe ich dir das schon gesagt? Ihr müsst zusammenarbeiten! Wie willst du einen Taniwha überwältigen, wenn du es nicht einmal mit einem einfachen Stier aufnehmen kannst?"
Der kleine, aber kräftige Mann schritt wütend auf Neo zu und reichte ihm die Hand, um ihm aufzuhelfen.
„Bevor ihr das nicht perfekt beherrscht, wird keiner von euch die Mauern dieser Stadt verlassen, habt ihr mich verstanden?! Ihr seid nichts weiter als ein Haufen nichtsnutziger Dummköpfe!"

Neo verkniff es sich, mit den Augen zu rollen. Sir Barbo war für gewöhnlich ganz umgänglich, doch nahm er seine Arbeit als Jägeroberhaupt sehr ernst. Sollte je ein Magier auf der Streife außerhalb der Mauer von einem Taniwha verletzt werden, wollte er sich nicht schuldig fühlen, weil er ihn nicht perfekt ausgebildet hatte. Sir Barbo war in seinem besten Alter, doch die Arbeit als Jägeroberhaupt hatte ihn gekennzeichnet. An seiner rechten Hand fehlten drei Finger und über die linke Hälfte seines Gesichtes verlief eine wulstige Narbe, während das Ohr auf dieser Seite nur noch ein kaum zu erkennender Stummel war. Der Mann mit den breiten Schultern hatte einen rotbraun schimmernden Bürstenhaarschnitt und leuchtend braune Augen, die zwar keine Weisheit, aber Energie, Mut und Tatendrang ausstrahlten. Auch wenn Sir Barbo ein ganzes Stück kleiner als Neo war, so zweifelte der Schüler nicht daran, dass der Jäger ihn innerhalb weniger Augenblicke überwältigen konnte, selbst wenn er nicht fast doppelt so breit und kräftig wie Neo gewesen wäre.

Mehrere Vollmonde waren vergangen, seit Neo sich dafür entschieden hatte, den Jägern beizutreten und seine Ausbildung in diese Richtung fortzuführen. Seitdem gab es keinen Tag, an dem ihn nicht sämtliche Knochen des Körpers schmerzten oder er ausgelaugt und vollkommen übermüdet in sein Bett fiel, wenn das Training beendet war. Während das Laub der Bäume sich golden und orange färbte, ging Neo vormittags seinem gewohnten Unterricht nach und plagte sich nach dem Mittagessen mit den Abwehrmöglichkeiten eines Taniwha herum. Nachdem sie die Theorie hinter sich gebracht hatten, übten sie regelmäßig mit einem Stier, der einen der Drachen verkörpern sollte. Das Ziel bestand darin, dem Tier auszuweichen, es mit Magie abzulenken und es im besten Falle zu fesseln, was jedoch nur durch das perfekte Zusammenspiel aller Jäger möglich war. Etwas zerknirscht beobachtete Neo die anderen Schüler, die den Stier gerade wieder freiließen und das Spiel von vorne begannen. Hätte er nicht die Initiative ergriffen und das Tier abgelenkt, dann hätten sie ihn bis zum Sonnenuntergang noch nicht gefangen. Trotzdem ärgerte er sich, dass er nicht schnell genug ausgewichen war, als der Stier plötzlich seine Richtung geändert hatte. Im Falle eines Taniwha hätte es ihn das Leben gekostet.

„Du musst lernen, dich auch auf andere zu verlassen, Neo“, erklärte Sir Barbo zum wohl einhundertsten Mal. Als er jedoch das heillose Durcheinander seiner Schüler betrachtete, von denen sich einer gerade noch hinter einen steinernen Torbogen flüchten konnte, runzelte er die Stirn.

„Schon gut, ich kann verstehen, dass du dein Leben nicht in die Hände dieser Narren legen willst“, gab er zu, „aber das ändert nichts an der Tatsache, dass du alleine keine Chance gegen diese Bestien hast. Du bist klug und hast die Fähigkeit, die Bewegungen des Stieres im Voraus zu erahnen, aber du bist zu langsam und handelst zu unvorhersehbar. Lass die anderen Jäger wissen, was du vorhast, sonst kann niemand deinen Plan durchschauen und es kommt zu ebensolchen Missverständnissen, wie du es gerade erlebt hast.“

Der Stier war mittlerweile rasend vor Wut und die sechs Schüler liefen hilflos durcheinander und brachten sich so gut wie möglich in Sicherheit.

„Schluss jetzt mit diesem Gehampel!“, knurrte Sir Barbo und kniff die Augen zusammen, als schwere Ketten durch den Raum schwebten und sich um den wütenden Bullen legten. Neo schmeckte die Magie, die von seinem Ausbilder ausging, förmlich auf der Zunge. Sofort beruhigte sich der Stier und blieb schwer atmend stehen. Magie wirkte nur bei leblosen Gegenständen und konnte die Haut eines Lebewesens nicht durchdringen. Die Seele hatte eine eigene Schutzmauer, die kein Zauber zu durchstoßen vermochte. Zu viele Magoi waren bei dem Versuch gestorben, es an einem Taniwha zu versuchen, und bei dem einzigen Mal, in dem es gelang, einen alten und kranken Taniwha zu fangen, hatte Sir Barbo mit der Hälfte seines Gesichtes dafür bezahlt.

Doch es gab andere Möglichkeiten, mit den Bestien fertig zu werden. Die Jäger der Magoifestung verschrieben ihr Leben dem Schutze der Stadt. Von Zeit zu Zeit kam es vor, dass die Taniwha die Stadtmauer etwas zu genau ins Auge fassten. Für sie stellte Elaos einen unwiderstehlichen Topf mit Nahrung im Überfluss dar, den nur eine gewaltige Mauer schützte. Besonders im Winter, wenn die Nahrung im Wald knapp wurde, konnte man sie selbst bei Tageslicht auf der anderen Seite der Mauer entlang gehen hören. Die Jäger waren perfekt ausgebildete Magoi, die die drachenähnlichen Bestien abwehrten und von der Mauer verjagten. In der Geschichte der Festung hatte man es nur zwei Mal geschafft, einen Taniwha zu töten. Einer davon ging auf die Kosten von Sir Barbo, und dieses Tier hatte schon eine entzündete Verletzung von einer anderen Bestie davongetragen. Ausgehungert und geschwächt hatte er versucht, das hölzerne Tor zu durchbrechen, als Barbos Männer ihn fanden. Das Fleisch der Bestie hatte die gesamte Stadt mehrere Tage lang gesättigt. Neo erinnerte sich gut an den Tag, obwohl er damals noch ein kleiner Junge war. Barbo wurde gefeiert wie ein König, da weder Stahl noch Magie den harten Schuppenpanzer der Bestien durchbrechen konnten und die Tötung der Taniwha schier unmöglich war. Für gewöhnlich wehrten die Jäger sie damit ab, sie mit Magie zu verwirren und abzulenken, während die Lanzenträger auf die nur von weicher Haut geschützten Hinterbeine einstachen. Die Verletzungen waren zwar nicht tödlich, doch sie schränkten das Tier in seinen Bewegungen ein, welches vom Versuch, die Magoi um sich herum zu schnappen, zudem völlig entkräftet war. Die Bestien zogen sich in solch einem Fall zurück und mieden die Stadt.

Das war also die Aufgabe der Jäger. Sie postierten sich regelmäßig außerhalb von Elaos und entlang der Mauer, wenn es längere Zeit kein *Opfer* gegeben hatte oder die Taniwha zu neugierig wurden. Einzig und allein wegen ihnen gab es Elaos noch.

„Also schön“, rief Sir Barbo und klatschte in die Hände. „Ich will es euch mal so verständlich machen, dass es auch eure Erbsenhirne erreicht. Die zwei, die sich heute am besten anstellen, dürfen in drei Tagen mit auf Streife. Jedenfalls sofern ihr euch nicht benehmt wie ein Haufen Dummköpfe. An die Arbeit jetzt!“

Neo trat vor und sie bildeten einen Kreis um den Stier, den der Sand in der Halle mehr zu interessieren schien als die Horde Magoi, von der er umgeben war. Sir Barbo kniff abermals die Augen zusammen und plötzlich wurde das Tier unruhig. Die Ketten lösten

sich und fielen klirrend herab. Eine Handbewegung des Lehrers reichte, und einer der faustgroßen Steine traf auf die Flanke des Tieres.
Mit einem Brüllen bäumte sich der Bulle auf und stürzte auf Eril zu, der ihm am nächsten stand. Der schwarzhaarige und kräftige Junge wich geschickt aus und Neo ergriff die Initiative. Er konzentrierte sich mit aller Gewalt auf sein Vorhaben. In seiner Brust breitete sich ein warmes Gefühl aus, als seine innere Energiequelle zum Leben erwachte und die Adern seines Körpers mit kribbelnder Macht füllte. Er ließ der Energie freien Lauf, bis sie selbst seine Fingerspitzen füllte und auch seine Sehkraft, den Geruchs- und Tastsinn sowie seine Gedanken verstärkte. Mit jeder Faser seines Körpers konzentrierte er sich auf den Sand in der riesigen, steinernen Halle. Das alles dauerte kaum einen Herzschlag lang und neben dem tobenden Stier erhob sich ein kleiner Sandwirbel, der das Tier ablenkte und von Eril wegdrängte. Panisch versuchte der Stier die Flucht zu ergreifen und stürmte auf den nächsten Magier zu.
„Ein Energiefeld!“, rief Neo. Eril und ein schmächtiger Magoi neben ihm reagierten blitzschnell. Neo hatte, schon während er die Worte ausgesprochen hatte, ein breites Kraftfeld errichtet, das wie ein Schild vor dem Magoi stand, auf den der Stier zustürmte. Einzig und allein ein leichtes Flirren der Luft ließ erkennen, wo sich der Schild befand. Es war zu groß, als dass Neo es alleine hätte halten können, doch die Energie der anderen beiden Jägerschüler verstärkte es rechtzeitig, bevor das Kraftfeld zerfallen konnte. Zu dritt ließen sie ihre Macht in die unsichtbare Mauer fließen, als der Stier

brüllend und mit aller Wucht dagegen rannte. Der Schüler hinter dem Kraftfeld war im Gesicht weiß wie Kalk und sah aus, als müsse er sich jeden Moment übergeben. Das Tier dagegen schüttelte wütend und verwirrt den Kopf, um die Benommenheit zu vertreiben. Ein Instinkt sagte Neo, was der Stier als Nächstes tun würde. Er packte das Seil in seiner rechten Hand fester und verließ seinen Platz am Rande des Magoikreises, um auf das Tier zuzustürmen.

„Seile!", rief Eril, als er Neos Gedanken nachvollzog.

Neo packte die Schlaufe, zu der er sein Seil gebunden hatte, und erhöhte seine Geschwindigkeit. Der Stier reagierte wie erwartet. Als Neo ihn fast erreicht hatte, drehte er sich wütend vom Kraftfeld weg und stürmte direkt auf den Schüler zu. Neo rannte ihm frontal entgegen, warf das Seil über seinen Kopf, packte das Ende der Schlaufe und ließ sich zwischen den dröhnenden Hufen des Tieres durch den Sand rutschen. Die Schlaufe lag nun um den Hals des Bullen, während das Seil zwischen seinen Beinen verlief und in Neos Hand endete, der sich keuchend hinter dem Stier aufrappelte. Er zog an dem dicken Tau und der Kopf des verwirrten Tieres senkte sich für einen Moment. Drei weitere Magoi reagierten sofort und warfen ihre Schlaufen ebenso um den Kopf, wobei jeder in eine andere Richtung zog. Der Bulle tobte, war jedoch bewegungsunfähig.

Zwei Speerträger traten vor und deuteten einen Stich in die Hinterbeine des Tieres an. Damit war die Übung beendet.

Sir Barbo schwieg mit verschränkten Armen, doch die Tatsache, dass er nichts zu meckern hatte, war Lob genug. Er nickte kurz und brachte den Stier mithilfe

der Ketten dazu, sich zu beruhigen und die Halle durch ein gewaltiges Tor zu verlassen, dessen Eisengitter sich hinter dem Tier schloss.
Gespannt warteten die Schüler ab.
„Eril und Neo, ihr werdet morgen und übermorgen vom Unterricht befreit und kommt zu einem Extratraining in die Jägerhalle. In drei Tagen dürft ihr mit raus."
Damit verließ er die Halle durch eine kleinere Tür, ohne sich noch einmal umzublicken oder das Jammern und Stöhnen der anderen Schüler zu beachten. Neo atmete erleichtert aus und konnte nur mit Mühe einen Freudenschrei unterdrücken, während Eril auf ihn zu stolzierte.
Der Junge, der seinem Freund Rol seit Beginn des Unterrichtes in der Magoifestung das Leben zur Hölle machte, klopfte ihm hochmütig auf die Schultern.
„Ich hoffe, du machst dabei nicht in die Hose und blamierst uns alle", höhnte er.
Neo blickte ausdruckslos in das hübsche Gesicht des Magiers. Eril war groß und kräftig gebaut, hatte rabenschwarzes, lockiges Haar und eine Nase, die an den Schnabel eines Raubvogels erinnerte. Neo hatte ihn nie mit einem Lächeln auf den Lippen gesehen. Stets trug er einen angewiderten und hochnäsigen Gesichtsausdruck zur Schau. Statt auf die Sticheleien einzugehen, drehte Neo ihm wortlos den Rücken zu und verließ die Jägerhalle, um seine Freunde aufzusuchen und ihnen die Neuigkeit zu berichten.
Der kalte Herbstwind zerrte an seiner Tracht, die nun statt mit einer grünen Schärpe, mit einer roten gebunden wurde, zum Zeichen dafür, dass sich Neo den Jägern verschrieben hatte. Welke Blätter in den schillerndsten Farben tanzten in den Windböen und

bildeten rote und orangefarbene Wirbel. Die Jägerhalle befand sich zwischen den Weinbergen und den Obstgärten der Magoifestung, weit abseits des Hauptgebäudes. Neo ließ den Blick über die Landschaft gleiten, die in dem prachtvollen Herbstkleid leuchtete. Bald würden die Bäume sich des Gewandes entledigen, die Farben des Herbstes ablegen und kahl darauf warten, dass der Winter sie mit einem neuen, jungfräulich weißen Kleid beschenkte.

Er ließ sich Zeit, als er durch die Obstgärten schlenderte und kostete von einem der späten Äpfel. Neo genoss die Zeit und die Stille, die ihm der Garten verschaffte, doch schon bald legte die Dämmerung sich wie ein Schleier auf das Land und die Kälte setzte sich in seinen Knochen fest. Er eilte zur Magoifestung, um sich vor dem Abendbrot noch das Gesicht und die Hände zu waschen. Auch mit der staubigen Tracht würde er sich nur missbilligende Blicke einhandeln.

Die meisten Schüler hatten sich bereits in der großen Halle versammelt und machten sich schwatzend über die dampfenden Teller her. Rol und Ojen hielten ihm wie üblich einen Platz frei. Er gab ihnen ein Handzeichen, dass er später zu ihnen stoßen würde, und eilte durch den verlassenen Korridor der Schülerquartiere. Neo murmelte eine Entschuldigung, als ihm zwei Mägde mit Bürsten und Wassereimern entgegenkamen und missbilligend auf die schlammigen Fußtapsen blickten, die er hinterließ. Er riss die Tür zu seinem Gemach auf und stürmte hinein, doch sie traf auf einen Widerstand und lautes Scheppern erfüllte das Zimmer.

„Verdammt noch mal, kannst du nicht aufpassen?!“, ertönte eine zornige Mädchenstimme und er erstarrte. *Hat sie mich gerade verflucht?*
Verdutzt sah er, wie das Mädchen auf die Knie ging und mit einem Lappen das Wasser aufsaugte, das aus ihrem Eimer geschwappt war. Es dauerte eine Weile, bis er den Blick von ihrem weißgoldenen, langen Haar losreißen konnte, dass zu einem lockeren Zopf geflochten war, der ihr über den Rücken fiel.
„Warte, ich helfe dir“, stammelte er und machte Anstalten, sich ebenfalls auf den Boden zu knien.
„Vergiss es“, fauchte sie und bedachte ihn mit einem kurzen Blick aus großen, runden Augen, die wie eine Sommerwiese leuchteten. Es glich gleißenden Blitzen, das Gefühl, das durch seine Adern wanderte und ihn verletzlich fühlen ließ, wie nie zuvor. Sprachlos beobachtete er, wie sie ihre Sachen schnappte und wütend sein Gemach verließ, ohne sich darum zu kümmern, dass der kalte Steinboden noch immer vor Feuchtigkeit glänzte.
„Was ist nur mit diesen Mägden los?“, murmelte er kopfschüttelnd, als er wieder alleine war und sich seiner verschmutzten Tracht entledigte. *Es gab eine Zeit, da machten sie noch demütig und gehorsam ihre Arbeit. Nun wälzen sie sich schon auf unseren Betten oder stauchen uns zusammen.*
Etwas belustigt machte er sich auf den Weg in die große Halle, um noch etwas von den würzigen Lammkeulen abzubekommen. Aufgeregt erzählte er Rol und Ojen, dass er bald auf seine erste Streife würde gehen können und ließ sich beglückwünschen, auch wenn Rol eher damit beschäftigt war, über die Tatsache zu meckern, dass Eril es ebenfalls geschafft hatte. Doch während er den Beschimpfungen

lauschte, mit denen Rol seinen Feind bedachte, schweiften seine Gedanken immer wieder zu den leuchtend grünen Augen, die für einen Moment bis auf den Grund seiner Seele geblickt zu haben schienen.

Leah

Das kühle Wasser des Brunnens lief über ihre blutenden und rissigen Finger und nahm etwas von dem Schmerz. Ein paar verfärbte Blätter segelten langsam hinab ins Wasser und zogen schimmernde Kreise im Mondschein der Herbstnacht. Die Blasen an ihren Händen platzten jeden Morgen aufs Neue auf und ihr Rücken fühlte sich an, als hätte er drei Tage und Nächte hintereinander das gesamte Gewicht des Priesterturms getragen. Jeden Abend verband ihr die kleine Sarina die Hände und Füße mit sauberem Leinen, doch morgens musste sie den durchnässten Stoff abnehmen, damit sie ihre Arbeit erledigen konnte. Ein gequältes Stöhnen entglitt ihren Lippen. Sie erinnerte sich zurück an ihre Anfangszeit auf der Magoifestung, in der sie der Magd Kalia unterstellt war. Die beiden Mädchen teilten sich die Arbeit und hatten viel schöne und auch lustige Zeit damit verbracht, über die Magoi herzuziehen, den neuesten Klatsch und Tratsch auf der Festung in Erfahrung zu bringen und über ihre Träume und Sehnsüchte zu reden. Leah hatte sich nach nur wenigen Tagen so wohl gefühlt, als hätte sie ihr halbes Leben auf der Festung verbracht. In Kalia hatte sie eine Freundin gefunden.

Ihr gutes Verhältnis war natürlich nicht unbemerkt geblieben und so musste Leah seit einigen Tagen mit Raya zusammenarbeiten. Sie war sich sicher, dass die arrogante Magd selbst dafür gesorgt hatte, dass Leah und Kalia voneinander getrennt wurden. Die Arbeit mit Raya war nicht nur grausam, sondern verlangte

ihr auch viel Willenskraft und Beherrschung ab, um der hübschen Magd nicht Tag für Tag einen Eimer Wasser ins Gesicht zu schütten. Im Gegensatz zu Kalia machte Raya sich nicht die Mühe, Leah bei der Arbeit zu helfen. Sie erteilte Befehle und verbrachte die Zeit damit, sich die Haare zu flechten oder höhnisch zu lächeln, während Leah sich die Hände wund schrubbte und die Arbeit übernahm, die eigentlich für zwei Mägde gedacht war.
Leah hatte das nicht so einfach in Kauf genommen und war schon am ersten Tag zu Alfons gegangen, der für die Aufteilung der Bediensteten zuständig war. Von dem alten, dicken Mann jedoch hatte sie sich nur eine schallende Backpfeife eingefangen, als sie ihm ihre Beschwerde vortrug.
„Ich habe keine Zeit für so einen Firlefanz", hatte er ihr zornig entgegengeschleudert und sie mit einem Speichelregen bedacht. „Wenn du faul sein willst, dann verschwinde von hier und kehre nie wieder zurück. In der eingefallenen Hütte deiner Familie kannst du von mir aus tun und lassen, was du willst, aber hier wirst du machen, was man von dir verlangt."
Leah war an diesem Abend durchaus in Versuchung geraten, den Rat des Mannes anzunehmen, doch der Gedanke daran, dass Saya und Joki deshalb wieder in einer Holzhütte hätten ziehen müssen, gab ihr die Kraft, durchzuhalten. Nicht, dass ihr diese Möglichkeit tatsächlich offen gestanden hätte. Einen Weg zurück gab es nicht, wenn man einmal in der Festung diente, dann für den Rest seines Lebens. Mit zusammengebissenen Zähnen ignorierte sie die anzüglichen Blicke, die Alfons Raya jeden Abend zuwarf und ergab sich stur ihrem Schicksal. Raya hatte den Aufseher längst um den Finger gewickelt.

Leahs Gesicht verfinsterte sich bei dem Gedanken daran, während sie sich über den Brunnenrand beugte. Sie würde Raya nicht die Genugtuung geben und noch ein weiteres Mal Hilfe bei jemand anderem suchen.

Heute allerdings war Leah an ihre Grenzen gestoßen. Vollkommen entkräftet war sie eingeschlafen, als sie das Bett eines Schülers aufschütteln sollte und sich nur für einen kleinen Moment gesetzt hatte, als Raya sich erleichterte und sie allein im Raum war. Anstatt sie zu wecken, war Raya geradewegs zu Alfons gelaufen und der verschwitzte Mann mit dem buschigen Schnauzer hatte ihr eine Tracht Prügel verpasst, wie sie Leah nie zuvor erlebt hatte. Ihre Wange brannte noch immer wie Feuer, das Auge war zugeschwollen. Durch die Predigt hatte sie das Mittagessen verpasst und musste zur Strafe noch einen weiteren Gang mit Schülerquartieren übernehmen. Zum krönenden Abschluss hatte ihr im letzten Zimmer noch einer der Schüler die Tür gegen den Körper gerammt, sodass ihr Eimer mit dem Schmutzwasser zu Boden gefallen war. Daraufhin war Leah der Kragen geplatzt und sie hatte sich für einen Moment vergessen.

Wenn er mich bei Alfons oder dem Verwalter verrät, bin ich geliefert.

Die Blicke, die er auf ihr Haar geworfen hatte, machten Leahs Hoffnung zunichte, dass er sie mit anderen Mägden verwechseln könnte. Sie hatte sein Erstaunen am eigenen Leib gespürt. Doch Leah kümmerte sich nicht darum, ihre Wut war einfach zu groß gewesen. Sie fühlte sich wie ein Hund, der getreten und geschlagen seine Wunden leckte. Dennoch kam Aufgeben für sie nicht infrage, auch

wenn ihr die Tränen im Schutze der Dunkelheit unaufhaltsam über die Wange liefen.
„Lass mich mal sehen“, ertönte eine sanfte Stimme hinter ihr.
„Ist schon gut“, flüsterte Leah und versuchte, ihre Hände zu verstecken, doch Kalia packte ihre Handgelenke und betrachtete die Wunden im Mondschein.
„Bei den Bestien, wie hast du denn das geschafft?“, stieß die Magd hervor und ihr Blick wurde hart. „Was hat Raya diesmal wieder angerichtet?“
Leah sagte nichts, doch Kalia las die Antwort in ihren Augen ab und ließ den Blick über die Prellung in ihrem Gesicht gleiten.
„Komm mit“, flüsterte sie und zog Leah hinter sich her. „Sarina hat mir erzählt, wo ich dich finde und dass sie sich Sorgen um dich macht. Um ehrlich zu sein, hätte sie viel früher damit zu mir kommen sollen. Es tut mir leid, dass ich in letzter Zeit kaum für dich da war.“
Leah drückte beruhigend den Arm ihrer Freundin, denn sie wusste, dass Kalia ebenfalls darauf bedacht sein musste, keine Fehler zu begehen. Sie strebte eine höhere Position an, in der sie etwa 20 Mägde befehligte. Derzeit unterstanden sie alle noch dem Befehl von Alfons dem Bärtigen, doch Kalia beabsichtigte, das zu ändern.
„Ich werde dich unter meine Fittiche nehmen, falls mir der Aufstieg gelingt“, versprach Kalia, deren Gedanken in dieselbe Richtung gewandert waren.
Leah wurde von ihr in die Küche geführt, in der mittlerweile schon das dreckige Geschirr des Abendessens gesäubert und Ruhe eingekehrt war. Nur Merani knetete mithilfe zweier Mägde im Alter

von sechs oder sieben Jahren einen gewaltigen Teigberg und formte Brote, die man noch vor dem Morgengrauen in den Ofen schieben würde. Der schwere Duft von in Honig gebratener Ente, pikant gewürztem Lammkotelett und Erbsen- und Lauchgemüse hing noch immer in der Luft und ließ den Mädchen das Wasser im Mund zusammen laufen.

„Mein Kind, kannst du vor Aufregung nicht schlafen?“, fragte die rundliche Köchin mit einem amüsierten Blick auf Kalia. Leah runzelte fragend die Stirn, doch ihre Freundin schüttelte nur unmerklich mit dem Kopf.

„Es tut mir leid, dass wir dich so spät noch stören, aber ich brauche etwas von deiner Salbe.“

Sie griff nach Leahs Händen und streckte sie der Köchin entgegen, die scharf die Luft einsog und sofort begann, in einem der Gewürzregale zu wühlen. Einen Moment später kehrte sie mit einer kleinen Tonschale zurück, die eine Salbe enthielt. Leah roch misstrauisch daran.

„Das ist Johanniskraut“, platzte sie heraus und Kalia lächelte zufrieden, während Merani erstaunt nickte.

„Du kennst dich mit Kräutern und Gewürzen aus?“

Leah nickte schüchtern, doch es war Kalia, die für sie antwortete.

„Leah ist der Kräuterfrau in ihrem Viertel zur Hand gegangen, bevor sie auf die Festung geschickt wurde. Sie kann die Pflanzen unterscheiden und weiß, welche zur Behandlung von Kranken verwendet werden oder welche einer Suppe den richtigen Geschmack verleihen.“

Die Köchin lächelte.

„Kannst du mir sagen, wie man diese Salbe herstellt?“

Leah brauchte nicht lange nachzudenken.

„Aus Johanniskrautöl, Bienenwachs, Speck und dem gelben Teil eines Hühnereis."
„Sehr gut. Wollen wir doch mal sehen, was du noch alles weißt."
Merani deutete mit der Hand auf das riesige Regal und Leah stellte sich davor. Sie roch an den kleinen Tongefäßen, während sie mit zusammengekniffenen Augen den Zustand der Gewürze und Kräuter betrachtete. Manche waren gemahlen, andere zu feinem Pulver zerrieben und wieder andere hingen in ganzen Büscheln an einer Stange.
„Das hier ist Ingwer, daneben stehen Nelken und Pfeffer. Hier haben wir Safran, Kümmel ... Wie das hier heißt, weiß ich nicht, aber wir haben es dafür verwendet, unseren Fisch zu würzen. Mein Bruder Joki könnte dir sicher den Namen nennen."
Sie wandte sich etwas weiter nach rechts, wo sich zahlreiche Tontöpfchen und Schalen befanden.
„Das hier ist Melisse, sie hilft dabei, den Geist zu beruhigen und sorgt für einen erholsamen Schlaf, wenn sie nicht gerade das Essen verfeinert. Man kann die Blätter mit heißem Wasser überbrühen und als Tee trinken. Oh, hier gibt es sogar Herzgespann. Ein gutes Mittel gegen Magenleiden. Mal sehen, hier haben wir Bibernelle und Koriander gegen Schwindsucht, Dill und Kresse, um den Männern neue Kraft zu verleihen, und Fenchel für den Bauch. Benutzt Ihr Petersilie und Schnittlauch nur zum Würzen? Sie sind beide gut bei Problemen mit dem Stuhlgang, allerdings solltet Ihr vorsichtig mit der Petersilie sein, wenn eine Frau ein Kind unter dem Herzen trägt."
Leah war völlig in ihrer Aufzählung aufgegangen und bemerkte erst jetzt, dass die beiden Frauen sie

erstaunt musterten. Kalia wirkte stolz. Misstrauisch fragte Leah sich, warum sie vor der Köchin so ihre Fähigkeiten zur Schau stellte. Merani schien die Sache schon durchschaut zu haben.

„Kalia, du weißt, dass ich euch nicht beide losschicken kann, so gern ich es auch tun würde."

Kalia seufzte, während sie die Finger in die Salbe auf dem Tisch tauchte und vorsichtig Leahs Hände einrieb.

„Ich weiß, dass du das nicht kannst. Deshalb möchte ich, dass Leah morgen meinen Platz einnimmt. Sie wird dich nicht enttäuschen."

Merani wirkte verblüfft.

„Bist du dir sicher? Du wartest seit dem Sommer auf diesen Tag und nun willst du ihn einer anderen überlassen?"

Leah blickte verwirrt von einer zur anderen, indes die lindernde Wirkung der Salbe einsetzte. Kalia nickte.

„Leah hat Familie in der Stadt und braucht es momentan dringender als ich."

Die Köchin nickte verständnisvoll.

„Na schön, wenn du dir sicher bist, dann werde ich es mit ihr versuchen."

„Ich danke dir. Vielleicht solltest du auch darüber nachdenken, Leah in deine Obhut zu nehmen. Mira wird sich die Kräuter ja doch nie merken können."

„Jetzt gehst du zu weit", mahnte die Köchin mit erhobenem Finger und ließ die zwei Mägde kopfschüttelnd allein.

„Würdest du mir bitte erklären, was das zu bedeuten hat?", fragte Leah etwas säuerlich, weil sich das Gespräch um sie gedreht hatte, ohne dass sie etwas davon verstand. Ihre Freundin lächelte verschwörerisch.

„Jedes Jahr einmal im Frühling und einmal im Herbst darf ich im Auftrag von Merani die Magoifestung verlassen, um auf dem Markt der Stadt frische Kräuter und Gewürze zu besorgen. Es ist das Einzige, das die Stadtbewohner nicht regelmäßig an die Magoi abliefern, weil es nur wenige schaffen, die seltenen Kräuter anzubauen. Morgen wirst du das für mich übernehmen. Wir werden gleich die Regale durchsehen und ich hoffe, du kannst dir merken, was du morgen besorgen musst. Du solltest nur bis Sonnenuntergang zurück sein. Wenn du dich beeilst, dann hast du noch ein bisschen Zeit, die du mit deiner Familie verbringen kannst. Ansonsten wirst du kaum eine weitere Chance bekommen, diese Festung zu verlassen."

Sprachlos sah Leah sie an, bevor sie sich der Magd um den Hals warf.

„Ich weiß nicht, wie ich dir danken soll! Aber ich kann das nicht annehmen, dieser Tag steht dir zu und du hast schließlich schon seit dem Frühjahr darauf gewartet."

Kalia winkte ab und bedeutete Leah, dass sie vorsichtig mit den eingeriebenen Händen umgehen sollte.

„Für mich ist der Besuch in der Stadt nur ein wenig Abwechslung vom Alltag. Ich bin hier auf dieser Festung aufgewachsen und habe weder Freunde noch Familie dort. Für dich bedeutet es mehr und du hast es dir verdient, deine Liebsten wieder zu sehen. Wie lang bist du jetzt schon hier? Vier oder fünf Monde? Du vermisst sie sicher."

Gerührt beobachtete Leah, wie die selbstlose Magd ihr die Hände mit frischen Leinen verband.

„Du glaubst gar nicht, wie viel mir das bedeutet! Ich wünschte nur, ich könnte Marik sehen. Er fehlt mir so." Marik würde tagsüber in der Stadtwache zu beschäftigt sein, um sie zu treffen. Verschwörerisch blitzten die warmen, goldenen Augen auf und kleine Fältchen bildeten sich, als Kalia grinste.

„Ist das der Junge, mit dem du dich nachts immer getroffen hast? Nun ja, Alfons und Raya werden so schon stinksauer sein, wenn ich morgen deine Arbeit übernehme und sie hören, dass du in die Stadt darfst. Um die beiden werde ich mich kümmern. Aber wenn wir dir schon einen Besuch zu Hause ermöglichen, dann solltest du auch alle treffen, die du liebst."

„Und wie stellst du dir das vor?"

Kalia beugte sich vor und senkte die Stimme, so dass Leah sie kaum verstehen konnte.

„Wir werden einen kleinen, nächtlichen Ausflug machen, wenn du dich traust."

Etwas später stand Leah in einem dunklen Kapuzenumhang gehüllt im Schatten der Burgmauer, um auf ihre Freundin zu warten. Es war nicht unüblich, dass Kalia häufig auch nachts arbeitete und deshalb nicht in der Unterkunft der Bediensteten zu finden war. Leah jedoch hatte erst darauf warten müssen, dass die anderen Mägde einschliefen und sie sich heimlich aus dem Gemach schleichen konnte. Es hatte viel Willenskraft gekostet, die Augen offen zu halten. Ungeduldig trat sie von einem Fuß auf den anderen, bis Kalia scheinbar aus dem Nichts neben ihr auftauchte. Erschrocken sprang Leah zurück und biss sich auf die Zunge, um kein Geräusch von sich zu geben.

Auf den Burgmauern patrouillierten einige Eisenmänner und überschauten finster den Burghof.

Sie konnten ihre Umrisse im fahlen Mondlicht ausmachen, die scharfen Waffen blitzten silbern auf und die Kettenhemden klirrten leise. Kalia bedeutete ihr zu folgen und sie schlichen durch die Dunkelheit, um durch die Tür zur Küche zu schlüpfen.

„Was, wenn wir erwischt werden?“, fragte sie wispernd und versuchte sich vorzustellen, wie die Bestrafung aussehen würde.

„Frag lieber nicht.“

Ungewohnte Stille herrschte in dem steinernen Raum und Kalia entzündete eine Kerze, damit sie nicht versehentlich über Teller und Töpfe stolperten und einen Riesenlärm veranstalteten.

An die Küche grenzte eine Speisekammer an, die sich durch mehrere Räume zog. Leah sah Fässer mit gepökeltem Fisch, eingelegtem Schweinefleisch, Rind und Lamm, sowie einige Schinken und Würste, die an Stricken von der Decke hingen. Im Raum darauf folgten Säcke mit Weizen und Gerste, die nur darauf warteten, zu feinem Mehl gemahlen und zu warmen Broten gebacken zu werden. Dahinter befanden sich große Kisten mit Rüben und Karotten, Erdäpfeln und Wurzeln. Im letzten Raum zwängten sie sich an zwei großen Fässern mit Salz vorbei und widerstanden dem Drang, von den gestapelten Käserädern zu naschen.

Hier befand sich eine mit schwerem Holzriegel verschlossene Tür. Kalia und Leah mussten erst einige Fässer zur Seite rollen, um sie zu öffnen, woraufhin sie in einen verlassenen, dunklen Korridor gelangten. Die Feuchtigkeit an den steinernen Wänden glänzte im Schein der Kerze und Leah spürte die Beklemmung in der Brust. Ihre Schritte hallten laut in der Stille, und nach einer Weile hatte Leah das

Gefühl, dass sie bergab gingen, tiefer in den Fels hinein, auf dem die Festung gebaut war. Der Boden war uneben, als hätte man eine Höhle in den grauen Berg gegraben, aus dem später die Festung entstanden war. Der Weg schien sich endlos zu ziehen und sie vermeinte, das Rauschen von Wasser und das Säuseln des Windes zu vernehmen.
„Wer ist Mira?“, fragte sie Kalia leise, um die drückende Stille zu verdrängen.
„Mira arbeitet für Merani und geht ihr bei der Herstellung von Salben und Heilmitteln zur Hand. Sie soll einmal Meranis Nachfolgerin werden und wird in die Geheimnisse der Gewürze eingeweiht. Merani hat allerdings schon mehrmals durchblicken lassen, dass Mira weder das nötige Interesse noch genügend Intelligenz dafür hat, auch wenn sie ein wirklich nettes Mädchen ist. Das ist auch der Grund, warum Merani immer noch mich auf die Botengänge in die Stadt schickt. Ich hatte gehofft, dass sie dich an ihrer Stelle aufnehmen und ausbilden würde. Still jetzt, wir sind gleich da.“
Leah dachte über das Gesagte nach und ignorierte stur, dass der Schein der Kerze immer kleiner zu werden schien. Nach einer Weile erreichten sie eine schwere Holztür und Kalia presste das Ohr dagegen.
„Hier geht es zu den Kerkern. Nur wenige wissen von der Verbindung zur Speisekammer, aber eine Hand voll ausgewählter Leute müssen schließlich auch den Gefangenen das Essen bringen. Die Wache müsste mittlerweile ihren Rundgang beendet haben, aber man kann nie sicher sein.“
Eine Weile lauschten sie an dem verrotteten Holz, bis sie sicher waren, dass niemand sich dahinter befand. Die Stille war beängstigend, die Wände erdrückend,

und doch atmete Leah freier als an der Oberfläche. Nur wenige Gefühle der anderen Festungsbewohner schienen die dicken Mauern bis hier unten zu durchdringen. Erst jetzt wurde ihr klar, wie sehr ihre Gabe sie Tag für Tag belastete. Es war nicht einfach, die Gefühle anderer Menschen zu spüren, und auf der Burg lebten zu viele Personen auf engem Raum.
Die Tür ächzte leise, als Kalia sie aufschob und sich durch den Spalt zwängte. Leah stockte der Atem, als sie plötzlich von Dunkelheit umgeben war und der Duft einer verloschenen Kerze kitzelte ihre Nase. Sie war sich nicht sicher, ob Kalia sie absichtlich gelöscht hatte oder ein Windstoß schuld daran war, dass sie sich nun entlang der glitschigen Wände vortasten mussten.
Leah griff nach Kalias Schürze, da ihre Freundin den Weg zu kennen schien und sich selbstsicher voran schob. Die Mauer hinter ihr wich kalten Eisenstangen, die sich in Leahs Rücken pressten und sie betete, dass die Zellen verlassen sein mochten. Die absolute Dunkelheit lastete auf ihr, ließ ihr Herz rasen und schon bald hatte sie vollkommen die Orientierung verloren. Jeden Moment rechnete sie damit, dass kalte Arme sich zwischen den Gittern hervor schoben und sie festhalten mochten.
Gab es Geister hier? Sie war versucht, ein stilles Gebet zu flüstern, doch sie bezweifelte, dass die Götter bis an einen verlassenen Ort wie diesen vordrangen. Ihr wurde schwindelig und mit jedem Schritt hatte sie mehr Probleme damit, das Gleichgewicht zu halten. Kalia griff nach ihrer Hand und erleichtert sah Leah am Ende des Ganges einen schwachen Fackelschein. Gerade, als sie sich etwas sicherer fühlte, erfüllte ein Stöhnen die kalten

Steinmauern. Leah unterdrückte mit Mühe einen Aufschrei. Das Echo sorgte dafür, dass die klagende Männerstimme aus jeder Richtung zu kommen schien und man nicht deuten konnte, ob sie nah oder fern war.

Sie halten tatsächlich Menschen in dieser Finsternis gefangen, dachte Leah voller Grauen und stellte sich entsetzt vor, wie lange der Gefangene wohl schon hier unten verrottete. Die krächzende Stimme hörte sich an, als hätte sie jahrelang nichts anderes getan als zu heulen und zu klagen.

Statt auf den fernen Fackelschein zuzugehen, bog Kalia plötzlich abrupt nach rechts ab. Leah hätte den schmalen Seitengang ohne ihre Freundin gar nicht erst bemerkt. Sehnsüchtig warf sie einen letzten Blick auf das warme, orangefarbene Licht, bevor sie der Magd abermals in die Finsternis folgte. Die Luftfeuchtigkeit schien zuzunehmen und Leahs Haare klebten schon bald in ihrem Nacken. Am Ende des Korridors sorgte lediglich ein schmales, mit Gittern verschlossenes Fenster dafür, dass etwas Mondlicht einfallen konnte.

„Hier hinein“, wisperte Kalia und deutete auf die letzte Zelle, deren schwere Eisentür geöffnet war.

„Bist du verrückt geworden?“, schnaubte Leah fassungslos und fragte sich, ob sie gerade Opfer eines grausamen Scherzes geworden war. Andererseits war Kalia eine der wenigen Menschen, die es gut mit ihr zu meinen schienen. In dem bläulichen Licht des Mondes sah Leah, wie ihre Freundin mit den Augen rollte und die Zelle zuerst betrat. Sofort meldete sich das schlechte Gewissen bei ihr, weil sie ihr nicht vertraut hatte.

Aber bei den Göttern, das war eine Zelle. Da durfte man auch mal misstrauisch werden.
Kalia hockte sich an die Mauer und begann, sie mit den Fingern abzutasten. Schon bald ertönte das leise Geräusch von scharrendem Stein und immer mehr Mondlicht drang durch das Loch, das die Magd freilegte. Sie entnahm Stein für Stein aus der Mauer, bis die Öffnung groß genug war, dass die beiden Mädchen sich hindurch zwängen konnten. Das Geräusch des rauschenden Wassers und pfeifenden Windes wurde lauter, doch Leah bezweifelte, dass es bis zum Ende des Korridors hallen und das Wehklagen des Gefangenen übertönen würde. Und selbst wenn, dann würde wahrscheinlich keiner der Wachen davon ausgehen, dass gerade jemand die Festungsmauer auseinandergenommen hatte.
Die Mädchen traten nach draußen und Leah fand sich am Fuße des rauschenden Flusses wieder, der ganz Elaos durchquerte und sich einmal um die Magoifestung schlängelte. Kalter, nasser Stein ging vor ihren Füßen steil hinab, doch Leah war schon über weitaus schwierigere Hindernisse geklettert.
„Jetzt bist du eine der Wenigen, die diesen Geheimgang kennen", wisperte Kalia. „Behüte dieses Geheimnis. Wenn die falschen Magoi davon Wind bekommen, ist uns dieser Ausgang für immer versperrt. Verwende ihn nicht zu oft und nur bei Nacht!"
Leah versprach es ihr hoch und heilig. Dieser Geheimgang war ein Segen. Für Kalia mochte er nicht viel Bedeutung haben, da sie kaum einen Grund hatte, die Festung nachts zu verlassen. Kalia wollte hinaus, um den Markt zu besuchen und am Stadtleben

teilzunehmen. Leah jedoch konnte sich mit Marik treffen.

„Ab hier wirst du alleine gehen müssen. Das Schwerste ist es, den Fluss zu überqueren. Wenn du diesen Steinen nach unten folgst, dann suche nach einem Felsen, der mit einem großen weißen Kreuz gekennzeichnet ist. In dem Mondlicht dürftest du ihn kaum übersehen. Dort befindet sich eine Ansammlung von Felsen unter dem Wasser und du kannst den Fluss überqueren. Ich schätze mal, nasse Füße werden dir nichts ausmachen. Der Weg ist breit, dennoch solltest du versuchen, nicht auszurutschen, damit die Wassermassen dich nicht forttragen. Auf der anderen Seite sind schmale Stufen in den Stein gehauen, sodass du den Hang problemlos erklimmen kannst. Den Rest schaffst du allein."

Sprachlos blickte Leah vom rauschenden Wasser hin zu der steilen Felswand gegenüber und wieder zurück zu Kalia. Der Gedanke daran, dass sie Marik noch heute wieder sehen würde, vertrieb jedoch die letzten Zweifel.

„Wer hat dir das alles verraten?", fragte sie Kalia.

Die Magd lächelte verschwörerisch.

„Du glaubst gar nicht, wie viele Geheimnisse man erfährt, wenn man nur genau hinhört."

Neo

„Verteilt euch!“, knurrte Sir Barbo und die Anspannung zeichnete sich trotz der vielen Narben deutlich in seinem Gesicht ab. Die Gruppe der Magoi strömte aus dem gewaltigen, hölzernen Stadttor und Neo wurde vor Aufregung flau im Magen.

Worauf habe ich mich hier eingelassen?

„Ihr wisst Bescheid“, murmelte das Jägeroberhaupt, als sie in Reih und Glied Aufstellung genommen hatten. Neo sah in die Gesichter der drei Dutzend Jäger und stellte erleichtert fest, dass er nicht der Einzige war, der besorgt zu sein schien.

„Ihr kennt eure Positionen. Jeder hat eine Strecke von 3000 Fuß zu bewachen, bis der Morgen graut. Solltet ihr einer der Bestien begegnen, gebt das Zeichen und bringt euch in Sicherheit, bis die anderen eingetroffen sind. Los jetzt!“

Wortlos teilten sie sich in zwei Gruppen auf und liefen nach rechts und links entlang der gewaltigen Stadtmauer zu den vorgegebenen Plätzen. Die ersten Männer blieben nach und nach an ihren Positionen stehen und als Neo die siebte Markierung erreichte, verabschiedete er sich mit einem wortlosen Nicken von der weiterziehenden Gruppe. Mit beklemmendem Gefühl in der Brust betrachtete er den Meilenstein und setzte sich darauf. Er konnte getrost noch eine Weile abwarten, bevor er die Strecke entlang der Mauer abging, da die Gruppe vor ihm gerade erst den Weg beschritt. Misstrauisch beobachtete er die Umgebung im Schein der Dämmerung.

Es war das erste Mal, dass sich Neo außerhalb der Stadtmauern befand und die Stille lastete auf ihm. Auf der Magoifestung herrschte stets reges Treiben, doch hier kam ihm die Welt vor wie in einem Traum. Der Himmel hatte sich zu einem beunruhigenden Purpurrot gefärbt und erinnerte auf schaurige Weise an die Farbe von Blut, was er nicht gerade als gutes Zeichen deutete.
Der letzte Schein der Sonne verlieh dem goldgefärbten Herbstwald einen atemberaubenden Glanz, doch Neo wusste, dass die immer länger werdenden Schatten der Bäume schon bald den farbenfrohen Zauber verschlingen würden. Dennoch hatte dieser Wald etwas Magisches, ein leises Kribbeln durchfuhr seinen Körper.
Hinter ihm ragte bedrohlich und düster die Mauer von Elaos in den Himmel und er lehnte sich mit dem Rücken dagegen. Er war von gewaltigen Bäumen umgeben, deren Kronen das Sonnenlicht nur noch spärlich hindurch blitzen ließen und die teilweise bis an die Mauer heranreichten. Neo konnte Stämme ausmachen, die so dick waren, dass fünf Magoi sich an den Händen halten und den Baum trotzdem nicht hätten umfassen können. Diese Bäume schaffen es, selbst die riesige Mauer zu überragen. Andere wiederum schienen unter den grünen Riesen, die ihnen das Sonnenlicht und die Nährstoffe aus dem Boden raubten, zu leiden, und kämpften kümmerlich um ihre Existenz.
Dann wurde ihm klar, dass er einer der wenigen Menschen war, die die Stadtmauer verlassen hatten. Die meisten Menschen waren ein Leben lang in Elaos eingesperrt, hinter sicheren Mauern und doch war die Stadt nichts weiter als ein steinerner Käfig.

Erst jetzt, als er aus den Toren geschritten war, wurde ihm bewusst, was vor ihm lag. Diese Freiheit vor ihm war weitestgehend unerforscht, die Wildnis ein einziges Geheimnis. Was lag hinter dem dichten Wald? Was beherbergte die Natur? Er würde es vermutlich nie herausfinden, seine Aufgabe bestand darin, außen an der Mauer entlang zu gehen und die Stadt zu schützen. Er war nun für die Sicherheit so vieler Menschen verantwortlich und setzte sich einer Gefahr aus, die ihm erst jetzt richtig bewusst wurde. Sein Leben lang hatten ihn die dicken Mauern geschützt. Doch nun? Die Tagträume, in denen er heldenhaft gegen die drachenartigen Bestien gekämpft hatte, kamen ihm plötzlich seltsam unrealistisch vor. Das hier war echt. Die Gefahr genauso wie die Angst, die sich auf seine brust legte.
Er konnte etwa 20 Schritt weit durch das lichte Unterholz blicken. Nichts deutete darauf hin, dass sich hier vor kurzem noch ein Taniwha aufgehalten hatte und sein Herzschlag beruhigte sich etwas. Der Waldboden war übersät von Kiefernnadeln und verrottetem Laub, über das sich Farne und Dornenranken zogen. Neo sah weder Spuren noch abgebrochene Zweige und Äste. Wäre eine der Bestien hier vorbeigekommen, hätte sie eine gewaltige Schneise in das Unterholz gezogen, vermutete er. Sir Barbo hatte versucht, sie davon zu überzeugen, wie lautlos und geschmeidig die Taniwha sich fortbewegten, doch Neo war überzeugt, dass er sie mit diesen Worten nur zur Vorsicht mahnen wollte. Er konnte sich nicht vorstellen, dass Bestien, die so groß wie die Herrenhäuser der Stadt waren, darauf aufpassten, wo sie hintraten und ob sie ein Pflänzchen von der Größe ihres Zehennagels dabei zermalmten.

Die Dunkelheit verschluckte die letzten Strahlen der Sonne und ließ den Magier in einem trüben, bläulichen Licht zurück. Neo erhob sich seufzend. Er musste seine zugeteilte Strecke an der Mauer ablaufen, bevor die Dunkelheit ihn gänzlich einhüllte und er darauf warten musste, dass der Mond zum Vorschein kam. Sie hatten die strikte Vorgabe, sich so lautlos wie möglich zu bewegen und kein Licht mittels Magie zu erzeugen. Sollten sie auf einen Taniwha treffen oder hören, dass sich einer in der Nähe befand, musste eine rote Lichtkugel in den Himmel geschickt werden. Neo hoffte, dass es nicht dazu kommen würde. Die Lichtkugel sorgte dafür, dass die anderen Taniwha-Jäger zu Hilfe kamen, doch sie würde auch die Bestie auf ihn aufmerksam machen und bis die Verstärkung eintraf, konnte etliche Zeit vergehen, die ein Versteckspiel von Jäger und Gejagtem bedeuteten.

Als er aufsprang, setzte die Nervosität wieder ein und er achtete verstohlen auf seine Umgebung. Mit dem Sonnenlicht verschwanden auch die beruhigenden Geräusche. Das Zwitschern der Vögel verstummte und selbst der Wind schien den Atem anzuhalten. Die unnatürliche Ruhe zerrte an seinen Nerven und er presste sich erschrocken an die Mauer, als ein Nachtvogel unerwartet von einem Ast über ihm davon flatterte.

Sei nicht so ein Feigling, schalt er sich, doch der aufziehende Nebel trug nicht dazu bei, dass er sich besser fühlte. Wie lange, weiße Finger kroch er zwischen den Bäumen hervor und verlieh dem Waldboden einen unheimlich scheinenden Schleier, während Neo kaum noch etwas in der Dunkelheit erkennen konnte.

Der Wald veränderte sich mit jedem Schritt. An einer Stelle standen die Bäume so dicht, dass er kaum zehn Fuß weit blicken konnte und kurz darauf lichteten sie sich zu einer offenen Fläche. Neo sah auf seinem Weg Spuren an der Mauer, die von Krallen der Größe eines ausgewachsenen Mannes stammen mussten. Er sah Bäume mit Stämmen, die so dick waren wie der Bauchumfang des Kerkermeisters der Festung, und die aussahen, als wären sie wie zarte Blumen abgebrochen. Sie mussten von früheren Kämpfen oder dem Versuch der Taniwha stammen, die Mauer zu erklimmen.

Obwohl ihm die Vorstellung nicht gefiel, dass er sich augenscheinlich in einem Gebiet aufhielt, das auch die Taniwha einst betreten hatten, hielt er an und hockte sich auf den Boden, um zu lauschen. Er musste schon über die Hälfte seines Bereiches hinter sich gebracht haben. Die Dunkelheit sorgte dafür, dass er kaum noch die Hand vor Augen sah, und er würde warten müssen, bis der Mondschein ihm Licht spendete. Kaum wahrnehmbar vernahm er in der Ferne das Rauschen des Flusses *Krill,* der durch ganz Elaos floss und sich unter der Mauer hindurch schlängelte, um im Wald zu verschwinden. Er zog den schwarzen Umhang fester um sich und steckte die Hände unter die Achseln, um sie zu wärmen.

Eine Weile lauschte er angespannt dem kaum wahrnehmbaren Plätschern des Wassers und auch ein leichter Wind sorgte wieder dafür, dass die Blätter raschelten. Jeden Moment rechnete er damit, dumpfe Schritte zu vernehmen, die dem Boden würden erzittern lassen. Er rechnete damit, in glühend rote Augen zu blicken, und schon bald fühlte er sich

beobachtet. Seine Nerven waren bis zum Zerreißen gespannt, als er angestrengt in die Dunkelheit blickte.
Mach dir nichts vor. Hier ist nichts.
Das Knacken eines Astes ließ ihn erstarren und sein Gesicht wurde plötzlich eiskalt, als wäre alles Blut daraus gewichen. Er hielt den Atem an, doch sein Herz schien so laut zu schlagen, dass es dem Glockenturm der Magoifestung durchaus Konkurrenz hätte machen können. Mit schweißnassen Händen erhob er sich zitternd und machte sich bereit. Ein weiterer Ast zerbrach und das Geräusch durchschnitt die Stille wie ein Messer. Er nahm das unverkennbare Rascheln von Blättern auf dem Waldboden wahr und es schnürte ihm die Kehle zu. Er musste die Bestie erst ausmachen, bevor er seine Lichtkugel abschießen und fliehen konnte. Er musste wissen, in welche Richtung er sich davon machen konnte. Das Geräusch schien von links zu kommen und so kniff er die Augen zusammen. Die Schwärze der Nacht ließ ihn unmöglich etwas erkennen. Der Wind frischte auf.
Kann er mich wittern?
Er machte vorsichtig einen Schritt in die Richtung, aus der das Geräusch kam. Lautlos wagte er einen weiteren Schritt. Dann noch einen ...
Ein Schatten erhob sich direkt vor seinem Gesicht und Neo machte einen Satz zurück, stolperte über seinen Umhang und fiel. Eine gleißend helle Lichtkugel erschien vor seinen Augen und blendete ihn.
„Buhhh!", ertönte eine kratzige Stimme, auf die ein jaulendes Lachen folgte.
„Eril! Was bei den Priestern hast du dir dabei gedacht?!"

Der große Junge hielt sich kichernd den Bauch und es dauerte einige Zeit, bis er sich wieder gefangen hatte, indes Neo ihn wütend anstarrte.
„Du hättest dein Gesicht sehen sollen", presste der dunkelhaarige Magier hervor, bevor er einem weiteren Lachanfall erlegen war.
„Was tust du überhaupt hier? Dein Gebiet befindet sich woanders!", zischte Neo und war sich der Röte bewusst, die in seine Wangen geschossen war.
„Mir war langweilig und da dachte ich, ich schaue mal, was du so treibst", höhnte Eril immer noch kichernd.
„Schön, das hast du nun gemacht. Dann kannst du ja wieder verschwinden. Und mach das verdammte Licht aus. Ich hätte vor Schreck fast Alarm geschlagen!"
„Stell dich nicht so an, du Feigling. Hättest dich wohl doch lieber für eine andere Ausbildung entscheiden sollen. Noch ist es nicht zu spät! Für Angsthasen ist hier kein Platz."
„Verschwinde endlich", knurrte Neo und verschränkte genervt die Arme, um auch sein Zittern zu verbergen. Er konnte Erils Kichern noch eine ganze Weile vernehmen, als die Lichtkugel erloschen war und der Junge sich wieder zu seinem eigenen Bereich aufmachte. Schmollend setzte er sich auf den Boden und atmete tief durch, um sich zu beruhigen.
Er machte sich nichts vor. Eril würde die Geschichte in der Festung verbreiten, nicht jedoch, ohne sie vorher auszuschmücken. Genervt schloss er die Augen und versuchte sich von dem Ärger abzulenken.
Überraschenderweise wanderten seine Gedanken abermals in eine Richtung, die er seit Tagen zu

unterdrücken versuchte. Er dachte an das Mädchen mit dem silberblonden Haar und den Sommersprossen, das ihn so angefahren hatte. Neo war es gewöhnt, dass die Mädchen ihn anhimmelten. Diese jedoch war anders. Er dachte an die leuchtend grünen Augen, die ihn zornig durchbohrt und sich in seine Seele gebrannt hatten. Mit dieser Magd stimmte etwas nicht. Keine Gewöhnliche hätte es gewagt, ihn so zu behandeln, nicht einmal die Verrückte, die hinter seinem Freund Rol her war.

Er hatte sie nie zuvor in der Festung gesehen, dessen war er sich sicher, denn dieses glänzend helle Haar wäre ihm mit aller Sicherheit aufgefallen. Wo also kam sie her? Es war nicht nur die Tatsache, dass sie temperamentvoll war, sie hatte etwas an sich, dass Neo nicht definieren konnte. Es war wie eine Aura, die sie schimmernd und doch düster umgeben hatte und verschwunden war, als sie sich wieder beherrscht und er ihr nachgeschaut hatte. War es Einbildung gewesen?

Neo hatte in den letzten Tagen versucht, sie unter den zahlreichen Bediensteten auszumachen, aber die Mägde und Knechte glichen einem Ameisenhaufen. Sie waren ständig in Bewegung und so zahlreich, dass Neo schon allein bei dem Gedanken an den Versuch der Kopf schmerzte, sie zu zählen. Dennoch ließ er den Blick beim Essen in der großen Halle regelmäßig über die Köpfe gleiten, auf der Suche nach dem goldenen Haarschopf. Er grübelte noch eine Weile über die geheimnisvolle Magd, als seine Nackenhärchen sich aufstellten. Gänsehaut überzog seinen Körper und er spannte sich an. Da war wieder dieses Gefühl, nicht allein zu sein. Genervt erhob er

sich und spähte in die Dunkelheit, doch es ließ sich kaum etwas erkennen.
Jetzt übertreibt er es. Eril sollte seine Pflicht ernster nehmen und auf seinem Posten bleiben, nochmal falle ich nicht auf seine Spielchen herein. Wollen wir doch mal sehen, ob ich ihn nicht überraschen kann.
Eril musste ganz in der Nähe sein, also ging Neo vorsichtig ein paar Schritte in den Wald hinein. Auf leisen Sohlen schlich er durch das lichte Unterholz, auf der Suche nach einem Anzeichen des anderen Magiers. Der Wind ließ die Blätter über ihm rascheln und Neo nutzte das Geräusch zu seinen Gunsten, um sich Stück für Stück weiter zwischen den Bäumen hindurch zu schieben.
Ein tiefes, kaum wahrnehmbares Grollen ließ ihn erstarren. Dieses Geräusch hörte sich nicht so an, als stamme es aus einer menschlichen Kehle. Er trat vorsichtig hinter einen breiten Baumstamm und presste sich an die raue Rinde. Der Geruch nach Erde, Kiefernnadeln und feuchtem Laub wurde intensiver, als sich seine Sinne schärften und er mit jeder Faser seines Körpers darauf konzentriert war, seine Umgebung wahrzunehmen. Etwas schleifte über den Boden, etwas Schweres, und Neo hielt den Atem an. Mit rasendem Herzen spähte er an dem Baumstamm vorbei und sein Mund öffnete sich zu einem stummen Schrei.
Direkt vor ihm, kaum vier Schritte entfernt, schob sich ein gewaltiger Schatten durch das Geäst. Entsetzt starrte Neo den schwarzen Berg an, der sich langsam und lautlos wie eine Schlange fortbewegte. In diesem Moment brach der Mond durch die Wolken und spendete etwas Licht, während der Magier, sprachlos und unfähig sich zu bewegen, auf die glänzenden,

schwarzen Schuppen sah, die in dem bleichen Schein funkelten. Direkt vor ihm grub sich eine Hinterklaue in den feuchten Waldboden. Sie hätte Neo mit Leichtigkeit umschließen können. Krallen, so lang wie sein Unterarm und scharf wie Messer, durchschnitten den Waldboden. Neo hörte den schweren, schnaubenden Atem, so nah stand er bei ihm. Der Vergleich mit der Größe eines Herrenhauses kam ihm nun seltsam untertrieben vor.

Jede Chance, einen Warnzauber für die anderen Magoi abzugeben, war aussichtslos, solange er sich so nahe an diesem Koloss befand. Er wagte einen zitternden Schritt zurück und hielt weiter verzweifelt die Luft an, während er den Blick über den langen Körper des Tieres gleiten ließ. Beim Kopf angelangt, setzte Neos Herz vor Angst aus. Er wurde tatsächlich beobachtet. Glutrote Augen musterten ihn funkelnd. Und es waren nicht die Augen von Eril.

Leah

Die Tür des Schlafgemaches öffnete sich knarrend und Leah schreckte aus dem Schlaf. Das schwache Licht der Kerze am Ende des Raumes flackerte protestierend und drohte den Kampf gegen die einströmende Zugluft zu verlieren. Einige Mägde murmelten leise Flüche, der lauteste kam von Raya, der eingebildeten Magd. Leah beobachtete blinzelnd, wie Alfons seinen massigen Körper durch den Mittelgang schob und mürrisch mit den Fingern an seinem rötlichen Schnauzer zwirbelte. Der Geruch nach seinem Schweiß erfüllte das Schlafgemach und auch das letzte, mürrische Gemurmel erstarb, als seine Gestalt zwischen den flackernden Schatten erkennbar wurde. Niemand würde sich freiwillig mit ihm anlegen, auch wenn der Aufseher diesen Raum eigentlich nicht betreten durfte. Schnaufend hielt er vor Leahs Strohlager an und sie konnte das schale Bier in seinem Atem riechen.
„Du. Steh auf und komm mit."
Nie im Leben. Sie sah ihn stumm an und biss sich auf die Zunge. Sie war doch nicht lebensmüde. Alfons schien ihre Gedanken erraten zu haben und brummelte ärgerlich vor sich hin.
„Die Köchin schickt mich. Es ist dringend."
Nun, das ist was anderes, dachte sie und sprang auf. Etwas verlegen hielt sie sich die löchrige Decke vor das Nachtgewand, doch der dicke Mann drückte ihr nur einen schwarzen Umhang in die Hand.
„Wirf den über, und beeil dich!"

Leah legte den Umhang über die Schultern, ohne Fragen zu stellen. Der Stoff war schwer und hielt warm. Sie verschloss ihn mit einer Bronzeschnalle in der Form einer Sonne. Wenn Merani sie mitten in der Nacht rufen ließ, musste etwas Schlimmes passiert sein.
Der Mantel hüllte sie vollständig ein und war an den Füßen etwas zu lang, so dass er auf dem Boden schleifte, aber wenigstens roch er sauber. Sie eilte Alfons hinterher. Draußen hatte der Wind aufgefrischt und Leah seufzte, als sie feststellte, dass sie keine Kapuze hatte, um ihr Haar zu bedecken. Es konnte nicht mehr lange dauern bis zum Sonnenaufgang und aufgeregt eilte sie über den Burghof. Statt zur Küche, führte sie Alfons jedoch direkt in die Magoifestung und Leah zögerte. Was hatte er vor? War es eine Falle? Sie entschied, dass ein Schlafsaal voller Mägde für genug Zeugen gesorgt hatte, sollte er ihr etwas antun, und trat fröstelnd durch das große Tor zur Halle. Sie wandten sich nach links und Leah hatte Mühe, mit den großen Schritten des Mannes mitzuhalten.
Die verlassenen Steinmauern der Festung wirkten bei Nacht noch kälter. Sie gingen wortlos eine Treppe hinauf und sie musste zwei Stufen auf einmal nehmen, um nicht zurückzufallen. Alfons führte sie in den dritten Stock, den Leah bisher nie betreten hatte, und hielt vor der ersten Tür an.
„Dort hinein“, knurrte er und sah nicht so aus, als hätte er vor, ihr zu folgen.
Sie fasste sich ein Herz und dachte an Merani, um nicht auf der Stelle wieder umzukehren. Aus dem Raum drangen Stimmen und sie betrat das riesige Zimmer, nur um mit offenem Mund in der Tür

stehen zu bleiben. Etwa zwei Dutzend Magoi liefen heillos durcheinander um einige Betten, die links und rechts des Raumes aufgestellt waren. Die roten Schärpen, mit denen ihre Roben gegürtet waren, kennzeichneten sie als Jäger. Einige Trachten waren zerrissen und schlammig, doch es waren die Männer auf den Betten, die sie gebannt anstarrte. Merani und eine junge Frau in Leahs Alter eilten mit besorgtem Blick von einem zum anderen, doch als die Köchin Leah erblickte, winkte sie sie heran.

„Die Jäger sind auf einen Taniwha gestoßen. Jetzt kannst du zeigen, wie gut du dich in Heilkunde auskennst. Magie wirkt bei diesen Wunden nicht, die Heiler der Magoi sind hoffnungslos ausgelastet mit weiteren Verletzten im zweiten Krankensaal."

Sie drückte ihr Verbände und Salben in die Hand und eilte weiter zu einem Magier, der sich stöhnend auf einem Bett zusammengerollt und die Hand in einen blutdurchtränkten Umhang gewickelt hatte. Kaltes Entsetzen packte sie, als die Köchin den Stoff wegnahm und einen Stumpf offenbarte, wo eigentlich eine Hand hätte sein sollen. Ihr drehte sich der Magen um.

Sie verdienen es nicht anders, schoss es ihr durch den Kopf und Leah war erschrocken über sich selbst. Dennoch konnte sie den Gedanken daran nicht beiseiteschieben. *Ich sollte sie sterben lassen, so wie sie es bei meinem Vater getan haben.*

War heute der Tag ihrer Rache gekommen? Sie könnte sich einfach umdrehen und gehen, könnte behaupten, das viele Blut hätte ihr den Verstand vernebelt, sie in Panik versetzt. Doch was unterschied sie dann noch von den Magoi? War sie schlussendlich

genauso grausam und hartherzig? Konnte sie einen Verletzten einfach seinem Schicksal überlassen?
Ein Schrei auf der anderen Seite des Krankensaales holte sie zurück in die Wirklichkeit und ließ sie alle Angst vergessen. Entschlossen eilte sie zu dem jungen Mann und stellte fest, dass es sich bei ihm noch um einen Schüler handelte. Blut sickerte durch einen Riss in seiner braunen Tracht und die schwarzen Haare klebten ihm schweißnass auf der Stirn. Ohne zu zögern packte sie seine Tracht in der Höhe des Bauches und riss den Stoff entzwei, nur um eine üble Fleischwunde unterhalb seiner linken Brust zu entblößen, die sich bis zu seiner Hüfte zog. Das Fleisch an den Wundrändern war regelrecht zerfetzt und färbte sich beunruhigend schwarz. Leah vermeinte sogar, einen grünlichen Schimmer an den Stellen zu erkennen, aus denen das Blut nicht in einem Schwall herausquoll. Einige Männer standen nervös und hilflos um das Bett herum und starrten angestrengt überall hin, nur nicht auf die Wunde des Jungen.
„Er wurde von dem Stachel am Schwanz eines Taniwha erwischt. Wir haben versucht die Blutung zu stillen, aber gegen das Gift können wir nichts ausrichten“, sagte ein kräftig gebauter Mann mit rötlichem Haarschopf und wulstiger Narbe im Gesicht.
„Ich brauche frische Tücher, heißes Wasser oder besser noch Wein, damit ich die Wunde säubern kann. Außerdem Nadel und Faden“, wies sie einige umstehende Magoi an, die sich erleichtert von dem Bett entfernten. Sie wandte sich dem schreienden Jungen zu und nahm sein Gesicht in beide Hände.

„Ihr müsst Euch beruhigen und aufhören, Euch die Seele aus dem Leib zu schreien. Ihr werdet alle Eure Kräfte noch brauchen."
Der Junge sah sie mit großen, ängstlichen Augen an, aber er verstummte.
„Wie heißt Ihr?", fragte sie ihn, um ihn von dem Schmerz abzulenken, und hielt Ausschau, wo die Magoi mit den benötigten Sachen blieben. Die Angst und Verzweiflung des Jungen strömten auf sie ein, doch Leah verschloss ihren Geist dagegen. Seit sie tagtäglich mit Hunderten von Menschen auf einer Festung eingesperrt war, hatte sie diese Maßnahme wieder und wieder geübt, mit mäßigem Erfolg. Der Junge schlug um sich, panisch und mit wirrem Verstand. Wieder schloss sie die Hände um sein Gesicht und zwang ihn, ihr in die Augen zu sehen.
„Wie heißt Ihr?", fragte sie wieder und diesmal konzentrierte sie sich mit jeder Faser ihres Körpers darauf, ihre eigene Ruhe auf ihn zu übertragen. Ihre Augen weiteten sich vor Schreck, als Erils Körper erschlaffte, sein Herzschlag sich beruhigte und sie sich bewusst wurde, was sie gerade getan hatte. Seit wann wirkte ihre Fähigkeit auch bei Menschen? Lag es daran, dass dieser Junge dem Tod näher als dem Leben war? Und hatte jemand bemerkt, wie sie seine Gefühle beeinflusste?
„Eril", presste er hervor und wimmerte.
Sie hatte keine Zeit, sich länger Gedanken darüber zu machen und ermahnte sich lediglich zur Vorsicht. Jetzt, wo Eril sich beruhigt hatte, konnte sie mit ihrer Arbeit beginnen.
„Wird er es schaffen?", fragte der Rothaarige und Leah konnte an seiner Haltung ausmachen, dass er so etwas wie der Anführer war. Das musste Sir Barbo,

das Jägeroberhaupt, sein. Er wirkte wütend und besorgt.
„Ich werde mein Bestes geben“, murmelte sie und senkte demütig den Kopf, während sie die Hände auf die Wunde presste, um den Blutfluss etwas zu stoppen.
„Ich hätte sie noch nicht mitnehmen dürfen“, murmelte der kräftige Magier mehr zu sich selbst. „Dieser Schwachkopf hätte uns fast alle umgebracht. Wollte wohl seinen Mut beweisen und hat sich stattdessen aufschlitzen lassen. Beim Versuch, ihn zu retten, sind wir der Bestie viel zu nahe gekommen.“
Leah nickte, obwohl sie keine Ahnung hatte, warum er ihr das erzählte. Erils Gesicht hatte mittlerweile eine beunruhigend blasse Farbe angenommen.
Endlich eilte der erste Magier herbei und stellte eine Schüssel mit purpurroter Flüssigkeit auf den kleinen Tisch neben dem Bett. Sie roch daran und nahm erleichtert den kräftigen und würzigen Geruch des Weines war. Auf dem freien Bett hatte Merani ihre Kräuter und Salben ausgebreitet, und es dauerte nicht lange, bis sie das gewünschte Pulver fand. Sie tauchte einen Becher in die Schüssel mit Wein, gab eine Prise hinzu und hielt ihn dem Rothaarigen hin.
„Flößt ihm das bitte ein, Mylord.“
„Was hast du dort hinein getan?“, fragte er misstrauisch.
„Schlafmohn.“
Der ältere Magier schnappte nach Luft.
„Willst du ihn vergiften!?“
Zornig fuhr Leah hoch und hielt seinem Blick stand.
„Ich will ihm das Leben retten und er wird dankbar dafür sein, wenn er das, was jetzt geschieht, nicht mitbekommt. Es wird ihm die Schmerzen nehmen.“

Der Magier zuckte zusammen und bedachte sie mit einem prüfenden Blick, bevor er Eril den Becher an die Lippen hielt. Der Junge spuckte und hustete, doch er trank widerstandslos. Indes füllte Leah einen zweiten Becher.

„Den auch noch."

Sie tauchte die weißen Stofftücher in die Schüssel mit dem restlichen Wein und begann, die Wunden zu säubern. Eril stöhnte und keuchte, er fluchte und krallte die Hände in das Bett unter ihm, doch Leah konnte nicht länger darauf warten, dass Wein und Schlafmohn anfingen, ihn zu benebeln. Als das Blut abgewaschen war, kam das Ausmaß des Giftes zur Erscheinung. Der Schüler war mittlerweile in einen tiefen Schlaf gesunken oder einfach nur ohnmächtig geworden. Die Wunde stank nach Verwesung und war keineswegs so schwarz, wie es anfangs den Anschein hatte. Ein violetter und grünlicher Schimmer überzog die Hautfetzen.

„Merani!", rief sie, und die Köchin eilte herbei. Mit einem Blick auf die Wunde erfasste sie die Situation.

„Es gibt kein Mittel gegen das Gift eines Taniwha. Du musst das welke Fleisch herausschneiden, sonst breitet es sich aus."

Leah wurde bleich.

„Das wird er nicht überleben."

Merani schüttelte hilflos mit dem Kopf und eilte zu ihrem Patienten zurück.

„Es ist seine einzige Chance", rief sie über die Schulter.

Kalter Schweiß lief Leah über das Gesicht, als sie nach der scharfen Klinge auf dem Tisch neben ihr griff und sie in dem Wein wusch. Ihre Hände zitterten unkontrollierbar. Selbst der rothaarige Magier zog

sich nun mit schreckgeweiteten Augen zurück und sie biss auf die Zähne, als sie den scharfen Stahl über die Wunde gleiten ließ und das abgestorbene Fleisch herausschnitt. Wenigstens hatte der Schüler das Bewusstsein verloren, denn spätestens jetzt hätten die Schmerzen ihm den Verstand geraubt. Sie arbeitete schnell und geschickt und atmete erleichtert aus, als die dunkelgefärbten Hautfetzen entfernt waren. Nun blutete die Wunde wieder und war bedeutend größer geworden. Ohne viel Zeit zu verlieren, fädelte sie den dünnen Faden in die Nadel und begann, sie zuzunähen. Sollte er diese Verletzung tatsächlich überleben, dann würde ihm eine Narbe so breit wie Leahs Handfläche bleiben. Als sie fertig war, wusch sie die Naht erneut mit Wein und legte einen Verband mit Schafgarbe darauf. Erils Gesicht war mittlerweile aschgrau und sie betete, dass er nicht noch ein Fieber dazu bekommen würde. Das Oberhaupt der Jäger war zurückgekehrt und schien den gleichen Gedanken zu haben, die Besorgnis ließ tiefe Furchen zwischen seinen Augenbrauen erscheinen.
„Er könnte es schaffen“, sagte sie mit einer leichten Verbeugung und suchte sich den nächsten Patienten. Eril und der Mann mit der abgetrennten Hand hatten die schwersten Verletzungen, und da Merani sich um Letzteren schon gekümmert hatte, waren nun die Magoi mit den leichteren Wunden an der Reihe. Durch die schmalen Fenster des Krankensaals konnte Leah erkennen, dass die Sonne schon hell am Himmel schien, dennoch arbeitete sie unermüdlich weiter und nähte kleine Schnitte, behandelte Prellungen und richtete einen Knochenbruch. Nach und nach leerte sich der Raum, doch sie hatte schon vor einiger Zeit

den jungen Magierschüler wahrgenommen, der an der Wand lehnte und sie mit wachen Augen beobachtete.
Sie wusste, dass es der Junge war, den sie im Schlafgemach so angefahren hatte, doch hatte sie keine Zeit, sich darüber Gedanken zu machen. Jetzt jedoch, wo die Wunden der meisten Opfer behandelt waren, wanderte ihr Blick immer wieder zu dem Schüler mit dem hübschen, ebenmäßigen Gesicht und den haselnussbraunen und von dunklen Wimpern umrahmten Augen. Sie vermied es, in seiner Nähe zu arbeiten, doch je mehr Zeit verging, umso besorgniserregender wurde seine Haltung. Er hatte sich seit ihrer Ankunft hier kaum bewegt. Schließlich konnte sie es nicht mehr mit ihrem Gewissen vereinbaren, ihn zu ignorieren. Entschlossen trat sie auf ihn zu.
„Mylord, Ihr seid verletzt." Sollte er doch sehen, dass sie die Benimmregeln einer Magd durchaus beherrschte. Dennoch konnte sie den bitteren Ton in ihrer Stimme nicht verbergen.
„Es ist nichts. Nur ein Kratzer."
Der Schüler winkte ab, doch Leah fiel auf, dass er dazu die linke Hand benutzte und vor Schmerz das Gesicht verzog. Ohne zu fragen griff sie nach seinem rechten Arm und schob den Ärmel der Tracht nach oben. Der Magier protestierte, doch er verstummte, als Leah scharf die Luft einsog und auch er einen Blick auf seinen Arm werfen konnte.
Er hatte recht, es war nur ein Kratzer am Handgelenk, doch war die Haut darum von tiefschwarzer Farbe umgeben, die sich in feinen Linien den Unterarm hinauf geschlängelt hatte. Die Haut des Armes war graublau gefärbt und es hatte den Anschein, als breitete sich das Gift weiter aus.

Merani trat an Leahs Seite und schlug mit einem leisen Aufschrei die Hände vor den Mund.
„Neo, bei den Bestien, warum hast du nichts gesagt?!"
Der Junge schüttelte schwach mit dem Kopf und nun konnte Leah auch die Schweißperlen auf seiner Stirn erkennen. „Ich dachte nicht, dass es so schlimm ist, und es gab weitaus gefährlichere Wunden zu behandeln."
Stirnrunzelnd betrachtete ihn Leah und bemerkte, dass er bei seiner Antwort die Augen gesenkt hielt.
Du hast genau gewusst, dass dich der giftige Stachel der Bestie erwischt hat.
„Ich muss den Arm abnehmen, Neo!", sagte Merani eindringlich und schob den Ärmel seiner Tracht höher, während seine Augen sich vor Entsetzen weiteten.
„Nein", rief Neo und entriss ihr seine Hand. „Lieber sterbe ich."
„Das wirst du auch, wenn wir noch länger warten", hielt Merani dagegen und versuchte ihn dazu zu bewegen, sich auf ein Bett zu setzen.
Neo presste sich stur an die Wand und sah hilflos zu Leah. Sie sah die Verzweiflung und die Angst in seinen Augen, doch da war noch etwas. Machte er sich Vorwürfe? Hatte er deshalb nicht erwähnt, dass er ebenfalls verletzt war?
„Keine Widerrede, Neo", bellte Sir Barbo, der sich mit bleichem Gesicht zu ihnen gesellt hatte und entsetzt auf Neos Arm starrte. „Ich werde dich persönlich an dieses Bett fesseln, wenn du dich weigerst, aber keiner wird hier unter den Folgen eines Einsatzes sterben, den ich angeführt habe."
„Ich lasse mir nicht meinen Arm nehmen", rief Neo wütend und die Anstrengung ließ ihn taumeln.

„Ich kann ihm vielleicht helfen", schoss es aus Leah heraus, ohne dass sie darüber nachdachte.

Was bei den Priestern tue ich da? Sein Arm ist hoffnungslos verloren und ich werde ihn höchstens umbringen.

Dennoch sah sie eine winzige Chance und erinnerte sich an Jolinda, die vor langer Zeit ihrem Bruder Joki das Leben rettete, als er von einer Schlange gebissen wurde. Danach hatte sich Leah entschieden, alles über die Heilkunst zu erfahren. Sie wusste, dass die Chancen verschwindend gering waren, aber sie kannte die Vorgehensweise.

„Sei nicht albern", fuhr Merani sie an. „Man wird dich töten lassen, wenn er deinetwegen stirbt."

„Er stirbt sowieso", schoss Leah zurück und hielt dem Blick der Köchin stand.

„Solange ich hier stehe, wird mir keiner irgendein Körperteil abnehmen", presste Neo mit bleichem Gesicht hervor und schob sich näher an Leah.

„Nun ja", grummelte Sir Barbo, „allzu lang wirst du sowieso nicht mehr stehen, wenn ich mir deinen Zustand betrachte."

Neo funkelte ihn wütend an und richtete sich etwas auf, nur um geschwächt wieder an die stützende Mauer zu sacken.

„Ich bitte Euch, Sir. Ohne diesen Arm bin ich zu nichts mehr zu gebrauchen. Ich will nicht das Leben eines verkrüppelten Magiers. Lasst es sie versuchen, ich bitte Euch! Und sollte es schiefgehen, so trifft sie keine Schuld, es war meine Entscheidung."

„Wir werden sehen", knurrte das Jägeroberhaupt mit einem drohenden Blick auf Leah. Sie ignorierte es und zog Neo hinüber zum Bett.

„Dann lasst uns keine Zeit verlieren", sagte sie bestimmt und riss Neos Ärmel ab. „Ich kann für

nichts garantieren“, flüsterte sie ihm zu und band den abgerissenen Ärmel zu einem festen Knoten um den Oberarm, um das Blut zu stauen und die Vergiftung zu stoppen.
Neo nickte bleich, doch dann packte er sie fest am Arm.
„Wenn du merkst, dass es schiefgeht, dann nimm mir den Arm ab, ja?“
Verdutzt hob Leah die Augenbrauen.
„Ich dachte, Ihr wollt nicht als verkrüppelter Magier leben?“, sagte sie verächtlich.
„Ich will nicht, dass du dein Leben für mich aufs Spiel setzt“, antwortete er und wandte den Blick ab, um Leah ihre Arbeit machen zu lassen. Verblüfft starrte sie ihn an. Warum sollte er sich für das Leben einer Magd interessieren?
„Ich möchte, dass bis auf die Patienten alle den Raum verlassen“, sagte sie bestimmt.
Neo hob verdutzt die Augenbrauen. Es musste eigenartig aussehen, dass ein so junges und schmales Mädchen den Älteren Befehle gab und diese auch noch gehorchten. Sir Barbo schien sowieso genug Blut für diesen Tag gesehen zu haben und Merani wollte vermutlich nichts damit zu tun haben, sollte Neo ihr Vorhaben nicht überleben. Es wurde still im Krankensaal und nur das Stöhnen einiger Patienten war noch zu hören.
„Wieso hast du sie rausgeschickt?“, fragte Neo nervös.
„Weil ich keine Zuschauer haben möchte, wenn ich Euch das Gift aus den Adern sauge, *Mylord*.“
Wieder konnte sie den Hass in ihrer Stimme kaum verbergen. Was war nur mit ihr los? Dieser Junge hatte ihren Vater nicht sterben lassen. Und doch ...

und doch gehörte er zu ihnen, unterstützte ihre Ansichten und wuchs zu dem heran, was Leah so verabscheute. Und nun musste sie auch noch sein Leben retten, weil sie einfach nicht anders konnte. Sie hasste sich selbst dafür. Sofort wandte der Magier dem Blick wieder ab und auch das letzte bisschen Farbe wich aus seinem Gesicht. Leah holte ihr Messer und den verbliebenen Wein, womit sie seinen Arm und die kleine Wunde säuberte.

„Wieso habt Ihr nichts gesagt?“, wagte sie zu fragen.

Neo schwieg mit zusammengebissenen Zähnen und starrte die gegenüberliegende Wand an, doch schon als sie dachte, er würde keine Antwort geben, sagte er: „Ich war es, der dem Taniwha zuerst begegnet ist. Ich war abgelenkt und habe ihn zu spät bemerkt. Eril traf zuerst ein und hat mir das Leben gerettet, nachdem ich das Signal gegeben habe. Danach ist er übermütig geworden und hat sich dem Biest allein entgegengestellt, als die anderen Magoi gerade erst eintrafen. Mit seinem Zauber hat er die Kreatur rasend gemacht, ja, aber trotzdem ist er ein Held, während ich nur wie erstarrt dabei zugesehen habe. Er hatte deine Behandlung zuerst verdient und als du fertig warst, hatte sich das Gift schon ausgebreitet.“

Er wirkte verbittert.

„Woher stammt dann der Kratzer, wenn Ihr nicht gekämpft habt?“, fragte sie ihn mit wissendem Blick und er lächelte leicht, während sie ihm einen halben Becher mit Wein und Schlafmohn reichte.

„Das ist alles, was noch übrig ist“, sagte sie entschuldigend und griff zu ihrer Klinge. Neo stürzte das Gebräu hinunter und wappnete sich.

„Ihr solltet Euch hinlegen, Mylord.“

Der Magier schüttelte mit dem Kopf und Leah begann seufzend das verfaulte Fleisch an der kleinen Wunde zu entfernen. Seine Schmerzen verschafften ihr auf grausame Weise sowohl ein schlechtes Gewissen als auch Genugtuung. Er stöhnte und wand sich, doch kein einziger Schrei verließ seine Lippen. Als sie fertig war, wusch sie die Klinge erneut ab und begann, zahlreiche kleine Schnitte an seinem Arm durchzuführen. Dunkles Blut sickerte heraus und sie fing es in einer großen Schale auf, während sie fest mit den Händen vom Oberarm zum Handgelenk strich und somit noch mehr der vergifteten Flüssigkeit herauspresste. Neo schien sich mittlerweile kaum noch aufrecht halten zu können, und so drückte sie seinen Oberkörper zurück und sah zu, wie er sich bereitwillig auf das Bett legen ließ. Seine Augen flatterten einen Moment, bevor er das Bewusstsein verlor.

Leah betrachtete die ebenmäßige Haut seines Gesichtes, die so bleich wie Pergament zu sein schien, bevor sie die Lippen an die erste Wunde setzte und kräftig saugte. Bei dem Geschmack des Blutes in ihrem Mund wurde ihr schlagartig übel, doch sie konzentrierte sich weiter darauf, die vergiftete Flüssigkeit, die sie noch nicht aus den Adern gepresst hatte, herauszuziehen. Sie wusste, dass sie nicht alles Gift aus dem Arm entfernen konnte, doch vielleicht so viel, dass sein Körper den Kampf dagegen alleine schaffen würde. Sie arbeitete in einem steten Rhythmus. Saugen. Spucken. Saugen. Spucken.

Das Gift brannte auf ihren Lippen, doch sie gönnte sich keine Pause, während die Sonne unaufhaltsam ihren Weg fortsetzte und die Schatten im Krankenzimmer sich verlängerten.

Mit der Zeit veränderte sich der Geschmack des Blutes und sie schmeckte immer weniger von dem bitteren Gift. Erschöpft bettete sie Neos Arm auf dem Bett und entfernte die Schlinge, sodass das Blut wieder ungehindert fließen konnte. Farbe kehrte zurück in seine Gliedmaßen. Nachdem sie die Wunden mit Schafgarbe belegt und verbunden hatte, taumelte sie aus dem riesigen Gemach, nur um fast mit Merani zusammenzustoßen.
„Wie geht es ihm?“, fragte die Köchin besorgt mit bleichem Gesicht.
„Ich habe das Gift entfernt, so gut es ging. Jetzt können wir nur beten, dass es genügt.“
Merani nickte und berührte sie an der Schulter.
„Wenn es tatsächlich funktioniert, werde ich dich in meine Geheimnisse der Heilkunst einweihen und wie man sieht, gibt es noch einiges, das ich auch von dir lernen könnte. Und nun ruh dich aus, du bekommst den Rest des Tages frei. Ich übernehme die Aufsicht.“
Dankbar lächelte Leah ihr zu, obwohl sie kaum noch die Augen aufhalten konnte und der Nebel der Müdigkeit ihre Gedanken trübte.
„Beobachtet die Färbung seines Armes. Sollte sich das Gift weiter im Körper ausbreiten, bleibt uns nichts anderes übrig, als den Arm abzunehmen.“
„Hoffen wir, dass es nicht dazu kommen wird. Ich befürchte, dass es dir sonst mehr schaden wird als ihm.“

Kalia

„Sag mir die Wahrheit."
Kalia erstarrte und griff sich reflexartig mit der Hand an die Kehle. Diese Stimme, sie klang wie berstendes Eis, bedrohlich und düster. Eine Stimme, die einem das Blut in den Adern gefrieren ließ und Nacht für Nacht in Träumen wiederkehrte, bis man förmlich den Verstand verlor. Nur langsam löste sie sich aus der Erstarrung, doch sie wagte es nicht, sich zu bewegen.
„Eure Eminenz, ich schwöre, es gibt keinen Grund zur Sorge."
Sir Malins Stimme klang gepresst, als er hastig die Worte vor sich hin stotterte. Kalia befand sich in einem verlassenen Klassenzimmer im zweiten Stock, das nicht mehr benutzt wurde und deshalb über und über von Staub bedeckt war. Mit zitternden Händen wischte sie über einen schimmeligen Tisch, ohne die einen Spalt weit geöffnete Tür aus den Augen zu lassen. Die Stimmen kamen aus dem Korridor und sie konnte zumindest die Schritte des Verwalters sehr deutlich wahrnehmen. Die Stimme, die sie vernommen hatte, musste einem der Priester gehören, auch wenn Kalia nicht sagen konnte, welchem. Es war das erste Mal, dass sie einen der schwarzen Männer hatte reden hören, doch die Art und Weise, wie der Klang vor Macht strotzte und betörend und beängstigend zugleich wirkte, ließ keinen Zweifel daran, aus wessen Kehle er gedrungen war. Niemand sollte eine solche Stimme haben, die so fremd klang und keine Widerrede zu dulden schien.

„Hier geht etwas vor sich. Ich habe dir den Auftrag gegeben, dich darum zu kümmern.“
„Eure Eminenz, ich schwöre, dass es keinen Grund zur Besorgnis gibt. Wir kennen die Verdächtigen und überwachen jeden ihrer Schritte. Euer Geheimnis ...“
Sir Malins Stimme endete abrupt und nur noch ein Krächzen war zu hören.
„Erspare mir dein Gejammer. Sorge dafür, dass alles seine Ordnung behält, und du behältst dein Leben“, antwortete der schwarze Priester kalt.
Kalia wagte es nicht, zu atmen, auch wenn sie dicke Steinwände von den Männern trennte. Endlich ertönte Sir Malins erlösender Atemzug. Sein Husten erfüllte den steinernen Gang und hörte sich fast wie ein Schluchzen an. Kalia wusste genau, wie er sich fühlte. Sie selbst hatte bis heute noch nicht vergessen, wie es war, wenn einem die Luft zum Atmen genommen wurde. Der Priester musste verschwunden sein, denn Sir Malins Schritte verklangen eilig, ohne, dass er noch ein Wort sprach.
Was geht hier vor? Welches Geheimnis haben die Priester zu verbergen und wer sollte eine Gefahr für diese Männer darstellen?
Kalia konnte sich nicht vorstellen, dass irgendjemand es wagen sollte, diesen Männern in die Quere zu kommen. Als die Luft rein zu sein schien, verließ sie eilig den Klassenraum. Für heute hatte sie genug gehört und außerdem hatte sie etwas Besseres zu erledigen. Etwas, auf das sie schon seit Ewigkeiten gewartet hatte.
Als sie aus der Festung trat, schien ihr die Frühlingssonne warm ins Gesicht und vertrieb mit einem Schlag all die düsteren Gedanken. Ein Kribbeln im Bauch machte sich bemerkbar und sie

eilte mit fröhlichen Schritten über die heruntergelassene Zugbrücke, nicht jedoch, ohne dem bärtigen Wächter Sir Airon freundlich zuzuwinken. Heute war der Tag, an dem sie Gewürze und Kräuter für Merani besorgen durfte. Es war fast ein ganzes Jahr her, dass sie das letzte Mal die Festung verlassen durfte, da ihr letzter Ausflug im Herbst von Leah übernommen worden war.

Die Magd begrüßte das emsige Treiben in den Straßen von Elaos und ein Gefühl von Freiheit zauberte ihr ein Lächeln ins Gesicht. An den Markttagen war die Stadt wie verändert. Große, schwer beladene und von Ochsen gezogene Karren ließen die Menschen in den überfüllten Straßen ausweichen, sie sah Frauen mit prall gefüllten Körben aus der Richtung des Marktes kommen und Kinder mit großen, vor Aufregung geweiteten Augen auf den großen Platz zugehen. Kalia fühlte sich ebenso jung, als die ersten Stände in Sicht kamen. Sie nahm sich viel Zeit und begutachtete die Waren, die lautstark angeboten wurden.

Die Marktschreier versuchten, sich gegenseitig zu übertönen. Sie sah einen Stand mit reich verzierten Tongefäßen, die von kleinen Tellern und Kelchen bis hin zu riesigen Krügen reichten. Zwei Männer diskutierten heftig davor. Sie sah eine Frau, die sich zwei riesige Körbe mit Eiern um den Hals gehangen hatte und laut fluchte, als sie von einem fetten Wachposten angerempelt wurde und drei der Eier zu Bruch gingen. Sie sah die Viehhändler, die Schweine und Schafe an Seilen hinter sich herzogen und Hühner in geflochtenen Körben trugen. Der Pferdehändler begrüßte sie und sie wechselten ein paar freundliche Worte. Er war der einzige Mann in

der Stadt, der eine nennenswerte Pferdezucht betrieb, und Kalia kannte ihn schon seit Jahren. Obwohl sie auf der Festung zwischen den Magoi aufgewachsen war, fühlte sie sich zwischen all diesen tätowierten Menschen wohler. Die Sonne auf der Stirn machte sie zu einer riesigen Familie.
Sie schlenderte weiter und hielt sich besonders lang in der Reihe der Tuchhändler auf, wo sie Samt in satten Farben bestaunte und zugleich in die Fänge des Händlers geriet, der ihr seinen neuesten Stoff schmackhaft machen wollte. Kalia musste zugeben, dass das Material ungewöhnlich leicht und flüssig durch ihre Hand glitt, doch sie hatte einen Auftrag und musste das Geld in dem Beutel um ihren Hals für die Sachen aufheben, die sie für Merani besorgen sollte. Schweren Herzens wimmelte sie den Verkäufer ab und ging weiter. Ein Stand mit geschnitzten Holzfiguren ließ sie noch einmal innehalten und sie bestaunte die feine Arbeit. Die Gesichter der Tiere wirkten fast echt und Kalia hätte ihre Hand dafür ins Feuer gelegt, dass das kleine Holzschiff sich auch auf dem Fluss Krill über Wasser halten konnte. Sie begutachtete ein Stück weiter das saftige Obst und Gemüse, das von einer alten und zahnlosen Frau angeboten wurde. Bei dem Gewürzhändler blieb sie stehen und ließ sich kleine Säckchen mit den benötigten Sachen füllen. Sie bezahlte den Mann mit ein paar Goldmünzen, die er kurz mit den Zähnen prüfte. Der Duft von frischgebackenem Brot und Gebäck ließ Kalia das Wasser im Mund zusammenlaufen, da sie in ihrer Aufregung das Essen hatte ausfallen lassen. Sie zählte etwas von ihrem eigenen Geld ab und nahm sich zwei große Stücke Apfelkuchen. Endlich erreichte sie den Stand von

Jolinda. Die alte Kräuterfrau begrüßte sie herzlich und nahm dankbar eines der noch warmen Gebäcke entgegen.
„Brauchst du wieder Vorräte?“, fragte die herzliche Alte und Kalia wurde sogleich in ihr Zelt geführt. Bei ihr wusste Jolinda, dass sie sich keine Sorgen machen brauchte. An ihrem Stand bot sie für gewöhnlich nur die Kräuter an, die auch zum Kochen benutzt werden konnten. Für ausgewählte Kundschaft hielt sie jedoch auch getrocknete Pflanzen bereit, die eine heilende Wirkung hatten oder denen bestimmte Kräfte nachgesagt wurden. Jolinda minderte somit die Gefahr, als Hexe bezichtigt zu werden. Auf der Festung gab es genügend Magoi und sie duldeten niemanden außerhalb ihrer Gemeinschaft, der sich mit Magie befasste, in dieser Beziehung waren sie sehr abergläubisch. Auch wenn Jolinda keinerlei Konkurrenz darstellte und nicht einmal annähernd die Fähigkeit hatte, Dinge mit Hilfe ihrer Gedanken zu bewegen, so war die Angst vor den Kräuterfrauen doch tief verankert. Man sagte ihnen heilende Kräfte nach, aber auch die Fähigkeit zu verfluchen und Verderben heraufzubeschwören. Kalia hatte früh von Merani gelernt, dass man, besonders auf der Festung, manche Kräuter besser versteckt hielt und nur jene öffentlich gegen Krankheiten benutzte, deren Wirkung als hinreichend untersucht und harmlos eingestuft wurde. Jolinda betrieb ein gefährliches Geschäft.
„Also, wie geht es euch auf der Festung?“, riss die Kräuterfrau Kalia aus ihren Gedanken und bedachte sie mit einem breiten Lächeln, das die schiefen Zähne entblößte und zahlreiche Falten in ihr Gesicht zeichnete. „Hast du Leah schon kennengelernt?“

Kalia blinzelte die letzten sorgenvollen Gedanken beiseite und es dauerte einen Moment, bis ihr einfiel, dass Leah ihr Wissen um die Kräuter bei Jolinda erworben hatte.
„Ja“, antwortete sie und ließ sich gegenüber der Frau an einem alten Holztisch nieder. Von außen drangen die lauten Stimmen nur gedämpft in das Zelt. „Ich hatte die Aufgabe, sie in ihre Arbeit einzuweisen. Leah ist ein wirklich nettes und intelligentes Mädchen, auch wenn sie manchmal etwas zu neugierig ist.“
Jolindas Blick flackerte kurz zu ihr herüber, doch schon wenige Augenblicke später hatte sie sich wieder gefasst und goss Kalia eine dampfende, bernsteinfarbene Flüssigkeit in einen Holzbecher. Kalia stieg der süßliche Duft von Holunder in die Nase.
„Was meinst du damit?“, fragte die Kräuterfrau betont gleichgültig und Kalia kniff die Augen zusammen. *Was ging hier vor?*
„Nichts, was der Rede wert wäre“, log Kalia schnell. „Du weißt doch, wie wir Mägde sind. Immer müssen wir den neuesten Klatsch und Tratsch wissen, obwohl genau das den Magoi ein Dorn im Auge ist.“
Sie wich dem eindringlichen Blick der Alten aus und nippte an ihrem Tee. Irgendetwas sagte ihr, dass sie ihre Sorgen in diesem Falle nicht mit Jolinda teilen sollte. Im Grunde genommen hatte sie die Wahrheit verdreht. Kalia und Leah waren sich in vielerlei Hinsicht ähnlich und trotzdem von Grund auf verschieden. Beide legten sie eine ungesunde Neugier an den Tag. Kalia versuchte regelmäßig, die Geheimnisse der Magoi in Erfahrung zu bringen und ihre Pläne und die Machenschaften aufzudecken. Die Magoi hielten etwas geheim, das von gewichtigem

Ausmaß war - und Kalia war brennend daran interessiert. Leah hegte eine außergewöhnliche Neugier, was die Magoi an sich betraf. Kalia hatte sie des Öfteren dabei gesehen, wie sie jeden Schritt von ihnen beobachtete, jede Bewegung fixierte und völlig abwesend zu sein schien, wenn sie in deren Nähe kamen und sich das Gespräch um Magie drehte. Ja, dass Leah anders war, war Kalia bewusst. Sie schien nicht nur eine gute Menschenkennerin zu sein, manchmal hatte Kalia das Gefühl, Leah könne sich besser in Personen hineinversetzen, als je einer von ihnen es könnte. *Und diese Ausstrahlung ...*

„Ich würde mich freuen, wenn du gut auf sie Acht gibst“, sagte Jolinda und strich flüchtig über Kalias Hand.

„Mach dir keine Sorgen, Leah ist ein sehr starkes Mädchen, sie weiß sich zu wehren und wird sich auf der Festung durchsetzen“, beruhigte Kalia die Alte.

„Manchmal sind es die Stärksten unter uns, die eigentlich am zerbrechlichsten sind“, flüsterte Jolinda und erhob sich ächzend, um einige Kräuter an den Tisch zu holen und das Gespräch auf ihren Handel zu lenken.

Kalia benötigte einen Moment, bis sie Jolindas Worte verdrängen und sich auf ihre Aufgabe konzentrieren konnte. Die alte Kräuterfrau wusste genau, welche Pflanzen am häufigsten in der Burg benötigt wurden, und so dauerte es nicht lange, bis sie sich auf einen fairen Preis geeinigt und den Handel abgeschlossen hatten.

„Ich brauche noch etwas Rainfarn“, sagte Kalia schüchtern.

Es war eine hochgiftige Pflanze, die zudem dafür sorgen konnte, ein ungewolltes Kind abzutreiben.

Tania hatte sie im Geheimen darum gebeten, doch Jolinda stellte keine weiteren Fragen und reichte ihr die Kräuter. Sie plauderte, als hätte Kalia sie lediglich um etwas Brennnessel für einen Tee gebeten, und so versanken sie schnell wieder in ihr Gespräch. Kalia erzählte ihr gerade von den Neuigkeiten auf der Burg, als der Vorhang des Zeltes beiseite gerissen wurde und ein Junge in schmutziger und zerrissener Straßenkleidung hereinstürmte. Er mochte etwa halb so alt wie Kalia sein. Etwas verdutzt warf er einen raschen Blick zu der Magd, bevor er sich Jolinda zuwandte und ihr etwas ins Ohr flüstert. Sie bedankte sich bei ihm mit einem halben Laib trockenen Brotes und der Junge verschwand so schnell, wie er gekommen war.

„Rasch", sagte Jolinda und begann schleunigst, die aufgehängten Kräuter von der Schnur zu nehmen und in einen Leinensack zu stecken. „Die Stadtwache wird gleich hier sein und einen Kontrollgang auf dem Markt machen."

Kalia stockte für einen Moment der Atem, doch dann besann sie sich und half der alten Frau, die gefährlichen Pflanzen verschwinden zu lassen. Sie hing gerade das letzte Bündel Rainfarn ab, als sie laute Stimmen und Proteste am Ende des Marktplatzes hörte. Jolinda nahm ihr den Beutel ab, bückte sich mühselig und ließ ihn in einem versteckten Fach unter dem Holztisch verschwinden.

Gemeinsam traten sie vors Zelt und sahen stumm dabei zu, wie die ersten Eisenmänner die Stände der Stadtbewohner auf den Kopf stellten. Nebenan schimpfte der Mann vom Obststand lautstark, als die Stadtwachen die kontrollierten Früchte achtlos auf den Boden fallen ließen. Der verzweifelte Alte wurde

mit einem knirschenden Faustschlag ins Gesicht ruhiggestellt und sackte wimmernd auf den Boden, die Hände vors Gesicht gehalten. Blut lief zwischen den Fingern hindurch. Niemand der Stadtbewohner wagte es danach noch, die Stimme zu erheben.
„Wer war der Junge?“, fragte Kalia flüsternd und ein verschmitztes Grinsen erhellte Jolindas Gesicht.
„Er gehört zu den Rangatahi.“
„Zu wem?“, fragte die Magd stirnrunzelnd und Jolinda hob erstaunt die Augenbrauen.
„Du hast noch nie von ihnen gehört?“
Kalia schüttelte stumm mit dem Kopf.
„Die *Rangas*“, erklärte die Alte leise, „sind nichts anderes als ein Zusammenschluss von Obdachlosen, hauptsächlich Kinder, die beide Elternteile verloren haben und keinen Platz in dieser Stadt haben. Irgendwann kamen sie auf die Idee, sich gegenseitig zu helfen und zu unterstützen. Mittlerweile sind es nicht mehr nur Kinder, auch immer mehr der Älteren haben sich ihnen angeschlossen.“
Kalia blieb vor Staunen der Mund offen stehen.
„Du meinst, sie leben auf der Straße? Aber wie ernähren sie sich? Wo schlafen sie? Und was hat das mit dem Jungen zu tun, der dich eben gewarnt hat?“
Jolinda lachte laut auf.
„Nanu, da ist aber jemand neugierig.“
Sie verstummte für einen Augenblick, als einer der Eisenmänner mit düsterem Blick an ihrem Stand vorbei stapfte. Dann senkte sie die Stimme.
„Die Rangatahi leben an verschiedenen Orten, ständig wechseln sie den Schlupfwinkel oder teilen sich auf. Wo genau sie sich in diesem Moment aufhalten, kann dir niemand sagen, der nicht direkt zu ihrer Gruppe gehört. Sie verdienen sich ihr Essen

damit, dass sie für uns Stadtbewohner und gegen die Stadtwache arbeiten. Manchmal stehlen sie auch, aber nur von jenen, die es verdient haben. Sie kennen jedes Schlupfloch, jeden Winkel dieser Stadt, wissen sich in den Schatten aufzuhalten und so leise fortzubewegen wie Katzen. Aber das Wichtigste sind die Informationen, die sie dabei herausfinden. Manche würden Unsummen dafür bezahlen, um in Erfahrung zu bringen, was die geheime Geschäftsidee des Nachbarn ist oder wieso die Schweine des konkurrierenden Händlers so viel fetter und gesünder aussehen, obwohl sie doch angeblich dasselbe Futter bekommen. Manche wollen einfach nur wissen, ob ihnen ihre Frau treu ist, andere wenden sich an die Rangatahi, wenn sie etwas auf dem Schwarzmarkt verkaufen und das Risiko nicht persönlich eingehen wollen. Diese Bande beherrscht unsere Stadt, sage ich dir. Sie lauern überall, man kann nie sicher sein, nicht von ihnen belauscht zu werden, und sie wissen alles, was hier vor sich geht. Dieses Netz an Informationen, das sie gesponnen haben und von einem zum anderen reichen, hat schier unglaubliche Ausmaße angenommen. Viele, wie ich zum Beispiel, profitieren davon."

Verblüfft glitt Kalias Blick über den Marktplatz, doch dieses Mal ließ sie sich nicht von den zahlreichen Händlern und Käufern ablenken. Stattdessen konzentrierte sie sich auf die Schatten am Rande des Platzes. Verschwand da nicht gerade jemand im Schutze einer Seitengasse? Und war das gerade ein Gesicht, das dort oben über das Dach des Herrenhauses lugte? Der Junge konnte nicht älter sein als die kleine Sarina, die ihr auf der Festung zur Hand ging und zur Freundin geworden war.

„Aber was, wenn sie erwischt werden?“, fragte Kalia mit hoher Stimme und wollte sich gar nicht ausmalen, wie die Bestrafung der Stadtwache aussah. „Gegen die Eisenmänner haben sie doch keine Chance.“

Im Grunde genommen waren diese Burschen nichts anderes als Unruhestifter und Diebe. Kalia konnte sich nicht vorstellen, dass sie von den Männern der Stadtwache gerne gesehen wurden. Jolinda allerdings schien ihre Sorge nicht im Geringsten zu teilen.

„Weißt du, manchmal sind Informationen bessere Waffen als Schwerter und Dolche.“

Sie seufzte und wendete sich dem Wachmann zu, der mit finsterem Gesicht begann, die Gewürzkräuter an ihrem Stand zu durchwühlen und dabei alles durcheinanderzubringen. Plötzlich erstarrte Kalia und klammerte die Finger um den Beutel mit den gekauften Kräutern. Sie hatte den Rainfarn vergessen, der sich darin befand. Wenn man sie erwischte, waren sie und Jolinda geliefert. Kalter Schweiß trat ihr auf die Stirn und sie entfernte sich vorsichtig einen Schritt von dem Stand. Würden die Männer erkennen, um was für eine Pflanze es sich handelte, wenn sie sie vor Augen hatten? Ein Blick zu dem Eisenmann genügte. Er beugte sich mit prüfendem Blick über die Kräuter auf Jolindas Stand, roch an ihnen und begutachtete ihre Konsistenz. Er wusste, was er tat. Jolinda registrierte Kalias Verhalten mit einem Stirnrunzeln, dann riss sie unmerklich die Augen auf, als sie verstand. Unmerklich schob sie sich zwischen Kalia und dem Mann der Stadtwache, um sie zu verdecken, und verwickelte ihn in ein ungezwungenes Gespräch. Sie nutzte die Gelegenheit, um sich mit klopfendem Herzen abzuwenden und sich betont langsam von dem Stand zu entfernen. Ein Schritt, noch einer.

„Du da!“
Sie ignorierte die Stimme, schloss die Augen mit einem stillen Gebet auf den Lippen und ging weiter.“
„Du! Stehen bleiben!“
Eine kalte Hand packte sie an den Schultern und wirbelte sie herum.
„Was hast du dort in dem Beutel?“ Der Mann der Stadtwache blickte finster zu ihr herab. Er hatte eisblaue Augen und einen Vollbart, Schultern wie ein Bulle und eine autoritäre Haltung, bei der Kalia immer weiter zusammen schrumpfte.
„Nur Kräuter“, stammelte sie und ignorierte ihre trockene Kehle. Der Mann musterte sie prüfend.
„Herzeigen.“
Er streckte die Hand aus und Kalia wich zurück.
„Es sind nur Kräuter, Sir.“
Ihre Stimme klang hoch und piepsig. Der Eisenmann streckte unerbittlich die Hand nach dem Beutel aus. Die Magd wusste, dass ihr keine andere Wahl blieb, und zitternd kam sie einen Schritt näher. Konnte sie es wagen, zu fliehen? Wie schnell würde sie der kräftige Eisenmann einholen? Sein Kettenhemd würde ihn sicher verlangsamen, und Kalia war flink, doch der ganze Markt wimmelte von Männern der Stadtwache. Resigniert ließ sie den Kopf hängen und hob den Arm, um ihm den Beutel zu reichen. *Jetzt ist es aus.* Plötzlich wurde ihr der Beutel aus der Hand gerissen, von einer kleinen Gestalt, kaum größer als der Tresen, unter dem er hervorgeschnellt kam. So schnell wie der Junge gekommen war, verschwand er mit seinem Diebesgut zwischen den Verkaufsständen, während der Wachmann laute Befehle brüllte und ihm hinterher setzte.

Kalia keuchte und suchte den Markt nach dem Dieb ab, der ihr und Jolinda gerade das Leben gerettet hatte. Sie sah den kleinen Braunschopf zwischen den Gemüseständen aufblitzen. Sogleich darauf verschwand er wieder, als die Eisenmänner ihn verfolgten und dabei ganze Kisten mit Gemüse umstießen. Karotten und Erdäpfel rollten über den staubigen Boden und wurden von schweren Schuhen zertrampelt, während die Besitzer laut aufheulten. Auf dem Markt herrschte ein heilloses Durcheinander.
„Mach schon, verschwinde hier", raunte ihr Jolinda zu und Kalia löste sich aus ihrer Erstarrung. Mit einem kurzen Gruß zum Abschied hastete sie davon, bahnte sich einen Weg durch die aufgewühlte Menge und tauchte in die Gasse ein, die sie zurück zur Festung führte. Aufgewühlt schossen ihre Gedanken durch den Kopf, jetzt, wo sie allein war. Wo war der Junge hergekommen? Sie hatte ihn nirgends gesehen. Hatten die Stadtwachen ihn schon erwischt? Was mochten sie mit ihm anstellen? Vor Sorge wäre sie fast falsch abgebogen. Und was würde Merani wohl sagen, wenn sie ohne Münzen und ohne Kräuter auf der Festung auftauchte? Plötzlich sprang ihr eine kleine Gestalt in den Weg. Der Junge mit den braunen Haaren hielt ihr grinsend und wortlos den Sack mit ihren Kräutern entgegen. Sie jauchzte auf und hätte ihn fast umarmt, während sie gleichzeitig den Drang verspürte, ihn für seine Leichtfertigkeit zu beschimpfen. Was ihm alles hätte passieren können! Er war doch noch ein Kind.
„Danke", hauchte sie, nahm das Bündel entgegen und kramte in ihrer Tasche nach den letzten Münzen, die ihr geblieben waren. Sie hatte es sich lange zusammengespart und für einen Stadtbewohner

musste es eine Menge Geld sein, besonders, wenn sie seine zerschlissene Kleidung betrachtete. Wortlos drückte sie ihm alle Münzen in die Hand, die sie noch besaß. Der Junge riss vor Erstaunen die Augen auf.
„Du hast mir das Leben gerettet", sagte sie gerührt. „Und nun mach, dass du verschwindest, bevor sie dich finden."
Der Bursche brachte sie zum Lachen, als er eine höfliche Verbeugung machte und um die Ecke der Straße huschte. Kalia blickte ihm lange nach. Nun hatte sie also auch die Rangatahi kennengelernt. Jolindas Worte kamen ihr in den Sinn. *Weißt du, manchmal sind Informationen bessere Waffen als Schwerter und Dolche.* Die Magd lächelte, als sie die Festung erreichte. Sie hatte eine gefährliche Idee, die nur darauf wartete, in die Tat umgesetzt zu werden.

Leah

Schnaufend richtete sie sich auf, zog die Haube vom Kopf und wischte sich mit der Rückhand den Schweiß von der Stirn. Leah hasste es, jeden siebten Tag hinaus auf das Gelände der Magoifestung zu müssen, um sich um die Beete und Pflanzen zu kümmern oder die Ernte einzuholen. Die Arbeit war anstrengend und wie immer schmerzte ihr Rücken und ihre Muskeln brannten, obwohl die Sonne gerade erst ihren höchsten Stand erreicht hatte und noch nicht einmal die Hälfte des Tages vergangen war. Missmutig schielte sie zu den geflochtenen Körben, die sie und die anderen Mägde schon am Vormittag mit süßen Äpfeln gefüllt hatten und die darauf warteten, nach getaner Arbeit unter Ächzen und Stöhnen in das Speiselager der Festung gebracht zu werden. Zunächst jedoch mussten sie sich um die Gemüsebeete kümmern, eine Arbeit, die Leah ebenso verlockend vorkam wie das Schleppen von Körben, die schwerer als sie selbst waren. Sie kniete schon ewig in diesem verflixten Beet und befreite es von Unkraut.

Die Sonne brannte unbarmherzig auf ihre Arme und ihren Nacken, doch nun wehten zumindest ihre Haare in dem sanften Sommerwind, der den Duft von Blumen mit sich brachte. Hier draußen lief sie weniger Gefahr, mit ihrem hellen Haar aufzufallen. Über ihr im Geäst der Bäume zwitscherte ein Vogel sein fröhliches Lied.

Es war ungewöhnlich heiß zu dieser Jahreszeit, doch die regelmäßige Arbeit im Freien hatte ihre helle Haut gebräunt und unanfälliger für die erbarmungslosen Sonnenstrahlen werden lassen. Sie atmete schwer aus und richtete ihren Oberkörper auf, um sich umzusehen. Neben ihr stocherte die kleine Sarina in der Erde, um diese aufzulockern, ihnen gegenüber saßen Kalia und Tania, die beide in ihre Arbeit vertieft waren und ihren Gedanken nachhingen. Wie die meisten Bewohner von Elaos hatten alle drei dunkles Haar und dunklere Haut, sodass Leah selbst mit ihrer hart erarbeiteten Bräune blass dagegen wirkte. Ächzend drückte sie den Rücken durch und ließ den Blick zu den anderen Beeten gleiten, bis sie Alfons, ihren Aufpasser, entdeckt hatte. Sie unterdrückte ein abfälliges Schnauben, als sie den dicken, verschwitzten Mann an einem Baum lehnend im Schatten sitzen sah. Sein buschiger Schnauzer erzitterte bei jedem schnarchenden Atemzug. Kalia folgte ihrem Blick und das Gesicht der Magd erhellte sich.

„Gott sei Dank, ich dachte schon, er schläft nie ein."

Leah lächelte in sich hinein. Kalia war niemand, der gerne den Mund hielt, doch genau das wurde von ihnen erwartet, wenn Alfons die Aufsicht hatte. Sie mussten stumm ihre Arbeit verrichten, mit nichts, was ihre Gedanken von der zäh dahin fließenden Arbeit ablenken konnte. Nur die kleine Sarina summte stets und ständig leise vor sich hin und Leah liebte die beruhigenden Melodien. Sobald Alfons sich jedoch weit genug entfernt hatte oder sogar eines seiner Nickerchen machte, schwoll das Geplapper um sie herum immer weiter an.

Auch Tania streckte ihre müden Knochen. Seit einiger Zeit fiel es ihr zusehends schwerer, die körperliche Arbeit zu bewältigen. Die füllige Magd war zwar kräftig, doch die grauen Strähnen in ihren Haaren und die Fältchen, die sich um ihre Augen bildeten, waren kaum noch zu übersehen. Dennoch war Tania aufgeweckt und lebensfroh, ebenso wie Kalia. Die beiden waren Leah längst ans Herz gewachsen, ebenso wie Sarina, die sich stumm ihrer Gruppe angeschlossen hatte, wie immer schüchtern und zurückhaltend. Die Mädchen waren kein Ersatz für ihre Familie; ihre Mutter und ihr Bruder, ja selbst Onkel Gormond, fehlten ihr nach wie vor. Doch mit den Freundinnen war das Leben auf der Burg weitaus erträglicher und Leah kam nicht umhin, sich einzugestehen, dass sie sich hier längst zu Hause fühlte.

Seit sie ihre Heilkünste nach dem Taniwha-Angriff auf die Jäger unter Beweis gestellt hatte, unterstand sie der Köchin Merani und durfte ihr regelmäßig in der Küche und bei der Herstellung von Salben zur Hand gehen. Damit hatte auch Raya keine Macht mehr über sie. Nichtsdestotrotz ließ die biestige Magd nichts unversucht, um Leah das Leben auf der Festung zu erschweren, doch alles in allem hatte es sich zum Guten gewendet. Leah hatte gelernt, wie sie sich unauffällig verhalten und in der Menge untertauchen konnte, sie wusste, in welchen abgelegenen Gängen sie den Magoi ausweichen und wann sie ihr helles Haar bedecken musste. Merani hatte ihr kurz nach der aufsehenerregenden Heilmethode an dem Magierschüler Neo ins Gewissen geredet.

Leah war nicht bewusst gewesen, in was für einer Lebensgefahr sie geschwebt hatte, hätte der junge Jäger nicht überlebt. Nach ein paar bangen Tagen war er endlich über den Berg gewesen, und Leahs Leben damit gerettet. Trotz allem hatte sie die

Aufmerksamkeit auf sich gezogen, nicht nur von dem Jägeroberhaupt Sir Barbo, sondern auch von dem Verwalter Sir Malin. Besonders mit Letzterem war nicht gut Kirschen essen, er konnte ohne mit der Wimper zu zucken über Leben und Tod entscheiden.
Merani hatte ihr erklärt, dass die Magoi alles, was nicht der Normalität entsprach, verabscheuten. Besonders jene, die sich mit der Heilkunst befassten, wanderten auf einem schmalen Grat. Das Leben eines Magiers hatte für einen Moment in Leahs Händen gelegen, eine Tatsache, die die Magoi verabscheuten. Wäre der Junge gestorben, hätte man Leah dafür verantwortlich gemacht, wenn man sie nicht sogar der Hexerei bezichtigt hätte. Für die Magoi gab es nichts Schlimmeres als Menschen, die selbstständig Entscheidungen trafen, sich nicht unterordneten oder sich mit dem Gebiet der Magie befassten, auch wenn die Heilkunst mit Kräutern in Leahs Augen keineswegs dazu zählte. Seit dem Vorfall im Krankensaal hatte es keine weiteren Zwischenfälle mehr gegeben. Sie hoffte, nun dem Dasein als Zielscheibe entgangen zu sein.
Ein zwickender Schmerz holte sie zurück in die Gegenwart und ihr wurde wie so oft bewusst, dass sie auf ihrer Unterlippe kaute. Kalia schaute sie wissend an, die beiden Mädchen hatten so viele Gedanken miteinander geteilt, dass es schien, als könnten sie die der jeweils anderen hören. Die Magd schwieg jedoch und lächelte ihr aufmunternd zu. Leah wischte sich den Dreck von den Händen, doch die Erde hatte sich an ihrer Kleidung und unter den Fingernägeln festgesetzt. Tania erging es nicht besser, ihr Gesicht war an den Stellen verschmutzt, an denen sie sich den Schweiß weggewischt hatte. Sarina und Kalia hatten

zwar noch saubere Gesichter, doch auch ihre Hände zeigten deutliche Spuren der Arbeit an den Beeten.
„Was meint ihr, können wir es riskieren?“, flüsterte Kalia und Leah konnte sich ein Lächeln nicht verkneifen. Auf diese Frage hatte sie gehofft.
„Ich denke schon“, antwortete sie leise und sah sich verstohlen um. Die Beete waren in Vierecken angeordnet, die durch schmale Wege sowie Büsche und Bäumen getrennt waren. Die Beete zogen sich über einen weiten Hügel in die Länge, so dass Leah die Arbeiterinnen in weiter Ferne kaum noch erkennen konnte. Sie hatten sich wie so oft den Arbeitsplatz am Rande einer kleinen Ansammlung von Bäumen ausgesucht. Da sie zu viert ein Beet für sich allein hatten, mussten sie sich nur etwas nach links vorarbeiten, damit der große Holunderbusch sie vor den Anderen verdeckte.
Wie auf ein geheimes Zeichen hin rutschte die kleine Gruppe etwas zur Seite, wobei sie nur noch flüchtig das Unkraut entfernten. Leah hob unauffällig den Blick, doch keiner sah zu ihnen herüber. Alfons Schnarchen erfüllte noch immer die Obst- und Gemüsegärten, der würde so schnell nicht aufwachen.
„Jetzt“, flüsterte Kalia und die vier duckten sich hinter den nächsten Busch und schlichen im Schutz der Bäume davon.
„Wenn Alfons uns erwischt, sind wir fällig“, jammerte Tania, als sie die Bäume hinter sich gelassen hatten und über eine Ansammlung von Felsen kletterten.
„Sei nicht albern“, erwiderte Kalia. „Alfons ist zu blöd, um bis Zehn zu zählen, wie soll er da Hunderte von Mägden im Überblick behalten.“
Sie hatte ihnen vor einiger Zeit von dem idyllischen Plätzchen erzählt, das sie kurz darauf erreichten und

an dem sie sich regelmäßig trafen, wenn das Wetter und die Zeit es zuließen.
Leah staunte immer wieder über die Schönheit dieses Ortes, versteckt auf dem riesigen Gelände der Magoifestung. Als sie die Felsen hinabgeklettert waren, erreichten sie eine Quelle, die aus der steinernen Wand heraussprudelte und zu einem glasklaren Teich heranwuchs. Den kleinen See umschloss eine sommergrasgrüne Lichtung, auf der wilde Blumen in allen Farben blühten und die von Bäumen umschlossen war. Niemand würde sie hier entdecken, wenn er nicht selbst den steinigen Abhang herunterklettern wollte. Leah hatte kaum die letzten, steinigen Schritte hinter sich zurückgelegt, als sie Kalia auch schon dabei zusah, wie diese das grobe Kleid über den Kopf streifte und splitternackt in den See sprang. Sie konnte sich ein Grinsen nicht verkneifen, als sie die junge Magd vor Kälte jauchzen hörte.
„Kommt rein, es ist herrlich“, rief Kalia mit klappernden Zähnen und entlockte den anderen Mädchen ein Lachen.
Anfangs war es Leah unangenehm gewesen, sich vor fremden Menschen zu entblößen, doch mittlerweile hatte sie ihre Scheu weitestgehend abgelegt und entledigte sich ebenfalls ihres Kleides. Noch immer hätte sie lieber den Unterrock anbehalten, doch die nasse Kleidung würde sie schneller bei Alfons verraten, als ihnen lieb war. Das weiche Gras kitzelte sie an den Füßen, als sie zur Quelle huschte und sich schnell ins Wasser gleiten ließ, um den Blicken der anderen zu entgehen. Sie japste einen Moment nach Luft, als das eiskalte, klare Wasser ihre Knöchel umspielte, ihre Oberschenkel erreichte und dann

ihren gesamten Körper umschloss. Ihre Haut schmerzte unter den kalten Wellen, doch das Gefühl der Reinheit verdrängte die Stiche und ließ Leah ein paar entspannte Züge schwimmen. Sie spürte förmlich, wie sich der Schmutz von ihrem Körper löste, als sie die Haare ins Wasser tauchte und sich das Gesicht wusch.
Auch Sarina und Tania hatten sich zu ihnen gesellt und schon bald bespritzten sie sich mit Wasser, tauchten sich gegenseitig unter und tobten ausgelassen in dem erfrischenden Nass. Als Leahs Beine taub wurden und sie das Zähneklappern nicht mehr unterdrücken konnte, hievte sie sich sauber und abgekühlt auf die Steine am Rande der Quelle, die die Sonne erwärmt hatte. Bevor sie zurückkehren konnten, musste ihr Haar trocknen.
Die Freundinnen gesellten sich zu ihr und seufzend genossen sie stillschweigend das Gefühl der warmen Sonne auf ihrer Haut. Leah liebte diese Momente, sie gaben ihr das Gefühl von Freiheit und Verwegenheit, sie halfen ihr dabei, die Befehle und Ungerechtigkeiten von Alfons zu ertragen. Immer wieder klammerte sie sich an den Gedanken, wie sie ihm in solchen Momenten trotzte, wenn sie wieder einmal Schläge kassierte, weil sie nicht schnell genug oder zu unsauber gearbeitet hatte. Denn eines würde er ihr nicht nehmen können, diese heimlichen Momente, die sie mit ihren Freundinnen teilte und in denen sie das Leben für kurze Zeit genoss. Auch jetzt spürte sie nicht nur ihre eigene Zufriedenheit, auch die Gefühle der anderen liebkosten ihre Seele und erfüllten sie mit Zuneigung und Glück.
„Also“, begann Kalia und richtete sich gespannt auf, „was habt ihr herausgefunden?“

Leah verdrehte belustigt die Augen. Seit Kalia von ihrem Ausflug in die Stadt zurückgekehrt war, war sie wie besessen von der Idee, die Magoi auszuspionieren. Kalia hatte ihnen von den Rangatahi erzählt, der jungen Bande, die in der Stadt ihr Unwesen trieb und Leah keineswegs fremd war. Insgeheim belächelte sie die Idee ihrer Freundin etwas. Die Rangas hatten ihre Gruppe über Jahre hinweg aufgebaut, sie war aus Verzweiflung und Hunger heraus entstanden, weil ihnen keine andere Wahl blieb, als sich irgendwie am Leben zu halten, ob sie damit nun das Gesetz brachen oder nicht. Leah hatte früh gelernt, sich von dieser Bande fernzuhalten, sie waren gefährlich und unberechenbar, man konnte ihnen nicht trauen. Kalia jedoch schien den Ernst der Lage nicht zu erkennen, für sie war das, was die Jungen den Kampf ums Überleben nannten, nichts weiter als ein interessantes Spiel. Sie erkannte nicht, dass den Kindern nichts weiter übrig blieb und sie aus der Not heraus handelten.
Seitdem hatte sich Kalia in den Kopf gesetzt, ein eben solches Netzwerk an Informationen innerhalb der Festung aufzubauen. *Zu unserem eigenen Schutz*, wie sie sagte. Doch insgeheim wusste Leah, dass Kalia von Natur aus neugierig war und kein Geheimnis unaufgedeckt lassen konnte. Nicht selten war sie es, die Kalia zur Vorsicht ermahnte. Wenn dieses Vorhaben an die falschen Leute geriet, schützte sie keine Ausrede und keine Information mehr vor dem Tod. Ihr Spionagenetzwerk umfasste daher lediglich acht Personen, die vier Freundinnen sowie die Köchin Merani und zwei weitere Mägde. Sogar einer der Stallburschen hatte sich ihnen angeschlossen,

doch Leah vermutete, dass er es eher aus Zuneigung zu Kalia tat.
Doch schon nach wenigen Wochen hatte Leah sich eingestehen müssen, dass die Idee gar nicht so weit hergeholt war. Ein Vorteil von Mägden und Knechten war, dass sie von Kind auf gelernt hatten, unauffällig und leise zu sein, ihre Aufgabe war es, die Arbeit zu erledigen, ohne von den Magoi überhaupt erst wahrgenommen zu werden. Die Magoi dagegen hatten sich daran gewöhnt, frei sprechen zu können, wenn Bedienstete im Raum waren. Sie verließen sich darauf, dass das gemeine Volk nicht intelligent genug war, um Zusammenhänge zu verstehen oder sich mit Regierungsthemen zu befassen.
Sie nehmen uns nicht als eigenständig denkende Menschen wahr, dachte Leah mit grimmigem Lächeln. Man sollte nicht meinen, was man für Sachen erfuhr, wenn man nur richtig zuhörte. Leah allerdings war alles andere als interessiert daran, was die Magoi planten, wie sie die Stadt anführten oder wer unter welcher Decke mit wem steckte. Sie hatte sich der Gruppe lediglich angeschlossen, um ihrer Freundin einen Gefallen zu tun. Mit dem Anflug schlechten Gewissens wurde ihr nun wieder bewusst, dass sie in letzter Zeit eher ihren Gedanken und Träumen hinterher gehangen hatte, anstatt den Worten der Magoi zu lauschen.
„Nicht viel“, beantwortete Tania gähnend Kalias Frage. „Raya hat wieder einen neuen Liebhaber, seit ein paar Tagen trifft sie sich mit Frey, dem Hufschmied. Der Junge sieht wirklich gut aus, wenn ihr mich fragt, so muskulös, aber er hat nicht viel im Oberstübchen, sonst würde er sich nicht auf diese Hexe einlassen. Alfons hat mich für die Säuberung der Unterrichtsräume eingeteilt, aber bei den Lehrern

erfährt man nur selten etwas Interessantes. Lady Morella trägt ein Kind unter dem Herzen, sie macht jedoch kein Geheimnis daraus. Und Sir Dustill plagt eine schlimme Verstopfung."
Sie blickte stolz in die Runde und Leah bemühte sich, nicht laut loszuprusten.
„Das, ähm, waren nicht unbedingt die Informationen, auf die ich gehofft hatte", seufzte Kalia verhalten und blickte hoffnungsvoll zu Leah, die aber nur entschuldigend mit dem Kopf schüttelte und sich ein tadelndes Schnauben einhandelte.
„Tja, wie es aussieht, werden wir wohl nie an die wirklich wichtigen Informationen gelangen."
Zum Erstaunen aller meldete sich Sarina zu Wort.
„Ich habe etwas herausgefunden."
Ihre kullerrunden, rehbraunen Augen blickten schüchtern in die Runde.
„Schieß los", ermunterte Leah das zierliche Mädchen.
„Ich hatte Dienst bei Sir Malin im Verwaltungszimmer, als ich ihn auf dem Flur gehört und mich in seinem Kamin versteckt habe."
Wie auf Kommando zogen die Freunde vor Erstaunen die Luft ein. Wer hätte gedacht, dass gerade die kleine Sarina am mutigsten von allen war. Wenn man sie erwischt hätte ...
„Nun spann uns nicht so auf die Folter!", drängte Kalia.
„Ich ... ich weiß nicht, was es zu bedeuten hat", stotterte das Mädchen. „Malin hat vor sich hin gemurmelt, er war wie von Sinnen, als hätte er vor irgendetwas Angst. Er verfluchte den Tag, an dem er das Amt des Verwalters angetreten hat, und sprach von irgendeiner Last, die auf ihm liege. Etwas, was immer schwerer geheimzuhalten sei und dass er nicht

mehr sicher sei, wie lange er die Ordnung der Stadt noch aufrechterhalten könne, und dass die Priester unzufrieden mit ihm seien, obwohl er doch vor einigen Jahren eine Glanzleistung im Vertuschen vollbracht habe."

Sie senkte die Stimme und sah sich verstohlen um, als hätte sie Angst, belauscht zu werden.

„Er hat die Priester sogar verflucht. Sie haben ihm dieses Wissen, diese Bürde auferlegt, sagte er."

Sprachlos starrten die drei Mägde auf das junge Mädchen, das kaum neun Winter zählte. Kalia war die Erste, die die Sprache wiederfand.

„Nun, das war ... Hm, das waren viele Informationen."

„Und mit keiner können wir wirklich etwas anfangen", beendete Leah stirnrunzelnd ihren Satz. Kalia kratzte sich nachdenklich an der breiten Nase und ihre goldbraunen Augen leuchteten auf.

„Das würde ich nicht sagen. Immerhin wissen wir jetzt, wer das wohl größte Geheimnis der Stadt hat."

„Sir Malin?", fragte Tania.

Kalias Mund verzog sich zu einem Lächeln.

„Nein. Die Priester."

Niemand wusste darauf etwas zu sagen, die Stille lastete schwer auf Leah.

„Kalia, das ist ..."

„Schon gut", unterbrach sie die Freundin und Leah verstummte. Sie hatte ihr sagen wollen, dass dieses Spiel, das Kalia trieb, zu weit ging. Dass es besser für sie war, die Nase nicht in Angelegenheiten zu stecken, denen sie nicht gewachsen waren. Doch Kalia hatte wie so oft ihre Gedanken erraten und Leah hoffte, dass sie nur dieses eine Mal vernünftig sein würde.

Die Schatten der Bäume hatten sie mittlerweile umhüllt und die Freundinnen zogen sich fröstelnd die Kleider über, um sich auf den Rückweg zu machen. Leah ging voraus, um zu sehen, ob die Luft rein war. Doch als sie den Felshang erklommen hatte, tauchte eine schmale, hochgewachsene Gestalt zwischen den Büschen auf.

„Sieh an, wen haben wir denn da?“, säuselte Raya und schwang das lockige, schwarze Haar über die Schulter.

Leah stöhnte innerlich auf. Von allen Mägden, die ihnen heimlich hätten folgen können, musste es ausgerechnet Raya sein, die ihren geheimen Rückzugsort entdeckte. Die Schadenfreude stand ihr förmlich ins Gesicht geschrieben.

„Alfons wird sicher gerne erfahren, wo seine Magd abgeblieben ist“, säuselte sie. „Vielleicht reicht es diesmal für die Verbannung.“

Ihre braunen Augen musterten sie hasserfüllt und Leah fragte sich, womit sie diesen Hass verdient hatte. Wenigstens hatte sie die anderen noch nicht bemerkt und sie hoffte, dass sie Rayas Stimme gehört und sich versteckt hatten.

Leah jedoch war ertappt, doch anstelle der Angst, was nun mit ihr geschehen würde, trat schier unbändiger Zorn. Sie war seit ihrer Ankunft auf der Festung zu Rayas Zielscheibe geworden, hatte von Alfons mehr als genug Schläge auf Kosten der Magd eingesteckt und sich von ihr beschimpfen und demütigen lassen, jeden Tag aufs Neue. Immer wieder hatte Leah die Zähne zusammengebissen und alles stumm über sich ergehen lassen, um Raya und Alfons keine weiteren Gründe zu liefern, sie zu quälen. Doch nun stand Raya hier, nur wenige Meter von dem einzigen Ort entfernt, den Leah mit ihren Freundinnen teilte, den sie als ihr kleines Paradies, ihren Rückzugsort betrachtete. Raya würde es ausplaudern, sie würden diesen zauberhaften Ort nie wieder besuchen können. Und nun sprach Raya auch noch von Verbannung!

Plötzlich übermannte sie der Hass, den sie für die Magd hegte, all die Erinnerungen an die Prügel und die Demütigungen, die sie ertragen musste, schwemmten wie eine Welle über sie hinweg. Mit sicheren Schritten trat sie auf Raya zu und gab ihr eine schallende Ohrfeige. Die hübsche Magd hielt sich schockiert die Wange, auf der sich Leahs Handabdruck langsam rot abzeichnete.

„Du hast mir genug Ärger eingehandelt“, zischte Leah wutentbrannt und stach Raya den Finger in die Brust. „Von mir aus renn doch zu deinem Alfons! Glaubst du ich weiß nicht, dass er dir nur hörig ist, weil du ihm schöne Augen machst? Oder teilst du sogar das Bett mit diesem stinkenden Fettsack? Und statt Liebesgeflüster schmiedet ihr Pläne: Wie können wir Leah heute das Leben schwer machen?“

Rayas Augen weiteten sich, doch Leah war noch längst nicht fertig.

„Wie wäre es, wenn ich stattdessen zu Alfons gehe und plaudere? Er würde sicher gerne erfahren, was du und Frey so treibt, wenn ihr euch unbeobachtet fühlt! Was meinst du? So ein bisschen Konkurrenz macht ihm doch sicher nichts aus, wo er dich doch so begehrt!“

Raya benötigte mehrere Versuche, bis sie ihre Sprache wiedergefunden hatte.

„Das wirst du mir büßen“, zischte sie und verschwand zwischen den Bäumen. Leah starrte ihr düster hinterher.

„Du hast es ihr aber gezeigt“, ertönte nun Sarinas ehrfürchtige Stimme hinter ihr.
„Fragt sich nur, wie ihre Rache aussehen wird“, seufzte Kalia, doch auch sie sah nicht minder beeindruckt aus, als sie an ihre Seite trat.
Leahs stapfte grimmig weiter, ohne darauf zu antworten. Sie kamen gerade rechtzeitig, um sich ungesehen unter die schnatternden Mägde zu mischen, die ihre Arbeit an den Beeten beendet hatten und nun die Körbe mit den geernteten Äpfeln schulterten. Raya war nirgends zu sehen, was Leah etwas aufatmen ließ. Alfons bellte wie üblich seine schroffen Befehle und versetzte die Mägde um ihn herum in Angst und Schrecken.
Sie schnappte sich den nächststehenden Korb, schulterte ihn ächzend und stapfte den Hang hinunter zur Magoifestung, ohne auf die Freundinnen zu warten. Die körperliche Anstrengung half ihr, wieder klare Gedanken zu fassen und ihre Wut etwas abzuflachen. Auf halbem Weg hinab hielt sie umgeben von Apfelbäumen an und atmete schnaufend durch. Ein paar Baumreihen weiter sah sie die anderen Mägde hintereinander her traben, eine lange Reihe von schnatternden Gänsen. Leah wollte noch nicht zurück zur Festung, zurück in die stickige Luft der Küche und zurück zu dem Meer an Gefühlen, dem sie tagtäglich ausgesetzt war. Die Zeit auf dem Gelände machte ihr zwar körperlich zu schaffen, doch das war nichts gegen die seelische Belastung, die sie in der Burg erwartete. Sie war noch nicht so weit, sie musste nur noch einen Moment verschnaufen und wieder zu sich finden. Von der Ferne hörte sie Stimmen durch die Bäume hallen, das Klirren von schweren Ketten erfüllte die Luft.

Schwerfällig ließ sie den Korb von den Schultern gleiten und stahl sich neugierig davon, um den Geräuschen zu folgen. Die Bäume lichteten sich und gaben den Blick auf die Arena vor der Jägerhalle frei. Leah ging hinter einem Stamm in Deckung, um die Taniwhajäger bei ihrer Arbeit zu beobachten. Ein paar Jungen versammelten sich unter dem strengen Blick Sir Barbos um einen rasenden Bullen. Das Tier tobte und versuchte, sich von den Seilen zu befreien, die ihm gerade um den Hals geworfen wurden. Mit einem wütenden Brüllen riss er den Kopf zur Seite und einer der Magierschüler wurde von den Füßen gerissen, als das Seil nach vorne ruckte. Sir Barbos wuterfüllte Stimme erfüllte den mit Sand aufgefüllten Kreis und Leah lächelte in sich hinein. Ihr tat das Tier leid und sie gönnte ihm den kleinen Erfolg. Die Magoi begannen nun, den Stier mit ihrer Magie abzulenken. Sie ließen Sand aufwirbeln und irritierten ihn, indem sie Dinge wie Blätter und abgebrochene Äste auf ihn zu schweben ließen, damit die Magoi in seinem Rücken nahe genug heranschleichen und ihn erneut fesseln konnten.

Leah prägte sich jede ihrer Bewegungen ein. Was unterschied die Magoi vom gemeinen Volk? Woher nahmen sie die Magie? So oft schon hatte sie dem Unterricht der Schüler gelauscht und dann insgeheim versucht, das Gelernte bei sich selbst anzuwenden. Es funktionierte nicht. Und doch gab sie die Hoffnung nicht auf, dass ihre Gabe, die Gefühle anderer zu spüren, einen Grund hatte. Dass sie den Magiern ähnlich war und auch in ihr Magie schlummerte, die nur darauf wartete, geweckt zu werden. So albern sie sich selbst in diesen Momenten auch vorkam, sie musste es einfach herausfinden. Sie wollte eine von ihnen sein, wollte mehr sein als eine gewöhnliche Magd, die ein Leben der Unterdrückung führen musste. Sie biss sich auf die Unterlippe und ahmte die Handbewegung eines Schülers nach, versuchte so viel Energie wie möglich in ihre Hand zu leiten, suchte vergeblich nach einer inneren Energiequelle, wie Sir Caaron es seinen Schülern erklärt hatte, als sie lauschte. Es passierte einfach nichts, egal wie oft sie mit der Hand wedelte. Die Enttäuschung trieb ihr die Tränen in die Augen.

„Was tust du da?", ertönte eine Stimme hinter ihr und ließ sie zusammenzucken. Ruckartig drehte sie sich um und stand einem der Magoi gegenüber. Sie erkannte die warmen Augen auf Anhieb. Nie würde sie vergessen können, wie flehend er sie angesehen hatte, als sie ihm den Arm abnehmen wollten. Auch war ihr nicht entgangen, wie sein Blick in den Wochen nach seiner Heilung immer wieder durch die Halle geglitten war und er die Mägde gemustert hatte, auf der Suche nach ihr. Er war ein Magier, eine Bedrohung für Leah, die doch nichts weiter wollte, als unbemerkt zu bleiben. Heute war einfach nicht ihr Tag. Erst wurde sie von Raya erwischt und hatte sich ihrer Wut hingegeben und nun erwischte sie dieser neugierige Magier auch noch dabei, wie sie seine Mitschüler beobachtete und nachäffte. Wenigstens seine Belustigung darüber schien er glaubhaft zu verstecken, er sah ehrlich überrascht aus, doch Leah fühlte sich zum wiederholten Male ertappt und verletzlich. „Stell gefälligst irgendwelchen anderen Mägden nach", zischte sie und schlüpfte an ihm vorbei, um auf schnellstem Wege zurück zur Festung zu rennen, ohne einen Gedanken an den liegengebliebenen Apfelkorb zu verschwenden.

Neo

Das Kratzen von Federn auf Pergament war das einzige Geräusch, das die Bibliothek erfüllte und nur ab und an verstummte, wenn sie erneut ins Tintenfass tauchten. Neo blickte auf die geschwungenen Buchstaben vor sich, die sich zu Wörtern reihten, deren Sinn er heute einfach nicht erfassen konnte. Brummend legte er die Feder beiseite und stützte die Stirn in die Hände.

Ihm gegenüber saßen Ojen und Rol an dem breiten Holztisch neben einem der riesigen Fenster, die den hohen Saal erhellten und einige Staubkörner im Strahl der Sonne tanzen ließen. Die Bibliothek war einer der größten Räume der Festung, sie umfasste zwei Stockwerke und unzählige Regalreihen mit Schriftrollen und zu losen Büchern gebundenen Pergamenten. In der Mitte der Bibliothek hatte man mehrere Sitzgruppen zusammengestellt, bestehend aus besagten Holztischen und unbequemen Stühlen. Seit dem Morgengrauen brütete er über dem Aufsatz, die Verformung von Gegenständen durch reine Willenskraft, doch während seine beiden Freunde eifrig schon das dritte oder vierte Pergament bekritzelten, hatte es Neo gerade so geschafft, die erste Schriftrolle zu füllen.

In seiner Brust tobte die Magie, sie war nur schwer zu bändigen und er hatte viele Jahre seiner Kindheit damit verbracht, die Kontrolle darüber zu erlernen. Das Schwierigste daran war, die Energie zu bündeln und mit Hilfe seiner Gedanken zu lenken. Er kaute auf seiner Lippe herum, kniff die Augen zusammen und starrte auf die Feder. Sie erzitterte kurz, bevor sie sich langsam zur Seite bog, als werde sie von einer unsichtbaren Macht angezogen. Mit einem lauten Knacken brach sie entzwei und Neo fluchte. Es war weitaus komplizierter, seine Macht zurückzuhalten und nur so viel Magie zu verwenden, wie er benötigte. Das abzuschätzen war ihm nie leicht gefallen. Seine Gedanken wirbelten im Kreis, wieder und wieder verlor er die Konzentration und musste den Absatz aus dem dicken, ledergebundenen Buch erneut lesen. Normalerweise tat er sich nicht so schwer, wenn es um die Erledigung von Hausarbeiten ging, auch wenn sie ihn nicht gerade mit Freude erfüllten. Wieder stieß er schnaubend die Luft durch die Nase aus.

„Wirst du uns irgendwann verraten, wieso du Geräusche machst, als würdest du mit den Gäulen im Stall um die Wette prusten?", fragte Ojen und verzog genervt das Gesicht.

Neo antwortete ihm mit einem düsteren Blick.

„Im Ernst, was ist los?", hakte Rol nach und zog die Augenbrauen in die Höhe. Der junge Jäger zuckte lediglich mit den Schultern.

„Ich weiß es nicht, ich kann mich einfach nicht konzentrieren."

Ergeben klappte er das Buch vor sich mit einem lauten Schlag zu und erntete einige missbilligende Blicke der Schüler an den benachbarten Tischen.

„Es hat nicht zufällig etwas mit dieser blonden Magd zu tun?", fragte Rol stirnrunzelnd und die Art und Weise, wie herablassend er *Magd* sagte, als sei es ein Schimpfwort, entfachte Neos Zorn von Neuem.

„Nein, hat es nicht. Oder doch. Ich weiß es nicht", gab er zu und fuhr sich mit der Hand durch die Haare.

„Du solltest sie dir schnell wieder aus dem Kopf schlagen“, erwiderte Ojen sachlich. „Nicht nur, dass dein Stand es nicht erlaubt, mit dem gemeinen Volk Kontakt zu haben, ich vermute, sie wird auch nicht allzu lang unter uns weilen. Eine Bedienstete, die den Mund nicht halten kann, hat es noch nie lange auf der Festung geschafft. Sie wird schneller in die Verbannung geschickt werden, als dir lieb ist.“

Neo schüttelte stumm den Kopf.

„Das ist es nicht, ich stehe nicht auf sie“, erwiderte er und erntete verständnislose Blicke von seinen Freunden. Er seufzte und beugte sich wieder über seinen Aufsatz, um so zu tun, als lese er. Ojen und Rol würden es ja doch nicht verstehen und er ärgerte sich, dass er überhaupt mit ihnen über dieses Thema gesprochen hatte.

In einem hatte Rol recht, das Mädchen mit den goldenen Haaren ging ihm tatsächlich nicht mehr aus dem Kopf, doch nicht weil er sie begehrte, sondern weil sie etwas Geheimnisvolles an sich hatte. Er hatte ihr in die tiefgrünen Augen gesehen und es war, als hätte sie ihm für einen kleinen Augenblick ihr Herz geöffnet. Als er sie überraschenderweise in den Obstgärten vorgefunden hatte, fühlte sie sich ertappt, und in diesem Moment hatte er hinter die Fassade von Arroganz und Aufmüpfigkeit blicken können. Hinter den harten Worten und den wütenden Blicken, mit denen sie ihn bedacht hatte, steckte ein verletzliches Mädchen, das ihre Träumen längst nicht aufgegeben hatte.

Wie oft hatte er in stumpfe, gebrochene Augen gesehen, Menschen, die sich mit ihrem Leben abgefunden hatten, die ihr Schicksal akzeptierten, auch wenn es noch so erniedrigend war. In ihr jedoch strahlte eine Energie, die jeden, der nur für einen Moment genauer in die leuchtenden Augen sah, einhüllte und mit sich zog. Dieses Mädchen war ein einziges Geheimnis, und doch begegnete sie ihm mit Feindseligkeit. Er hatte den Hass gespürt, den sie ihm entgegenbrachte. Dabei hatte er sie tatsächlich nur aus Zufall hinter einem der Apfelbäume stehen sehen und war ihr keineswegs gefolgt.

Zugegeben, nachdem sie seinen Arm gerettet hatte und er allein im Krankenzimmer aufgewacht war, hatte er die Tage danach immer wieder Ausschau nach ihr gehalten, um sich zu bedanken. Doch auf der Festung arbeiteten unzählige Frauen, die meisten davon hielten ihr Haar bedeckt. Es war, als wäre sie direkt nach seiner Heilung spurlos vom Erdboden verschlungen worden. Und dann endlich hatte er sie wieder getroffen, doch anstatt ihn ausreden zu lassen, ließ sie ihn abermals eiskalt abblitzen. Wieso hegte sie so einen Hass auf die Magoi? Sie hatte seine Mitschüler beobachtet, so viel war klar, doch hatte sie tatsächlich so reagiert, weil sie sich in ihrer Neugier ertappt fühlte? Oder steckte mehr dahinter? Sie schien auf der Suche nach etwas zu sein, führte etwas im Schilde, aber was?

All diese Gedanken folgten Neo seit Tagen auf Schritt und Tritt, ohne dass er etwas dagegen tun konnte. Dabei fand er sich selbst schon lächerlich, vielmehr musste er sich auf seine Ausbildung konzentrieren, anstatt über die Beweggründe einer Bediensteten nachzudenken, die ihn zudem noch verabscheute. Wieso hatte er das Gefühl, sie beschützen zu müssen?

Laute Stimmen vor der Bibliothek verscheuchten seine Gedanken. Die Schüler um ihn herum wurden unruhig, hoben neugierig die Köpfe und begannen zu tuscheln.

„Was ist denn nun schon wieder los?“, murmelte Rol, doch Ojen und Neo waren schon aufgesprungen, um den anderen zu folgen und nachzusehen, was vor sich ging.

Im Korridor herrschte dichtes Gedränge. Sie gelangten in den angrenzenden Speisesaal, wo die Magoi sich dicht um etwas versammelt hatten. Neo schnappte einige Gesprächsfetzen auf. *„Geschieht ihr ganz recht, in die Verbannung geschickt zu werden“* und *„hat es nicht anders verdient“*. Er bahnte sich mit ein paar Stößen seiner Ellenbogen einen Weg in die vordersten Reihen. Ein junges Mädchen, allem Anschein nach eine Magd, kniete aufgelöst am Boden, jämmerlich schluchzend und die Hände vor das Gesicht geschlagen. Vor ihr ragte der Verwalter des Magoibundes auf. Sir Malin bedachte das Mädchen mit kaltem, angewiderten Gesicht.

Für einen Moment stockte Neo der Atem. Konnte es sein? War sie es? Doch dann folgte ein Stich der Erleichterung, als er eine dunkle Haarlocke unter der Haube der Magd hervorblitzen sah. Das hier war nicht das Mädchen mit den goldenen Haaren.

„Was ist passiert?“, fragte er einen Schüler in der Nähe. Der gluckste belustigt.

„Das Dummchen sollte Malin einen Kräutertrank zur Stärkung bringen, stattdessen hat sie ihm einen Schlaftrunk gemischt. Er hat den halben Tag verschlafen, während die Ratssitzung ohne ihn abgehalten wurde. Er hat sie gerade verbannt.“

Neo sog scharf die Luft ein. Der Verwalter war einer der letzten Menschen auf der Festung, die man wütend machen sollte. Das Mädchen tat ihm leid, sie

begann zu flehen und warf sich dem Verwalter vor die Füße.
„Bitte, Sir, ich bitte Euch."
Er antwortete nicht. Sie versuchte es erneut, kroch näher und umklammerte den Saum von seiner Robe. Er trat einen Schritt zurück und entriss ihr den dunkelblauen Stoff. Niemand half ihr, alle starrten sie an und spekulierten wild über die bevorstehende Verbannung.
„Bringt sie bis zur Vollstreckung in die Kerker", sagte Sir Malin leise, und doch übertönte seine kalte Stimme alle anderen Geräusche.
Neo wusste, dass niemand das Urteil des Verwalters rückgängig machen konnte, war es einmal gesprochen. Sein Wort war Gesetz. Und doch kam er sich schäbig vor, wie er zwischen all den anderen Gaffern stand und stumm zusah, wie verzweifelt und verängstigt die Magd war. Doch was konnte er schon ausrichten? Er hatte nicht die Autorität, etwas daran zu ändern, selbst wenn er alles in seiner Macht Stehende dafür tat. Er würde sich allenfalls Ärger einhandeln und davon hatte er wahrlich genug mit dem Verwalter gehabt. Und so biss er lediglich die Zähne zusammen und wandte sich ab, lief in die entgegengesetzte Richtung der versammelten Menge, um sich aus dem Staub zu machen und dem Elend den Rücken zu kehren. Seine Schultern sackten hilflos herab und wieder verabscheute er seine eigenen Mitschüler und Lehrer. *Wie können sie nur so skrupellos sein?*
Und plötzlich sah er sie. Wie eine Rachegöttin, mit zornigem Gesichtsausdruck, kämpfte sie sich durch die Menge und erntete empörte Rufe der Umstehenden. Das sonst so strahlende Grün ihrer

Augen war einem feurigen Flackern gewichen, das ihren Blick verdüsterte und gleichzeitig erstrahlen ließ. Die Welt schien für einen Moment stillzustehen und im Saal wurde es dunkler, als hätte sich die Sonne auf ewig hinter den Wolken verkrochen. Mit wutverzerrtem Gesicht schritt sie auf Malin und das junge Mädchen zu, ihre Haltung angriffslustig, der Blick stechend und düster. Niemand nahm Notiz von ihr.

Blitzschnell reagierte er und erreichte sie mit wenigen Schritten, packte sie am Arm und zerrte sie hinter sich her, weg von dem Geschehen. Ihr wütender Protest ging in den Jubelschreien der Magoi unter. Sie war stark und wehrte sich gegen seinen Griff, doch Neo zog sie unerbittlich weiter, bis sie den Korridor am Ende des Saals erreichten. In dem steinernen Gang presste er sie gegen die Wand, während sie wild und unkontrolliert um sich schlug, um sich aus seinem Griff zu befreien.

„Hör endlich auf damit“, knurrte er und presste ihr die Arme an den Körper, damit sie ihm nur einen Moment zuhörte. „Kannst du mir mal verraten, was das da drin gerade sollte? Was hast du vorgehabt?“

„Sie dürfen Mira nicht in die Verbannung schicken“, rief sie zornig und Neo überkam plötzlich der Gedanke, dass ein Taniwha leichter zu zähmen wäre als das Temperament dieses Mädchens.

„Das haben sie aber“, antwortete er und hielt sie weiter fest. „Es ist zu spät.“

Sie hörte für einen Moment damit auf, um sich zu schlagen, und erst jetzt schien sie ihn richtig wahrzunehmen. Ihre Augen verengten sich und Neo suchte vergeblich das leuchtende Grün darin. Es

schien unter dem schwarzen Nebel vergraben zu sein, der in ihrem Blick loderte.
„Sie war es nicht, es war nicht ihre Schuld“, rief sie und ihre Verzweiflung ließ ihre Stimme brechen. „Ich stand daneben, sie hat die richtige Kräutermischung genommen. Er kann sie nicht dafür verantwortlich machen, dass er eingeschlafen ist.“
„Das hat er aber“, sagte Neo eindringlich und seine Stimme klang belegt. „Versteh doch endlich, du kannst nichts mehr daran ändern. Und du wirst ihr in die Verbannung folgen, wenn du nicht endlich zur Vernunft kommst. Das Urteil ist gesprochen!“
Sie starrte ihn an und die Dunkelheit aus ihren Augen verschwand, als sie sich mit Tränen füllten.
„Akzeptiere es, bevor es dich innerlich zerfrisst“, flüsterte er und erst jetzt war er sich bewusst, wie dicht ihre Gesichter beieinander waren. Sie sah ihm tief in die Augen.
„Dann wäre ich nicht besser als du oder der Rest von ihnen“, zischte sie und riss sich los, um wegzurennen, weg von ihm, weg von dem Saal mit den jubelnden Magoi und weg von Mira, deren Schluchzer die Mauern der Festung erfüllten.
Neo starrte ihr hilflos hinterher. Ihre Worte hatten ihn tiefer getroffen, als sie es tun sollten.

Kalia

Kalia wischte sich nervös die schweißnassen Hände an dem zerschlissenen, grauen Unterrock ab und presste sich enger in ihr Versteck zwischen dem Kräuterregal und dem Durchgang zur Speisekammer, von dem aus sie ungesehen einen Blick in die Küche werfen konnte. Es konnte nicht mehr lange dauern. Endlich erschien eine Kapuzengestalt, die sich vor Schmerzen krümmte und stumm an dem einzelnen Tisch niederließ, an denen die Mägde und Knechte ihre Mahlzeiten einnahmen, wenn die Magoi versorgt waren. Noch war niemand zu sehen außer die verhüllte, zierliche Person, doch schon bald würden sich die anderen einfinden. Auch Merani musste jeden Moment damit fertig sein, den Eintopf der Magoi auf die Teller zu verteilen.

Das schlechte Gewissen hinterließ einen bitteren Nachgeschmack in ihrem Mund, als die Frau in den Umhängen stöhnte. Mori war nicht nur stumm, sie war auch mit einem entstellten Gesicht geplagt. Zwischen Nase und Oberlippe klaffte eine gewaltige Lücke, die das Zahnfleisch entblößte. Kalia hatte nur ein einziges Mal einen Blick darauf erhaschen können. Die Frau mittleren Alters erschien nur zu den Mahlzeiten, bei denen sie sich jedoch tief über den Teller beugte. Für die meisten war sie unsichtbar, stets umgeben von einer unheimlichen Stille. Der Laut des Schmerzes aus ihrem Mund klang fast schon grotesk.

Mori arbeitete seit vielen Jahren auf der Festung. Sir Malin, der Verwalter, hatte sie kurz nach seinem Amtsantritt von der Straße aufgelesen, halb verhungert und gebrochen. Es war einer der wenigen

Momente gewesen, in denen er gezeigt hatte, dass es tief in ihm auch Mitleid und Gnade gab. Mori arbeitete seitdem als persönliche Magd für die drei Priester, sie lebte mit ihnen zusammen in dem zerfallenen Turm und erschien nur zu den Mahlzeiten und um das Essen oder die Vorräte für die drei düsteren Herrscher der Stadt zu holen. Niemand sonst durfte den Turm betreten, nicht einmal Merani. Doch genau das wollte Kalia ändern. Die Priester hatten Mori als ihre persönliche Magd ausgewählt und so war Kalia nichts weiter übriggeblieben, als sie für eine Weile außer Gefecht zu setzen. Es war nicht schwer gewesen, das Frühstück der Frau mit Kräutern zu versehen, die Krämpfe auslösten, obwohl Leah ihr nur widerwillig die richtige Mischung dafür gezeigt hatte. Sie glaubte nicht an den Erfolg, den Kalia sich versprach, dabei war es gerade Leahs Triumph über Raya gewesen, der sie anstachelte. Sie hatte die hochnäsige Magd allein damit zum Schweigen gebracht, dass sie über brisante Informationen verfügte, die in Rayas Augen nicht unbedingt an den Tag gelegt werden sollten. *Informationen bedeuteten Macht.* Doch was nutzte es ihnen, wenn sie sich damit lediglich gegen ein paar einfache Mägde und Knechte zur Wehr setzen konnten? Sie mussten in weitaus gefährlichere Gebiete vordringen, um an die wirklich wichtigen Informationen zu gelangen, die ihnen vielleicht eines Tages das Leben erleichtern oder sogar retten würden.

Nun war es soweit, die Wirkung setzte ein und Mori krümmte sich, wobei sie einen gurgelnden Laut von sich gab. Draußen wurde es laut und kurz darauf strömten die Mägde und Knechte ein, um sich an dem Tisch niederzulassen, in sicherer Entfernung zu

der stummen Frau, die ihnen entweder unheimlich oder einfach nur egal war. Raya warf mit hochnäsigem Blick ihr dunkles Haar über die Schulter und unterhielt alle, indem sie sich lautstark über Mira ausließ, die noch immer in den Kerkern der Magoifestung festgehalten wurde.
„Wenn ihr mich fragt, hat sie nicht einmal zur Stallreinigung getaugt“, spottete sie, doch dieses Mal erntete sie nur wenig Lacher. Mira war trotz ihrer schüchternen und tollpatschigen Art beliebt und Kalia stieg der Hass wie Säure in den Hals. Wie gerne hätte sie Raya Konter gegeben, doch sie musste sich auf ihre Aufgabe konzentrieren. Glücklicherweise verstummte die eingebildete Kuh, als Merani eintrat und von zwei Dienern einen großen Kessel mit Eintopf hereintragen ließ. Der Köchin entging keineswegs, dass Mori anwesend war, und auch ihr Zustand blieb ihr nicht verborgen. Merani kümmerte sich um alle, als wären es ihre eigenen Kinder, und so führte sie Mori sogleich mit besorgtem Blick zur Speisekammer, um den Blicken der anderen zu entgehen. Sie lief an Kalias Versteck vorbei, ohne zur Seite zu blicken.
„Was hast du?“, fragte Merani besorgt und führte die kranke Magd zu einer Kiste, auf der sie sich niederlassen konnte. „Meine Güte, dein Gesicht ist ja eiskalt.“
Die rundliche Köchin untersuchte sie fachmännisch und strich ihr die dünnen Haare aus der Stirn, während Mori hilflos schluchzte und Kalia alles von ihrem Versteck aus beobachtete.
„Du machst dir Sorgen wegen den Herrschaften?“, fragte Merani und die entstellte Frau nickte. Kalia biss sich auf die Lippe. Was hatte sie nur angerichtet? Sie

hatte einen unschuldigen Menschen wissentlich krank gemacht, wenn auch nur für kurze Zeit.
„Erst einmal musst du wieder zu Kräften kommen", sagte Merani bestimmt. „Ich werde dir einen Tee gegen die Krämpfe bringen und Kieselsteine im Ofen erwärmen, damit du sie auf deinen Bauch legen kannst. Du wirst sehen, Wärme hilft bei diesen Schmerzen Wunder. Ich bringe dich für heute in meinem Lager unter und werde mich um einen Ersatz kümmern."
Das war Kalias Stichwort. Sie trat unbeschwert aus dem Schatten heraus und tat, als sei sie überrascht, Merani und Mori hier vorzufinden. Die kranke Frau blickte sie mit großen, dunklen Augen an, die wie Kohlestückchen tief in dem bleichen Gesicht lagen.
„Was tut ihr hier?", fragte sie unschuldig, doch Mori kniff misstrauisch die Augen zusammen und verzog den entstellten Mund, der schiefe und gelbe Zahnstummel entblößte. *Sie weiß es,* dachte Kalia und unterdrückte ihre Schuldgefühle, um ihre Miene zu wahren. Und plötzlich fühlte sie sich entsetzlich, die dunklen Augen schimmerten wie der Nachthimmel und Kalia konnte den Vorwurf darin erkennen. *Woran hat sie es erkannt?* Merani schien von all dem nichts zu bemerken.
„Es geht ihr nicht so gut, sie hat Krämpfe. Meine Güte, wenn ich es mir recht überlege, ist es das erste Mal, dass du krank bist, Mori. So ein zähes Ding wie du wird auch damit fertig, mach dir keine Sorgen."
Kalia konnte nicht anders, als Mori entschuldigend anzublicken, und nach ihrer Hand zu greifen, um sie zu drücken und ihr klarzumachen, dass sie keine andere Wahl hatte. Sofort wurde Moris Blick weicher, doch das vernarbte Gesicht verzog sich nachdenklich.

„Kalia, hast du mir nicht zugehört?“, unterbrach Merani den stummen Austausch der beiden. „Ich habe gefragt, ob du für heute Moris Arbeit im Turm übernehmen kannst? Die Priester werden sicher nichts dagegen haben.“
Kalia atmete erleichtert aus. Ihr Plan war aufgegangen. Doch Mori packte sie plötzlich am Handgelenk, ihr Griff war kalt und fest und sie kam sich vor, als hätte man ihr Eisenschellen angelegt. Die schwarzen Augen weiteten sich vor Entsetzen und sie schüttelte aufgeregt mit dem Kopf.
„Keine Sorge“, sagte Kalia, „ich bringe ihnen nur das Essen.“ Aus Moris Augen sprach Angst und nur widerwillig ließ sie Kalia los. Verzweifelt blickte sie zwischen Merani und Kalia umher, ohne zu wissen, wie sie ihre Sorgen ausdrücken sollte.
„Ich werde vorsichtig sein“, flüsterte Kalia und Mori schüttelte abermals den Kopf. Kalia ließ sich noch ein paar letzte Anweisungen geben, bevor sie die Mahlzeiten der drei Stadtherrscher schnappte und sich auf den Weg begab. Mori hatte ihre Absicht erkannt, sie hatte ihr eine deutliche Warnung zukommen lassen. Plötzlich wurde sie unsicher. Hatte ihr die Begegnung mit dem Priester in Sir Malins Kammer nicht gereicht? Auf was ließ sie sich hier ein?
Auf dem Burghof herrschte ebenso eine drückende schwüle Luft wie in der Küche. Aufgeregt und mit klopfendem Herzen durchschritt sie die Festung, um zum Hintertor hinaus zu gelangen. Vor ihr erstreckte sich die weite, grüne Wiese, doch das Gras hatte sich in den letzten Tagen gelblich verfärbt und die Spuren des heißen Sommers waren deutlich zu sehen. Zum Turm der Priester hinter der Festung führte lediglich ein mit Unkraut überwachsener Trampelpfad. Alles

schien so friedlich, die Vögel zwitscherten vergnügt und sie konnte das Lachen der Magoi durch die offenen Fenster der Festung hören. Dennoch beschlich sie ein eigenartiges Gefühl, als sie das Tablett umklammerte und mit angehaltenem Atem auf den Turm zuschritt. Der Schatten des hohen Gebäudes umschlang sie und trotz der Wärme lief Kalia ein Schauder über den Rücken. Es war, als wäre der Turm von seiner eigenen Magie umgeben, düster und bedrohlich. Wie eine einsame Säule ragte er über das Gelände und trotze Wind und Wetter, abseits der fröhlichen Stimmen. Er erweckte in Kalia den Wunsch, sofort wieder umzukehren.

Ihre Beine waren weich, sie zitterten mit jedem Schritt, den sie sich näherte. *Was wird mich erwarten?* Bis vor kurzer Zeit noch hatte sie ihren Plan für gut befunden, plötzlich klang er absurd und mit einem zu hohen Risiko verbunden. Sie war ihnen schon einmal begegnet und hatte die Macht gespürt, die von den Herrschern ausging. Diese Männer schienen nicht von dieser Welt zu sein, sie wussten Dinge, die sie nicht hätten wissen dürfen. Sie hatten Fähigkeiten, die sie nicht hätten haben dürfen. Die Magoi an sich waren schon gefährlich genug und stellten ihre Überlegenheit tagtäglich zur Schau. Doch sie waren nichts im Vergleich zu den Herrschern der Stadt, die wiederum ein großes Geheimnis aus ihrer Macht machten.

Sie fühlte sich verängstigt und klein, als sie den Turm erreichte, und jeder Instinkt in ihr schrie danach, die Flucht zu ergreifen. Unter äußerster Willensanstrengung öffnete sie die schwere, verfallene Holztür und trat ein. Im Inneren blieb sie für einen Moment stehen, um sich an die Finsternis im

Korridor zu gewöhnen. Die Luft roch abgestanden nach Moder, Fäulnis und Staub, während die Kälte sie umschlang und einen deutlichen Kontrast zu der warmen Luft außerhalb bildete. Während draußen der Sommer tobte, schien hier drin ewiger Winter zu herrschen. Die wenigen Fenster im Turm machten es unmöglich, allzu viel vom Tageslicht hereinzulassen. Kalia konnte gerade so erkennen, dass sich vor ihr eine steinerne Treppe in die oberen Stockwerke wand, während links und rechts Durchgänge in die beiden unteren Räume führten. Laut Merani befanden sich hier eine eigene Küche und Moris Schlafgemach, während die Priester die oberen Stockwerke bewohnten. Als die Tür hinter ihr zufiel, hatte sie jegliche Geräusche zusammen mit der Sonne ausgeschlossen. Hier im Korridor herrschte bedrückende Stille, nicht einmal die Staubkörner schienen sich zu bewegen.

„Eure Eminenz?“, wisperte Kalia und doch hallte ihre Stimme zwischen den kahlen Wänden wider. Niemand antwortete, keine düstere Gestalt in wallenden, schwarzen Umhängen erschien. Sie erinnerte sich zurück an die Begegnung mit einem der Priester in den Privaträumen des Verwalters. Er war von einer machtvollen Aura umgeben, seine Präsenz war deutlich spürbar gewesen. Nein, sie waren nicht in der Nähe, beschloss Kalia und ihr Herzschlag beruhigte sich etwas. Und selbst wenn sie auftauchten, sie erledigte lediglich ihre Arbeit, redete sie sich ein und atmete ein weiteres Mal tief durch. Das Bild der durchscheinenden, pergamentartigen Haut über den alten, knorrigen Händen des Priesters wollte ihr einfach nicht aus dem Sinn gehen. Sie verscheuchte es kopfschüttelnd.

Der Durchgang auf der linken Seite führte zur Küche. In einer Feuerstelle glimmte es, doch die Flammen waren erloschen, ohne die Kälte aus den Gemäuern vertrieben zu haben. Ein breiter Holztisch und ein einzelner Stuhl nahmen den Großteil des eher spärlich eingerichteten Raumes ein. Lediglich einige Regale mit angelaufenen Silberkelchen und verstaubten Tonschalen gehörten zur Einrichtung, daneben befand sich eines mit welken Kräutern. In einer Ecke konnte Kalia zwei Weinfässer und ein angeschnittenes Käserad erkennen. Neben der Feuerstelle hatte Mori vorsorglich Holzscheite geschichtet. Kalia fand einen eisernen Haken und stocherte in der Glut, bevor sie Holz auflegte. Schon nach wenigen Augenblicken flackerte ein knisterndes Feuer, doch die Wärme, die es ausstrahlte, wollte ihr Innerstes einfach nicht erreichen. Noch immer zitterte sie, während ihre Gliedmaßen weich wie Butter zu sein schienen. Sie holte tief Luft und griff nach dem Tablett, das sie auf dem hölzernen Tisch abgestellt hatte. Die Priester würden es sicher nicht begrüßen, ihr Essen kalt genießen zu müssen. Sie umklammerte die Haltegriffe des flachen, geflochtenen Korbes fester, um das Zittern zu unterdrücken, und doch klapperten die Silberdeckel, mit denen Merani das Essen abgedeckt hatte.
Diese unnatürliche Stille machte Kalia Angst, sie war es ihr Leben lang gewohnt, unter schnatternden und tratschenden Frauen zu leben. Auch in der Magoifestung herrschte selten Stille. Hier jedoch war es kaum vorstellbar, dass jemand den Turm bewohnte. Das Gebäude war längst seinem Alter verfallen und auch Moris Versuche, Staub und Dreck zu beseitigen, waren vergebens angesichts der

Tatsache, dass Schimmel an den Wänden emporkroch und sich augenscheinlich Feuchtigkeit in dem Gemäuer festgesetzt hatte. Ihr war es unverständlich, warum sich niemand darum kümmerte. Während die Magoi im Luxus schwelgen, lebten die Priester in einem steinernen Loch, das kaum besser war als eine kalte Höhle.

Ängstlich sah sie die steinerne Wendeltreppe hinauf. Jeder Schritt und jede Stufe verlangten ihr äußerste Willenskraft ab. Der Turm umfasste mindestens sechs Stockwerke, wusste Kalia. Während die Treppe sich weiter nach oben schlängelte, kam sie an zahlreichen, verschlossenen Türen vorbei. Sie zählte die Treppenabsätze und hielt ziemlich weit oben vor verschlossenen Türen an. Merani hatte sie angewiesen, das Tablett mit dem Essen davor abzustellen und sich auf direktem Wege zurück in die Festung zu begeben. Kalia stellte es auf die steinernen Stufen, hob die Hand und klopfte zögernd. Das Holz unter ihren Knöcheln war rau und morsch, doch der Ton hallte zwischen den Mauern wider. *Zeit zu gehen*, dachte sie, und dennoch blieb sie stehen und wartete. Würden die Priester kommen und die Tür öffnen? Sie konnte schließlich immer noch die unwissende Magd spielen. Ihr Puls raste und mit angehaltenem Atem lauschte sie auf eventuelle Geräusche. Die Stille blieb unverändert. Kalia klopfte ein weiteres Mal an.

„Eure Eminenz?“, fragte sie, lauter diesmal, um das Zittern in ihrer Stimme zu verbergen. Die Tür blieb verschlossen, während die Zeit wie Sand in einem Stundenglas davon rieselte. *Ich sollte umkehren, ich habe meine Arbeit erfüllt und bin heil davongekommen.* Stattdessen legte sie die Hand an den Riegel und öffnete die Tür. Sie knarrte leise und Kalia schlüpfte schnell hindurch und schloss sie hinter sich. Sie fand sich in einem kleinen, gemütlichen Gemach wieder, in dessen halbrunder Wand ein schmales Turmfenster für ausreichend Licht sorgte. Hier war es weitaus ansehnlicher als im Erdgeschoss, obwohl der ausgelegte Teppich schon lang seine leuchtenden Farben verloren hatte und verblasst war. Sie befand sich augenscheinlich in dem Speiseraum der Priester, denn in der Mitte stand ein schwerer, mit Schnitzereien verzierter Holztisch, um den einige Polsterstühle standen. Die Wände waren mit Ölgemälden behangen, doch auch diese hatten an Farbe eingebüßt. Trotz allem musste der Raum einst sehr schön gewesen sein. Von der Decke herabhing ein eiserner Kronleuchter, dessen Kerzen abgebrannt und erloschen waren.

Kalia verharrte einen Moment an der Tür, doch als ihr offensichtlich niemand gefolgt war, begann sie den Raum zu untersuchen. Erst bei näherem Betrachten stellte sie fest, dass eine Staubschicht den Tisch bedeckte und sich Spinnweben zwischen den Streben des Kronleuchters bildeten. Hier war schon einige Tage nicht mehr geputzt worden, aber was noch viel wichtiger war, dieser Raum wurde auch seit einigen Tagen nicht mehr benutzt. Waren die Priester verschwunden oder nahmen sie ihre Mahlzeiten in eigenen Gemächern ein?

Der Kamin war sauber und kalt. Sie trat an das schmale Fenster, um zu überprüfen, wieso nichts von der sommerlichen Wärme draußen in den Raum gelangte, und streckte die Hand aus. Statt die schwülwarme Luft auf ihrer Haut zu spüren, stießen ihre Finger gegen ein unsichtbares Kraftfeld. Es zischte und sie zog mit einem Keuchen die Hand

zurück, während ihre Fingerspitzen sich rot färbten. Kraftfelder zu erschaffen benötigte höchste Konzentration eines Magiers, so viel wusste sie. Ein Kraftfeld, das sich dauerhaft und ohne die stetige Zugabe von Magie aufrechterhielt, musste einen beachtlichen Aufwand gekostet haben.
Von der Kammer führte eine weitere Tür in einen Nebenraum. Kalia lauschte einen Moment an dem brüchigen Holz, bevor sie öffnete und eintrat. Es war nicht mehr als eine kleine Bibliothek. Mehrere Regale an den Wänden waren mit Büchern und Schriftrollen gefüllt, an einem weiteren Fenster befanden sich Tisch und Sessel. Darauf lagen die üblichen Utensilien, Feder und ein Fass Tinte, ein Kerzenstummel sowie mehrere Bögen unbeschriebenen Pergamentes. Vor Aufregung tänzelte Kalia von einem Fuß auf den anderen. Hier musste sie einfach fündig werden und so verlor sie keine Zeit und untersuchte die Bücher und Schriftrollen in den Regalen genauer. Ihre Neugier war entfacht und verdrängte die Angst, die sie wie ein Schatten bis hierher verfolgt hatte. *Wenn ich nur etwas finde, was ich gegen sie verwenden kann. Worin liegt ihr Geheimnis? Das, was Sir Malin seit Jahren zu vertuschen versucht?*
Glücklicherweise hatte sie früh lesen und schreiben gelernt, was nicht vielen Menschen vom gemeinen Volk zuteilwurde. Auf der Festung allerdings versuchte man, die Bediensteten bestmöglich auszubilden. Dennoch fiel es ihr schwer, die enge Schrift zu entziffern. Sie hatte einfach viel zu wenig Gelegenheit, regelmäßig ihre Kenntnisse aufzufrischen. Wahllos zog sie einige der Bücher und Schriftrollen hervor und breitete sie auf dem Tisch

aus. Sie fand Grundrisse und Baupläne der Festung, Urkunden, die Besitztümer und Land dokumentierten sowie einige belanglose Briefe, die vor vielen Jahren verfasst wurden und Bitten und Anliegen beinhalteten, die der Stadtrat an die Priester richtete. Ein schweres, dickes Buch zog ihre Aufmerksamkeit auf sich. Darin befanden sich Stammbäume der Magoi, die bis zu den ersten ihres Namens zurückreichten. Viele der Familiennamen hatte Kalia schon auf der Burg aufgeschnappt. Seufzend klappte sie das Buch wieder zu und räumte die Pergamente zurück. Hier ließ sich nichts finden, das auch nur annähernd Geheimnisse enthielt.

Enttäuscht ließ sie die Schultern hängen. Es hatte keinen Zweck, sich länger in der Bibliothek umzusehen. Sie hatte schon zu viel Zeit hier verbracht und sollte sich schleunigst damit abfinden, dass sie Mori umsonst vergiftet hatte. Eilig drehte sie sich um und wollte aus der Tür hasten, als sie plötzlich vor einer schwarzen Kapuzengestalt stand.

Kalia wich mit einem leisen Aufschrei zurück und stieß gegen den Tisch. Der Mann stand da, die Hände und das Gesicht in den Tiefen des Umhangs verborgen, und doch konnte Kalia seinen stechenden Blick auf sich spüren. Mit zitternden Händen umklammerte sie die Tischkante, ohne den Priester aus den Augen zu lassen. Nicht das kleinste Geräusch hatte er gemacht, sie hatte seine Anwesenheit nicht im Geringsten gespürt. Dafür war sie sich nun umso deutlicher bewusst darüber.

„Hast du gefunden, wonach du gesucht hast?“, ertönte eine kalte Stimme, die Kalia das Blut in den Adern gefrieren ließ. Entsetzt wurde ihr bewusst, dass

er nicht laut geredet hatte, sie hatte die Worte lediglich in ihrem Kopf vernommen.
„Ich ... Ich wollte nicht ..."
Ihre Stimme versagte, während ihr das Blut in den Ohren rauschte und die Erinnerung an ihre erste Begegnung mit dem Priester sie einholte. Er hatte ihr die Luft zum Atmen genommen, sie war ihm wie eine hilflose Puppe völlig ausgeliefert gewesen, ohne sich regen zu können. Wie auf Kommando zog sich ihre Lunge zusammen, das Atmen fiel ihr schwer, ihr Brustkorb hob und senkte sich schwerfällig. *Das ist nur die Angst*, sagte sie sich und versuchte sich zu beruhigen und tatsächlich stand der Mann in dem Umhang lediglich regungslos da. Kalia räusperte sich und versuchte, die Fassung wieder zu erlangen.
„Entschuldigt, Eure Eminenz, ich habe das Essen gebracht und wusste nicht, wo ich Euch finden kann. Mori ist krank, sie hat Krämpfe ..." Mit zugezogener Kehle wurde ihr bewusst, dass sie faselte.
„Ich werde dann einfach gehen", sagte sie vorsichtig und ging zögernd um den Priester herum, ohne ihn aus den Augen zu lassen. Er regte sich nicht. Erleichtert atmete Kalia aus und eilte an ihm vorbei, als die Tür wie von Geisterhand vor ihrer Nase zuschlug und der Riegel sich scheppernd davor schob.
„Das wirst du nicht."

Leah

Sie konnte nur mit Mühe ein Schnauben unterdrücken, doch auch Sir Doran schien am Ende seiner Nerven zu sein.

„Noch einmal, das Richten von Knochenbrüchen erfordert äußerstes Feingefühl“, wetterte er und Leah kicherte, weil seine Stimme wie üblich, wenn er zornig war, einen hohen und lächerlichen Ton angenommen hatte. Der dicke, alte Lehrer erklärte seinen Schülern schon die ganze Zeit, wie sie bei dieser Heilkunst vorzugehen hatten, doch entweder fehlte ihnen das nötige Interesse oder, was Leah eher in Anbetracht bezog, sie nahmen ihren Lehrer einfach nicht ernst.

Schmunzelnd tauchte sie die Bürste in den Wassereimer und schrubbte den Boden im angrenzenden Klassenzimmer weiter. Sie hatte absichtlich die Tür einen Spalt weit geöffnet, um den Unterrichtsstoff im Nebenraum aufschnappen zu können. Die Arbeit in der Nähe der Klassenzimmer war für Leah die schönste Zeit. Die Schüler behandelten interessante Themen, die nicht immer mit Magie zu tun hatten. Sie lernten, wie Felder bestellt und Vieh gezüchtet wurde, wie man Bauwerke errichtete und die Leiden der Menschen und Tiere behandelte. Wissbegierig nahm sie jedes Wort in sich auf und hätte sich nicht selten am liebsten zu den Schülern gesellt, um die gleiche Ausbildung zu absolvieren. Seit sie vor über einem Jahr auf der Festung angekommen war, verfluchte sie mit jedem Tag mehr den Umstand, einem niedrigen Stand

anzugehören und nicht als Magierin geboren worden zu sein.
Sehnsüchtig betrachtete sie die Mädchen und Jungen durch den Türspalt. Sie waren ausgelassen und teilweise kindisch, sie hatten nie erfahren, was es hieß, hungrig zu sein oder früher erwachsen werden zu müssen, als Kinder es sollten. Sie hatten nie am eigenen Leib die Schmerzen nach einem harten Arbeitstag gespürt, ihr Leben drehte sich um den Unterricht und darum, wie sie ihre Freizeit gestalten sollten. Sie vertrieben sich die Zeit damit, sich gegenseitig zu necken, über das Gelände zu streifen oder heimlich Wein aus dem Keller zu stehlen, um sich zu betrinken. Die Jungen machten den Mädchen schöne Augen, die Mädchen gaben sich betont schüchtern und doch hatte sie schon des Öfteren beobachtet, wie ihre Schüchternheit abfiel, sobald sie sich nachts in einer dunklen Ecke auf dem Burghof trafen oder sich in die Zimmer der Jungen stahlen. Sie mussten sich keine Gedanken machen, wie sie den nächsten Winter überleben sollten, ob sie genug Essen hatten oder ob das Feuerholz reichte.
Nach solchen Tagen wie heute lag sie abends im Bett und träumte davon, zu ihnen zu gehören, bis sie die Gewissheit überkam, dass das nie der Fall sein würde. Es schmerzte, ihnen lediglich dabei zuschauen zu können, und doch konnte sie die Augen nicht abwenden und genoss die kurze Zeit, in denen sie sich einbilden konnte, ein Teil dieser Gemeinschaft zu sein. Und dann wiederum schüttelte sie den Kopf über sich selbst. Sie hasste die Magoi, sie hasste sie für ihre Hochnäsigkeit und Arroganz, sie hasste sie dafür, dass sie alles im Überfluss genießen konnten, während außerhalb der Tore der Festung Menschen

an Hunger und Elend starben. Und sie hasste sie dafür, dass sie ihren Vater im Stich gelassen hatten, als er ihre Hilfe benötigte. Sie hasste sie dafür, dass sie sich für etwas Besseres hielten. Wieso also wollte sie dazugehören?

Weil ich es besser machen würde, sagte eine kleine Stimme in ihrem Kopf und Leah versank wieder in ihren Tagträumen.

„Neo", ertönte Sir Dorans Stimme, „was würdet Ihr tun, wenn Ihr Freund Rol jetzt aus dieser Tür geht, über seine übergroßen Füße stolpert und sich dabei ein Bein bricht?"

„Ich würde herzhaft lachen, Sir", antwortete der Junge und Leah entschlüpfte ein weiteres Kichern, obwohl sie bei dem Namen hellhörig wurde. Sie hatte nicht vergessen, wie er sie davon abgehalten hatte, Mira zu Hilfe zu eilen. Ein Stich der Trauer wischte das Lächeln von ihren Lippen. Miras Verbannung war erst wenige Tage her und obwohl Leah es nicht übers Herz gebracht hatte, die Festung zu verlassen und dabei zuzusehen, brach ihr der Gedanke daran jedes Mal aufs Neue das Herz.

„Na schön, versuchen wir es anders", sagte Sir Doran genervt und Leah konnte durch den Türspalt sehen, wie er sich müde über die Augen rieb. „Rol, angenommen Neo bricht sich das Bein und angenommen die Verletzung ist kompliziert, der Beinknochen ist gesplittert und hat das Fleisch durchbohrt und Neo steht kurz vor dem Verbluten. Was würden Ihr tun?"

„Ich würde Hilfe holen, Sir", antwortete der schlaksige Junge.

„Und wenn gerade keine Hilfe zur Hand ist?"

„Wir sind auf einer Burg mit Hunderten Magoi, Sir."

Einige der Schüler lachten verhalten, doch Sir Dorans Gesicht verfärbte sich bedrohlich dunkelrot.
„Bis morgen früh liefern Ihr beide mir einen Extraaufsatz über die Behandlung von Knochenbrüchen“, wetterte er und Leah konnte sehen, wie Neo und Rol zerknirscht, aber dennoch erleichtert in sich zusammensackten. Doch Sir Doran hatte es ebenfalls bemerkt.
„Glaubt ja nicht, dass Ihr damit aus dem Schneider seid, Rol! Mit dieser Antwort werdet Ihr mir nicht davonkommen. Aber um es auch Euch verständlich zu machen, versetzen wir uns in eine andere Situation. Ihr seid mit Neo allein vor den Toren der Stadt, um einen Taniwha aufzuspüren. Neo bricht sich das Bein, es ist keine Hilfe in der Nähe. Was tut Ihr?“
„Ich habe mich nicht für die Jäger entschieden, Sir, also ist es unwahrscheinlich, dass das passiert. Aber vielleicht solltet Ihr Neo oder Eril diese Frage stellen.“
„Rol aus dem Hause Laskari!“, donnerte Sir Doran und dieses Mal zuckte selbst Leah zusammen. Auch der Junge schien bemerkt zu haben, dass er zu weit gegangen war.
„Ich würde den Knochen richten, Sir“, sagte er leise und sein Gesicht färbte sich peinlich berührt.
„Schön, dann werdet Ihr sicher nichts dagegen haben, uns eine kleine Demonstration zu liefern“, sagte Sir Doran mit grimmiger Zufriedenheit und Rol vergrub das Gesicht in den Händen. Darauf lief es also hinaus.
Plötzlich wurde die Tür zu Leahs leerem Klassenzimmer geöffnet, doch der Lehrer warf ihr nur einen gleichgültigen Blick zu. Er machte einen netten Eindruck und sein Alter war deutlich in den tiefen Furchen seines Gesichtes zu sehen. Dennoch

hatten seine wenigen, verbliebenen Haare noch einen Rest der einst schimmernden, bräunlichen Farbe behalten. Sir Doran mochte einst gutaussehend gewesen sein, bevor er die Statur eines Wackelpuddings angenommen hatte. Leah schüttelte es bei dem Gedanken, dass Tania, die rundliche Magd, mit der sie sich angefreundet hatte, das Bett mit ihm teilte.

Sie konnte die Blicke der Schüler auf sich spüren, wandte das Gesicht ab und schrubbte konzentriert den Boden weiter. Sir Doran hastete durch das Zimmer, öffnete den Schrank am anderen Ende und holte einige gebündelte Äste hervor. Das Holz war etwa so dick wie Leahs Handgelenk. Provokativ ging der Lehrer zurück ins Klassenzimmer, ohne die Tür hinter sich zu schließen, so dass Leah freien Blick auf das Lehrerpult und einige umstehende Tische hatte. Die meisten Schüler ignorierten sie wieder, nur Neos Blick wanderte immer wieder zu ihr. Sie wich ihm aus, doch ihre Neugier hielt sie davon ab, die Sachen zu packen und zu verschwinden.

Sir Doran machte eine lässige Handbewegung, woraufhin das Bündel mit den Ästen unter einem lauten Knacken in der Mitte brach. Die zwei Hälften der Stücke wurden lediglich von einigen Holzfasern aneinandergehalten. Sie sollten einen Knochenbruch darstellen, wie Leah schnell klar wurde. Der Lehrer verteilte die Stöcke auf die Schülertische und holte den schlaksigen Rol nach vorne.

„Ich bin sicher, Ihr werdet uns gerne demonstrieren, wie Ihr Neos Knochen heilt“, sagte er und verzog den Mund spöttisch. Rols Gesicht hat die Farbe einer reifen Tomate angenommen.

„Sir, ich glaube nicht, dass es eine gute Idee ist“, stotterte er, doch Sir Doran wedelte lediglich mit der Hand.
„Nun macht schon.“
Seufzend starrte Rol den gebrochenen Ast an und Leah beobachtete ihn wie gebannt. Eine Weile schien nichts zu passieren, doch dann bog sich das Holz zurück in seine ursprüngliche Form, während dem Magier die Schweißperlen auf der Stirn standen. Scheinbar war es keine leichte Angelegenheit, die richtige Menge an Magie zu finden. Der simulierte Knochenbruch sah besser aus, doch der Ast war noch immer krumm und schief.
„Mehr Druck“, sagte Sir Doran und beobachtete die Arbeit seines Schülers mit verschränkten Armen.
Nichts passierte.
„Ich sagte, mehr Druck!“, wiederholte er und Rol biss sich konzentriert auf die Lippe. Der Ast bog sich, verharrte für einen Moment in seiner geraden Form, doch plötzlich dehnte er sich zu weit, splitterte mit einem Krachen und die beiden Holzstücke schossen nach oben, wo sie an dem Gemäuer der Decke abprallten. Die Schüler brachen in lautes Gelächter aus und Sir Doran fasste sich an die Stirn.
„Neo, könnt Ihr mir sagen, was Rol gerade mit Euerm gebrochenen Bein gemacht hat?“
„Er hat mich gerade mit meinem eigenen Knochen aufgespießt, Sir“, antwortete Neo und schenkte Rol einen mitleidigen Blick, ohne das Lachen unterdrücken zu können.
Auch Leah entschlüpfte ein leises Kichern. Plötzlich drehte sich Rol um. Er hatte es gehört und bedachte sie mit einem herablassenden Funkeln in den Augen, der sie geradezu herausforderte, es besser zu machen.

Leah schlug die Lider nieder und wusch die Bürste in dem Eimer aus.
„Ich frage mich, woher Ihr Euch das Recht herausnehmt, darüber zu lachen“, sagte Sir Doran scharf in die Runde. „Bis jetzt hat es keiner von Euch geschafft, nur einen normalen Knochenbruch zu richten. Seit Tagen haben wir eine Stute im Stall stehen, die sich das Röhrbein gebrochen hat. Sir Malin hat sie uns zu Übungszwecken überlassen, aber so wie es aussieht, kann ich keinen hier dafür gebrauchen. Wie lang soll dieses arme Tier noch mit einem Bruch auskommen? Der Knochen hat längst begonnen, wieder schief zusammenzuwachsen. Und ich werde Euch nicht für Eure Dummheit damit entlohnen, dass ich die Arbeit selber mache. Es liegt an Euch, dieses arme Tier zu erlösen! Ihr seid hiermit für heute entlassen und vielleicht kommt der eine oder andere jetzt endlich auf die Idee, sich ein bisschen mehr Mühe zu geben!“
Daraufhin herrschte bedrückende Stille im Klassenraum und auch Leah hatte genug gehört. Sie schnappte sich den Eimer und schlüpfte leise in den Korridor. Was die Magoi machten, war nichts weiter als pure Tierquälerei. Wenn der Knochen des Pferdes nicht bald professionell gerichtet wurde, würde es ein Leben lang lahmen und bestenfalls für einen Pferdefleisch-Eintopf gut sein.
Mit zwischen die Zähne gezogener Lippe irrte sie durch die steinernen Korridore ohne festes Ziel und fasste einen Entschluss. Sobald die Dunkelheit über den Burghof gekrochen war, warf sie ihren Kapuzenmantel über und schlich durch die Schatten. Die Pferdeställe befanden sich auf der gegenüberliegenden Seite der Küche. Es war nicht

verboten, nachts umherzustreifen, aber es wurde nicht gern gesehen, deshalb verhielt sich Leah so leise wie möglich und wich den Blicken der Wachposten auf der Burgmauer aus. Als sie den Vorraum betrat, traf sie auf Frey, den Hufschmied, der sich in das Stroh gelegt hatte und seine Lederstiefel mit Tran einrieb. Jeder auf der Burg wusste, dass ihn diese Stiefel den Lohn vieler Monate gekostet hatten und sein Allerheiligstes waren.

„Na, brauchst du etwas Ruhe vor den schnatternden Gänsen?", fragte er Leah mit einem schiefen Grinsen.

Sie setzte ein Lächeln auf und nickte. Frey war es gewohnt, Leah ab und an hier anzutreffen. Sie hatte die Ställe schnell zu einem ihrer Lieblingsplätze erkoren und genoss die Gesellschaft der Pferde, er dagegen war froh über eine helfende Hand, denn Leah war sich nicht zu schade dafür, die Tiere zu striegeln und auch ab und zu auszumisten, wenn die Stallburschen ihre Arbeit mal wieder vernachlässigt hatten. In letzter Zeit hatte sie jedoch viel zu wenig Gelegenheit gehabt, die Pferde zu besuchen, obwohl der Ort dafür sorgte, dass sie die einströmenden Gefühle der Menschen um sie herum für kurze Zeit ausblenden konnte. Tiere mussten sich nicht mit Eifersucht, Hass oder Sorgen herumplagen, sie genoss die Zufriedenheit und Ruhe der Geschöpfe, die nach einiger Zeit in den Ställen meist auf sie übergingen.

Sie schenkte dem Hufschmied einen kurzen Gruß und trat zwischen die Stallungen. Das hölzerne Gebäude zog sich entlang des gesamten Burghofes und beherbergte mehrere hundert Pferde. Leah brauchte nicht lange, um das verletzte Pferd zu finden. Der Schmerz, den das Tier verspürte, war deutlich zu vernehmen, und sie blendete ihn so gut wie möglich aus. In den Ställen war es ruhig und verlassen, der Mond war längst aufgegangen und Ruhe auf der Festung eingekehrt. Die verletzte Stute lag in ihrer Box auf der Seite, und Ärger stieg in Leah auf, als sie sah, dass das seidige, braune Fell von schmutzigen Flecken bedeckt war. Nicht einmal ausgemistet hatten sie vorher. Als Leah eintreten wollte, warf die Stute nervös ihren Kopf zurück und schnaubte.

„Schon gut“, flüsterte sie und bewegte sich vorsichtig. Sie näherte sich nur langsam und begann zuerst damit, dass herumliegende Stroh, das nicht von dem Pferdeleib bedeckt war, zu entfernen und neues auszulegen. Dann hielt sie inne und lauschte. Die Pferde in den umliegenden Boxen blieben ruhig und schnaubten nur ab und zu gelassen. Wäre jemand in der Nähe gewesen, hätte sie die Unruhe der Tiere gespürt, und somit fühlte sie sich sicher, als sie sich neben das verletzte Pferd kniete. Die Stute wollte sich nervös aufrichten, doch das Mädchen legte ihr die Hand an den Hals, bevor sie nach ihr schnappen konnte. Sie war nervös und misstrauisch, und Leah wollte gar nicht wissen, was man ihr angetan hatte. Dieses Pferd erinnerte sich.

Nur widerwillig ließ die Stute zu, dass Leah ihr über das Fell striegelte, doch sobald sie sich dem gebrochenen Bein zuwenden wollte, sprang sie auf und wieherte. Das verletzte Bein hielt sie angewinkelt und nun wurden auch die anderen Pferde unruhig.

„Schon gut“, flüsterte Leah, doch die Stute rollte vor Angst mit den Augen, zog sich an das andere Ende der Box zurück und schnaubte. Sie tänzelte nervös auf den drei gesunden Beinen.

Leah blieb nichts weiter übrig, als die Hände an den Hals der Stute zu legen und ihren Kopf zu drehen, sodass sie ihr in die schimmernden Augen schauen konnte, die schwarz wie der Nachthimmel waren. Und plötzlich, wie von selbst, löste sich ein Teil ihres Geistes von ihrem Körper und drang in die Stute ein. *Beruhige dich*, flüsterte sie in Gedanken und konzentrierte jede einzelne Phase ihres Körpers darauf, mit den Gefühlen des Geschöpfes eins zu werden.
Die Stute hatte einen starken Willen, sie wehrte sich gegen Leahs Einfluss und fast hätte sie die Kontrolle darüber verloren. Sie spürte die Angst und den Schmerz, sie spürte die Pein vergangener Tage. Dieses Tier war nicht selten schlecht behandelt worden, und dennoch war ihr Wille ungebrochen.
Das Temperament der Stute brannte wie Feuer in ihrer Brust, Leah spürt den Drang zu laufen. Die Freiheit rief nach ihr und schlagartig wurde ihr klar, dass dieses Pferd nicht in den Stallungen geboren war. Es war eines der wenigen, wild lebenden Tiere, das nur einige Jahre in Gefangenschaft dazu gebracht hatte, sich den Befehlen der Magoi zu beugen. Dennoch waren die alten Instinkte nicht unterdrückt und Leah spürte nicht nur die Angst, sondern auch die Bereitschaft, sich zu wehren.
Sie verharrten lange in dieser Position, die Zeit um sie herum schien stillzustehen, es gab nur noch sie beide, während Leahs leuchtend grüne Augen in den braunen Tiefen des Blickes der Stute versanken. In Gedanken redete sie beruhigend auf das Pferd ein und übermittelte ihre eigenen Absichten. Ihre Gefühle waren miteinander verbunden und nach einiger Zeit spürte das Tier, dass Leah es gut meinte,

dass sie ihr helfen wollte und es nur tun konnte, wenn es einwilligte.
Das Mädchen bemerkte die Bereitschaft dazu und trat einen Schritt zurück. Die Stute ging in die Knie und ließ sich langsam nieder, um Leah ihre Arbeit verrichten zu lassen. Erleichtert aufatmend wischte sie sich den Schweiß von der Stirn. Die geistige Anstrengung hatte sie mehr ausgelaugt, als jede körperliche Arbeit es hätte tun können. Nun kehrte auch der abgesonderte Teil ihrer Seele zurück in den Körper und verband sich mit ihrem Geist, während das unsichtbare Band zwischen der Stute und ihr langsam verblasste.
Sie biss auf die Zähne und streckte ihre Gefühle und ihre Gedanken abermals nach dem Pferd aus, bis sie die leidende Seele erneut fand und sich mit ihr verknüpfte. Sie durfte das Pferd jetzt nicht im Stich lassen, auch wenn es sie alle Kraft kostete. Vorsichtig strich sie über das gebrochene Bein, tastete es ab und untersuchte es behutsam. Es erforderte einigen Kraftaufwand, den Knochen zu richten und für kurze Zeit dachte Leah, das Tier würde es sich anders überlegen, doch die Stute ließ sie gewähren. Sie nahm so viel wie möglich des Schmerzes in sich selbst auf, um das Tier zu entlasten, und biss sich mit tränenden Augen auf die Lippe, als sie das Bein schiente und verband.
Endlich war die Arbeit getan und die Magd ließ sich erschöpft ins Stroh sinken, um zu Atem zu kommen. Erst jetzt kappte sie das Band und trennte ihre eigenen Gefühle von denen der Stute. Nun strömten auch die äußeren Eindrücke wieder auf sie ein und erschrocken hob Leah den Kopf. In dem Gang vor ihrer Box stand eine in Magierroben gekleidete

Gestalt und beobachtete sie reglos. Sie schnappte nach Luft, doch da trat der Junge in das flackernde Licht einer Fackel und Leah erkannte sein Gesicht. Neo starrte sie mit offenem Mund an.

„Wie hast du das gemacht?", fragte er mit geweiteten Augen.

„Du bist mir gefolgt!", stieß sie zornig hervor und versuchte ihren rasenden Puls zu beruhigen. Seine Stimme klang seltsam weit weg.

„Ich wusste, dass ich dich hier finde", antwortete er verwirrt.

„Ach ja, ich wusste nicht, dass die Magoi nun auch hellseherische Fähigkeiten haben", giftete sie und wandte sich ab, um der Stute beruhigende Worte zuzuflüstern. Was hatte er gemeint? Hatte er etwas von ihrer Fähigkeit bemerkt? Oder wollte er einfach nur wissen, wie sie den Knochen gerichtet hatte?

„Nein, ich habe es in deinem Blick gesehen. Heute, im Klassenzimmer. Das Pferd tat dir leid. Also, wie hast du das gemacht?"

Leah stöhnte innerlich auf. Es hatte ihr gerade noch gefehlt, dass ihr ausgerechnet ein Magier auf die Schliche gekommen war. Ihr Atem beschleunigte sich, während ihr Herz einfach nicht aufhören wollte, gegen ihre Brust zu schlagen. Würde man sie genauso verbannen wie Mira? Ihr blieb nichts weiter übrig, als die Unwissende zu spielen und ihn zu ignorieren. Er war ihr etwas schuldig, sie hatte sein Leben gerettet! Aber hatten die Magoi überhaupt so etwas wie ein Gewissen?

„Lass mich einfach in Ruhe", flüsterte sie und ignorierte den Schwindel, der sie überkam. Sie musste sich ausruhen, und zwar schleunigst. Die Behandlung der Stute hatte zu viel Kraft gekostet.

Neo ignorierte ihre Worte und trat zu ihr in die Box, woraufhin sich die Stute beunruhigt aufrichten wollte. Sofort wich er zurück und drückte sich an die hölzerne Wand, um sie nicht aufzuregen.
„Hör auf, das Dummchen zu spielen, ich hab dich und das Pferd lange genug beobachtet. Versuch gar nicht erst, mir auszuweichen!"
Der Zorn wallte nur kurz in Leah auf, dann nahm die Erschöpfung wieder Oberhand.
„Das geht dich nichts an!"
„Das entscheide ich immer noch selbst", erwiderte Neo angriffslustig und seine Augen funkelten.
Es hat keinen Zweck, es zu leugnen, wurde Leah klar und sie ärgerte sich über ihre Dummheit. Wie hatte sie sich nur dazu hinreißen lassen, ihre Fähigkeiten einzusetzen?
„Willst du nicht gleich zu deinesgleichen rennen und mich ausliefern?", fragte sie matt. „Ich bin sicher, du bekommst eine hübsche Belohnung dafür."
Neo sah sie verständnislos an.
„Was bist du?", fragte er kopfschüttelnd.
Leah entfuhr ein bitteres Lachen.
„Ich weiß es nicht."
„Bist du eine Magierin?"
Sie zuckte kraftlos mit den Achseln.
„Nicht, dass ich wüsste, meine Eltern waren jedenfalls keine." Neo fasste sich an die Nase, als er darüber nachdachte.
„Vielleicht stammst du weitläufig von uns ab? Aber das erklärt nicht, wie du das Pferd beruhigen konntest. Was hast du alles für Fähigkeiten?"
Leahs Schwindel wurde schlimmer und sie konnte sich nur mit Mühe auf seine Worte konzentrieren. Vor ihren Augen tanzten flimmernde Lichter.

„Ich weiß es nicht“, flüsterte sie wieder, bevor die Dunkelheit die Oberhand gewann und ihren Körper zur Seite gleiten ließ.
„Dann lass es uns herausfinden“, hörte sie Neos Stimme noch, bevor sie in die Ohnmacht glitt.

Neo

Die Sonne schickte ihre letzten, goldenen Strahlen durch die Fenster der Jägerhalle und ließen das Haar des Mädchens erstrahlen. Leah war vertieft in ihre Gedanken, während sie aus dem Fenster starrte und eine Haarsträhne um den Finger wickelte. Er kannte diesen Gesichtsausdruck, oft genug hatte er ihn bei ihr bemerkt. Und dennoch brachte er es nicht übers Herz, diesen Moment zu stören, indem er sie von oben bis unten betrachten konnte, ohne dass sie mit bitteren und zusammengekniffenen Augen zurückblickte. Sie war hübsch, ihr Gesicht hatte ebenmäßige Züge mit hohen Wangenknochen und dennoch war etwas Kindliches darin erhalten geblieben. Die Sonne auf ihrer Stirn hatte feine Linien und war nahezu perfekt. Sie unterschied sich von den lieblosen Tintenflecken, die er schon bei vielen Menschen aus dem gemeinen Volk gesehen hatte.
Dieses Mädchen war ein einziges Geheimnis für ihn, eines, das er zu lösen beabsichtigte. Nur widerwillig hatte sie sich dazu bereiterklärt, sich mit ihm zu treffen, nachdem sie im Stall ohnmächtig geworden war und er sie am nächsten Tag bei Merani in der Küche aufgesucht hatte. Er räusperte sich.
„Ist alles in Ordnung?"
Sofort verfinsterte sich ihr Blick und ihr Gesicht wurde verschlossen. Als er augenscheinlich keine Antwort erhielt, seufzte er bedrückt.
„Wollen wir weitermachen?"
Leah grunzte etwas Unverständliches, doch dann erhob sie sich und näherte sich vorsichtig der Mitte

der Jägerhalle, um sich im Schneidersitz ihm gegenüber im Sand niederzulassen.
„Also schön", sagte er und versuchte, den Faden wieder aufzunehmen. „Was spürst du hier?"
Er deutete mit dem Finger auf ihre Brust.
„Meinen Herzschlag", antwortete sie achselzuckend.
Neo runzelte die Stirn.
„Was spürst du außer deinem Herzschlag? Wärme? Die Quelle unserer Macht sitzt an dieser Stelle, sie pulsiert regelrecht, man kann die Energie spüren, wie sie sich von dort aus im Körper ausbreitet."
Leah sah ihn verständnislos an und schüttelte mit dem Kopf. *Verflucht.* Wenn sie keine Magiequelle hatte, dann war jegliche Hoffnung vergebens.
„Ich glaube, wir können davon ausgehen, dass du keine Magierin bist", murmelte er und die Enttäuschung in Leahs Gesicht spiegelte seine eigenen Gefühle wieder. Sie hatten fast den gesamten Nachmittag damit verbracht, herauszufinden, ob sie Magie anwenden konnte. Doch keine seiner Übungen hatte etwas gebracht, Leah konnte mit den Händen wedeln, so viel sie wollte, die Gegenstände, mit denen sie übten, rührten sich nicht vom Fleck. Neo wusste nicht, wie es sich anfühlte, wenn man keine Magiequelle hatte. Für ihn war es selbstverständlich, dass diese Macht in ihm wohnte und mit jedem Tag wuchs. Leah jedoch schien nicht im Geringsten dasselbe zu spüren.
„Sind wir dann fertig mit deinen Experimenten?", fragte sie matt. Sie machte keinen Hehl daraus, dass sie ihn verabscheute, auch wenn ihm der Grund noch immer ungewiss war. Bei jedem anderen hätte er längst aufgegeben, doch dieses Mädchen hatte etwas an sich, was ihn faszinierte. Sie blickte ihn mit diesen

leuchtenden Augen an, ohne den stillen Vorwurf darin verbergen zu können.
„Du kannst gehen, wenn du willst“, sagte er mit enttäuschter Stimme. „Aber willst du nicht herausfinden, wie weit deine Fähigkeiten reichen?“
Er konnte sie nicht zwingen, mehr über sich preiszugeben, und doch wollte er unbedingt herausfinden, wieso sie diese Dinge konnte. Dinge, die ihn einerseits faszinierten und ihm andererseits Angst einflößten. Er spürte die Anziehungskraft, die von ihr ausging, geheimnisvoll und unwiderstehlich. Wie hatte sie es geschafft, die Stute dazu zu bringen, sich ihr nicht zu widersetzen? Das war mehr gewesen als pures Einfühlungsvermögen. Wie viele Stadtbewohner waren noch zu so etwas fähig, ohne dass die Magoi davon wussten? Die Magie der Natur zeigte sich manchmal an den seltsamsten Stellen. Einst, vor vielen Jahren, als die Taniwha immer zahlreicher über die Dörfer der Menschen herfielen, hatte die Natur die Magoi damit beschenkt, sie hatte ihnen Macht gegeben. *Macht, die wir eigentlich dazu einsetzen sollten, hilflose Menschen zu schützen. Und was haben wir daraus gemacht?* Er schluckte schwer. Leah blickte ihn stumm an.
„Eigentlich nicht“, flüsterte sie schließlich.
„Wieso nicht?“
„Weil es gefährlich ist“, sagte sie schlicht.
Er schüttelte verwundert den Kopf darüber.
„Ich verstehe das nicht. Du kannst Gutes mit deinen Fähigkeiten bewirken, du kannst sie einsetzen, um anderen zu helfen.“
Sie kniff die Augen zusammen.
„So wie ihr den Menschen außerhalb der Festung helft?“, fragte sie spöttisch und klopfte sich den Sand

von der Kleidung, als sie sich erhob. Sie hatte die Jägerhalle schon halb durchquert, als er seine Sprache wiederfand.

„Warte“, rief er. „Bitte.“

Sie stoppte zögerlich und blieb mit dem Rücken zu ihm stehen, während er aufholte.

„Ist das der Grund, warum du hasst?“

Sie zögerte kurz, bevor sie sich umdrehte und ihn mit einem harten Blick bedachte.

„Ja“, antwortete sie fest. „Es ist einer der Gründe.“

„Verrätst du mir auch die anderen?“

„Nein.“

Sie wollte sich wieder abwenden, doch er hielt sie an dem groben Stoff ihrer Kleidung fest.

„Ich möchte noch einen allerletzten Versuch machen“, bat er sie und Leah stöhnte. „Bitte! Danach kannst du gehen, versprochen.“

Widerwillig ließ sie sich von ihm zurück in die Kampfarena führen. Er setzte sich und wartete, bis sie sich ihm gegenüber niedergelassen hatte.

„Du kannst also die Gefühle von Tieren spüren, hast du gesagt“, begann er. „Und du kannst sie deine eigenen Gefühle spüren lassen und sie damit beruhigen, habe ich das richtig verstanden?“

„Hmm.“

„Du verbindest deine Seele mit der ihren und schaffst ein unsichtbares Band, das es dir sogar möglich macht, den Schmerz mit ihnen zu teilen?“

„Ja, so kann man es wohl ausdrücken. Sind wir jetzt endlich fertig?“

„Kannst du das auch bei Menschen?“

Ihr Zögern war ihm Antwort genug.

„Also ja“, schlussfolgerte er und musste gegen seine trockene Kehle ankämpfen. *Grundgütiger, vielleicht sollte ich es wirklich auf sich beruhen lassen.* „Das ist, ähm, etwas beängstigend, aber ..."

„Ich tue es nicht", unterbrach sie ihn. Das letzte Sonnenlicht war verschwunden und die Dämmerung legte sich wie ein Schleier auf sie herab. Verwundert legte er den Kopf schief und versuchte, seine Nervosität zu unterdrücken.

„Wieso nicht?"

„Zu meinem eigenen Schutz", antwortete sie, als wäre es vollkommen logisch. „Es ist schwer genug, seine eigenen Gefühle zu tragen, ich kann es nicht lenken und wenn ich meinen Geist öffne, strömen alle Empfindungen der Menschen um mich herum ein. Es ist ... erdrückend. Bevor ich gelernt habe, wie ich meinen Geist davor abschirmen kann, habe ich mich ständig von Gefühlen beeinflussen lassen, die nicht meine eigenen waren. Eine einzige Seele kann nicht die Leiden einer ganzen Stadt tragen. Außerdem ist es unhöflich."

Die letzte Bemerkung ließ ihn glucksen. Dann stand er auf und entzündete einige der Fackeln, die rund um die Arena im Boden steckten. Leah wartete geduldig, bis er fertig war.

„Ich möchte, dass du deinen Geist für einen Moment öffnest. Wir dürften die Einzigen sein, die sich im Moment auf dem Gelände der Magoifestung befinden, alle anderen sind beim Abendessen. Im Umkreis dürften also nicht viele Gefühle auf dich einströmen."

Er sah, wie ihre Augen prüfend über sein Gesicht glitten.

„Aber deine."

Neo nickte bestätigend und zwang sich zu einem Lächeln.

„Du weißt ...“, begann sie.
„Ich weiß“, unterbrach er die Magd. Er wusste, was das bedeutete. Sie würde seine intimsten Gefühle spüren, nicht nur das, was er ihr zeigen wollte. Der Gedanke daran war schlimmer, als säße er nackt vor ihr, und doch musste er es tun. Egal was er sagte, sie würde es nicht glauben. Sie musste es mit eigenen Augen sehen.
„Tu es einfach. Bitte.“
Leah rutschte unschlüssig auf ihrem Platz herum.
„Ich weiß nicht genau, was ich machen muss“, gestand sie.
Sie hat es tatsächlich noch nie versucht.
„Stell dir einfach vor, ich wäre ein feuriger Hengst, den du zu zähmen versuchst.“
Unwillkürlich brach sie in Gelächter aus.
„Wohl eher ein lahmer Esel.“
Er überhörte die Beleidigung, zu schön war der Klang ihres Lachens, das viel zu schnell abbrach, angesichts der Aufgabe, die sie vor sich hatte. Unbeholfen und mit einem fragenden Blick reichte er ihr seine Hand und sie ergriff sie skeptisch. Ihre Hände lagen klein und schmal in seinen, die Haut war kühl. Er wusste nicht, wie er ihr helfen konnte, also blickte er einfach unverwandt in die Augen und versuchte sich zu entspannen.
Es war nicht schwer, in den grünen Tiefen zu versinken und eine Weile saßen sie sich reglos gegenüber. Er konnte seinen Herzschlag spüren, umgeben von dem kräftigen und machtvollen Pulsieren seiner Magie.
Plötzlich veränderte sich etwas in ihm. Er wurde nervös, ohne sagen zu können, warum. Etwas war anders. Seine Instinkte erwachten zum Leben, sein

Körper sendete ihm Alarmzeichen. Da war diese fremde Gegenwart in ihm, zögerlich tastete sie sich heran. Er schnappte nach Luft. Alles in ihm wollte auf der Stelle fliehen, weg von dieser unsichtbaren Macht, die sich in seinem Körper ausbreitete. Er atmete tief durch, um seinen Puls zu beruhigen und versuchte, nicht dagegen anzukämpfen.

„Du blockierst mich“, sagte sie und der Schweiß trat ihr auf die Stirn.

„Tut mir leid“, sagt er mit zusammengebissenen Zähnen, „es ist schwer, nicht an etwas zu denken, wenn man genau weiß, was passiert. Vielleicht solltest du es versuchen, wenn ich unvorbereitet bin.“

Doch Leah schüttelte mit dem Kopf, die Stirn gerunzelt und den Blick weiter auf ihn geheftet. Neo gab sich Mühe, all seine Ängste abzulegen und sich ganz auf die von langen, dunklen Wimpern umrahmten Augen zu konzentrieren, in denen der Schein des Feuers flackerte und sie förmlich glühen ließ. Plötzlich keuchte er. Er spürte Angst und Misstrauen, Abneigung und doch auch Neugier, doch es waren nicht seine eigenen Gefühle. Sie waren miteinander verbunden und er schluckte bei dem Gedanken, dass auch sie nun in sein Innerstes blicken konnte. Sie würde seine geheimen Wünsche und Träume sehen, sie würde spüren, wie fasziniert er von ihr war. Er mochte Leah auf unerklärliche Weise, obwohl er nicht in sie verliebt war. Dazu kannte er sie einfach zu wenig. Er versuchte seine Gedanken auf das zu lenken, was sie sehen sollte. Er dachte daran, was er gefühlt hatte, als er das Elend der Stadt mit eigenen Augen gesehen hatte. Er dachte an seine gescheiterten Versuche, dem gemeinen Volk etwas Gutes zu tun, er zeigte ihr den Wunsch, zu helfen und

die Hoffnung, dass er es eines Tages schaffen würde, wenn er sein Ziel weiter verfolgte. Leahs Augen weiteten sich und ruckartig zog sie die Hände zurück. Verwirrt starrte sie ihn an.
„Wir sind nicht alle gleich, weißt du“, flüsterte er.
Das Mädchen vor ihm schüttelte mit dem Kopf, als wolle sie ihre Gedanken klären.
„Das ist schwer zu glauben.“ Ihre Worte waren nicht mehr als ein Lufthauch und wieder konnte er die Zweifel in ihrem Blick erkennen.
„Du hast es selbst gesehen“, sagte er, während sie ihn weiterhin ausdruckslos ansah. Die Zeit verstrich.
„Wir bekommen Besuch“, sagte sie plötzlich. Neo zog die Augenbrauen nach oben.
„Zwei Jungen, und ... ein Tier. Sie kommen hierher. Ich habe ihre Anwesenheit gespürt, ganz leicht. Sie sind noch ein gutes Stück entfernt.“
Neo klatschte sich mit der Hand an die Stirn.
„Oh, bei den Taniwha, das habe ich total vergessen. Das sind Ojen und Rol.“
Leah sprang auf.
„Du hast es ihnen erzählt?!“
Beschwichtigend hob er die Hände.
„Du kannst ihnen vertrauen“, stieß er hervor. „Die beiden mögen eigenartige Ansichten haben, aber sie würden mich oder dich nie verraten. Außerdem habe ich um ihre Hilfe gebeten, um mehr über deine Fähigkeiten herauszufinden.“
Leah war wütend, das konnte er erkennen, und dennoch lief sie nicht davon. Mit verschränkten Armen schnaubte sie.
„Wieso warst du dir so sicher, dass ich überhaupt bleiben und es herausfinden wollte?“, fragte sie.
Neo grinste schief.

„Du bist nicht so undurchsichtig, wie du glaubst.“
Das brachte die Magd zum Schweigen, doch er konnte die Belustigung in ihren Augen aufblitzen sehen. Das Eis zwischen ihnen war auf eine seltsame Weise gebrochen, ohne dass es vieler Worte bedurft hatte, auch wenn es noch lange Zeit dauern würde, bis sie Vertrauen zu ihm fassen konnte.
„Gut, ich bleibe und mache eure Spielchen mit. Aber versprich mir eines.“
„Und das wäre?“
„Bitte mich nie wieder darum, in die Seele eines Menschen zu blicken.“
Neo musterte sie, ohne ihre Gedanken erraten zu können. Was ging in diesem Mädchen nur vor?
„In Ordnung.“
„Und du wirst es niemandem sagen. Nicht einmal Rol und Ojen.“
Die Angst in ihrer Stimme war kaum zu überhören. Er hatte nicht vorgehabt, seinen Freunden davon zu erzählen. Sie würden genug an der Tatsache zu kauen haben, dass Leah ein besonderes Band zu Tieren hatte. Und er konnte das Mädchen verstehen. Es war gefährlich, solch eine Gabe zu besitzen. Wenn sich das herumsprach, würde man sie als Bedrohung ansehen und auf dem schnellsten Wege beseitigen. *Mein Gott, was sie alles anrichten konnte. Diese Gabe in den falschen Händen ... es wäre nicht auszudenken.*
Mit einer feierlichen Verbeugung stimmte er ihr zu und schlug in die Hand ein, die sie ihm entgegenstreckte. Welch abstruses Bild sie darstellen mussten, ein Magier und eine Bedienstete, die einen Pakt geschlossen hatten.
Plötzlich schwang die große Doppeltür der Jägerhalle auf und es wurde laut. Ojen und Rol kamen mit

schweren Eisenketten herein, die um den Hals eines bulligen Stieres lagen. Das Tier schnaubte und wütete, doch Neo konnte erkennen, dass er abgehetzt war und viel von seiner Kraft eingebüßt hatte. Sonst wäre es den beiden nie möglich gewesen, ihn nur zu zweit hierher zu führen. Dennoch war das Temperament des Geschöpfes nicht leicht zu zähmen. Der Stier hatte zu oft schon gegen die Magoi gekämpft, besonders hier in dieser Halle, wo die Schüler in dieser Disziplin ausgebildet wurden. Das alles hatte nicht dazu beigetragen, das Tier zu beruhigen.

Sie zogen die Kette durch einen schweren Eisenring, der an der Wand befestigt war, und atmeten schnaufend durch, bevor sie sich vorsichtig näherten und Leah neugierig musterten.

„Du bist also Leah“, sagte der dickere von beiden und zwinkerte ihr freundlich zu. „Ich bin Ojen. Neo hat uns schon einiges von dir erzählt.“

Der großgewachsene Rol begnügte sich mit einem herablassenden Blick, der Leah jedoch keineswegs zu stören schien. Er jedoch hätte seinem Freund am liebsten vor das Schienbein getreten.

„Bringt das Tier wieder zurück“, sagte die Magd bockig und verschränkte die Arme. Neo hob belustigt die Augenbrauen.

„Bist du wahnsinnig?“, platzte es aus Rol heraus. „Wir sind froh, dass wir ihn hierher bekommen haben.“

Leah ignorierte ihn und kniff wütend die Lippen zusammen.

„Genau das meine ich“, sagte sie und wirbelte zu Neo herum. „Ihr Magoi denkt einfach nicht darüber nach, was ihr anderen antut. Dieses Tier ist gehetzt und verängstigt. Ihr quält ihn, wenn ihr versucht, seinen

Willen zu brechen. Und das nur für ein paar alberne Experimente!"
Neos Gesichtsmuskeln schmerzten, als er sich ein Lächeln verkniff. Dieses Mädchen war schwerer zu zähmen als der Stier. Sie scheute sich nicht, ihnen Paroli zu bieten, während andere Mägde und Knechte in Anwesenheit der Magoi vor Angst zitterten.
„Komm wieder runter", sagte Rol und verdrehte die Augen. „Kronos hat einen Stein im Huf stecken, der ihn bei jedem Schritt schmerzt. Ansonsten hätte ihn Neo nie hierher holen lassen."
Leah sackte etwas in sich zusammen und seufzte.
„Es wird nicht funktionieren", sagte sie leise. „Er ist zu groß und zu temperamentvoll. Selbst wenn ich heute nicht schon ... Ich meine, selbst wenn ich noch ganz bei Kräften wäre, könnte ich ihn nicht zähmen."
Jetzt fiel auch Neo auf, dass sie ganz leicht zitterte und ihre helle Haut unnatürlich blass war. Dass sie ein Band zwischen sich und ihm geknüpft hatte, schien ihr mehr abverlangt zu haben, als er dachte. Auch in Rols und Ojens Blick standen Enttäuschung und Skepsis geschrieben.
„Ich weiß, was ihr dachtet", sagte Leah. „Aber es wird nicht funktionieren. Wenn ich nicht mal ein Tier von der Größe eines Stieres beeinflussen kann, wie soll es dann bei einer Bestie klappen, die so groß wie die Festung ist?"
Neo biss sich auf die Lippe. Er hatte es nicht direkt ansprechen wollen, doch genau das war sein erster Gedanke gewesen. Ließen sich die Taniwha kontrollieren? Leahs Blick machte die Hoffnung zunichte.
„Es tut mir leid", sagte sie leise und schritt zum Ausgang. Er folgte ihr nach kurzem Zögern. Er fand

sie kniend vor dem Blumenbeet vor den Obsthainen, wo sie zärtlich über eine wunderschöne, zartrosa Blüte strich. Schweigend verharrte er hinter ihr.
„Das sind meine Lieblingsblumen", flüsterte sie in Gedanken versunken. „In den Wiesen vor der Stadt findet man keine Lilien, der Platz wird für wichtige, nahrhafte Pflanzen benötigt. Dabei sehen sie wunderschön aus."
Neo räusperte sich.
„Bist du sicher, dass deine Fähigkeit sich nicht noch weiter entwickelt?", fragte er sie vorsichtig, während sie in die hereinbrechende Nacht schritten. Kühler Wind strich über seine Wange und von den umstehenden Bäumen ertönte das letzte Zwitschern der Vögel. Bald schon würden sie verstummen, bis der Morgen wieder hereinbrach.
„Neo", sagte sie und stockte. Es war das erste Mal, dass sie seinen Namen ausgesprochen hatte. „Es wird nicht funktionieren. Die Taniwha sind riesige Bestien, die in der Freiheit aufgewachsen sind. Die Tiere, die ich behandele, sind es gewohnt, sich kontrollieren zu lassen. Es ist keine Magie, die ich anwende, ich fühle einfach nur mehr als andere Menschen und gebe etwas von meinen Gefühlen zurück. Ich steuere die Tiere nicht, ich kann sie zu nichts zwingen, ich kann sie lediglich bitten, zu ihrem eigenen Wohl zu gehorchen. Und ich lasse mich nicht als Waffe einsetzen."
„Dieses Gefühl wollte ich dir auch nicht geben", sagte Neo aufrichtig. „Ich bin einfach nur neugierig. Du verwendest eine Form von Magie, die uns Magoi fremd ist, verstehst du? Und ich sehe in deinen Augen, dass du auf der Suche nach dir selbst bist."

Sie blieb stehen und blickte ihn an. Die ersten Sterne wurden am Nachthimmel sichtbar und spiegelten sich in ihren Augen wider.
„Was willst du mir damit sagen?“, fragte sie vorsichtig.
„Ich würde es nur einfach gern mit dir zusammen herausfinden. Ich weiß, dass du uns Magoi beobachtet hast, um die Verwendung von Magie zu erlernen. Vielleicht kann ich auch etwas von dir lernen.“
Leah dachte darüber nach, während sie durch die Obstgärten schlenderten.
„Na schön“, sagte sie dann und Neo wurde leicht ums Herz. „Wir werden versuchen, mehr über meine Fähigkeiten herauszufinden und sie eventuell auch trainieren, unter der Bedingung, dass wir lediglich mit kranken Tieren arbeiten und du mich nie darum bitten wirst, es bei Menschen zu versuchen.“
Er lächelte und stumm gingen sie den Weg zurück zur Festung. Er beobachtete sie von der Seite und es blieb ihm nicht verborgen, dass sie immer wieder sorgenvoll den Turm der Priester betrachtete.
„Was ist los?“, fragte er stirnrunzelnd.
„Nichts“, sagte sie. „Ich mach mir nur Sorgen um jemanden, der seit ein paar Tagen verschwunden ist.“

Kalia

Das Bett war unbequem und die Matratze roch nach faulem Stroh. Sie rollte sich zitternd zusammen und schlang die Arme um die Knie. Die löchrige Decke sorgte nur bedingt für Wärme. Die Hitze des Sommers fand keinen Weg in ihre Zelle, hier herrschte eisige Kälte. Kalia hätte alles für ein bisschen frische Luft getan, der Nachttopf in der Ecke der runden Zelle war mittlerweile überfüllt und der Geruch nach Urin erfüllte den düsteren Raum. Ihr Magen rumorte, man hatte sie vor drei Tagen in eine Kammer mittig des Turmes eingesperrt, mit nichts als einem Krug Wasser. Seitdem stand sie am Rande eines Nervenzusammenbruchs. Der Priester hatte kein Wort mit ihr gesprochen, als er sie hier rein gestoßen und sich seitdem nicht mehr sehen lassen hatte. Die Ungewissheit, was mit ihr geschehen würde, nagte an ihr wie eine ausgehungerte Ratte.
Die halbrunde Zelle war spärlich eingerichtet. Außer dem Bett befand sich nur noch ein einfacher Schreibtisch darin. Der Raum war groß und kahl, die Steinwände unterschieden sich kaum von dem verstaubten Boden und lediglich ein kleines Fenster ließ etwas Licht herein. Kalia hatte lange damit zugebracht, durch das Fenster und auf die fernen Dächer der Stadt zu starren, an klaren Tagen konnte sie sogar den Wald hinter der Mauer und in weiter Ferne die schwache Silhouette der Berge erkennen. Doch schon bald hatte sie sich daran sattgesehen. Die Menschen in der Ferne waren zu klein, um sie beobachten zu können, und die Natur verlor mit der

Zeit an Reiz. Und so war ihr nichts weiter übrig geblieben, als die Augen zu schließen und darauf zu warten, was mit ihr passieren würde.
Vielleicht lassen sie mich verhungern. Dann jedoch musste der Krug Wasser ein grausamer Scherz gewesen sein.
Es sei denn, sie wollen mein Elend in die Länge ziehen.
Am ersten und zweiten Tag ihrer Gefangenschaft hatte sie noch die Hoffnung gehegt, Merani würde nach ihr rufen lassen, ihr Fehlen musste längst bemerkt worden sein. Als jedoch die zweite Nacht in dem kalten Turmzimmer anbrach, wurde ihr schlagartig bewusst, dass sie vergebens darauf hoffte. Niemand würde sich für sie den Priestern entgegenstellen. Selbst der Burgverwalter, dessen Befehle Gesetz waren, erzitterte beim Anblick der Herrscher. Kalia konnte es ihm nicht verdenken. Sie war sich sicher, dass die Gestalt in dem schwarzen Umhang derselbe Mann war, dem sie in Sir Malins Audienzzimmer begegnet war. Die machtvolle Präsenz war unverwechselbar gewesen. Und diese Stimme in ihrem Kopf ...
Von den anderen beiden Priestern gab es keine Spur, sie war sich nicht einmal sicher, ob sie den Turm in den letzten Jahren verlassen hatten oder ob sie überhaupt existierten. Es gab lediglich Geschichten. Unter ihrer Verzweiflung machte sich noch immer ein Funken Neugier bemerkbar, der das Mysterium dieses Turms mitsamt seiner Bewohner auflösen wollte. Und dennoch war sie sich darüber im Klaren, dass sie sich in einer aussichtslosen Lage befand.
Ihre Finger schmerzten, als sie die Hand zur Faust ballte. Nach dieser hoffnungslosen Erkenntnis war die Panik gekommen. Sie hatte geweint, gebettelt und gefleht. Ihre Fingerknöchel waren vom Hämmern an

die verschlossene Holztür aufgeplatzt, während sie Entschuldigungen hinausgeschrien hatte. Ihre Stimme musste durch den ganzen Turm gehallt sein, als sie Versprechungen machte, sie würde niemanden etwas verraten, ja sie wüsste ja nicht einmal, was. In den Aufzeichnungen, die sie gefunden hatte, waren lediglich uninteressante Papiere gewesen.
Ich habe meinen Fehler eingesehen. Ich habe nichts herausgefunden. Ich war zu neugierig. Ich will nach Hause. Bitte. Die Worte hallten immer und immer wieder in ihrem Kopf, ihre Kehle hatte längst die Kraft zum Schreien verloren und brannte wie Feuer. Eine heiße Träne stahl sich aus einem Augenwinkel und gesellte sich zu den unzähligen Tropfen, die bereits in die Matratze gesickert waren.
Kalia schloss die Augen und rief Erinnerungen in ihr Gedächtnis, um sich von dem Leid abzulenken, das ihr die Brust zuschnürte. Zitternd stellte sie sich die Sonne vor, die mancher Tage für erbarmungslose Hitze sorgte und deren Strahlen doch regelmäßig die Finsternis vertrieben, und die sie einhüllten und mit einer wohligen Wärme erfüllten. Sie träumte von dem Gefühl des weichen Grases unter ihren Füßen, wenn Alfons nicht bemerkt hatte, dass sie an den Tagen der Gartenarbeit absichtlich die Schuhe unter ihren langen Röcken weggelassen hatte. Sie dachte an den süßen und herben Duft der nassen Erde und den umgebenden Blumen, wenn sie mit ihren Freundinnen das Unkraut in den Beeten zupfte. Sie schmeckte förmlich das süße Fruchtfleisch der Äpfel, die sie sich so manches Mal von den Bäumen stibitzt hatten. *Und die Sonne. Ich brauche die Sonne.* Nur ein winziger Strahl würde die eisige Kälte in ihrer Brust vertreiben, dessen war sie sich sicher. *Und Wasser.*

Wenigstens einen kleinen Schluck. Ihre Lippen waren ausgetrocknet und rissig, die Zunge klebte am Gaumen und die Kraft hatte sie längst verlassen.
Als sie die Geräusche vor der Tür vernahm, war sie kaum noch fähig, den Kopf zu heben. Der Tag war gekommen. *Vielleicht sollte ich einfach liegen bleiben und sterben*, dachte sie. Ob die Priester ihr diesen Wunsch erfüllten? Es wäre immerhin besser als die Verbannung.
Sie spürte seine Anwesenheit, als hätte sie der Tod persönlich mit seinen kalten Fingern im Nacken gepackt. Das Gefühl der Angst brachte sie dazu, den Kopf zu drehen. Die Tür zu ihrer Zelle war geöffnet und eine Kapuzengestalt mit dem langen, tiefschwarzen Umhang eines Priesters betrachtete sie wortlos. Obwohl das Gesicht in den Schatten verborgen war, handelte es sich offensichtlich nicht um den Herrscher, dem sie bisher immer begegnet war. Dieser war kleiner und schmächtiger. Er bedeutete ihr mit einem Handzeichen, aufzustehen und ihm zu folgen. Kalia runzelte die Stirn, als sie einen Blick auf seine Hand erhaschen konnte. Statt der bleichen, durchscheinenden Haut, die sie bei dem hochgewachsenen Priester bemerkt hatte und die aussah, als zerfiele sie jeden Moment zu Staub, sah diese fast menschlich aus. *Lebendiger*, dachte Kalia. Doch genauso bleich. Diese Hände hatten nie das Sonnenlicht zu spüren bekommen. Für einen Moment beschlich sie der Gedanke, dass unter dem Umhang eine ihrer Freundinnen stecken könnte, um sie herauszuholen, doch die spürbare Anwesenheit des Todes und der Kälte machten ihre Hoffnungen zunichte, bevor sie sich gänzlich entfalten konnten.

Sie hatte es mit einem Priester zu tun, nur war es diesmal ein anderer. *Ein jüngerer*, wurde ihr klar.
Ihr Körper bebte, als sie sich schwerfällig vom Bett erhob. Sie schwankte zwischen dem Gefühl der Erleichterung, endlich die Zelle verlassen zu können, und der Angst vor dem, was sie außerhalb dieses Raumes erwartete.
„Wo bringt Ihr mich hin, Eure Eminenz? Was passiert mit mir?“ Ihre Stimme war nicht mehr als ein heiseres Krächzen. Der Priester antwortete nicht und glitt schwebend und lautlos vor ihr in den Korridor, fast, als berührten seine Füße unter dem langen Umhang den Boden nicht.
Kalia schleppte sich hinter ihm her und kämpfte gegen den Schwindel an. Das Fehlen von Wasser und Nahrung hatte sie fast vollkommen ausgelaugt, als sie die steinerne Wendeltreppe erreichten und er sie nach oben führte. Beinahe hätte sie sich verzweifelt auf die Knie geworfen und gefleht, er möge sie nach unten bringen, in die Sonne und weg von dem Ort des Todes. Stattdessen biss sie schweigend die Zähne aufeinander und folgte ihm.
Sie passierten zwei weitere Treppen, die im obersten Stockwerk endeten. Hier gab es nur eine Tür, deren Beschläge rostig waren und von vergangenen Zeitaltern zeugten. *Wir müssen ganz oben sein.* Schon bei dem Gedanken daran wurde ihr schwindelig. Die bronzene Tür öffnete sich scharrend, ohne dass jemand sie berührt hatte. Sie gelangten in einen großen, halbrunden Saal.
Kalias Augen benötigten eine Weile, bis sie sich an die Finsternis gewöhnt hatten. Zwei schmale Turmfenster warfen dünne Streifen Sonnenlichts auf den steinernen Boden. Sie scheiterten bei dem

kläglichen Versuch, den Raum zu erhellen. Die Wände waren kahl und leer. Ihre Haare bewegten sich in einem sanften, warmen Lufthauch. Sie wollte auf die Fenster zustürzen, die tatsächlich etwas Luft von draußen hereinließen. Sie würde die Sonne und die Wärme spüren, wenn sie nur einen Schritt näher heranging.

Plötzlich spürte sie die Anwesenheit fremder Personen. Die Hoffnung auf Licht hatte sie so sehr abgelenkt, dass ihr vernebelter Verstand erst jetzt registrierte, wen sie vor sich hatte. Sie befand sich in sicherem Abstand zu einem steinernen Sitz, der fast schon an einen Thron erinnerte und hinter dem eine einzelne Fackel für Licht sorgte und gleichzeitig den Priester in Schatten hüllte, der starr auf dem Steinsessel thronte. Schräg hinter ihm stand der hoch gewachsene, verhüllte Mann, dem Kalia erstmals begegnet war, der jüngere Priester stellte sich wortlos auf die andere Seite. Kalias Blick wanderte zwischen den drei Gestalten umher, bis sie sich aus einem Impuls heraus auf die Knie fallen ließ und demütig das Haupt senkte. *Sie wollen über mich richten.*

„Eure Eminenz, ich bitte Euch .. “

„Schweig“, ertönte eine Stimme in ihrem Kopf, die sie noch nie vorher gehört hatte Sie klang dünn und schwach, und doch steckte eine Macht in ihr, die Kalia erstarren ließ.

Als das Schweigen andauerte, wagte sie es, den Kopf zu heben. Ein leises Keuchen entfuhr ihr, als der Mann auf dem steinernen Sessel seine Kapuze abnahm.

Die Haut bespannte wie vergilbtes Pergament seinen ausgemergelten Schädel, über den die Schatten des Feuerscheins huschten. Blaue Adern zogen sich am

Hals entlang und in das Gesicht hinein, tiefe Schatten lagen unter den eingefallenen Augen des alten Mannes. Einzelne, verwahrloste und schneeweiße Strähnen bedeckten sein fleckiges Haupt. Kalia hätte ihn für tot gehalten, nur die von tiefen Furchen eingerahmten Augen glänzten wie schwarzes Eis und zeugten von Lebendigkeit. Sie schauderte unter dem Blick des Mannes und wandte das Gesicht von dem Schrecken seines Aussehens ab.
„Wie heißt du?", fragte die Stimme in ihrem Kopf kalt.
„Ka... Kalia, Eure Eminenz."
„Du stammst vom gemeinen Volk ab?"
„Ja. Mein Vater war Terun, der Müller. Aber ich bin auf der Festung aufgewachsen."
Ihre Knie begannen zu schmerzen, doch der Priester machte keine Anstalten, ihre steifen Glieder zu entlasten und sie von dem kalten Steinboden erheben zu lassen.
„Weißt du, mit wem du es zu tun hast?"
Mit den drei Priestern, dachte Kalia, doch das klang zu banal.
„Mit Kastau, Arolax und Selas", antwortete sie stattdessen. Sie fand es eigenartig, mit jemandem zu sprechen, der kein Wort über die Lippen brachte und dessen Stimme dennoch in ihrem Kopf widerhallte. Für einen kurzen Moment fragte sie sich, ob er ihre Gedanken lesen konnte und sie sich das Sprechen sparen sollte, um ihre rissigen Lippen zu schonen. Der alte Priester nickte, doch er schien zu spüren, dass sie die Namen nicht zuordnen konnte.
„Ich bin Arolax", kratzte die müde Stimme in ihrem Kopf. „Das sind Kastau", er deutete auf den hochgewachsenen Priester, „und Selas."

Der junge Mann unter dem schwarzen Umhang bewegte sich kaum merklich, als sein Name erklang. Scheinbar war Kalia nicht die Einzige, die die Stimme in ihrem Kopf hörte.
„Was hattest du hier zu suchen?"
Kalia biss sich auf die Lippe und schwieg. Würde der Priester es herausfinden, wenn sie log? Angesichts ihrer aussichtslosen Situation entschied sie, dass es besser war, die Wahrheit zu sagen.
„Es tut mir leid, Eure Eminenz, ich habe Mori vertreten, als diese unpässlich war, und meine Neugier hat mich schwach gemacht."
Ihre Stimme klang dünn und piepsig, also räusperte sie sich und ballte die Hände zur Faust, um das Zittern zu verbergen. Sie brachte es einfach nicht übers Herz, zu gestehen, dass sie die Magd absichtlich vergiftet hatte.
„Du weißt, welche Strafe dich erwartet?"
Kalia hielt den Atem an und der Schock lähmte ihre Glieder.
„Eure Eminenz, ich bitte Euch, ich habe nichts gesehen."
Nun begannen auch ihre Beine zu zittern und ihre schreckgeweiteten Augen füllten sich mit Tränen.
„Du hast Angst", stellte Arolax schleppend fest, als hätte er alle Zeit der Welt und wäre lediglich verwundert über ihre Gefühle. Kalia nickte.
„Wieso?"
Weil ihr nicht gerade für eure Gutmütigkeit bekannt seid, schoss es ihr durch den Kopf.
„Weil ich ein schweres Vergehen begangen habe und die Strafe fürchte", antwortete sie leise.
Der Priester schwieg und Kalia suchte fieberhaft nach Worten. Was wurde von ihr erwartet? Was sollte sie

sagen? Ihr fiel nichts ein. Sollte sie sich ihm vor die Füße werfen und um Gnade flehen? Untergebenheit war ihr nicht fremd und doch sträubte sich jede Faser ihres Körpers dagegen. Steif verharrte sie in ihrer Position.

„Du wirst am Leben bleiben“, sagte der Priester kalt. „Mori hat letzte Nacht den letzten Atem des Lebens ausgehaucht. Von nun an wirst du hier leben, für Ordnung sorgen und das Essen zubereiten. Im Gegensatz zu deiner Vorgängerin wirst du den Turm nicht verlassen, die Vorräte werden künftig hierhergebracht. Selas wird dir deine Kammer zeigen. Versuche gar nicht erst, mit ihm zu sprechen. Er hat das Schweigegelübde ebenso abgelegt wie wir und beherrscht die Kunst der Gedankensprache noch nicht.“

Kalia rührte sich nicht von der Stelle.

„Eure Eminenz, ich bitte Euch ...“

„Wage es dir nicht, mich um etwas zu bitten“, hallte die Stimme laut in ihrem Kopf wider und Kalias Brustkorb zog sich warnend zusammen. Sie sprang auf und wich zurück, während die kalten, glänzenden Augen ihr Gesicht musterten. Steif und teilnahmslos ließ sie sich von dem jungen Priester aus dem Raum führen. Ihre Gedanken wirbelten im Kreis und doch bekam sie keinen einzigen zu fassen. Selas führte sie die Turmtreppe hinab, wie eine Schlange wanden sich die steinernen Stufen in die Tiefe, bis sie ganz unten angekommen waren. Vor ihr konnte sie die Tür sehen, die ins Freie führte. Sie wusste, sie würde verschlossen sein. Erstarrt folgte sie ihm nach links in Moris Gemächer, wo er sie alleine ließ. Kalia schaffte es kaum, sich zu bewegen. Was war hier gerade passiert? Mori war tot? Hatte es an ihrer

Kräutermischung gelegen? War die Dosis zu viel für die zerbrechliche Magd gewesen? Hatte sie sie umgebracht?
Vor Entsetzen begann ihr Körper zu schlottern. Ihre Augen huschten in der Kammer umher. Der Kammer, in der Mori die meiste Zeit ihres Lebens verbracht hatte. Es befand sich ein schmales, aber frisch bezogenes Bett in der Ecke, auf dem eine liebevoll zusammengenähte Flickendecke lag. Auf dem Holztisch lag ein verwelkter Blumenkranz, Mori musste sie gepflückt haben, als sie das Essen holte.
Kalia betrachtete die Tischplatte näher und ließ die Finger über die unbeholfenen Schnitzereien gleiten, die Mori mit einem scharfen Gegenstand eingeritzt hatte. Sie konnte Menschen erkennen, Blumen, Bäume und sogar einen Taniwha. Ihre Kehle schnürte sich zu. Mori war tot, und doch war ihre Anwesenheit in den liebevollen Details dieses tristen Gemaches zu spüren.
Der Raum war fensterlos, doch jemand hatte Feuer in dem eingelassenen Kamin entzündet. Die Wärme, die über Kalias nackte Arme kroch, wollte ihr Innerstes nicht erreichen. Sie war für den Tod einer Frau verantwortlich und musste nun an ihrer statt dienen. Und sie würde diesen Turm nie wieder verlassen. Schweigend brach sie zusammen.

Leah

Ihre Hände strichen ein letztes Mal das einfache, blau gefärbte Kleid glatt, bevor sie eilig die Herberge verließ. Draußen wehte ein kräftiger Wind, der an dem Tuch auf ihrem Kopf zerrte. Schon nach wenigen Schritten gab sie den Versuch auf, die Kopfbedeckung an Ort und Stelle zu halten. Die Herbststürme hatten begonnen, und obwohl das Wetter mild war, fegten verfärbte Blätter und Äste über den Burghof. Ihre Haare lösten sich aus dem lockeren Knoten und peitschen ihr ins Gesicht.

„Guten Morgen", rief sie, als sie Benji dem Bäcker begegnete. Er hob die Hand zum Gruß, doch seine Worte wurden vom Sausen des Windes verschluckt. Frey der Hufschmied schenkte ihr ein Lächeln, als sie an ihm vorbeieilte. Er war trotz der kühlen Brise schweißgebadet und seine muskulösen Oberarme glänzten im Schein der Glut, in der er das Eisen erwärmte, bis es in orangefarbenem Schein strahlte. Seit ein paar Tagen hatte er seinen Sohn bei sich. Der mürrisch dreinblickende Junge war in der Stadt bei seiner Mutter aufgewachsen, doch nun hatte er die zehn Winter überschritten und musste zum Broterwerb beitragen. Er widmete ihr lediglich ein kurzes Nicken, bevor er offensichtlich gelangweilt seinem Vater bei der Arbeit zuschaute, um zu lernen.

Leah verkniff sich ein Lächeln, als sie die beiden betrachtete. Obwohl Vater und Sohn sich mit den dunklen Haaren und der braun gebrannten Haut sehr ähnlich sahen, waren sie vom Wesen her so unterschiedlich wie Bär und Schlange.

Vor der Küche wartete der Bote auf sie. Der Junge war beauftragt, einige Sachen auf dem Herbstmarkt der Stadt zu besorgen. Sie drückte ihm den Beutel mit klimpernden Münzen in die Hand und reichte ihm eine weitere als Bezahlung für seine Dienste, die er sich grinsend in die Tasche steckte.

„Die Taler sind alle nachgezählt“, warnte sie ihn mit erhobenen Fingern. In dem Beutel steckte der Verdienst, den sie sich zusammengespart hatte und durch den Jungen ihrer Familie zukommen ließ. Saya und Joki würden das Geld gebrauchen können. Außer Atem stieß sie die Tür zur Küche auf, in der reges Treiben herrschte. Das Frühstück der Magoi war beendet, die Mägde stapelten das schmutzige Geschirr und sammelten die Essensreste. Es hatte Speckscheiben gegeben, dazu Rührei und in zerlassene Butter getunktes Brot, Haferschleim und in Honig gebratene Würstchen.

Leah hielt sich nicht lange auf. Sie schnappte sich einen Apfel aus dem großen Korb in der Ecke, goss sich einen Becher verdünntes Bier ein und stürzte es hinunter. Noch im Gehen biss sie herzhaft in das Obst, wobei sie fast mit Merani zusammenstieß.

„Tut mir leid“, murmelte sie grinsend und mit vollem Mund. Die dicke Köchin zog die Augenbrauen nach oben.

„Da ist aber jemand gut gelaunt heute.“

Leah antwortete mit einem Achselzucken, winkte ihr ein letztes Mal zu und schlüpfte an den Mägden vorbei nach draußen. Bevor sie die Festung betrat, machte sie einen kleinen Umweg am Schweinestall vorbei, um den grunzenden und lärmenden Kolossen den Rest ihres Apfels zu geben.

Der Speisesaal der Festung hatte sich fast geleert, nur noch ein paar vereinzelte Magoi trödelten und hatten es offensichtlich nicht eilig, zum Unterricht zu gelangen. Bevor sie sich deren Blicken aussetzte, bedeckte sie ihr Haar mit dem Tuch, das sie in einer der zahlreichen Falten ihres Rockes verstaut hatte. Einzelne, silberne Strähnen lugten hervor, doch sie wollte keine Zeit damit verschwenden, ihr Haar zu richten.

Auf der steinernen Treppe begegneten ihr noch einige Nachzügler, verschlafene und gähnend Magoi, die zu spät zum Unterricht kamen. Im Korridor hatten sich die Türen zu den Klassenzimmern bereits geschlossen. Sie steuerte zielstrebig eine der hinteren Kammern an, von der sie wusste, dass sie leer stand. Die Stühle und Tische waren verstaubt und übereinandergestapelt. Auf dem Lehrertisch befanden sich metallene Utensilien, mit denen sie nichts anfangen konnte und von denen sie wusste, dass die Magoi damit kranke Menschen behandelten, doch nicht einmal Merani wurde in dieses Wissen eingeweiht. Ihre Heilkunst beschränkte sich auf Kräuter und Salben.

Sie musste nicht lange warten, bis sie eilige Schritte auf dem Gang hörte. Ihr Herz setzte für einen Moment aus, als die Tür sich öffnete und Neo in den Raum blickte. Sein dunkles Haar fiel ihm zerzaust in die Stirn, ein Lächeln erhellte die ebenmäßigen Züge und entblößte die Grübchen auf seinen Wangen. Die warmen, braunen Augen zwinkerten ihr zu.

„Da bist du ja“, sagte er und schloss die Tür hinter sich. Seit dem Sommer trafen sie sich etwa alle sieben Tage, um mehr über Leahs eigene Magie herauszufinden. Sie hatte ein geheimes Abkommen mit Sarina getroffen. Die kleine Magd übernahm in dieser Zeit zusätzlich Leahs Arbeit und Leah tat es im Gegenzug am nächsten Tag für sie. Das Mädchen wusste nichts über ihre Gabe und glaubte fest daran, Leah treffe einen Jungen. Sie ließ sie in dem Glauben, da sie ja wenigstens zum Teil damit recht hatte. Seitdem hatten sie und Neo viele Fortschritte gemacht. Auch Rol und Ojen gesellten sich regelmäßig zu ihnen und beobachteten sie bei ihren Übungen.

Der dicke Ojen war freundlich und wenn er herzhaft lachte, so konnte sie meist nicht anders, als darin einzustimmen. Rol dagegen begegnete ihr immer noch mit Misstrauen, besonders, als sie die Hühner, mit denen sie einen Tag lang geübt hatten, auf seinen Kopf hatte fliegen lassen. Trotzdem vergaß er zeitweise seine Abneigung gegen sie, besonders dann, wenn die Neugier Oberhand gewann. Dann konnte er sich sogar dazu durchringen, ihr Fragen zu stellen.

Im Inneren wusste Leah, dass Rol lediglich seinen Vorurteilen erlegen war und ein winziger Teil von ihm sogar Zuneigung empfand, auch wenn er das nie zugegeben hätte. Das musste er auch nicht, sie spürte es.

„Hier können wir nicht bleiben“, sagte Neo und riss sie somit aus ihren Gedanken. „Das Risiko ist zu groß, dass sich jemand aus den umliegenden Klassenzimmern hierher verirrt. Aber ich weiß, wo wir hin können.“

Sie hatten sich bisher immer an verschiedenen Orten getroffen. Leah bevorzugte die Jägerhalle, die weit abseits der Magoifestung auf dem Gelände lag. Hier konnte sie sich besser konzentrieren und musste nicht ständig Angst haben, erwischt zu werden. Allerdings war die Arena meist besetzt. In den letzten, warmen Sommertagen hatten sie ihre Übungen auf dem Gelände durchgeführt, verdeckt von Bäumen und Hügeln. Seit der Herbst jedoch seine stürmischen Krallen ausgefahren hatte, mussten sie sich etwas anderes überlegen, und so war ihnen als Erstes dieses leere Klassenzimmer in den Sinn gekommen.

„Wo gehen wir hin?“, fragte sie, als Neo den Kopf aus der Tür steckte und nachsah, ob die Luft im Korridor rein war.

Er legte lediglich den Finger auf die Lippen und bedeutete ihr, leise zu sein, dann packte er sie an der Hand und zog sie hinter sich her. Leah musste sich zwingen, ihm nicht die Hand zu entreißen. Obwohl sie Neo mittlerweile besser kannte und auch nicht länger an seinen guten Absichten zweifelte, waren ihr Berührungen noch immer unangenehm. Der Hass auf die Magoi war tief in ihrem Inneren verwurzelt und ließ sich nicht einfach abstellen.

Sie schlichen an geschlossenen Türen vorbei, aus denen die Stimmen der Lehrer und nicht selten auch Gelächter der Schüler zu hören waren. Als sie die Steintreppe erreichten, die nach oben führte, entspannte sich Neo sichtlich.

„Hast du keinen Unterricht?“, flüsterte Leah und eine verräterische Röte kroch in Neos Wangen.

„Nicht direkt“, antwortete er grinsend. „Ich bin sicher, Sir Caaron hat Verständnis dafür, wenn ich heute etwas unpässlich bin.“

„Selbstverständlich“, spottete sie. „Also, wo gehen wir nun hin?“

Neo seufzte.

„Du gibst wohl nie Ruhe, was? Wir gehen in den fünften Stock. Er ist etwas baufällig und wird seit

Jahren nicht genutzt, möglicherweise wird es durch die Fenster etwas windig werden, aber ansonsten müssten wir dort ungestört sein."
Kurz darauf wusste Leah, was er meinte. Sie spürte den Wind an ihrem Kleid reißen, bevor sie die letzte Treppenstufe betreten hatte. Der Korridor war heruntergekommen und düster, zu manchen Kammern fehlten die Türen gänzlich, andere waren zerbrochen oder aus den Angeln gehoben. Sie warf einen Blick in mehrere der Räume, die meisten waren bis auf die Blätter, die der Wind hereingefegt hatte, vollkommen leer. In manchen hingen noch vergilbte Wandteppiche an den Wänden, in anderen wurden kaputte Tische und Stühle gelagert. Zweimal bogen sie ab und folgten dem gewundenen Gang, bis sie vor einer verschlossenen, intakten Tür standen. Als sie eintraten, verstummte das Säuseln des Windes und ihre Haare legten sich. Misstrauisch beäugte sie das Fenster. Ein leichter, kaum wahrnehmbarer Schimmer verriet ihr, dass es mit einem Kraftfeld verschlossen war.
„Du warst schon mal hier", stellte sie fest. Neo antwortete lediglich mit einem Nicken und sie musste sich eingestehen, dass sie erfreut darüber war, dass er schon Vorbereitungen für ihren Unterricht getroffen hatte.
„Hier oben wird es schwer, mit Tieren zu arbeiten, aber ich denke sowieso, wir sollten uns etwas Neuem zuwenden."
Leah blieb skeptisch.
„Und das wäre?"
„Warts ab", sagte er und drehte sich zum Kamin, um ein Feuer zu entzünden.

Sie murmelte etwas Unverständliches. Es stimmte, dass sie mit verschiedenen Tieren geübt hatten. Hühner und Fasanen waren am einfachsten zu beeinflussen gewesen, da ihr Verstand nicht bis in unergründliche Tiefen reichte. Sie hatte sie sogar dazu bringen können, sich in einer Reihe aufzustellen und so etwas wie ein Lied anzustimmen, bei dem sich Rol mit schmerzverzerrtem Gesicht die Ohren zugehalten hatte. Die Kuh mit den Verdauungsproblemen hatte vor ihr gekniet, das Schwein mit der Verletzung im Nacken hatte nicht einmal gegrunzt, als sie die Wunde säuberte.

Dennoch hatte sie auch einige Rückschläge einstecken müssen. Eine Gruppe von Taniwhajägern hatte auf Streife entlang der Mauer ein Wildpferd eingefangen - eine begehrte Seltenheit. Das Tier hatte schon nach kurzer Zeit die Box, in der man es im Stall untergebracht hatte, in Trümmer zerlegt und war seitdem auf einer eingezäunten Weide innerhalb des Magoi-Geländes untergebracht. Sobald sich ihm jemand näherte, verdrehte es die Augen, bäumte sich auf und begann einen Fluchtversuch.

Leah war von Anfang an skeptisch gewesen, dennoch hatte sie es geschafft, sich dem temperamentvollen und wilden Pferd bis auf wenige Schritte zu nähern. Die Schulter, an der sie der Huf des Tieres getroffen hatte, schmerzte noch immer, obwohl die blaue und violette Färbung der Verletzung längst verschwunden war. Danach hatten es auch die drei Magoi eingesehen, dass ihre Fähigkeiten Grenzen hatten.

Wir hätten es an dieser Stelle abbrechen sollen, dachte sie und doch hatte sie sich wieder dazu überreden lassen, sich mit Neo zu treffen. Sie war zu tief in die Welt der Magoi eingedrungen, als dass sie sie ohne Weiteres

hätte verlassen können. Es machte sie auf gewisse Weise stolz, eine Fähigkeit zu besitzen, die kaum ein anderer sein Eigen nennen konnte. Es machte sie nicht zu einer Magierin, aber es half, den Neid auf die Magoi zu mindern. Außerdem unterstützten sie Neo und seine Freunde dabei, Gutes zu tun und die Tiere der Festung zu behandeln. Sie verschafften ihr Zugang, der ihr allein nie möglich gewesen wäre.
Das Holz im Kamin begann zaghaft zu brennen, die schmalen Flammen züngelten entlang der Scheite und warfen flackernde Lichter auf ihre Gesichter. Neo breitete den grauen Kapuzenumhang, den er über seine braune Magiertracht mit der roten Schärpe geworfen hatte, auf dem Boden vor dem Kamin aus und bedeutete ihr, sich ihm gegenüber zu setzen. Misstrauisch ließ sie sich nieder, für ihren Geschmack viel zu nah beieinander.
Er hatte offensichtlich nicht vor, sie heute etwas mit Tieren üben zu lassen, wenn sie nicht gerade die Spinnen an der Wand tanzen lassen sollte. Rol hatte ihr einmal vorgeschlagen, einen Frosch dazu zu bringen, einen Purzelbaum zu machen, als sie bei einem Treffen keine kranken oder verletzten Tiere auftreiben konnten. Das Tier war ihm daraufhin unter die Tracht gehüpft und hatte sich mit seinem glitschigen Körper an die nackten Beine des Magiers geheftet, woraufhin dieser wie ein Mädchen gekreischt hatte.
„Ich glaube, wir sind das alles falsch angegangen“, sagte Neo und Leah konzentrierte sich wieder auf ihn. „Ich habe mich davon ablenken lassen, dass du keine innere Energiequelle hast, so wie die Magoi es kennen. Aber vielleicht benutzt du deine Magie auch

einfach anders. Du machst alles mithilfe deiner Gedanken, oder nicht?"

Sie nickte verwirrt.

„Gut", sagte Neo und fuhr sich mit der Fingerspitze über die Lippen, als er nachdachte. „Magoi haben verschiedene Fähigkeiten. Wie können feste Dinge bewegen und verbiegen oder verformen, können Kraftfelder erschaffen oder Licht erzeugen. Das alles machen wir mithilfe unserer Energiequelle, wir bringen die Magie in unserem Inneren dazu, außerhalb unseres Körpers zu wirken. Wenn wir ein Kraftfeld erschaffen, lassen wir die Energie durch unsere Hände fließen und geben sie an die Luft ab, wo wir sie gedanklich verformen. Wenn wir Licht erschaffen, bündeln wir die Energie in einer unsichtbaren Blase, wie die hier."

Er streckte die Hand aus und nach einem Atemzug bildete sich eine winzige Lichtkugel. Sie schwebte lautlos über seiner Handfläche, wie ein dickes Glühwürmchen.

„Wenn wir Gegenstände bewegen, machen wir das mit dieser unsichtbaren Kraft, die unseren Körper verlässt und stetig in unserer Brust nachwächst. Verstehst du, was ich dir sagen will? Ohne diese innere Energiequelle wären wir machtlos, sie ist der Ursprung unserer Magie. Diese Energiequelle fehlt bei dir, aber vielleicht verläuft sie nur einfach anders? Sie bündelt sich nicht in deiner Brust, sondern sie fließt durch dich hindurch oder so."

Leah blickte ihn skeptisch an.

„Das klingt total verrückt", seufzte sie. „Wenn ich diese Magie in mir hätte, wüsste ich davon."

Neo schüttelte mit dem Kopf.

„Nicht, wenn sie nicht so ausgeprägt ist wie bei den Magoi. Ich habe damals in der Jägerhalle gespürt, wie dein Geist in meinen Körper eingedrungen ist. Vielleicht ist deine Magie mit deinem Geist verbunden. Vielleicht bist *du* die Magie, deine Seele und deine Gedanken.“

Er griff in den Kamin und zog einen Ast heraus, dessen Spitze zu brennen begonnen hatte. Entschlossen drückte er ihn Leah in die Hand.

„Versuch mal, diese Flamme zu vergrößern“, sagte er.

„Neo, das ist totaler Unfug! Ich weiß doch nicht einmal, was ich machen soll.“

Der Magier ließ sich nicht aus der Geduld bringen.

„Stell dir einfach vor, du hättest eines deiner Tiere vor dir. Stell dir vor, diese Flamme hätte eine Seele, einen Körper. Versuche, mit deinen Gedanken in sie einzudringen und ihr deine Absichten zu übermitteln. Gib ihr etwas von deiner Kraft ab, die in deinem Inneren herrscht.“

Sie konnte nur mit Mühe ein Schnauben unterdrücken, doch er gab sich offensichtlich Mühe und Leah wollte ihn nicht enttäuschen. Einen Moment lang blickte sie das Feuer an, ohne zu wissen, was das Ganze sollte. Die Flammen waren wunderschön, um das Holz herum schimmerten sie bläulich, dann wechselte die Farbe zu Orange und Gelb, was Leah an die untergehende Sonne erinnerte. Das Licht tanzte vor ihren Augen, wand sich um den Ast und schlang sich mit anmutiger Schönheit in die Höhe. Das Feuer war klein, und doch konnte sie die zerstörerische Kraft darin spüren. Die Flammen loderten heiß und leidenschaftlich, sie hatten ihren eigenen Charakter.

Für einen Moment stellte sie sich vor, sie hätte ein Lebewesen vor sich, kühn und feurig und mit starkem Willen. *Wachse*, dachte sie und versuchte, ihre Gedanken dem Feuer zu übermitteln, ohne loszuprusten. Sie spendete ihm Hoffnung und Kraft, während ihre Seele sich ausdehnte und die Barriere ihrer Haut überwand. Ihr Geist streckte die langen, unsichtbaren Finger nach der Flamme aus, bis er sie berührte und mit der Kraft aus Leahs Innerem erfüllte. Sie ließ ihre Energie in die Flammen hineinfließen, einen Teil ihres Geistes. Plötzlich wurde die Wärme auf ihrem Gesicht intensiver und die Flammen flackerten in die Höhe. Leahs Augen weiteten sich.

„Sieh dir das an", hauchte sie, als das Feuer an der Spitze des dünnen Astes größer wurde und fast schon den Umfang eines Apfels erreichte.

„Und jetzt nimm ihm etwas von seiner Energie", flüsterte Neo mit ehrfürchtiger Stimme.

Leah traten die Schweißperlen auf die Stirn, als sie die Fühler ihres Geistes zurück in ihren Körper gleiten ließ, ohne die Verbindung zur Flamme zu trennen. Sie stellte sich vor, wie sie dem Feuer alle Hoffnungen nahm, und wie sie die Luft, die es zum Atmen brauchte, mit sich zog. Die Flamme erlosch und hinterließ einen Rauchfaden, der sich in die Höhe kringelte und verschwand, als Leah vor Schreck den Ast fallen ließ. Es dauerte eine Weile, bis sie den Schreck überwunden hatte.

„Ich habe es geschafft", platzte es aus ihr heraus und bevor sie sich bremsen konnte, hatte sie Neo lachend die Arme um den Hals geschlungen. Erst als sie seine Hände auf ihrem Rücken spürte und bemerkte, dass er die Umarmung erwiderte, versteifte sie sich merklich. Langsam zog sie sich zurück, bis sie ihm ins Gesicht blicken konnte. Seine warmen, braunen Augen schimmerten vor Aufregung. Sie war ihm so nah, dass sie die Farbe darin genau erkennen konnte. Es war ein Meer aus erdigen Farben und mit gelben und grünen Sprenkeln bestückt, in deren Tiefen sie augenblicklich versank. Wie hatte sie diese Farbe nur jemals als ein stumpfes und langweiliges Braun bezeichnen können.

„Es tut mir leid“, flüsterte sie und spürte, wie ihr die Wärme in die Wangen kroch. Sie wollte sich zurückziehen, doch da legte sich Neos Hand an ihre Wange und ließ sie erstarren. Seine Finger waren warm und unter der Berührung kribbelte ihre Haut, während heiße Wellen durch ihren Körper jagten. Bevor sie einen klaren Gedanken fassen konnte, lagen seine Lippen auf ihren, weich und zärtlich.

Für einen Moment schien alles um sie herum ausgeblendet zu sein, alles was sie noch wahrnehmen konnte, war das Kribbeln, das ihren Körper erfüllte, als sie den Kuss erwiderte. Er schmeckte nach Orange, so bittersüß, dass sie nie wieder genug davon würde bekommen können. Alles in ihr sehnte sich danach, die Arme um seinen Hals zu schlingen, ihn für immer festzuhalten und nie wieder aus diesem Zustand der Leichtigkeit zu entfliehen, der sie mit unendlichem Glück erfüllte. Viel zu schnell traf sie die Erkenntnis wie ein Schlag. Keuchend riss sie den Kopf zurück und stieß ihn von sich.

„Ich ... Wir ... Dürfen nicht ... Du bist ein Magoi!“, presste sie zornig hervor und sprang auf. Was hatte sie getan?

„Leah“, sagte er nicht minder aus der Fassung gebracht, und streckte die Hand nach ihr aus.

„Nein, lass mich einfach in Ruhe", stieß sie zwischen zusammengebissenen Zähnen aus und stürmte aus dem Raum. Ihre Schritte hallten laut in dem steinernen und verlassenen Korridor wider. Ohne ein Ziel vor Augen durchquerte sie die Festung, achtete nicht auf Bedienstete, die nach ihr riefen oder die sie fast über den Haufen rannte. Ihr Weg trieb sie hinaus auf das Gelände der Magoifestung. Der kalte Wind zerrte an ihr, doch er half auch dabei, ihre Gedanken zu klären. Sie hatte es tatsächlich geschafft, so etwas wie Magie anzuwenden. Vor Aufregung darüber hatte sie sich vollkommen vergessen und sich einem Magier an den Hals geworfen wie eine bettelnde Hure. Was mochte er von ihr denken?

Er hat dich geküsst, nicht du ihn, flüsterte eine leise Stimme in ihrem Kopf, doch das verstärkte nur den Wirbel ihrer Gedanken, dem sie ausgesetzt war. Die Beziehung zwischen Magoi und dem gemeinen Volk war angespannt, eine Vereinigung undenkbar, ja sogar verboten. Dazu kam, dass sie die Magoi hasste, sie würde nie etwas für einen von ihnen empfinden können. Und dennoch hatte sie selbst gerade Magie angewandt.

Eine schier unbändige Angst ließ sie zittern. Was, wenn sie nun doch eine von ihnen war? Ihre Mutter würde es ihr nie verzeihen. Sie musste den Kontakt zu Neo dringend abbrechen, es würde keine weiteren Treffen mehr geben können. Wer weiß, was er über sie denken mochte. Vielleicht lachte er sich gerade kaputt über ihre Naivität.

Aber er hat mich geküsst. Sie würde ihn nicht wieder sehen, dessen war sie sich bewusst. Neo wusste um die Gefahr, der sie sich aussetzten, wenn sie Zeit miteinander verbrachten. Er würde es nicht wollen,

dass sie sich weiterhin trafen, dessen war sie sich sicher. Und dennoch schmerzte der Gedanke daran.
Sie hatten heute einen gewaltigen Fortschritt gemacht und herausgefunden, dass mehr in ihr steckte, als sie gedacht hatte. In Leah tobten mehr Fragen als je zuvor. Zu wem gehörte sie? Stammte sie tatsächlich weitläufig von den Magoi ab? Doch sie würden Leah nie in ihren Reihen aufnehmen. Die Zeit, in der sie und Neo gemeinsam geübt hatten, hatte sie beide vergessen lassen, in welchen Positionen sie sich befanden. Er war ein Magoi, er würde eines Tages Verantwortung übernehmen müssen. Er würde sich seinesgleichen anpassen, die Magoi waren dazu geschaffen, über die Stadt zu herrschen. Und sie würde immer zu den Knienden gehören.
Leah verbrachte den Rest des Tages in dem Obsthain, wo sie dem Sturm des Herbstes ausgesetzt war und sich ihren Gedanken widmen konnte, ohne dass sie zu einem Ergebnis kam. Verwirrt kehrte sie zur Festung zurück, als die Dämmerung einsetzte. Sie hatte bis auf einen Apfel den ganzen Tag nichts gegessen, doch sobald sie an die Ereignisse des Tages dachte, wurde ihr speiübel. Sie beschloss, sich auf direktem Wege zur Herberge zu begeben. Als sie den Schlafraum erreichte, war sie allein und lief schnurstracks zu ihrer Strohmatratze, um sich darauf zu werfen und das Gesicht in den Kissen zu vergraben. Doch plötzlich stockte sie. Jemand hatte auf ihren Schlafplatz eine einzelne Lilienblüte gelegt, so zerbrechlich, so wunderschön und rein, dass sie sie einfach aufnehmen und in ihrer Hand betten musste. Und aller Zweifel und Vorwürfe zum Trotz, musste sie unter Tränen lächeln. Denn es gab nur einen, dem sie von ihren Lieblingsblumen erzählt hatte.

Raya

Sie betrachtete missmutig ihr Untergewand im Spiegelbild des Fensters. Dunkle Flecken waren darauf zu sehen, nachdem einer der Magoi sie gestern angerempelt hatte und die Bratensoße von den silbernen Tellern auf ihr Kleid und durch den Stoff gesickert war. Bis zum nächsten Waschtag dauerte es noch einige Tage und der Vorrat an Kleidung in der Wäschekammer war fast aufgebraucht. Grummelnd zog sie das Überkleid an, dessen kratziger, wollener Stoff nicht sauberer aussah als der darunter. *Ich hasse dieses Leben.* Sie war Besseres gewohnt, samtene Stoffe, die leicht und kühl auf der Haut lagen, intensive Farben, die ihre Augen zur Geltung brachten, und nicht diesen Albtraum aus Mausgrau und tristem Braun.

Ihre Haare waren noch immer schön, sie fielen in sanften Locken herab. Und doch hatten sie längst ihren Glanz verloren, waren stumpf und an den Spitzen fühlten sie sich an wie Stroh. *Wie lange soll ich das noch ertragen?* Sie band sich die Haare wie üblich zu einem eleganten Knoten und kniff sich in die Wangen, um ihrem bleichen und schönen Gesicht etwas Farbe zu verleihen.

Der Schöpfer hatte es gut mit ihr gemeint, Raya war schlank und hoch gewachsen, hatte runde, rehbraune Augen, die von langen Wimpern umrahmt waren, und war mit weiblichen Rundungen gesegnet. *Aber was hat es mir gebracht?* Missmutig verließ sie den Waschraum der Bediensteten und kehrte in der Küche ein, um ihr Frühstück zu sich zu nehmen. Die anderen Mägde

und Knechte waren längst aufgebrochen, um ihrer Arbeit nachzugehen, doch Raya hatte nie viel dafür übrig gehabt, den Tag noch vor Sonnenaufgang zu beginnen.
„Du bist wieder zu spät“, tadelte Merani sie, als sie sich an dem ausladenden Tisch niederließ und angewidert den Haferschleim in der Schüssel vor ihr betrachtete.
„Ich musste mich erst überwinden, diesem Fraß hier von Angesicht zu Angesicht zu begegnen“, spottete sie und schürzte die Lippen.
„Du solltest dankbarer sein“, seufzte die dicke Köchin und wandte sich wieder dem schmutzigen Geschirr der Bediensteten zu.
Und du solltest dich um deine eigenen Angelegenheiten kümmern. Zum Beispiel aufpassen, dass dein Kleid nicht aus allen Nähten platzt, dachte Raya säuerlich und biss sich auf die Zunge, um es nicht laut auszusprechen. Wenn Merani wüsste, wer sie wirklich war, hätte sie es nie gewagt, ihr einen Tipp zu geben oder sie gar ungefragt anzusprechen. Raya gehörte nicht hierher, sie gehörte nicht einmal dem gemeinen Volk an. Laut ihrer Abstammung und ihrer Fähigkeiten war sie eine Magierin. Allerdings eine, der dieses Recht aberkannt wurde. Bei diesem Gedanken ließ sie den Löffel sinken und schob die Schüssel von sich. Heute war wieder einer dieser Tage, an denen sie ständig darüber nachdachte. *Und das nur, weil sie sich nicht anpassen konnten*, schoss es ihr durch den Kopf und schon erfüllte sie bitterer Hass.
Ihre Eltern waren Magoi. Im Gegensatz zu den meisten ihrer Art lebten sie jedoch in der Stadt, inmitten des Gesindels. Raya hatte es abscheulich gefunden, dort aufzuwachsen. Der Gestank der

Straße war unerträglich, ständig stolperte man über verhungerte Menschen, die nach Krankheit rochen und es nicht mehr geschafft hatten, sich zum Sterben bis in ihre Häuser zu schleppen. Sie hatten ein schönes und prächtiges Haus, in einem der besten Viertel der Stadt, und dennoch hatten immer wieder armselige Bettler und Händler den Weg in ihre Straße gefunden.
Doch anstatt sie zu ignorieren, wie es sich für Magoi geziemte, hatten ihre Eltern nicht einfach weggesehen. Sie hatten regelmäßig Essen verteilt, Krankheiten behandelt und mit den Menschen gesprochen. Immer mehr der armseligen Kreaturen hatten sich vor ihrem Haus versammelt und so war es natürlich nicht unbemerkt geblieben. Ihre Eltern hatten gegen die Regeln der Magoi verstoßen, sie hatten gegen den Willen des Stadtrates gehandelt und die Konsequenzen hierfür waren wohlbekannt.
Doch anstatt ihre Eltern in die Verbannung zu schicken, was Raya durchaus lieber gewesen wäre, wenn sie so darüber nachdachte, hatte man ihr die Tochter genommen. Wenn sie so viel für das gemeine Volk übrig hatten, dann hätten sie sicher nichts dagegen, wenn ihre Tochter künftig wie eine einfache Magd behandelt werde, hatte Sir Malin damals gesagt.
Raya war gerade acht Winter alt gewesen und konnte sich genau daran erinnern, wie sie geweint und geschluchzt hatte, gefleht und gebettelt. Sie würde nie die Scham vergessen, die sie empfand, als die Kinder in ihrem Alter mit ihrer Ausbildung in der Festung begannen, während sie in diesen Lumpen steckte und wie Dreck behandelt wurde. Man hatte Raya die Haare abgeschnitten und mit ihrer neuen Kleidung hatten selbst ihre Eltern das Mädchen kaum

wiedererkannt. Und so war sie auf Sir Malins Befehl hin bei den Bediensteten der Festung untergekommen, um Demut und Gehorsam zu lernen und für das Vergehen ihrer Eltern zu büßen.
Sie hatte den Verwalter um Gnade angefleht, bis er ihren bettelnden Worten nicht mehr standhalten konnte. „Wenn du gute Dienste leistest, werde ich dich einst wieder in die Gemeinschaft der Magoi aufnehmen“, hatte er ihr versprochen.
Nun war Raya doppelt so alt wie damals, und noch immer musste sie die niederen Arbeiten einer Magd erledigen und Tag für Tag ihre Magie zurückhalten. Sie wusste, dass auf sie lediglich die Verbannung wartete, wenn sie sich zu erkennen gab.
Es wird Zeit, dass ich ihn wieder an sein Versprechen erinnere, dachte sie säuerlich, als sie auf den Burghof trat. Das Wetter meinte es gut mit ihnen, die Sonne hatte noch längst nicht an Kraft verloren, obwohl der Herbst schon längst die Welt in ein Farbenmeer aus Gold- und Rottönen verwandelt hatte. Es würde einer dieser letzten, heißen Tage werden. Raya war es recht, sie hatte heute Dienst in den Obsthainen. Die Äpfel waren längst reif und sie hasste es, den ganzen Tag im Regen stehen zu müssen.
Auf ihrem Weg dorthin überlegte sie fieberhaft. Als sie in Malins Dienste getreten war, hatte sie sich eifrig darum bemüht, ihn zufriedenzustellen, um ihre Strafe baldmöglichst rückgängig zu machen. Sie hatte geputzt und geschrubbt, hatte demütig den Kopf vor den Magoi gesenkt und sich erniedrigen lassen. Doch nichts schien den Verwalter wirklich zufriedenzustellen, ihn interessierte es nicht, was die Mägde und Knechte trieben. Und nun hatte sie es satt, auf ihre Begnadigung zu warten. Vermutlich

hatte er sie längst vergessen. Es wurde Zeit, dass sie es selbst in die Hand nahm und ihm ein Ultimatum stellte. Doch erst musste sie einen weiteren, ewig andauernden Tag ihres tristen Daseins als Magd hinter sich bringen.
Das Gelände der Festung erstrahlte im Sonnenschein und vermutlich hätte man den Anblick als schön bezeichnen können, wenn sie sich für die Natur interessiert hätte. Schon von weitem hörte sie das Schnattern der Mägde zwischen den Apfelbäumen. Vergnügt füllten sie die geflochtenen Körbe, als könnten sie sich nichts Schöneres vorstellen. Sie konnte sich nur mit Mühe davon abhalten, verächtlich auf dem Boden zu spucken. Alfons stand mit verschränkten Armen an einen der Bäume gelehnt und hielt Aufsicht.
„Du bist zu spät", knurrte er sie an, woraufhin sie ihr schönstes und bezauberndes Lächeln aufsetzte. Sofort erhellte sich die Miene des dicken, nach Schweiß stinkenden Mannes.
Sie wusste genau, wie sie ihn zu nehmen hatte. Alfons war hin und weg von ihr und auch wenn Raya ihn verabscheute, so ließ sie es sich nicht anmerken. Bei manchen Menschen war es besser, ihnen etwas vorzuspielen.
Lustlos gesellte sie sich zu den Weibern, um wenigstens einen Teil ihrer Arbeit zu erfüllen. Niemand begrüßte sie, doch das war Raya längst gewohnt. Schon nach wenigen Momenten bereute sie es, sich genau diesen Baum ausgesucht zu haben. Sie war so in Gedanken versunken, dass sie nicht bemerkt hatte, dass sie direkt neben Tania, Leah und Sarina arbeitete. Schon beim Anblick ihrer lächelnden Gesichter wurde Raya übel, doch auch ein Stich

Schadenfreude mischte sich zu ihrem Abscheu. Sie waren einst eine Vierergruppe gewesen, bis Kalia verschwunden war. Verschiedene Gerüchte hatten die Runde gemacht, sie sei mittlerweile längst tot, andere hatten behauptet, Kalia hätte den Verstand verloren, wieder andere sagten, sie müsse den Herrschern von Elaos als Hure dienen. Egal wer von ihnen recht hatte, sie freute sich darüber. Während man ihr schon als Kind nur Misstrauen entgegengebracht hatte, war Kalia der Liebling der Bediensteten gewesen. Sie war auf der Festung aufgewachsen, elternlos und ohne Perspektive. Für die anderen war Kalia das liebenswerte und bedauernswerte Mädchen, dem jeder nichts weiter als Liebe schenken wollte, während Raya schon seit Jahren als faules Biest bekannt war. Sie wusste um die Gespräche, die andere über sie führten. Und sie wusste auch, wie sie betitelt wurde. Es war ihr egal. *Bald schon wird euch das Lachen vergehen.*

Wie vorausgesehen zog sich der Tag elendig in die Länge. Die Sonne hatte ihr längst den unbedeckten Nacken verbrannt, bis sich endlich der Himmel zuzog und Regenwolken heranglitten. Angeekelt zog sie einen Käfer aus ihren Haaren, während sie den belanglosen Gesprächen der Weiber lauschte. Sie selbst hatte es nicht nötig, mit jemandem zu reden. Immer wieder schielte sie zu den drei Freundinnen am Baum nebenan, bis ihr auffiel, dass das Biest mit den blonden Haaren verschwunden war. Mit zusammengekniffenen Augen suchte sie die Umgebung ab, doch Leah war nirgends zu sehen. So wie die anderen beiden tuschelten und kicherten und immer wieder in ein und dieselbe Richtung blicken, musste sie sich heimlich davongemacht haben.

Ein Blick zu Alfons genügte, um sich ebenfalls davonzustehlen, und so huschte sie zwischen den Bäumen hindurch in die Richtung, in der sie Leah vermutete. Sie hatte mit dieser Göre noch eine Rechnung offen, nachdem sie es tatsächlich gewagt hatte, Raya Paroli zu bieten und sie mit der Tatsache zu erpressen, dass sie das Bett mit Frey dem Schmied geteilt hatte. Raya liebte ihn nicht, er war genauso Abschaum wie der Rest des gemeinen Volkes, doch auch sie hatte Bedürfnisse, die gestillt werden wollten.
Wollen wir doch mal sehen, was du so treibst, dachte sie boshaft. Nach einigen Metern hörte sie Stimmen und tastete sich so weit voran, dass sie hinter dem Gebüsch hervor spähen konnte. Tatsächlich, Leah traf sich mit jemandem, doch Raya entglitten die Gesichtszüge, als sie erkannte, dass es ein Magier war.
Das wird dich den Kopf kosten, dachte sie gehässig. Bediensteten war es nicht erlaubt, mit Magoi zu reden, es sei denn, es ging um Befehle, die ihnen erteilt wurden. Dieser Schüler dort sah nicht gerade so aus, als benötigte er Leahs Dienste.
„Was bei den Priestern tust du hier?“, hörte sie Leah fragen.
„Ich wollte dich sehen“, antwortet der Junge. „Nach unserem letzten Treffen ... Ich wollte einfach wissen, was du darüber denkst.“
Leah blieb für eine Weile still und Raya beugte sich etwas vor, damit ihr keines der Worte entging. Diese Sache schien äußerst interessant zu werden.
„Neo, es war ein Fehler. Wir dürfen uns nicht weiter treffen.“
Leah stand mit dem Rücken zu ihr, und so konnte sie deutlich die Gesichtszüge des Schülers erkennen. Er sah nicht gerade glücklich aus.

„Wir haben es so weit gebracht. Wir haben so viel herausgefunden! Und außerdem ... mag ich dich.“
Bei seinen Worten entfuhr der Lauscherin ein leises Keuchen und flugs schlug sie sich die Hand vor den Mund.
„Es war nur eine Flamme, Neo! Ich werde nie zu euch gehören. Ich bin eine Bedienstete, vergiss das nicht. Wir dürfen keinen Kontakt haben!“
„Das hat dich bisher auch nicht gestört.“
„Ja, aber bisher waren wir nicht mehr als Bekannte“, fuhr Leah ihn aufbrausend an.
„Und was sind wir jetzt?“
Sie verharrte still, doch Neo verschränkte abwartend die Arme vor der Brust und wartete auf ihre Antwort.
„Ich weiß es nicht“, gab sie schließlich zu. „Alles, was ich weiß, ist, dass ich ständig an dich denken muss.“
„Und mir geht es genauso.“
Er griff nach ihrer Hand, doch sie entriss sie ihm auf der Stelle wieder.
„Und genau das darf nicht sein! Wir haben keine Zukunft zusammen, Neo! Mach es doch nicht schwerer, als es ist. Ich kann dieses Versteckspiel nicht mein Leben lang führen. Es ist zu gefährlich und ... es schmerzt zu sehr. Ich möchte irgendwann Familie haben und glücklich sein.“
Er sah ihr lange in die Augen.
„Vielleicht können wir es eines Tages.“
Glücklicherweise schnaubten Leah und Raya zur gleichen Zeit, sodass sie weiterhin unbemerkt lauschen konnte.
„Sei nicht albern“, sprach die Magd das aus, was Raya dachte. Neo jedoch legte eine Hand an Leahs Wange.
„Ich meine es ernst. Sie werden eine Ausnahme machen, wenn sie ...“

„Das wird nicht passieren, Neo. Ich habe ein Zeichen auf der Stirn. Sie werden es nicht übersehen."
Doch Raya hörte, dass Leahs Trotz immer mehr zu bröckeln begann.
„Lass es uns versuchen, ich bitte dich", flüsterte er kaum hörbar.
Raya wandte den Kopf ab. Sie wollte nicht mit ansehen, wie die beiden sich küssten. Ob sie auch jemals so begehrt werden würde? *Ich brauche das nicht*, redete sie sich ein. Sie spürte die ersten Regentropfen auf der Haut. Das Wetter passte sich ihrer Stimmung an.
„Also schön", hörte sie Leah sagen, doch die Skepsis und Trauer in ihrer Stimme waren kaum zu überhören. *Sie weiß genau, dass es leere Worte und sinnlose Träumereien von ihm sind*, dachte Raya, und doch wurde sie das Gefühl nicht los, dass sie ebenso gehandelt hätte. *Das muss Liebe sein*, wurde ihr klar. *Man handelt gegen den Verstand.* Die beiden konnten nicht zusammen sein, die Regeln standen fest. Auf Leah wartete bereits die Verbannung. Der Regen wurde schlimmer.
„Ich sollte gehen", sagte Neo und zog den Kopf zwischen die Schultern. Leah kicherte.
„Hat der große, mächtige Magier etwa Angst vor Regen?"
Neo verzog empört das Gesicht.
„Nein, es ist nur unangenehm."
„Ist es nicht", erwiderte Leah. Sie griff nach seiner Hand.
„Schließ die Augen. Es gibt nichts Schöneres als nach einem heißen Tag den kühlen Regen auf seiner Haut zu spüren. Es fühlt sich so rein an, als wasche die Natur all den Schmutz von dir. Und jetzt atme tief

durch. Riechst du das nasse Gras? Und die feuchte Erde? Du kannst sogar den Regen riechen. An diesen Tagen habe ich das Gefühl, der Natur näher als den Menschen zu sein."

Selbst Raya musste im Stillen zugeben, dass sie recht hatte.

„Ich wünschte, ich könnte die Welt öfter so sehen wie du", raunte der Magier und nahm das Mädchen in den Arm.

Raya hatte genug gesehen. Wenn sie noch länger blieb, würde sie noch genauso gefühlsduselig werden wie die beiden. Im Stillen beneidete sie sie. Ohne Alfons Bescheid zu geben, eilte sie zurück zur Festung. Sir Malin musste zu dieser Zeit in seinem Audienzzimmer vorzufinden sein.

„Tritt ein", rief er, als sie an seine Tür klopfte. Sein schmales, langgezogenes Gesicht verdüsterte sich bei ihrem Anblick. Die dunklen Augen musterten sie kalt.

„Was willst du?", fragte er gelangweilt.

„Ich habe Informationen, die Euch durchaus interessieren werden."

Sie setzte das süßeste Lächeln auf, das sie trotz ihrer Aufregung zustande brachte. Heute würde sie nicht nur Leah loswerden, sie würde sich auch ihre Freiheit zurückerkaufen. Sir Malin verzog keine Miene.

„Und die wären?"

„Bevor ich sie Euch verrate, möchte ich wieder in den Kreis der Magoi aufgenommen werden", antwortete sie mit fester Stimme und hielt den Atem an. Sie hatte sich sehr weit aus dem Fenster gelehnt, daran ließ der düstere Gesichtsausdruck des Verwalters keine Zweifel.

„Ich hoffe für dich, dass es wahrhaft interessante Neuigkeiten sind."

Neo

Die Welt war still und friedlich, als hätte sich mit der Dämmerung auch ein Schleier der Müdigkeit darüber gelegt.

„Habe ich dir zu viel versprochen?", fragte er und zog die Decke, die er sich mit Leah teilte, enger um die Schultern. Obwohl die Tage noch warm waren, brachte der Abend einen Mantel aus Kälte mit sich. Von jetzt an würden sie immer mehr Herbststürme heimsuchen, bis die letzten Blätter von den Bäumen verweht und der Winter mit seinen frostigen Fängen Einzug halten würde.

„Es ist wunderschön", flüsterte Leah. Er spürte ihren warmen Körper neben sich, dicht aneinandergedrängt hockten sie an seinem Lieblingsplatz. Die Hügel des Geländes innerhalb der Festung erreichten hier oben ihren höchsten Punkt. Der Platz war nur schwer zugänglich, man musste einen anstrengenden Aufstieg an einer steilen, felsigen Wand in Kauf nehmen. Doch der Anblick lohnte sich. Unter ihnen erstreckten sich die ausladenden Wiesen der Magoifestung. Das lange Gras schaukelte in sanften Wellen im Wind, die Obsthaine hatten ihr herbstliches Farbenkleid angelegt und auf den Weiden grasten Schafe, Rinder und Ziegen. Die Festung erhob sich wie ein schwarzgrauer Fels, während der Fluss Krill entlang der Mauern floss und das Gelände von der eigentlichen Stadt trennte. In der Ferne erstreckten sich die Häuser des gemeinen Volkes wie ein Meer aus Sandstein und Holz. In den besseren Gegenden konnte man einige weiße Tupfer ausmachen, die mit

Marmor verzierten Häuser der Magoi, die das Leben in der Stadt vorzogen. Neo konnte es ihnen nicht verübeln. Obwohl er die Festung als sein Zuhause betrachtete, sehnte er sich dennoch immer häufiger nach einem Ort, der nicht so überfüllt und laut war. In der Burg herrschte von früh bis spät reger Betrieb, sie diente nicht nur als Schule, sondern hatte auch einen fünfstöckigen Flügel, in dem die Familien in prunkvollen und großen Kammern untergebracht waren.

„Von hier oben kannst du bis hinter die Mauer schauen", sagte er und deutete in die Ferne. Die gewaltige Steinwand, die Elaos von der Außenwelt trennte, wirkte von hier aus klein und zerbrechlich. Dahinter erstreckte sich der Wald. An klaren Tagen sah man sogar die Umrisse der Berge.

„Wir sollten gehen, bevor uns jemand vermisst", seufzte Leah.

Er tastete unter der Decke nach ihrer Hand und die Gefühle in seinem Bauch flatterten wie wildgewordene Schmetterlinge, als er sie fand und sie zaghaft seine Hand umschloss, zögernd und zurückhaltend. Was sie für einander empfanden war ein vollkommen neuartiges Gefühl mit einem bitteren Beigeschmack, den ihre Beziehung mit sich brachte.

„Warte noch", antwortete er aufgeregt und deutete auf den Wald in weiter Ferne. „Siehst du diesen hellen, grünen Fleck dort? Es ist eine Lichtung. Gleich müsstest du es sehen."

„Was sehen?", fragte sie verwirrt.

„Warts ab." Sie verharrte still und er war dankbar dafür, dass er sie noch einen weiteren Moment ungestört von der Seite betrachten konnte.

Neo hatte sich nie für Mädchen interessiert, obwohl in der Festung einige Schönheiten in seinem Alter herumliefen. Leah unterschied sich nicht nur äußerlich von ihnen, mit den weißgoldenen Haaren und der bleichen Haut, sondern es war ihr Herz, das ihn in seinen Bann gezogen hatte. Sie war stolz und mutig, auch temperamentvoll, und doch war ihre Seele so rein wie ein schimmernder Kristall. Neo hatte oftmals schon beobachtet, wie sich ein dunkler Schatten über das Gemüt des Mädchens gelegt hatte, dann wirkte sie verschlossen und unnahbar, doch in den wenigen Momenten, in denen er in ihren leuchtend grünen Augen versinken konnte, fühlte er sich, als könne er den tiefsten Punkt ihres Herzens berühren.

Die Dämmerung breitete sich aus und nahm dem Wald mehr und mehr von seinen Farben, die letzten Sonnenstrahlen krochen über die Bäume, bis sie nur noch in weiter Ferne zu sehen waren und die Lichtung erhellten.

„Jetzt geht es los“, sagte er angespannt. Und tatsächlich, Leah keuchte vor Erstaunen, woraufhin er breit lächelte.

„Das sind Taniwha“, stieß sie hervor und riss ungläubig die Augen auf. Die riesigen Echsen waren aus der Ferne kaum zu erkennen, von hier aus sahen sie wie kleine Käfer aus, und doch ließ die Sonne die glänzenden Schuppen erstrahlen.

„Sie sammeln sich dort, um in den letzten Sonnenstrahlen zu baden“, sagte er stolz. „Manchmal ist es nur einer, aber ich habe auch schon gesehen, wie sie sich zu viert um den besten Platz gestritten haben. Das Brüllen konnte man bis hierher hören.“

Heute waren es zwei, ein Riese mit schwarzen Schuppen und einem Schwanz, der länger als der Rumpf war, und ein kleinerer mit weinroter Farbe und langgezogenem Körper, vermutlich ein Weibchen.
Leah hatte noch immer nicht ihre Sprache wiedergefunden. Ihre Gesichtszüge spiegelten die Gefühle wider, die sie empfand. Erstaunen, Faszination, aber auch Fassungslosigkeit und Entsetzen. Zu spät wurde ihm klar, dass sie aus dem gemeinen Volk stammte und die Taniwha mit anderen Augen betrachtete. Wie viele ihrer Bekannten waren bereits in die Verbannung geschickt worden? Wie viele waren den Taniwha zum Opfer gefallen? Für die Magoi bestand diese Gefahr nicht. Lediglich die Jäger begegneten ab und zu einem, doch dann waren sie vorbereitet und auf seinen letzten sechs Streifen hatte er nicht einmal eine der Bestien zu Gesicht bekommen.
„Es tut mir leid", flüsterte er. „Ich habe nicht nachgedacht, als ich ..."
„Ist schon gut", unterbrach sie ihn, ohne den Blick abzuwenden. „So ist es nun mal. Ich hoffe, ihr Tod war schnell und schmerzlos. Und wenn ich ehrlich bin, sind diese Geschöpfe trotz ihrer Grausamkeit irgendwie ... schön."
Er atmete erleichtert aus.
„Ja, solange man ihnen nicht von Angesicht zu Angesicht begegnet. Ich habe sie schon oft von hier aus beobachtet. Die meisten sind schwarz, dunkelrot oder schimmern grünlich. Nur einmal habe ich einen entdeckt, der goldene Schuppen hatte und mindestens doppelt so groß wie die anderen war. Ich habe ihn seitdem nie wieder gesehen und langsam vermute ich,

dass mir die Spiegelung der Sonne einen Streich gespielt hat."

Das Schauspiel dauerte nicht lange an, dann war auch die Lichtung in dunkle Schatten gehüllt, in denen die Taniwha verschwanden.

„Danke, dass du mir das gezeigt hast", sagte Leah lächelnd und er erhob sich, um ihr aufzuhelfen. Für einen Moment standen sie dicht beieinander, von Angesicht zu Angesicht, während ihre Lippen nur wenige Zentimeter voneinander entfernt waren. Leah errötete und auch Neos Gesicht fühlte sich an, als glühe es. Dieses Meer an Gefühlen, das sie in ihm auslöste, schien sein ganzes Leben auf den Kopf zu stellen. Zum ersten Mal war er einfach nur glücklich. Er strich mit den Lippen sanft über ihren Mund, küsste sie zärtlich und verlor sich für einen Moment in ihrer Nähe. Nur widerwillig löste er sich von ihr, doch ihr Lächeln sagte ihm, dass sie ebenso empfand. Wie lange mochte ihnen ihr Glück gegönnt sein? Zusammen begannen sie den Abstieg, als ein paar Stimmen durch die Dämmerung zu ihnen durchdrangen.

„Was machen denn die Stadtwachen auf dem Gelände?", fragte Neo stirnrunzelnd, als er auf die Wiese unter ihnen blickte. Leah jedoch erstarrte augenblicklich an seiner Seite.

„Sie wissen es", japste sie und er sah sie verständnislos an, bis ihm einfiel, dass sie die Gefühle der Männer spüren musste.

„Ich bring dich hier weg", raunte er und versuchte, sie in die entgegengesetzte Richtung zu ziehen und mit ihr zwischen den Bäumen zu verschwinden. Leah rührte sich nicht vom Fleck.

„Es ist zu spät", sagte sie tonlos. „Sie wissen, dass wir hier sind."

Nein. Das darf nicht passieren. Er hörte Zweige hinter ihm knacken und sah sich um. Aus den Schatten der Bäume traten Eisenmänner mit erhobenen Waffen. Speere mit glänzenden Spitzen und Schwerter, auf deren blankem Stahl sich der aufgehende Mond spiegelte, ragten ihnen entgegen. Grimmige Gesichter beobachteten sie, beobachteten jede Regung, jede Bewegung, jeden Widerstand. Neo packte Leahs Hand fester und legte schützend den Arm um sie.

„Wir haben den Auftrag, das Mädchen in die Festung zu bringen. Wenn Ihr uns folgt, ohne Probleme zu machen, bleibt Ihr am Leben."

„Nur über meine Leiche", knurrte Neo und die Magie in seiner Brust pulsierte drohend. *Sie dürfen sie nicht mitnehmen.* Er würde sie ihnen nicht überlassen, würde ihnen wenn nötig den Weg mit Magie frei kämpfen. Seine Muskeln spannten sich an, als er verzweifelt die Macht in seine Arme leitete. Seine Finger leuchteten in bedrohlichem, magischem Licht und die Stadtwachen wichen kaum merklich zurück. In ihren Gesichtern spiegelte sich Angst und Misstrauen. Plötzlich spürte er Leahs kühle Finger auf seinem Arm.

„Nicht", bat sie ihn. „Du machst es nur noch schlimmer damit."

Widerstandslos verließ sie ihn und entzog ihm die Hand, nur um gleich unsanft von zwei Wachen gepackt und das Gelände hinab geführt zu werden. Erstarrt versuchte er zu verstehen, was gerade passiert war. *Nein!* Neo eilte ihnen hinterher.

„Was wird ihr vorgeworfen?", fragte er laut, doch die Eisenmänner blickten ihn nur verächtlich und ängstlich an. Seine Gefühle drohten, ihn zu übermannen. Angst schnürte ihm die Kehle zu. Angst um Leah, Angst um das, was sie beide gerade erst gefunden hatten. Angst um die Liebe, die er verspürte.

„Das geht Euch nichts an", wagte es einer der Männer zu sagen. Neo verfluchte ihn im Stillen. So schnell ließ er sich nicht abwimmeln. Sie durchquerten schweigend die Festung und natürlich schlug die Stadtwache den kürzesten Weg ein, der direkt durch den Saal führte. Zuerst folgten ihnen nur neugierige Blicke, danach verebbte das Gemurmel im Saal und als sie ihn fast durchquert hatten, wurden sie von allen Seiten angestarrt. Neo hörte die Magoi tuscheln und flüstern, doch er wie auch Leah schritten erhobenen Hauptes davon. Sie wirkte entschlossen, doch als er an ihrer Seite lief, bemerkte er die weit aufgerissenen Augen, mit der sie jede Kleinigkeit aufnahm und die vor allem zwischen den Wachen hin und her huschten. *Sie hat Angst. Und ich sollte es ebenfalls haben.*

Ohne Umschweife brachte man sie in das Audienzzimmer des Verwalters. Der Mann in der mitternachtsblauen Robe stand mit hinter dem Rücken verschränkten Armen am Fenster. Mit einer Handbewegung entließ er die Wachen. Das Schweigen lastete schwer auf ihnen und er griff nach Leahs Hand. Sie zitterte kaum merklich, als sich der Verwalter zu ihnen umdrehte.

„Ihr wisst, was euch vorgeworfen wird", begann er in ruhigem und gelassenem Ton. Trotzdem schabte seine Stimme wie kratziges Eis über Neos Haut. „Man hat euch gesehen, nicht nur einmal. Der innige

Kontakt zu Magoi ist verboten, das war dir bewusst, oder?“ Die letzte Frage richtete er an Leah.

„Ja“, sagte sie mit fester Stimme und der Verwalter runzelte die Stirn darüber, dass sie das *Sir* weggelassen hatte. Neo bewunderte ihren Trotz. Ihm schlotterten mittlerweile beide Knie.

„Du streitest es nicht ab, gegen die Regeln verstoßen zu haben, wohlweislich, dass dies mit der Verbannung bestraft wird?“

„Ja.“

Sir Malin seufzte und ließ sich auf seinem Stuhl nieder.

„Sir, ich bitte Euch“, begann Neo. „Meine Familie ist eine der reichsten der Stadt, der Name Thassilo kann bis zur Errichtung der Mauer zurückgeführt werden und taucht in den ersten Schriften auf ...“

„Ich habe nicht vor, dich in die Verbannung zu schicken, Neo“, unterbrach ihn der Verwalter. „Du gehörst zu den Magoi ...“

„Es ist nicht mein Leben, um das ich Euch bitten will“, fiel Neo ihm ins Wort.

Er trat noch näher zu Leah. Der Verwalter betrachtete sie lange schweigend. Für einen Moment war sich Neo sicher, dass er wankelmütig wurde.

„Selbst wenn ich es vertuschen wollte, ich könnte es nicht. Die halbe Burg hat euch eben gesehen und sie sind nicht dumm. Ich weiß, welche Kraft die Liebe haben kann, und ich bewundere euren Zusammenhalt, aber es ist zu spät. Gesetz ist Gesetz.“

Nein, sprich die Worte nicht aus, dachte er. Einmal gesprochen, ließen sie sich nicht wieder rückgängig machen.

„Es tut mir leid für euch“, sagte der Verwalter kopfschüttelnd. „Leah Färbertochter, ...“
„Wartet“, rief Neo verzweifelt. „Ihr könnt sie nicht verbannen.“
„Neo, spann meine Geduld nicht auf die Folter, wenn du mit dem Leben aus dieser Sache herauskommen willst“, sagte der Verwalter sichtlich genervt. „Du kannst froh sein, wenn du nur eine Strafarbeit bekommst. Wieso sollte ich sie deiner Meinung nach verschonen? Weil du sie liebst?“
„Nein“, antwortete er und atmete tief durch. „Weil sie eine Magierin ist. Und somit hat sie das Recht auf einen Prozess.“

Sir Malin

„Ich habe das Recht, dabei zu sein, Sir!"
Neo hastete hinter ihm her. Schon seit den letzten beiden Korridoren versuchte er, den liebeskranken Schüler abzuschütteln.
„Hast du nicht", brummte er zum wiederholten Mal und beschleunigte seinen Schritt. Am Ende des Korridors konnten sie bereits die Flügeltüren der Sitzungshalle sehen.
„Es ist ein öffentlicher Prozess", wetterte der aufdringliche Schüler. Malin reichte es. Er blieb abrupt stehen und Neo wäre fast in ihn hineingelaufen.
„*Zunächst* einmal stellen wir fest, ob sie eines Prozesses würdig ist!"
„Sie ist eine Magierin!"
„Das wird sich herausstellen", antwortete er ruhig und setzte seinen Weg fort.
„Ich möchte mitkommen, bitte, Sir."
„Nein, Neo, ein letztes Mal. Ich werde dich informieren, wenn wir uns einig geworden sind."
„Aber ..."
Nun riss ihm endgültig der Geduldsfaden. Mit einer Handbewegung gab er den beiden Stadtwachen vor der Tür zu verstehen, dass sie ihm diese lästige Fliege vom Hals schaffen sollten. Neos Proteste verhallten, als sich die Tür hinter ihm schloss.
Der Saal war noch leer und so blieb ihm noch etwas Zeit, über die Geschehnisse nachzudenken. Solche ruhigen Momente schienen in letzter Zeit viel zu

selten vorzukommen. Am Ende des großen, fensterlosen Raumes befand sich ein Podest, hinter dem er sich ächzend niederließ. Sein Rücken schmerzte und überhaupt schien die Jugend ihn vor mehreren Wochen scheinbar über Nacht verlassen zu haben, obwohl er noch längst nicht zum alten Eisen zählen sollte. Die Gicht an seinen Füßen und Händen schien einfach nicht besser werden zu wollen. *Vielleicht sollte ich den Rat dieser fetten Köchin beherzigen*, dachte er, doch mit einem Kopfschütteln verwarf er den Gedanken. *Was bleibt mir dann noch?* Sie hatte ihm doch tatsächlich den Wein und den Braten verbieten wollen.

An den Wänden standen weitere Tische im Viereck, an denen die Ratsmitglieder in kurzer Zeit Platz nehmen würden. Sie alle hatten einen guten Blick auf den einsamen Tisch in der Mitte des Saales, der für die Angeklagte bestimmt war. Konnte es wirklich sein, dass Magierblut in den Adern des Mädchens floss? Er hatte die Ratssitzung einzuberufen, während sie in seinem von Eisenmännern bewachten Audienzzimmer untergebracht war. Daraufhin hatte er ihre Familie ausgemacht und ihr einen Besuch abgestattet. Soweit er sagen konnte, waren weder ihre garstige Mutter (sie hatte versucht, ihn im hohen Bogen aus dem Haus zu werfen) noch der viel zu klein geraten Bruder magischer Abstammung. Der Bruder ihres verstorbenen Vaters, Gormond, ein kriecherischer und demütiger Fettwanst, wirkte ebenfalls wenig begabt, was darauf schließen ließ, dass es auch in dieser Blutlinie keine magischen Fähigkeiten gab. Woher sollte das Mädchen also diese Kräfte haben? Er konnte es nicht glauben. Dennoch ... vielleicht hatte einer ihrer Urahnen zu

den Magoi gehört. Wer konnte schon sagen, in welchen Betten sich seine eigenen Vorfahren herumgetrieben hatten, als die Beziehung zum gemeinen Volk noch besser war.
Wie töricht sie waren. Kaum einer wusste um die Geschichte von Elaos, sie war tief verschlossen in uralten, staubigen Büchern, die man weitestgehend vernichtet oder im Priesterturm untergebracht hatte. Einst waren Magoi nicht gefürchtet und verehrt, sie wurden gejagt und gemieden, bis sie sich erhoben und vom Volk wieder gestürzt wurden. Das alles war, bevor die Taniwha Angst und Schrecken verbreitet hatten und bevor die Priester für Ordnung gesorgt hatten und die Stadt mit einer gewaltigen Mauer schützten. Anders, als behauptet, hatte es die Magoi schon vor den Taniwha gegeben, nur hatten sie ihre Fähigkeiten sorgfältig verstecken müssen. Bis die Bestien aufgetaucht waren und die Menschen fast gänzlich ausgerottet hatten. Danach waren die Verbliebenen auf die Magoi angewiesen, ob sie wollten oder nicht. Es hatte sich einiges geändert seitdem.
Er musste zugeben, dass ihm der Vorfall mit der Magd Kopfzerbrechen bereitete. Sie hatte gegen die Regeln verstoßen, und auch wenn er selten zögerte, eine Verbannung auszusprechen, so tat er es dennoch nicht mit Freuden. *Meistens jedenfalls nicht.* Er hatte viel zu schnell lernen müssen, dass er hart durchgreifen musste, um sich als Verwalter durchzusetzen und ernst genommen zu werden. Zu viele seiner Vorgänger hatten diese Lektion zu spät gelernt.
Manchmal schienen ihn die Gesichter derjenigen, die er in den Tod geschickt hatte, nachts zu verfolgen. Er erinnerte sich gut an das jüngste Opfer, das jemals die

schützenden Mauern von Elaos verlassen musste. Der Junge war nicht älter als sieben gewesen. Malin wusste bis heute nicht, was er angestellt hatte. Aber die Befehle von Arolax, dem Priester, waren eindeutig gewesen. Er hatte sich damals geweigert, die Vollstreckung durchzuführen, doch die Priester hatten ihre eigenen Mittel, ihren Willen durchzusetzen. Nie wieder hatte er danach einen Befehl verweigert.

Wieso hatte der Junge sterben müssen? Er war doch noch ein Kind. Mit der Zeit lernte er, die Gefühle abzustellen, und ihm war klar, dass nur noch wenig Gutes in ihm herrschte. Zu sehr hatte er sich daran gewöhnt, mit Lügen und Intrigen zu arbeiten, Wahrheiten zu vertuschen und es denen recht zu machen, die ihm Vorteile verschaffen konnten.

Heute würde eine hitzige Debatte stattfinden, so viel war ihm klar, doch die Ratssitzung war unumgänglich. Die Gefahr, dass sich die Geschichte herumsprach, war zu groß, als dass er sie unter den Tisch hätte kehren können. Und außerdem war er es leid, immer und immer wieder Entscheidungen zu treffen. Vielleicht war es gar nicht so schlecht, wenn das Mädchen überlebte. Die junge Liebe zwischen ihr und Neo hatte ihn durchaus berührt und an seine eigene Jugend erinnert. *Charlif. Sie hieß Charlif.* Mit einem Kopfschütteln verscheuchte er die Gedanken an die Vergangenheit. Sie würden ihn spätestens in seinen Träumen wieder heimsuchen.

Lady Morella war die Erste, die eintrat und ihn mit einem abfälligen Nicken begrüßte. Ihr Bauch war deutlich gerundet, die Niederkunft musste kurz bevorstehen. Malin machte sich in Gedanken eine Notiz, dass er sich dringend um einen Nachfolger kümmern musste, der den Platz der Lehrerin baldmöglichst einnahm. Elegant warf sie die langen, schwarzen Locken über die Schulter und schenkte Sir Doran, der gerade eingetreten war, ein freundliches Lächeln. Das Doppelkinn des Lehrers schwabbelte bei jedem seiner Schritte, als er sich zu ihr gesellte und mit seiner lächerlich hohen Stimme auf sie einredete.

Die letzten beiden im Bunde der Lehrer waren Sir Dustill, ein alter und gebrechlicher Mann, und Sir Caaron, der seinen Kollegen stützte. Malin hatte Letzterem erst vor kurzem einen Sitz im Rat gewährt, da Dustill längst nicht mehr fähig war, gut überlegte Entscheidungen zu treffen. Caaron hätte bereits die Nachfolge übernehmen sollen, doch der alte Dustill weigerte sich strikt, in den Ruhestand zu gehen. *Soll er seine letzten Tage doch in dem Glauben leben, er könne noch etwas bewirken,* dachte Malin gleichgültig. Sir Barbo, das Jägeroberhaupt, hinkte ihm mit grimmigen Gesicht entgegen und hielt vor dem Pult des Verwalters an.

„Sir“, sagte er mit einem Nicken.

„Barbo, wie geht es Euch?“, fragte er mit aufgesetztem Lächeln. „Was machen Eure Bestien?“

„Sie werden unruhig“, brummte der rothaarige Mann mit den kräftigen Schultern und dem entstellten Gesicht.

Sie hatten lang kein Opfer mehr, dachte Malin, doch er sprach es nicht laut aus. *Vielleicht wird es gar nicht mehr so lange dauern.*

Immer mehr Mitglieder des Stadtrates versammelten sich, Magoi mit Familiennamen, die älter waren als die Festung. Thassilo, Cordalis, Laskari, Varga und Ferro waren alles Häuser mit reiner Blutlinie, die jeweils ein Mitglied des Rates stellten. Malin selbst stammte weitläufig von den Cordalis ab, doch sein Blut war bei weitem nicht so rein, wie er es sich wünschte. Noch ein Grund, die Magoi weiter vom gemeinen Volk zu trennen. *Die Vereinigung mit ihnen hat uns geschwächt.* Die Nachkommen von Familien, bei denen nur ein Elternteil magische Fähigkeiten hatte, verloren an Macht, wie er wusste.

Zuletzt betrat der Kommandant der Stadtwache, Lord Crassau, den Saal und schloss die Tür hinter sich. Der kahlköpfige Riese war der einzige Nicht-Magier, doch Malin hatte ihm den Platz im Rat angeboten, um sich sein Wohlwollen zu sichern. Der bullige Mann mit den eisblauen Augen und dem zotteligen Vollbart würde ihm die Stiefel küssen, wenn er es verlangen sollte. *Es kann nicht schaden, die Stadtwache auf seiner Seite zu haben.* Erst langsam kehrte Ruhe ein und alle Augen richten sich auf ihn. Er räusperte sich.

„Ihr kennt den Grund, wieso wir uns zusammengefunden haben“, sagte er leise und doch war er sich sicher, dass sie jedes seiner Worte verstanden.

„Stimmt es, dass das Mädchen Magie anwenden kann?“, fiel ihm eine rundliche Frau mit mausgrauen Haaren ins Wort. Malin biss die Zähne zusammen. Die Magoi aus der Stadt schienen des Öfteren die Benimmregeln zu vergessen. Er hasste es, unterbrochen zu werden.

„Diese Behauptung wurde aufgestellt“, antwortete er auf ihre Frage. „Wir sind heute hier, um diesen Sachverhalt aufzuklären. Leah Färbertochter stammt aus dem gemeinen Volk und steht im Dienste der Festung. Sie wird angeklagt, dem Magier Neo aus dem Hause Thassilo dazu gebracht zu haben, ihr mit Haut und Haaren zu verfallen. Die beiden haben gegen das

Gesetz verstoßen, das die Vereinigung unserer Spezies verbietet."

Ein Mann mit dunklen Haaren und schimmernd braunen Augen rutschte unruhig auf seinem Platz herum. *Thassilo*, dachte Malin. *Er muss Neos Vetter sein.* Lautes Stimmengemurmel erfüllte die Halle und er wartete schweigend ab. Normalerweise trat der Rat nur zusammen, wenn es um die Verurteilung eines Magoi-Mitgliedes ging.

„Wenn sie eine Magierin ist, hat sie das Recht, sich mit dem Jungen zu treffen", sagte Sir Doran und versuchte mit seiner hohen Stimme, das Geplapper zu übertönen. *Von dir habe ich nichts anderes erwartet.* Doran gehörte zu den Wenigen, die Malins Missfallen erregten, weil sie den Blick nicht von den Hintern der Mägde lassen konnten.

„Ihr fehlt die angemessene Ausbildung", ertönte ein Ruf von der linken Seite, an deren Tischen sich die Magoi aus der Stadt versammelt hatten. „Wenn sie eine Magierin ist, dann hat sie uns über Jahre hinweg hinters Licht geführt. Dann braucht sie auch jetzt nicht auf das Recht zu pochen, zu uns zu gehören."

„Sie ist als Bettlerkind aufgewachsen, sie wird nie zu den Magoi gehören", rief sein Nachbar und spuckte aus.

„Bis jetzt wissen wir nicht einmal, ob sie tatsächlich magische Fähigkeiten besitzt", sagte Sir Caaron sachlich.

„Bringt sie herein, bringt sie herein", quiekte der alte Sir Dustill. Heute schien er wieder einen seiner verwirrten Tage zu haben.

„Die Herkunft spielt keine Rolle", knurrte Sir Barbo. „Wenn sie Magoiblut in sich hat, ist sie eine von uns."

Der Jäger verschränkte mit düsterem Gesicht die Arme vor der Brust.
Laute Proteste folgten auf diese Aussage und Malin rieb sich müde über das Gesicht. Mit einer Handbewegung gab er den Wachen an der Tür ein Zeichen. Kurz darauf wurde die Magd von ihnen hereingeführt und unsanft zu dem Tisch in der Mitte des Saales geleitet. Augenblicklich verstummten die Gespräche und alle Augen richteten sich auf das hellhaarige Mädchen. Malin konnte den Trotz in ihren Augen erkennen, doch es war offensichtlich, dass sie vollkommen eingeschüchtert war.
„Sie ist nicht mehr als ein halb verhungerter Straßenköter“, sagte ein Mitglied der Stadtmagoi, Harwol aus dem Hause Ferro.
„Ruhe“, sagte Malin scharf und erneut kehrte Stille ein. Er verschränkte die Hände und wandte sich an die Magd.
„Uns stellt sich die Frage, wieso der Schüler Neo aus dem Hause Tassilo der festen Überzeugung ist, dass du Magie anwenden kannst.“
Leah antwortete nicht, ihre Augen wanderten unruhig zwischen den Mitgliedern des Stadtrates herum, die allesamt auf sie herabblickten. Er räusperte sich erneut.
„Vielleicht wäre jetzt der richtige Zeitpunkt, uns ebenfalls davon zu überzeugen. Wie du weißt, geht es um die Frage, ob du in die Verbannung geschickt wirst oder nicht.“
Die Augen des Mädchens richteten sich auf ihn, und plötzlich schien er das Gefühl zu haben, die Welt unter seinen Füßen schwanke.
„Und diese Frage ist abhängig davon, ob ich zu den Magoi gehöre oder nicht? Ist mein Leben dann mehr

wert?“, fragte sie und aus einem unerfindlichen Grund breitete sich Gänsehaut auf Malins Armen aus.
„Wir sollten sie für ihre Frechheit sofort den Bestien vorwerfen“, rief Harwol Ferro.
Gibt dieser Mann denn niemals Ruhe?
„Leah“, sagte Sir Caaron von den Lehrern sanft und das Mädchen wandte ihm zweifelnd das Gesicht zu. In ihren Augen glitzerten Tränen. „Niemand hier will dir ungerechtfertigt den Tod wünschen. Würdest du uns bitte erklären, was in den letzten Wochen passiert ist und was es mit deinen Fähigkeiten auf sich hat?“
Leah sah ihn lange und forschend an, als könne sie in seinem Gesicht lesen, was er gerade dachte. Ihre Haltung veränderte sich. Zuvor hatte sie Trotz und Verzweiflung ausgestrahlt, als wäre sie sich sicher gewesen, dass ihr Urteil längst gefällt war. Doch nun huschten Zweifel über das hübsche, bleiche Gesicht. *Im Angesicht des Todes klammern sich die Menschen immer an den letzten Funken Hoffnung.* Sie senkte den Blick und begann mit leiser Stimme zu erzählen. Malin musste sich angestrengt vorbeugen, um ihre Worte zu verstehen. Sie berichtete von einem zufälligen Treffen mit Neo in den Ställen der Pferde, woraufhin der Magier auf sie aufmerksam wurde, weil sie aus Versehen ein Kraftfeld erschaffen hatte.
Malin beobachtete sie mit zusammengekniffenen Augen. *Diese Geschichte stimmt nur zum Teil. Sie verheimlicht etwas.* Die Magd erzählte von ihren heimlichen Treffen, bei denen Neo versuchte, ihr die Grundlagen der Magie beizubringen, um mehr darüber herauszufinden, ob sie von Magiern abstammte oder nicht. *Wenigstens das war nicht gelogen.*
„Und dabei habt ihr euch ineinander verliebt?“, fragte er und ließ sie nicht aus den Augen. Sie nickte

schwach und wieder füllten sich ihre Augen mit Tränen. Zornig wischte sie sie mit dem Handrücken von der Wange. *Sie versucht stark zu sein.*

„Sie lügt“, rief Harlow wieder. „Das Zeichen auf ihrer Stirn beweist es. Alle Kinder werden von den Magoi nach der Geburt auf magische Fähigkeiten geprüft und mit einer Tätowierung versehen, wenn dem nicht so ist. Sie hat diesem dummen Jungen etwas vorgespielt. Ein Kraftfeld kann man sich leicht einbilden. Damit ist gar nichts bewiesen.“

Das Mädchen ballte die Hände zu Fäusten und ihr Kopf schnellte zu dem Sprecher herum. Plötzlich herrschte großes Durcheinander. Harwols Ärmel der Tracht ging mit einem Zischen in Flammen auf. Wild kreischend sprang er auf und klopfte mit seiner freien Hand darauf herum, um das Feuer zu löschen.

Keuchend sah Malin zu Leah. Ein metallischer Geschmack lag auf seiner Zunge und die Luft knisterte, während ein düsterer Schleier das Mädchen schützend einhüllte. Er hatte die Energie gespürt, die von ihr ausging. Aber sie hatte keine Energiequelle, so viel war sicher. Ihre Macht fühlte sich anders an. *Dunkler.*

„Wer war das?“, rief Harwol und blickte drohend in die Runde. Er schien nicht einmal auf die Idee zu kommen, dass die Magie von diesem kleinen, zierlichen Mädchen ausgegangen sein könnte. Alle Augen richteten sich entsetzt auf ihn oder das Mädchen, bis auch er erkannte, was es zu bedeuten hatte.

„Sie kann es nicht gewesen sein!“, brüllte er und Speichel sprühte auf den Tisch vor ihm.

„Sie war es", sagte Malin, verschränkte die Arme und lehnte sich zurück. *Sie war es tatsächlich. Aber nicht so, wie es sein sollte.*
Leah verschränkte nervös die Hände ineinander und wartete mit gesenktem Kopf auf ihr Urteil.
„Das ist alles Lug und Betrug", rief eine Frau aus dem Stadtrat. „Wir werden hier hinters Licht geführt, ich sage es euch. Sie hat das Feuer nicht heraufbeschworen!"
„Hast du nicht die Magie gespürt, die von ihr ausging?", hielt Sir Caaron dagegen. Offensichtlich waren die Lehrer eher geneigt, dem Mädchen eine Chance zu geben. Sie blickten sie neugierig an, während die Magoi aus der Stadt ihre Abneigung zur Schau stellten.
„Nein, habe ich nicht", brauste die Frau mit den mausgrauen Haaren auf. „Es ist offensichtlich, dass sie keine Magiequelle hat."
„Es ist offensichtlich, dass sie Magie anwenden kann", rief Lady Morella.
„Was nichts an ihrer Abstammung ändert", knurrte Harwol. „Außerdem hat sie mich gerade angegriffen!"
Malin beobachtete einen nach dem anderen, wie sie hitzig debattierten, während das Mädchen vor sich hin starrte, als hätte sie sich hinter einer unsichtbaren Mauer zurückgezogen.
„Leah", sprach er sie an und sie hob den Kopf, ohne dass die anderen das leise Gespräch der beiden bemerkten. „Kannst du mehr, als nur Feuer heraufbeschwören?"
Sie kaute auf ihrer Lippe und schüttelte stumm den Kopf. *Wieder eine Lüge.*
„Was ist mit Kraftfeldern?"

„Nein, Sir", sagte sie leise. *Dachte ich es mir doch. Was ist dann ihr Geheimnis?* Der Saal war noch immer erfüllt von hitzigen Debatten. Er bat ein weiteres Mal mit lauter Stimme um Ruhe.

„Wie ich sehe, gelangen wir so zu keiner Einigung. Ich fordere euch zu einer Abstimmung auf. Wer ist überzeugt, dass das Mädchen magische Fähigkeiten hat und nach dem Gesetz der Magoi über sie gerichtet werden sollte, *trotz* ihrer Abstammung?"

Leah wagte es nicht, aufzuschauen, doch Malin zählte die erhobenen Hände mit Interesse. Doran, Barbo, Caaron und Lady Morella stimmten zu Gunsten des Mädchens. Der alte Sir Dustill, der wild winkte, wurde nicht mitgezählt. Lord Crassau, der wie üblich bisher schweigend zugesehen hatte, ließ die Hand unten. Ebenso verschränkten Harwol und die Frau mit den mausgrauen Haaren demonstrativ die Hände. Er zählte weiter und kam zu einem Ergebnis, das ihn innerlich aufstöhnen ließ. Gleichstand. Es lag an ihm, die Entscheidung zu treffen. Wer mitgezählt hatte, blickte ihm neugierig entgegen.

Schon wieder muss ich über ein Leben entscheiden.

Malin überlegte fieberhaft. Auf der einen Seite hatte sie gegen das Gesetz verstoßen und auch sonst schien sie eher trotzig als gehorsam zu sein. Solche Leute bereiteten schnell Schwierigkeiten und es war das Beste, sie möglichst unauffällig zu beseitigen. Auf der anderen Seite war er neugierig, was es mit ihren Kräften auf sich hatte. Wieso konnte sie Feuer aus dem Nichts heraufbeschwören, wenn sie keine Magiequelle hatte? Und dennoch hatte er die Energie gespürt, die von ihr ausging und die er noch immer in ihr wahrnehmen konnte.

Sie fließt durch ihre Adern, wurde ihm klar. Das aber würde bedeuten, dass sie bei Weitem nicht so mächtig war wie die Magoi. Malin war sich nicht einmal sicher, ob nicht in jedem Stadtbewohner ein Quäntchen Magie floss, so gering, dass sie kaum oder gar nicht wahrnehmbar war. Aber was, wenn diese Energie sich vermehrte, je mehr man sich darauf konzentrierte? *So wie sie es getan hat. Neo hat ihr Potenzial entdeckt und sie trainiert, er hat ihr gezeigt, wie sie dieses winzige bisschen Magie einsetzen kann. Der Junge scheint intelligenter zu sein, als er aussieht. Wenn das allerdings stimmt ...*
Malin hielt den Atem an und wischte sich die schweißnassen Hände an der mitternachtsblauen Tracht ab. Es wäre nicht auszudenken, was passieren würde, wenn sie kein Einzelfall wäre. Die Stadtbewohner durften keinesfalls auf den Gedanken kommen, sie hätten etwas gegen die Magoi in der Hand. Das ganze System würde zusammenbrechen und in einem Krieg ausarten, wenn sie anfingen zu glauben, sie wären ebenfalls mit Magie ausgestattet, dessen war er sich sicher. Umso wichtiger war es, herauszufinden, was das Mädchen für ein Geheimnis hütete. *Vielleicht ist sie tatsächlich ein Sonderfall. Und dennoch ... wäre es nicht längst an der Zeit für einen Umbruch?*
Er sog scharf die Luft ein und verscheuchte seine Überlegung. Solche Dinge sollte man innerhalb der Festung nicht einmal denken. Malin liebte den Luxus und die Macht, den die Magoi besaßen, und doch war ihm bewusst, dass die Unterdrückung des gemeinen Volkes mit jedem Tag schwerer wurde. Die Aufstände wurden mehr und mehr, auch wenn er sie bisher schnell hatte zerschlagen lassen. Doch wie lang würde er das Volk noch zügeln können? Er war müde. Wenn sie sich irgendwann erheben sollten, wollte er

auf der Gewinnerseite stehen und ihnen eine helfende Hand angeboten haben, bevor sie seinen Kopf ebenfalls auf das Burgtor spießten. *Aber noch ist es nicht an der Zeit.* Doch das Mädchen zu verschonen würde ihn vielleicht in den Augen des gemeinen Volkes als Verbündeten dastehen lassen. Malin würde schon dafür sorgen, dass sie von seinem Wohlwollen erfuhren. Es war der erste Schritt, den er tun konnte, um die Seiten zu wechseln, sollte das jemals notwendig werden. Und was kostete es ihn schon, ihr Leben zu verschonen?

Er schenkte dem Mädchen ein aufmunterndes Lächeln und ihre Augen weiteten sich etwas, als sie seine Absichten erkannte. Erleichterung und Unglauben spiegelten sich in ihrem Gesicht wider. Er würde sie hier und auf der Stelle begnadigen, allerdings war er sich noch nicht ganz darüber im Klaren, wie ihre Zukunft aussehen sollte. *Es wird nicht einfach werden, sie im Bunde der Magoi aufzunehmen.* Er holte tief Luft und verschaffte sich mit einem Räuspern Ruhe, um das Urteil zu verkünden.

„Bring sie um."

Malin erstarrte, als die Stimme in seinem Kopf ertönte, kalt und berechnend. Es war Arolax. Seine Hände begannen zu zittern, während ihm kalter Schweiß seinen Rücken herablief. Er hatte die Anwesenheit des Priesters in seinem Kopf nicht einmal gespürt. Wie weit reichte die Macht dieser Herrscher denn noch? Sie waren nicht einmal im Saal anwesend. Mit einem Schlag fühlte er sich nackt und ausgeliefert.

Eure Eminenz, das Mädchen ...

„Tue, was ich sage", unterbrach ihn die Stimme und Malin sackte in sich zusammen. Die Worte des

Priesters rissen ihn zurück in die Gegenwart. Verlegen rieb er sich über die Stirn. Seine Stimme klang tonlos und gebrochen.

„Leah Färbertochter, verbannt seist du, auf dass dein Opfer die Bestien des Waldes besänftige.“

Leah

Der Kerker war feucht und kalt. Sie war schon einmal hier gewesen, nur ganz kurz, um durch den geheimen Ausgang heimlich in die Stadt zu gelangen. Damals hatte Kalia sie hergeführt, damit sie sich mit Marik treffen konnte. Das alles schien eine halbe Ewigkeit zurückzuliegen. Bei dem Gedanken daran zog sich ihr Herz schmerzvoll zusammen. Wie lange hatte sie ihren besten Freund und ihre Familie schon nicht mehr gesehen? Ihr Bruder Joki musste mindestens um einen Kopf gewachsen sein. *Vielleicht ist mir der Anblick ein letztes Mal vergönnt, bevor ich durch die Tore der Stadt gestoßen werde.*

Der heimliche Durchgang in der Mauer musste ganz in der Nähe sein, und doch war er nie weiter entfernt als jetzt. Auf zwei Seiten der kahlen Zelle sperrten sie zwei massive Steinmauern ein, die anderen beiden Seiten waren mit einem Eisengitter vom Korridor und der Nachbarzelle getrennt. Sie lagen tief unter der Burg, Leah konnte das Rauschen des Krills hören und spürte förmlich, wie der reißende Fluss an den Felsen zum Fuße der Festung leckte. Obwohl sie innerhalb der Burg waren, pfiff der eisige Wind durch die Gänge und brachte eine nasskalte Feuchtigkeit mit sich.

Sie hatte sich in der hintersten Ecke der Zelle zusammengerollt und zitterte. Nicht einmal etwas Stroh hatte man ihr zugestanden. Sie konnte erst wenige Tage hier sein, in den Kerkern schien ewige Finsternis zu herrschen und das spärliche Tageslicht

fand kaum einen Weg herein. Und dennoch fühlte sie sich, als hätte sie Jahre hier verbracht.
Sie bekam täglich frisches Wasser und eine Schale mit fade schmeckendem Haferbrei, doch nicht nur das spärliche Essen hatte ihren Körper ausgelaugt. Das Fieber war vor wenigen Tagen gekommen. Leahs Körper glühte und sie wurde regelmäßig von schüttelnden Krämpfen heimgesucht. *Vielleicht tötet mich dieses finstere Loch noch vor der Verbannung.*
Aus der Nachbarzelle hörte sie leises Summen und Schmatzen, woraufhin sie angewidert das Gesicht verzog und mit zusammengebissenen Zähnen dagegen ankämpfte, sich in ihrer Zelle zu übergeben, so wie sie es in ihrer ersten Nacht hier getan hatte.
Das Erbrochene war mittlerweile fest geworden und der säuerliche Geruch mischte sich mit dem Gestank nach Urin und Kot, der von dem Gefangenen nebenan ausging. Der alte Mann war damit beschäftigt, mit seinen verbliebenen Zahnstümpfen das rohe Fleisch der Ratte herauszureißen, die er vor wenigen Momenten gefangen hatte. Auch Leah wurde regelmäßig von den Tieren heimgesucht, und wenn sie sie nicht schnell genug verjagte, bissen ihr die kleinen Biester in Beine und Arme. Heute schienen sie das Weite gesucht zu haben. Sie war froh darüber, sie hatte nicht einmal mehr die Kraft, sie zu verscheuchen.
Als die Esslaute aus der Nachbarzelle verstummten, stöhnte sie auf und presste sich die Hände auf die Ohren. Gleich würde es wieder beginnen. Sie und der Mann waren die einzigen Gefangenen im Kerker, doch es gab niemanden, den sie sich weniger hergewünscht hätte.

Schon wurde das Gemurmel lauter. Der Mann war vollkommen verrückt, wie Leah schnell klargeworden war. Er verbrachte seine Tage damit, wirre Sätze vor sich hin zu murmeln, mit seiner monotonen und kratzigen Stimme.

Am schlimmsten war es, wenn sich die Wachen der Zellentür näherten, um das Essen zu bringen. Dann sprang er auf und kreischte, lachte und stieß Beschimpfungen aus, wenn er nicht gar mit seinem eigenen Kot nach ihnen warf.

Doch am meisten belasteten sie die Gefühle, die von dem Mann ausgingen. Kurz nach dem Erwachen waren ihm noch einige wenige, klare Momente vergönnt. Dann saß er schweigend in der Ecke und stierte vor sich hin. Doch im Laufe des Tages schien sein Verstand immer mehr zu vernebeln, während der Wahnsinn Überhand gewann. Leah packte kaltes Entsetzen, wenn sie an die Gefühle dachte, die sie dann übermannten und bei denen sie dachte, selbst in den Wahnsinn getrieben zu werden. Es half etwas, die Hände auf die Ohren zu pressen und den stummen Tränen freien Lauf zu lassen, bis der Alte endlich eingeschlafen war. Seine Anwesenheit setzte ihr mehr zu, als jede vermoderte und kalte Zelle es vermocht hätte. Wie lange mochte es dauern, bis man sie endlich erlöste? Sie dachte an Mira, die man fast 30 Tage in den Kerker gesperrt hatte, bevor das tollpatschige Mädchen die Tore der Stadt auf dem Weg in den sicheren Tod verlassen hatte.

Leah hatte mehrmals versucht, mit den Wachmännern zu reden und nach ihrer Vollstreckung zu fragen, doch keiner der mürrischen Eisenmänner antwortete ihr. Sie kamen, um das Essen und frisches Wasser zu bringen sowie einen leeren Nachttopf. Den vollen Nachttopf nahmen sie nur mit, wenn sie ihn direkt an der Zellentür postierte, wie sie schnell gelernt hatte.

Der zusammenhangslose Singsang des Mannes nebenan wurde lauter. Bald würde er wieder zu schreien beginnen, das dann in gequältem Stöhnen enden würde.

Sie bereitete sich auf eine weitere, nervenzerreißende Zeit vor, als ein Flackern im Korridor ihre Aufmerksamkeit erregte. Die Wachen hatten das Frühstück längst gebracht und bisher hatte sich nie jemand außerhalb der Zeiten blicken lassen.

Leah konnte nicht anders, als in erleichtertes Schluchzen auszubrechen, als sie die rundliche Gestalt der Köchin ausmachte. Merani trug eine Fackel in der Hand und war in einen dunklen Umhang gehüllt, doch dieser schleppende Gang war einfach unverwechselbar. Mit einem Ächzen setzte sie sich auf und rutschte so nah wie möglich an das Eisengitter, bevor der Schwindel sie dazu brachte, die Augen zu schließen und tief durchzuatmen. Sie hörte Meranis Stimme, sie murmelte leise und tröstende Worte und als Leah die Augen aufschlug, sah sie die Köchin am Rande der Zelle des alten Mannes kauern. Sein Wehklagen war verstummt. Auf Knien saß er vor der Köchin und küsste ihr die Hand. Merani flößte ihm etwas aus einem kleinen, glänzenden Gefäß ein, bevor sie zu Leah kam.

„Mein armes Kind“, seufzte sie und kniete sich schwerfällig nieder, um mit ihr auf Augenhöhe zu sein. Sie streckte die Hand nach ihr aus und Leah ergriff dankbar das kleine bisschen Trost, das sie ihr spendete. In der Nachbarzelle herrschte eine unheimliche Stille.

„Hast du ihn getötet?“, fragte Leah und war entsetzt darüber, wie schwach und klanglos ihre Stimme sich anhörte. Merani lächelte traurig.
„Ich habe ihm Mohnblumensaft gegeben, um seinen Schmerz zu lindern und seine Gedanken zu beruhigen. Aber glaube mir, ich habe oft darüber nachgedacht, die Dosis einfach zu erhöhen, um ihn von seinem tristen Dasein zu befreien.“
„Wieso tust du es nicht?“, flüsterte Leah.
„Weil sie wissen würden, dass ich es getan habe. Aber wenigstens den Mohnblumensaft gesteht ihm Malin zu. Ich darf ihm alle paar Tage etwas vorbeibringen.“
Leah verzog das Gesicht bei dem Namen des Verwalters.
„Es ist abscheulich, er lässt ihn leiden.“
„Auch er hat Befehle, die er befolgen muss“, sagte Merani und legte ihre kühle Hand an Leahs glühende Stirn. „Aber kommen wir nun zu dir. Leah, es tut mir wahnsinnig leid, was passiert ist. Du hast Fieber.“
Sie kramte in den Taschen ihres Umhangs und reichte dem Mädchen ebenfalls eines der kleinen Glasfläschchen. Leah trank den Inhalt, ohne nachzufragen. Der bittere Geschmack verriet ihr, dass es ein Mittel gegen Fieber war.
„Du hast das schon öfter getan“, flüsterte sie und lächelte wehmütig.
„Ja“, antwortete Merani. „Bei dir, bei Mira und bei vielen anderen zuvor.“
„Warum? Wir werden sowieso sterben.“
Merani zuckte mit den Achseln.
„Wer weiß das schon? Noch bist du nicht tot und solange ich etwas dagegen unternehmen kann, werde ich alles in meiner Macht Stehende tun, damit es auch noch eine Weile so bleibt.“ *Leider nur innerhalb der*

Mauern, dachte Leah und verdrängte die aufkeimende Panik.

„Ich habe dir auch Essen mitgebracht." Die Köchin holte einen halben, noch dampfenden Brotlaib hervor und reichte ihn ihr zusammen mit einem verschnürten Paket.

„Was ist da drin?"

„Ein weißes Kleid und ein Umhang. Für deine Verbannung." Leah sah sie fragend an.

„Soll das ein schlechter Scherz sein? Es nützt mir nichts, bei meiner Verbannung schick auszusehen."

„Nicht schick." Die Köchin schüttelte den Kopf. „Sondern unschuldig. Kind, deine Verbannung hat für viel Aufsehen gesorgt, auch bei den Magoi. Viele sind der Meinung, man hätte dich aufnehmen sollen. Warum hast du mir nur nie etwas von deiner Gabe gesagt?"

„Hättest du es denn getan?"

Die Köchin biss sich auf die vollen, roten Lippen. „Wahrscheinlich nicht."

Sie saßen eine Weile schweigend beieinander.

„Dann hat mein Tod vielleicht sogar etwas Gutes", sagte Leah schließlich bitter. „Aber ihr solltet euch nicht zu viel erhoffen."

„Heute vielleicht nicht", sagte Merani traurig. „Und morgen auch nicht. Aber irgendwann wird die Zeit kommen, und dann werden sie sich an dich erinnern."

„Wann ist es soweit?", wagte es Leah zu fragen.

„In drei Tagen. Ich werde versuchen, dich vorher noch einmal zu besuchen, aber ich fürchte, ich habe die Geduld der Wachen bereits überspannt. Sie lassen mich nicht gern hier herunter." Tränen füllten die braunen und gütigen Augen der Köchin.

„Dann heißt es jetzt wohl Abschied nehmen."

Merani schniefte.
„Es tut mir so leid, Leah, ich wünschte, ich könnte etwas daran ändern. Ich werde dafür sorgen, dass man sich an dich erinnert, ich verspreche es. Der Mohnblumensaft sollte Trim für eine Weile ruhigstellen, damit du etwas Ruhe vor ihm hast."
Leah richtete sich auf.
„Trim?" Etwas klingelte in ihrem Kopf. „Der Magier Trim?"
„Du hast es nicht gewusst?"
„Nein, uns wurde erzählt, nachdem er von seiner Reise in die Stadt zurückgekehrt war, sei er vollkommen verrückt gewesen und auf der Festung gestorben."
„Nun, wenigstens der erste Teil stimmt", sagte die Köchin bitter.
„Aber wieso sperren sie ihn hier unten ein?"
Merani seufzte. „Ich weiß es nicht genau. Ich vermute, er hat alle mit seinen Geschichten und seinem Wahnsinn in Angst und Schrecken versetzt, er hat das Volk aufgewiegelt. Ach ja, und er hat drei Magoi getötet."
Leah starrte sie entgeistert an. *Man hätte ihm helfen sollen, anstatt ihn für die Taten zu belangen, die er in seinem Wahn getan hat.* Merani erhob sich widerwillig.
„Ich muss zurück", flüsterte sie und die Tränen rannen ihr ungehemmt über die Wange. Leah zwang sich zu einem Lächeln. Nie war ihr etwas schwerer gefallen.
„Ich wünsche dir viel Glück, mein Kind." *Du wünschst mir einen schnellen Tod, sprich es ruhig aus.*
„Ich danke dir, Merani. Für alles."
Die dicke Frau streckte die Hände durch das Gitter und unbeholfen klammerten sie sich aneinander.

„Ich lasse dir die Fackel hier“, war das Letzte, was sie sagte, bevor sie sich auf den Rückweg machte und ihre Schluchzer immer leiser durch die steinernen Mauern hallten.

Leah schaffte es nicht, sich zu rühren. Abwesend starrte sie in die Flammen der Fackel in ihrer Hand. Irgendwann begann der Fiebertrank zu wirken und sie traute es ihrem Magen zu, etwas von dem erkalteten Brot zu essen. Aus der Zelle nebenan hörte sie leises Rascheln. Vorsichtig erhob sie sich und trat näher an das Gitter. Durch das flackernde Licht konnte sie zum ersten Mal einen genauen Blick hineinwerfen.

Wenigstens hatte man dem verrückten Magier mehr zugestanden als nur einen kalten Steinboden. Eine schmutzige und vermoderte Strohmatratze schmückte das Loch, in dem er verrottete und auf den Tod wartete. Auf dem Boden lagen die Reste von angekauten Ratten, bei deren Anblick ihr Magen wieder rebellierte. Doch sie sah auch abgebrannte Kerzenstummel und zerfledderte Bücher. *Sie müssen aus einer Zeit stammen, in der er noch halbwegs bei Verstand war.* Vielleicht hatte es tatsächlich jemand gut mit ihm gemeint, oder es war einfach nur ein grausamer Scherz, den man mit ihm gemacht hatte.

Der schwache Schein der Fackel glitt über die Wände und Leah riss erstaunt die Augen auf. Der raue, abgewetzte Stein war bedeckt mit schwarzen Kohlezeichnungen. Sie waren nicht mehr als grobe Skizzen, doch sie erkannte Berge und Flüsse, Wälder und Seen. *Eine Karte?* In den Zwischenräumen standen Wörter und Zeichen, die Leah nicht verstand und die sie nie zuvor gesehen hatte. Sie sah Gesichter, Menschen ohne Nase und Mund, nur ihre Augen stachen hell hervor, sie erkannte auch ein paar

Zeichnungen der Bestien. *Was geht in den Kopf dieses Mannes vor?* Ihr Blick wanderte zu dem grauen Bündel, das sich auf der Strohmatratze zusammengerollt hatte und langsam regte. *Er ist in eine Magiertracht gekleidet*, erkannte sie, doch der Schmutz und die Jahre hatten die Farbe längst unkenntlich gemacht.

„Trim?“, flüsterte sie leise und ihr Herz begann zu klopfen. Seine Gefühle strömten nur leicht auf sie ein, sie waren gedämpft vom Mohnblumensaft. „Trim!“

Der alte, gebrechliche Mann regte sich und wandte ihr langsam den Kopf zu. Ein paar einzelne, weiße Strähnen waren ihm von seinem Haupthaar geblieben, dafür wirkte der farblose Bart umso zotteliger. Verkrustetes Blut hing darin und vermischte sich mit dem Speichel, der ihm von den Lippen tropfte. Sie zuckte zusammen, als sie in die wässrig blauen Augen sah, die sie anblinzelten und die er mit der Hand gegen den grellen Schein der Fackel zu schützen versuchte.

„Du bist Trim, oder?“, fragte Leah vorsichtig. Die Gefühle von ihm wurden klarer und sie versuchte, sie so gut wie möglich abzuschirmen. Er antwortete nicht. *Was tue ich hier eigentlich? Aber wenigstens kann er zuhören.*

„Ich bin Leah, ich lebe seit ein paar Tagen mit dir hier unten, wie dir sicherlich aufgefallen ist.“ *Oder auch nicht.* „Deine Zeichnungen ... Sie ... Du warst da draußen, nicht wahr? Weißt du, auf mich wartet die Verbannung, und vielleicht könntest du mir sagen, was mich dort draußen erwartet?“

Der alte Mann richtete sich schwerfällig auf und starrte sie unentwegt an.

„Tod“, hauchte er. *Das war mir fast schon klar.* Er sprang auf und lief unruhig in der Zelle herum. „Weg, sie sind alle weg“, murmelte er und sie musste sich anstrengen, ihn zu verstehen. „Unter dem Meer, über dem Meer, wer weiß das schon. Die Fische, sie tanzen, und der gehörnte Affe ist ihr König. Sie sehen dich!“

Leah wusste nicht, ob er sie direkt angesprochen hatte oder ob er einfach mit sich selbst redete. Wenigstens waren seine Worte für den Moment klar, wenn auch ohne Sinn.

„Wer sieht mich, Trim?“

Er schaute auf, als ihre Stimme ertönte, als hätte er ihre Anwesenheit wieder vollkommen vergessen.

„Goldenes Haar“, wisperte er. „Wie die Jungfrauen, ja, ja, ja.“

„Wer sieht mich, Trim?“, fragte sie wieder.

„Die schwarzen Wesen! Im Wald!“, quiekte er und klatschte erfreut in die Hände. *Was ist diesem Mann nur passiert?*

„Wer sind die schwarzen Wesen, Trim? Menschen?“

„Geister, Dämonen, wer weiß das schon?“, sang er. „Du bist tot, tot, tot.“

Leah atmete tief durch. Von Trim etwas Brauchbares zu erfahren, war schier unmöglich, doch was hatte sie schon zu verlieren?

„Trim, setz dich!“, befahl sie und zu ihrem Erstaunen gehorchte der verrückte Magier.

„Setzen, setzen, die Hirsche sitzen auf dem Rücken der Pferde.“

Er verstummte und wippte vor und zurück. Leah öffnete ihren Geist ein Stück weit und sofort spürte sie die Verwirrung des Mannes. Sie biss die Zähne zusammen und versuchte ihm, ein paar klare und beruhigende Gefühle von sich selbst zu übermitteln, was aber zur Folge hatte, dass sie ebenfalls den Drang

verspürte, sich zu setzen und vor und zurück zu wippen.
„Trim, sie verbannen mich aus Elaos. Was erwartet mich dort?“, fragte sie, als sie spürte, dass er ruhiger wurde.
„Tod“, hauchte er heiser, doch sein Blick klärte sich etwas. Er kicherte. „Tod! Er wartet hier und er wartet dort. Sie werden dich fressen und kauen und ausspucken.“
„Die Taniwha?“
Ihr Magen zog sich schmerzhaft zusammen und sie hatte das Gefühl, sich kaum noch konzentrieren zu können. Lange würde sie diese Verbindung zu ihm nicht mehr halten können. Wenigstens schien er ihre geistige Anwesenheit nicht zu spüren.
„Die Bestien“, bestätigte er lallend. „Sie töten, töten, töten. So plötzlich, so plötzlich. Ich habe sie gestreichelt. Und dann töten sie. So viel Magie und es hat nicht geholfen. Verstecken. Ich muss mich verstecken. In die Berge, dort hin.“ *Verstecken. Na, das war doch mal ein Rat.*
Er sprang wieder auf und lief ziellos durch die Zelle.
„Der Tod ist in diesen Mauern! Elaos ist der Tod, Tod, Tod!“
Ja, mir ist auch aufgefallen, dass es hier nicht allzu sicher ist.
„Was ist in den Bergen, Trim? Gibt es andere Menschen dort?“
Er antwortete nicht und begann, vor sich hin zu murmeln. Leah konnte die wirren Gedanken nicht länger ertragen und verschloss ihre Seele dagegen. Das schien den Magier nur noch mehr in den Wahnsinn zu stürzen.

„Wer sind diese Menschen dort, Trim?“ Sie deutete auf die gesichtslosen Gestalten, die an die Wände gemalt waren. „Leben sie in den Bergen?“

„Schwarze Geister“, rief er und klatschte wieder in die Hände, während er in Gelächter ausbrach. *Die scheinen ihn ja zu erfreuen.*

„Trim“, rief sie wieder. „Ich werde Elaos bald verlassen. Ich muss hinaus vor die Tore!“ *Sag mir endlich etwas Brauchbares.*

Er blieb stehen und mit einem Satz sprang er ans Gitter. Leah wollte zurückweichen, doch er hatte schon den groben Stoff ihres Kleides ergriffen und sich daran festgekrallt.

„Lauf weg! Sie töten dich genauso wie die Taniwha.“ Sein Gesicht war nur noch wenige Zentimeter von ihrem entfernt, sie konnte die fauligen Zahnstümpfe in seinem Mund erkennen. Sein saurer Atem brachte sie zum Würgen, die Gitterstäbe drückten schmerzhaft gegen ihren Körper, als er sie zu sich heranzog, doch sie zwang sich, ihm direkt in die trüben Augen zu blicken.

Mit einer plötzlichen Bewegung ließ er sie los, als hätte er sich die Finger an ihrem Körper verbrannt. Und dann schrie er. Er schrie und schrie, bis Leah nichts weiter tun konnte, als sich die Hände auf die Ohren zu pressen und in ihrer Zelle zusammenzubrechen.

Marik

Mit einem lauten Scheppern ließ er die Töpfe und Kessel in den Waschzuber fallen, als die Abendglocken läuteten. Er hinterließ die Küche der Stadtwache selten unaufgeräumt, doch heute störten ihn nicht einmal die Kartoffelschalen und Gemüsereste, die nach der Zubereitung des Eintopfes für die Wachmänner auf dem schweren Holztisch verstreut lagen.
„Erledige du das heute für mich“, rief er dem Küchenjungen zu, der ihm seit einiger Zeit unterstellt war.
Der schmächtige Bursche starrte mit aufgerissenen Augen auf das Chaos. Er würde bis zur Nacht hinein damit beschäftigt sein, alles zu beseitigen, doch Marik hatte Wichtigeres im Kopf als die Sorgen eines Halbwüchsigen. Die Nachricht von Leahs bevorstehender Verbannung hatte ihn erst heute Morgen erreicht, als Saya vollkommen aufgelöst in der Stadtwache erschienen war, um ihm vom Unglück ihrer Tochter zu erzählen.
Den ganzen Tag war er wie erstarrt gewesen, hatte die Frühstückseier der Wachmannschaft versalzen und heißes Wasser statt gewürztem Wein ausgeschenkt. Doch zum Abend hin war die Erkenntnis immer weiter zu ihm vorgedrungen, bis er das Entsetzen, das ihn erfasste, nicht weiter leugnen konnte.
Wie oft hatten er und Leah dabei zusehen müssen, wie Stadtbewohner die sicheren Mauern von Elaos verlassen mussten und den Bestien zum Opfer gefallen waren? Wie oft hatten sie den

ohrenzerfetzenden, animalischen Schrei der Taniwha vernommen, wenn sie die Beute gewittert und die Verfolgung aufgenommen hatten? Und wie oft hatten die panischen Schreie der Verbannten in lautlosem Gurgeln geendet, wenn sie den Wettlauf verloren hatten? Das durfte Leah nicht passieren. Er konnte es nicht zulassen. Er konnte es nicht ertragen.

Die Gasse vor dem großen Gebäude der Stadtwache war noch nass vom Regen, der Wind pfiff um die Ecken der Häuser und vertrieb die Bewohner ins Innerste. Düstere Wolkenberge türmten sich wie schwarze Rauchschwaden über ihm und legten einen Schatten über die Welt. Er würde sich beeilen müssen, die Tore zur Festung wurden mit der Dämmerung geschlossen. Die Straßen waren wie leergefegt, hier und da wurde etwas Unrat vom Wind durch die Lüfte getragen, in einem Hauseingang sah er den reglosen Körper eines Bettlers, der sich kurz vor seinem Tod noch bis in dieses reichere Viertel geschleppt hatte, in der Hoffnung, jemand würde ihm helfen.

Er hat vergebens gehofft, dachte Marik bitter. Bettler und Herumtreiber waren vor den Mauern der Festung nicht gerne gesehen und nur die Verzweifelten wagten sich noch hierher. Er eilte weiter, ohne sich aufhalten zu lassen. Diesem Mann konnte sowieso nicht mehr geholfen werden.

Vor ihm ragte die Festung wie ein grauer Fels in den Himmel, die höchsten Türme schienen von den Wolken verschluckt zu werden. Marik überkam ein seltsames Gefühl, nie zuvor hatte er sich bis hierher gewagt. Die Festung war ihm seit jeher unheimlich gewesen, er hatte den Magoi bisher nie über den Weg getraut und würde es auch jetzt nicht tun. Ihre

Fähigkeiten machten ihm Angst. Dennoch zwang ihn seine Verzweiflung dazu, einen Schritt vor den anderen zu setzen und die hölzerne Zugbrücke zu betreten, unter der der reißende Krill tobte und rauschte, nachdem ihn der Regen der letzten Tage hatte anschwellen lassen.

Er vergrub die zitternden Hände in den Taschen seines Mantels, als er unter dem schweren Eisentor hindurch trat, dessen Spitzen auf ihn herab zu lächeln schienen. Kaum merklich atmete er auf, als er die ersten Schritte in dem unbekannten Revier machte, ohne dass sich das Gitter kreischend und quietschend auf ihn stürzte, um ihn mit seinen dornigen Fängen zu zerquetschen.

Plötzlich trat ihm ein grimmig aussehender Wächter in den Weg. Er war in eine schimmernde Rüstung gehüllt, in der Hand lag ein Speer in seinem sicheren Griff. Mit buschigen, zusammengezogenen Augenbrauen musterte er Marik mit finsterem Blick.

„Euer Name und Euer Anliegen“, verlangte der Mann zu wissen.

„Marik, Koch der Stadtwache, ich verlange Zutritt zur Festung.“ Er versuchte seine Stimme so fest wie möglich klingen zu lassen, doch das Beben darin war kaum zu verbergen. Die Aufregung ließ ihm die Beine weich wie Gummi werden. Der mürrische Blick des Wachmannes verdunkelte sich noch weiter.

„Ich habe keine Kenntnis über Euer Kommen. Unbefugten ist der Zutritt verboten.“ Demonstrativ neigte er den Speer mit dem spitzen Ende in Mariks Richtung.

Der Mann war groß und kräftig gebaut, seine Muskeln waren deutlich zu erkennen. Auch er hatte einen kräftigen Körperbau, doch gegen einen bewaffneten und von einer Rüstung geschützten Mann hatte er keine Chance, selbst ohne den Dolch in seinem Stiefel. Er wusste, er sollte umdrehen, das Unterfangen war aussichtslos und scheiterte schon, bevor er die Festung gänzlich betreten hatte, und doch brachte ihn der Gedanken an Leah dazu, stehen zu bleiben und dem Wächter trotzig ins Gesicht zu blicken. Sie musste wahnsinnig sein vor Angst, allein und umgeben von diesen grässlichen Magoi, die sie so verabscheute. Er konnte sie jetzt nicht im Stich lassen. Er verschränkte die Arme vor der Brust und rührte sich nicht von der Stelle. Die Augenbrauen des Torwächters hoben sich für einen Moment erstaunt.

„Junge, werd vernünftig“, brummte er. „Mir liegt nicht viel daran, dir das Leben zu nehmen, aber ich werde nicht zögern, dir diesen Speer ins Herz zu rammen, wenn du nicht verschwindest. Geh nach Hause.“

„Ich kann nicht, ich muss zu ihr!“, rief Marik verzweifelt aus und hasste sich für seinen flehenden Ton. Der grimmige Mann seufzte.

„Ach, die Liebe, was sonst. Tu dir selbst einen Gefallen, Bürschchen, und vergiss sie. Wenn sie sich für die Festung entschieden hat, gibt es kein Zurück mehr. Du machst dich selbst nur unglücklich.“

Marik schüttelt wild mit dem Kopf.

„So ist es nicht. Sie ist meine Freundin und sie braucht mich jetzt. Man will sie in die Verbannung schicken und ich muss sie sehen. Ich muss einfach.“

Der Wächter wirkte überrascht.

„Du redest von dem Mädchen mit den silbernen Haaren?“

„Ihr kennt sie?“

Der Mann nickte grimmig, dann sah er sich verstohlen um und winkte Marik heran.
„Folge mir.“
Er führte ihn in eine Kammer innerhalb der Festungsmauer, die für die Torwächter bestimmt sein musste. Der Wind verstummte augenblicklich, als sie eintraten und eine wohlige Wärme umfasste sie. Im Kamin knisterte ein flackernder Holzscheit.
„Ja, ich kenne sie, sie brachte mir hin und wieder etwas gegen meine Gelenkschmerzen. Es ist nicht recht, was man ihr angetan hat. Sie war ein gutes Kind.“
Er redet von ihr, als sei sie schon tot.
„Dann werdet Ihr mich zu ihr lassen?“
Der Mann schüttelte mit dem Kopf.
„Ich kann nicht“, sagte er und Marik meinte, Bedauern in seiner Stimme zu hören. „Aber ich kenne jemanden, der dir vielleicht helfen kann. Warte hier.“
Als er den Raum verließ, wurde Marik nervös. Was, wenn der Wächter ihn hinters Licht führte und einen der Magoi holte? Vielleicht sperrte man ihn ebenfalls ein. *Dann bekomme ich vielleicht die Zelle neben ihr.* Verbittert lächelte er. Der Gedanke, Leah in die Verbannung zu folgen und ihr selbst im Tod noch zur Seite zu stehen, war ihm mehr als einmal sehr verlockend vorgekommen, doch schlussendlich musste er sich eingestehen, dass die Angst Oberhand gewann. Er hatte mit seinem Leben noch nicht abgeschlossen, auch wenn er sich deshalb nicht weniger miserabel fühlte.
Der Wächter kehrte tatsächlich mit einem Magier zurück, ziemlich jung und mit zerzausten, braunen Haaren. Er sprang von dem Stuhl, auf dem er sich niedergelassen hatte.

„Ihr habt mich hinters Licht geführt!"
Mit einer schnellen Handbewegung zog er den Dolch aus seinem Stiefel und versuchte, sich an den Männern vorbei zu drängen. „Warte", rief der Magier und hob beschwichtigend die Hände. „Airon sagt, du bist Marik? Leahs bester Freund?"
Marik hielten mitten im Schritt inne und zögerte.
„Ja."
„Ich bin Neo. Ich kann dich zu ihr führen."
Er versteifte sich.
„Neo? Wenn die Gerüchte stimmen, dann hast du nichts anderes als den Dolch verdient", spie er verächtlich aus und musste an sich halten, sich nicht auf den Jungen zu stürzen. Doch etwas in dem Gesichtsausdruck des Magiers ließ ihn verharren. War es Bestürzung? Oder einfach nur Schuldgefühle?
„Ich wollte nie, dass das passiert."
„Ist es aber! Wegen dir wird sie sterben."
Der Magier ballte die Fäuste.
„Ich habe nicht vor, sie sterben zu lassen."
Marik runzelte misstrauisch die Stirn.
„Ach nein? Und was willst du dagegen tun?"
Der Blick des Magiers wanderte zum Torwächter.
„Das erzähle ich dir später. Nichts für ungut, Airon."
Der grimmige Mann winkte sichtlich erleichtert ab.
„Schon gut, ich will damit gar nichts zu tun haben. Aber ihr solltet jetzt hier verschwinden, ich muss die Zugbrücke schließen."
Der Magier packte Marik am Arm.
„Hör zu, ich kann dich nicht einfach durch die gesamte Festung schmuggeln, aber es gibt einen geheimen Weg hinein."
Marik nickte und ließ sich den Weg erklären. So hatte Leah es also damals geschafft, ihn mitten in der Nacht

zu besuchen. Das alles schien so unendlich lange her zu sein.
„Wir treffen uns am Eingang, wenn der Mond aufgegangen ist“, sagte Neo und geleitete ihn zurück zur Zugbrücke. Marik entriss ihm seinen Arm. Einzig und allein der Umstand, dass der Magier einen Plan zu haben schien, hielt ihn davon ab, ihm das zu geben, was er verdient hatte. Leah saß wegen ihm in einer Zelle.
Nur widerwillig kehrte er der Burg den Rücken zu. Bis der Mond aufging, würde es noch einige Zeit dauern. Er vertrieb sie sich damit, rastlos durch die Straßen zu wandern und vom Regen durchnässt zu werden. Irgendwann hielt er es nicht mehr aus und fragte sich, wieso er überhaupt darauf eingegangen war, sich mit Neo zu treffen. Den Weg hatte er ihm ja schon mal verraten und er konnte es immer noch darauf schieben, dass er den Mond bei all den Wolken nicht gesehen hatte. Neo brauchte ja nicht zu wissen, dass er selbst in der finstersten Nacht ein Gespür für die Zeit hatte.
Die besagte Stelle, an der er den Fels hinunterklettern konnte, fand sich wenig später. Der Abstieg ging nur langsam voran, die Felsen waren nass und glitten ihm unter den Händen und Füßen davon. Er rutschte zweimal aus, riss sich den Arm und das Knie auf, bis er endlich den reißenden Fluss erreichte. Das Wasser rauschte bedrohlich unter seinen Füßen.
Diese Stelle musste die meiste Zeit des Jahres sehr flach sein, doch schon nach wenigen Schritten reichte ihm die braune Brühe bis zum Hals und Marik blieb nichts weiter übrig, als gegen den reißenden Strom anzuschwimmen. Immer wieder riss ihn der Sog unter Wasser, er spuckte und hustete, verlor die

Orientierung und war sich für einen Moment sicher, auf der Stelle in den dunklen Tiefen unter ihm zu ertrinken.

Endlich durchbrach sein Schopf wieder die Wasseroberfläche. Der erlösende Atemzug ließ ihn erleichtert aufjapsen, doch noch hatte er nicht einmal die Hälfte geschafft. Er schwamm unermüdlich weiter, kämpfte gegen die Wellen an und stieß sich am Boden ab, sobald seine Füße einen Fels ertasteten. Vollkommen erschöpft und am Ende seiner Kräfte schaffte er es ans andere Ufer und zog sich mit zitternden Armen an dem glitschigen Fels hinauf. Schwer atmend dauerte es einige Momente, bis er wieder zu sich fand und es schaffte, aufzustehen.

Die reißende Strömung hatte ihn ein gutes Stück mit sich getragen. Am Fuße der Festung, geschützt von der Dunkelheit, begab er sich auf die Suche nach dem geheimen Schlupfloch, bis er endlich den markierten Fels und den losen Stein in der Mauer gefunden hatte. So leise wie möglich baute er das Loch Stein für Stein aus, bis er sich hindurchzwängen konnte. Dahinter erwartete ihn undurchdringliche Finsternis.

Er wartete, bis seine Augen sich etwas daran gewöhnt hatten und er die schemenhaften Umrisse der Zellen erkennen konnte. Von weiter hinten ertönte gequältes Gemurmel, doch er atmete erleichtert auf, weil es sich um eine Männerstimme handelte. Vermutlich hatten sie die Gefangenen aus Zeitgründen beieinander untergebracht, schlussfolgerte er, und schlich in Richtung der stöhnenden Geräusche.

Er spähte leise um die Ecke, konnte aber kaum etwas erkennen. Plötzlich packte ihn eine Hand an der Schulter und stieß ihn grob mit dem Rücken gegen die Mauer. Marik sah sich einem Wachmann

gegenüber, der in etwa seine Größe hatte. Geistesgegenwärtig holte er aus und schlug ihm mit der Faust ins Gesicht. Der Wangenknochen des Mannes splitterte spürbar und mit einem dumpfen Aufschlag sackte er zu Boden.
Erstarrt und mit aufgerissenem Mund wagte Marik es nicht, sich zu bewegen. Wie hatte er nur so dumm sein können, nicht mit Wachen zu rechnen? Er hoffte inständig, dass dieser Mann alleine die Aufsicht hatte und nicht noch mehr dem Krach folgen würden, den sie veranstaltet hatten.
„Bei den Priestern, was hast du gemacht?"
Marik zuckte zusammen, doch die Stimme kam ihm vage bekannt vor. Neo tauchte aus den Tiefen der Schatten auf. „Ich hatte doch gesagt, du sollst warten, bis ich dich hole."
Er zuckte lediglich mit den Achseln.
„So ging es doch auch."
„Ach ja", fauchte Neo. „Und hast du gleich vor, ihn umzubringen? Wenn nicht, wird er nämlich in nicht allzu langer Zeit aufwachen und Bericht erstatten, dass er in den Kerkern niedergeschlagen wurde. Und das einen Tag vor Leahs Verbannung. Sie werden wissen, dass ihr jemand helfen will."
„Sie werden es nicht herausfinden, wenn wir sie noch heute Nacht mitnehmen", konterte Marik. Neo fuhr sich müde mit der Hand über die Augen.
„Pläne schmieden gehört wohl nicht zu deinen Stärken, was? Hauptsache mit dem Kopf durch die Wand."
„Was willst du damit sagen?", schnaubte Marik wütend. „Ich werde sie heute Nacht hier rausholen."

„Das soll sie dir selbst erklären“, seufzte Neo und führte ihn leise den Gang entlang in Richtung des stöhnenden Gefangenen.
Er folgte ihm widerwillig, während der Magier mit leisem Zischen eine Fackel entzündete. Eine leichte Spur von Magie kribbelte über seine Haut und Marik erschauderte.
Endlich erreichten sie das Ende des Ganges und dort saß sie, zusammengekauert und aufgelöst. Bei ihrem Anblick blieb Marik entsetzt stehen. Sie wirkte viel älter als bei ihrer letzten Begegnung, obwohl sie die 16 Jahre noch nicht ganz erreicht hatte, die rundlichen Gesichtszüge waren hohen Wangenknochen gewichen und ihm blieb nicht verborgen, dass sie einiges an Gewicht verloren hatte. Ihr helles Haar war länger geworden und schlang sich zerzaust um ihren Kopf. Nur ihre Augen hatten noch dieselbe hellgrüne Farbe, die ihn an einen schimmernden Smaragd erinnerte.
Als sie ihn erkannte, füllten sich ihre Augen mit Tränen und sie sprang auf, um ihre abgemagerten und zerbrechlichen Arme durch das Gitter zu strecken. Er ergriff ihre Hände und drückte sie an sich, doch nicht nur ihr Aussehen schockierte ihn so, dass er kaum Worte fand. Es war die Tatsache, dass sie weinte. Leah war immer die Stärkere von ihnen gewesen, solange er sich erinnern konnte, hatte sie nie aufgegeben oder sich Schwäche anmerken lassen. Wenn sie hingestürzt war und sich das Knie aufgeschlagen hatte, stand sie auf und biss die Zähne zusammen. Wenn die anderen Kinder spöttische Bemerkungen über ihr helles Haar gemacht hatten, hatte Leah mit erhobenem Haupt erwidert, dass sie froh sei, nicht wie alle anderen auszusehen. Einmal

hatte sie sich sogar für ihn geprügelt. Und nun saß sie in dieser Zelle, entmutigt und gebrochen.

„Was tust du hier?“, schluchzte sie.

„Na was wohl“, antwortete er mit belegter Stimme, „ich hole dich hier raus.“

Sie schob ihn etwas von sich und zwang sich zu einem Lächeln.

„Ich freue mich, dass ich dich noch einmal wiedersehen durfte. Du glaubst gar nicht, was mir das bedeutet.“

Erst jetzt rückte sie von ihm ab und wandte sich Neo zu. Ihre Hände umschlangen sich durch das Gitter und Marik wurde fast übel bei dem Anblick.

„Was meinst du damit?“, fragte er verwirrt. Neo räusperte sich.

„Sie meint damit, dass sie nicht mit dir gehen wird.“

Entgeistert blickte Marik zu dem Mädchen, das ihn sein halbes Leben lang begleitet hatte und das in der schweren Zeit nach der Verbannung seines Vaters für ihn da war.

„Wieso?“ Völlig ratlos blickte er von einem zum andern. „Es ist doch ganz einfach, wir befreien dich aus dieser Zelle und ich nehme dich durch den versteckten Ausgang mit in die Stadt.“

Leah seufzte entkräftet. „Und was dann, Marik?“

„Na was wohl, wir finden ein sicheres Versteck für dich, bis die Luft rein ist.“

„Es gibt kein sicheres Versteck.“

„Natürlich gibt es das! Diese Stadt ist riesig. Ich verstehe dich nicht, willst du etwa sterben?“

Ein Funken des üblichen Trotzes funkelte in ihren Augen.

„Nein, ich will nicht sterben, aber so einfach ist das nicht, Marik.“

Marik blickte von einem zum andern, vollkommen verwirrt und entsetzt über ihre Reaktion.
„Lass es mich mal so erklären, dass auch du es verstehst“, murmelte Neo und Marik hätte ihm für diese Bemerkung am liebsten ebenfalls die Faust ins Gesicht gedonnert. „Wenn wir Leah heute Nacht befreien, werden die Magoi morgen die ganze Stadt nach ihr absuchen. Sie werden jede Straße durchkämmen, jeden Stein umdrehen, so lange, bis sie sie gefunden haben. Leah ist kein gewöhnliches Mädchen, sie haben herausgefunden, dass sie Magie anwenden kann. Damit wird sie zur potentiellen Gefahr. Und was glaubst du, was passiert, wenn sie sie nicht schnell genug finden? Sie werden sich an ihre Familie wenden, ihre Freunde, an dich, und euch zur Verantwortung ziehen. Nicht nur ihr Leben wäre dann in Gefahr. Und wenn sich erst die Priester einmischen, dann nützt auch das beste Versteck nichts.“
Er erkannte die Wahrheit in den Worten, und doch wollte er es nicht glauben.
„Das ist doch vollkommen verrückt“, presste er mit geballten Fäusten hervor. „Leah ist keine Magierin!“
„Um genau zu sein, wissen wir es nicht. Vermutlich stammt sie nur weitläufig von einem Magier ab, aber sie kann Magie anwenden.“
Seine Gedanken wirbelten im Kreis und verwirrt versuchte er, das Ausmaß von Neos Worten zu verstehen.
„Du wirst sterben, Leah!“
Er sah die Angst in ihrem Blick, doch er erkannte auch die Entschlossenheit, von der sie sich nicht würde abbringen lassen.

„Ich muss es tun, Marik. Mir bleibt keine andere Wahl."
„Und du lässt es zu?", wandte er sich an Neo. Der Magier schwieg, doch etwas in seinem Blick veränderte sich. *Ich habe nicht vor, sie sterben zu lassen,* erinnerte sich Marik an die Worte des Jungen. Aber was hatte er vor? Wollte er sie begleiten? Er glaubte doch wohl nicht im Ernst, dass sie gemeinsam bessere Chancen hätten.
„Es wird Zeit zu gehen", sagte Neo. „Die zweite Wachschicht wird gleich eintreffen und vermutlich werden sie nicht begeistert sein, wenn sie sehen, dass einer von ihnen niedergeschlagen wurde."
Neo griff nach Leahs Hand.
„Wir sehen uns morgen", flüsterte er und sie antwortete mit einem traurigen Lächeln. Nie hatte Marik sie so aufgelöst und gleichzeitig so unendlich glücklich gesehen. Sofort verringerte sich der Hass, den er gegen den Magier hegte, um ein winziges Bisschen. Dann war er an der Reihe. Sie fiel ihm in die Arme und er drückte sein Gesicht in ihr Haar, soweit es die Gitterstäbe zuließen. Sie brauchten nichts zu sagen, seit jeher kannten sie die Gedanken des anderen, ohne dass es großer Worte bedurfte. Nur widerwillig gab er sie frei und sah sie ein letztes Mal an, um sich jeden Zentimeter ihres Gesichtes einzuprägen.
„Schickst du mir bitte Merani ein letztes Mal?", bat sie Neo und er nickte.
„Ich werde sehen, was ich tun kann."
„Und jetzt will ich dir raten, dass du einen verdammt guten Plan auf Lager hast", zischte Marik dem Magier zu, als sie sich weit genug von der Zelle entfernt hatten und Dunkelheit sie einhüllte.

„Wenigstens habe ich einen Plan, der sich auch durchführen lässt“, entgegnete Neo nicht weniger gereizt. Die Besorgnis und Trauer in seinem Blick waren kaum zu übersehen.
„Erklär ihn mir bitte“, bat Marik ihn etwas sanfter. Sie hatten fast das Schlupfloch der Festungsmauer erreicht.
„Ich habe die letzten Nächte damit verbracht, die alte Bibliothek durchzuwälzen. Es gibt Legenden, dass es einst einen Tunnel gab, der es den Menschen möglich machte, die Mauern der Stadt für kurze Zeit zu verlassen.“
„Ja, davon habe ich auch schon gehört“, brummte Marik.
„Ich habe ihn gefunden.“
Überrascht riss er die Augen auf.
„Er befindet sich in den alten Kohlewerken, es gibt eine Karte davon.“
„Du willst sie wieder hinein schmuggeln“, wurde Marik klar. Doch dann hob er zweifelnd die Augenbrauen. „Aber das würde bedeuten, dass sie ...“
„Dass sie zuerst die Vollstreckung mitmachen muss, ja. Die Magoi und das Volk müssen sich sicher sein, dass die Verbannung vollständig durchgeführt wurde. Leah weiß noch nichts davon.“
„Aber sie wird Todesängste haben!“
„Es wäre auffällig, wenn sie keine hätte.“
„Das willst du ihr antun?“
Neo seufzte wieder.
„Ich werde bis zum Ende an ihrer Seite stehen und sie begleiten. Wir müssen ein Zeichen setzen, ein Zeichen dafür, dass sie zu den Magoi gehört. Dass sie zu mir gehört. Und für den Fall, dass wir nicht überleben.“

„Dass *ihr* nicht überlebt?“
„Ja. Ich werde ihr folgen, bevor das Tor geschlossen wird. Entweder holen sie uns zurück oder sie verbannen uns beide. Aber egal wie, sie werden es nicht schaffen, uns zu entzweien. Verstehst du, was ich dir damit sagen will? Die Magoi dürfen nichts von meinem Vorhaben wissen, sie würden mit aller Macht verhindern, dass ich ihr folge. Ich habe lange genug dazu gebraucht, Malin zu überreden, dass er mich an der Prozession teilnehmen lässt. Und ich werde das ganze Schauspiel mitmachen, mich vor den Toren von ihr verabschieden und erst im letzten Moment folgen. Deshalb darf auch Leah nichts davon erfahren. Sie muss denken, dass sie allein in den Tod geschickt wird und mich zum letzten Mal sieht. Es muss echt aussehen.“
Marik wurde erst jetzt bewusst, was der Magier auf sich nahm.
„Der Plan ist vollkommen verrückt.“
„Einen besseren haben wir nicht.“
„Und danach? Selbst wenn ihr es in die Stadt zurückschafft, werdet ihr euch euer Leben lang verstecken müssen. Oder zumindest so lang, bis ihr in Vergessenheit geraten seid. Ich kann euch helfen, über die Runden zu kommen, und vielleicht könnt ihr euch den Rangatahi anschließen, die schaffen es immerhin schon seit Jahren, sich zu verstecken, aber ... Ich meine, was ist mit deiner Zukunft? Du bist ein Magier, dir stehen alle Möglichkeiten offen. Du weißt, was du alles aufgibst und was für ein Leben dich auf der Straße erwartet?“
„Ich weiß es.“
Verlegen blickte Marik auf seine Stiefel.
„Du musst sie wirklich lieben.“

„Das tue ich."
„Aber du kennst sie nicht gut genug."
„Wieso?"
„Weil sie dich nicht mitkommen lassen wird, wenn sie dem Tod entgegentritt."

Kalia

Mit geübtem Handgriff richtete sie das Essen auf einem der Silbertabletts an. Der Schinken war in feine Streifen geschnitten, ein rauchiger und würziger Duft erfüllte die kalte Küche am Fuße des Priesterturms. Einst wäre ihr dabei das Wasser im Munde zusammengelaufen und sie hätte sich nur mühselig davon abhalten können, davon zu naschen. Mittlerweile widerstand sie der Versuchung problemlos. *Seit dieses Loch in meiner Brust klafft und ich mich mehr tot als lebendig fühle.* Zu dem Schinken gesellten sich eingelegte Oliven, Schafskäse und kalter Braten, alles sorgfältig im Kreis angeordnet. Auf einem weiteren Tablett befanden sich gebratene Wachteln in Honigsoße und mit buntem Gemüse garniert. Der Brotlaib war noch warm, als Kalia ihn in Scheiben schnitt.

Verärgert biss sie sich auf die Lippe. Ein Diener musste das Essen gerade erst gebracht haben und wieder hatte sie keine Möglichkeit gehabt, mit jemandem zu reden. Die Priester sorgten dafür, dass die Vorräte unregelmäßig und nie zu denselben Zeiten gebracht wurden. Es passierte immer dann, wenn Kalia in den oberen Räumen zugange war. Obwohl sie dieses Mal auf das kleinste Geräusch gehört hatte, war es ihr wieder verwehrt geblieben, Neuigkeiten von der Außenwelt zu erfahren. Sie wusste nicht, wie lange sie schon hier eingesperrt war, doch der Sommer hatte längst Abschied genommen und einem kalten und bissigen Herbst das Zepter

überlassen. Die Tage hier liefen immer nach demselben Schema ab.
Frühmorgens zu Sonnenaufgang quälte sie sich stöhnend aus dem Bett, um das Frühstück für die drei Herrschaften zuzubereiten, dann war sie bis zum Mittag damit beschäftigt, Buch über die verbliebenen Vorräte zu führen, neue Vorratslisten zu erstellen und die Küche und ihre Kammer sauber zu halten. Nach der Hauptmahlzeit begab sie sich in die oberen Gemächer der Priester, um Herr über die unzähligen Spinnweben zu werden.
Der Turm war nicht nur von außen alt und verrottet, sie schrubbte Schimmel von den Wänden und der Treppe, entstaubte längst vergessene Möbelstücke in leer stehenden Kammern und kehrte dann in die Küche zurück, um das Geschirr zu spülen und das Abendessen vorzubereiten.
In der Küche gab es eine äußerst praktische Vorrichtung. Die Außenmauer des Turmes hatte eine Rille, in der sich das Regenwasser des Daches fing und über ein kleines Loch in der Wand in ein riesiges Fass lief. Am Abend hatte sie dann die Möglichkeit, einen Holzzuber mit sauberem Wasser zu füllen, das sie auf der Feuerstelle erhitzte, doch nicht einmal die heißen Bäder, von denen sie früher nur hätte träumen können, schafften es, ihre Laune ein wenig zu heben.
Nach dem schier unendlich langen Sommer, in dem sie gehorsam und demütig gedient hatte, hatten ihr die Priester sogar eine Bitte erfüllt. Kalia hatte eines Nachts einige Stoffbahnen in den verschiedensten Farben sowie Nähzeug vorgefunden. Die Arbeit lenkte sie von den düsteren Gedanken ab, doch ihr Lächeln hatte sie auch dadurch nicht zurückerlangt.
Was nützen mir schöne Kleider?

Immerhin hatte sie nun ihre Kammer etwas wohnlicher gemacht. Das Tuch auf dem Tisch passte mit den violetten Streifen zu den Vorhängen über ihrem Bett. Auch hatte sie damit begonnen, Vorhänge für die Kammern in den oberen Etagen zu nähen, und doch wollte nichts von alldem ein Gefühl der Gemütlichkeit hervorrufen oder die Kälte vertreiben, die sie mit jedem Tag mehr zu erdrücken drohte.

Eine Zeit lang hatte sie die Hoffnung gehegt, dass die Priester ihr wenigstens einen kleinen Besuch in der Festung gestatten würden, wenn sie die Arbeit zu ihrer Zufriedenheit erledigte. Doch mit jedem Tag, an dem das Schweigen im Turm anhielt, wich ihre Hoffnung mehr und mehr einer unbändigen Verzweiflung. *Diese Stille treibt mich in den Wahnsinn.* Die drei Priester waren wie Dämonen, wie Geister, die lautlos durch die Schatten huschten und Tag und Nacht in ihren Privatgemächern verbrachten, die Kalia nicht betreten durfte. Nach ihrer Ankunft hatte sie lediglich noch einmal mit Kastau zu tun gehabt, der ihr einige Anweisungen gab, seitdem hatte sie keinen der drei wieder zu Gesicht bekommen. Kalia hatte es nicht gewagt, die vorletzte Etage zu betreten, in der sich die Priester die meiste Zeit aufhielten. Wäre da nicht das leere, dreckige Geschirr, das sie Tag für Tag waschen musste, hätte sie es nicht für möglich gehalten, dass noch weitere menschliche Wesen in dem Turm lebten. Sie schnaubte bei dem Gedanken an das Wort menschlich, denn bisher war sie sich nicht einmal sicher, ob sie damit recht behielt. *Zumindest haben sie noch einige menschliche Bedürfnisse behalten*, dachte sie säuerlich.

Der Turm hatte mindestens 60 Kammern und Tag für Tag fragte sie sich, wieso sie alle sauber halten musste, wo doch die drei Herrschaften so zurückgezogen lebten. Doch wenn sie eines gelernt hatte, dann war es, dass sie besser keine Fragen stellte. Allein ihre Neugier hatte sie hierhergebracht.

Die lange, einsame Zeit hatte sie mittlerweile ruhiger werden lassen, doch noch immer schlich sich der Anblick von Arolax' zerfallenem Gesicht und den knorrigen, weißen Händen in ihre Träume. Sie bereitete sich Abend für Abend einen Kräutertee zu, der für ruhigen und traumlosen Schlaf sorgen sollte, und dennoch wachte sie jeden Morgen schweißgebadet und ausgelaugt auf.

Die ersten Tage waren die schlimmsten gewesen, die Angst hatte sich wie ein Seil um ihre Brust geschlungen und sie zu ersticken gedroht. Mittlerweile hatte sich der Knoten gelockert, doch noch immer schreckte sie auf, wenn das Gebälk der Kammern ächzte oder Türen knarrten. Die Geräusche klangen in der unheimlichen Stille, in der sie gefangen war, wie dröhnende Donnerschläge in ihren Ohren.

Als sie das Essen auf dem Tablett angerichtet hatte, füllte sie drei Krüge mit dem goldenen Wein, den die Herrschaften bevorzugten, dann machte sie sich an den Aufstieg. Wie immer und laut ihrem Auftrag stieg sie die unendlich vielen Stufen bis fast in die Spitze des Turmes hinauf - darüber befand sich nur noch der Saal mit dem Thron - stellte das Tablett vor den Privatgemächern der Herrscher ab, klopfte zaghaft an und verschwendete keine Zeit damit, auf Antwort zu warten. Die Priester legten keinen großen Wert darauf und auch sie vermied tunlichst ein Zusammentreffen.

Sie hatte die Treppe gerade erst wieder betreten, da hörte sie leises Gemurmel aus einer der drei Türen, die zu den Privatgemächern führten. Sie blieb stehen

und spitzte die Ohren, hin und her gerissen, ob sie die Flucht ergreifen sollte oder noch einen kleinen Moment verweilen konnte.
Neugier war gefährlich, das hatte sie bereits auf scheußliche Art und Weise lernen müssen, und doch war es eine Eigenschaft, die ihr angeboren war. Barfuß und mit leisen Schritten stieg sie die Treppe wieder hinauf bis zum Absatz, während sie in der Dunkelheit verharrte. Es war Kastaus Stimme, dessen war sie sich sicher, und doch hörte es sich befremdlich an, sie laut und nicht in ihrem Kopf zu vernehmen. Scheinbar machten die Priester unter sich nicht so viel Aufhebens um ihre Fähigkeit, ihre eigenen Gedanken in den Köpfen anderer verlauten zu lassen.
„Es gibt eine wichtige Angelegenheit, die wir in der Festung zu erledigen haben. Ich will, dass du heute dabei bist, deine Ausbildung ist fast gänzlich abgeschlossen."
Kalia konnte keine Antwort vernehmen, doch es lag nahe, dass er sich mit Selas unterhielt, dem jüngsten der Priester, der dem Schweigegelübde unterlag.
„Du fragst dich, um welche Angelegenheit es sich handelt? Es gibt Unruhen in der Stadt und es wird Zeit, dass wir unseren Lord Verwalter daran erinnern, wie dringlich unser Anliegen ist, genau das zu verhindern. Ich habe das Gefühl, er wird etwas nachlässig. Dass er dieses Mädchen verschonen wollte, zeigt nur zu gut, wie wenig er verstanden hat. Wir müssen heute dafür sorgen, dass die Verbannung reibungslos verläuft und dieses schwache Geschöpf tatsächlich ihr Leben verliert. Außerdem ist Arolax noch immer außer Kräften und schläft seit drei Tagen, nachdem er die Vorbereitungen dafür

getroffen hat. Auch wenn seine Macht über die Jahre schier unendlich geworden ist, seine Substanz zerfällt mehr und mehr und schwächt ihn jedes Mal aufs Neue. Es ist nur noch eine Frage der Zeit, bis ich seine Nachfolge antrete, und dann brauche ich dich als zuverlässigen Gehilfen."

Kalia hatte kaum bemerkt, dass sie den Atem angehalten hatte. Das Gespräch schien zu Ende zu sein, und so eilte sie lautlos die Treppe hinab, bewaffnete sich mit einem Wassereimer und verzog sich in eine der unzähligen, leer stehenden Kammern im Kampfe gegen die Spinnweben.

Mit gespitzten Ohren ließ sie die nasse Bürste über den Steinboden gleiten, während ihre Gedanken im Kreis wirbelten. Ein seltsames Gefühl erfasste sie, ohne dass sie es deuten konnte. Es war wie ein Funken in ihrer Brust, längst vergessen und fast erloschen. Die Hoffnung keimte in ihr auf, ohne dass sie es verhindern konnte. Wie oft schon hatte sie darüber nachgedacht, wie sie ihrem tristen Dasein entrinnen konnte, und doch fiel ihr keine Lösung ein, die sie vor den Fängen und dem Zorn der Priester retten würden.

Seufzend kniete sie sich nieder und tauchte die Bürste in den Eimer, um den abgewetzten Steinfußboden zu säubern. Eine Bewegung in ihrem Augenwinkel ließ sie aufblicken. Verdutzt blinzelte sie. Es war nicht mehr als ein Schatten gewesen, der durch den Flur gehuscht war, lautlos und verdeckt. Sie hatte gerade noch das Ende einer schwarzen Robe um die Ecke flattern sehen. Kalia biss sich auf die Lippe und hielt den Atem an, um keine Geräusche zu machen. Waren es Kastau und Selas gewesen, die den Turm verließen?

Sie rief sich zur Ordnung. *Meine Neugier hat mich hierher gebracht, wo wird sie mich das nächste Mal hinführen?* Sie glaubte nicht, dass die Priester noch einmal Milde würden walten lassen. Doch andererseits hatte sie die größte Strafe bereits bekommen, nur der Tod konnte diesem tristen und einsamen Dasein Konkurrenz machen und selbst diesen fürchtete sie längst nicht mehr so wie bisher. Die Zeit im Priesterturm hatte sie innerlich erstarren lassen, sie hatte ihr jegliche Freude am Leben genommen und nichts als Hoffnungslosigkeit und Verzweiflung gelassen. Die Magd erinnerte sich an die Arbeit in der Festung, bei der sie mit Tania schwatzen und lachen konnte, sie dachte an die Köchin Merani, die stets wie eine Mutter zu ihr war, und auch an die fröhlichen Tage auf dem Gelände, gemeinsam mit der schüchternen Sarina und Leah, die einerseits geheimnisvoll war und doch ihr reines Herz nicht verbergen konnte. Erst jetzt bemerkte sie, wie ihr heiße Tränen über die Wangen liefen.

Es muss sich etwas ändern! Keinen Tag länger würde sie in diesen tristen Gemäuern aushalten, ohne vor Einsamkeit den Verstand zu verlieren. Wenn sie ihre Chance nicht nutzte, würde es vermutlich nie wieder eine geben. Wer wusste schon, wie lange Kastau und Selas den Turm verließen. Laut dem Gespräch befand sich Arolax in einem totenähnlichen Tiefschlaf.

Wenn ich nur wüsste, wo ich anfangen soll. Die Türen und Fenster waren sorgfältig verschlossen, und doch versuchte sie es zuerst an der Eingangspforte. Ein frustrierter Aufschrei entfuhr ihren Lippen, als sie diese wie immer versiegelt vorfand. Verzweifelt kehrte sie zurück in ihre Kammer, ließ sich auf das Bett fallen und dachte angestrengt nach. Jeden Winkel hatte sie hier unten abgesucht, nicht ein Stein hing lose im Gemäuer und einen Tunnel zu graben kam nicht infrage.

Es muss eine andere Lösung geben. Aber die einzigen Räume, die ich noch nicht abgesucht habe ... Entschlossen sprang sie auf und eilte die Treppe hinauf bis zu den Privatgemächern der Priester. Vor den drei Türen blieb sie stehen. Welche sollte sie wählen? Wenn sie zufällig in Arolax' Schlafzimmer stolperte, konnte es trotz seines vermeintlichen Schlafes ihren Tod bedeuten, also entschloss sie sich für das Gemach, in dem das Gespräch zwischen Kastau und Selas stattgefunden hatte.

Mit angehaltenem Atem und zitternden Händen drückte sie die Tür auf und trat ein. Trotz der Kälte, die den Turm nie zu verlassen schien, waren ihre Hände schweißnass und Kalia wischte sie an dem einfachen, olivgrünen Kleid ab. Die plötzliche Dunkelheit, in der sie sich befand, ließ sie erstarren und lautlos in der Tür verharren. Nur ein schwacher Lichtschein drang hinter ihr durch die Tür und es dauerte, bis sich ihre Augen an die Finsternis gewöhnten. Kein Geräusch war zu hören und nach einer Weile wagte sie es, sich zu bewegen.

Während es in den anderen Gemächern des Priesterturmes lediglich kalt war, herrschte hier ein Klima wie im eisigsten Winter. Sie fröstelte und strich sich über die Arme, während sie den Gedanken verdrängte, woher die unnatürliche Kälte stammte.

In dieser Finsternis konnte sie die Hand vor Augen kaum sehen, also lief sie zurück über die Treppe bis in die Küche, wo sie einen Kerzenstumpf an den letzten, flackernden Flammen des Kaminfeuers entzündete. Völlig außer Atem und mit schmerzenden Waden

kehrte sie in das Privatgemach eines der Priester zurück.
Wie viel Zeit war schon vergangen? Mit dem kleinen Licht in der Hand erkannte sie endlich die Umrisse der Einrichtung. Sie war sich selbst nicht sicher, was sie erwartet hatte, doch ein fast kahler, halbrunder Steinsaal wäre ihr nicht in den Sinn gekommen.
Vor Anspannung schmerzte ihr Nacken und ihr pochendes Herz schien Trommelschläge durch ihren Körper zu senden. Der flackernde Schein der Kerze glitt über kahle, nasskalte und mit Spinnweben überzogene Wände. Fast schon dachte sie, der Raum wäre leer, bis sie in der Mitte eine steinerne, runde Platte entdeckte, um die herum drei thronartige Sessel standen. Statt einem Privatgemach, wie sie es erwartet hatte, mit Wandteppichen und edlen Holzmöbeln, befand sie sich augenscheinlich in einer Art Beratungskammer. *Fensterlos, dunkel und kahl, nicht besser als ein Kerker.* Die Priester schienen nicht viel Wert auf Gemütlichkeit zu legen.
An der Wand gegenüber erregte eine erloschene Fackel ihre Aufmerksamkeit. Von der Dunkelheit eingeschüchtert, eilte sie hinüber und entzündete sie mit der Kerze. Augenblicklich war die Kammer in warmes, orangefarbenes Licht getaucht, doch nichts vermochte die eisige Kälte zu vertreiben, die über ihre Haut kroch und sich bis in den Tiefen ihres Herzens einnistete.
Enttäuscht ließ sie die Schultern herabhängen. *Was hatte ich erwartet? Einen geheimen Ausgang?* Doch bevor sie sich ihrer Verzweiflung hingab, nahm sie den steinernen Rundtisch näher in Augenschein und erkannte die künstlerische Schönheit des Stückes. Die Platte saß nicht einfach auf einer Säule, sondern

wurde von zwei steinernen, eng umschlungenen Drachen gehalten. Die Platte selbst war verziert mit Runen und Schriftzeichen, die Kalia nicht entziffern konnte.
Sanft ließ sie ihre Finger über den kalten Stein gleiten, in den einige Rillen gezogen waren. Ein seltsames Kribbeln durchfuhr ihre Fingerspitzen. Sie betrachtete sie genauer und runzelte die Stirn. Dann wandte sie sich dem in dunkles Leder gebundenen Buch zu, das darauf platziert war, und schlug es auf, wobei ihr mehrere vergilbte und zerfallene Pergamente entgegenkamen.
Die Schrift war verblasst und kaum noch zu erkennen, der Einband lose und zerfleddert. Es war das wohl älteste Schriftstück, das sie jemals erblickt hatte. Sie hielt es näher vors Gesicht, um darin zu lesen, doch nicht ein einziger Buchstabe kam ihr bekannt vor. Es musste sich um eine Sprache und eine Schrift handeln, die längst vergessen und nun aufgetaucht war, ebenso wie der Funken Begeisterung, der sich wieder angesichts ihrer Neugier bemerkbar machte. Für einen Moment vergaß sie sogar tatsächlich, in was für einer Gefahr sie schwebte und wie aussichtslos ihre Situation war. Hier hielt sie Wissen in den Händen, das vermutlich nur eine ausgewählte Sammlung von Personen je zu Gesicht bekommen durfte.
Sie blätterte weiter und stieß auf einige grobe Skizzen und verblasste Zeichnungen. Je weiter sie sich dem Ende näherte, desto deutlicher und kräftiger wurde die Schrift, bis plötzlich auch die Worte zu einer ihr verständlichen Sprache wechselten.
Vor Aufregung zog sie scharf die Luft ein und biss sich auf die Lippe, während ihre Augen gierig über die

Zeilen glitten und alles aufzunehmen versuchten. Schnell wurde ihr klar, dass es sich um ein Lehrbuch handeln musste, vermutlich wurde Selas hier unterrichtet.

Es ergab kaum einen Sinn für sie und einige Wörter waren ihr gänzlich unbekannt. Dennoch blieb Kalia nicht verborgen, um was für eine Anleitung es sich handelte. Angeekelt stieß sie das Buch von sich weg. Es landete mit einem dumpfen Aufschlag auf dem Boden, doch sie war zu geschockt, um sich zu rühren. Nun verdeckte der Einband den Tisch nicht mehr und die steinerne Platte lag offen vor ihren Augen. Fassungslos starrte sie die Karte an, die sich mit tiefen Rillen auf dem Stein abzeichnete, doch die Bedeutung dessen, was sie gerade herausgefunden hatte, sickerte nur langsam in ihr Bewusstsein. *Kann das wahr sein?*

Ein Geräusch riss sie aus ihrer Erstarrung und mit einem leisen Aufschrei fuhr ihr Kopf zur Tür herum, in der eine in schwarze Umhänge gehüllte und gebeugte Person erschienen war.

„Du!“, krächzte Arolax. Seine Stimme klang dünn und schwach, während Kalia wie gebannt in das Gesicht des obersten Priesters sah. Bei ihrer letzten Begegnung hätte sie es nicht für möglich gehalten, dass es einen schlimmeren Anblick als den des zerfallenen, halb toten Priesters geben könne, doch wo sein Gesicht einst schmal und knochig war, waren die Wangen nun ausgemergelt und hohl. Die schwarzen, glänzenden Augen waren blutunterlaufen und lagen tief in ihren Höhlen, der vor Wut verzerrte Mund war rissig und ausgetrocknet, während seine Haut milchigweiß und hauchdünn das zerfurchte Gesicht bedeckte.

Kalia wich erschrocken zurück, als er in den Raum gehumpelt kam. Er ließ die knochigen Hände mit einer fließenden Bewegung durch die Luft gleiten und plötzlich erfüllte ein gleißendes Licht den Raum. Die Fackel an der Wand hinter Kalia war regelrecht in tausend Funken zerstoben, die glühend auf sie herabregneten und ihr Kleid entzündeten.
Panisch klopfte sie das Feuer mit den Händen aus, doch ein heißer Schmerz verbrannte ihr bereits die Kopfhaut, als ihre Haare in Flammen standen. Blind vor Schmerz schrie sie auf und stürzte zur Seite, als sie den eisigen Griff des Priesters an ihrem Arm spürte. Sie rollte sich auf dem Boden, um auch die letzten Flammen zu ersticken, während der beißende Rauch ihre Lungen füllte und sie zum Husten brachte. Wieder von Dunkelheit eingehüllt und mit tränenden, stechenden Augen, tastete sie sich schluchzend und unbeholfen voran, kroch auf den verschwommenen Lichtschein zu, um weg von dem Priester zu kommen, dessen zorniger Aufschrei ihr folgte. Mit vor Angst zugeschnürter Brust blickte sie über die Schulter, jeden Moment damit rechnend, von ihm gepackt und endgültig umgebracht zu werden. Doch der Mann selbst schien völlig entkräftet zu sein, er stützte sich keuchend am Tisch ab und starrte wütend hinter ihr her.
„Du kommst hier nicht raus“, rasselte er schwach. „Du bist verloren.“
Kalia hatte endlich die Tür erreicht und zerrte mit Leibeskräften daran, um sie zu schließen und den Priester in der Kammer einzusperren, doch so sehr sie sich auch gegen das schwere Holz stemmte, die Tür rührte sich keinen Zentimeter. Ihr Blick wanderte zu

Arolax, der trotz seiner Erschöpfung ein höhnisches Lächeln zustande brachte.
Kalia drehte sich um und wollte die Treppe hinab eilen, als eine weitere Fackel an der Wand zerstob und sie sich einem Flammenmeer gegenüber sah. Ein panischer Aufschrei entglitt ihren Lippen, während sie den einzigen Ausweg nahm, der ihr blieb, die Treppe nach oben. Sie hörte die schlürfenden Schritte des Priesters hinter sich, doch jede Bewegung schien ihm unendlich schwerzufallen.
Kalia erreichte den obersten Raum des Turmes, in dem sich Arolax' steinerner Thron befand. Sie schlug die Tür hinter sich zu und schob einen breiten Holzriegel vor, während sie starr vor Schreck an der Wand herabsank. Dann erst entglitt ein heißer Schrei ihrer Kehle, als der Schmerz ihrer verbrannten Haut den Schock verdrängte und sie die Folgen ihrer Verbrennung zu spüren bekam. Auf ihrem Arm bildeten sich mit Flüssigkeit gefüllte Blasen, die rußverfärbte Haut löste sich in Streifen ab. Ebenso schien ihre Gesichtshälfte in Flammen zu stehen, während die Kopfhaut wie mit glühenden Kohlen bedeckt schien. Nur noch wenige Strähnen hingen auf der verschonten Gesichtshälfte herab.
Wimmernd betastete sie die Stoppeln, die ihr geblieben waren und zuckte vor ihrer eigenen Berührung zurück. Sie war gefangen, nichts würde ihr jetzt mehr das Leben retten, und doch hatte die Angst ihre erbarmungslosen Krallen in ihr Herz geschlagen. Sie wollte nicht sterben, sie fürchtete den Tod, doch mehr noch die Angst, wie sie diesen finden würde.
Verzweifelt brach sie in Schluchzen aus, als die Stimme des Priesters in ihrem Kopf ertönte und sie zusammenzucken ließ.

„Es gibt keinen Ausweg, Kind, komm heraus und ich verspreche dir einen schnellen, schmerzlosen Tod.“
„Nein“, schrie Kalia verzweifelt.
„Zwinge mich nicht dazu, auch meine letzten Kräfte dafür zu verschwenden!“
Auch wenn die Angst überwog, dieser Satz ließ sie aufhorchen. Es war, wie sie vermutet hatte, sie wäre längst nicht mehr am Leben gewesen, hätte Arolax seine volle Kraft schon zurückerlangt. Doch wie lange mochte es dauern, bis Kastau und Selas zurückkehrten? Sie saß eingesperrt wie eine Maus in dem kalten Gefängnis der Priester, und das seit ihrer Ankunft. Und nun war der Tag gekommen, an dem sie den Tod finden würde.

Leah

Stöhnend schlug sie sich die Hände vor die Augen, als sie aus dem Haupttor der Festung trat. Obwohl die Sonne nur schwach durch den wolkenverhangenen Himmel blinzelte, verursachte die ungewohnte Helligkeit einen stechenden Schmerz hinter ihren Lidern. Kalter Wind zerrte an dem weißen Gewand. Das Kleid, das Merani gebracht hatte, war schlicht und in seiner Einfachheit wunderschön, doch es diente nicht dazu, sie warm zu halten. Dafür war der dicke, wollene Mantel gedacht, der ihr mit der schwarzen Farbe zudem im Wald eine willkommene Tarnung bieten würde. Doch bis sie das Tor verließ, galt es, die Farbe der Unschuld zur Schau zu stellen.
Wenigstens das kann ich noch tun.
Sie blinzelte, als sich ihre Augen an das grelle Licht gewöhnten und der Burghof langsam Gestalt annahm. Ein leises Keuchen entfuhr ihr, als sie die versammelte Menge erblickte. Es schien, als hätte sich der Großteil der Magoi zusammengefunden, um einen ersten und letzten neugierigen Blick auf das Mädchen zu erhaschen, das es fast bis in ihre Mitte geschafft hätte.
Sie erinnerte sich an frühere Verbannungen, an denen sie teilnehmen musste. Für gewöhnlich ließ sich nur das gemeine Volk dazu herab, zu diesen Szenarien zu erscheinen. Lediglich der Verwalter und einige Stadtwachen genügten, um die Gefangenen auf einem hölzernen Karren festgekettet durch die Stadt zu befördern.

Zwei Eisenmänner packten sie unsanft und stießen sie vorwärts, während ihre Knie unter ihr nachzugeben drohten und ihre Hände sich an den zusammengerollten Mantel in ihren Armen krallten.
Kurz darauf bemerkte man ihre Anwesenheit und die Köpfe der Umstehenden drehten sich zu ihr. Hinter den Magoi sammelten sich einige Bedienstete, dicht an die Mauern gedrängt, um den Herrschaften nicht im Wege zu stehen. Leah kannte sie fast alle und egal wo sie hinsah, überall wurde sie mit bekannten, mitleidigen Blicken bedacht.
Der Anblick von Merani, die auf der einen Seite eine schluchzende Sarina und auf der anderen Seite eine wimmernde Tania im Arm hielt, war schließlich zu viel. Leahs Beine knickten unter ihr ein und sie schlug unsanft mit den Knien auf den Boden, doch eine Pause war ihr nicht länger gegönnt. Die Wachmänner zogen sie unerbittlich wieder in die Höhe und schleiften sie mit sich. Mit zusammengebissenen Zähnen riss sie sich zusammen und ging weiter.
Auf der Zugbrücke kristallisierte sich der eigentliche Trupp heraus, der sie begleiten würde. Sir Malin hatte sie bisher keines Blickes gewürdigt. Er führte die Prozession an und schritt hoheitsvoll mit seiner blauen Amtsrobe voran. Leah folgte ihm zwischen den beiden Eisenmännern. Vier weitere Wachen waren direkt hinter ihr.
Sie wagte einen Blick über die Schulter und sah etwa ein Dutzend Magoi, die sich ihnen angeschlossen hatten. Die vier Lehrer, die sich bei dem Prozess für sie ausgesprochen hatten, waren ebenfalls darunter.
Auch Sir Malin wandte sich um und betrachtete die Verfolger stirnrunzelnd. Ihre Anwesenheit schien ihn nicht gerade zu erfreuen, doch entweder hatte er nicht

die Befugnis dazu, sie in die Festung zu verweisen, oder er wollte schlicht und einfach einen Konflikt vermeiden.

Leah biss sich auf die Lippe. Neo war nirgends zu sehen, was ihr einerseits die Brust zuschnürte und die Tränen in die Augen trieb, und andererseits erleichtert aufatmen ließ. Sie hatte seinen Plan durchschaut, bevor er ihn selbst richtig erfasst hatte. Neo hätte es niemals übers Herz gebracht, sie alleine aus den Toren von Elaos gehen zu lassen. Und sie brachte es nicht übers Herz, dass er sein Leben für sie aufs Spiel setzte. Glücklicherweise hatte er keinen Verdacht geschöpft, als sie am Vorabend ein letztes Mal nach Merani hatte rufen lassen. Die Köchin hatte geweint und geflucht, geschimpft und gezetert, bevor sie Leahs Bitte endlich nachgekommen war und versprach, Neos Wasserkrug am Bett mit Kräutern zu versehen, die ihn bis in den Abend würden schlafen lassen.

Es ist besser so. Leah hatte sich längst damit abgefunden, heute ihren Tod zu finden. Eine Zeit lang hatte sie sich vorgemacht, sich vor den Taniwha verborgen halten zu können, doch selbst wenn sie es einige Tage schaffte, im Wald zu überleben, waren die Berge doch meilenweit entfernt und sie wusste nicht einmal, was sie dort vorfinden würde. *Ich werde den nächsten Sonnenaufgang nicht erleben*, dessen war sie sich sicher, und sie war längst nicht dazu bereit, Neo ebenfalls den Bestien auszuliefern. Sie hoffte, dass er es ihr irgendwann würde verzeihen können. *Und dass er irgendwann sein Glück finden wird.*

Der Regen wurde stärker und Leah begann am ganzen Körper zu schlottern. Man hatte darauf verzichtet, sie an einen Holzkarren anzuketten, doch sie wusste nicht, wem sie das zu verdanken hatte. Im Grunde genommen war sie sowieso machtlos, selbst ohne die Magoi, von denen sie umringt war. Bis zum Marktplatz im Armenviertel war es ein weiter Weg, doch die Magoi hielten an ihren Traditionen fest. Dort würde man ihre offizielle Verbannung verkünden, woraufhin der Weg durch die reicheren Viertel bis hin zum großen Stadttor führte.

Leah ließ sich teilnahmslos weiterführen und hielt den Blick gesenkt. Sie erreichten die Stadtwache, wo sich ihnen weitere Wachen anschlossen. Immer mehr Menschen aus dem gemeinen Volk gesellten sich dazu und trotteten in gebührendem Sicherheitsabstand hinterher. Das Gemurmel um sie herum wurde lauter, doch die üblichen Beschimpfungen blieben aus.

Nach schier unendlich langer Zeit erreichten sie das Viertel der Armen, wo sich heruntergekommene Sandsteinhäuser aneinanderreihten und die Gassen enger und schmutziger wurden. Von allen Seiten strömten die Menschen heran, von Neugier getrieben und weil die Teilnahme an einer Vollstreckung Pflicht war. Einige neugierige Kinder trauten sich so weit an die Wachen heran, dass Leah ein paar Gesprächsfetzen auffassen konnte.

„Ich wette einen Taler, dass sie gleich aufgefressen wird."

„Du hast doch nicht mal einen Taler."

„Wenn ich die Wette gewinne, dann schon!"

„Wirst du nicht, die Letzte ist schon zerrissen worden, bevor sie das Tor ganz verlassen hat. Zweimal hintereinander passiert sowas nicht."

Sie ballte die Hände zu Fäusten und versank wieder in ihrer Teilnahmslosigkeit, um die aufsteigenden Bilder in ihrem Kopf zu verdrängen. Sie durfte nicht daran

denken, sie durfte es nicht an sich heranlassen, um nicht hier mitten auf der Straße zusammenzubrechen, denn selbst das hätte ihr nicht geholfen.
Einer der Wachmänner scheuchte die beiden Jungen, die noch immer lauthals über die Art und Weise ihres Todes stritten, zurück nach hinten in die folgende Menge.
Leah zitterte mittlerweile am ganzen Körper, die Kälte war ihr bis in die Knochen gedrungen und doch begrüßte sie das taube Gefühl, dass sie mit sich brachte. Nicht einmal die Gefühle der Umstehenden reichten an sie heran, wie in Watte gepackt ließ sie sich widerstandslos durch die Stadt führen, um ihrem Schicksal entgegenzutreten. Ein Schrei riss sie aus ihrer Lethargie.
„Leah!" Ihr Kopf wandte sich dem Ruf zu und sie sog den Atem mit einem erstickten Laut ein.
„Mutter."
Saya kämpfte sich einen Weg durch die Menge, ihr blonder Haarschopf setzte sich von den Umstehenden ab, sodass Leah sie gleich erblickte. Ihre Beine versagten ihr jeden weiteren Dienst, wie angewurzelt blieb sie stehen und klammerte sich mit den Augen an dem Gesicht der Frau fest, die ihr ein Leben lang Halt und Wärme gegeben hatte. Augenblicklich stellten sich die Wachen in einer schützenden Reihe vor ihr auf, doch Saya machte keine Anstalten, sich von ihrer Tochter fernzuhalten.
„Ich bin ihre Mutter!", knurrte sie einen der Eisenmänner an. Der blickte unsicher zu seinen Kollegen und nach einem stummen Austausch ließen sie die aufgebrachte Frau durch. Schon lagen sich Tochter und Mutter in den Armen. Leah vergrub das Gesicht an ihrer Schulter und klammerte sich an ihr

fest, doch keine einzige Träne wollte über ihre Wange rollen. Wenn sie jetzt anfing zu weinen, würde sie nie wieder damit aufhören können.

Sir Malin räusperte sich vornehmlich und die Eisenmänner traten wieder näher, doch Saya schien keine Anstalten zu machen, ihr Kind jemals wieder freizugeben.

„Lasst sie in Ruhe“, zischte sie, doch Leah löste energisch ihre Hände von ihren Armen.

„Nicht ... Du bringst dich nur selbst in Gefahr.“

„Das ist mir egal!“

„Denk an Joki. Er braucht dich! Er hat sonst niemanden mehr.“

Saya zögerte und ihre Augen füllten sich mit Tränen.

„Ich hätte dich niemals auf diese Burg gehen lassen sollen.“ Für Leah wurde es immer schwerer, ihre Gefühle zu unterdrücken und die Teilnahmslosigkeit aufrecht zu erhalten.

„Ich wollte es so“, flüsterte sie. „Es tut mir leid, Mutter. Ich liebe dich.“

Die Wachmänner packten Saya an den Schultern und schoben sie zurück in die Menge. Sie wehrte sich nur noch halbherzig dagegen, doch Leah konnte die Verzweiflung und die Fassungslosigkeit in ihrem Blick erkennen. Unter äußerster Willenskraft schaffte sie es, den Blick abzuwenden und ihren Weg fortzusetzen. Sayas verzweifelte Schreie hallten ihr noch lange in den Ohren und brachen ihr Herz mit jedem Schritt mehr entzwei. Dass sie ihrer Mutter noch einmal sagen konnte, dass sie sie liebte, war einerseits eine Erleichterung, und doch hatte sie das Gefühl, innerlich zu zerspringen.

Endlich erreichten sie den Marktplatz des Armenviertels. Da ihr Schicksal sowieso schon besiegelt war, wollte sie es nicht auch noch unnötig hinauszögern, und so straffte sie mit dem letzten bisschen Willenskraft, das sie aufbringen konnte, die Schultern und stellte sich dem, was auf sie zukam.

Wie bei jeder Vollstreckung war der kleine, offene Platz überfüllt von Menschen, die aufgeregt dem bevorstehenden Ereignis entgegensahen. Das sorglose Geplapper und die heiteren Rufe bildeten einen grotesken Kontrast zu Leahs eigenen Gefühlen. Die Menschen freuten sich darauf, nun wieder eine willkommene Ablenkung vom Alltag zu haben.

Leah kannte dieses Verhalten zur Genüge und doch schien es diesmal anders zu sein. Für gewöhnlich waren es Verbrecher, die an ihrer Stelle standen. Diebe, Mörder und Huren galten als Abschaum und das gemeine Volk genoss es, dass es endlich jemanden gab, der weniger wert war als sie selbst. Es verschaffte ihnen Genugtuung, jemanden so behandeln zu können, wie sie es die meiste Zeit ihres Lebens ertragen mussten. Und so sparten sie üblicherweise nicht mit Beschimpfungen, spuckten auf die Verurteilten und diejenigen, die es entbehren konnten, bewarfen die Verbrecher mit faulem Obst.

Umso erleichterter war sie, dass ihr solch ein Verhalten erspart blieb. Sie selbst hatte es immer verabscheut, die Menschen so zu sehen. Sie hasste es, wie sie sich an den Tagen der Vollstreckung auf die Verbrecher stürzten, um sie in den letzten Momenten vor dem Tod noch weitestgehend zu erniedrigen.

Noch hatte sie das hölzerne Podest in der Mitte nicht erreicht, aber irgendetwas gab ihr das Gefühl, dass ihr dieses Szenario erspart blieb. Die Menge wirkte aufgekratzt, ja, und doch war sie zurückhaltender, als es Leah gewohnt war.

Sie ließ den Blick über die Gesichter der Umstehenden schweifen. Einige sahen unverhohlen selbstgefällig aus und schienen es kaum abwarten zu können, den Bestien endlich ein weiteres Opfer zum Fraß vorwerfen zu können. Doch der Großteil der Umstehenden wirkte unsicher. In deren Augen hatte sie etwas getan, das nicht weniger niederträchtig war als ein Raub oder ein Mord. Sie hatte sich mit einem Magier eingelassen, mit einem der Menschen, die das gemeine Volk der Stadt unterdrückten und wie Dreck behandelten. Zudem hatte sie selbst angeblich magische Fähigkeiten. Solch ein Verhalten galt fast schon als Hochverrat und so blieben auch einige abfällige Rufe und Beschimpfungen nicht aus.

Doch im Gegensatz zu den anderen Verbannten hatte sie niemandem aus dem gemeinen Volk Schaden zugefügt, sie selbst war das Opfer ihrer Liebe und der Willkür der Magoi. Nicht wenige hatten sie in der Stadt aufwachsen sehen und vielen hatte sie geholfen, wenn es in ihrer Macht stand, hatte Essen geteilt, wenn einmal genug vorhanden war und sich nie gescheut, einem Bettler die Hand zu reichen und ihn zu Jolinda zu bringen, damit diese wenigstens die Wunden der Kranken behandeln konnte. Sie war eine von ihnen, sie trug dieselbe Sonne auf der Stirn. Es stand den meisten förmlich ins Gesicht geschrieben, dass sie nicht damit umzugehen wussten. Im Stillen dankte sie Merani für das weiße Kleid, das sie unschuldiger denn je aussehen ließ, während ihr das blonde Haar unbedeckt über die Schultern fiel. Und dennoch setzte sich niemand für sie ein. Nicht ein einziger Ruf richtete sich gegen die Magoi, viel zu groß war die Angst, selbst in die Verbannung geschickt zu werden.

Sie erreichten das Podest und Leah wurde hinaufgeführt. Von hier oben konnte sie den Marktplatz überblicken, während alle Blicke auf sie gerichtet waren. *Würden sie mir helfen, wenn ich sie darum bitte?* Einen Moment lang überwog die Angst und Verzweiflung, sodass sie versucht war, die Menschen, unter denen sie aufgewachsen war, anzuflehen. Sie wollte weinen und schreien, hoffte, sie würden sich auf die Magoi stürzen, die ihnen so zahlenmäßig unterlegen waren. Doch niemand rührte sich, manche trauten sich nicht einmal, ihr ins Gesicht zu schauen. Nicht wenige Gesichter sahen betreten zu Boden. Und so blieb auch sie stehen und verzog keine Miene. Wer zu ihr herauf blickte, dem sah sie fest in die Augen, und bald darauf senkten sich auch die Blicke derjenigen, die sie unverhohlen anstarrten. Selbst ohne ihr Gespür konnte sie die Schuldgefühle in ihren Augen sehen. *Sie wissen es genau, aber sie sind noch nicht bereit dazu. Vielleicht hat Merani recht und mein Tod wird sie in ihrer Entschlossenheit bestärken.*

Sir Malin verlas mit lauter Stimme ihre Anklage, doch kaum ein Wort drang zu ihr hindurch. Ein Tumult am Ende des Platzes riss sie aus ihrer Erstarrung. Mit zusammengekniffenen Augen suchte sie den Markt ab, bis ihr das Herz vor Entsetzen zu versagen drohte. Sie kannte die Gestalt, die sich mit Händen und Füßen gegen die Eisenmänner wehrte, die sie umklammert hielten. Mariks wütende Rufe übertönten Malins brummende Worte.

„Er sollte bei ihr sein! Ihr könnt sie nicht verbannen, sie ist unschuldig!“

Mit einem eisernen Faustschlag wurde er zum Schweigen gebracht und sackte kraftlos in den Armen eines Mannes der Stadtwache zusammen. Leah

wankte, trat einen Schritt vor und streckte den Arm aus, bis die Wachen sie an der Schulter packten und auf dem Podest hielten.
„Marik ..."
Niemand vernahm ihr Wispern, niemand spürte die Verzweiflung, die sie zu ersticken drohte. Nicht selten versuchte ein Familienmitglied, die Magoi noch während der Vollstreckung verzweifelt umzustimmen, ohne Erfolg. Meist wurden sie vom Schauplatz entfernt und mussten mit nur geringen Strafen rechnen. Doch für Marik stand weitaus mehr auf dem Spiel, er arbeitete bei der Stadtwache und man würde ihm sein Vergehen nicht so leicht nachsehen.
Seine Worte bestätigten ihren Verdacht. *Er sollte bei ihr sein.* Neo hatte nicht vorgehabt, sie sterben zu lassen. Vermutlich wäre er ihr direkt aus den Toren von Elaos gefolgt. Statt der Erleichterung, die sie verspüren sollte, weil sie seinen Plan vereitelt hatte und ihn in Sicherheit wusste, wurde der selbstlose Teil ihrer Seele immer stiller. Sie konnte es nicht leugnen, sie wünschte sich Neo mehr denn je herbei, damit er sie endlich aus diesem Albtraum befreien konnte. Sie hatte kaum noch die Kraft, aufrecht zu stehen, geschweige denn, den Marsch durch die Stadt fortzusetzen. Die Angst schnürte ihr plötzlich die Kehle zu, als Malin die letzten Worte sprach.
„Verbannt seist du, auf dass dein Opfer die Bestien des Waldes besänftige."
Eine Hand in ihrem Rücken schob sie zur Treppe, damit sie die Prozession anführen konnte. Früher wurden die Verbannten förmlich aus der Stadt gejagt, die Menschen scheuchten sie mit Fackeln, Schlägen und Tritten. Heute ging es etwas gesitteter zu und erinnerte eher an einen gemächlichen Marsch durch

die Stadt, und doch kam sie sich vor wie ein gehetztes Reh, das von der wilden Meute in die Ecke gedrängt wurde, und dessen letzter Ausweg nur die Tore von Elaos waren. Verzweifelt entschlüpfte ihr ein Schluchzer. *Neo. Es tut mir so leid.* Sie klammerte sich an den Gedanken, dass er überleben würde. Ohne Frage hätte er sein Leben für sie aufs Spiel gesetzt und es dabei verloren. Wenigstens ihn hatte sie gerettet.

Die Häuser zogen an ihr vorbei, erst klein und schmutzig, dann wurden sie höher und stabiler, bis sie sich zum Schluss mit Marmorsäulen und Verzierungen übertrafen. Sie spürte die Blicke aus den Fenstern und von den Balkonen, während die Reichen, hauptsächlich Magoi, ihr Schauspiel genossen. Dieser Umweg durch die Stadt wurde extra gemacht, damit sie sich nicht unter die Bettler und Armen mischen mussten. Dann erreichten sie den westlichen Teil von Elaos, bis sie schließlich die Häuser hinter sich ließen und die Weiden sich ausbreiteten. Dahinter ragte die steinerne Mauer in den Himmel, unbezwingbar und düster.

Ein Brüllen durchschnitt die Luft und ließ die Baumkronen des Waldes dahinter erzittern. Leah entfuhr ein Keuchen, während der Schweiß ihren Nacken herablief und ihre Beine unkontrolliert zitterten. Die Taniwha lauerten vor den Toren, sie warteten auf sie.

Ein letztes Mal biss sie sich auf die Lippen und ging den schwersten Weg ihres Lebens. Von hinten hörte sie ängstliche und gedämpfte Rufe, niemand wagte es mehr, einen lauten Schrei von sich zu geben. *Als würde das jetzt noch etwas bringen. Die Taniwha sind bereits da.* Sie konnte die bebenden Schritte spüren. *Einer, vielleicht auch zwei.* Und endlich wurde ihr klar, dass das letzte bisschen Hoffnung vergebens war. Es gab kein Entrinnen, weder hinter noch vor den Toren von Elaos. Und mit dieser Gewissheit schritt sie voran, während die Wachen das ächzende Tor öffneten. Als sie es fast erreicht hatte, hielt sie ein letztes Mal inne und blickte zu Sir Malin. Selbst ihn schien es zu schmerzen, was gleich passieren würde.

„Irgendwann kommt der Tag, an dem Ihr durch dieses Tor schreitet, weil das Volk erkennt, dass die Magoi im Grunde genommen machtlos sind. Denkt an mich, wenn es soweit ist.“

Und mit einem letzten, eindringlichen Blick drehte sie sich um und verließ die schützenden Mauern von Elaos, um dem Tod entgegen zu schreiten.

Neo

Schwerfällig und ächzend drehte er sich auf die Seite und schlug die Augen auf. Sogleich presste er sich die Handballen auf die Lider, das Licht durchzuckte seinen Kopf wie Blitze bei einem Gewittersturm. Sein Kopf fühlte sich an, als wäre er wolkenverhangen, er dröhnte unter dem seltsam watteartigen Gefühl und Neo spürte jede seiner Bewegungen in den pochenden Schläfen. Das mussten die Nachwirkungen seines Traumes sein, der ihm immer noch deutlich im Bewusstsein war. Leah, wie sie verängstigt und strahlend schön auf die Menge herunter geblickt hatte, die sie schuldbewusst angaffte.

Er hatte diesen Albtraum nicht zum ersten Mal und doch war er diesmal deutlicher, als jemals zuvor. *Eine schlaflose Nacht wäre besser gewesen*, dachte er verstört, doch wider den Erwartungen war er am Abend zuvor sofort in den Schlaf geglitten.

Eine Weile spielte er mit dem Gedanken, liegen zu bleiben und sich die Decke über den Kopf zu ziehen, um nicht daran denken zu müssen, was ihm heute bevorstand. Doch er konnte Leah nicht im Stich lassen, sie war das Einzige, was ihm je etwas bedeutet hatte.

Als er sich aufrichtete, schlug eine Welle der Übelkeit über ihm zusammen und er krümmte sich sitzend, bis die Magenschmerzen erträglicher wurden. Schwindel überkam ihn und mürrisch presste er die Hände gegen die Schläfen. Sein kränklicher Allgemeinzustand würde ihnen nicht gerade behilflich

sein, wenn vor den Toren von Elaos bereits ein Taniwha auf sie wartete.
Eine Weile sah er auf die flimmernden Sonnenstrahlen, die durch das schmale Fenster auf den Fußboden fielen. Mit einem Ruck setzte er sich auf. *Nein! Nein, nein, nein!* Die Sonne erreichte erst die Seite des Schülertraktes, wenn das Frühstück längst vorbei war. Sie konnte jetzt nicht diese leuchtenden Streifen auf dem steinernen Boden verursachen. Es musste eine Lichtspiegelung sein, versuchte er sich zu beruhigen und eilte zum Fenster. *Lass es nicht wahr sein!* Doch noch bevor er den hell erleuchteten Himmel sah, wusste er, dass es zu spät war. *Ich habe den Sonnenaufgang verpasst.*
Kaltes Entsetzen lähmte ihn und er ließ sich kraftlos auf dem Bettrand nieder. Sein Blick wanderte wie von selbst zu dem Krug auf seinem Nachtschrank. Er griff danach und roch. Kräuter! Es war ein verdammter Kräutersud. Seine Gedanken waren den gestrigen Abend ausschließlich auf die Vollstreckung gerichtet gewesen, die Leah und damit auch ihm heute bevorstehen sollte, und er hatte nicht einmal gemerkt, wie man ihn ausgeschaltet hatte.
Nur langsam drang die Erkenntnis bis zu ihm durch. *Leah!* Deshalb hatte sie also nach Merani schicken lassen. Die Köchin musste schnell gehandelt haben. Wäre er doch nur nicht noch wahllos durch die Dunkelheit gestreift, nachdem er Leah ein letztes Mal im Kerker besucht hatte. Seine Abwesenheit musste Merani zugutegekommen sein und so hatte sie ungesehen die Kräuter in den Wasserkrug an seinem Bett hineinwerfen können.
Plötzlich schloss sich eine eiserne Faust um sein Herz und Kälte ließ ihn erzittern. *Ich habe sie im Stich gelassen!*

Zitternd versagte ihm der Kreislauf und er musste sich an dem Tisch seitens des Bettes abstützen, als sich die Welt um ihn drehte. Das musste alles ein schlechter Traum sein. Er zwang sich dazu, aufzuwachen, doch nichts, was er versuchte, erlöste ihn von dem Elend, das von ihm Besitz ergriffen hatte.

Die Verbannung hat nicht stattgefunden, redete er sich ein. *Sie haben sie verhindert. Marik muss sie irgendwie verhindert haben, vielleicht auch Leahs Familie. Oder das Volk hat sich dagegen gewehrt. Sie haben sie nicht in die Verbannung geschickt!*

Er betete die Worte wieder und wieder vor sich her, bis sich sein Herzschlag beruhigte und er endlich dazu in der Lage war, aufzustehen und zur Tür zu wanken. Er musste die Wahrheit erfahren. Er musste wissen, was passiert war, bevor er sich Merani vorknöpfen würde. Die alte Köchin hatte Leahs einzige Chance vereitelt, aus Gutmütigkeit, wie er wusste, doch das würde sie nicht vor seinem Zorn schützen.

Bevor er das Zimmer gänzlich durchquert hatte, öffnete sich die Tür von außen und eine hagere Gestalt in einer wallenden Robe trat ein. Neo stürzte auf den Verwalter zu und konnte sich nur mit Mühe davon abhalten, ihn am Kragen zu packen.

„Sir, was ist passiert? Die Verbannung ..."

„Ist gerade eben durchgeführt worden", unterbrach ihn Sir Malin. „Es tut mir leid, Neo." Er runzelte die Stirn und durchbohrte ihn prüfend mit seinen pechschwarzen Augen, während Neo in sich zusammensackte und versuchte, die Nachricht zu verarbeiten. Leah hatte die sicheren Mauern von Elaos verlassen. Allein!

„Vielleicht hat sie es geschafft! Ich muss ..."

Malin räusperte sich. „Sie wurde von den Bestien erwartet und hatte keine Chance. Es tut mir leid, dass ich dir diese Nachricht überbringen muss. Leah ist tot.“

Neo starrte ihn an, fassungslos und überrumpelt. *Leah* ... Nur langsam sickerte die Bedeutung der Worte zu ihm hindurch.

„Ich war etwas überrascht, dass du nicht zugegen warst“, sagte Malin zögerlich. „Nicht, dass ich es nicht gut heiße, dass du zur Vernunft gekommen bist, ich war doch nur sehr verwundert darüber.“ Neo schwankte und tastete sich bis zu seinem Bett, wo er sich bebend niederließ.

„Geht ... Ich bitte Euch“, flüsterte er, kaum hörbar. Er bekam kaum noch mit, dass Malin noch länger im Raum verweilte und ihn anstarrte. Er hörte nicht einmal, wie er irgendwann die Tür von außen schloss. Doch als er endlich aufsah und der Raum längst in Dunkelheit getaucht war, bekam das Eis, das sein Herz einschloss, die ersten Risse. Seine Gedanken begannen sich zu drehen, wieder und wieder malten sie sich aus, was Leah erlebt haben musste. Er dachte an das zarte und doch so starke Mädchen, an ihre weiche Haut, die runden, neugierigen Augen, das glänzende Haar ... Er dachte an die weichen Lippen, von denen er nicht genug hatte bekommen können. Und plötzlich brach das Eis und hinterließ einen gleißenden Schmerz, der ihm den Atem nahm. Es war ihm egal. Nichts hatte mehr einen Sinn. Und so brach er auf dem Bett zusammen und begrüßte die Ohnmacht, die ihn überschwemmte und ihm Erlösung von den Qualen seiner Seele brachte.

Leah

Für einen kleinen Moment herrschte noch unheimliche und drückende Stille, als sich das schwere Stadttor von Elaos hinter ihr schloss und die Stimmen des Volkes verklangen. Wo vorher noch Jubelrufe und Angstschreie die Luft zerrissen hatten, warteten die Menschen stumm und gebannt auf die Geräusche hinter der Mauer.
Leah schaffte nur wenige Schritte, dann blieb sie stehen und hielt gebannt den Atem an, während ihre Augen panisch die Bäume nach den Bestien absuchten. Fast schon war sie gewillt, erleichtert auszuatmen, als ihr das ohrenzerfetzende Grollen die Glieder erstarren ließ. Mit einem stummen Angstschrei auf den Lippen wirbelte sie zur Seite, aus deren dichtem Unterholz das Knacken und Brechen von Zweigen und Ästen ertönte, über denen sich ein massiger Körper Platz verschaffte.
Die Baumkronen erzitterten, während der Schrei der Bestie, die ihre Beute gewittert hatte, die Erde zum Beben brachte. Es war zu spät, nichts würde ihr jetzt noch helfen. Angespannt und mit geballten Fäusten starrte sie auf das Dickicht, jeden Moment damit rechnend, einen Taniwha das erste Mal von Angesicht zu Angesicht zu erblicken.
Neo hatte die Tiere als wunderschön beschrieben, kam ihr in den Sinn, obwohl sie sich schwer vorstellen konnte, wie etwas mit Reißzähnen, Klauen und glänzenden Schuppen schön sein konnte. *Vielleicht werde ich vor meinem Tod noch eines Besseren*

belehrt. Doch so sehr sie sich auch bemühte, ihre Angst brachte sie dazu, die Augen zu schließen, als die bebenden Schritte näher kamen und die letzten Bäume, die sie vor der Sicht des Taniwha schützten, mit einem ohrenbetäubenden Krachen niedergemacht wurden.

„Worauf wartest du noch?“, schrie eine Stimme und plötzlich war sie in Rauch gehüllt.

Leah hustete, griff sich an die Kehle und zwang sich dazu, die Augen in dem beißenden Qualm zu öffnen. Ein paar Schritte vor ihr, verschwommen im Dunst des grauen Nebels, konnte sie eine hagere Jungengestalt in brauner Magiertracht ausmachen. „Neo!“, rief sie heiser und sofort schlugen Erleichterung und Panik in erdrückenden Wellen über ihr zusammen. Was tat er hier? Er sollte doch in Sicherheit sein!

„Dein Neo hat es nicht für nötig gehalten, dir zu helfen, und langsam frage ich mich, wieso ich überhaupt hierhergekommen bin! Verschwinde endlich!“

Die Bestie, in ihrer Sicht behindert, brüllte markerschütternd auf und Leah konnte spüren, wie sie die Rauchschwaden nach ihrer Beute absuchte. Sie konnte nicht einmal die Bäume direkt vor ihr sehen, so dicht war der Qualm. Der Magier ging rückwärts und kam näher, wobei er ihr den Kopf halb zugewandt hatte. Jetzt erkannte sie auch sein Gesicht. Er war etwas größer als Neo und die schwarzen Haare lockten sich längst nicht so wie bei ihm.

„Eril, bei den Priestern, was tut Ihr hier?“ Sie kannte den jungen Magier, einst hatte sie ihm das Leben gerettet, als er lebensgefährlich von einer der Bestien

verletzt wurde. In der Hand des Magiers materialisierte sich eine gleißend helle Kugel.
„Na was wohl? Ich will meine Schuld begleichen, bevor mir die Süße hier die Chance dazu vermasselt. Die Höflichkeiten kannst du dir übrigens sparen. Und jetzt schließ die Augen!“
Die Süße war mittlerweile gefährlich nah, Leah konnte die rotbraunen Schuppen und den Umriss einer massigen Gestalt bereits erkennen. Der Taniwha folgte ihren Stimmen. Gerade noch rechtzeitig schaffte sie es, die Augen zusammenzupressen, als hinter ihren Lidern ein greller Lichtblitz erschien. Die Bestie stieß einen schmerzerfüllten Schrei aus.
„Das ist deine letzte Chance, mehr kann ich nicht für dich tun“, schrie Eril ihr zu. „Lauf, solange sie noch geblendet ist.“
„Warte“, keuchte sie und hielt ihn am Ärmel fest. „Versprich mir, dass du Neo nichts davon sagst, dass ich am Leben bin. Er soll mir nicht folgen.“
Er schenkte ihr einen unergründlichen Blick, nickte und ohne ein weiteres Wort verschwand er in die Richtung, aus der er gekommen war.
Auch Leah schaffte es endlich, ihre Gliedmaßen wieder zu bewegen. Der Rauch löste sich langsam auf, doch sie verschwendete keine Zeit mehr damit, sich nach der Bestie umzublicken. Sie lief in die entgegengesetzte Richtung, weg von dem Biest und weg von den schützenden Mauern der Stadt, aus der man sie gestoßen hatte.
Mit verzweifeltem Schluchzen erreichte sie den Schutz der Bäume und schlug sich durch das dichteste Gestrüpp, das sie auf den ersten Blick ausmachen konnte, in der Hoffnung, es würde den Taniwha ebenso behindern wie sie.

Dornen schnitten in ihre Arme und Beine, zerrissen den feinen Stoff ihres Kleides und verhedderten sich in ihren Haaren. Sie stürzte mehrmals und schlug sich Hände und Knie auf, ein abgebrochener Ast streifte über ihre Wange und sie spürte das warme Blut daran herablaufen, wo es sich mit ihren Tränen vermischte. Sie kümmerte sich nicht darum. Während sie um ihr Leben rannte, war sie verzweifelt versucht, ihre Schreie zu unterdrücken. Gehetzt und gejagt zu werden, gehörte seit jeher zu ihren größten Ängsten. Ihre Lungen schmerzten und mit rasselndem Atem keuchte sie, während Krämpfe ihre Waden schüttelten. Sie biss auf die Zähne und rannte weiter.
Nur nicht stehen bleiben!
Ein Grollen aus tiefster Kehle hallte durch den Wald. Vor Schreck verlor sie den Halt und wurde in die Tiefe gerissen. Sie hatte sich an einem steilen Abhang bewegt, über den ihr Körper nun unbarmherzig rollte, abgefedert vom Laub der Bäume, und doch spürte sie jeden dumpfen Aufschlag in ihren Knochen, als die Welt sich um sie drehte.
Ihr Sturz bremste abrupt ab, als sie mit dem Kopf gegen einen umgestürzten Baumstamm fiel. Die Sicht vor ihren Augen verschwand vor Schmerz und fast wie von selbst wanderte ihre Hand an die Wunde. Tiefrotes Blut färbte ihre Handfläche und kraftlos stöhnte sie auf. Sie musste sich erheben und weitermachen, laut dem Schrei konnte der Taniwha nicht weit entfernt sein. Er musste sie in wenigen Augenblicken erreichen und auch die Erde bebte schon wieder von schweren Schritten.
Ein Schwarm kreischender Vögel flog über sie hinweg, aufgescheucht von dem rasenden Jäger. Mit aller Willenskraft, die sie aufbringen konnte, stemmte

sie sich hoch und taumelte weiter, völlig entkräftet und außer Atem. Wo sie sich zu Sonnenaufgang noch mit dem Tod abgefunden hatte und sich ihm ergeben stellen wollte, beherrschte nun die Angst ihren Körper, die Angst vor dem, was eigentlich unvermeidlich war.
Der Taniwha kam näher, sie konnte seine Anwesenheit direkt hinter sich spüren, doch auch von vorne spürte sie plötzlich die Gefühle einer Bestie. Sie sah die glänzenden, schwarzen Schuppen, kaum erkennbar zwischen dem dichten Geäst. Der Taniwha lauerte regungslos auf sie, während seine Gefährtin die Beute direkt zu ihm trieb. Leah bremste ab und fiel hin, jeden Moment damit rechnend, dass die Bestie hinter ihr die Zähne in ihren Leib grub und der Hetzjagd ein Ende bereitete.
Mit letzter Kraft kroch sie voran, ohne dass sie etwas gegen ihren unbändigen Überlebenswillen tun konnte. Plötzlich öffnete sich der Erdboden vor ihr einen Spalt weit und gab den Blick in eine schmale Höhle frei, kaum größer als ein Fuchsbau.
Leah entfuhr ein verzweifelter Schrei, sie stieß sich mit dem Fuß ab und rutschte bäuchlings vorwärts, bis sie den Spalt erreichte und kopfüber hineinglitt. Der scharfe Fels scheuerte ihre Schulter auf, während sie sich voran schob, immer weiter in die tiefe und enge Dunkelheit hinein, bis ihr Körper gänzlich darin verschwand. Die Spalte wurde etwas breiter, bis sie sich in einer kleinen, unterirdischen und steinernen Höhle wiederfand, gerade so groß, dass sie sich aufsetzen konnte.
Als sie den Blick zurückwarf, verdüsterte sich die Öffnung und wuterfülltes Gebrüll ließ die steinerne Decke erzittern. Der Taniwha hatte sie erreicht, er

roch ihr Blut und rasend vor Wut, dass ihm seine Beute entwischt war, ließ er den Boden erzittern.
Mit klopfendem Herzen und schweißüberströmt zog sich Leah bis in den hintersten Winkel ihres kleinen Unterschlupfes zurück, während vor der Öffnung ein Kampf zwischen den beiden Taniwha stattfand. Leah hörte Zischen und bedrohliches Grollen, während die beiden Bestien aufeinander losgingen und sie mit bangen Herzen darauf hoffte, dass der steinerne Spalt dieser unbändigen Kraft der Tiere standhielt.
Mit einem letzten Wutschrei entfernte sich einer der Taniwha, doch nun war der Schwarze wieder gänzlich auf die in die Enge getriebene Beute konzentriert. Leah sah die schuppenbesetzte Klaue des Biestes. Sie grub sich in die Erde, direkt vor dem Eingang zur Höhle, und arbeitete sich unermüdlich voran.
Leah schloss die Augen und bebte am ganzen Körper, während der Taniwha präzise und langsam den Eingang erweiterte. Er wusste, er hatte alle Zeit der Welt, um seine Beute auszugraben.

Kalia

Das Hämmern an der Tür passte sich dem Schlagen ihres rasenden Herzens an und trieb sie fast zur Verzweiflung. Dieses monotone Klopfen war zermürbend und schürte ihre Angst bis ins Unermessliche. Sie war gefangen wie eine Fliege im Spinnennetz, belauert von dem durch und durch tödlichen Feind.

„Komm heraus“, ertönte Arolax’ Stimme in ihrem Kopf. „Zögere nicht das Unausweichliche hinaus, dann bin ich gewillt, auch deinen Tod nicht weiter hinauszuzögern, als es nötig ist.“

Das Klopfen verstummte und sie atmete kaum merklich auf. Der Priester war augenscheinlich völlig entkräftet, wenn er zu so banalen Foltermethoden wie einem stetigen Klopfton greifen musste. Sie machte sich nichts vor, in einer anderen Situation an einem anderen Tag hätte er keine Zeit damit verschwendet, mit ihr zu reden.

Die stetige Bedrängnis und der Lärm, den er veranstaltet hatte, hatten sie daran gehindert, einen klaren Gedanken fassen zu können, und selbst jetzt, als die Geräusche verstummt waren, musste sie sich zwingen, nicht panisch in dem düsteren Zimmer auf und ab zu laufen.

Schon nach wenigen Momenten war sie sich bewusst, dass die drückende Stille fast noch schlimmer war. Wo steckte Arolax? Was hatte er vor? Holte er Kastau und Selas? Ihr Hals schnürte sich aufs Neue zu. Was auch immer er tat, es würde nicht mehr lange dauern, bis sie sie erwischten.

Ein leichter Windhauch strich sanft über ihre Wange und trocknete die Tränen. Kalia riss die Augen auf und ihr Kopf schnellte zu dem kleinen, schmalen Fenster. Das Fenster, das ihr schon an dem ersten Tag in diesem Turm aufgefallen war, als sie vor die drei Priester treten musste. Es war nicht mit einem Kraftfeld verschlossen.

Behutsam schritt sie heran und streckte den zitternden Arm aus. Ein seltsames Keuchen entfuhr ihren Lippen, als ihre Finger ungehindert ins Freie glitten und der kalte Herbstwind ihre Haut umspielte.

Mit einem heiseren Aufschrei beugte sie sich hinaus und blickte hinab in die schwindelerregende Tiefe. Der Priesterturm war das höchste Gebäude von ganz Elaos und schon bei dem Anblick des weit entfernten Grasbodens wurde Kalia übel. Ein Sturz hinab würde ihr Leben auf der Stelle beenden, und doch biss sie sich auf die Lippe und wog ihre Chancen ab. Hinter ihr lauerte der Tod, schmerzhaft und qualvoll, wenn man Arolax' Gedanken Glauben schenkte. Dieses kleine, schmale Fenster war der einzige Ausweg, und er führte eine steile und glatte Mauer hinab. Vor der Tür herrschte noch immer beunruhigende Stille. Wie viel Zeit blieb ihr noch?

Die panische Angst vor den Priestern gab den Ausschlag. Kalia zog sich an dem Fenstersims hinauf und stieg durch das schmale Loch, während sie sich verzweifelt daran klammerte, ohne einen Blick hinab zu werfen. Langsam ließ sie die Beine auf der anderen Seite hinunter gleiten, dann folgte der Oberkörper. Ihr Atem ging schnell und ihre Hände waren schweißnass, als nur noch ihre Finger das Fenstersims von außen umklammerten. Keuchend tastete sie mit

den nackten Füßen nach Halt und fand ihn auf einem kleinen Mauervorsprung.
Der Priesterturm war alt und bröckelte an einigen Stellen, an denen Wind und Wetter dem Stein zugesetzt hatten. Auf der einen Seite bot es ihr mehr Möglichkeiten, sich festzuhalten, als eine vollkommen glatte Mauer, auf der anderen Seite waren die unebenen Steine auch ebenso unberechenbar.
Sie verwarf den Gedanken und tastete mit der Hand in eine Vertiefung, die ihr wiederum Halt und die Möglichkeit gab, einen weiteren Fuß nach unten zu setzen. Sie suchte vergeblich nach weiteren Steinen und wurde sich schnell bewusst, dass sie nicht drumherum kam, einen Blick hinab zu werfen.
Es war schlimmer, als sie es sich ausgemalt hatte. Ihr Körper hing hoch oben an einer unebenmäßigen Wand, während der Wind an ihrem Kleid riss und ihre Augen zum Tränen brachte. Ihre Arme und Beine begannen schon jetzt von der ungewohnten Haltung zu schmerzen, zusätzlich zu den Qualen, die ihr die verbrannten Stellen an Gesicht und Kopfhaut verursachten. Schwindel überkam sie, als sie hinab in die Tiefe blickte, während der Boden sich immer weiter von ihr zu entfernen schien. Ihre Muskeln schienen plötzlich weich wie Butter zu sein.
Kalia schloss die Augen und murmelte ein stilles Gebet an die alten Götter, das ihr Merani einst beigebracht hatte. Sie versuchte sich angestrengt an die Worte der Köchin zu erinnern und der erwünschte Erfolg trat ein. Sie verdrängte den Gedanken an ihre ausweglose Situation und die Höhe, in der sie sich befand, bis ihr Pulsschlag sich etwas beruhigte. Dann öffnete sie die Augen erneut, wobei sie tunlichst darauf bedacht war, lediglich an die

Wand zu ihren Füßen zu schielen, um den nächsten Felsvorsprung auszumachen.

Immer weiter arbeitete sie sich nach unten, glitt zweimal an dem feuchten Gemäuer aus und schrie leise auf, als der Stein unter ihren Füßen wegbröckelte. Wäre nicht das nächste Fenstersims direkt unter ihr gewesen, hätten die Tiefen sie verschlungen. Angestrengt versuchte sie den Gedanken an ihren zerschellten Körper am Fuße des Priesterturms zu verdrängen. Schritt für Schritt glitt sie nach unten, ohne ihren zitternden Gliedmaßen eine Pause zu gönnen. Hatte Arolax ihr Fehlen schon bemerkt? Je näher sie dem Erdboden kam, desto öfter blickte sie hinab, immer damit rechnend, dass die Priester jeden Moment auftauchen und sie empfangen würden.

Als sie etwas über die Hälfte des Weges hinuntergeklettert war, musste sie sich eingestehen, dass ihre Kräfte nachließen. Einst waren ihre Arme und Beine von Muskeln gestärkt, doch die stumpfe Arbeit im Priesterturm hatte diese längst erschlaffen lassen. Ihre Fingerspitzen bluteten an den Stellen, an denen sie sich in den Stein krallten, etliche Nägel waren eingerissen und sie zitterte bereits am ganzen Körper vor Anstrengung. Jetzt, wo der Boden näher kam, wagte sie es, sich schneller hinab zu bewegen. Ihr rannte die Zeit davon. Auf dem letzten Stück entglitten ihr die Steine und sie schlug dumpf und entkräftet auf dem Boden auf, erleichtert, dass sie sich offensichtlich keinen Knochen dabei gebrochen hatte. Nach ein paar tiefen Atemzügen rappelte sie sich auf und spähte um den Turm herum. Dort unten lag die Magoiburg, eingehüllt in den Dunst, den der Nieselregen hervorrief. Ihre Fassungslosigkeit, dass sie es tatsächlich aus dem Priesterturm und damit auch aus Arolax' Fängen geschafft hatte, wich plötzlich Ratlosigkeit. Wohin sollte sie sich wenden? In die Festung konnte sie nicht zurückkehren, die Priester würden nichts unversucht lassen, sie zu finden. Auch konnte sie sich nicht darauf verlassen, von den Bediensteten gedeckt zu werden. Vielleicht konnte es Merani schaffen, sie für ein paar Tage zu verstecken, bis ihr etwas Brauchbares einfiel. Doch der Weg zur Festung war frei von Bäumen und von jeder Seite einsehbar. Wenn sie Kastau und Selas auf halber Strecke begegnete, war sie verloren. Wie lang mochte Arolax in dem Glauben bleiben, sie hätte sich noch immer in dem obersten Gemach des Turmes eingesperrt?

Doch gerade, als sie es riskieren wollte, den Weg zur Festung einzuschlagen, traten zwei hochgewachsene Gestalten in den wallenden Roben der Priester aus dem Hintereingang. Kalia schnappte nach Luft und sah sich panisch um, doch egal, in welche Richtung sie sich wenden würde, sie würde in das Blickfeld der Priester geraten. Der Turm stand frei und ungeschützt mitten auf dem Gelände und bot nur wenig Schutz.

Ihr Atem ging schwer und pfeifend, als sie sich zurückzog und an die hintere Mauer des Turmes presste, wo sie herabsank und ihre Panik zu bekämpfen suchte. *Sie wissen es noch nicht*, redete sie sich ein. *Ich muss nur hier verharren, bis sie den Turm betreten haben.* Doch wer wusste schon, was die Priester für Fähigkeiten hatten? Vielleicht spürten sie ihre Anwesenheit schon von weitem. Aber vielleicht würde auch genau das dafür sorgen, dass ihr Misstrauen nicht erregt wurde. Kastau und Selas

wussten bisher noch nichts von ihrer Flucht und erwarteten, dass sie sich weiterhin im Turm aufhielt.
Sie presste die Hände in das feuchte Gras, schloss die Augen und betete die alten Götter der Sonne, des Waldes und des Flusses an. Jeden Moment rechnete sie damit, dass einer der schwarzen Männer um die Ecke trat und sie hoch zerrte, um sie für ihr Vergehen zu bestrafen. Um sie zu töten.
Heiße Tränen der Angst und Verzweiflung liefen an ihren Wangen herab, und doch lauschte sie bedächtig auf jedes Geräusch. *Ich muss etwas sehen.* Auf Knien rutschte sie an den Rand des Turmes und spähte herum. Die Priester hatten ihn fast erreicht und Kalia zog sich zurück. Sie zählte langsam bis zehn, um die Zeit abzuschätzen, die sie brauchten, um den Turm zu betreten. Dann rannte sie los.
Er blieb nicht viel Zeit, vielleicht wartete Arolax bereits in ihren eigenen Gemächern am Fuße des Turms auf die beiden Priester. Also sammelte sie ihre letzten Kräfte, und rannte in Richtung des Waldes, der sich am nahesten befand. Ihre Füße glitten mehrmals auf dem nassen Gras aus, doch sie stand wieder und wieder mit heiserem Schluchzen auf und kämpfte sich voran, während der Regen ihr die Sicht trübte und das nasse Haar an ihren Wangen klebte.
Fast vermeinte sie, Kastaus Wutschrei zu hören, der sich mit dem Sausen des Windes vermischte, kurz bevor sie den Wald erreichte. Plötzlich erbebte die Erde unter ihr und sie wurde von den Füßen gerissen. Während sie sich aufrappelte, schaffte sie es, einen Blick über die Schulter zu werfen, und keuchend rettete sie sich in den Schutz der Bäume. Sie hatten sie fast erwischt. Dort, wo sie eben noch gelaufen war, klaffte ein breites Loch im Boden. Dampf stieg daraus

empor und die letzten Erdbrocken rieselten wie brauner Regen vom Himmel. *Sie haben es herausgefunden.*
Plötzlich wurde sie von einem entsetzlichen Verfolgungswahn gepeinigt. Die Priester würden sie verfolgen, sie hetzen und jagen, bis Kalia kein Ausweg mehr blieb. Und sie lief in die falsche Richtung! Der einzige Weg aus der Festung führte über die Zugbrücke, ansonsten war das Gelände von einer hohen Mauer und dem Fluss Krill eingeschlossen. Doch jetzt umzukehren, würde ihren Tod bedeuten. Die Priester waren intelligent und würden sich nicht so leicht überlisten lassen, sicher waren die Magoi auf der Festung längst informiert und hatten die Burg abgeriegelt, um dann in Scharen auszuströmen und sie zu fassen. Sie würden sie nicht laufen lassen mit dem Wissen, dass sie sich angeeignet hatte. *Nicht stehen bleiben.* Die Magd lief im Zickzack durch das kleine Wäldchen, das ihr Schutz vor weiteren Angriffen bot, wie sie hoffte, und schon bald erreichte sie den Abhang, der zu der Quelle führte, in der sie einst heimlich mit ihren Freundinnen gebadet hatte.
Diese einst sorglosen und ausgelassenen Zeiten schienen längst einem vergessenen Leben anzugehören. Seit sie den Priesterturm betreten hatte, waren ihr nichts als Angst, Hoffnungslosigkeit und Verzweiflung geblieben, denen sie nun zu entkommen versuchte. Doch wohin? Sie konnte nicht umkehren, also lief sie weiter, durchnässt und mit Schmerzen, die wie tausend Nadelstiche ihren Körper durchzuckten und jeden weiteren Schritt zu einer unendlichen Qual werden ließen.
Nur nicht anhalten. Sie erklomm einen weiteren Felshang, überquerte eine Weide, auf der sie immer

wieder panisch über die Schulter blickte, jeden Moment damit rechnend, ihren Verfolgern ins Angesicht zu blicken. Ein paar schwere Eichenbäume boten ihr erneut Schutz und plötzlich stand sie vor der Mauer, die das Magoi-Gelände von der Stadt trennte.

Ohne zu zögern suchte sie sich die nächstbeste Eiche aus, deren tiefhängende Äste sie problemlos erklimmen konnte. Der Baum war groß und reichte über die Mauer hinaus, und obwohl ihre Kräfte längst nachgelassen hatten, schob sie sich mit eisernem Willen voran.

Die Mauer zu erklimmen, war das geringste Problem, denn nun sah sie sich auf der anderen Seite einem Abgrund gegenüber, der in einem felsigen Hang und daraufhin in dem reißenden und im Herbst schlammigen Fluss endete. Sie ließ sich mit den Füßen zuerst herab. Wenn sie es geschafft hatte, das höchste Gebäude von Elaos herabzusteigen, dann sollte auch diese Mauer sie nicht hindern.

Doch der Stein war in einem deutlich besseren Zustand und die fehlenden Schäden und Vertiefungen erschwerten ihr den Abstieg. Wieder zitterten ihre Arme bei der Anstrengung und plötzlich verlor sie den Halt. Die nassen, glitschigen Steine rutschten unter den Füßen weg und sie stürzte hinab. Das Letzte, was sie spürte, war der harte Aufprall auf den spitzen Steinen und die Schmerzen, die ihren verbrannten Körper peinigten, bevor sich die Welt um sie drehte. Erst, als die eisigen Wellen des Flusses über ihr zusammenschlugen, setzte die erlösende Taubheit ein.

Leah

Stöhnend erwachte sie aus dem unruhigen Schlaf. Ihr Rücken schmerzte von dem kalten, harten Boden, auf dem sie sich zusammengerollt hatte, und dennoch stand ihr der Schweiß auf der Stirn. Die meisten Wunden waren immerhin verbunden, nachdem sie den Saum ihres weißen Kleides in schmale Streifen zerrissen hatte. Doch der Schmerz in ihrem linken Arm, den ein besonders tiefer Schnitt zierte, bestätigte ihre Vermutung, dass sie sich eine Entzündung und damit auch ein Fieber eingefangen hatte, das rasch zum Tode führen konnte.

In Gedanken lachte sie bitter. *Ich bin umgeben von hungrigen Echsen und krepiere langsam vor mich hin.* Ihr Kopf dröhnte schmerzhaft, als sie sich aufrichtete, und die kalten Steinwände der Höhle drehten sich für einen Moment vor ihren Augen. Kraftlos lehnte sie sich an die Wand und versuchte, den ausgetrockneten Hals zu ignorieren, während ihre Zunge wie Leder am Gaumen klebte.

Aus dem Eingang zur Höhle drang schwaches Licht und wurde mit der Zeit immer heller, was ihr Aufschluss darüber gab, dass sie eine weitere Nacht überlebt hatte. *Zwei Tage schon.* Für einen Moment spielte sie mit dem Gedanken, die Augen einfach wieder zu schließen und auf den Tod zu warten, doch noch war ihr Lebenswille nicht gänzlich erloschen.

Sie versuchte, den Nebel in ihrem Kopf zu verdrängen und sich für einen Moment zu konzentrieren, sandte ihre Gefühle aus und tastete gedanklich nach der Anwesenheit der Taniwha. Die

Bestie hatte nicht viel Ausdauer dabei gehabt, ihre Beute auszugraben und sich schnell einigen Vögeln gewidmet, die sich zu nah herangetraut und dafür mit dem Leben bezahlt hatten. Dennoch hatte Leah sie noch den ganzen, darauffolgenden Tag in der Nähe spüren können und sie war sich sicher, dass der Taniwha ein Auge auf den Höhleneingang gerichtet hatte. Irgendwann hatte die Erschöpfung gesiegt und sie war trotz ihrer Angst und Verzweiflung in einen unruhigen Schlaf gefallen.
Die Höhle bot zwar Schutz vor Wind und Wetter, doch die Kälte war längst in ihren Körper gekrochen. Zitternd schlang sie die Arme um den mageren Leib, das dünne Kleid wärmte sie kaum. Ihre Schuhe mussten irgendwo in der Nähe der Stadtmauer von Elaos liegen, sie waren unerreichbar, doch Leah meinte sich daran erinnern zu können, den schwarzen, dicken Mantel, den Merani ihr in die Hand gedrückt hatte, erst auf dem letzten Stück ihrer Flucht verloren zu haben. Außerdem brauchte sie Wasser, so gern sie sich auch weiter in der Höhle aufgehalten hätte, die sie immerhin vor den Bestien zu schützen schien.
Schwerfällig kroch sie auf das schwache Licht des Eingangs zu und schob sich Stück für Stück durch den Spalt, den die Bestie vergrößert hatte. Als sie den Kopf hinausschob, hielt sie inne und lauschte, doch nur einige der letzten, verbliebenen Vögel, die sich nicht auf die Reise nach Süden gemacht hatten, erfüllten die feuchtkalte Luft mit ihrem Gezwitscher. Der Klang beruhigte Leah etwas, die Tiere spürten in den meisten Fällen, wenn sich Gefahr näherte, und verstummten.

Noch immer konnte sie keinen Taniwha in der Nähe spüren und so wagte sie es, auch den Rest ihres Körpers dem heller werdenden Tageslicht auszusetzen. Die Luft strich kühl über ihre Wange und Leah atmete tief durch. Sie streckte sich ausgiebig, um die steifen Glieder etwas aufzulockern, dann sah sie sich um.

Vor der Höhle erstreckte sich eine kleine Lichtung, eingeschlossen von dem Abhang, den sie herunter gepurzelt war. Doch um den Mantel zu suchen, blieb ihr noch genug Zeit, die Wärme würde zurück in ihre Glieder kehren, wenn sie sich nur etwas bewegte. Zuerst galt es, Wasser zu finden, und Leah war sich sicher, dass es ganz in der Nähe sein musste. Sie hatte in der Stille der Nacht das leise Plätschern durch die Höhlenwand gehört und so schritt sie nun den langgezogenen Felsen ab, der halb unter dem Waldboden begraben lag und nur hier und da seine grauen Höcker sehen ließ. Wenn es sich um eine unterirdische Quelle handelte, musste sie auch irgendwo austreten, hoffte sie und kämpfte sich durch das Gebüsch, das sie umschloss.

Als sie das letzte Geäst durchbrach, fand sie sich tatsächlich an einem kleinen Bach wieder. Sie blickte einen kleinen Felsvorsprung hinab, an dem ein schmales Rinnsal in die Tiefe floss und sich am Fuße in einem steinernen Becken sammelte.

Erleichtert und mit schmerzendem Körper machte sie sich an den Abstieg und ließ sich an der kleinen Lichtung nieder, um mit der Hand das kühle Wasser zu schöpfen und gierig davon zu trinken. Nie hatte sie etwas Besseres schmecken dürfen, das Wasser war rein und klar. Sie entfernte die Verbände und tauchte die Unterarme in das Wasser, wusch die Stoffstreifen

aus und säuberte mit schmerzverzerrtem Gesicht die Wunden.
Der Schnitt an ihrem Unterarm hatte zu eitern begonnen und sie drückte die gelbliche Flüssigkeit weitestgehend heraus, wobei sie keuchend auf die Zähne biss. Mit etwas Glück würde sie noch einige Kräuter finden, mit denen sie sich einen Umschlag machen konnte, andernfalls jedoch blieb ihr nichts weiter übrig, als das entzündete Fleisch herauszuschneiden. Ein Ärmel ihres Kleides musste dran glauben, mit dem Dolch, den ihr Marik im Kerker gebracht hatte, schnitt sie ihn sauber ab, tauchte den Stoff ins Wasser und legte ihn auf die fiebrige Stirn, um das Fieber zu senken. Dabei achtete sie auf jedes Geräusch, hielt regelmäßig inne und konzentrierte sich auf die Anwesenheit größerer Tiere. Es waren keine Taniwha in der Nähe.
Als sie fertig war, sah sie sich prüfend um. Im feuchten Waldboden waren Spuren von Wild zu erkennen, die ebenfalls die Tränke zu nutzen schienen. Doch vor Einbruch der Nacht würde sich vermutlich keines der Tiere zeigen. Ihr Magen grummelte protestierend bei dem Gedanken und so machte sie auf dem Rückweg zur Höhle einen größeren Bogen um das Gebüsch. Und tatsächlich, ein Stück weit entfernt standen immerhin ein paar kleine, essbare Pilze, die sie aufsammelte und eilig zur Höhle trug.
Nervös blickte sie immer wieder über die Schulter, die Vogelstimmen waren längst verstummt und sie spürte die königliche und anmutige Präsenz einer Bestie, jedoch weit genug entfernt, dass ihr noch genügend Zeit blieb, in das schützende Grau der Felsen zurückzukehren.

Erschöpft sackte sie in der Höhle zusammen, der kleine Ausflug hatte sie mehr geschwächt, als es ihr lieb war. Entkräftet kaute sie auf einigen der Pilze herum und lauschte dem fernen Grollen der Bestie. Sie konnte spüren, dass es derselbe, schwarze Taniwha war, der auf sie gelauert hatte. Vermutlich schritt er sein Revier ab und sah nach, ob sich seine Beute schon herausgewagt hatte. Vielleicht hatte er sie auch gewittert, als sie sich an der Quelle labte, sie wusste nicht, wie ausgeprägt der Geruchssinn der Tiere war. Sie spürte seine Wildheit und den Hunger, seinen Jagdtrieb und das Gefühl von Freiheit, das nur Tiere kannten, die nicht innerhalb der Mauern von Elaos geboren wurden.

Leah schloss müde die Augen und gab sich den Gefühlen hin, die der Taniwha in ihr auslöste. Es war besser, als über das Schicksal nachzudenken, das man ihr aufgezwungen hatte.

Sie musste eingedöst sein, doch das laute Prasseln von Wassertropfen auf Stein ließ sie hochschrecken. Draußen hatte es zu regnen begonnen. Leah tastete erneut nach der Anwesenheit des Taniwha, doch augenscheinlich hatte sich das Tier zurückgezogen.

In der Hoffnung, der Regen würde ihren Geruch etwas überdecken, kroch sie ein weiteres Mal aus der Höhle und erzitterte, als die kalten Tropfen ihre Haut bedeckten. Sie presste den Mund an den Fels und ließ geduldig das Wasser hineinlaufen, dann erhob sie sich und atmete tief durch. Vor ihr erstreckte sich der Hang, den sie von den Taniwha herunter gejagt worden war, und irgendwo dort oben musste der Mantel liegen.

Nur ihre klappernden Zähne brachten sie dazu, sich ein Herz zu fassen und mutig den Schutz der Höhle

zu verlassen. Der Regen nahm ihr die Sicht und das laute Trommeln der Tropfen übertönte jegliche Geräusche, die eine der Bestien ankündigen könnten.
Der Wald roch intensiv nach Erde und feuchtem Laub. Sie konnte sich einzig und allein auf ihr Gespür verlassen, alle anderen Sinne blendete sie so gut wie möglich aus und hoffte, dass der Regen die Taniwha ebenso in ihrer Wahrnehmung behinderte. In diesem Sinne war sie den Tieren einen Schritt voraus, deren Seh- und Hörvermögen mochte besser sein als ihres, der Geruchssinn überstieg den ihren um ein Vielfaches, sie waren schneller, größer und stärker, doch wenn sie durch den Regen geblendet waren, konnten sie nicht wie Leah auf den sechsten Sinn zurückgreifen. Das hoffte sie jedenfalls.
Unentschlossen verharrte sie im Schutze der Bäume. Die Quelle war in der Nähe gewesen, doch nun erwartete sie ein Weg, der sie immer weiter von ihrer einzigen Zufluchtsstätte wegführte, wenn ihre Vermutung des Aufenthaltsortes des Mantels stimmte.
War es das Risiko wert? Der Mantel, sollte sie ihn überhaupt finden, musste ebenfalls völlig durchnässt sein. Zudem schlug die Erschöpfung wieder erbarmungslos zu. Aber was blieb ihr übrig? Würde sie noch eine weitere Nacht in der Höhle überleben?
Ihr leerer Magen gab den Ausschlag. Die wenigen Pilze waren roh fast ungenießbar gewesen und verursachten bei jedem Schritt Krämpfe, bei denen sie sich zusammenkrümmte. Sie konnte sich nicht ewig in den Felsen verkriechen, ohne zu verhungern oder zu erfrieren, also setzte sie vorsichtig einen Schritt vor den anderen und schärfte ihr Gespür für die Gefühle der Tiere.

Der Wald schien wie ausgestorben. Sie begab sich in die Richtung, aus der sie meinte, gekommen zu sein. Die Spur des roten Taniwha-Weibchens, das auf ihrer Verfolgungsjagd wenig vorsichtig eine Schneise über den Waldboden gezogen hatte, machte es ihr leicht. Sie kam an gebrochenen Ästen vorbei, betrachtete mit mulmigem Gefühl die Spuren im Schlamm und wagte es nicht, zurückzublicken. Je schneller sie vorankam, desto eher konnte sie sich wieder ausruhen.

Auf dem Waldboden verstreut wuchsen weitere Pilze, und Leah nutzte ihren kleinen Ausflug, um sich etwas Nahrung zu verschaffen. Einige der Pilzarten waren ihr unbekannt und sie ließ sie vorsorglich stehen, doch zu ihrer Überraschung fand sie eine verdeckte Stelle, an der sie die gelben, ausgefransten Hüte von Pfifferlingen unter einem Gebüsch erspähte. Sie raffte ihr Kleid hoch und ließ sie in die Falten des Stoffes gleiten. Auch einige Champignons gesellten sich dazu, wenn auch von Schnecken schon etwas angefressen.

Nie ließ sie sich ablenken, doch die Taniwha schienen den kalten Regen zu meiden und nichts deutete auf eine Gefahr hin. Leah selbst tat die Bewegung gut, ihre steifen Glieder dehnten sich schmerzvoll, doch ihre Muskeln erwärmten sich und die Anstrengung vertrieb die Kälte. Wenn ihr Plan aufging, dann hatte sie mit diesem Ausflug zwei Fliegen mit einer Klappe geschlagen. Sie würde sich Vorräte besorgen und sich um Wärme kümmern, damit sie in der Höhle wieder zu Kräften kommen konnte. Vielleicht konnte sie noch eine Weile dort überleben, doch obwohl sie das Gefühl hatte, damit ihr Leben unnötig und elendig in die Länge zu ziehen, war der Gedanke an den Tod noch viel erschreckender. Es war wie eine unsichtbare

Kraft, die sie dazu brachte, alles daran zu setzen, so lange wie möglich zu überleben.
Sie machte sich nichts vor, bis in die Berge würde sie es nie schaffen, schon gar nicht in dem Zustand. Der Gedanke an ihr neues, einsames Zuhause war schon jetzt unerträglich. Ihre Brust schmerzte und sie krümmte sich zusammen. Erst jetzt wurde ihr vollständig bewusst, dass man sie auf ewig ausgeschlossen hatte. Verbannt. Sie würde weder ihre Mutter noch ihren Bruder jemals wieder sehen, und Neo ...
Der Gedanke an ihn schnürte ihr die Luft ab. Sie hatte ihn überlistet und hatte die Reise allein angetreten, um ihn zu schützen. Doch wie hätte ein gemeinsames Leben in diesem Wald ausgesehen? Vielleicht hätten sie es zusammen geschafft, vielleicht hätten sie gar die Berge erreicht und irgendwo einen sicheren Ort gefunden, an dem sie glücklich hätten alt werden können.
Sie lächelte bei dem Gedanken daran und erst jetzt wurde ihr bewusst, dass der Schleier vor ihren Augen von den Tränen rührte, die sich mit dem kalten Regen vermischten. Nun würde sie allein in einem Loch im Boden leben. Dann rief sie sich zur Ordnung und konzentrierte sich wieder auf die Umgebung. Es brachte nichts, in der Vergangenheit zu schwelgen, sie hatte ihre Entscheidung getroffen und diese ließ sich nicht mehr rückgängig machen, also schleppte sie sich weiter und hielt sich nahe dem dichten Unterholz, das ihr wenigstens das Gefühl von Schutz gab. Hier wuchsen etliche Kräuter, die sie ebenfalls sammelte. *Wer weiß, wozu sie mir noch dienen, und ich muss diesen Ausflug nutzen.*

Überraschenderweise fand sie ein paar Brombeersträucher, an denen zwar nur noch wenige und überreife Beeren hingen, denen sie aber trotzdem nicht widerstehen konnte. Der süße Geschmack breitete sich auf ihrer Zunge aus und stillte ihren Hunger wenigstens für kurze Zeit, auch wenn es kaum mehr als eine Hand voll gewesen war.

Mit jedem Schritt fühlte sie sich sicherer, dass der Regen die Bestien fernhielt, doch die düsteren Wolken über ihr lichteten sich allmählich und so wagte sie es nur noch, einige einzelne Wurzeln auszugraben. Sie waren nur wenig genießbar, doch sie hatte oftmals ihrer Mutter dabei zugesehen, wie diese die Wurzeln mit zwei Steinen zu Mehl verarbeitete, und zusammen mit Wasser gaben sie einen einfachen und wenig schmackhaften Teig, der aber immerhin sättigte. Sie würde Feuer brauchen, aber das war ein Problem, mit dem sie sich später beschäftigen konnte.

Müde lehnte sie sich gegen einen Baumstamm, um ihren schweren Atem zu beruhigen. Wie gerne hätte sie einfach die Augen geschlossen und sich der Müdigkeit hingegeben, doch das kam einem Todesurteil gleich.

Vor ihr erstreckte sich eine weite Fläche mit spärlichen Bäumen, an die sie sich zu erinnern vermeinte. Und tatsächlich erblickte sie nach einigen Schritten ein schlammverschmiertes Bündel auf dem Boden. Sie hatte den Mantel achtlos fallen lassen, als sie um ihr Leben lief, und ihn nun wieder in der Hand zu halten, erinnerte sie an die schreckliche Jagd, der sie ausgesetzt war.

Ein Gefühl der Unsicherheit ließ sie aufhorchen. Der Regen nieselte nur noch leicht durch das Blätterdach der Bäume und kurz darauf verschwanden auch die

letzten Tropfen. Mit rasendem Herzen verharrte sie regungslos. Da war etwas, kaum spürbar, doch es war da.
Sie schloss die Augen und konzentrierte sich, wobei sie das Gefühl hatte, als breite sich ihre Seele über die Barriere ihrer Haut hinweg aus. Nun hochsensibel für die Anwesenheit eines jeden Geschöpfes in ihrer Nähe, musste sie vorerst die Gefühle der anderen Tiere ausblenden. In den Bäumen über ihr konnte sie einige Vögel ausmachen, rechts in dem Gebüsch hatte sich ein Reh versteckt. Bei jeder anderen Gelegenheit hätte sie ihr Messer gezückt und versucht, es zu erlegen, doch alle ihre Instinkte schrien plötzlich *Gefahr*! Es dauerte nicht lange, bis sie sich gänzlich sicher war. Zwischen ihr und dem sicheren Höhlenversteck war der Taniwha hervorgekommen. Und er bewegte sich unermüdlich auf sie zu.

Leah zwang sich dazu, ihren schnellen Atem zu beruhigen und nachzudenken. Die Bäume über ihr waren hoch und selbst in ihrem geschwächten Zustand hätte sie es über die herabhängenden Äste in die Höhe geschafft. Das klang verlockender, als hier auf dem Waldboden mitten auf dem Präsentierteller zu stehen, doch andererseits konnte sie sich damit auch selbst in eine ausweglose Falle manövrieren. Die Stämme der Bäume hier mitten im Wald waren dick und sie glaubte nicht, dass die Bestien sie umpflügen konnten. Auch der Körperbau der Bestien ließ nicht darauf schließen, ob sie gut im Klettern waren, doch alles in ihr sträubte sich, es auf einen Versuch ankommen zu lassen. Sie war sich fast sicher, dass der Taniwha, mit dem sie es gerade zu tun hatte, das schwarze Männchen war, das ihr auf der Flucht aufgelauert hatte und in dessen Revier sie sich augenscheinlich befand. Das Tier war listig und eher faul, es legte es nicht darauf an, seine Beute direkt zu verfolgen, sondern wartete lieber im Verborgenen und griff im entscheidenden Moment an. Er bewegte sich nur langsam, woraus Leah schloss, dass er ihre Witterung durch den Regen noch nicht aufgenommen hatte und lediglich seine übliche Runde durch das Revier zog.

Sie prüfte die Windrichtung und schlich leise davon. Wenn sie es schaffte, einen großen Bogen um das Tier zu machen, blieb sie vielleicht unbemerkt und konnte sich heimlich zurück in die Höhle stehlen.

Es wurde ein langer Weg. Leah blieb regelmäßig stehen, schloss die Augen und tastete nach der Anwesenheit der Bestie, bevor sie sich Stück für Stück und so leise wie möglich vorwärts bewegte. Sie hoffte inständig, die Höhle noch wiederzufinden, als sie bemerkte, dass das Tier sich nicht mehr von der Stelle bewegte. Sie konnte seine Gefühle nicht ausmachen. Lauerte er oder schlief er?

Sie wagte sich etwas weiter heran, als sie die glänzenden Schuppen durch die Bäume erspähte. Der Taniwha war näher als sie dachte, doch er spähte nicht einmal in ihre Richtung. Dann dann setzte ihr Herz ein Schlag lang aus, als sie seinem Blick folgte. Die Bestie hielt den Blick auf die Höhle gerichtet, versteckt im Unterholz. Er musste gewittert haben, dass sie ihr Versteck verlassen hatte, und wartete augenscheinlich auf ihre Rückkehr. Diese Tiere waren intelligenter, als sie gedacht hatte.

Sie wägte ihre Chancen ab, die Höhle links liegen zu lassen und sich weiter durch den Wald zu schlagen, doch ihre glühende Stirn und der Schüttelfrost, der wieder von ihr Besitz ergriffen hatte, nahmen ihr jegliche Hoffnung. Ohne einen trockenen, sicheren Platz würde sie eines qualvollen Fiebertodes sterben, auch wenn es längst nicht hieß, dass sie ihm in der Höhle entkommen würde. Doch dort standen ihre Chancen wesentlich besser, sie war zu schwach, um sich weiter ohne Wasser und Nahrung durch den Wald zu schlagen und den Taniwha auszuweichen. Dieses sichere Versteck war ihre einzige Hoffnung.

Zitternd schob sie sich Schritt für Schritt voran, ging entgegen der Windrichtung und hielt sich im Schutz des Gebüsches auf. Als sie den Rand der Lichtung vor der Höhle erreichte, atmete sie tief durch. Ihr blieb nichts anderes übrig, als das letzte Stück direkt vor den Augen der Bestie hinter sich zu legen.

Das Tier war seltsam ruhig geworden und sie spürte etwas Lauerndes in seinen Gefühlen. *Er hat mich längst bemerkt.* Sie schätzte ihre eigene Schnelligkeit gegen die des Taniwha ab. Die Bestien waren schnell und wendig, doch war er weiter entfernt als sie. Es ließ sich unmöglich sagen, wer die Höhle schneller erreichen würde. Und mit einem letzten Gedanken an Neo rannte sie los.

Kalia

Die Dunkelheit lichtete sich allmählich. Sie hatte ihren Kopf wie ein schwarzes Tuch umschlungen, dessen Stoff langsam Risse bekam. Die unheimliche Ruhe und Stille, die sie in ihre Tiefen gezogen hatte, ließ allmählich gedämpfte Stimmen an ihr Ohr dringen, doch so sehr sie sich auch bemühte, ihre Gedanken wollten einfach keinen Zusammenhang finden.

„Lass sie liegen, die ist doch schon halb tot."

„Hier wird niemand liegengelassen. Wir haben nicht das Recht, über Leben und Tod zu entscheiden."

Es waren zwei Jungen, die sich über sie unterhielten, so viel wurde ihr bewusst. Der letztere stand ganz dicht bei ihr. Doch ihre Augen ließen sich einfach nicht öffnen.

„Wie du willst, aber sieh dir ihr Gesicht an, ich schätze, sie wird sich wünschen, wir hätten sie sterben lassen, sollte sie das tatsächlich überleben."

„Kannst du vielleicht mal etwas Taktgefühl zeigen?", keifte die Stimme neben ihrem Ohr. „Ich glaube, sie kommt zu sich."

Kalias Gedanken wirbelten im Kreis. Diese Jungen sprachen über sie, auch wenn sie keinen blassen Schimmer hatte, wo sie sich befand und was passiert war.

Schon wollte sie die Ohnmacht zurück in ihre Fänge reißen, doch Kalia wehrte sich dagegen. Sie versuchte mit aller Kraft, die Augen zu öffnen, doch außer einem verschwommenen, hellen Streifen konnte sie

nichts erkennen. Ein tiefsitzender Instinkt sagte ihr, dass sie wach werden musste.
Allmählich lichtete sich der Nebel, der sich in ihrem Kopf festgesetzt hatte und die Stimmen wurden lauter. Und mit ihrem Gehör kann auch der Schmerz zurück und krallte seine Klauen unbarmherzig in den zerschundenen Körper. Ihr Kopf drohte zu zerspringen, grelle Lichtblitze tanzten vor ihren Augen und sie stöhnte auf. Ihr Gesicht, es brannte wie Feuer und sie war versucht, die Flammen mit den Händen zu ersticken. Doch so sehr sie sich anstrengte, sie konnte die Arme nicht heben und war ihren Qualen hoffnungslos ausgeliefert. Sah denn niemand, dass sie brannte? Ihre Finger waren steif und wund, ihr Körper bebte vor Kälte, ihre Sachen waren nass und eisig und gleichzeitig schien sie innerlich zu glühen.
„Das überlebt die nicht, die liegt mindestens schon zwei Tage hier."
„Halt die Klappe. Wir nehmen sie mit."
Sie spürte, wie sich zwei Arme unter ihren Rücken und ihre Kniekehlen schoben. *Bitte nicht bewegen*, schrien ihre Gedanken, doch alles, was sie hervorbrachte, war ein heiserer Schmerzensschrei, als das Feuer ihren Körper einschloss und sie wieder in die dunklen Tiefen der Bewusstlosigkeit glitt.

Der Nebel schien sie unendlich lange gefangen zu halten und umschmeichelte sie mit seiner Sanftheit. In dieser Welt spielten Schmerzen keine Rolle mehr, sie schwebte in dem weißen Dunst und gab sich vollends diesem leichten und schwerelosen Gefühl hin. Ihre Gedanken kreisten stets um das Gefühl des vollkommenen Glückes. An diesem Ort gab es keine

Sorgen und keine Ängste, sie hatte keine Verpflichtungen und konnte sich treiben lassen. Niemand gab ihr Befehle, niemand störte ihre Ruhe. Es gab niemanden. Und es gab nichts, was sie vermisste.

Manchmal lichtete sich der Nebel etwas und dumpfe Stimmen drangen hindurch, ohne dass sie etwas verstehen konnte. Sie wollte es auch nicht, niemand durfte von diesem Ort, an dem sie sich versteckt hielt, erfahren oder gar eindringen. Zu lange hatte ihre Seele gelitten, ihr Körper war nichts weiter als eine zerschundene, gepeinigte Hülle. Sie brauchte die Ruhe. Und doch war da immer wieder diese leise Stimme, die ihr befahl, wach zu werden. Sie verscheuchte sie wie eine lästige Fliege und verbannte sie in den hintersten Winkel ihrer glücklichen, neuen Welt.

Kalia hatte jegliches Zeitgefühl verloren, hier spielte es keine Rolle und bedeutete Zeit nicht sowieso nur, dass man sich Verpflichtungen und Gewohnheiten hingab? Wozu musste sie wissen, ob es dunkel oder hell war? Sie brauchte keinen Schlaf. Ihr Körper kannte hier keinen Hunger und keinen Durst, es ging einzig und allein darum, diese Ruhe und Schwerelosigkeit zu genießen. Als sich der weiße Schleier lichtete, versuchte sie sich fast krampfhaft daran festzuhalten, doch er entglitt ihren Fingern wie Rauch in einer sanften Sommerbrise. *Nicht. Bitte nicht!*

„Es wird Zeit aufzuwachen“, brummte ihr eine Stimme ins Ohr.

Sie versuchte zu antworten, wollte diesem fremden Jungen sagen, dass er sie gefälligst in Ruhe lassen sollte, doch nichts als ein Krächzen entglitt ihrer rauen Kehle.

Zu ihrer Überraschung blieben die Schmerzen fern, doch ihr ausgetrockneter Hals lechzte nach Wasser. Jemand setzte ihr einen Becher an die Lippen und kühles Wasser floss in ihren Mund. Sie versuchte zu schlucken, hustete und rang nach Atem.

„Immer mit der Ruhe“, sagte der Junge.

Kalia wappnete sich, dem Schmerz und den unendlich erniedrigenden Gefühlen zu begegnen, die sie so lange versucht hatte, von sich fernzuhalten. Fast schon verwundert stellte sie fest, dass ein Teil der Glücksgefühle erhalten blieb und ihr Körper noch immer schwerelos und ohne Schmerzen zu sein schien. Sie lächelte erleichtert.

„Das ist der Mohnblumensaft“, sagte die Stimme.

Mohnblumensaft. Dieses Wort sagte ihr etwas. Nur langsam kehrte ein Teil ihrer Erinnerung zurück. Die Mauer, sie war über die Mauer der Festung gestiegen und in den Fluss gestürzt. Jemand hatte sie gerettet.

Blinzelnd schlug sie die Augen auf, doch es dauerte etwas, bis sie den Umriss eines schmalen, markanten Gesichtes erkannte. Warme, braune Augen blickten sie sorgenvoll an, das lange braune Haar des Jungen war leicht zerzaust und hätte dringend einen Schnitt nötig gehabt. Ein kräftiger Arm stützte ihren Kopf, als er ihr den Becher ein weiteres Mal an die Lippen setzte. Diesmal klappte das Schlucken besser.

„Wir dachten schon, du segnest das Zeitliche. Fast sieben Tage hat dein Fieber angedauert. Beweg dich nicht, wir haben deine Wunden versorgt.“

Entgegen seinem Befehl hob die Magd mühselig die Hände vor ihre Augen. Eine dicke Salbe bedeckte ihren verbrannten Arm und das kühle Gefühl auf ihrer Wange sagte ihr, dass auch die versengte Seite ihres Gesichtes damit eingeschmiert war. Ihre Finger waren verbunden, doch ob es wegen ihrer Wunden war oder sie lediglich daran hindern sollte, sich zu kratzen, wusste sie nicht. Der Juckreiz jedenfalls war fast unerträglich.

„Ich bin Marik“, stellte sich der Junge vor. *Marik*. Bei dem Namen klingelte etwas bei ihr.

„Dann schulde ich dir mein Leben, Marik“, krächzte sie mit flacher Stimme und unter unendlicher Anstrengung. „Leah wird sich freuen, das zu hören.“

Er hob überrascht die Augenbrauen, dann verfinsterte sich sein Gesicht und Schmerz verzog seine gleichmäßigen Züge.

„Leah ist tot“, sagt er ohne Umschweife. „Sie wurde in die Verbannung geschickt. Hast du das nicht gewusst?“

Kalia schüttelte mit dem Kopf, doch die Neuigkeit schien so unreal zu sein wie der Nebel, der ihre Gedanken immer wieder dazu brachte, abzuschweifen. Sie verdrängte die Worte. Ihr Körper war einfach noch nicht dazu in der Lage, sie zu verarbeiten. Stattdessen konzentrierte sie sich auf alles, was sie über den Jungen wusste.

„Dann bin ich in der Stadtwache?“, keuchte sie und ein ungutes Gefühl verdrängte das schwerelose Glück, das sie bis eben noch umfangen hatte. Der Junge wurde immer verwunderter darüber, dass sie augenscheinlich so viel über ihn wusste.

„Wer bist du?“

„Kalia“, flüsterte sie kraftlos, doch er schien mit dieser einfachen Antwort zufrieden zu sein. Leah musste ihm von ihr erzählt haben. *Leah*. Ob sie wirklich tot war? Sie schloss die Augen und biss die Zähne zusammen.

„Ich muss hier weg, ich werde gesucht. Sie werden mich finden."
Plötzlich schienen immer mehr Gefühle auf sie einzuströmen. Die Erinnerung an die Priester kehrte zurück, sie hatten sie gejagt und wie ein Tier verfolgt, sie wollten ihren Tod. Aber weshalb? Sie hatte etwas herausgefunden ...
Mit einem Ruck setzte sie sich auf und schrie leise bei dem Schmerz, der in ihren Körper zurückkehrte. Ihr Herz begann zu rasen und vom Schwindel gepeinigt, krallte sie die Finger in das Laken.
„Ich muss hier weg", keuchte sie heiser, doch Marik drückte sie sanft zurück in die Kissen.
„Schon gut, beruhige dich. Wir sind nicht in der Stadtwache." Ihr Blick wanderte nervös durch das Zimmer. Es war ein kahler, fensterloser Raum, das Gemäuer alt und heruntergekommen. Ihr Bett war nicht mehr als eine mit Stroh ausgestopfte Matratze, ihre Decke löchrig und muffig.
„Ich arbeite nicht mehr dort", erklärte er ihr. „Um ehrlich zu sein, werde ich ebenfalls gesucht, ich habe Hand gegen die Eisenmänner erhoben."
„Sie werden uns finden."
„Nein, werden sie nicht", schmunzelte er. „Wir haben Hilfe."
„Und wer soll das sein?"
„Hast du schon mal von den Rangatahi gehört?", fragte er und bei dem Namen weiteten sich ihre Augen. Jolinda hatte ihr einst von der Jugendbande erzählt, die mehr über die Vorgänge der Stadt wusste als die Magoi selbst und die seit Jahren unentdeckt in den verlassenen Ecken von Elaos lebte, sich mit Informationen ihr Brot erkaufte und die Stadtwache mit ihren Machenschaften in den Wahnsinn trieb.

Sie nickte geistesabwesend. Hatten nicht erst die Geschichten der Rangas dazu geführt, dass sie begonnen hatte, die Magoi auszuspionieren? Waren sie nicht ausschlaggebend dafür gewesen, dass sie sich in den Priesterturm gewagt hatte? Matt ließ sie sich zurück in die Kissen sinken.

„Du solltest dich noch etwas ausruhen“, sagte Marik und hielt ihr wieder den Becher an die Lippen. Diesmal war es kein Wasser und sie erkannte den Geschmack des Mohnblumensaftes. Dankbar glitt sie zurück in den schmerzlosen Schlaf.

Leah

Knisternd stoben die Funken in den Himmel wie tanzende Sterne. Resigniert legte sie einen weiteren Holzscheit auf das Feuer vor der Höhle. Die Hitze war schon fast unerträglich, doch für ihre Zwecke genau richtig.
Sie hatte lange gebraucht, um das nasse, modrige Holz anzuzünden. Fast einen halben Tag lang hatte sie versucht, die wenigen trockenen Zweige im Eingang der Höhle zu sammeln, aufzuschichten und mittels Magie anzuzünden, doch die Gabe der Herstellung eines Feuers wollte einfach nicht funktionieren. Vielleicht war sie zu ausgelaugt, vielleicht auch nicht zornig oder verängstigt genug, um das zu wiederholen, was sie bei der Ratsversammlung zustande gebracht hatte. Sie war selbst erstaunt darüber gewesen, dass der Ärmel des Magiers zu brennen begonnen hatte. Doch hier ließ sie ihre Gabe im Stich. Sie konnte bestehende Flammen vergrößern und sie Kraft ihrer Gedanken ersticken, doch dazu benötigte sie eine bereits bestehende Flamme. Irgendwann hatte sie es aufgegeben und so lange mit einem Feuerstein gegen ihren wertvollen Dolch geschlagen, bis die Funken endlich auf das Geäst übergegangen waren. Seitdem hielt sie das Feuer am Leben, und frühmorgens war das Erste, was sie tat, die verbliebene Glut zusammenzukratzen und wieder zu neuem Leben zu erwecken.
Der Felsvorsprung über ihrer Höhle sorgte dafür, dass es auch bei Regen trocken blieb. Es hielt die

Taniwha nicht fern, wie sie schnell festgestellt hatte. Die Bestie, in deren Revier sie sich befand, war aus Neugier sogar ganz dicht herangekommen, hatte jedoch schnell das Interesse verloren. Lediglich den Regen schienen sie zu meiden. Dennoch spendeten ihr die Flammen Wärme und sie konnte ihr Essen darauf zubereiten.

Mit zerknirschtem Gesicht rammte sie die Klinge ihres Dolches in die glühende Asche. Heute diente das Feuer einem anderen Zweck, der ihr keineswegs gefiel. Seufzend kroch sie zurück in die Höhle, raffte das Kleid und besah sich ihre Wade. Sie war dem Taniwha nur ganz knapp entkommen, als er ihr vor der Höhle aufgelauert hatte, dennoch hatte sie seine Klaue im letzten Moment am Bein erwischt. Nur mit allerletzter Kraft hatte sie ihren geschwächten Körper am Leben erhalten können, nachdem der Taniwha von der Höhle abgelassen hatte.

Sie hatte sich noch am selben Tag zur Quelle schleppen können, um ihre Wunden zu reinigen und mit den rechten Kräutern zu behandeln. Es war viel Zeit vergangen, bis das Fieber endlich gesunken und die meisten ihrer Wunden verheilt waren. Bis auf die am Bein.

Leah hatte es schon einmal mit einer Verletzung zu tun gehabt, die von einer Bestie herrührte. Sowohl Neo als auch Eril hatten durch ihre Hand überlebt. Geistesgegenwärtig hatte sie sofort das Gift aus der Wunde gesaugt und war somit einem elenden Tod entgangen. Doch egal, was sie tat, sie wollte einfach nicht verheilen.

Sie betrachtete den tiefen Schnitt stirnrunzelnd. Unter dem Kräuterumschlag kam entzündetes Fleisch zum Vorschein, das sich mit Eiter gefüllt hatte. Sie griff nach dem nassen Tuch, das sie sich vorsorglich zurechtgelegt hatte, biss die Zähne zusammen und drückte auf die Wunde. Der zähe, gelbe Saft kam herausgequollen, wie schon so oft, doch diesmal war sie entschlossen, dass es das letzte Mal sein würde. Sie drückte an verschiedenen Stellen, bis alles draußen war, dann säuberte sie die Wunde abermals und schlüpfte nach draußen.

Die Klinge musste mittlerweile glühend heiß sein und sie griff widerstrebend nach dem Dolch. Nach ein paar Mal kräftigem Durchatmen steckte sie sich einen Ast in den Mund, auf den sie beißen konnte. Dann sank die glühende Klinge des Dolches auf die Wunde nieder. Gleißender Schmerz durchfuhr ihr Bein, ihr Körper verkrampfte sich und ein gedämpfter Schrei schallte durch die Bäume. Ihr wurde schwarz vor Augen und sie ließ sich matt auf den Boden sinken, bis sich ihr Herzschlag beruhigt hatte und der Schmerz so weit nachließ, dass sie wieder klar sehen konnte.

Der Wind blies ihr den Rauch ins Gesicht und sie kniff die Augen zusammen, während sie dem Rauschen der Blätter lauschte. Eine heiße Träne rann aus ihren Augenwinkeln. Wie lange sollte sie dieses Leben hier führen? Wie lang würde sie durchhalten?

Dann zog sie sich in die Höhle zurück und ärgerte sich, dass sie sich für einen Moment so schutzlos ausgeliefert hatte. Hätte sie das Bewusstsein verloren und der Taniwha wäre von ihrem Aufschrei angelockt worden, hätte das ihr Ende bedeutet.

Erschöpft trank sie das letzte Wasser aus dem flachen Stein, den sie in der Nähe der Höhle gefunden hatte und der ihr als Schale diente. Während sie ihren Körper schonte, griff sie zu dem Flechtwerk, mit dem sie sich seit einigen Tagen beschäftigte. Der Korb aus Schilf war nicht gerade gut gelungen, doch er erfüllte seinen Zweck. Mit geschickten Handgriffen fädelte sie die letzten Streifen durch die Schlaufen, dann erregte eine unterschwellige Warnung ihrer Instinkte ihre Aufmerksamkeit.

Mit geschlossenen Augen horchte sie in sich hinein und jubelte innerlich auf. Der Taniwha war auf dem Weg hierher und nun würde es sich zeigen, wie ihre weitere Vorgehensweise verlief. Angespannt legte sie sich in dem Höhleneingang auf die Lauer und spähte am Rest des Feuers vorbei. Dort, hoch oben an einem Ast des Baumes, baumelte der tote Hase, den Leah überraschenderweise bei ihrem morgendlichen Ausflug zur Quelle erlegt hatte. Noch immer tropfte das Blut von ihm herab und sammelte sich zu einer Pfütze auf dem Waldboden. Sie hatte absichtlich die Eiche gewählt, deren Äste weit verzweigt und kräftig waren, sodass sie problemlos bis weit hoch in die Krone hatte klettern können. Außerdem war der Stamm des Baumes so dick, dass nicht einmal ein Taniwha ihn brechen konnte.

Der kalte Wind ließ den toten Hasen hin und her schaukeln, während sie wartete. Wie vorauszusehen, drehte der Taniwha seine übliche Mittagsrunde durch sein Revier und sie sah die glänzenden, schwarzen Schuppen zwischen dem Geäst aufblitzen. Gespannt hielt sie den Atem an und biss sich auf die Lippe. Der Geruch des Blutes lockte das Tier aus seinem Versteck.

Bis jetzt hatte sie die Bestien nur verborgen, aus der Ferne oder auf der Flucht betrachten können, doch nun, wo sie ihn in seiner vollen Pracht erblickte,

konnte auch sie nachvollziehen, was Neo so faszinierend an den Tieren fand.
Er glich einer riesigen Echse, sein Körper maß erst etwa fünf Menschenlängen. Es war ein Jungtier, das noch unerfahren und längst nicht ausgewachsen war. Trotzdem verteidigte er sein Revier vehement gegen Eindringlinge und sein Anblick ließ ihr das Blut in den Adern gefrieren. Die glänzenden, schwarzen Schuppen lagen wie ein seidiger Panzer über der Haut, der lange, stachelbesetzte Schwanz peitschte aufgeregt durch die Luft, während die glutroten Augen auf die Beute gerichtet waren, die über ihm baumelte. Etliche Hörner umrahmten sein Gesicht wie ein knochiger Kranz, die langen, spitzen Zähne hatten etwa die Länge von Leahs Unterarm und von ihnen tropfte der giftige Speichel des Tieres.
Seine Nüstern weiteten sich gierig. Jetzt würde es sich zeigen, ob sie in ihrer Annahme recht behielt. Und tatsächlich zögerte das Tier unter dem Baum. Leah jubelte innerlich auf. Die Taniwha waren zu groß und zu schwer, um sich in der Kletterkunst zu üben, doch das hieß noch lange nicht, dass sie es nicht konnten.
Als der Hase augenscheinlich nicht vom Baum fallen wollte, stieß die Bestie ein wütendes Fauchen aus. Sie versuchte, mit dem ganzen Gewicht gegen den Baumstamm zu drücken, sodass die Äste hoch oben erzitterten, doch Leah hatte den Hasen fest mit einem Seil verschnürt, dass sie aus Pflanzenfasern gedreht hatte. Die Eiche hatte den dicksten Stamm der umstehenden Bäume und so bestand auch nicht die Gefahr, dass das Biest den Baum fällte.
Zu dieser Erkenntnis schien auch der Taniwha schnell zu kommen und für einen Moment glaubte Leah, er hätte die Hoffnung aufgegeben. Sie spürte seine

Enttäuschung, doch die Gier überwog. Das Tier schlug die langen Klauen in die Rinde des Baumes und Leah ballte die Fäuste vor Anspannung. Der Taniwha schaffte es bis zur Hälfte des Baumes hinauf, bevor die Äste unter ihm brachen und er mit wütendem Gebrüll zurück auf den Boden fiel. Er wälzte sich kurz auf dem Boden, tobte, grub die Krallen in den Waldboden und schnappte hoffnungslos ein letztes Mal nach der Beute, bevor er sich verzog.

Leah entspannte sich merklich, obwohl einerseits die Hoffnung und andererseits Aufregung dafür sorgten, dass sie nervös ihre langen Haare entknotete. Sicher, dass der Taniwha weit genug entfernt war, traute sie sich aus ihrem Versteck und kletterte dem Baum hinauf, was sich als schwieriger gestaltete, jetzt wo die Äste zum Großteil abgebrochen waren.

In luftiger Höhe sammelte sie sich einen Moment, um das Schwindelgefühl loszuwerden. Dann befreite sie den Hasen und nahm ihn mit, um ihn gekonnt zu zerlegen und die Fleischstücke aufgespießt über dem Feuer zu braten. Dann kehrte sie zurück in die Höhle. Es wurde Zeit, dass sie diesen Ort verließ, denn obwohl er ihr Schutz bot, war sie sich darüber im Klaren, dass sie dem Winter hier nichts entgegenzusetzen hatte. Die milden Tage waren längst vorbei und immer mehr Vorboten des Winters machten sich bemerkbar. Der erste Frost war in der Nacht gekommen und selbst das größte Feuer hätte ihn nicht zu vertreiben vermocht. Leah fand Tag für Tag weniger Pilze und genießbare Wurzeln, selbst das Wild ließ sich kaum blicken. Ihr blieb nichts weiter übrig. *Entweder ich ziehe weiter oder ich sterbe hier.*

In der kleinen Höhle betrachtete sie ihre Vorräte. Es hatte sich allerhand angesammelt. In einem Astloch hatte sie ein paar Nüsse gefunden, der Wintervorrat eines Eichhörnchens, von denen immer noch einige übrig waren. Sie legte sie in den geflochtenen Schilfkorb, zusammen mit den Kräutern, die sie getrocknet hatte. Die letzten Pilze schnitt sie klein und briet sie auf einem flachen Stein, den sie in die heiße Glut legte, zusammen mit dem Hasen, der schmackhaft vor sich hin brutzelte. Der deftige Geruch nach gebratenem Fleisch erfüllte die Luft. *Wie lange hatte ich schon keine anständige Mahlzeit mehr?*

Dann eilte sie zur Quelle, stillte ihren Durst und füllte die Schale wie schon zahlreiche Male zuvor mit Wasser. In dem Versteck begann sie, die verbliebenen Wurzeln mit zwei Steinen zu Mehl zu mahlen und mithilfe des Wassers einen klobigen Brei zu formen, der nur wenig später ebenfalls auf Stöcke gespießt über dem Feuer gebacken wurde.

Es hatte keinen Zweck, etwas von dem Essen zurückzulassen. Als die Pilze und der Hase gar waren, gönnte sie sich eine ausgiebige Mahlzeit. Abgesehen von den beiden Krähen, die sie mit ihrem Dolch erlegt hatte, war es das erste Fleisch seit ihrer Verbannung.

Die Pilze waren vertrocknet und zäh, doch ihr Geschmack war immer noch gut. Sie packte das restliche Fleisch und das gebackene Brot in den Korb, um sie danach mit Blättern abzudecken. Das musste genügen. Die Vorräte würden sie einige Tage ernähren können, sollte sie so lang überleben. Doch der Versuch mit dem Taniwha hatte sie in ihrer Überzeugung gestärkt. Sie konnte in die Kronen der Bäume flüchten und notfalls dort übernachten, wenn

sie keinen geeigneten Unterschlupf fand. Ihr Gespür für die Tiere würde Warnung genug sein, um rechtzeitig ein sicheres Versteck zu finden.
Mehr, um sich selbst zu überzeugen, schloss sie die Augen und konzentrierte sich, um ein letztes Mal die Magie zu üben, zu der sie fähig war. Gestärkt durch die Mahlzeit spürte sie das Blut in ihren Adern wallen, sie spürte die Kraft, die es durch ihren Körper schickte. Wie ein heller, glitzernder Schimmer tanzte die Energie vor ihren Augen, ihre Seele. Sie hatte wieder und wieder versucht, sie zu formen, so wie Neo es ihr beizubringen versucht hatte, bis sie endlich wusste, was sie tun musste. Mit Hilfe ihrer Gedanken trennte sie einen Teil der Energie ab und ließ ihn in ihre Hände wandern, wo sie sich knisternd sammelte. Ein helles Licht schien durch ihre geschlossenen Lider und sie lächelte stolz. Als sie die Augen öffnete, sah sie fasziniert auf ihre Hände, die im weißen Licht ihrer Macht erstrahlten, heller als jemals zuvor während ihrer Zeit in der Wildnis. Das Licht würde ihr helfen, sich in der Dunkelheit fortzubewegen.
Ein Blick in den Himmel, bei dem die Dämmerung gerade eingesetzt hatte, traf die letzte Entscheidung für sie. Die aufziehenden Wolken versprachen einen regnerischen nächsten Tag, an dem die Bestien sich bekanntlich zurückzogen. Und damit stand fest: Sie würde mit der Dämmerung aufbrechen und sich auf den Weg in die Berge machen.

Neo

Das dämmrige Licht im Zimmer sorgte dafür, dass die Unebenheiten an der steinernen Decke hervorstachen und wie eine Landkarte aus Schatten zu ihm herabblickten. Er kannte mittlerweile jede einzelne Furche und Erhebung auswendig. Wenn man den Kopf etwas drehte, ergab das Bild den Umriss eines besonders dicken Pferdes. Er hatte fast den ganzen Tag geschlafen, doch die Müdigkeit rückte nur noch selten von ihm ab.

Erneut verfiel er in den dämmrigen Zustand, der seine Augenlider schwer wie Blei werden ließ. Es spielte keine Rolle mehr. Seit Leahs Verbannung hatte er sein Zimmer nicht mehr verlassen, war nicht zum Unterricht erschienen und hatte Besucher unbarmherzig weggeschickt. Rol und Ojen hatten es mittlerweile aufgegeben, ihn dazu bewegen zu wollen, endlich wieder am Leben auf der Festung teilzunehmen. Sie hatten es einfach nicht verstanden. Für ihn gab es ohne Leah keinen Sinn mehr, frühs aufzustehen oder irgendwelchen Pflichten nachzugehen.

Wohlig entspannte er sich und ließ sich in den Halbschlaf hinab gleiten, wobei ihn gemischte Gefühle überkamen.

Einerseits war es die schönste Zeit des Tages, denn sobald er die Augen schloss, erschien ihr Gesicht vor ihm und wenigstens für kurze Zeit kam es ihm so vor, als könne er noch immer Zeit mit ihr verbringen. Hier hatte er noch die Möglichkeit, seine Träume zu lenken, er konnte sie betrachten und anfassen, sich

von ihrem glockenhellen Lachen erfüllen lassen und ihre Lippen küssen, wieder und wieder.
Doch andererseits war dies nur die Vorstufe. Sobald sein Körper gänzlich vom Tiefschlaf ergriffen wurde und dieser die Kontrolle übernahm, änderten sich die Träume in eine scheußliche Richtung. In seinen Gedanken materialisierte sich die Vorstellung, wie sie den Bestien gegenüberstand, hilflos und alleingelassen. Ihre Schreie, als die Taniwha über sie herfielen, rissen ihn Nacht für Nacht aus dem Schlaf und ließen ihn schweißgebadet und zitternd zurück. Doch das alles nahm er liebend gerne in Kauf, wenn er nur ein einziges Mal wieder ihr Gesicht erblicken konnte, auch wenn es nur im Traum war.
Schon glitten seine Gedanken ab und wie durch einen glitzernden Nebel konnte er bereits die Umrisse des Mädchens erkennen. *Neo*, hallte ihre Stimme von weit her und erfüllte sein Herz mit Trauer und Sehnsucht. Er atmete tief und langsam durch, um es seinem Körper zu erleichtern, endlich von der grausamen Realität abzulassen und wieder zurück in die Traumwelt zu gleiten, wo sie bereits auf ihn wartete.
Ein energisches Klopfen an der Tür zu seiner Kammer schreckte ihn auf, der Nebel verflüchtigte sich und mit ihm auch die Erinnerung an Leah, die doch gerade erst angefangen hatte, zu ihm zurückzukehren.
Fast schon verzweifelt schloss er die Augen und versuchte zurück in den dämmrigen Zustand zu gelangen, ohne auf das Klopfen zu reagieren. Doch der Besucher war hartnäckig, denn kurz darauf öffnete sich die Tür.
„Verschwinde“, knurrte Neo wütend, ohne die Augen zu öffnen.

„Nein", antwortete eine zarte Stimme und er richtete sich abrupt auf.
„Du!", stieß er zornig hervor. „Wie kannst du es wagen!"
Die rundliche Köchin zuckte bei seinen harten Worten zusammen, doch Merani war niemand, der so leicht aufgab.
„Es wundert mich, dass du mich nicht bereits aufgesucht hast", sagte sie milde und schuldbewusst, schloss die Tür hinter sich und trat zögernd näher ans Bett.
„Du kannst von Glück reden, dass ich es nicht getan habe", fauchte er sie an.
„Neo, würdest du mir bitte für einen Moment zuhören?"
„Warum sollte ich das tun? Du hast mir die Kräuter untergemischt und damit Leahs Todesurteil unterschrieben."
Die Köchin seufzte und ließ sich auf dem unbequemen Holzstuhl gegenüber seinem Bett nieder.
„Das will ich nicht leugnen. Aber es war ihre eigene Entscheidung."
„Sie war nicht bei klarem Verstand!"
„Sie war bei klarerem Verstand, als du es im Moment bist", konterte Merani und ihr Blick verfinsterte sich. „Sie wusste, was du vorhattest und sie wusste auch, dass es euer beider Untergang bedeutet hätte. Sie hat dir das Leben gerettet!"
„Und du hast zugelassen, dass sie ihres opfert", sagte er matt, doch längst nicht mehr mit so viel Nachdruck wie zuvor. Die vielen ereignislosen Tage in der Kammer hatten ihn schlapp und kraftlos werden

lassen. Er sah demonstrativ zur Seite, als sich die Augen der Köchin mit Tränen füllten.

„Glaubst du, mir ist das leicht gefallen? Aber sie hat mich darum gebeten, Neo, und für sie gab es keinen Ausweg mehr. Hätte ich euch denn beide verlieren sollen?“

Sie schluckte hörbar, als ihre Stimme brach.

„Diese Entscheidung hat mir das Herz gebrochen, aber ich würde sie immer wieder fällen. Es war das Letzte, was ich noch für sie tun konnte.“

„Du hast viel zu schnell aufgegeben“, knurrte er, doch er erkannte die Wahrheit in ihren Worten und tatsächlich gab er nicht ihr die Schuld an Leahs Tod. Er selbst war verantwortlich dafür, dass sie in die Verbannung geschickt wurde. Er hätte von Anfang an verhindern müssen, dass sie sich näher kamen. Und dank Merani musste er nun mit dieser Schuld leben, ohne dass er die Chance gehabt hatte, die Strafe gemeinsam mit Leah anzutreten. Es war mehr, als er ertragen konnte. *Vielleicht ist das die gerechte Strafe dafür.*

„Ich habe zu schnell aufgegeben?“, fragte die Köchin mit finsterem Gesicht. „Und was ist mit dir? Wie lange hast du schon keinen Fuß mehr vor die Tür gesetzt? 20 Tage? Seit Leahs Verbannung?“

So lang ist es also schon her.

„Du isst kaum etwas und nimmst nicht am Unterricht teil, du verfällst zusehends! So, wie deine Kleider riechen, hast du dich nicht einmal gewaschen. Was ist nur aus dir geworden, Neo? Was ist aus all deinen Plänen geworden?“

Er biss die Zähne fest aufeinander.

„Ich habe sie geliebt, Merani. Für mich gibt es keine Pläne mehr.“

Die Köchin schlug mit der Handfläche auf den Schreibtisch und Neo zuckte zusammen.
„Ich werde nicht zulassen, dass du hier im Selbstmitleid versinkst und das Leben mit Füßen trittst, das Leah dir geschenkt hat. So dankst du es ihr? Ihr Tod hat uns alle getroffen, und dich am meisten, aber du lässt zu, dass sie vollkommen umsonst gestorben ist!"
„Ihr Tod war vollkommen umsonst", sagte er matt.
„War er nicht! Und wenn du endlich mal deinen hübschen Hintern aus diesem Zimmer schaffen würdest, wüsstest du, was ich meine. Leah hat ein Zeichen gesetzt, ihr Tod hat für viel Gesprächsstoff gesorgt, nicht nur unter den Stadtbewohnern. Es gehen Gerüchte um, dass selbst einige der Magoi immer mehr Zweifel an unserer Rechtsprechung bekommen."
„Es wird sich nie etwas ändern, Merani", unterbrach er sie. „Sie reden vielleicht jetzt davon, doch es wird genauso in Vergessenheit geraten wie all die unzähligen Opfer vor ihr."
Die Köchin schnaubte.
„Ja, das wird es, wenn alle nur noch damit beschäftigt sind, an sich selbst zu denken und mit ihrem eigenen Schicksal zu hadern."
Dieser Seitenhieb hatte gesessen.
„Du weißt genauso gut wie ich, dass die Herrschaft der Magoi auf Unterdrückung und Ungerechtigkeiten basiert", fuhr sie bitter fort. „Die Stadtbewohner hungern und schuften, um den gnädigen Herren alles vor die Füße zu tragen. Und gerade bei dir war ich sicher, dass du einer der wenigen Magoi wärst, die sich dagegen aussprechen."
Er fuhr sich müde mit den Fingern über die Augen.

„Das hatten wir doch schon mal. Einer allein kann nichts ausrichten.“
„Eine Köchin vielleicht nicht“, antwortete sie.
Er sah sie mit zusammengekniffenen Augen an. Es stimmte, einst hatte er sich andere Ziele gesetzt. Und gehörte er nicht selbst zu jenen, die an der Macht saßen?
„Wenn die Magoi nichts daran ändern, dann wird es niemand tun“, fuhr sie fort. „Die Zustände in unserer Stadt werden bleiben, wie sie sind, die Menschen werden von Tag zu Tag unzufriedener und Leahs Verbannung hat das Ganze noch angekurbelt. Unter der Oberfläche brodelt es, Neo, aber das Volk ist den Göttern sei Dank noch nicht bereit, einen Krieg zu beginnen. Doch was, wenn es irgendwann dazu kommt? Was glaubst du, wer gewinnen wird?“
Er zuckte ratlos mit den Schultern. Die Magoi waren mächtig, doch konnten sie sich gegen die Mehrheit des Volkes durchsetzen? Hatte Merani recht und sie standen tatsächlich vor einem Krieg?
„Ich werde dir sagen, wer gewinnen wird“, antwortete sie für ihn. „Niemand. Ein Krieg bedeutete immer Opfer und Verluste, auf beiden Seiten! Und wir werden dabei nur uns selbst vernichten. Elaos ist auf all seine Bewohner angewiesen, um abgeschottet von der Welt zu überleben. Es muss andere Wege geben!“
„Und die wären?“
„Es wird Zeit, dass ein Grundstein gesetzt wird, Neo. Viele Magoi sind gewillt, den Stadtbewohnern mehr Freiheiten zu geben, doch der Stadtrat ist noch immer von den falschen Leuten besetzt.“
Ein Stich der Schuldgefühle ließ ihn zusammenzucken.

„Du hattest einst ein Ziel, erinnerst du dich? Was ist daraus geworden, dass du Barbos Nachfolge antreten wolltest, um irgendwann seinen Platz im Stadtrat einzunehmen?“

Er sah betreten zur Seite.

„Es ist zwecklos, Merani, versteh das doch! Ich werde nie etwas ausrichten können. Jetzt soll ich eine ganze Stadt retten? Ich habe nicht einmal ein einziges Mädchen retten können.“

„Aber sie hat dich gerettet. Dieses Mädchen war mutiger als alle Magoi zusammen. Und du kannst auch etwas ausrichten. Du kannst Verbündete finden. Es wird sich vielleicht heute und morgen nichts ändern, aber was ist in fünf Jahren? Oder in zehn? Der Stadtrat ist größtenteils von den falschen Leuten besetzt, die im Verborgenen die Fäden ziehen und uns wie Marionetten nach ihrer Pfeife tanzen lassen. Einige haben es erkannt, aber die meisten sind zu träge, dagegen zu handeln. Manche tun etwas dagegen, wie Sir Caaron. Jaja, schau mich nicht so an, er war es, der mich geschickt hat. Aus einem unerfindlichen Grund dachte er, auf mich würdest du eher hören. Er möchte dich an seiner Seite wissen, Neo.“

„Warum mich?“

„Weil du ein gutes Herz hast und an Gerechtigkeit glaubst.“

„Es gibt keine Gerechtigkeit, sonst wäre Leah nicht tot.“

„Dann wird es endlich Zeit, wieder Gerechtigkeit herzustellen. Denke darüber nach, ich bitte dich.“

Er schwieg lange Zeit. Was hätte sich Leah erhofft? Die Antwort war nicht schwer zu erraten. Er hatte sie immer wissen lassen, was er von der Herrschaft der

Magoi hielt und dass er es besser machen würde, dass er danach strebte, das gemeine Volk und die Magoi zu vereinen. Und sie hatte ihn wissen lassen, dass sie an ihn glaubte.

„Ich werde darüber nachdenken“, flüsterte er ergeben. Merani erhob sich schwerfällig und umarmte ihn. Er erwiderte die Berührung steif.

„Du solltest dir nicht allzu viel Zeit dazu nehmen. Sir Barbo, das Jägeroberhaupt, wird morgen unter den Bewerbern seinen Nachfolger auswählen. Er wird Ende des nächsten Jahres in den Ruhestand gehen und vorher denjenigen auf seine Aufgabe vorbereiten.“

Sie ließ ihn gedankenverloren zurück. Er hatte angefangen, nur noch an sich selbst und seine eigene Trauer zu denken. Merani hatte vollkommen recht und wie zur Bestätigung erschienen ihm die ausgemergelten und von Hoffnungslosigkeit gezeichneten Gesichter der Menschen, denen er einst bei seinem Ausflug in die Stadt begegnet war. Sie hatten ihn verabscheut, weil er zu jenen gehörte, die für ihr Elend verantwortlich waren. Sir Malin, die Priester, der Stadtrat, sie alle schlossen die Augen vor dem Elend, das vor den Toren der Festung herrschte, solange es ihnen selbst gut ging. Und nun hatte er sich ebenso dazu hinreißen lassen. Hier lag er, verfluchte die Magoi und die Festung, die eigentlich sein Zuhause war, schimpfte selbst auf die alten Götter, zu denen das gemeine Volk betete und deren Existenz bei den Magoi angezweifelt war. Und doch bekam er jeden Tag etwas zu essen, ohne hart arbeiten zu müssen, seine Kammer war sauber und Diener erfüllten ihm jeden Wunsch, wenn er nur nach ihnen rief. Ihm stand jeder Ausbildungsweg offen, ihm offenbarte sich sogar die Möglichkeit, in absehbarer Zukunft dem Stadtrat anzugehören, während die Menschen in Elaos Tag für Tag dafür kämpften, bezahlte Arbeit zu finden, und sei sie noch so zermürbend.

Merani hatte recht, das gemeine Volk hatte nicht die Kraft, sich aufzulehnen, und die Magoi sorgten mit ihrer Unterdrückung dafür, dass es auch so blieb. Wenn sich etwas ändern sollte, dann musste damit in den eigenen Reihen begonnen werden, ein Ziel, das Magier wie Sir Caaron seit Jahren im Verborgenen verfolgten. Es war noch nicht zu spät, sein Leben diesem einen, guten Zweck zu widmen, nämlich Schritt für Schritt dafür zu sorgen, dass eine Art Gleichberechtigung in den hohen Mauern der Stadt herrschte, ohne dass es zu einem Krieg kommen musste, der zweifelsfrei den Untergang von Elaos bedeutete. Die Gefahr ging nicht von den Bestien im Wald aus, die Bedrohung ihrer Existenz lag innerhalb der Mauern. Und er würde etwas dagegen tun.

Mit diesem Gedanken gab er sich der Schläfrigkeit hin und Leahs Gesicht erschien vor seinen Augen. Sie lächelte ihn an, fast schon stolz, doch statt zu bleiben, verblasste ihr Bild weiter und weiter.

Er versuchte sie zu fassen, sie wieder zu sich zu rufen, doch je mehr er sich anstrengte, umso weiter schien sie sich zu entfernen.

Die Botschaft war klar und deutlich. Wenn er sich dieser einen, neuen Aufgabe widmete und seinem Leben einen neuen Sinn gab, musste er sich von seiner Trauer befreien und sie loslassen, so schwer es ihm auch fiel. Nie würde er sie ganz vergessen können, nie würde es auch nur einen Tag geben, an dem ihm ihr Lachen nicht fehlen würde, doch zum ersten Mal hatte er das Gefühl, irgendwann damit leben zu können. Und so fiel er zum ersten Mal seit ihrer Verbannung in einen tiefen, traumlosen Schlaf, aus dem er nicht schweißgebadet erwachte.

Am nächsten Morgen streckte er die Glieder durch, sprang auf und gönnte seinem Körper die Wäsche, die er dringend benötigte. Man hatte ihm das Frühstück vor die Tür gestellt, und nachdem er eine frische Tracht angezogen hatte, widmete er sich dem Schinkenspeck, bestrich eine Scheibe Brot dick mit Butter und stürzte einen Becher verdünntes Bier hinterher. Seine neue Aufgabe ließ seinen Geschmackssinn zu neuem Leben erwecken und endlich schmeckte das Essen nicht mehr fade und übelkeiterregend.

Ohne Umschweife machte er sich auf dem Weg zur Jägerhalle, in der die Auswahl von Sir Barbos Nachfolger stattfinden sollte. Unterwegs begegneten ihm überraschte Blicke, sein Fehlen war offenkundig nicht unbemerkt geblieben, Schüler tuschelten und Lehrer atmeten erleichtert aus. Er grüßte sie mit kurzem Nicken und ließ sich auf keinerlei Gespräche ein.

In der Jägerhalle herrschte Aufruhr, sämtliche Kandidaten hatten sich versammelt und nervös und schwatzend in Grüppchen verteilt. Sir Barbo beobachtete sie mit finsterem Blick vom Rande der Halle aus.

Neo blieb für einen Moment unschlüssig stehen und fragte sich, ob er sich seiner nicht doch zu sicher war. Er hatte die Ausbildung längst noch nicht fertig abgeschlossen und es gab Jäger, die bedeutend länger dabei und vom Körperbau auch um einiges kräftiger waren als er. *Aber nicht fähiger*, flüsterte eine leise Stimme in seinem Kopf.

Einige der Umstehenden bemerkten ihn und ihre Blicke verfinsterten sich, unter ihnen auch Eril, der Neo von jeher das Leben mit seiner Eifersucht und seinem Ehrgeiz schwer machte. Sie alle sahen ihre Chancen schwinden, als er zielstrebig auf Sir Barbo zuging.

„Sir, ich hoffe, es ist noch nicht zu spät, um sich für Ihre Nachfolge zu bewerben."

Der kleine, kräftige Mann mit dem roten Bürstenhaarschnitt und der wulstigen Narbe im Gesicht hob überrascht die Augenbrauen, dann breitete sich ein bei ihm seltenes Lächeln auf dem Gesicht aus.

„Neo, ich dachte schon, ich hätte dich das letzte Jahr umsonst so hart trainiert. Wird auch Zeit, dass du wieder zur Vernunft kommst."

Neo atmete erleichtert aus, obwohl ihm bange wurde bei der Vorstellung, was für eine große Verantwortung er sich für die Zukunft aufgeladen hatte. Er würde Elaos retten und gegen jeden vorgehen, der den Frieden störte. Koste es, was es wolle.

Leah

Die Stille der Nacht war beinahe erdrückend. Nur die Blätter raschelten leise im Wind, während der Mondschein gegen die Dunkelheit zu kämpfen suchte und den Wald in ein magisches, bläuliches Licht tauchte. Nichts regte sich, selbst das leise Summen einiger Insekten war verstummt. Die Tiere hatten sich zurückgezogen und beinahe kam es Leah vor, als wäre sie vollkommen sicher und allein im Wald.
Aber nur beinahe. Ein massiger Körper schob sich weit unter dem Baum durch, auf dem sie Zuflucht gesucht und ihr Lager eingerichtet hatte. Die gewaltigen, krallenbesetzten Klauen gruben sich lautlos in den Boden, die glänzenden Schuppen wurden vom Mondschein in silbriges Licht getaucht und goldene Augen mit senkrechten Pupillen suchten die Nacht nach der Beute ab, die der Taniwha witterte.
Hätte sie ihn nicht schon längst gespürt, wäre er beinahe unsichtbar gewesen. Lautlos und wendig wie eine Schlange verharrte das riesige Raubtier und lauschte in die Stille der Nacht hinein, um sein Opfer auszumachen. Leah wagte es nicht, zu atmen oder geschweige denn, sich zu bewegen. Er folgte ihr schon seit mehreren Tagen in sicherem Abstand, ein ungewöhnliches Verhalten für die Bestien.
Bisher hatte sie mehrere Reviere durchstreift und konnte sich rechtzeitig in die luftige Höhe der Baumkronen zurückziehen, wenn sich die Taniwha näherten. Dieser hier war anders. Er folgte ihr des Nachts und so unauffällig, dass sie regelmäßig

erschrak, wenn seine Gegenwart in ihren Gefühlen auftauchte. Und heute sah sie ihn das erste Mal richtig.

Das Tier war gewaltig, fast doppelt so groß wie die schwarze Bestie, der sie vor der Höhle im Wald begegnet war. Seine Beine waren dick wie die Stämme uralter Bäume und sie war sich sicher, dass, wenn er den Oberkörper in die Luft reckte, mit Leichtigkeit die gewaltige Mauer von Elaos hätte erklimmen können. Umso mehr war sie darauf bedacht, keinen Ton von sich zu geben und ihre Atmung zu beruhigen. Wenn sie jetzt begann zu schwitzen, würde es das Tier vermutlich nur wild machen und der Baum, auf den sie sich zurückgezogen hatte, war längst nicht hoch genug, obwohl sie in so luftige Höhe geklettert war, dass ihr speiübel geworden war. Und doch konnte sie die Augen nicht von dem Drachen abwenden, es hatte etwas Faszinierendes, diese unbändige Kraft gepaart mit tierischer Anmut und Eleganz zu betrachten. Eine tödliche Schönheit.

Sie beugte sich etwas vor und spähte an der breiten Astgabel vorbei, die ihr Gewicht seit Einbruch der Dunkelheit trug. Im selben Moment verzogen sich die letzten Wolken vor dem runden Vollmond und die Bestie wurde in helles Licht getaucht.

Leah schnappte lautlos nach Atem. Der silberne Schein des Mondes spiegelte sich auf goldenen Schuppen, die die Nacht erhellten. Es war der Taniwha, von dem Neo erzählt hatte, der größte des Waldes, wie der Magier vermutete. Und nun war sie ihm so nah, dass sie jeden einzelnen Dorn am Schwanz und jedes seiner Hörner, die das Gesicht umrahmten, hätte zählen können.

Was Neo wohl sagen würde, wenn er das wüsste? Der Gedanke an ihn schmerzte und sie zog sich lautlos wieder zurück. Einen Moment lang war sie gewillt, sich einfach vom Baum und in die Fänge des Taniwha stürzen zu lassen. Seit Tagen irrte sie im Wald herum, ihre Vorräte waren längst aufgebraucht und ihre Glieder schmerzten. Dazu kam die Angst, die unablässig wie ein dunkler Schatten über ihr schwebte. Die Taniwha waren schnell und unberechenbar, wie sie hatte feststellen müssen. Manchmal spürte sie ihre Anwesenheit nicht früh genug und so hatte sie geschlagene drei Tage auf einem Baum verharren müssen, um den Fängen einer der Bestien zu entgehen, die sie erspäht hatte. Ein weiteres Mal war sie geradewegs in das Nest eines der Biester gelaufen, das in einen tiefen und traumlosen Schlaf versunken war, so das Leah keinerlei Gefühle bemerkt hatte.

Das und weitere, brenzlige Vorfälle hatten ihre Nerven aufgerieben, sie war schreckhaft und fahrig geworden, wurde von einem ständigen Verfolgungsgefühl geplagt und stand regelmäßig am Rande eines Nervenzusammenbruchs. Immer wieder kam ihr Trim, der verrückte Magier in den Sinn. Was musste er alles erlebt haben? Erst jetzt konnte sie es zumindest zum Teil nachvollziehen. Er hatte all seine Gefährten verloren, musste mit ansehen, wie sie vor seinen Augen gefressen oder zerfleischt wurden, und musste sich daraufhin, ebenso wie sie, alleine durch den Wald schlagen. Mittlerweile glaubte sie, selbst am Rande des Wahnsinns zu leben.

Doch die Taniwha waren nicht die einzigen Lebewesen, die sie zu verfolgen schienen. Unweigerlich kam ihr die Begegnung in den Sinn, die sie vor drei Tagen erlebt hatte. Der andauernde Sturm hatte sie entkräftet und hungrig zurückgelassen und zum ersten Mal seit langer Zeit hatte sich die Sonne herausgetraut. Obwohl die Gefahr bestand, einem Taniwha zu begegnen, hatte Leah, schwach wie sie war, ihre Reise fortgesetzt. Nichts hatte darauf hingedeutet, dass sie sich in Gefahr befand, als plötzlich eine fremde Anwesenheit ihre Aufmerksamkeit erregte. Es war nur der schwache Schein von Gefühlen gewesen, Misstrauen und Überraschung, auch etwas Neugier. Abrupt war sie stehen geblieben und hatte ihren Kopf in die Richtung gewandt, aus der sie den Hauch der Impulse hatte spüren können. Sie hatte in das Gebüsch neben sich gespäht und auf den ersten Blick nichts als eine Wand von Blättern gesehen. Doch die Gefühle waren deutlich spürbar, also hatte sie die Augen zusammengekniffen und ihren Blick geschärft. Und da hatte sie es erblickt. Es war nicht mehr als ein formloses Gesicht gewesen, mit nur einer Andeutung von Mund und Nase und einer Haut so schwarz wie der tiefste Nachthimmel. Das Gesicht hob sich kaum von den Schatten ab, die die Blätter warfen, und fast hätte sie es für eine Einbildung erhalten, wären da nicht die weit aufgerissenen Augen gewesen, die sie direkt angestarrt hatten. Das Weiße darin hatte wie der Mond geleuchtet, doch die Pupillen glänzten wie schwarzes Eis. Als das Wesen bemerkte, dass Leah es entdeckt hatte, änderten sich seine Gefühle schlagartig zu Hass und Bestürzung, verbunden mit dem Drang, sie zu töten. Leah hatte von diesen Wesen gehört, Mariks Großmutter hatte ihnen oft von den Legenden erzählt. Sie sprachen von Schatten, die sich im Nichts auflösen konnten und nur in

Gestalt von schwarzen, gesichtslosen Wesen erschienen. Sie nannten sie Geister des Waldes. Manche nannten sie Götter. Die Worte des verrückten Magiers kamen ihr wieder in den Sinn.

„Die schwarzen Wesen!", quiekte er und klatschte erfreut in die Hände.

„Wer sind die schwarzen Wesen, Trim? Menschen?"

„Geister, Dämonen, wer weiß das schon?", sang er. „Du bist tot, tot, tot."

Mit was hatte sie die Götter so erzürnt? Nach der Begegnung war Leah vor Schreck zurückgewichen, doch als sie einen zweiten Blick auf das Wesen hatte werfen wollen, war es mitsamt den hasserfüllten Gefühlen verschwunden.

In den darauffolgenden Tagen hatte Leah die Präsenz der Wesen häufiger in weiter Ferne gespürt, sie beobachteten sie und ließen sie widerwillig passieren, während sie sich immer weiter den Bergen näherte.

Mittlerweile schloss sie des Nachts die Augen, ohne sicher sein zu können, sie am nächsten Morgen wieder unbeschadet zu öffnen. Sie war vollkommen ausgelaugt, ihr Körper zerschunden, ihre Muskeln schmerzten und die breite Narbe an ihrer Wade sandte bei jedem Schritt schier 1000 Nadelstiche durch ihr Bein. Ihr Kleid war zerrissen und hing in Streifen herab, der Mantel trug eine bröckelige Dreckkruste und wurde von Tag zu Tag schwerer zu tragen, da er ständig mit Regen und Schlamm vollgesogen war. Doch am schlimmsten hatte es ihre nackten Füße getroffen. Obwohl sie sich regelmäßig säuberte, wenn sie Wasser fand, und abends mit Kräutern bedeckte, sie in Streifen eingewickelt hatte, die sie von ihrem Mantel abschnitt, waren sie wund und blutverkrustet. Die Blasen waren längst aufgeplatzt, Schnitte unter dem Dreck verborgen und entzündet, ihre Nägel eingerissen. Und doch zwang sie sich Tag für Tag, weiterzugehen und nicht stehenzubleiben.

Als sie merkte, dass sie in Gedanken versunken war, schreckte sie auf und sah erst jetzt, dass der Taniwha zum Fuße des Baumes weitergezogen war. Seine Anwesenheit war nur noch geringfügig zu spüren und so entspannte sie sich etwas.

Mittlerweile war die harte Rinde des Baumes von glitzerndem Reif bedeckt und Leah zog den Mantel enger um sich, zitterte und gab sich dem Schlaf der Erschöpfung hin.

Bevor sie die Augen schloss, warf sie einen letzten Blick auf die schemenhaften Umrisse der Berge, die sie so zwanghaft zu erreichen versuchte. Fast hatte sie es geschafft, es konnte nicht mehr weit sein, doch was würde sie dort erwarten? Fand sie Schutz vor den Taniwha? Sie wusste, dass es über ihr weiteres Leben entscheiden würde, einen Rückschlag wurde sie nicht verkraften. Zu lange hatte sie sich einsam durch den Wald geschlagen, sie hatte nicht die Kraft, alleine weiterzumachen.

Die Dämmerung weckte sie zusammen mit der Kälte, die ihre Glieder schon taub hatte werden lassen. Die Nächte wurden mit jedem Tag kälter und es war nur noch eine Frage der Zeit, bis der erste Schnee fallen würde.

Sie prüfte die Umgebung und stieg Schritt für Schritt den Baum hinab, taumelte und setzte ihren Weg fort.

In den letzten Tagen war es immer schwerer geworden, jahrhundertealte Bäume zu finden, die bis weit hinauf in den Himmel reichten. Der Wald lichtete sich immer weiter, und durch die wenigen

Bäume konnte sie bereits weitläufige Wiesen und Büsche erkennen, die sich vor dem gewaltigen Fuß der grauen Berge ausbreiteten. Selbst der Waldboden wurde immer steiniger und der Weg schwerer zurückzulegen. Der Himmel war wolkenverhangen und versprach Regen. Leah stand vor der Entscheidung, eine weitere Nacht im Schutze des riesigen Baumes zu verbringen oder vor der Aufgabe zu stehen, es bis zum Abend in den Schutz der Berge zu schaffen.

Der Weg ließ sich schwer abschätzen, die Entfernung sah vermutlich geringer aus, als sie war, doch das Risiko, eine weitere Nacht in der Nähe des riesigen Taniwha zu verbringen, der sie vermutlich mühelos auch in dem höchsten der Bäume erreichen konnte, war zu groß. Also schleppte sie sich weiter und zwang ihre schmerzenden Füße dazu, schneller zu gehen. *Nur noch ein letztes Stück*, sagte sie wieder und wieder vor sich hin, während die Abstände zwischen den Bäumen immer größer wurden.

Bald befand sie sich am Rand der weitläufigen Wiese, deren Gras sich wie sanfte Wellen im Wind schaukelte. Die Sonne hatte ihren höchsten Stand bereits überschritten. Mit klopfendem Herzen ließ sie ihren Blick über das grüne Meer wandern, an dessen Ende sie eine Felswand ausmachte, in der sich ein schmaler Spalt abzeichnete. War es das Tor zu einer anderen Welt? Zu einem sicheren Ort? Und hatten es auch andere bis hierher geschafft?

Sie nahm gerade all ihren Mut zusammen und setzte den ersten Schritt in die Freiheit, als sie erstarrte.

Langsam drehte sie den Kopf, um hinter sich zu blicken, während ihr Körper sich verkrampfte, weil er längst das Unausweichliche gespürt hatte. Die

Erkenntnis traf sie unvorbereitet und doch fragte sie sich einen Moment, wie sie ihn nicht hatte spüren können. Vor ihr, nur wenige Schritte entfernt, stand der riesige Taniwha. Ein tiefes Grollen entfuhr seiner Kehle, während er sie aus flammend goldenen Augen anstarrte.

Kalia

„Es ist noch zu früh“, sagte Marik, doch Kalia winkte mürrisch ab und schwang die Beine vom Bett.
„Ich werde wahnsinnig, wenn ich noch einen Tag länger auf dieser klobigen Matratze liegen muss“, antwortete sie und stand schwerfällig auf. Sofort schwankte der Raum und Marik stützte sie am Arm, doch sie wehrte ihn unerbittlich ab.
„Du solltest dich noch etwas ausruhen.“
Sie schüttelte den Kopf. Es war ein seltsames Gefühl, nicht mehr das schwere und störrische Haar ins Gesicht gewedelt zu bekommen, so wie es einst der Fall war. Das Feuer hatte es zum Großteil verbrannt und die wenigen Strähnen, die verblieben waren, hatte man ihr abgeschnitten, um die Wunden besser versorgen zu können.
„Es geht schon, Marik. Würdest du mich jetzt bitte alleine lassen, damit ich mich etwas frisch machen kann?“
Der Junge wirkte unentschlossen, doch nach einigem Zögern gab er nach und verließ das heruntergekommene Zimmer, in dem sie untergebracht war. Als er weg war, atmete sie tief durch und erhob sich. Die Wunden und Verbrennungen waren zum Großteil verheilt, doch sie spürte jede Bewegung schmerzhaft in ihrer rechten Körperhälfte.
Man hatte ihr frische Kleidung gebracht und einen Krug mit sauberem Wasser, in den sie einen zerschlissenen Lappen tauchte und sich sorgfältig wusch. Die Narben an ihrem Arm ließen sich

weitestgehend mit dem mausgrauen Gewand verdecken, das sie sich überstreifte, doch der Rest ...
Ihr Blick glitt zu dem Spiegel, um den sie gebeten hatte. Es war nicht mehr als eine angelaufene Metallscheibe, doch sie diente ihrem Zweck. Mit zusammengebissenen Zähnen wandte sie sich ihrem Spiegelbild zu und stieß keuchend die Luft aus. Es war schlimmer, als sie erwartet hatte. Ihre Wange und Teile der Stirn waren von einer wulstigen Narbe entstellt, deren Kruste noch nicht ganz verheilt war und die sich über den kahlen Kopf bis hinter das Ohr zog. Die Sonne auf ihrer Stirn glich nun eher einem Halbmond. Ihr Ohr war nicht mehr als ein unansehnlicher Stummel. Das Haar wuchs an den verbrannten Stellen nur in wenigen Büscheln und an den Stellen, die es nicht ganz so schlimm getroffen hatte, zeigte sich ein feiner Flaum auf der rosafarbenen, neugebildeten Haut.
„Bei den Göttern“, flüsterte sie heiser und Tränen stiegen ihr in die goldenen Augen. Sie hatte sich nie als Schönheit betrachtet, doch das, was sie nun vor sich sah, glich eher einem entstellten Wesen aus Albträumen als einem jungen Mädchen. Verzweifelt ließ sie sich auf den klapprigen Stuhl sinken und schlug die Hände vors Gesicht, während gedämpfte Schluchzer ihren Körper erbeben ließen.
„Mit der Zeit wird es besser“, hörte sie Mariks Stimme. Er war unbemerkt wieder hereingekommen. „Dein Haar wird wieder wachsen und die Narben verblassen.“
„Sie werden nie ganz verschwinden“, presste sie mit heiserer Stimme hervor.
„Es spielt keine Rolle“, sagte er sanft. „Wir leben versteckt, hast du das schon vergessen?“

Sie sah mit tränenverschleiertem Blick auf. Es stimmte, ihnen beiden würde nie ein normales Leben gegeben sein. Sie waren jetzt Teil einer Verschwörungsgruppe, der Rangas, die sich die meiste Zeit im Verborgenen aufhielten und Ränke und Pläne schmiedeten.
„Trotzdem, die Menschen hier ..."
„Hat es zum Teil schlimmer erwischt als dich", schnitt er ihr forsch das Wort ab. „Die meisten hier hatten nicht so eine wohlbehütete Kindheit wie du. Sie sind von Krankheiten gezeichnet, die sie überlebt haben; Pockennarben und unversorgte Wunden haben ihre Spuren hinterlassen. Wir haben hier keine Heiler, und Jolinda, die Kräuterfrau, kann uns nur selten aushelfen, um keine Aufmerksamkeit zu erregen. Manche haben Gliedmaßen verloren, an entzündete Verletzungen oder die Kälte, nicht wenige haben Verletzungen und Narben in Kämpfen mit den Eisenmännern erlitten. Wenn du mir eines glauben kannst, dann, dass dein Aussehen hier am allerwenigsten zählt."
Beschämt über ihre Eitelkeit senkte sie den Kopf.
„Bist du sicher, dass du schon so weit bist?"
„Ja", sagte sie schwach. „Ich möchte mich umsehen."
„Erwartet bloß nicht zu viel."
Sie betraten den düsteren, fensterlosen Korridor, der sie in eine riesige, heruntergekommene Halle führte, durch deren schmale Fenster, tief unter der Decke, der kalte Wind pfiff.
Kalia blieb der Mund offen stehen, als sie alles in der schwachen Beleuchtung betrachtete. Die große Halle war spärlich eingerichtet, an den Wänden hatten einige Mitglieder ihr Lager aufgeschlagen, schmutzige Decken, Strohmatratzen und kleine Bündel mit ihren

wenigen Sachen und Habseligkeiten. Mitten im Raum hatte man ein Feuer angezündet, um das einige Männer saßen, ihre Glieder wärmten und dabei heftig diskutierten. Eine alte, gebückte Frau hing gerade einen schweren Eisenkessel auf die hölzerne Vorrichtung, die über dem Feuer aufgebaut war. Etwas weiter hinten sah man eine grob zusammengezimmerte Holzplatte, die auf schweren Sandsteinen lag und als Tisch diente. Einige Jugendliche saßen bereits gelangweilt und warteten auf das Essen. Alles in allem herrschte ein geschäftiges Treiben.

„Hier lebt ihr?", fragte sie ungläubig.

„Nur vorübergehend", antwortete Marik, doch er konnte den bitteren Unterton in seiner Stimme nicht verbergen. „Wir wechseln den Unterschlupf alle paar Tage. So lange wie in diesem verlassenen Gebäude waren die meisten schon lang nicht mehr."

Er sah verlegen zur Seite, doch sie verstand sofort.

„Sie sind wegen mir geblieben?"

„Du warst noch nicht stabil genug für einen Transport."

Es dauerte etwas, bis sie ihre Sprache wiedergefunden hatte.

„Aber wieso? Niemand hier kennt mich! Was interessiert sie mein Schicksal?"

Er geleitete sie zu dem großen Tisch

„Es bedeutet ihnen viel. Ein Menschenleben bedeutet ihnen viel. Den meisten zumindest. Du bist auf der Burg aufgewachsen, richtig? Dann solltest du schnell alles vergessen, was man dir beigebracht hat. Hier ist es egal, welchen Stand du hattest, bevor du hergekommen bist. Es macht keinen Unterschied, ob du aus einer reichen Familie stammst oder auf der

Straße gelebt hast, ob du dein Leben lang artig und brav warst oder dich mit Diebstählen über Wasser gehalten hast. Solange du deinen Teil beiträgst, gehörst du zur Gemeinschaft und niemand wird nach deiner Vergangenheit fragen."

Sie setzten sich mit etwas Abstand zu den Jugendlichen am großen Tisch nieder und Marik ließ sie einen Moment lang allein, nur um dann mit zwei dampfenden Holzschalen zurückzukehren. Die Suppe darin war mehr ein dicker Brei aus Gemüse- und Fleischresten, doch es duftete köstlich. Kalia hob die Schale an die Lippen und kostete sie vorsichtig.

„Und was wäre mein Teil?"

Marik zuckte mit den Achseln.

„Das wird sich noch herausstellen. Jeder hier macht etwas Nützliches. Die Kinder unter acht Jahren werden meist zum Betteln hinausgeschickt, sie haben noch die größten Chancen. Die Alte an dem Kochtopf heißt Mimi, obwohl ihre Kochkünste zu wünschen übrig lassen. Sprich sie bloß nicht darauf an, sie kann sehr garstig werden. Einige sind geschickt darin, die Eisenmänner oder die Magoi zu bestehlen, aber es ist sehr gefährlich und hier verlieren wir die meisten Leute. Nur die Besten trauen sich das zu."

Er wies mit der Hand auf eine Gruppe von Jungen, die im hinteren Teil der Halle lautstark grölten. Sie hatten sich in einem Kreis aufgestellt, in dem sich zwei von ihnen einen schnellen und geschickten Messerkampf lieferten.

„Sie müssen immerzu protzen." Marik schüttelte missbilligend mit dem Kopf. „Aber sie können wirklich gut mit Waffen umgehen, sind flink wie Wiesel und geschickte Kletterer."

„Aber sie sind alle so jung!"

„Tja, mit diesem Leben wird man nicht allzu alt. Es ist nicht gerade das, was man sich unter Wohlstand vorstellt. Manche haben sich der Pflege von Alten und Kranken verschrieben, die wir auf der Straße auflesen.“ Er winkte einer dunkelhaarigen, schmalen Frau, die ihre Blicke bemerkte und gerade dabei war, die Suppe an die Menschen in einem abseits gelegenen Lager zu verteilen. „Leider haben wir meist selbst gerade genug, um dem Hungertod zu entgehen, aber wir tun, was wir können.“

Sie trank schweigend ihre Suppe und nutzte die Gelegenheit, ihre neuen Verbündeten zu betrachten. Es mussten an die siebzig Menschen sein, die meisten nicht älter als zwanzig. Sie wirkten fast schon ausgelassen und gingen geschäftig ihren Tätigkeiten nach. Nach dem Essen wurde es leerer in der Halle und die meisten schwärmten Stück für Stück aus.

„Wie kommt es, dass man euch noch nicht entdeckt hat? Es ist sicher schwer, so viele Menschen an einem Ort zu verstecken.“

Er nickte geistesabwesend.

„Ja, die Gruppe hat sich stark vergrößert, wie man mir erzählt hat. Aber für gewöhnlich kommen wir selten in ein und demselben Versteck unter. Heute Abend steht eine große Versammlung an, danach verteilen sich die Grüppchen wieder in der Stadt. Es gibt viele Verstecke, leerstehende Häuser und Lagerhallen, manchmal helfen die Menschen aus dem Volk, indem sie uns in ihren Häusern unterkommen lassen, aber den meisten ist es zu gefährlich. Im alten Steinbruch leben auch einige von uns, aber die Feuchtigkeit dort macht mürbe. Manche wurden auch von der Stadtwache erwischt, aber seit wir dort einen Informanten haben, sind wir meist vorgewarnt. Auch

unsere Späher tun ihr Bestes und sehen schon von weitem, wenn Gefahr droht."
„Dann seid ihr dafür verantwortlich, dass immer wieder Wachen in der *Einsamen Gasse* verschwinden?"
Merani hatte sie regelmäßig davor gewarnt, sich dort in die Nähe zu begeben, wenn sie die Stadt besuchte. Nicht nur die Eisenmänner hielten sich von ihr fern. War sie in die Fänge der Verbrecher geraten?
„Nein, dort leben die Gesetzlosen. Mit denen haben wir nichts am Hut und sie meiden uns ebenso wie wir sie. Wir sind vielleicht Diebe und haben auch schon den einen oder anderen Eisenmann niedergestreckt, aber wir töten und vergewaltigen nicht. Wer sich nicht zu benehmen weiß, wird bei uns genauso ausgestoßen."
Sie folgte seinem Blick zu den Männern, die am Feuer saßen und zu denen sich eine anmutige Frau mittleren Alters gesellte. Sie war groß und schlank, hatte das lange Haar zu einem dunklen Pferdeschwanz gebunden und strahlte eine Autorität aus, bei der Kalia nur staunte.
„Das ist Tessa, unsere Anführerin. Sie plant unsere Vorgehensweise, teilt die Vorräte ein und gibt die Anweisungen. Ich werde sie dir vorstellen, wenn sie fertig sind, sie beraten sich gerade. Dann wird sie dir deine Aufgabe zuweisen. Keine Sorge, sie sieht streng aus, aber sie behandelt uns gerecht. Ohne sie wären die Rangas längst zu einem unbändigen und unorganisiertem Haufen geworden."
Kalia schluckte ihre Ängste hinunter und plötzlich wurde ihr bewusst, dass sie nicht einen Gedanken an ihr Aussehen verschwendet hatte. Gleichzeitig wusste sie auch, warum. Man hatte sie neugierig angesehen, doch ihre Anwesenheit schien für alle wie

selbstverständlich zu sein, wo sie in der Festung lediglich mit mitleidigen oder angeekelten Blicken bedacht worden wäre. Wie tolerant die Menschen doch sein konnten.

„Was ist deine Aufgabe?“, fragte sie Marik und er lächelte.

„Verbündete zu finden.“

„Verbündete?“

Er nickte und senkte die Stimme.

„Die meisten aus der Stadt kennen mich und hören mir zu. Sie zählen mich immer noch zu ihrer Gemeinschaft und das kommt unserem Vorhaben zugute.“

„Und das wäre?“

„Den Unmut im Volk zu schüren und ihnen die Augen zu öffnen. Es wird Zeit, dass sie über die Machenschaften der Magoi informiert werden und sich auf unsere Seite stellen.“

„Was soll das bringen?“, fragte sie stirnrunzelnd und er zuckte mit den Schultern.

„Wer weiß. Hast du dir schon einmal Gedanken darüber gemacht, was passiert, wenn sich das Volk weigert, den Magoi zu dienen? Wenn es sich auflehnt?“

Unwillkürlich musste Kalia schnauben, obwohl sie den Gedanken daran nicht einmal verkehrt fand.

„Das wird nicht passieren, Marik. Sie sind zu mächtig und die Menschen haben Angst. Versteh mich nicht falsch, ich finde, es ist längst an der Zeit, dass das Volk ein Mitspracherecht hat, aber es wird sich nichts ändern, solange die Magoi nicht von selbst auf ihre Vorherrschaft verzichten. Und das werden sie nicht tun.“

„Dann müssen wir sie eben dazu bringen", sagte er lächelnd. „Ohne das Volk können sie nicht überleben, aber solange wir nicht alle an einem Strang ziehen, wird sich nichts ändern, da gebe ich dir recht. Aber irgendwann, und sei es in ein paar Jahren, wird der Tag kommen, an dem wir uns auflehnen und uns die Freiheit zurückholen, die sie uns genommen haben."

Er sah sie schweigend an, während sie sich seine Worte durch den Kopf gehen ließ.

„Vielleicht hast du recht. Und wenn es soweit ist, werde ich an eurer Seite stehen."

Leah

Die flammenden, goldgelben Augen ruhten auf ihr, sie musterten jede ihrer Bewegungen gierig. Leah starrte der Bestie ins Angesicht, ohne sich zu rühren. Erstarrt vor Entsetzen klammerte sie sich an das Einzige, was ihr blieb, den Dolch in ihrer Tasche.
Der Taniwha war kaum zehn Schritte von ihr entfernt und das Grollen aus der tiefen Kehle hörte sich an wie Donnerschläge bei einem heftigen Sommergewitter. Seine goldenen Schuppen glänzten im trüben Schein des Tageslichtes, die Haut war undurchdringlich wie ein Panzer, der Kopf gewaltig. Die geschlitzten Augen verengten sich, als sie nach Luft schnappte, und doch waren sie so schön, dass ihr trotz der Todesangst der Atem stockte und sie in den Tiefen des goldenen Sees versank.
Das Tier blähte die Nüstern auf, als es ihre Angst witterte. Leah wusste, dass sie tot war, sollte sie sich auch nur einen Schritt weit bewegen. Das langgezogene Maul war mit dornenartigen Zähnen gespickt, der Kopf mit ellenlangen Hörnern versehen, wie ein dorniger Kranz umrahmten sie sein Gesicht.
Der Taniwha rückte mit nur einem Schritt so nah, dass Leah zurückwich und mit dem Rücken an die raue Rinde eines Baumes stieß. Sie spürte seinen heißen, schnaubenden Atem auf ihrem Gesicht. Er trocknete die Tränen, die ihr heiß über die Wange liefen und ihre Hilflosigkeit zum Ausdruck brachten. Was konnte sie schon mit ihrem Dolch bewirken? Die Haut war hart wie Stahl, das Auge zu weit entfernt. Sie bebte am ganzen Körper und schluchzte

hilflos, während sie sich auf den Boden hinabsinken ließ, als ihre Knie nachgaben.
Die Augen des Taniwha verdunkelten sich, als die Angst seine Instinkte ansprach, und doch schien es ihm nicht zu gefallen, dass sie nicht davonlief. Er wollte jagen.
Sie zuckte zusammen und schrie auf, als die Bestie den Rachen öffnete, in den sie problemlos hineingepasst hätte, und ein ohrenzerfetzendes Gebrüll in den Himmel stieß.
Plötzlich hielt sie es nicht mehr aus. Panisch stürzte sie sich zur Seite, rappelte sich auf und entging nur knapp dem Schnappen des Tieres. Seine Zähne krachten knirschend aufeinander, als sie davonstürzte. Der Boden erbebte, als er ihr mit gefährlichem Zischen folgte.
Leah rannte zurück in den Wald, zwischen den engsten Baumgruppen hindurch, die sie in ihrer Panik ausmachen konnte. Der Taniwha folgte ihr mit rasender Geschwindigkeit und zog eine Schneise hinter sich her. Sie konnte Bäume mit einem Knacken brechen hören, das bis in die Berge hinein schallte.
Fast hätte sie es geschafft. Sie war so nah dran gewesen. Sie stolperte über einen umgestürzten Baumstamm und fiel hin, rappelte sich auf und verschwand in einigen flachen Büschen.
Der Taniwha brüllte erneut, als sie sich niederkauerte und an einen schmalen Felsen presste. Von Panik und Todesangst erfüllt, biss sie sich in die Faust, um die gequälten Schluchzer zu unterdrücken. Die Strapazen des langen Marsches, ihr zerschundener Körper, die gepeinigte Seele - Leah war am Ende ihrer Kräfte. Sie schaffte es nicht mehr, um ihr Leben zu kämpfen,

und brachte es nur noch fertig, sich zusammenzurollen und auf den Tod zu warten.

Und der Tod suchte nach ihr. Sie hörte seine bebenden Schritte näher kommen, sie spürte seine Anwesenheit dicht hinter ihr, wie er nach ihr suchte, angetrieben von Hunger und Jagdtrieb. Er witterte ihr Blut und ihre Angst, er genoss das Versteckspiel mit ihr, während der Erdboden erzitterte und die Sträucher sich vor ihr teilten. Mit einem triumphierenden Gebrüll erblickte er sie und Leah schlug die Hände über dem Kopf zusammen. Es würde ihr Ende sein.

„Geh weg“, flüsterte sie und presste die Augen aufeinander. *Geh weg, verschwinde, lass mich in Ruhe*, schrie sie in ihrem Kopf, jeden Moment damit rechnend, dass sich armlange Zähne durch ihren Körper bohrten. Doch nichts geschah. Der Taniwha hatte innegehalten, sie konnte seine Verwirrung spüren, und eine plötzliche Vorsicht. Schmerzen, die nicht die ihren waren, übermannten sie. Schmerzen, die aus Erinnerungen stammten. Erinnerungen, die nicht ihr gehörten.

Geh weg, geh weg, geh weg, dachte sie schluchzend und wiegte ihren Körper vor und zurück, die Hände auf die Ohren gepresst und am Ende ihrer Kräfte. *Geh weg!*

Der Schock saß zu tief, als dass sie sich hätte bewegen können, während sich die Bestie entfernte. Sie konnte nicht glauben, dass das geschah. Was war passiert? Vorsichtig öffnete sie die Augen. Der Taniwha war verschwunden, und mit ihm entfernten sich seine Gefühle immer weiter von ihr. Ratlos starrte sie auf den zertrampelten Weg, den er hinterlassen hatte. Was war geschehen?

Plötzlich bemerkte sie Schatten aus den Augenwinkeln. Die schwarzen Wesen. Hatten sie die Bestie verjagt? Waren es am Ende doch die Götter des Waldes, denen sie zum Opfer fiel? Sie umkreisten sie, kamen auf sie zu, bedrohlich und mit der Absicht, ihr weh zu tun. Sie spürte ihren Hass und ihr Misstrauen, das sich gegen das fremde Mädchen im Wald richtete. Sie waren gesichtslos und schwarz wie die Nacht, in Blätter und Leder gekleidet, nur die Augen stachen hell hervor. Sie war nicht erwünscht, war nichts weiter als ein Eindringling.
Leah war am Ende ihrer Kräfte, nicht nur körperlich. Ihre Seele hatte zu viel erlebt, zu viel ausstehen müssen, um mit dieser neuen Gefahr fertig zu werden. Kraftlos sackte sie zur Seite und sah nur noch verschwommen, wie sich das erste Wesen feindselig über sie beugte, bevor sie in die schwarzen Tiefen der Bewusstlosigkeit glitt.

Die Finsternis blieb, als sie erwachte. Ihr Körper war noch nicht bereit, die Augen zu öffnen und einem neuerlichen Schrecken zu begegnen. Wo befand sie sich? Nur langsam regte sich ihr Geist. Es war kühl, sie lag auf einem steinernen Boden. Ihr Rücken schmerzte, doch verglichen mit den Schmerzen ihrer Verletzungen, war es fast schon harmlos. Nur sehr schwaches Licht zeichnete sich hinter ihren Lidern ab. War es Nacht? Von fern hallte stetes Tropfen wieder, es hörte sich an, als treffe Wasser auf Stein. Eine Höhle? Jetzt erst bemerkte sie die Stimmen um sich herum und konzentrierte sich darauf. Sie war sich sicher, dass sie sich in einem Traum befand.
„Wir hätten sie nicht mit hierher nehmen dürfen!“, erklang es hasserfüllt von weiter weg.

„Schweig, habe ich gesagt!“
Sie zuckte unmerklich bei dem herrischen Klang der Stimme neben ihr zusammen.
„Sie ist eine Priesterin, Rihari!“ Leah wusste nicht, über was die beiden Männer stritten.
„Sieh sie dir an, sie ist fast noch ein Kind.“
Etwas Warmes berührte sie flüchtig am Arm. Plötzlich dämmerte ihr, dass sich das Gespräch um sie drehte.
„Was nichts an den Tatsachen ändert!“
Der Mann von weiter weg wurde immer aufgebrachter. Die Stimme neben ihr dagegen, die von Rihari, klang bestimmt, und doch konnte sie fast so etwas wie Mitleid heraushören.
„Tatsache ist, dass sie eine Sonne auf der Stirn hat! Sie ist keine Priesterin, sie stammt höchstens von ihnen ab. Dieses Mädchen weiß vermutlich nicht einmal etwas von ihrer Fähigkeit. Oder sie hat es gerade erst herausgefunden. Vielleicht hat man sie deshalb verstoßen.“
„Und wir sollten es ebenfalls tun! Dass sie nichts davon weiß, macht sie nicht weniger gefährlich. Sie hat diesen Taniwha dazu gebracht, von ihr abzulassen. Während ihn das Jagdfieber getrieben hatte.“
„Ich bezweifle, dass sie wusste, was sie da tat“, antwortete Rihari ruhig. „Sie hatte Todesangst. Vermutlich kann sie in diesem Zustand nicht einmal ein Kaninchen beeinflussen.“
„Und was, wenn sie sich erholt? Sie ist eine Gefahr für uns alle, ein unnötiges Risiko.“
„Sie ist keine Gefahr, wenn sie auf der richtigen Seite steht.“

Daraufhin folgte Schweigen. Für Leah war es an der Zeit, die Augen zu öffnen, da sie augenscheinlich nicht in Lebensgefahr schwebte. Jedenfalls nicht, solange Rihari neben ihr saß. Ihr Kopf dröhnte, als sie die Lider hob. Über ihr erkannte sie im schwachen Schein von Feuer eine niedrige Höhlendecke. Das gedämpfte Licht war angenehm und nach einem Moment ließ das Pochen hinter ihren Augen nach.
Sie drehte vorsichtig den Kopf zur Seite, angespannt und darauf gefasst, eines der schwarzen Wesen zu erblicken. Stattdessen saß ein Mann neben ihr an einem schwachen Feuer und beobachtete sie misstrauisch dabei, wie sich ihre Sinne schärften. Er hatte langes, schwarz glänzendes Haar, das mit silbernen Strähnen durchzogen war, gebräunte Haut und dunkle, intelligente Augen. Die Flammen ließen dunkle Schatten über sein Gesicht tanzen. Sein Körper war in ein Gewand gehüllt, das Leah nie zuvor gesehen hatte, aus Leder und Fellen.
Ängstlich richtete sie sich auf und rutschte so weit, wie es die kleine Höhle zuließ, von dem Mann weg. Er lächelte sie an und hielt ihr eine Schale mit Flüssigkeit entgegen.
„Hab keine Angst. Hier, du musst durstig sein."
Leahs ausgetrocknete Kehle brannte bei dem Gedanken an Wasser, doch sie beäugte die ausgestreckte Hand nur misstrauisch. Seufzend stellte Rihari die Schale auf den Boden, so dass sie sie erreichen konnte, sollte sie es sich anders überlegen.
„Wo bin ich?", flüsterte sie mit kratziger Stimme.
„In Sicherheit", antwortete ihr Rihari.
„Wie bin ich hierher gekommen?"
„Wir haben dich gerettet."

Sie riss die Augen auf, als die Erinnerung vollständig zurückkehrte.
„Vor den schwarzen Wesen? Sie haben den Taniwha vertrieben und mich dann angegriffen."
Der Mann schüttelte mit dem Kopf und lächelte.
„Da hast du etwas falsch verstanden." Mit einem Wink zeigte er in die Finsternis und Leah folgte seinem Blick. Es schnürte ihr die Luft ab, als sie aufschrie und ihr Herz anfing, wild in ihrer Brust zu schlagen. Aus den Schatten trat eines der Wesen ohne Gesicht.
„Schon gut, beruhige dich", beeilte sich Rihari zu sagen. „Er ist genauso aus Fleisch und Blut wie du. Zeig es ihr, Tako."
Das Wesen setzte sich ans Feuer und zog eine Schale mit Wasser zu sich. Vorsichtig tauchte er einen Lappen hinein und begann, sich das Gesicht zu waschen. Leah sah gebannt dabei zu, wie unter einer dicken, schwarzen Paste der helle Schimmer von Haut durchblitzte. Es war eine Tarnung.
„Wir nutzen die Paste, um uns im Wald vor den Taniwha zu verbergen", erklärte Rihari sanft und Leah vergaß vor lauter Faszination ihre Todesangst. „Sie verdeckt den Geruch und macht es einfacher, in den Schatten und den Blättern zu verschwinden."
„Dann wart ihr es, die mir seit Tagen gefolgt seid!", stieß sie leise hervor und konnte die Verbitterung in ihrer Stimme nicht verbergen. Sie hatten sie beobachtet, hatten gesehen, wie sie gelitten hatte, wie sie kurz vor dem Zusammenbruch gestanden hatte und wie ausgeliefert sie dem Taniwha gewesen war.
„Wieso habt ihr so lang gewartet, bis ihr mich vor der Bestie gerettet habt?", fragte sie frei heraus. Tako, dessen Gesicht weitestgehend von der Paste befreit

war, hob überrascht die Augenbrauen. Er konnte kaum älter als sie selbst sein. Rihari dagegen lächelte, als hätte er genau auf diesen Satz gewartet.

„Wir wollten dir helfen, du bist nicht die erste Stadtbewohnerin, die es durch den Wald geschafft hat, auch wenn das nur etwa alle 10 Jahre der Fall ist. Trotzdem behalten wir regelmäßig den Wald hier in der Nähe im Auge. Aber du hast einen von uns gesehen, ihm direkt in die Augen geblickt, trotz seiner Tarnung. Das konnte nur heißen, dass du ihn gespürt hattest. Du wirst schnell genug erfahren, wieso das ein Grund für uns ist, Vorsicht walten zu lassen. Im Übrigen haben wir den Taniwha nicht verjagt. Das warst du."

Leah sah ihn an, als hätte er den Verstand verloren. Und doch ...

„Du hast Fähigkeiten, nicht wahr? Fähigkeiten, die niemand sonst aus dem gemeinen Volk hat."

„Woher wisst ihr davon?", wisperte sie, doch dann kam ihr das Gespräch der beiden, das sie belauscht hatte, wieder in den Sinn. „Ich bin keine Priesterin. Das kann nicht sein."

„Und doch deutet alles darauf hin." Rihari seufzte und Tako blickte finster drein. „Alles, bis auf deine Augen."

Leah sah stumm von einem zum anderen.

„Sie stammt von einem Priester ab. Ein Halbblut", knurrte Tako und Rihari nickte zustimmend.

Ein Halbblut? Leah dachte an ihre Eltern. Ihre Mutter Saya eine Priesterin? Nie im Leben. Sie war herrisch, aber nichts weiter als eine starke Frau, die ihr Leben lang gegen Hunger und Kälte gekämpft hatte. Ihr Vater allerdings ... Leah war erst sieben gewesen, als er an dem Fieber verstarb. Ein Fieber, das urplötzlich aufgetreten war und das selbst Jolinda nicht hatte bekämpfen können. Die Erinnerungen an ihn waren verblasst, und doch meinte sie sich besinnen zu können, dass sie zurückgezogen gelebt hatten. Dass ihr Vater zurückgezogen gelebt hatte, immer auf der Hut. Seine Augen ... waren wie der schimmernde Nachthimmel gewesen. Aber seelenlos und böse, so wie man es von den Priestern behauptete? Nein, das war ihr Vater nicht gewesen.

„Das ist nicht möglich“, sagte sie wenig überzeugend.

Rihari wirkte belustigt.

„Lass uns am besten mit deiner Geschichte beginnen. Wie bist du hierher gekommen?“

Erschöpfung schlug plötzlich über ihr zusammen und sie griff nach der Wasserschale, die noch immer unberührt vor ihr stand. Gierig trank sie es aus und begann ihre Geschichte in Kurzfassung zu erzählen. Es war seltsam, nach so langer Zeit des Schweigens wieder mit Menschen zu reden.

Rihari nickte ab und zu, unterbrach sie aber nicht. Als sie geendet hatte, fragte er sie: „Was weißt du von den Priestern?“

Leah berichtete von den Legenden, die die alte Hilda ihnen früher erzählt hatte. Tako brummte hin und wieder.

„Es ist doch immer wieder dasselbe“, knurrte Rihari. „Die Geschichte stimmt nur zum Teil, sie wurde euch von den Priestern so weisgemacht. Ich will dir sagen, wie es wirklich war. Die Taniwha gab es lange vor den Menschen, sie bewohnten die Berge, lebten zurückgezogen und waren fast ausgestorben, keine Bedrohung.

Später erst begannen die Menschen, die Wälder zu besiedeln. Die Magoi haben einst unter ihnen gelebt, es gab nur sehr wenige von ihnen und sie behielten ihre magischen Fähigkeiten für sich, aus Angst vor der Reaktion der einfachen Menschen. Die Menschen waren friedlich, sie halfen sich gegenseitig und lebten in Einklang mit der Natur."

Er ließ sie beim Reden nicht aus den Augen.

„Doch viele der Magoi waren es leid, sich verstecken zu müssen. Einige schlossen sich zusammen und gründeten eine Gemeinschaft, um nicht länger im Verborgenen leben zu müssen. Sie stahlen sich davon und ließen sich am Rande der Berge nieder. Mit der Zeit wuchs ihr Dorf heran, ohne dass die anderen Völker von ihnen wussten. Dort widmeten sie sich der Magie, sie testeten sie aus und lernten, sie anzuwenden, ohne dass sie sich verstecken mussten. Ihr Anführer, Arolax, war besessen davon, mehr und mehr zu erlernen. Er wollte der Mächtigste von ihnen sein und die Magoi seines Dorfes folgten ihm. Irgendwann begann er, schwarze Zauber zu entwickeln. Er verbrachte viel Zeit damit, sich in die Wälder zurückzuziehen und die Götter anzubeten, ihm Macht zu schenken. Er verbrannte Kräuter, murmelte seinen Singsang und starrte ganze Nächte lang in Lagerfeuer. Manche sagen, er bezwang die Götter mit seinem Willen, andere sagen, er hätte ein Ritual gefunden, dem sie sich nicht hatten widersetzen können. An diesem Tag begann sich seine Seele zu verdunkeln. Er strebte weiter nach Macht und verlor sich mehr und mehr in sich selbst, er vergaß das Menschliche in sich.

Später, als er längst begonnen hatte, sich zu verändern, demonstrierte er den Magoi seines Dorfes seine Fähigkeiten. Er konnte mit Tieren sprechen, konnte ihnen Befehle erteilen, später brachte er selbst

einige Menschen dazu, das zu tun, was er wollte. Die Dorfbewohner bekamen Angst und doch fingen sie an, ihn anzubeten wie einen Gott, und sie folgten ihm, nahmen an seinen Ritualen teil, kosteten die Macht, die ihnen geschenkt wurde. Niemand merkte, wie die dunkle Macht von ihnen Besitz ergriff, ihre Seele veränderte und sie kalt und skrupellos wie ihren Anführer werden ließ."
Er strich sich gelangweilt über den Bart, als hätte er die Geschichte schon tausendmal erzählt. Leah lauschte ihm mit offenem Mund und vergaß für einen Moment sogar ihre schmerzenden Glieder.
„Jedenfalls sind so die Priester entstanden. Sie lebten fern der Zivilisation, denn noch immer waren sie viel zu wenige, um sich gegen die anderen Völker durchzusetzen", fuhr Rihari fort. „Die jedoch hatten unterdessen begonnen, sich untereinander zu bekämpfen. Statt weiter friedlich miteinander zu leben, führten sie Kriege und schlachteten sich gegenseitig ab, im Kampfe um die Vorherrschaft. Die Priester witterten ihre Chance, endlich den Posten einzunehmen, der ihnen zustand. Nämlich den an der Spitze der Nahrungskette, wenn du verstehst, was ich meine. Sie begannen, sich für Götter zu halten. Irgendwann brachte Arolax sein Volk dazu, in die Berge zu ziehen, mit nur einem Ziel: die Taniwha ihrem Willen zu unterwerfen und mit ihrer neuen Waffe in den Kampf zu ziehen. Die Bestien waren wild und schwer zu zähmen, viele Priester ließen ihr Leben dabei. Doch schlussendlich gelang es Arolax, die riesigen Echsen aus den Bergen in die Wälder zu locken."
Er seufzte aus tiefster Kehle.

„Ich erspare dir die Einzelheiten, Kind. Es war ein Krieg, der uns Menschen fast ausgerottet hätte. Die Magoi gaben sich zu erkennen und kämpften gegen die Menschen. Die Menschen kämpften gegen die Magoi und gegen ihre eigene Spezies, die Priester verloren die Kontrolle über die Taniwha, sobald ein Priester das Leben ausgehaucht hatte. Jeder kämpfte gegen jeden.

Am Ende waren es die Taniwha, die gewannen und erst dann nahmen die Verbliebenen Vernunft an. Die letzten Menschen schlossen sich zusammen mit den verbliebenen Magoi und einer Hand voll Priestern - die Einzigen, die bisher überlebt hatten. Sie zogen eine Mauer zwischen sich und den Bestien und begannen ihr Leben von vorne. Und zwischen diesen Mauern entstand Elaos, während die Welt draußen von den Taniwha erobert wurde. In den Wäldern gab es viel mehr Nahrung, viele Menschen hatten es nicht rechtzeitig geschafft, Elaos zu erreichten. Ein paar wenige schafften es bis hierher in die Berge, die alte Heimat der Taniwha, während sich die Bestien ihrer neuen Umgebung anpassten, sich vermehrten und jagten.

Die Priester allerdings nahmen schnell die Position ein, zu der sie sich geschaffen glaubten. Sie herrschten über die letzten verbliebenen Menschen und redeten ihnen ein, dass allein sie es geschafft hatten, die Taniwha von der Stadt fernzuhalten. Die meisten Schriften, die man in der Stadt findet, stammen aus der Zeit, nachdem die Mauer gebaut wurde. Aber das größte Geheimnis behielten sie für sich. Nämlich, dass sie es waren, die die Bestien hierhergeführt und so blutrünstig hatten werden lassen. Taniwha sind friedliebende Tiere, ohne die Priester wären sie nie auf die Idee gekommen, die Berge zu verlassen. Sie wurden mit Schmerzen, magisch zugefügten Schmerzen, dazu gebracht, zu gehorchen. Die Priester haben die Tiere erst zu den Bestien werden lassen, die sie heute sind. Tja, und wie die Lage jetzt ist, weißt du ja. Arolax musste schwere Verluste hinnehmen, fast sein ganzes Volk wurde ausgelöscht, und dennoch hat er sein Ziel erreicht. Er herrscht über eine ganze Stadt, ohne dass ihm jemand gefährlich würde werden können. Was glaubst du, wieso ihr diese Sonnen auf der Stirn tragt? Wieso alle Geburten in der Magoifestung stattfinden? Priester werden mittlerweile geboren wie Magoi auch - eine Laune der Natur. Nur alle hundert Jahre gibt es ein Kind, das annähernd die Fähigkeiten besitzt wie Arolax. Lediglich ein bis zwei Gefährten lässt er zu, da er allein längst nicht mehr die Kraft hat, über die ganze Stadt zu herrschen. Zu sehr hat sich Elaos entwickelt, mittlerweile sind es Tausende von Menschen. Er kennzeichnet euch mit der Tätowierung als ungefährlich. Nur bei dir hat er einen Fehler gemacht, weil sich deine Fähigkeiten erst viel später entwickelt haben, vermute ich. Wie es dein Vater geschafft hat, zu überleben, weiß ich nicht."

Er streckte die Glieder aus und sah sie erwartungsvoll an, doch Leah war viel zu überwältigt von den Dingen, die sie erfahren hatte.

„Aber ... ich kann keine Tiere beeinflussen. Keine so großen", stammelte sie. „Ich bin einfach zugänglicher zu ihren Gefühlen, aber ich kann nicht mit ihnen reden, geschweige denn, ihnen Befehle erteilen. Dieser Taniwha war riesig! Ihr müsst euch irren, er ist nicht gegangen, weil ich es ihm befohlen habe."

„Er ist gegangen, weil er die Befehle der Priester gewohnt war."
Leah stockte der Atem.
„Er ... was?"
Rihari schnaubte belustigt.
„Was glaubst du wohl, wieso sich noch immer Bestien vor euren Stadttoren herumtreiben, obwohl sie längst erkannt haben, dass sie die Mauer nicht erklimmen können? Sie stehen unter den Befehlen der Priester. Nicht alle, dafür sind es mittlerweile zu viele Taniwha, aber dennoch genug, um euch Stadtbewohner regelmäßig in Angst und Schrecken zu versetzen. Um euch das Gefühl zu geben, ihr seid von den Priestern abhängig, die für eure Sicherheit sorgen. Dabei sind sie es, die euch gefangen halten. Der Taniwha, der Goldene, ist dir seit Tagen gefolgt, ohne dich zu jagen, aus Gewohnheit! Er hat gespürt, was du bist, aber er hat auch schnell gemerkt, dass du keinesfalls so eine Bedrohung darstellst wie die Priester, die ihn seit Jahren peinigen und ihm Schmerzen zufügen. Seelische Schmerzen. Erst als du ihm befohlen hast, zu verschwinden, hat er die Macht erkannt, die in dir schlummert und der du dir selbst noch nicht bewusst bist."
Leah schüttelte noch immer ungläubig den Kopf.
„Wenn ich also eine Priesterin bin ... Wieso habt ihr mich dann gerettet?" Ihr Blick huschte zu Tako, der sich unbehaglich bewegte, als ihm klar wurde, dass sie seine ersten Worte mit angehört hatte.
Rihari richtete sich auf und streckte ihr die Hand entgegen. „Es wird Zeit, dass ich dir etwas zeige." Nur zögernd legte sie ihre Finger in seine und ließ sich aufhelfen. Er führte sie durch einen schmalen

Gang, an dessen Ende der Höhlenausgang auszumachen war.
Leah legte schützend die Hand über die Augen, als das Licht greller wurde. Laute Geräusche drangen von draußen herein, Stimmen und Gelächter. Sprachlos starrte sie einen kleinen Abhang hinab. Dort unter ihr lag ein glitzernder, blaugrüner See, fast so groß wie Elaos. Die Sonne hatte sich hervorgekämpft und ließ ihn grell funkeln. Das Tal war von graublauen Bergen mit weißen Spitzen umrahmt, die nach unten in weite Wiesen und vereinzelte Wälder ausliefen.
Leah war so von dem atemberaubenden Anblick gebannt, dass sie erst jetzt die Menschen am Ufer des Sees bemerkte. Sie bewegten sich zwischen Zelten aus Tierhäuten, badeten im Wasser oder gingen verschiedenen Arbeiten nach. Einige Frauen saßen in der Gruppe am Feuer und bereiteten Essen zu, Kinder knüpften Körbe, rupften Gänse und sammelten ihre Federn, eine alte Frau bestückte Pfeile mit ihnen. In dem Dorf aus Zelten herrschte geschäftiges Treiben, niemand schaute zu ihnen herauf.
„Das müssen Hunderte sein", hauchte Leah, überwältigt davon, dass sie es tatsächlich geschafft hatte. Sie hatte die Berge erreicht.
„263, um genau zu sein", brummte Rihari zufrieden.
„Habt ihr keine Angst, dass die Taniwha euch finden?"
Er verneinte kopfschüttelnd und deutete nach rechts.
„Die Taniwha bevorzugen die Wälder, seit die Menschen keine Bedrohung mehr für sie darstellen. Außerdem ist dieser Ort schwer zugänglich, der einzige Weg führt über die Berge, und sie sind keine

besonders guten Kletterer, oder durch die Schlucht, und die wird bewacht von uns."
Leah folgte seiner Geste und schrak keuchend zurück. Eine Gruppe von Männern kam aus dem nahegelegenen Wäldchen. Nein, keine Männer, sie hatten die Körper von Menschen, aber ihre Häupter ...
Leah brauchte einen Moment, bevor sie realisierte, dass es sich um bunt bemalte Holz-Masken handelte. Sie sah einen Hirsch mit grotesk verzerrtem Gesicht, einen Eber, einen Adler. Die Masken verliehen den Männern riesige Köpfe. Sie waren mit kräftigen Farben bemalt, mit Federn und Blättern bestückt und genauso angsteinflößend wie faszinierend. Auch diese Männer waren in Tierhäute gekleidet, in lange, fellbesetzte Mäntel. Einer trug einen Umhang aus Federn und alle waren sie bis an die Zähne bewaffnet mit Pfeil und Bogen, langen Speeren und etwas, das Leah als Wurfgeschoss für Steine ausmachen konnte.
„Das sind unsere Krieger", sagte Rihari stolz.
„Sie sehen furchteinflößend aus", brachte Leah hervor.
Der Mann neben ihr lachte.
„Die Tiermasken dienen dazu, die Bestien zu verwirren. Zu schnell haben sie gelernt, dass wir Menschen eine leichte Beute darstellen, doch hier haben sie es mit etwas Unbekanntem zu tun. Etwas, das ihnen mit scharfen Waffen Schmerzen zufügen kann. Die Schlucht ist schmal, die Taniwha betreten sie einzeln und dann auch nur äußerst selten und aus Neugier. Sie lassen sich schnell abwehren."
Leah musste plötzlich an Trim denken, den verrückten Magier in den Kerkern. *Die Fische, sie tanzen, und der gehörnte Affe ist ihr König.* Er ist hier

gewesen, wurde ihr klar. Aber was war dann passiert? Hatten ihn die Bewohner verjagt? Hatten sie ihn in den Wahnsinn getrieben? Oder hatte es einen Kampf zwischen den Magoi und dem Bergvolk gegeben?
Sie befand, dass sie auch später noch genügend darüber nachdenken konnte. Noch immer konnte sie kaum glauben, was sie vor sich sah. Ein ganzes Dorf mit Menschen, verborgen in den Bergen. Und sie hatte es bis hierher geschafft. Würde sie nun doch dem Tod entgehen? Konnte sie hier vielleicht sogar ein neues Leben beginnen?
Doch dann erinnerte sie sich an Takos Worte. Wenn es nach ihm gegangen wäre, hätte man Leah dem Taniwha überlassen. Er hatte Angst vor ihr gehabt. Noch immer war der Gedanke, dass sie eine Priesterin sein sollte, vollkommen absurd. Und doch schien es die meisten ihrer Fragen zu beantworten, die sie ein Leben lang schon mit sich trug.
Die Gespräche verstummten nach und nach, Blicke waren plötzlich auf sie gerichtet, misstrauisch und ängstlich. Vor Schreck wich sie zurück in die Höhle und Rihari folgte ihr.
„Sie wollen mich lieber tot sehen“, wisperte Leah, doch der Mann winkte ab.
„Keine Sorge, sie werden ihre Meinung ändern, wenn sie erkennen ...“ Er ließ den Satz offen und Leah kniff die Augen zusammen.
„Was habt ihr vor?“, fragte sie und entzog ihm die Hand, die er ergriffen hatte.
Er antwortete nicht, sondern deutete auf einen zweiten Höhleneingang. Leah betrat die Finsternis nur widerwillig. Nach dem steinernen Gang öffnete sich eine weitere Höhle und es dauerte eine geraume Zeit, bis sie etwas erkennen konnte. Dort, auf dem

Stroh, lag etwas Großes, Rundes, fast so hoch wie sie selbst, das wie ein eiförmiger Mond leuchtete. Eiförmig ... Sie keuchte und sprang zurück, nur um gegen Rihari zu stoßen.

„Das ... das ist ein Ei. Ein Taniwha-Ei, nicht wahr?“, fragte sie entsetzt. Die Erinnerung an ihre letzte Begegnung mit einer der Bestien war zu frisch, als dass sie ihren Herzschlag hätte beruhigen können.

„Ja. Wir haben es vor wenigen Tagen ... entwendet.“

„Was habt ihr vor?“, fragte sie wieder. „Das ist Wahnsinn.“

Rihari schnaubte.

„Was wir vorhaben? Hast du die Krieger dort draußen gesehen? Und hast du gesehen, mit was wir uns seit Jahrzehnten zufriedengeben müssen, während ihr in der Stadt alles habt, was ihr zum Leben benötigt? Es wird Zeit, dass wir uns zurückholen, was sie uns genommen haben. Es wird Zeit, dass wir die Dinge verändern. Wir werden Elaos einnehmen, wenn es sein muss, auch gewaltsam. Und du wirst uns dabei behilflich sein.“

ENDE

Fortsetzung:

Verdammt seist du
Erscheinungstermin: 04.03.2017

Zur Autorin:

Linea Harris ist seit 2012 als Werbetexterin und Grafikdesignerin tätig. Nach dem Abitur und einer Ausbildung zur Bürokauffrau veröffentlichte die junge Mutter 2014 ihren ersten Fantasyroman »Bitter & Sweet. Mystische Mächte« im Selfpublishing und landete damit einen großartigen Erfolg. Kurz darauf folgten zwei weitere Bände, die ebenfalls zu Bestsellern wurden und später im Piper-ivi-Programm erschienen. Die Thüringerin wohnt heute mit ihrer Familie in einem idyllischen Ort mitten im grünen Herzen Deutschlands.

30249837R00284

Printed in Poland
by Amazon Fulfillment
Poland Sp. z o.o., Wrocław